迷惘

Die Blendung

Elias Canetti

卡内蒂作品集

〔英〕埃利亚斯·卡内蒂 著
钱文彩 译

人民文学出版社
PEOPLE'S LITERATURE PUBLISHING HOUSE

著作权合同登记号　图字 01-2019-1733

Elias Canetti
Die Blendung

Copyright © by Elias Canetti 1963, by the heirs of Elias Canetti 1994
Published by kind permission of Carl Hanser Verlag München Wien
Chinese language edition arranged through Hercules Business &
Culture GmbH, Germany
Simplified Chinese edition copyright ©
2020 Shanghai 99 Culture Consulting Co., Ltd.
All rights reserved.

图书在版编目(CIP)数据

迷惘/(英)埃利亚斯·卡内蒂著；钱文彩译.
—北京：人民文学出版社，2020
（卡内蒂作品集）
ISBN 978-7-02-015355-8

Ⅰ.①迷… Ⅱ.①埃…②钱… Ⅲ.①长篇小说-英国-现代 Ⅳ.①I561.45

中国版本图书馆 CIP 数据核字(2019)第 112059 号

责任编辑　朱卫净　欧雪勤
装帧设计　汪佳诗

出版发行　人民文学出版社
社　　址　北京市朝内大街 166 号
邮政编码　100705
网　　址　http://www.rw-cn.com

印　　制　杭州钱江彩色印务有限公司
经　　销　全国新华书店等

字　　数　430 千字
开　　本　635 毫米×965 毫米　1/16
印　　张　35.75
版　　次　2020 年 6 月北京第 1 版
印　　次　2020 年 6 月第 1 次印刷

书　　号　978-7-02-015355-8
定　　价　75.00 元

如有印装质量问题，请与本社图书销售中心调换。电话：010-65233595

目　录

第一部　没有世界的头脑

散步 ...3
秘密 ...21
孔夫子做媒 ...32
贝壳 ...47
令人迷惘的家具 ...60
亲爱的夫人 ...74
动员 ...90
死 ...105
病床 ...117
青春的爱 ...129
犹大和救世主 ...138
百万遗产 ...150
殴打 ...160
僵硬 ...172

第二部　没有头脑的世界

到理想的天国去 ...189
驼背 ...217
巨大的怜悯 ...233
四个人和他们的前途 ...252

揭露 ...272

饥饿 ...287

夙愿得偿 ...307

小偷 ...321

私人财产 ...338

小人物 ...371

第三部　世界在头脑中

好父亲 ...423

裤子 ...437

一所精神病院 ...457

曲折的路 ...483

足智多谋的奥德修斯 ...499

纵火焚烧 ...539

·译者后记·

一幕"疯子的人间喜剧" / 钱文彩 ...549

·附录·

授奖词 / 约翰内斯·艾德菲尔特 ...564

受奖演说 / 埃利亚斯·卡内蒂 ...567

第 一 部

没有世界的头脑

散　步

"你在这儿干什么呢，孩子？"
"什么也没干。"
"那么你站在这儿干什么呢？"
"看看。"
"你能认字吗？"
"能啊。"
"你多大啦？"
"九岁过啦。"
"你喜欢什么：巧克力还是书？"
"书。"
"真的？难得，难得。怪不得你站在这儿愣神呢。"
"是呀。"
"你干吗不马上告诉我呢？"
"爸爸要骂的。"
"是吗？你爸爸叫什么名字？"
"弗兰茨·迈茨格尔。"
"你想到外国去吗？"
"想呀。想到印度去，那儿有老虎。"
"还想到哪儿去？"

"中国。那儿有一座很大很大的城墙。"

"你想爬过去吗?"

"城墙太厚太高,谁也爬不上去。正是为了这一点才造城墙的。"

"你知道得真多!你想必读过很多书了。"

"是的,我就爱看书,老想看,爸爸就把我的书拿走。我想上中文学校,那儿可以学到四万个汉学,而这么多字不会在一本书里出现。"

"这不过是你的想象罢了。"

"这是我算出来的。"

"不对,不对。别管那橱窗里的书啦,那尽是些坏书。我这包里有好书,等一下,我给你看。你知道这是什么文学吗?"

"中文!中文!"

"你可真是个聪明的孩子。你以前见过中文书吗?"

"没见过,这是我猜出来的。"

"这两个字是'孟子',哲学家孟夫子,他是中国的大人物,生活在两千二百五十年以前,他的书人们至今还读。你能记住吗?"

"能记住。我现在要上学了。"

"哈哈,你是在上学的路上逛书店的吧?你叫什么名字?"

"弗兰茨·迈茨格尔。跟我爸爸的名字一样。"

"你住哪儿?"

"诚实大街24号。"

"我也住在那儿。我怎么没见过你?"

"有人在楼梯上走过,您是从来不看的。我可早就认得您了。您是基恩教授,当然不是学校里的教授。妈妈说您不是教授。但我相信您是因为您家有个图书馆。玛利是我家的女仆。她说这简直不可想象。我长大了也要有个图书馆。您的图书馆里想必什么书都有，各种语言文字的书，也有这样一本中文书。现在我该走了。"

"谁写的这本书？你还记得吗？"

"孟子，哲学家孟夫子，生活在两千二百五十年以前。"

"好。你可以到我的图书馆里来看看。你跟我的女管家说，是我让你来的。我给你看印度和中国的图画。"

"太棒了！我来！我一定来！今天下午行吗？"

"不行，不行，孩子。我要工作。至少一个星期以后。"

彼得·基恩教授，瘦高个子，是位汉学家，腋下夹着一个书包，他把那本中文书塞进鼓鼓囊囊的书包，小心翼翼地关上拉锁，目送着那个聪明的孩子，直到孩子在远处消失。他生性沉默寡言，郁郁寡欢，却无缘无故地和一个孩子攀谈起来，这使他不得不责备自己了。

他每天早上七点至八点散步，经过书店时也总爱看看书店的橱窗。他飘飘然地认为，淫秽书籍越来越泛滥成灾了。他拥有这个大城市最大的一家私人图书馆。他自己总是随身带着少量书，他热爱他的图书馆，在他严格、繁忙的科研生活中，只有图书馆能占据他生活的一席，他对图书馆的酷爱，促使他对图书馆采取了严密的安全措施。书籍，哪怕是很破旧的书籍，都很容易诱使他去购买。幸亏大多数书店都要到八点以后才开门。偶尔也有想取得上司信任的书店学徒来得早一点儿，等着第一位来上班的职员，从他手里庄重地接过钥匙，叫道："我七点就来了。"或说，"我进不去呀！"这么大的热情很容易感染基恩这样的人。他经过一番思想斗争，才没有马上跟进书店。在小书店的店主中，常有一些起得早的人，他们七点半就开门忙开了。而基恩为抵制小书店对他的诱惑，便自诩其装满书籍的书包。他别出心裁地把书包紧紧夹住，以便使自己的身体尽可能多地接触到它。他的肋骨也透过他那单薄而寒酸的外衣触及到了它。他的上臂向侧面垂下正好夹住书包，而前臂则从下面托住它，他那张开的手指则抚摩着心爱的书包，恨不得将书全部握在手中。如果书包不小心偶尔掉到地上，拉锁——虽然每天早上临走前总要检查一番——就会在危险的时刻张开，而里面宝贵的书籍就会弄脏，他最厌恶把书弄脏了。

今天早晨在归途中，他站在书店橱窗前，一个男孩子突然插到橱窗和他之间。地方有的是，干吗要这样呢？基恩觉得这是不礼貌的举动。他通常总是站在离橱窗一米远的地方。尽管这么远，他还是不费劲地读着橱窗里的文字。他的眼睛还能运用自如，对于一个终日看书、写作的四十岁的人来说，这是非常重要的。每天早晨，他的眼睛都一再使他相信，他的视力很好。隔着一段距离他就能很好地看到橱窗里廉价的通俗读物，并表示他对这些书籍的蔑视，因为它们跟他的图书馆里高深的书籍有霄壤之别。男孩子个子小，而基恩的个子则出奇的高。他蛮可以毫不费劲地越过男孩子的脑袋看过去。他本来指望能多少得到男孩子的一些尊敬。在他向男孩子指出其不礼貌举动之前，他退向一边，看着男孩子。孩子凝视着书名，慢慢地、轻轻地启动着嘴唇。他耐心地一本一本地看过去，每几分钟就转一下头，望一望在街的另一边、一家钟表商店的上方挂着的巨大的钟。现在已是七点四十分。显然男孩子害怕耽误什么重要的事情，他没有注意到后面的这位先生。也许他在默念着什么，也可能在默记书名。他有条不紊地默记着，人们清楚地看到他在默记时目光停留在什么地方。

基恩非常痛心，他认为，这些淫秽书籍会腐蚀那孩子如饥似渴要读书的健康的精神世界。某些坏书他以后之所以要读，就是因为这些书的标题他很早就熟悉了的缘故。怎样才能控制人幼年时期的接受能力呢？一个孩子刚会走路并能拼读字母，就听任崎岖道路的摆布，不由自主地接受那些专营书籍买卖的小商贩的愚弄，这就不好了。小孩子应该在一个有意义的私人图书馆中长大，每天只跟严肃的有学问的人交往，在那智慧、深沉而又抑制的气氛中，顽强地习惯于过着那时间和空间都非常严谨的生活。什么样的生活环境能比这一切更能帮助无知的孩子们度过他们的青少年时期呢？这个城市中唯一的、拥有一个真正的私人图书馆的人就是基恩，他不能接受孩子到他那里去。他的工作不允许他分心。孩子们会吵吵嚷嚷，要有人照顾他们，要照顾他们就需要一个女人。烧烧煮煮，有一个女管家就行了，而照顾孩子就得有一个妈妈。要是一个妈妈仅仅就是妈妈倒也罢了，可难道她会对自己扮演的角色满意吗？一个女人所学的主要科目就是如何做一个女人，她会提出各种要求，一个诚实的学者就是在梦中也不会想到去满足这些要求。他对女人从来都是无动于衷，他将来还是无动于衷。这样，像那个凝眸看书、不时动动脑袋的男孩子就吃亏了。

　　出于同情，他一反常态和这个男孩子交谈。他很想用一块巧克力来摆脱自己乐于诲人的感情。但情况表明，确实有九岁的儿童，宁要书而不要巧克力。接着发生的情况更使他惊讶，这个男孩子居然对中国感兴趣，并违反他父亲的意志去读书，中国文字之难吓不倒他，反而激励着他。他从未接触过中文，但第一眼就能认出那是中文，真是聪明过人。别人给他书看，他不敢去摸，也许他因为手指脏而感到惶恐不安吧。基恩检查了他的手指头，发现是干净的。要是换个人，即使手指头脏也要去抓书的。他着急了，因为学校八点上课，但仍然待到非走不可的最后一秒钟。他像一个知识的饥饿者一样，马上答应了基恩的邀请。他父亲对他也许管得太严了。他最好就在今天下午来，就在基恩工作的时间来，他们就住在同一幢

7

房子里。

　　基恩对这次谈话不后悔,这样的例外是他允许的,花点精力好像也是值得的。他在思想上是把那个走远了的孩子当作未来的汉学家来欢迎的。谁对这门生僻的科学感兴趣呢?男孩子爱踢足球;而成年人则爱追名逐利,在花街柳巷里消磨空闲时间。为了能睡足八小时,八小时无所事事,其余的时间他们就只好去干那令人讨厌的工作了。他们不仅向上帝要饭吃,而且把一切都交给上帝安排了。中国人的天帝更严格,更威严。即使那个男孩子下星期不来——那是很可能的——他在脑子里也记住了一个名字,这是一个很难被人忘记的名字,哲学家孟子。意想不到的机遇能给人的生活确定方向。

　　基恩笑眯眯地继续往家走。他是难得笑的。一个人的最高愿望就是拥有一个图书馆,这样的愿望也是少有的。他九岁时就向往书店。当个书店老板在书店里面走来走去,这种想象那时对他来说是轻率的。书商是国王,而国王不是书商,当一个店员他自认为太小,当跑腿的又要经常往外跑,如果他只是帮着拎拎书籍包裹,那他跟书有什么关系呢?他已经打定主意好久了。一天他放学后没有回家,他走进城里一家最大的书店,看到满满六大橱窗的书。他一进去就大哭起来。"我要出去,快,我害怕!"他哭喊着。有人给他指出厕所在什么地方,他记得很牢。他回来时,感谢了人家,并问,他能否在这里帮帮忙。他那红扑扑的脸蛋真惹人喜欢,这张脸刚才还被那莫名其妙的恐惧弄得变了样儿。他们便跟他交谈起来,他对书知道得很多,他们觉得这孩子年纪小,真聪明。傍晚时他们派他去送个很沉的包裹。他是乘电车来回的,乘车的钱他早就攒够了。天暗了,商店关门前他才回来报告,任务已经完成,并把收条放到柜台上。人家给了他一块酸糖作为报酬。当职员忙着穿大衣时，他便悄悄地溜到后面，到那个安全的厕所里躲起来。谁都不知道，大家这时想到的大概都是如何消磨晚上的时间。他在那里等待良久。数小时后，夜深了，他才敢出来。商店里很暗，他便找电灯开关，白天他没有想到这一点。当他摸着开关时，他又害怕开灯。他担心有人会在街上看见他，把他送回家。

他的眼睛对黑暗已经习惯，只是看不了书，这使他很沮丧。他一本接一本把书取下并翻阅着，他真能认出一些书的题目。后来他便爬上梯子。他想知道，上面有没有什么秘密。他掉了下来，嘴里却说，我不痛！地板是硬的，可是书是软的。在书店人们掉下来是掉在书上。他完全可以把书堆在面前，但觉得堆得乱七八糟不好，所以在拿新书以前，就把旧书放回原来的位置上。他的背脊很疼，也许他太累了。要是在家里他早就睡了，在这儿不行，激动的心情使他毫无睡意，但是他的眼睛现在连最大号字体的题目也认不出来了。这使他很生气，他计算了一下，如果不上街，不去上那个该死的学校，待在这里要花多少年的时间才能把这里的书读完。人们为什么就不能待在这里呢?！他早该攒钱买张小床住到这里来。妈妈为他担惊受怕，他也有点儿害怕，因为这里是这样的静。街上的煤气灯已经熄了。周围笼罩着阴影，有鬼吧？夜里它们就都出来了，坐在书上看书，它们不需要灯火，因为它们的眼睛很大。现在他不敢从上面拿书，也不敢从下面拿书。他爬到柜台下面，牙齿直打战。一万册书，每册书上都有鬼，所以才这样静。他偶尔还听见鬼在翻书。这些鬼看书的速度和他一样快，他应习惯于跟它们在一起。不过它们有一万个，要是有一个会咬人的鬼咋办呢？谁要是摸到鬼，鬼会发怒的，认为是有人取笑它。他缩成一团，鬼在他上面飞走了。漫漫长夜过去了，天亮了，他却睡着了。当大家打开大门时，他还不知道。他们看见他在柜台下面，把他摇醒。起初他好像

9

还在梦中，后来便号啕大哭起来。他说他们昨天把他关在这里，他害怕妈妈着急，她肯定到处找他了。老板询问了他，知道他的名字后，便打发一个店员送他回家。这位店员给他妈妈讲明情况，请她原谅：这个男孩是被误锁在书店里的，身上好好的，没发生什么意外，他本人向孩子的母亲致以深切的慰问。母亲相信是真的，很高兴。现在这个当年的小骗子有了个大图书馆，并且出了名。

基恩厌恶谎言，从小他就爱说真话，除了上面说的那个谎言以外他想不起来自己还说过什么谎言。就是那个谎言，也受到他的谴责。刚才跟那个学童的谈话，使他想起了那个谎言，而那个学童正是他少年时代的影子。算了，他想，马上就八点了。八点整开始工作，该为真理服务了。科学和真理对他来说是相同的概念，而要接近真理就必须同人断绝往来。日常生活便是谎言错综复杂地交织在一起的表面现象。有多少行人，就有多少骗子，所以他连看都不看他们。那些组成群众的蹩脚演员中有谁的模样迷惑了他呢？他们马上就改变了模样，他们所扮演的角色连一天都坚持不下来。这是他预先就知道的，所谓经验在这里是多余的。要想取得成就，就必须有事业心和顽强奋斗的精神，不仅仅是一个月，一年，而是终生不渝。如果人有什么性格的话，那么这个性格就决定人的形象。他自记事起，就是又高又瘦。他只是偶尔在书店的橱窗里看到自己脸的模样。他家里没有镜子，到处都是书，哪有放镜子的地方？但是他知道，他瘦骨嶙峋且严峻，这就够了。

因为他没有一丁点儿观察人的兴趣，所以他总是低垂着眼睛或昂头不看人。哪儿有书店，他了如指掌，听凭自己的本能行事。如果老马尚能识途，那他也能办到。他散散步，看看有什么陌生的书籍，这些书激起他的反感，也多少能使他休息。在他的图书馆里一切都很有条理。早晨七点到八点之间，他自由地活动活动，享受一点别人所通常享受的自由。

虽然他可以尽情享受这一小时,但他是有节制的,横过一条热闹的马路之前他总要犹豫一阵子。他走起路来喜欢步履稳重,为了不着急走路,他宁可等待适当的时机。有人向另一个人打招呼说:"请您告诉我,姆特大街在哪里?"被问的人什么也没有回答。基恩感到奇怪,在大街上除了他,居然还有沉默寡言的人。于是他便看也没有看一眼地听下去,听听这位问话者对这种沉默到底不作答复的人作何反应。"对不起,您能告诉我,姆特大街在什么地方吗?"这位问话者把他有礼貌的问话升了级。不幸得很,他仍然没有得到答复。"我想,您大概没有听清我的话,我想向您打听一下,劳驾,请您告诉我,到姆特大街怎么走。"基恩并没有什么好奇心,只是想把事情弄清楚。他想看一下那个沉默者,但他自己决不开口说话。那个人无疑是在思考问题,不希望别人打断他的思路。此人又是什么也没说。基恩很赞赏他。在上千人中居然有这么一个人不吃这一套。"喂!您聋啦?"问话者大嚷起来。现在这位沉默者该反击了吧,基恩这样想,并开始对他所欣赏的沉默者失去了兴趣。谁能控制得了自己的嘴巴呢,如果他被人家侮辱的话?于是基恩便转向街道,这时正是穿越马路的好时机。由于对继续发生的沉默感到惊奇,他又停了下来。这位沉默者仍然只字未吐。可以预料的必然结果是,问话者将更为强烈地发泄他的愤怒。基恩希望发生一场争论,这样便可表明那位沉默者不过是平庸之辈,而他,基恩本人,这位散步者才是无可争辩的具有特别性格的人。他想,还是往前看,别管他们了。但事情就发生在他右边。那位问话者正在大发雷霆:"您真不懂礼貌!我十分客气地向您询问,您怎么不吭声!您好不知趣!您这个无礼之徒!您是哑巴吗?"那个人还是不吭声。"您会后悔的!我才不在乎知道不知道姆特大街在何处呢!谁都会告诉我这条大街在哪里！但您会后悔的！您听到没有！"那人根本没听。为此基恩更加尊重那位沉默者了。"我要把您交给警察局！您知道我是谁吗？您这个骨头架子！这难道是一个有教养的人应该有的态度吗？！您这身衣服是从哪里偷来的？从当铺里！看上去就是！您胳膊下面夹的是什么？我要给您点颜色瞧瞧！您上吊去吧！您应该知道您是什么玩意儿！"

基恩这时被人推了一下，有人把手伸向他的书包并打开了它。他猛一使劲——这劲儿远远超过了他平时的力气——从陌生人手里夺回了他的书包，敏捷地转向右边。他本想看看他的书包，但目光却落在一个矮胖子身上，这个人对他嚷道："无礼之徒！无礼之徒！"这时基恩才意识到那个沉默者、那个别人冲他发怒也控制住自己嘴巴的人正是他自己。他安然地转过身子，背朝着那个张牙舞爪的文盲。他的这一举动恰似一把刀子把那人的胡言乱语切断了。那个胖侏儒所谓的礼貌之词没多会儿就统统变成了厚颜无耻的污秽之言，但这无损于基恩。他无论如何要比原来所想的那样快得多地越过马路。随身带着书的人，要避免动手动脚，而他总是带着书。

人们终究没有必要研究每个行人的愚蠢行动。夸夸其谈是威胁学者的最大危险。基恩宁可写而不愿说，他掌握十几门东方语言，懂几种西方语言那更是不在话下的。各国文学他都知道。他头脑里有许多名家名言，并能成段地背出来、写出来。许多文章应归功于他。许多古代汉语、印度语、日语文章中残缺不全的地方是他完善起来的。为此别人很羡慕他。残缺不全的古代珍品太多了，他要做许多工作。他特别细心，为了某个问题可以花几个月的时间去考虑；他慢条斯理、令人厌烦，他对自己要求非常严格；他在文章中对每一个字母、每一个词、每一句话都要经过反复思考直至认为无懈可击方肯发表。他至今的论著就其数量而言很少，但每一篇论文都成了他人上百篇论文的理论基础，并且奠定了他那个时代首席汉学家的声誉。他的同行专家们非常了解他的论文，几乎都能背下来。他写下的句子都是经典的，具有约束力的。遇到争执不下的问题，人们便去求教他这位最高权威。他也是与汉学相近的其他科学领域的权威。他很少给别人写信。他要是给谁写信，谁就会在他写的唯一的信中获得许多教益和鼓励，这些教益和鼓励可促使人们从事数年的写作，肯定会获得丰硕的成果。他从不亲自和别人打交道。一切邀请他都回绝。不管哪个学府的东方哲学讲台需要学者，人们首先就举荐他，但他都鄙夷地婉言谢绝了。

他生来就不是讲演者的材料。讲授课程获得报酬使他对高等学府的讲台兴味索然。他的粗浅的看法是，那些在中学授课的搞一般普及教育的人可以到大学讲台上来讲课，以便让那些有真才实学的学者、研究人员投身到他们的研究工作中去。一般的中级人才反正也不缺。他所要讲授的课程，由于他要对听者提出非常高的要求，所以不可能有很多人来听。他的考试估计也不会有人通过。他的意图是，让那些不成熟的年轻人长时间考试不及格，直至他们年及三十而学到了一点儿东西，不管他们是出于无聊还是开始懂得要认真学习，也不管他们学到的哪怕是暂时的很少一点东西，才能通过考试。那些经过周密的智力测验合格后被接纳到他的系去听他讲课的人，就使他犯愁，这些人至少不会有什么作为。十个通过非常难的预考而挑选出来的大学生在一起学习，比他们混杂在一百个懒散的酒徒——大学里的一般大学生——中无疑要好得多。他的考虑是重要的，原则性的；他要求教研室会议不要去讨论这个建议。尽管他本人并不重视这个建议，但这建议却是值得重视的。

在那些通常都是议论纷纷的会议上，基恩是被人们议论最多的对象。那些先生，那些在漫长的生活岁月中变得沉默、胆怯而又目光短浅的耗子，隔几年碰一次头，却一反常态，大发议论。他们互致问候，交头接耳，窃窃私语，但什么名堂都没有说出来。宴会上他们笨拙地碰杯。他们激动地、非常高兴地举起各自团体的小旗帜和他们的荣誉牌走了进来。他们不断地用各种语言发誓。纵使不赞成，也要例行公事。休会时，他们便打赌了：基恩这次真会出席吗？大家议论他比议论一位有名望的同事还要多，他的态度引起人们的好奇心。他从不接受给予他的荣誉；十多年来他都坚决回避了那种种祝贺以及那种种违背他青年时代意愿的向他表示庆贺而举行的宴会；他每次大会上都预告要做一个报告，临了都是另外的人替他念他的手稿。所有这一切都被他的同事们看作是拖延时间故意不来。总有一次，也许就是这一次吧，他会突然出现在大家面前，因为他长期不露面，这次来他将得到大家的尊敬和更加热烈的欢迎，他将被大家拥戴为大会的主席，大会主席他是当之无愧的，而且他会以他的方式，以缺席人的身份担任这个职位。但是那些先生搞错了，基恩没有来，相信他会来的那部分人输了。

　　基恩是在最后一刻取消出席会议的。他寄给某一位受到特别优待的人的手稿中有一些讽刺的话。如果人们除了听听丰富的余兴节目还要工作的话——这是他为了人们的普遍幸福所根本不希望的，那么，他请求把这小小的玩意儿，这两年的工作成果，提交给大会。他的新的、使人吃惊的科研成果他总是留到此时此刻才公布。他抱着怀疑而又认真的态度在一旁关注着他的科研成果的影响及其引起的争论，好像他在推敲讨论中使用的字眼是否雄辩似的。大会容忍了他的嘲弄。百分之八十的出席人都把他看成台柱子，他的成就是无可估量的。大家都祝他长寿，他要是死了会把大多数人吓死。

他年轻时有少数人遇见过他，他的模样他们已经想不起来了。他们一再给他写信向他要照片。他给人家回信说，他没有照片，而且也不想有照片。他说的这两种情况都是事实。至于其他要求，他愿意考虑。他三十岁上就说，他要把他的脑袋捐赠给一家医学研究所作研究大脑用，但他没有另写遗嘱。怎样来解释他那惊人的记忆力呢？也许他的大脑有一个特殊的结构，或者比一般人的大脑更重一些。他在写给那家研究所所长的信中说，他虽然不相信，天才就是记忆力，就像最近一些时候以来人们认为的那样。他本人也算得上是个天才，但是拒绝利用他那具有惊人记忆力的大脑进行科研活动则是不科学的。他的大脑就是他的第二个图书馆，和他那真正的图书馆一样丰富多彩、可靠，这是大家公认的。他坐在写字台旁写论文，论文中最精确的引证细节他脑子里都有，用不着到图书馆去找资料。也许为了以后验证行文及其出处而要查一下现有资料，但仅仅是出于学者的责任感。他想不起来因疏忽大意曾经犯过记忆方面的错误，即使他做的梦也比平常人更具有鲜明的结构。模模糊糊、毫无色彩的幻觉，这样的梦他从未做过。他夜里做梦也井然有序，他所听到的声响都有其正常的声源。他所讲的话都是很理智的。总之，一切都合情合理。研究他精确的记忆和非常清楚的幻梦之间是否存在着可能的联系不是他的专长。他极其虚心地指出并且请求，不要把他信中所谈到的个人情况看作是他的傲慢或一派胡言。

基恩想起了他生活中的一些情况，这些情况表现了他深居简出、不善辞令、不求虚荣的本质。但是他对那个无耻、莽撞的家伙，亦即对那个问路的、后来又骂他的家伙越来越气愤。可是，我现在有什么办法呢？他自言自语地说。他走到一座房子的房檐下，四下里看了看——没有人看见他——从口袋里掏出一本狭长的记事本。封面上用细长的有棱角的字体写着：蠢事记。他刚看到这个标题，就打开本子。笔记本有一半以上都写过字了。他把一切打算忘记的事情都写到上面去，并且写有日期、时间、地点。现在再写上这件事情，这又是一件很形象的蠢事。最后总有一句恰当的新警句。他从不看他收集的那些蠢事，看看标题就够了。几年以后他想以《汉学家漫步散记》为题出版这本蠢事集。

他取出一支削尖了的铅笔并在空白页写上："九月二十三日七点三刻。在姆特大街我遇到一个人，他向我打听姆特大街。为了不羞辱他，我沉默了。他为了弄明白，又问了几次；他的态度是有礼貌的。突然他看到标志大街名字的牌子就竖在街旁。他意识到自己的愚蠢。他没有赶快溜走——如果是我的话，我一定早就溜走了——而是大发雷霆，迁怒于我，对我进行最粗暴的辱骂。要不是让着他，我完全可以避免这一难堪的场面。谁更蠢些？"

最后这句话表明，他对自己也不含糊。他对任何人都铁面无私。他满意地收起笔记本并设法把那个人忘掉。他写的时候，书滑到了不适当的地方，他把书包重新整理好。在最近的街拐角处他看到一条狼狗，吓了一跳。狗用绳子牵着，在前面带路，后面跟着一位盲人。如果人们并没有注意狗，也能从盲人右手握着的白棍子认出他是一位盲人。即使最忙碌、无暇顾及盲人的人，也会对那条狗投以赞赏的目光。狗用嘴巴耐心地把人向两边推开，因为它皮毛美丽而又健壮，大家都喜欢它。突然盲人从头上脱下帽子抓在手里，一手抓着棍子，一手把帽子向行人伸过去。"请行行好，给点儿狗饲料钱吧！"他恳求着。钢镚儿纷纷而下。大街上顿时拥挤着人群，把盲人和狗围在中央。交通堵塞了，幸亏在这个街拐角处没有警察值勤。基恩在一旁看着这个乞丐，他穿着破旧，但脸透聪慧，因为他不断地抽动着眼睛周围的肌肉——他眨着眼睛，蹙眉皱额——基恩不相信他，认为他是一个骗子。这时来了一个大约十二岁的孩子，热情地把狗拉向一边，向帽子中投进一枚很重的纽扣。盲人向前凝视着，比先前稍稍热情地感谢一番。那纽扣投进去发出的声音如同金币发出的声音一样。基恩心里一震。他抓住孩子的头发，因为他被挡住了，就用书包照他的头上打过去，并喊道："不知羞耻，居然欺骗一个瞎子！"当事情发生以后，他才想到，那书包里装的是书。他大吃一惊，他还从来没有做出过这样大的牺牲。那个男孩子哭着溜了。为了表达一般的、较低水平的同情，基恩将所有的零钱投入盲人帽中，周围的人无不点头赞叹。他现在觉得自己谨慎些了，似乎有些小家子气了。狗又挨近了，不久，当警察来时，狗牵着盲人慢慢地走了。

　　基恩发誓，一旦眼睛瞎，便自愿去死。只要他遇到盲人，这种令人痛苦的恐惧便遍及全身。他喜欢哑巴；聋子、瘫子或其他残疾人他都漠然处之，瞎子却使他不安。他不理解，这些瞎子居然不去结束他们的生命。即使他们掌握了盲文，他们的阅读能力也是有限的。亚历山大的图书馆主任埃拉托色尼[①]，是公元前三世纪一位博学多才的学者，他拥有五十万卷书，在八十高龄时他吃惊地发现，他的眼睛慢慢地不听使唤了。他还能看，但不能再看书了。要是别人早就会坐以待瞎了。他意识到不能看书无异于瞎子。朋友和学生请求他不要离开他们，他会心地微笑着表示感谢，但几天后便绝食自杀了。

　　小小的基恩，其图书馆只有两万五千册藏书，不过到了那种时刻，他也会从容地步这位伟人的后尘。

　　他加快速度，匆匆回家。现在肯定已八点钟了。八点开始工

[①] 埃拉托色尼（约前275—前194），古希腊地理学家、天文学家、数学家和诗人。曾任亚历山大图书馆主任。

作,误了时间会使他很难过。他不时偷偷地揉揉自己的眼睛,当他感到一切都井然有序时,才觉得舒坦和放心。

诚实大街二十四号楼五层即最高层是他的图书馆,住宅的大门用三把很复杂的锁锁着。他打开门穿过前厅,前厅里只有一个衣架。他步入书房,小心翼翼地把书包放在一张扶手椅上,然后他便在他那并排四间宽敞的图书馆里走了几步。四周墙壁一直到天花板全都是书。他慢慢举目看着这些书,天花板上边开着天窗。光线由上面射下来,他感到高兴。边窗是他数年前跟房主激烈交涉后砌死的。这样他就多了一面墙,即第四堵墙,可以多放一些书了。他感到光线从上面均匀地照亮所有书架是比较好的,对书来说也是比较合适的。那种引诱人们观察大街热闹的诱惑力——这是非常浪费时间的恶习,也是人们天生的习惯——随着边窗的堵塞而一笔勾销了。他之所以能完成他的最大夙愿,应归功于他的思想和决心。他拥有一个丰富多彩、井井有条、四周封闭、自成一体的图书馆,在这个图书馆里没有多余的家具,没有闲人把他从严肃的思想活动中引开。

第一个房间是书房。前面是一张宽大而又古色古香的写字台和一把扶手椅,另一把椅子在对面角落里,这些就是全部陈设。此外还有一张狭长的沙发床,这是基恩很不愿意看的,因为他只在上面睡觉。墙边靠着一架可移动的梯子,它比沙发床还要重要,它整天从一间屋子移到另一间屋子。其他三间屋里只有书架,没有椅子、桌子和柜子,没有破坏整体美的火炉。漂亮而又厚重的地毯铺满了地板,和那四门大开浑然成为一个大厅的图书馆的严肃而黯淡的光线相映成趣。

基恩走路时两腿僵直,步履沉重,踏在地毯上特别有力。可幸的是,他这样沉重的脚步并没有产生哪怕是很小的一点儿回音。在他的图书馆里,即使一头大象踩在地板上也不会有什么声音。所以他对地毯特别珍视。他相信，虽然他离开图书馆一小时，他的全部书籍一定还是井然有序，安然无恙。于是他便打开书包，取出其中所有的书籍。他进门时，习惯于把书先放在写字台前的椅子上，以便他在八点钟坐下来开始工作以前就把这些书整理好，否则他要忘记的。他利用梯子把那些书归放到原来的地方。尽管他非常小心，最后一本书——因为快完毕了，就着了点儿忙——仍然从第三个书架上掉了下来，这个书架他够得着，用不着梯子，可是这掉下来的书却是他最喜爱的《孟子》。"笨蛋！"他冲着自己嚷道，"野蛮！文盲！"他十分心疼地从地上拾起书，匆匆地向大门走去。还没有到达大门，他就想起了一件重要的事情。他返回来，把靠在对面墙上的梯子尽可能轻地挪到出事的地方，双手捧起《孟子》，放在梯子脚边的地毯上。这时他才走向大门，打开门向外大喊道：

"把那块最好的抹布拿来！"

女管家很快就来了，她敲着虚掩的门。他没有回答。她把头伸进来问道：

"出什么事啦？"

"没出什么事，快把抹布给我！"

从他的答话中，她听得出，这是他在自己埋怨自己。她感到奇怪，忍不住要探个究竟。"对不起，教授先生！"她话里带着谴责，走了进去。她第一眼就看出，出了什么事儿。她匆匆走到书那边。她的蓝裙子很厚，而且一直拖到地毯上，人们看不到她的脚。她的头歪着，一对招风耳又宽又平。因为头向右边歪着，右耳朵擦着肩，并被挡住了一部分，所以左耳朵就显得大些。走路或说话时她总是摇着头，两个肩头也就交替着晃来晃去。她弯下腰，拾起书本，用抹布在上面彻底地擦了十几下。基恩不想抢在她前头去干这件事，他向来就反对客套。他站在一旁注视着她是否认真地做这件事。

"人站在梯子上头很容易出这样的事。请您当心。"

然后她像递给他一个干净盘子一样地把书递给他。她本来是很想跟他接着话茬儿聊下去的，但她没有成功，他只是简短地说了声"谢谢"，就转过身去。她明白这一切，于是便走了。当她抓住门把时，他突然转过身来虚情假意地问道：

"这类事儿您大概经常发生吧？"

她把他看透了，并确实感到恼火："教授先生，我请您别这样说话！"这"请您"二字，如尖刺一样透过她那油腔滑调的话语，尖刻地表现出来。看她那神气她是要辞职了，他想。他马上安慰地解释道：

"我只是说说而已，您知道，我这图书馆可是价值连城啊！"

她没有料到他的话是这样平易近人，一时不知如何回答才好，随后便满意地走了。她走了以后，他大大谴责了自己一番。他谈起他的书就像最蹩脚的小商贩一样喋喋不休。可是，他如何使女管家令人满意地对待他的书籍呢！她不知道这些书的真正价值。她一定以为，他要用他的图书馆搞什么投机买卖呢！人就是这样子！

他下意识地对日语手稿鞠了一躬后，终于坐到写字台边。

秘　　密

八年前基恩在报纸上登了如下一则招聘广告：

一位拥有一个藏书量很丰富的图书馆的学者招聘一位责任心强的女管家。只要品德好的女性都可以报名。无赖之辈请勿上门。报酬是次要问题。

台莱瑟·克鲁姆勃豪尔茨那时已有工作，而且感到满意。每天她在给主人准备早餐前总要先仔细读一读《日报》的广告部分，以便了解世界上发生了什么事情。她不想在这个普普通通的家庭里虚度她的一生。她还年轻，不满四十八岁，很想到一位单身先生家里帮佣，在那里她可以很好地支配一切，而跟女人在一起却无法相处。但她要注意，不要不管三七二十一就放弃她现在的好端端的工作。没摸清要和谁打交道之前，她是会不动声色的。她对报纸上的话向来有自己的看法：有人给品德端庄的女人许下金山银海，而一旦所聘女人到家，就被强奸。她在这个世界上帮佣已度过了三十三个春秋，但是这样的事情她还没有遇到过。也不会发生这样的事，因为她早有警惕。

这次的招聘广告却使她眼花缭乱，她盯着"报酬是次要问题"那句话，读着那些用黑体字印出来的句子，从前到后、从上到下读了几遍，越读越有滋味。这是一个单身男人。她可以以品德端庄的女性作自我介绍，这使她心里美滋滋的。而"无赖之辈请勿上门"也使她感到高兴。她从未担心过人家会把她当成无赖之辈。

第二天她起了个大早，七点钟便到了基恩那里。基恩把她让进门厅并声明说：

"我必须强调，我不希望陌生人进入我的内室。您能担当起管理我的书籍的任务吗？"

他严厉而又迟疑地把她审视了一番。在她对上述问题作出答复之前，他不想对她发表什么意见。

"对不起，您对我有何看法？"

她对他的粗鲁言谈感到惊愕，所以她给予的回答也使他无言以对。

"您要知道，"他说，"我为什么把上一个女管家辞退了。那是因为我的图书馆里少了一本书。找遍了整个屋子，也没有找到。我不得不立即将她解雇了。"他气得说不出话来。"您会理解的。"他接着还补充了一句，好像他很相信她的理解力。

"应该有条不紊，有个规章制度。"她不假思索地回答。他消除了敌意，高兴地打着手势邀请她进他的图书馆。她十分谨慎地进入第一个房间并在那里等着。

"您的任务就是，"他十分严肃而又干巴巴地说，"每天从上到下打扫一个房间。第四天您就全部打扫完了。第五天您再从第一个房间做起。这任务您担当得了吗？"

"我照办。"

他走出来，打开大门说：

"再见。您今天就可以来上班。"

她站在楼梯上犹豫起来，报酬问题他只字未提。在辞去原有的工作以前，她应该把这问题问问清楚。不，还是不问的好，那会弄巧成拙。如果她什么也没说，他也许会多给点儿。战胜谨慎和欲望这两个相互冲突的力量是第三种力量：好奇。

"是啊，可是这报酬是多少呢？"她也许犯了傻，这样笨拙地提出了这个问题，她十分尴尬，竟忘记在这句话前面应加上"请问您"这句客套话。

"您要多少就给多少。"他漫不经心地说，接着便关上了大门。

她的旧主人非常信任她，把十二年多来就一直放在家里的古老家具交给她收拾。使旧主人十分吃惊的是，她居然对主人说，她无法再坚持下去帮助管理家务了。她情愿到外面去挣钱糊口。任何异议和责备都不能动摇她下这个决心。她说她马上就走。如果一个人在一户人家干了十二年而辞职不干，这恐怕要算例外了。这户诚实人家抓住这个机会，不发给她至二十号为止的这个月工资。他们之所以拒绝支付，是因为她没有遵守预先通知解约期限的规定。台莱瑟想：这点儿工资应由新主人付，所以她就走了。

清扫图书馆的任务她完成得不错，基恩很满意。他暗地里称赞她。他觉得没有必要公开地当着她的面夸奖她。她为他做饭都是准时做好。她的烹饪技术好不好，他不知道，这一点对他来说，实在是无所谓。吃饭时——他总是在他的写字台旁吃饭——他总是思考问题，而通常不知道嘴里正在吃的是什么东西。他认为，一个人应该把知识用于真正的思维活动，思维依存于知识，需要知识，没有知识的思维是不可想象的。咀嚼和消化那是自然的事，用不着去想。

台莱瑟对基恩的工作抱有某种程度的尊重，因为他按时付给她高报酬，而且他对任何人都是冷若冰霜，也从来没有跟她交谈过。对于那种善于交际的人——如她母亲就是一个——她打孩提时起就

23

十分鄙视。她对待自己的工作很认真仔细。她不接受人家的馈赠。即使再困难，她也是这样，她喜欢这样。

清晨六点教授起床。穿衣盥洗的时间很短。晚上她睡觉之前，先把教授的沙发床支起来，把带轮儿的脸盆架推到工作室里。脸盆架夜里可以放在那里，由四块板拼成的上面写有外文字母的折叠屏风支撑起来挡住，使基恩看不到这个架子。基恩对家具一窍不通。他把脸盆架叫作"洗漱车"，这是他的发明，装上轮子以便用完后尽快把这令人作呕的东西搬走。六点一刻他打开门，使劲把这"车子"推出去。这"车子"顺势沿着长长的走廊一直向下滑，直到撞在厨房门旁边的墙上发出"咣"的一声为止。台莱瑟在厨房里等着，她的小房间就在旁边。她打开门叫道："已经起来啦？"他什么也没说又关上了门。他在里面待到七点，谁也不知道他在里面干些什么。通常他总是坐在写字台边写作。

那沉重的深色写字台里面塞满了他的手稿，上面摆满了书。即使十分小心地开这个或那个抽屉，它也要发出一种刺耳的尖叫声。尽管桌子里发出的怪声使他反感，但基恩还是把这古老的遗产放在原来的地方，以便女管家在他不在家的情况下，警惕小偷跑进来。那些滑稽的小偷常常在藏到书后面以前，先要到抽屉里找钱。他用三句话简单明了地给台莱瑟讲解了这张很值钱的桌子的"机关"。他意味深长地补充说，这尖叫声是无法克服的，他也克服不了。白天每当基恩找手稿的时候，她都听到这尖叫声。她感到很奇怪，他对这声音居然表现出了耐心。夜里他把所有的稿件都收起来，一直到早晨八点写字台都没有发出那怪声音。每当她早上收拾房间的时候，她在桌子上看到的只有书籍和因时间过久而变了色的文稿。她从未发现他新写的文章。事情很清楚，六点一刻到七点这三刻钟之内他什么也没干。

他也许祈祷吧？不，她不相信。谁会祈祷呢？她对祈祷从不感兴趣。她不到教堂去，干吗去教堂？只要看看去教堂的那些人就行了。尽是一帮不三不四的人坐在那里。无休止的恳求也令人厌烦。大家都看着你，你总得给点儿什么吧。给的钱干吗用，谁也不知道。在家里祈祷？——有啥意思呢？浪费时间，太可惜了。一个正派人不需要这一套。她当然是一个正派人。其他的人不过就是祈祷而已。她想知道的就是六点一刻到七点之间在这房间里到底发生了什么事情。她不是好奇，人家也不会说她好奇。她对别人家的事向来不插手。如今的妇女就是这样，她们好管闲事，而她做的是她的本分工作。东西一天比一天贵，土豆的价钱已经涨了两倍。掌握好行情而使自己不吃亏确实是一门艺术。他总是四门紧闭，否则她蛮可以从她的小屋里窥视到他的情况。这真是一位充分利用时间从不虚度一分钟的先生！

他出去散步的时候，台莱瑟便搜查一下该她管的房间。她以为他一定干着见不得人的勾当；至于什么勾当，她说不好。她先是觉得箱子里似乎会有一具女人的尸体浮现在她的眼前：因为地毯下面搁不下，那可怕的支离破碎的肢体会暴露出来的。墙上有壁橱，但不是所希望的壁橱，所以无济于事。犯罪的勾当是在书架后面干的。否则会在什么地方呢？用拂尘布在背面拂一下，也许会使她的责任心感到满足。她所跟踪的桃色秘密迫使她到书架后面去看一看。她把每一样东西都拿出来，在上面敲了敲——也许是空的，把她粗笨的生有老茧的手指头伸进板壁摸了摸，不满意地摇了摇头，把手抽了回来。她的兴趣从来没有使她逾越所规定的工作时间。在基恩开门前五分钟，她总在厨房里安之若素地一件件地干着她的本分工作，不紧不慢，处之泰然。

在这紧张跟踪的几个月中，她禁止自己把工资存到银行里去。

她一分也没有动，谁知道这是什么钱。她把钞票原封不动地放进一个干净的大信封，信封中还有一沓信纸，这些都是她二十年前买的。排除了重要的顾虑以后，她便把这些东西放到箱子里去了，这箱子里还放有她的嫁妆，都是精美之物，是她几十年来花大价钱购置的。

她渐渐感到，她不可能很快地把她所关心的事情的底细弄清楚，不过没关系，来日方长，她有的是时间，她可以等待。她现在日子过得不错。如果最终发现什么的话，她不能负责。她连图书馆最小的地方都搜索过了。是呀，如果她有个心腹，一个诚实可靠而又关心她的工作的人在警察局，那么她就可以请他留神帮帮忙。她什么都忍受得了，但就是没有后盾。当今人们对什么感兴趣呢？对跳舞、游泳、嬉戏娱乐；而对严肃的事情、对工作则不感兴趣。她的主人，这位严肃的人，也有他行为不端的一面。他到半夜十二点才睡觉。而十二点以前是最好的睡觉时间。一个正派人应于九点睡觉。难道有什么别的情况不成？！

就这样，犯罪的勾当成了一个谜。她对他那见不得人的勾当十分鄙夷，切齿痛恨。不过她仍然好奇，六点一刻到七点之间她就行动起来，她把各种罕见但合乎情理的可能性都估计到了：她设想，他也许某一次肚子突然痉挛，疼得他走出来了。于是她便很快地走过去问他，他哪儿不舒服。痉挛是不会很快消失的。几分钟以后，她就会知道，她应该干什么。但是基恩过的是有节制而又理智的生活，他感觉一直良好。自打台莱瑟来到他家的八年中，他的肚子从来没有疼过。

在基恩遇到盲人和狗的那天上午，他觉得自己紧急需要各种旧有的论文。他把写字台的抽屉翻得乱七八糟、纸张狼藉。草稿、校对稿、复写稿，一切与论文有关的稿子，他都仔细地收藏起来了。

他找到了内容陈腐、观点矛盾的蹩脚文稿。这些卷宗保存了他直至大学生时代的文稿。为了要找到一个小小的引证，而这些引证他脑子里反正都能背下来，仅仅为了确认一下，他花去好几个小时。他阅读了三十页，而所需要的不过一行字。毫无用处的、早先写成的东西现在又拿在他手里。他骂道，这些东西有什么用呢？但凡是他眼见之处的印刷品或手抄本他都不能忽略不顾，要是换作别人，早就放弃这种毫无意义的阅读了。他坚持从第一个字看到最后一个字。墨迹已变色，他费劲地阅读那模糊的字迹。他想起在街上遇到的那个盲人，他故意眨眨眼睛，好像这眼睛永远张着似的。他没有控制使用眼睛，而是一月又一月，轻率地延长对眼睛的使用。每看过一篇文章，都要消耗他一份视力。狗的生命不长，它不能阅读，但它用眼睛帮助了盲人。一个滥用眼睛的人，其价值不过如盲人的引路狗一样。

基恩决定把写字台上的废物清理掉，早晨起床以后就动手，但现在不行，现在要工作。

第二天早晨六点整，他从睡梦中惊醒，便一骨碌从床上爬起来，跟跟跄跄走到塞得满满的大写字台前，把所有的抽屉都打开。那尖叫的声音响开了，这声音穿过图书馆并且越来越大，简直把人的心都要撕碎了。似乎每一个抽屉都有一个喉咙，叫得一个比一个响，仿佛在大声"呼救"：有人在偷它的东西，有人在折磨它，有人要夺走它的生命。它们不知道，是谁竟敢接近它们。这些抽屉没有眼睛，它们唯一的器官就是它们发出尖叫声的"喉咙"。基恩整理文稿，已经很长时间了。他忍受着这尖叫的声音。既然已动手干开了，就干到底。他用细瘦的手臂抱着一大摞废纸，直挺挺地走向第四个房间。那里离怪叫声有一段距离。他诅咒着，一张一张地撕碎那些废纸。有人敲门，他只在牙缝里发出"哧哧"声。又敲了一下，他跺着脚站了起来。这时敲门声变成了捶打门的声音。"安静！"他嘴里咒骂着命令道。他很不愿意这样吵吵嚷嚷。他非常爱惜他的手稿，只有发怒才使他有勇气去销毁这些手稿。这个孤寂的高个子的人最终在废纸堆中站了起来，他对这些废纸感到十分内疚，似乎这废纸也有生命似的，他轻轻地叹息着表示惋惜。为了不再无必要地伤害这些废纸，他小心翼翼地叉开一条腿。当他离开这堆废纸"坟墓"的时候，他才深深吸了一口气。他看见女管家站在门前。他疲惫地打着手势指着那堆废纸说："把那清理掉！"那种刺耳的尖叫声没有了，他回到写字台边，把抽屉都关好。这些抽屉都很"安静"。他以前开抽屉开得太狠了。现在"机关"坏了。

　　台莱瑟听到那刺耳的声音时，正结束梳妆打扮，费劲地穿那上了浆的裙子。她吓得要死，凑合着系上裙子，匆匆地跑到书房门前。"天哪，"她埋怨道，声音像笛声，"发生什么事儿啦？"她先是有些胆怯地敲敲门，继而便是咚咚地打门了。因为她没有听到回音，便试图打开门，但没有成功。于是她便从这个门走到那个门。在最后一个房间门前，她听到他在里面怒吼。她咚咚地使劲打门。"安静！"他生气地吼道，他还从来没有这样生气过。她一半是发怒，一半是泄气地把她那粗壮的手垂放在裙子上，僵呆在那里如同一个木头人。"真倒霉！"她小声地说，"真倒霉！"他开门的时候，她还是那样站在那儿，也许更多的是出于习惯罢。

　　她生来反应慢，但此时却理解到，这正是一个机会。她吃力地说了声"马上就来"，便匆匆地往厨房里跑，跨上门槛时她突然想到："天哪，他又关上门了，真是习惯成自然！这会儿一定发生了什么事情，一定是这么回事儿！我算是倒霉了！我算是交上坏运了！"这是她第一次这样对自己说，因为她一贯把自己看成是一个"功勋赫赫"、很有"福气"的人。她害怕地使劲摇晃着脑袋，哈着腰又悄悄回到走廊上。她未敢迈出步子以前，脚就摇晃起来，上浆的裙子也似乎"激动"地抖擞起来。也许她悄悄地走过去更容易达到目的，但是这对她来说太不合适了，"庄严"的时刻需要迈出"庄严"的步伐。房间敞开着，中间还是那堆废纸。她在门和门框之间塞进一块厚厚的地毯，这样风就不能把门关上，然后她回到厨房，右手拿着簸箕和笤帚，等着那熟悉的"洗漱车"滚来。她本来很愿意自己来把"车子"推走。今天怎么搞的，这么长时间了，那"车子"还没来。当"车子"撞在墙上时，她竟糊涂了，跟往常一样喊道："已经起来啦？"她把"车子"推进房间，悄悄地猫着腰走到图书馆去。她把簸箕和笤帚放在地上，蹑手蹑脚地穿过各个房间来到他卧室的门槛边上。她每走一步都要停一停，把头侧向另一边，以便用她那较少使用的右耳朵听一听。三十米路她要走十分钟；她表现得很勇敢。她的惧怕心理与她的好奇心同时都在增长。她成百上千次地想象着她达到目的时的情景。她紧紧地挨在门框边。已经太晚了，她才想到新上浆的裙子，她用一只眼望着里边，希图看一个大概情况。只要另一只眼睛埋伏起来窥视周围的动静，她就感到安全。她既不能被别人看见，也不能让任何东西从她的眼前溜过去。她的右臂总喜欢弯曲着往腰间一叉，可是现在她强使右臂放平。

　　基恩在他的书前平静地踱来踱去，嘴里不时地说着人们听不懂的东西，腋下夹着空书包。他站在那儿，思考了片刻，拿来梯子，爬了上去，从书架的最顶层取出一本书，翻了翻就放进那个包里。下来以后，他又踱来踱去，突然，又站住，攥住一本书，皱起眉头，在那书上使劲拍了一下，那本书便服服帖帖地被装进了书包。他一共找了五本书，四本小的，一本大的。突然他着起急来，带着那沉重的书包，爬上梯子的最高一级，把第一本书重新放到书架上去。他的长腿妨碍着他的行动，他差点儿从上面跌下来。

当他干完事从上面下来时，他的恶作剧也就收场了。台莱瑟的手臂举了起来，她再也不能控制这手臂了。她的手使劲抓住自己的耳朵。她睁大双眼，惊愕地注视着她的遇到危险的主人。当他的脚踩到厚厚的地毯时，她才松了一口气。书不过是个幌子，真正的玩意儿现在才出场呢。她非常了解这个图书馆，但是一个人的恶习是多种多样的：抽鸦片、吗啡、可卡因等。谁能记得这许多呢？她才不上这个当呢。在书后面一定有什么东西。比如说，他为什么从来就没有横穿过房间呢？他站在梯子旁边，想要对面书架上的什么东西，他完全可以径直去取来，但是他不这样做，而总是沿着墙边走过去，腋下夹着沉重的书包，绕道儿走过去。他一定躲在书后面干了卑鄙的勾当。现在杀人犯被引到杀人的地方了。书包已经装满，再也装不进什么东西了。台莱瑟很熟悉这个书包，因为她每天都要清理这个书包。现在一定要发生什么事情。现在还没有七点吧？如到七点，他就走了。但什么时候是七点？现在估计不到七点。

她壮着胆子，两手叉腰，诡秘地竖起耳朵，眯缝起眼睛，十分好奇地窥视着。只见他抓住书包的两头并把它放在地板上。他的脸上闪着骄傲的神气。他弯下腰并蹲下来。她浑身是汗，整个身体都在颤抖，眼泪也出来了。她马上意识到，问题就出在地毯下面，多蠢呀。他啐了一口就站起来，腿关节咯咯地响。他是不是只说了句"就这样吧"呢？他拿起书包，取出一本书，又慢慢地放回原处。接着他把其他的书也拿出来又放回原处。

台莱瑟很生气。真见鬼！这儿什么也没有！这是一个严肃的人，从来不笑，从来不吐一个字！她也是一个严肃而勤劳的人，她能做这样的事吗？她要做这样的事，人家就会砍掉她的手。他在女管家面前装傻。可是这家伙有钱！有很多很多钱！此人该受人监护。他怎么知道这钱该怎么花呢！假如此人家里有另一个行踪诡秘的人，一个漂亮女人——如同现在的年轻人那样——那么她就会把他的最后一条床单抽走。他连张床都没有。他要这些书干什么？他总不能一下子全部读完这些书。有人在她跟前说过他是个书呆子。把他的钱都拿走，免得他把钱浪费掉，并让他滚蛋。她会向他表明，他是否把一个正派人引到家里来了。他以为他能愚弄任何人，要知道她是不受人愚弄的。也许要八年的时间，但不会更长，不会的！

当基恩整理好第二批书准备去散步的时候，台莱瑟的初次盛怒已经过去了。她注意到他准备走了，此时她已恢复到正常而沉着的状态，走到那堆纸旁，庄重地把那堆纸扔进簸箕里。她此时自以为干了一件比较重要比较有意义的事情。

她决定不放弃现在这个工作。她发现他有点儿精神失常，她知道一些情况。凡是她看到的东西，她都知道利用。她一生阅历甚少。她从来就没有出过这个城市，她不愿作短途旅行，因为舍不得花钱。她不去海滨游泳，因为那里实在不成体统。她也不作长途旅行，因为她哪儿都不认得。若不是得出门买东西，她情愿整天待在家里。人反正是要受人骗的。物价一年比一年贵，跟从前大不一样了。

孔夫子做媒

第二个星期天基恩兴致勃勃地散完步回家。星期日早上这个时间，街上冷冷清清，空空荡荡。人们多半都在睡懒觉呢。他们起来以后，就穿上最好的衣服，先在镜子前面打扮一番，其余的时间他们便互相媲美，借以得到休息。虽然人们都认为自己穿得最好，但为了证明这一点，还要到人群中去走走。在平常的日子里他们为面包流汗，为生活絮絮叨叨，而星期天则闲扯，休息的日子原来应是沉默的日子。然而具有讽刺意味的是基恩在各处所看到的情况却恰恰相反。他从来就没有什么休息日，因为他向来都在默默地工作。

他在门口看到女管家。她等他显然已经等了好久了。

"三楼的小迈茨格尔来过。您曾经答应让他来的。他说您已经回家了。他家的女仆看见一位大个儿上楼来着。半小时后他再来。不想打扰您，只想看看书。"

基恩没有好好听。当他听到"书"字，才注意并意识到是怎么回事儿。"他说谎。我没有答应过他什么事儿。我跟他说过，我将给他看印度和中国的画儿，如果我有空的话。可是我哪儿有空呢？您打发他走吧！"

"现在的人都变得死皮赖脸了。不过我请您注意，他家可是一个规规矩矩的人家。爸爸是个普通工人。我想知道，他的钱是从哪儿搞来的。问题就在这里。现在时兴这样的说法：一切为了孩子，现在哪有什么严格要求。孩子都很淘气，不可思议。在学校里他们一味玩耍，还跟老师在一起散步。请问，这个世道是什么世道！如果一个孩子什么也不想学，父母就把孩子从学校里接出来送去当学徒，交给一个严师管教，以便让孩子能学到点儿东西。大家也许想工作吧？可是现在什么名堂也干不出来，一点儿都不简朴。您只要瞧瞧那些年轻人在街上散步是个什么劲儿！每个年轻女工都要穿一件时髦的短袖女上衣。请问，她们为什么非得穿那种贵得要死的劳什子呢？她们去洗澡，又要脱下来。女孩儿们还跟男孩儿们在一起洗澡，成何体统，从前哪有这种事儿？他们应该干点儿正经事儿。我总说，他们这钱是从哪里搞来的？样样东西一天比一天贵，土豆的价钱已经涨了两倍。孩子变得淘气了，有什么稀罕的呢？他们的父母一切都由着他们，从前父母看到孩子淘气，可不客气，左右开弓，啪啪给他几个耳光，孩子不得不听话。现在这个世界越来越不像话，孩子小的时候，不学习；大了又不工作。"

她絮絮叨叨发表了一通议论，基恩不禁被她的话所吸引，并且感到她的话很有意思。这个没有受过教育的人居然如此重视学习。她的本质是好的，也许这是因为她每天都和他的书打交道的缘故吧。书籍没能影响其他像她这样的人。可能她更容易受到教育，她也许非常渴望受到教育。

"您说得对，"他说，"您这样清醒地思考问题，使我感到非常高兴。学习就是一切，是最重要的。"

他们走进屋里。"您等一下！"他说着便走进图书馆，出来时左手拿着一本书。他一边翻着书，一边启动两片薄薄的嘴唇说："您听着！"他说着并示意她离他稍微远一点儿，中间要有一点儿距离。他慷慨激昂地——这种慷慨激昂的情绪与文章的朴素风格形成了鲜明的对照——读道：

"我的老师要求我每天白天写三千个字,每天晚上还要写一千个字。冬天白天短,太阳下山早,而我还没有完成作业,于是我便把小木板搬到朝西的凉台上,并在那里把作业写完。晚上,我检查写过的作业时,累得再也顶不住了。我在背后放上两桶水,如果我打瞌睡,我就脱掉衣服,往身上浇上一桶水,光着身子再继续工作。由于身上刚浇过凉水,我感到有一段时间头脑是清醒的。可是身上慢慢地又暖和起来,我又重新打起瞌睡来了,于是我又浇第二桶水。每晚两次冲凉使我能完成任务。那年冬天我刚刚九岁。"

他激动而赞赏地合上书。"从前人家就是这样学习的,这是日本学者新井白石青年回忆录中的一段话。"

台莱瑟在他朗读的时候向他靠近了一些,并随着抑扬顿挫的句子节拍点头。她那左边的长耳朵自然地听他自由翻译出来的日本话。他不由自主地把书倾斜一些拿在手中。她肯定看到了那些外文字,并且赞赏他流畅的朗读。他读起来使人觉得好像他手里拿着的是一本德语书。"原来是这样!"她说道。他已读完了。此时她才深深地吸了一口气。她的惊讶表情使他感兴趣。他想,难道为时太晚了吗?她今年多大呢?学习总还是可以的。她应该从最简单的小说读起。

门铃响了。台莱瑟打开门。小迈茨格尔把鼻子伸了进来。"我可以进来!"他大声嚷道,"教授先生早就允许了!""没有书!"台莱瑟一边嚷,一边就关上门。小男孩在门外大声喧闹,并且发出威胁。气得他说出来的话谁也听不懂。"请别给他书,那孩子贪得无厌,您给他一本,他以后就没完没了地跟您要。他的手脏,摸到书上一下子就全是斑点了。这孩子正在楼梯上吃黄油面包片。"

基恩站在图书馆的门槛上,男孩子没有看见他。基恩和颜悦色地对女管家点点头,他非常高兴地看到别人维护和关心他的书籍。

她理应得到基恩的感谢。"如果您想读点儿东西的话,您尽管向我提出来。"

"那我就不客气了。我本来早就想向您提出这个要求了。"凡是涉及书的事情她都要插一手,一般情况下她可不是这样。她一直表现得很虚心。他从未想过建立一个可以出借书籍的图书馆。为了节约时间,他回答说:"好吧。我明天给您找点儿可读的东西。"

然后他就开始工作。他的允诺使他不安。她虽然每天拂去书上的灰尘,而且从未损坏过一本书,但拂尘和读书是两码事。她那手指又粗又硬。脆薄的纸片哪里经得起又粗又硬的手指摆弄呢?装帧粗糙的书比那些精致的书要好一些。她看得懂吗?她早就年逾五十,时间荒废了。柏拉图①称他的犬儒派反对者安提西尼②为后学老人。现在又出现女后学老人。她想在泉水边解渴。或者是因为她一无所知而在我面前感到害臊吗?行善做好事,很好,但不能牺牲书呀!为什么要难为我的书呢?我付给她高工资,我可以这样做,因为这钱是我的。把书交给她,听她摆布,那不是懦弱的表现吗?这些书在一个没有文化的人面前是毫无抵御力的。我不能坐在那里看她读书。

深夜,一个被绑缚的男人,站在一个庙宇的台阶上,用一根小木棍抵御着两头美洲豹,这两头豹一左一右猛烈地向他进攻;它们都用五颜六色的彩带装饰着,张牙舞爪,眼露凶光,咄咄逼人,使人毛骨悚然。天空黑黢黢的,连星星都笼罩在黑幕中了。玻璃体从囚徒的眼中滚了出来,落在地上打得粉碎。没有发生什么变化,人们习惯于这种残酷的搏斗并且打着呵欠。由于偶然的机会,人们看

---

① 柏拉图(前427—前347),古希腊唯心主义哲学家。
② 安提西尼(前435—前370),古希腊犬儒派哲学创始人,柏拉图的反对者。

到美洲豹的爪子原来是人脚。观众是一位高个子、有文化的先生。他突然想到这是墨西哥司祭教士，他们正在演出一个喜剧。当作祭品的人大概知道，他不得不死去，教士们化装成美洲豹，但是我一眼就把他们看穿了。

右边的美洲豹突然甩出一块沉重得像楔子一样的石头，直刺向祭品人的心脏。石头的棱角切开他的胸脯。基恩惶恐地闭上眼睛，他想，这血一定直向天空喷去，他谴责这种中世纪的野蛮行动。他一直等到相信祭品人的血已流尽时才睁开眼睛。奇怪得很：从那裂开的胸脯里蹦出一本书来，接着又是一本，居然蹦出许多书来，并且蹦个没完。书掉在地上，被火苗吞噬着。火红的血点着了一堆木材，书焚烧了。"捂住你的胸脯！"基恩冲着囚徒嚷道，"捂住你的胸脯！"他双手打着手势，他必须这样做。快点儿！快点儿！囚徒理解了他的意思，他猛一用劲挣断了绳索，双手捂在胸前，基恩才松了一口气。

祭品人把胸脯撕裂得更大了。书从中滚滚而出，几十本，几百本，乃至无法计数了，大火席卷着纸片，每一张纸片都在呼唤救命。尖叫的呼救声从四面八方响了起来。基恩张开胳膊伸向那些熊熊燃烧着的书籍。祭台距离他比所想象的要远得多。他跨越数步，还是没有到达祭台。如果他要挽救这批书的话，那就得快跑。他直奔过去，跑得上气不接下气，如果一个人不小心，盛怒之下会把自己的身体弄到不可收拾的地步，成为一个无用之人。这些卑鄙野蛮的家伙！他听说过拿人类生命作牺牲品的事情，但是拿书作牺牲品的事情却从未听说过！从未听说过！现在他已靠近祭台，大火烧到了他的头发和眉毛。木材堆很大，从老远看，他以为很小呢，这些书一定在这大火的中央。你也进去，你这个胆小鬼，你这个吹牛的孬种，你这个可怜虫！

为什么他要骂自己呢？他毕竟挺身而出了。你们在哪里呢？你们在哪里呢？大火使他眼花缭乱。这是什么？见鬼了，他的手伸向哪里，哪里就能触摸到大喊大叫的人。他们竭尽全力夹住他。他把他们甩开，可是他们又跑来了。他们从下面向他爬来抱住他的膝盖，燃烧着的火炬从上面向他头上掉下来。他没有向上看，但看他们看得很清楚。他们抓住他的耳朵、他的头发和他的肩膀。他们用身体紧紧地把他包围起来，七嘴八舌大声开着玩笑。"放开我！"他大声嚷道，"我不认识你们。你们要干什么！我要拯救这些书！"

于是有一个人向他的嘴巴扑来，捂住他的嘴唇。他很想继续说下去，但嘴巴张不开。他心里说道：他们要把我毁了！他们要把我毁了！他想哭，但没有眼泪，眼睛被残酷地封闭了，有人蒙上他的眼睛。他想跺跺脚，他想拔起右腿，但无济于事，拔不动，被燃烧着的人抱得牢牢的，好像捆上了铅块一样。他非常讨厌他们，这些贪得无厌的家伙，他们吞噬人命从来没有个够，他仇恨他们。不论他如何委屈他们、侮慢他们、咒骂他们，他还是不能摆脱他们。他一刻也没有忘记为什么到这里来。人们强行把他的眼睛蒙住，但是他心里却十分清楚：他看到一本书，这本书的四边不断地延伸着，天上地下，一直延伸到遥远的地平线，整个空间都是这本书了。熊熊的烈火正在慢慢地、平静地"蚕食"着书的边缘。这书就这样安详地、无声无息地、沉着地忍受着被折磨的痛苦。人们尖声大叫，书默默地焚烧着。殉难者是不叫唤的，进入天国的死者是不叫唤的。

这时有个声音宣布，他知道一切，他是上帝的代表："这里没有书，一切都是虚幻的。"基恩马上意识到，此人是先知先觉者，他甩开这帮燃烧着的人群并从火中跳了出来。他得救了。痛苦吗？可怕得很，他回答说，但还不是像人们通常所想象的那样糟。他对

37

那人的声音感到无限欣慰。他看到自己如何从祭台上跳了出来。对着空自燃烧的火焰大笑使他感到快慰。

他站在那儿，陷入对罗马的沉思。他看着抽搐着的肢体，四野里弥漫着烧焦的肉味。人是多么愚蠢，他忘却了他的怨恨，一跃跳出火坑。这些书本来是可以得救的。

突然，他也不知道是怎么回事，那些人都变成了书。他大声叫了起来，并丧失理智地向火焰奔去。他气喘吁吁地奔跑着，诅咒着跳了进去，寻寻觅觅，又被那些祈求的人体包围起来。旧有的恐惧又向他袭来，上帝的声音又解救了他，他逃脱了，在同一个地方观察着同样的一出戏。他四次被愚弄。事态发展的速度一次比一次快。他知道他已经汗流浃背。他真想偷偷地在两个使他激动的高峰之间喘口气。在第四次休息时，他终于赶上了"最后的审判"[1]。巨大的车子，有的有房子那么高，有的有山那么高，有的有天那么高，从四面八方向那大火吞噬着的祭台接近。上帝的声音洪亮而愤怒地嘲笑着说："现在统统都变成书！"基恩大吼一声终于醒了。

这个梦是他记忆中最糟的噩梦，他醒来后有半小时之久仍然感到恍恍惚惚，非常压抑。一根坏事的火柴，当他在街上散步时——图书馆很可能就完了。他的图书馆虽然投了数倍于此的保险，但他怀疑在毁掉两万五千册书以后他是否还有力量生存下去，哪里还谈得上去索取那一笔保险费呢！他非常鄙夷地签订了这项保险。以后他对此感到羞愧，他本来很想取消这项保险。仅仅为了不再去那个法律对书和牲口都一样有效的机关，仅仅为了躲过那些无疑是被派到这里来的代理人，他才支付了到期的款项。

---

[1] "最后的审判"，又称"末日的审判"。基督教称，耶稣将于"世界末日"审判一切死去的和仍然活着的人，善人升天堂，恶人下地狱。

一个梦分解成若干组成部分，就失去它的力量。他前天看到若干墨西哥画稿，其中有一幅画稿表现的就是两个化装成美洲豹的教士宰杀囚犯祭神的场面。前几天，因为他见到一个盲人，使他想到亚历山大图书馆主任，那位老者埃拉托色尼。亚历山大这个名字使每个人都会想起烧毁举世闻名的图书馆的那场大火。在一幅中世纪木刻——他对木刻的质朴和简单感到好笑——上雕刻着几十个犹太人正被熊熊烈火焚烧着，他们站在执行火刑的柴堆上还在固执地大声祈祷。他赞赏受到推崇的米开朗琪罗[①]的《最后的审判》。那些罪人被无情的恶鬼推到地狱里去了。有一个罪人，恐惧和痛苦地双手紧紧抱住头，而那些鬼就在下面抱着他的腿，他不愿看那目不忍睹、令人痛苦的惨状，即使现在讲的是他自己梦中经历的事情他也不看。上面站着的耶稣，根本不是基督教打扮，他强有力地挥动胳膊宣判着。所有这些就构成了一场大梦。

　　当基恩把"洗漱车"推出门外时，他听到她非同寻常地大声说道："起来啦？"她干吗一大早就这么大声说话？现在大家都还在睡觉呢！对，他曾答应借给她一本书。他只考虑借给她一本小说。只是小说没有什么思想价值，小说也许能给人以享受，这看法也是估价过高了。小说破坏了完整性。人们看小说，为其中各种各样的人物所感动，从人物的活动中获得乐趣，从而深入了解人们所喜爱的角色。各种立场观点都是可以理解的。人们心甘情愿地使自己听任别人有目的的摆布，长此下去人们就失去了看书的本来目的。小说是小说家打进读者内心的一个楔子。作家对楔子和打进去的阻力计算得越高明，他在读者内心所留下的裂痕就越大。为了国家，小说

[①] 米开朗琪罗（1475—1564），意大利文艺复兴盛期的雕塑家、画家、建筑师和诗人。《最后的审判》是他所作的壁画。

应被禁止。

七点钟时,基恩又打开门。台莱瑟已站在门前,像往常一样满怀希望,极为谨慎,耳朵倾斜地耷拉下来。

"我是来取书的。"她大胆地提醒道。

基恩的脸不禁红了起来。这个该死的女人居然记住了别人欠考虑时作的允诺。"您是来要书的!"他叫道。但声音突然又变了:"您应该来取书!"

他冲着她把门关上,两条腿气得发抖,直挺挺地走到第三个房间,用一个指头把《封·勃莱道先生的裤子》这本书勾出来。他在学生时代就买了这本书,曾经把它借给全班同学。由于心情一直不好,对世界上的一切都感到别扭,斑斑点点的封面和油腻的书页反而使他舒坦。他平静地走到台莱瑟那里,把书一直送到她的眼前。

"这可不必要。"她说,从腋下抽出一沓纸来。他现在才注意到这是包装纸,她费了很大周折才找出一张合适的纸来,就好像给孩子穿件小衣服一样把书包好。然后又抽出第二张包装纸说:"双料包装可以更好地保存。"新包的书皮仍不够好,她就扯去并包上第三张。

基恩注视着她的动作,好像他有生以来第一次看见她似的,他对她低估了。她比他还要爱惜书,对这本旧书他非常反感,而她却给它包上两层书皮。她不让手掌接触书,而只用手指尖夹住,她的手指纤细。他因错怪她而感到惭愧,同时对她也感到高兴。是不是要给她拿一本别的书呢?她应该得到一本干净一些的读物。不过,她就先从这本书读起吧。反正过不了多久她还会要第二本。图书馆是由她负责管理的,已经八年了,他还稀里糊涂不知道。

"我明天要出门旅行,"他突然说道,她此时正用指关节把书皮弄平,"要好几个月呢。"

"那么我可以扎扎实实地把尘土都扫干净了，一个小时也许够了吧？"

"假如发生火灾，您怎么办呢？"

她大吃一惊，包装纸随着掉到地上。但她手里还拿着书。"天哪！那就救火！"

"其实我根本不走，不过开个玩笑。"基恩微笑着。他要出门旅行，把书交给她一人管理，这样一个特别信任她的想法使她深受鼓舞。他向她走近并用瘦骨嶙峋的手指拍拍她的肩膀，几乎是十分亲切地对她说：

"您真是一位好人！"

"我想看看，您为我挑选的是什么好书。"她说，她的嘴角笑得已经延伸到耳根。她打开书大声读道："裤子……"她突然停住了，脸上并不红，而是渗出了一层细汗。

"教授先生，您可真是……"她叫着，并以飞快的胜利者的步子溜进厨房。

以后几天里，基恩力图使自己集中到原有的事业上去，他对写作有时也感到腻烦，想偷偷地到人群中去走走，并且时间要比自己所允许的长一些。如果公开消除这种腻烦情绪，他就会失去许多时间。他习惯于在这种斗争中获得力量。此时他想出了较为聪明的办法，用巧妙的办法克服这种情绪：他不趴在写字台上打瞌睡，并努力克服疲劳的念头。他不上大街，不跟任何蠢人以任何方式进行无关紧要的交谈。恰恰相反，他要跟他最好的朋友一起来活跃他的图书馆。他最爱古代的中国人。他叫他们从书中出来，从墙边书架上下来，招呼他们走近一些，请他们就座，根据情况，欢迎他们或威胁他们，示意他们如何措辞。他坚持自己的意见，直至他们沉默为止。他要进行笔头论战，通过这种方式获得料想不到的新的乐趣。

他练习汉语口语，并使用巧妙的习惯用语。假如我去看戏，听到的是些无稽之谈，既无教益，又无乐趣，无聊得很，还要牺牲三个小时的宝贵时间，最后只好气恼地去睡大觉。而我的自我对话时间要比看戏短，而且有水平。他就是这样在为自己的毫无邪念的自编自演的节目辩解，因为这样的节目对于一个观众来说似乎有点儿不可思议。

基恩在大街上或书店里常常碰到那种野蛮人，这些人说出的通情达理的话是他没有想到的。为了消除这种印象——这种印象是和他对这些人的蔑视看法相矛盾的——他在这种情况下便做了一个小小的统计：这个家伙一天要说多少句话？少说也有一万句话。这一万句话中有三句也许是有意义的，而我偏偏偶尔听到了这三句话。每天还有千千万万句话他要通过脑子想一想而没有说出来，这些话都毫无意义，人们也许可以从他的秉性上看出他想说什么话，幸亏没有听到这些话。

女管家很少说话，因为她总是独自一人。一下子他们有了共同之处，他每时每刻都想到这一共同点。他看见她时，马上就想到那本精心包好的《封·勃莱道先生的裤子》。这本书在他图书馆里放了几十年了。他每每经过那里时，背上就像扎了芒刺一般钻心地疼。但他还是把它放在老地方。他为什么就没有想到给它包上一层漂亮的书皮妥善保管呢？真差劲儿！还是这位普通的女管家教了他应该如何做。

难道她为他演出的仅仅是一出喜剧吗？也许她为了安慰他才演出这套阿谀奉承的把戏吧。他的图书馆闻名遐迩，有些商人曾经千方百计想从他这里得到某些孤本。也许她正准备进行一场大规模的窃书活动。当她独自一人和书打交道时，人们就要知道她在干什么。

有一天他突然出现在厨房里，这使她大吃一惊。他的猜疑折磨着他，他要搞清楚。一旦她被揭露出来，他就马上把她赶走。他要一杯水，而她显然没有听清他的叫声。当她匆匆忙忙替他端来水时，他便审视着她座位前的桌子。在一个天鹅绒绣花枕头上放着他的书。书翻到第二十页。她还没有读多少。她用盘子给他递去一杯水。她手上套了白手套。他忘记用手指头去抓住杯子，杯子掉到地上，盘子也跟着掉下去。一阵哐啷声转移了视线，倒是值得欢迎。他没说什么。他从五岁起就读书了，至今已有三十五个春秋，还从来没有想到戴上手套去读书。他那尴尬的处境使他感到十分可笑。他鼓起勇气不假思索地问道："您读得还不多吧？"

"我每一页都要读十几遍，否则就学不到什么东西。"

"您喜欢这本书吗？"他强迫自己问下去，否则他会像刚才泼在地上的水一样不可收拾。

"书永远是美的。人们应该理解到这一点。这书里有油污斑，我费尽心机也没有把这些油污斑去掉，我该怎么办呢？"

"这油污斑早就有了。"

"多可惜呀，您知道书是多么珍贵！"

她没有说"值钱"，而是说"珍贵"。她说的是书本身的价值，而不是书的价钱。而他以前给她扯的都是什么"钱"，他的图书馆值多少多少的钱。这个女管家应该鄙夷他。她是一个高尚的人。为了除掉书中的油污斑，她煞费苦心，彻夜不眠。他给她的是一本最不值钱、最破旧、最脏的书，而且是因为讨厌这本书才给她的。而她得到它却如获至宝，十分珍惜。她并不怜悯人，因为那不是艺术，而是怜悯书。她让弱者、受欺压者到自己身边来。她所关心和照料的是世界上的落伍者、被遗弃者和被遗忘者。

基恩深受感动地离开了厨房，没说一句话。她听到他在外面走廊上喃喃自语,但不知道说些什么。

他在图书馆高大的房间里踱来踱去,并请孔夫子出来。孔子安详而沉着地从对面墙上迎面走来。假如一个人没有做出什么成就就了此一生,便是虚度年华。基恩大步迎向孔子。他把一切应有的礼节全都忘了。他那激动的情绪和中国人温文尔雅的举止态度形成鲜明的对照。

"我相信我有一些知识!"他在五米开外的地方就对孔子说道,"我也相信我有一些修养。有人劝我说,知识和修养是相辅相成的,二者缺一不可。谁这样劝我呢?你!"他毫不畏惧地称孔夫子为"你","现在突然来了一个人,此人没有一丁点儿知识,但比我和你、你的整个儒家学派都更有修养,更有心志,更有尊严和人道!"

孔子并没有使自己失去自制。在开口之前,他甚至没有忘记向对方拱手作揖。尽管对方作了如此不逊的责怪,他的浓眉却没有皱一下。浓眉下一对古老的眼睛炯炯有神。他缓慢而庄重地说道:

"吾十有五而志于学,三十而立,四十而不惑——六十而耳顺。"①

基恩头脑里早就记熟了这些话。他却以使孔子更为气恼的话来回敬孔夫子。他很快把他的情况和孔夫子的情况生拉硬扯地进行对比。他十五岁时,白天在学校,晚上违反母亲的意愿,躲在被窝里凭着手电的微光,如饥似渴地读了一本又一本书。母亲给他设了岗,派弟弟格奥尔格监视他,可是他弟弟夜里偶尔醒来时,他仍然没有中断阅读,而且从不试图把被子掀开来。夜里能否读书,全靠他能否机警

---

① 见《论语》。大意为:我十五岁,有志于学问;三十岁,说话做事就都有把握了;四十岁,掌握了各种知识而不致迷惑;……六十岁,倾听别人的言语,便可以分别真假,判明是非。

地藏好手电和书本。他"而立"之年已在科学上有所建树。他鄙薄当教授的聘请。他完全可以凭他父亲遗产的利息舒舒服服、无牵无挂地过一辈子。但是他没有这样做，而是把钱花到书上面了。几年的时间，也许只有三年的时间吧，他的钱就全部花光了。他对困难的前景从来不抱幻想，也就是说他对前途毫不畏惧。他现在四十岁了，直至今天他也从来没有"惑"过。当然他不能忘记《封·勃莱道先生的裤子》那本书，在处理那本书的问题上他出了问题。他还没有到六十，否则他也可以"耳顺"了。他能让谁"耳顺"呢？

孔子好像看出了他的问题似的，向他走近一步，虽然基恩比他高出两个头，他仍然向基恩友好地鞠躬作揖，并对他亲切地说道：

"视其所以，观其所由，察其所安，人焉瘦哉！人焉瘦哉！"①

此时基恩十分沮丧，熟读这些话有什么用呢？人们要使用这些话，体验这些话，并证明这些话。她在我身边生活八年了。我了解她的"所以"而对其"所由"和"所安"则连想都没有想过，我知道她为图书做了些什么事情。她的成果我每天都见到。我想她是为了钱才这样做的。自从我知道她安于什么以来，我就更了解她的"所安"了。她在为那些可怜的、满是油污的、人们见了就厌恶的书籍清除污斑。这就是她的休息和睡眠。如果我不是由于不信任而到厨房去使她大吃一惊的话，她的良好的行为永远也不会被人知晓。她在隐匿的地方为她的"养子"——我的那本书，做了绣花枕头，安置它"睡在床上。"整整八年之久，她从来没有戴过手套，而今天，在她打开书阅读之前，却从她辛辛苦苦挣来的钱中抽出一些来上街买了副手套戴上。她并不傻，而是一个精明的人，她知

---

① 考察他所结交的朋友，观察他所由以达到目的的方式方法，审度他的心情，安于什么，不安于什么。那么，这个人怎样隐蔽得了呢？这个人怎样隐蔽得了呢？

有急事外出，说不好何时回来。"署名是：胡伯特·贝莱丁格尔。

他是第一个知道台莱瑟要办喜事的。他对她的话怀疑了很久，直到她相当冒失地请他到结婚登记处作证婚人时才相信。举行婚礼的那天，证婚人跟着新郎新娘走上大街。末了，那位老仆人轻轻地说了些感谢的话，领取了给他的报酬，临走时还喃喃地表示了一番祝贺。"……用得着我时请招呼一下……"这句话还在基恩耳边回响。在十步开外的地方还可以看到他在不断地说着什么。胡伯特·贝莱丁格尔感到十分失望。他没有料到参加的是这样一个婚礼。他曾经把他的西服送出去熨了一下，以示非常重视。新郎的穿着跟平常一样，鞋底儿磨歪了，衣服也是破的，脸上没有爱情的喜悦，一路上不是看着新娘，而是老看着他那个书包。他说的"是"好像是说的"谢谢"，说完后也不去挽那丑老太婆的胳膊。至于接吻嘛，这是这位鞋匠每星期都不能离开的——他人一吻可换他二十个吻——为了接吻，他可以解囊请客。他在铺子门口挂的牌子上写的"急事"指的就是看接吻，登记站的官员看的是公开的接吻，婚礼上的接吻是定终身的接吻。接吻，接吻，这接吻居然没有发生！告别时这位鞋匠拒绝伸出他的手来，他把他的不快隐藏在恶意的狞笑中。"等一等。"他像一个摄影师，吃吃地笑着。基恩夫妇迟疑着。他突然向一个女人弯下腰，托着她的下巴，大声说着"咕——咕"，并猥亵地审视着她那丰满的仪容。他的圆脸似乎越来越胖，一对腮帮子绷得紧紧的，下巴鼓鼓地向前伸着。他伸直胳膊，眉飞色舞，描画着越来越大的圆弧，那个女人也就随着一秒钟一秒钟地胖了起来。他看了她两眼，第三眼就瞟着新郎，这是怂恿新郎。然后他一把把她紧紧搂在怀里，用左手厚颜无耻地摸她的胸脯。

虽然这个鞋匠搂着的女人并不实际存在，但是基恩早就看穿了他这个厚颜无耻的表演，于是便拉着在一旁傻看的台莱瑟走了。

"这个家伙大白天就喝得醉醺醺的！"台莱瑟说，挽着丈夫的胳膊，她也生气了。

在下一站他们俩等电车。为了强调说明这一天与往日一样，没有什么特别的地方，所以基恩没有叫出租车。电车来了，他首先跳了上去。他已经踏上电车踏板时才突然想到理应让妻子先上车。于是他便背朝着大街跳了下来，猛地撞了一下台莱瑟。售票员怒气冲冲地给了司机一个开车信号。电车没有载上他们俩就开走了。"干吗？"台莱瑟生气地说道。他大概把她撞得很痛。"我想把您扶上车——把你，对不起。""原来这样，"她说，"说得还算漂亮！"

他们俩坐上车时，他付了两张车票钱。他希望这样可以弥补自己的不慎。售票员把两张票递到她手里。她没有说声谢谢，而是咧开嘴笑一笑，用肩膀碰碰身边的丈夫。"什么？"他问道。"可以相信人家了吧。"她一边挖苦地说，一边在售票员丰满的背后摇晃着车票。她取笑他，基恩想，但他还是沉默了。

他渐渐感到不舒服起来。电车越来越满。一个女人在他对面坐下。她一共带了四个孩子，一个比一个小，两个孩子被她抱着坐在大腿上，还有两个孩子站着。坐在台莱瑟右边的一位先生下车了。"那儿，那儿！"母亲叫道，很快地示意她那两个顽童。两个孩子，一男一女，便向前挤去，他们还不是学龄儿童。这时从另外一边走来一位老先生。台莱瑟双手按在空位子上。两个孩子却从下面钻了过来，急急忙忙在座位旁冒出他们的头来。台莱瑟像抹尘土一样地把两个小脑袋抹走了。"我的孩子！"母亲叫道，"您想干什么？"

"对不起，"台莱瑟回答说，并意味深长地看着她的丈夫，"孩子最后再考虑。"此时那位老先生已来到座位旁，表示了一番感谢便坐下了。

基恩看了妻子一眼，他希望弟弟格奥尔格能来。格奥尔格在巴黎是个开业的妇科大夫，还不到三十五岁，已享有盛誉。他精通妇女的情况远胜于书本。他毕业不到两年，就被上流社会的人士缠住了，他们一有病就来找他，而且他们老生病，还有他们痛苦的女眷。这表面的成就使彼得看不起他。彼得也许原谅了格奥尔格的美貌。他天生是个美男子，这不是人为的。为了摆脱美貌的烦恼而使自己破相，他办不到。因为他的意志力薄弱，他违背了他曾选过的专业，大张旗鼓地去搞什么精神病学，这种情况证明了他的意志薄弱到何等程度。看来他还是做出了一些成绩。他内心还是想当妇科大夫。那种不干不净的生活已经侵入到他的骨髓。彼得对格奥尔格的摇摆不定大为恼火，差不多八年前就毅然决然地断绝了和格奥尔格的通讯关系，并撕毁了一大摞信件。凡是他所撕毁的，他一概不予答复。

现在结婚了，这应该是恢复关系的极好机会。格奥尔格热爱科学应归功于彼得的鼓励。而今彼得需要他出个主意，这根本不是一件可耻的事情，因为他一向潜心研究他的科学专业。如何对待那个畏怯的、拘谨的女人呢？她已不年轻了，生活非常严肃。坐在她对面的那个女人肯定比她年轻，可是已有四个孩子，而她却还没有孩子。"孩子最后再考虑"，这声音很清楚，可是她要表达的真实意思是什么呢？她也许不想要孩子吧，他也不想要。他从来没有想到过要孩子。她为什么要说这个话呢？她也许把他看成是一个有失体统的人。她了解他的生活。八年来她已经非常熟悉他的生活习惯。她知道，他是一个有意志力的人。他晚上出门吗？有什么女人来见过他吗？哪怕只有一刻钟呢？她初到他这里来工作的时候，他曾对她十分强调地说明，他原则上不接待任何客人，不管是男人还是女人，从婴儿到白发老人一概不见。她应该把任何客人都打发走。"我没有时间！"这是他一向说的话。不知道是什么魔鬼附上了她的身，也许是那个轻浮的鞋匠？她是一个幼稚清白的人，通常情况下，像她这样没有文化的人怎么可能这样热爱书籍呢？但是那个卑鄙的家伙表演得太露骨了。他的动作太明显了，即使不懂事的孩子也会明白，他是在调戏妇女，这种甚至在大街上都不能控制自己的人，应该关起来，他们把勤劳的人的思想都带坏了。她是勤劳的，而鞋匠给她施加了坏影响。否则她怎么会想到孩子呢？她可能听到有关孩子的事了。女人们在一起唧唧咕咕谈论很多。她一定见过生孩子，可能在她以前工作过的地方。如果这一切她都知道了，该怎么办呢？最好的办法就是给她讲清楚。在她的眼神中还含有几分羞羞答答，这对于像她这样岁数的人来说未免显得有点儿滑稽了。

我从来没有想过和她干那种风流的事儿，绝对没有想过。我没有时间。我需要六小时睡眠：工作到深夜十二点，六点钟起床。狗以及其他动物就是在白天也可以跟它们的同类交配。她也许期待着过这样的夫妻生活。这几乎是不可能的。孩子最后再考虑，笨蛋。她想说，她什么都知道。她了解夫妻生活的环节，它的最后一环就是生孩子。她是用漂亮的言辞把这意思表达出来的。她动辄便联系到那些麻烦事儿，孩子们会纠缠不休，道理是显而易见的，但是目光是看着我的，毫无忏悔之意。这样的认识真是哭笑不得。我是为了那些书才结婚的。孩子最后再考虑，这实在没有什么意思。她那时认为，孩子学习得太少了。我给她朗读新井白石的文章，她高兴得忘乎所以。她就是这样首次流露了自己对书的感情。谁知道我什么时候才弄清了她对书的态度呢？那时我们就已经接近。也许她只是想提醒一下。她还是她。她对孩子的看法从来就没有变过。我的朋友就是她的朋友，我的敌人也是她的敌人，话虽短，却是一片真心。我要注意，她不懂得房事，她也许会感到害怕，因此我要小心。我怎么跟她说呢？真是难以启齿。这方面的书我还没有。买吗？不行，不能买。那些书商会怎么想呢？我不是污秽不洁之人。

叫别人买？叫谁呢？她吗？胡说八道，她是我的妻子！怎样能这样懦弱呢！我应该试一试，不是别人，而是我！如果她不愿意，她会叫起来：房东、房客们——警察——有流氓。人家也奈何不了我，我已经结婚了，这是我的权利。讨厌！我怎么想到这上面去啦？是那个鞋匠对我的影响，不是她。你真不害臊，四十年了，都没有动心，怎么一下子就这样？我要爱惜她。孩子最后再考虑。要是知道她是怎样想的多好啊，斯芬克斯①！

此时那四个孩子的母亲站了起来。"注意啰！"她叫着，便向左前方走去。她在右边，即在台莱瑟旁边停了下来，真像一个勇敢的军官。出乎基恩的意料，她居然对他点点头，并且热情地问候她的女冤家，她说："您倒好，还是个光棍杆儿！"说完便笑了起来，大金牙从她嘴里露出来表示告别。她下车后，台莱瑟突然跳起来，扯着嗓子叫道："这是我丈夫！这是我丈夫！我们就是不要孩子！这是我丈夫！"她指着基恩并挽着他的胳膊。我要安慰她，他想。这种场合真使他尴尬。她需要他的保护，她叫呀，叫呀。最后他终于站了起来对全体乘客说："我是她的丈夫。"有人侮辱了她，她要自卫，她的还击很没有策略，像是进攻。她是无辜的。台莱瑟回到自己的座位上坐下来。谁也不站在她一边，就连那位坐在她旁边的先生，即她为他争得座位的那位先生也不站在她一边。世界被爱孩子的风气毒害了。再过两站基恩夫妇就要下车。台莱瑟走在前面。他突然听到后面有人说："她身上最好的东西要算是裙子了。""像个碉堡。""这个可怜的汉子。""你讨个丑八怪老太婆图什么呀？"大家都笑了。售票员和台莱瑟此时已站在电车的车梯上准备下车，他们没有听到这些话，但售票员还是笑了。台莱瑟下了车，在大街上非常

---

① 斯芬克斯，希腊神话中的狮身人首女怪，常叫过路者猜谜，如猜不出，即予杀害。

高兴地接住了她的丈夫,并说:"这个人真有趣!"此人正从开动的电车里探出身子,把手放在嘴前做成喇叭状,大声嚷着,可是人们没有听懂他嚷什么。他一定是笑得浑身在晃动。台莱瑟对着陌生人的目光招招手,原谅了他,并说道:"这家伙该摔下来。"

　　基恩此时却偷偷地看了看她的裙子。裙子比平常的还蓝,浆也上得多,所以比平时还要硬。这是她的裙子,如同贝有贝壳一样。谁能试一试,强行把一个闭着贝壳的贝打开呢?一个巨形贝壳,跟这条裙子一般大。人们不得不把它踩碎,踩成肉泥和碎片,像当年孩提时在海边那样。贝壳就是不张开,他还从未见过活贝肉。这是个什么样的动物,竟用这样大的力量紧闭着外壳?他想马上就弄明白,他手上就有这么一个又硬又顽固的东西。他用自己的手指和指甲抠来抠去,而贝壳也在那儿烦恼。他发誓,贝壳未打开之前,他决不离开一步。而贝壳也发誓,它决不让人看见它。他想,为什么它如此怕羞呢?我看一眼就放了它,把它再原样封好。我可以答应决不惹它,虽说它不会说话,上帝可以转达我的保证,我决不惹它。他和它谈了几个小时。他的话讲得非常小声,好像是在跟他的指头说话一样。他不喜欢拐弯抹角,喜欢直截了当。傍晚的时候,远处有条大船驶过。他跑过去看到那旁边的粗大的黑体字,这船的名字叫"亚历山大"。他在盛怒之下笑开了;很快穿上鞋,用力把贝壳往地上一摔,随即便跳起哥尔提亚斯[①]的欢乐舞蹈。现在这贝壳已无能为力了,他的鞋把它踏得粉碎,它很快就赤条条地躺在他面前:一摊可怜的、黏糊糊的东西,根本说不上是什么动物了。

[①] 哥尔提亚斯是夫利基阿(小亚细亚西北部的一个古国)一城名。哥尔提亚斯的欢乐舞蹈是指解开哥尔提亚斯之结。相传哥尔提亚斯国王把他的乘舆的辕和轭用结系住,牢固得无法解开,并声言能解此结者可统治小亚细亚。此结后为亚历山大大帝拔剑砍断。后人用以比喻用武力解决难题。

没有外壳——裙子——的台莱瑟是不存在的。这裙子总是非常讲究地上了浆。这是她的"封皮"，是蓝色的纯亚麻织成的。为什么她裙子上的褶子经久不消呢？很清楚，因为她经常熨它。也许她有两条裙子，人们分辨不出这两条裙子。她真是个很能干的女人。我不能把她的裙子踏坏。她会忧伤得晕倒过去的。她如果突然晕倒过去，我怎么办？我事先得请她原谅。她事后可以马上再熨一下。此时我就走到另一个房间去。她为什么不简单地穿上第二条裙子呢？她给我造成了许许多多困难。她是我的女管家，我跟她结了婚。她应该买上十几条裙子，可以经常换，少上一点儿浆就可以了。上那么多浆把裙子浆得硬邦邦的，真叫人哑然失笑。电车里那些人的看法是对的。

上楼梯真不容易。不知不觉他便放慢了自己的步子。到第三层他就以为到家了。他吓了一跳，那个小迈茨格尔唱着跑来了。他刚刚看到基恩，就指着台莱瑟诉起苦来："就是她不让我进去！她老是关门。教授先生，您给我狠狠地骂她！"

"这是什么意思？"基恩严厉地问道，他高兴来了替罪羊。这孩子来得突然，可也正是时候。

"我对她说，您已经同意我来了。"

"她是指谁呀？"

"就是这个女人。"

"这个女人？"

"是呀，我妈说了，她有什么了不起的，不过是个佣人。"

"你这个淘气包！"基恩叫道，挥起手揍了他一记耳光。小男孩弯下腰，打了个趔趄，摔倒了，为了不至于从楼梯上滚下去，他抱住了台莱瑟的裙子。大家都听到上浆的裙子所发出的撕裂声。"好啊，"基恩叫道，"你还是这么淘气！"那小孩讥笑他。他怒气冲冲地向小孩逼近几步，气喘吁吁地一把抓住小孩的头发就往上提，用他那瘦骨嶙峋的手揍了他两三个耳光，然后放他跑了。小孩子边哭边往楼上跑："我告诉我妈！我告诉我妈！"楼上的门开了又关了。一个女人大声责骂起来。

"这漂亮的裙子有些可惜了。"台莱瑟原谅了他的这一顿狠揍，站在那儿，不知所措地望着她的保护者。现在要让她有所准备了。应该说点儿什么了。他也站在那儿发愣。

"噢，这漂亮的裙子，怎样才能长久不变？"他庆幸自己想到这一古老的优美诗句，并引用它来暗示以后一定会发生的事情。用诗句最能把事情说清楚。诗适合于任何场合和环境。它能把最麻烦最难于表达的东西表达出来，而且大家都理解得了。就在继续走的当儿，他转向她说：

"一首非常优美的诗，对吗？"

"噢，是呀，诗总是美的。可是人们一定要理解。"

"人们应该努力弄懂一切。"他慢慢地强调说，不知不觉脸便红了起来。

台莱瑟用胳膊捅了他一下，耸了耸右肩，头不自然地向一边歪着，尖声尖气、挑衅地说道：

"可见水静则深。"

他意识到这指的是他。而他却把这理解为对他的非难。他后悔不该作那种令人害臊的暗示。她回答时嘲讽的声调使他失去了最后一点勇气。

"我——我可不是那个意思。"他结结巴巴地说。

说着说着便到了自家门口，这才把他从尴尬的处境中救了出来。他很高兴地把手伸进口袋找钥匙。这样他至少可以不引人注目地垂下他的目光。可是他没有找到钥匙。

"我忘记带钥匙了。"他说。他现在必须把门撬开,就像当初打开贝壳一样。困难一个接着一个,没完没了。他沮丧又不敢声张,摸了摸其他的口袋,哪儿也没有钥匙。他仍在找着,忽然听到锁眼里有声音。小偷,有小偷!他头脑里突然闪出了这个念头。就在这个时候,他发现她的手正在门锁旁边。

"我有钥匙。"她得意洋洋地说。

幸亏他没有喊"来人抓贼"。可是这话就在嘴边上了。他一生都得在她面前感到害臊。他的表现就像一个小孩子。他没有带钥匙还是头一次。

他们终于走进屋里。台莱瑟打开他的卧室让他进去,并说"我马上就来",就把他一人留下了。

他看了看四周,吁了一口气,好像刚从监狱里获释似的。

对,这就是他的故乡。他在这里可保无虞。他觉得好笑,如果他在这里会发生什么事情的话。他避免朝沙发床那里看。人人都需要有一个故乡,但不要如头脑简单的爱国者所想象的那种故乡,也不需要宗教,更不需要那种虚幻的可望而不可即的阴间之乐,而是需要这样的故乡,这就是地板、工作、朋友、休息、精神世界组合在一起的自然的、井然有序的整体,由它们构成的特有的天地。而故乡最好的定义就是图书馆。最聪明的办法就是让女人远远地离开这个"故乡"。假如有人决心吸收一个女人到这个"故乡"来,那他就要致力于把她同化成"故乡"的人,如同他做过的那样。在八个静悄悄的、艰苦的年头里,是图书把她降服了,他本人却没有帮一丁点儿忙。他的朋友——这些图书——以他的名义征服了这个女人。人们可以说出许多反对女人的话,只有傻瓜才不要经过考验的时间就结婚。他很聪明,一直等到四十岁。这八个年头的考验是值得人们仿效的。任何必然的事物都是逐渐成熟起来的。人是命运的主宰。如果考虑这一点的话,他就觉得缺少一个女人。他不是一个生活阔绰的人——谈到生活阔绰的人,他就想到他的弟弟格奥尔格,那个妇科大夫——他什么都是,唯独不是一个生活阔绰的人。但是最近他做的噩梦也许跟他过分紧张的生活密切相关。现在要变样儿了。

继续回避那项任务是可笑的。他是一个男子汉,现在应该做什么呢?事态发展得太快了。先要确定,什么时候该做此事。现在,她会拼命反对。对此他不应见怪。如果一个女人为了最后保护她自己而进行反抗,那是可以理解的。一旦做了那种事情,她就会赞赏他,因为他是一个男子汉。所有的女人都应该这样。现在就干,决定了,他发了誓。

其次,在哪儿干呢?真是一个愁死人的问题。他确实一直在看着那张沙发床。他的目光沿着书架掠了过去,同时也掠过沙发床。沙滩上那个大贝壳躺在上面,非常非常大,而且是蓝的。他的目光到哪儿,这沙发床也就跟到哪儿,显得那样委屈,那样笨重。这沙发床看上去就好像那些书架都放在它上面似的。只要基恩的目光一接近沙发床,他就马上把头调转过去,看向远处。现在,即他做出庄严决定的时刻,他要大大地、长时间地劳累这张床了。他的目光也许出于习惯来回转动了数次,但它终究停住了。实际存在的活动的沙发床上却是什么也没有,既没有大贝壳,也没有书架的重荷。不过如果他人为地在上面放上什么东西呢?如果在上面放上一层漂亮的图书呢?如果它上面盖满了书,以致人们看不出来这是一张沙发床呢?

基恩听从了自己富有创见的想法,搬来一堆书,并小心翼翼地放到沙发床上去。最好从上面取些书下来,可是时间来不及了,她说她马上就来。他没有用梯子,只从下面选些书拿来。他摞起四五本厚书，在未取其他书之前，还匆匆忙忙地抚摩抚摩。他没有把那些不好的书拿来，以免伤了妻子的感情。虽然她对书不甚了了，但她是负责照看这些书的，也因为她对书感情很深。她马上就要来了。一旦她看到放上了书的沙发床，由于她一贯井井有条，她就会走来询问这些书是从哪里搬来的。这样他就可以把这个事先毫无所知的女人引入他设下的圈套。从谈论书的名字开始可以很容易打开话题，这样他就可以一步一步地把她往那件事情上引。使她震惊的那件事是一个女人一生中最大的事件。他不会使她害怕，他会帮助她的。唯一的可能就是大胆、果断地行动。他反对草率从事，他非常珍惜书，只要她不喊叫就好了。

他刚才还听见一阵响声，好像是第四个房间的门开了。他没有注意这件事，他还有更重要的事情要做。他从写字台的角度观察着这"身穿甲胄"的沙发床，并思考着它的作用。这时就听到她开了腔：

"我来啦。"

他转过身来。她站在旁边房间的门槛上，穿着耀眼的带有花边的白衬裙。他本来想首先观察一下那条危险的蓝色裙子，而此时却吃惊地看到了她上半身的装束：她还穿着她那件上衣。

谢天谢地，那条裙子终于脱掉了。现在我用不着去碾碎什么了。这样规矩吗？万幸，万幸，我原没有什么可感到羞耻的。她怎么会做这种事呢？我原来就想说，把那条裙子脱掉吧，可是我没有能做到这一点。她很自然地站在那里。我们之间早就应该互相了解了，当然她是我的妻子，这就是婚姻。她怎么会知道呢？她已准备着过夫妻生活了。什么都见过了，还不是跟畜生一样。有什么难的，畜生都会自己找到正确的东西。她脑子里没有书。

台莱瑟扭着腰向他走来。她这次可不是滑来，而是姗姗而来。

只是因为那条上了浆的裙子她才滑着走路的。她高兴地说:"出什么神呢?真是男人的傻气!"她弯起小指头,威胁着,并指着沙发床。他想,我也得去那儿。他不知怎么搞的,不知不觉竟站在她旁边了。他现在该干什么呢?——往书上睡吗?他害怕得颤抖起来,他向书祷告,向最后一个书柜祷告。台莱瑟看到了他的目光,弯下腰用左臂一下子就把所有的书都扫到地上去了。他无可奈何地跑到书那儿去,他想大叫一下,可是恐惧卡住了他的咽喉,他只好忍气吞声。一把无名火在他胸中慢慢燃烧起来:她胆大妄为,竟敢这样对待书!

台莱瑟脱下衬裙,把它小心翼翼地折叠起来,放在地板上的书堆上,然后就舒舒服服躺到沙发床上,弯起小指头傻笑着说:"来吧!"

基恩大步冲出房间,躲到他家唯一没有书的厕所里,闩上门闩,在这里他机械地扯下裤子,坐在马桶上像个小孩子一样哭泣起来。

令人迷惘的家具

"我总不能像个佣人一样待在厨房里吃饭。女主人应该坐在桌子旁边吃饭。"

"我们没有桌子。"

"我经常说应该有张桌子。哪儿有规规矩矩的人家在写字台上吃饭的?这个问题我考虑八年了。现在该讲出来了。"

于是买了一张硬木桌子,在离写字台最远的一个房间,即第四个房间,请工人辟了一个膳室,每天他们就在那里吃饭,在新桌子旁边默默地吃午饭和晚饭。这样过了还不到一个星期,台莱瑟又说道:

"今天我提个要求。我们有四个房间,男人和女人享有同等权利,当今法律就是这么写的。那么我们每人可平均有两个房间,这是合情合理的。我用膳室和它旁边那个房间,你用你这个漂亮的书房和它旁边的那个大房间。这样简单省事。家具、设备放在原处,不要再费神了,否则浪费时间,太可惜。可是这事儿非办不可。以后双方就不会互相干扰了,丈夫去书房,妻子去干她自己的工作。"

"原来如此,那么书呢?"

基恩已预感到她的企图。她骗不了他。即使三言两语,他也能从中研究出一点名堂来。

"这些书把我房间里的位置都挤没了。"

"我会把书拿到我房间里来的！"

他很生气。我的天哪，他可不愿意从手中失掉什么东西。他对那几件家具实在腻透了。

"对不起，为什么要拿到你房间去呢？把书拿来拿去不好，我知道，就把书放在那儿吧！我决不动它们，把第三个房间给我，这样也就抵消了，大家都不吃亏。在那个房间里反正也没有什么别的东西。那个放写字台的房间就归你一人用。"

"你能保证吃饭时不说话吗？"

家具对他来说无所谓，统统都交给她。但一到吃饭的时候她有时就说起话来了。

"可以呀，我很乐意不说话。"

"我们还是做个书面保证吧！"

她极其敏捷地跟着他滑着走到写字台旁。他很快就起草了一份"协定"，"协定"的墨迹未干，她就在下面签了字。

"你可要知道，你签的是什么！"他说。他把"协定"举得高高的，为了保险起见，他大声地对她读了起来：

"本人确认，在我三个房间里的所有书籍都是我丈夫的合法财产，并保证在任何时候、任何情况下都不改变这种所有关系。为确保这三个房间的安静，我保证在共同进餐时不说话。"

双方都很满意。自结婚登记以来他们第一次握手。

这位从前习惯于沉默的台莱瑟方才知道她的沉默对他来说多么重要。她所答应的条件，不管她怎么不愿意，也得遵守。吃饭时她默默地给他端上饭菜。她有一个夙愿，即跟丈夫谈谈在厨房里如何做饭，这一夙愿她也不得不自动放弃。"协定"的全文她牢牢地记在脑子里。"必须沉默"使她感到比"沉默"还要困难。

有一天早晨，基恩正打算出门散步，她拦住他说：

"现在我可以说话,因为不是吃饭的时候。那张沙发床我可睡不了,它跟那张写字台放在一起相称吗?一个古色古香,而另一个破破烂烂。一个规规矩矩的人家应该有张像样的床。要是有个人来看见了,该有多寒碜。那张沙发床我早就受不了啦。昨天我想说来着,但是我还是没有张口。可不要责怪家庭妇女。那沙发床实在太硬了!哪儿还有比这更硬的沙发床呢?太硬不好。我可不是贪图享受的人,人家也不会这样说我。但总要让人睡得下来。按时睡觉,有张好好的床,这是对的。可不要这么硬的床!"

基恩没有打断她的话。他写的那份"协定"不全面,仅仅写吃饭时保持安静是不够的,应该确保整个白天都不要说话才好。但从法律意义上讲,她还谈不上破坏"协定",虽然她在道义上是不对的。此事也不会使这号人不安。下次他要放聪明点儿。现在如果他说话,就给她提供了说话的机会。不如见到她就走开,敬鬼神而远之,权且把她当作哑巴,把自己当作聋子吧。

她可是没完没了。每天早晨她都站在门口,把沙发床数落得一次比一次硬。尽管他不动声色,还是听她详细地把话讲完。她对沙发床显得了如指掌,好像她在这张床上睡了许多年似的。她那样放肆地胡言乱语,给了他很深的印象。这沙发床明明是软的,非要说成是硬的。他恨不得一个箭步窜上去把她那张愚蠢的嘴巴封起来。他自言自语道:看她厚颜无耻能走多远,敢走多远。为了弄清这一点,需要暗地做一个小小的试验。

当她又一次数落沙发床如何如何硬的时候,他靠得很近,讥笑地盯着她的脸,盯着她那腮帮子上的两块疙瘩肉和黑洞洞的嘴巴说:

"这一点你是不会知道的。是我睡在上头!"

"但是我知道,沙发床硬。好啊,原来这样!你究竟怎么知道的?"她傻笑着。

"我不想泄露给你,人总有记忆嘛!"

突然他对她和她的傻笑感到十分熟悉。一条刺眼的上面带有花边的白色衬裙出现在他眼前,一条粗笨的手臂把书横扫到地上。书像死尸一样横七竖八地躺在地毯上。一个恶魔,上身穿一件女衬衣,下身半裸着,叠着那条衬裙,并把它遮盖在书上,成了"书尸"的盖尸布。

这一天基恩心情十分忧郁,工作毫无进展。吃饭之前他感到恶心。他甚至饿了一顿饭。他对那些可憎的情景记忆犹新,晚上他睡不着。那张沙发床被骂得狼狈不堪。要是它真的很硬倒也罢了!他摆脱不了那污秽的回忆。有几次他索性起来想把那堆东西搬掉,但是那个女人沉得很,躺在上面就是不动,他于是不客气地把她从床上推下来,可是他刚上床,便又感到她躺在旁边了。他悔恨得无法合眼。他需要六小时睡眠。明天工作得好不好,就取决于今天晚上睡得怎么样了。他觉得,他的一切可怕的思想都在围绕着这张床转。凌晨四点钟,他才想到一个办法。他决定放弃这张床。

他匆匆忙忙地跑到老婆的房门前,这个房间就在厨房旁边,他咚咚地敲门,直到把她惊醒为止。她实在也没有怎么睡,自结婚以来,她睡得很少,每天晚上她都要暗暗地等着那桩大事儿,现在没准儿就找上门了。为了使自己相信真是那么回事儿,她需要一点儿时间。她轻轻地从床上爬起来,脱下睡衣,穿上带花边的衬裙。每天夜里她都要把它从箱子里拿出来,放在靠床脚的椅子上,这是她每天夜里无论如何都要办的事情。她在肩上披一条宽阔的带有含苞欲放花朵的纱巾,这是她嫁妆中第二件精制品。她把她的第一次失败归罪于那件女上衣。她在她那又大又宽的脚上套了一双红拖鞋,悄悄地走到门边扭扭捏捏地说:

"天哪,要我开门吗?"她本来应说:"有什么事吗?"

"见鬼了,不是要开门!"基恩叫道,他以为她睡得很死,因而感到非常气愤。

她发现自己判断错了。他咄咄逼人的口气使她如梦方醒。

"明天给我去买张床!"他吼道。她没有回答。

"听到没有?"

她收起了一切做作,冲着门长叹一声,说:

"随你的便。"

基恩拔腿就走,回到自己的房间用力砰的一声把门关上,爬上床很快就睡着了。

台莱瑟扯下她那披肩纱巾,胡乱地扔在椅子上,趴在床上呜咽起来了。

这是对待妻子的礼貌吗?人们应该这样做吗?人家会认为我是计较这些的!他是个男子汉大丈夫吗?我穿上带有昂贵花边的衬裙,他居然无动于衷。这不是一个男人能做得出来的。当初我还不如找个情人呢。我从前的那位主人家经常有一位来访的客人,一个仪表堂堂的男子汉!每次他来时都在门边托着我的下巴对主人说:"她一天比一天年轻了!"这才是真正的男子汉,又高又结实,有理想,不像这个骨瘦如柴的人。那个人的待人接物多好啊,我只要说声"哞"就行了。他一来,我就到起居室去问主人:"主人明天要些什么呢?牛肉炒白菜和烤肉还是熏肉炒圆白菜和丸子?"

那老两口的口味迥然不同,男的要肉丸子,女的要白菜。于是我就去问客人:

"请侄少爷拿个主意吧!"

我现在还仿佛看到我是如何站在他面前的。而他,一个淘气的毛小伙子,"呼"的一下跳起来,双手在我肩上拍了一下——这家伙真有力气——说:

"牛肉炒白菜和丸子!"

人家一定要笑话牛肉炒白菜和丸子!哪儿有这么一道菜?从来没有过。

"佺少爷总是乐呵呵的!"我说。

他是裁减下来的银行雇员,没有工作。不错,有一笔可观的退职费,但是退职费吃光了怎么办呢?不行,我只能找一个有退休金的人,或者自己有点儿家产的人。现在算是找到了,可不能为贪图一时快乐,把事情搞糟。我得聪明点儿。我们这一口子老气横秋,这是一个殷实人家应有的奇迹吗?按时睡觉,整天待在家里,就已经说明问题了。我母亲衣衫褴褛,活到七十四岁才死。她是饿死的,因为她没有吃的,要不她还不死呢!不过她是在消磨时间。每年冬天她总要做件新上衣。老头子死了还没到六年,她就找了一个汉子。那真是个汉子,一个卖肉的,他打她,他常常跟在姑娘后面转。我有一次把他的脸都抓破了。他倒喜欢我,可我不喜欢他。我容忍他,只是为了气一气母亲。她总是那样:一切都是为了孩子。有一次母亲下班回家,看到那个家伙在女儿的房间里,着实吓了一大跳!不过还没有发生那种事。卖肉的刚想从床上往下跳,我就牢牢地抓住他,使他跑不了,直到母亲进来走到床边。于是大吵了一顿。母亲抡起拳头就打,把那个家伙赶出房间,然后她就抓住我,号啕大哭,也不吻我了。我心中老大不高兴,便和她抓挠起来。

"你是晚娘,是的!"我大叫着。直到死时她还以为那个家伙破了我的身子。其实没有那回事。我是一个规规矩矩的人,还从来没有跟什么人乱搞过,不过要不是奋力反抗,恐怕也就难免了。可是现在又怎样呢?东西一天比一天贵,土豆已涨了两倍。谁也不知道,物价还会涨成什么样子。我真想不通。现在我已经结婚,深感"老之将至"……

台莱瑟从她唯一的读物报纸广告中常常读到各种各样漂亮的辞藻，她在激动的时候，或在做出重大的决定后，便把这些辞藻运用到她的思维中。这些辞藻对她起到了安定的作用。她重复着"老之将至"，渐渐地入睡了。

　　第二天，当两个人搬来一张新床时，基恩还在工作，情绪也不坏。沙发床搬走了，新床就放在原来放沙发床的地方。他们走的时候，忘记关门了。突然他们又搬进一张盥洗台。"这玩意儿放到哪儿？"一个人问另一个人。

　　"没地方了！"基恩反对道，"我没有预订盥洗台。"

　　"已经付过钱了。"其中一个小个子的说道。"还有床头柜呢。"另一个人补充说，并很快把它从外面搬了进来，是木头做的。

　　台莱瑟出现在门口，她是去买东西的。她未进门之前，就先敲了一下敞开的门："可以进来吗？"

　　"进来！"那两个人不等基恩开口就抢先说道。他们都笑了。

　　"噢，二位先生已经来啦？"她一本正经地向她的丈夫走来，又是点头，又是耸肩，亲切地问候他，好像他们多年以来就非常亲密似的。她说：

　　"你看我能干不能干？同样的钱，你预料只能买一件家具，而我却买了三件！"

　　"我不要那些劳什子，我只要一张床。"

　　"唉，为什么不要呢！一个人总要洗脸嘛！"

　　那两个人相互推了推，他们大概以为，他到现在还没有洗漱过呢！台莱瑟在强迫他谈家常，而他却不愿意被人家取笑。如果他谈他的那个"洗漱车"的话，那他们就会把他当傻瓜。如此看来他还不如让他们把盥洗台放在这里呢，尽管盥洗台有冷冰冰的大理石板。可以把它放在床后面，其中一半就被掩盖起来了。为了尽快地

66

把这些令人不愉快的家具处理好，他就自己动手了。

"床头柜是多余的。"他说着便指着那个放在大屋子中间显得十分滑稽的又矮又小的东西。

"那么夜壶放在哪儿呢？"

"夜壶？"在图书馆里提到夜壶这个概念真叫他吃惊，"放在床底下不行吗？"

"亏你想得出来！"

"难道我给妻子在陌生人面前丢了丑吗？"

其实对她来说也没有啥，她的目的就是为了说说话儿，除了说话别无其他目的。为了这个目的，她滥用了那两位工人在场的机会。但他不愿意跟别人胡扯，对她的话只好保持沉默，把夜壶和书等量齐观了。

"把床头柜搬到床旁边去吧！"他对两位工人粗声粗气地说，"就这样。现在你们可以走了。"

台莱瑟陪同他们走了出去。她显得非常热情，并一反常态，从丈夫的口袋里拿出一些钱给他们作小费。她回来时，他已经背朝着她坐在椅子上了。他再也不愿意跟她谈什么了，连看都不想看她。因为他已坐在写字台前，她无法接近他，只能从侧面领受他那生气的目光。她感到非常需要跟他把道理讲明白，并且要着实把那个破"洗漱车"数落数落。

"一天要干两次同样的工作，早上一次，晚上一次。这样好吗？也要替妻子考虑考虑。佣人才该干……"

基恩跳了起来，头也不回地命令道：

"安静！不要说话！家具就这么放着，不要讨论了。从现在起我就关上通到你房间的门。我在里面时，禁止你到我这个房间来。如果我需要你那个房间的书，我就自己去取，中午一点和晚上七点我会自己去吃饭的,我用不着你喊我,我有表,自己会看。我要对干扰采取措施了。我的时间十分宝贵。请走吧!"

他啪地拍了一下巴掌,说得明确、实事求是,很有分寸。她怎么敢用她的粗俗的话来反驳他呢?她走了出去,随手关上了门。他终于成功地阻止了她继续胡扯下去。他没有跟她订那种她根本就不尊重的"协定",而是对她行使主人的权利。他做出了一些牺牲:他不能像过去那样,自由地看到摆满书籍的房间了;也失去了那个没有家具的书房。但他获得的却多于失去的:他获得了继续工作的可能,最最重要的当然是安静这个条件。他像别人渴求空气一样渴求安静、沉默的环境。

首先应该习惯于周围环境所发生的重大变化。有几个星期,他深受地方狭窄之苦。把他限制在从前的一个房间里,这使他开始理解到囚犯的痛苦。对这种囚犯的生活,他以前与公众的舆论相反,是加以赞美的,这真是一个学习的机会,在自由的环境下是学不到东西的。从前思考重大问题时可以在图书馆里大范围内踱来踱去的日子已经一去不返了。那时,各个房间的门都开着,图书馆里空气流通,从天窗流进新鲜空气,也给他带来了新的思想。在激动的时刻他可以站起来,来回四十米跑上数次。向上看去,可以一览无余。透过天窗玻璃仰望天空可以感觉到天空与实际情况大相径庭,它是那样的朦胧、静谧。一块黯淡的蓝色仿佛说:太阳照射着,但没有照到我这里来。另一块黯淡的灰色也仿佛说:要下雨了,但不会下到我这里。一阵淅淅沥沥的声音告诉人们下雨了。人们只能在远处淋到雨,它是不会下到这里来的。人们只能感觉到:阳光照射,行云匆匆,细雨纷飞,一个人好像是和地球隔绝了一样。为了和一切仅仅与物质有关的东西隔绝,为了和所有与这个行星有关的东西隔绝,他造了一艘飞船,一艘巨大的飞船,大得可以装得下那些为数不多的东西,这东西比地球上的泥土多,比生命死亡后分解成的灰尘多,他把机舱密封好,并用这为数不多的东西充塞了机舱。他航行通过陌生的地方,似乎感到不是在航行。通过观察窗可以观察到,那足以使人信服的一些自然规律仍然存在着:昼夜交替,气候反复无常,时间在流逝。他自动行驶着。

现在飞船已经收缩了。基恩从屋角的写字台旁向上望去,看到一扇毫无意识的门。在那扇门后面就是他的四分之三的图书馆。他跟这四分之三的图书馆息息相关,即使有一百扇门他也感觉得到它,不过他感觉到的仅仅是他以前的图书馆而已。现在他觉得非常痛苦。他有时责备自己,因为他把一个统一的整体,他自己的精神财富宰割了。图书馆没有生命,不错,它们没有感觉,也不像动物或植物那样知道疼痛。但是有谁能证明无机物就没有感情呢?有谁能知道,一本书是否渴念另外的书呢?因为这些书以前总是在一起的,它们通过某种我们不知道的因而也就忽略的方式互相牵连着。每一个能思考的人常常会感觉到,科学上划分的有机物和无机物之间的界限和人们所划的一切界限一样,不过是人为的陈旧的界限。我们非正式反对的这种划分在"死物"中得到了证明,一切死去的东西便获得了重生。假如我们承认,一种东西已死去,那么我们一定也能想到,这种东西曾经活过。基恩别出心裁地认为,人们对书所想到的远远少于动物。既然被我们宰杀的无力反抗的动物都有生命,难道决定着我们生存目的的最强有力的知识宝库却反而没有生命吗?他这样怀疑着,但他还是顺应了通常的看法。一个学者所能做的只是把他的一切怀疑局限在自己的学科上。他思潮澎湃,但他还是顺应于当前流行的看法。他有充分的论据怀疑哲学家列子[①]的存在。他认

[①] 列子,即列御寇,相传为战国时的道家。《庄子》中有许多关于他的传说。

为，地球围绕太阳转，月亮围绕我们转，这是确定无疑的。

基恩还有更为重要的事情要思考和克服。这些家具使他很反感。它们对他干扰很大，因为它们顽固地使他在写作时不得安宁。这些家具所占据的位置跟它们微不足道的意义相比是极不相称的。他对这些木头疙瘩毫无办法。在哪儿睡觉，在哪儿洗漱，对他来说没有什么重要意义。看样子他不久也要像占人类十分之九的人一样开始谈论吃饭问题了，这些人对食物要求太多，比他们所欠缺的多。

他刚刚埋头于重新写一篇文章，词语便在他脑海里欢腾跳跃，他像猎人一样眯起眼睛，贪婪而激动地悄悄接近和捕获这些"猎物"。他需要书时，便可站起来去取。可是还没有去取时，这该死的床就映入了他的眼帘。它打乱了他紧张的思路，使他远离了他的"猎物"。那盥洗台也扰乱了"猎物"的足迹。所有这些都使他在明朗的白天感到昏昏欲睡。他坐下来时，必须从头开始，培养情绪，寻找"猎区"。这样浪费时间有何意义呢？这样浪费精力到底为了什么呢？

他渐渐恨起那四条铁腿的床来。他没有让沙发床代替它，沙发床也不好。他也没有让人把它搬走，因为其他的房间是属于妻子的。她不会让出她所占有的房间的。这是他的感觉，无须跟她商量，他也不想跟她商量，因为他现在得到了无可估量的好处。几个星期以来他俩之间没有说过话，他十分提防，不去打破这种沉默的局面。与其鼓起勇气跟她重费一番口舌，不如对那些床头柜、盥洗台和床忍耐一下为好。为了保持这种状况，他宁可避免占有她的地盘。他需要的书如果在对面房间里，他就在中饭或晚饭后带来，如他自己所说，他在膳室里反正也没有什么事情可干。吃饭时他瞟了她一眼，那种生怕她突然要说话的心理从来没有消除过。尽管他对她感到很反感，但有一点他不得不承认：她是遵守"协定"的。

基恩盥洗时，面对水盆，闭上眼睛，这是他的老习惯。为了不让水进他的眼睛,他把眼睛紧闭得超过需要的时间。他非常重视保护他的眼睛,并且总感到做得不够。现在在新盥洗台旁洗脸,他的老习惯对他有利。他早晨一醒来,就惦记着去盥洗。究竟什么时候他才免受家具之苦呢?在脸盆前弯下腰,他就看不到那些"背叛"性的东西了(凡是使他转移对工作注意力的一切事物,他一概认为是"背叛"性的事物)。他把头深深埋进水盆中,总爱幻想从前的岁月。那时一片宁静,幸福的思绪毫无阻碍地萦绕于大厅。一张沙发床并不那么显眼,人们简直可以认为,它并不存在。一个幻影出现在地平线上,接着又消失了。

  结果表明,基恩从闭着眼睛中获得了乐趣。他洗漱完毕,依然没有睁开眼睛。他在家具突然消失的幻梦中逗留了一会儿。在洗漱之前,刚起床的时候,他闭上眼睛,便预感到即将来临的快慰。他是那些跟自己的弱点进行斗争、同时做出解释和说明并努力完善自己的人中的一员,他认为,这不是弱点,而是长处。人们应该发扬这种长处,即使是很荒诞也罢。谁会知道,他独自一人生活,对科学有益呢?这种意见胜于多数人对其重要性的认识。台莱瑟对他几乎捉摸不透,她怎么敢违反他的禁令去惊扰他呢?

  他首先把闭着眼睛穿衣服的时间延长了。然后他闭着眼睛走到写字台边去。工作时他便忘掉了他后面的东西,这主要是因为他看不见后面的东西。在写字台前他就睁开眼睛任凭眼睛自由观看。他的眼睛率真而敏锐,也许是因为安宁的时间给了它们新的力量。他要绝对保证他的眼睛不会受到突然袭击。他只在需要用它们的地方才使用它们,如阅读和写作。即使取他需要的书,他也闭着眼睛去取。起始他对自己这种罕见的举动觉得好笑。他常常拿错书,而毫无所知,闭着眼睛回到写字台边时,他才发现拿错了。这并没有使他灰心,他有耐心,他又重新去拿。有时在未到达目的地之前他突然感到有偷看一下书的标题或封面的必要。于是他便眨巴了一下眼睛。在某种情况下他有时也很快地看一下。不过在多数情况下他是能克制自己的。到了写字台边，他的视力才不受危害物的干扰。

　　闭着眼睛走路的练习使他成了摸瞎的行家。三四个星期过去了，他可以在最短的时间内找到所需要的东西，老老实实，一点儿不掺假，闭着眼睛取来。即使用块布把他的眼睛蒙住也不会使他糊涂。即使在梯子上他也能保持这种本能，他准确地把梯子放到该放的地方，用他那长长的有力的手指抓住梯子的两边，闭着眼睛一级一级地往上爬。由上而下时他也能很轻松愉快地保持着平衡。他以前从未克服的困难——因为当时他可以随便看，所以也不当一回事——现在却轻易就克服了。就这样，他习以为常地像瞎子一样走路。他的细长腿以前并不那么听使唤，现在走起路来却很稳当，一点儿也不乱。这使人感到，他腿上的肌肉和脂肪好像都长得非常合适。他依赖他的腿，他的腿支持着他。他的腿把他当成盲人，而他也使他的腿具有了新的功能。

　　只要认为他在眼中"锤炼"出来的"武器"还不那么保险，他就抛弃他的某些性格。早晨散步时他不再带着他那一包鼓鼓囊囊的书了。当他犹豫不决地在书架前站上一小时之久时，他的目光就自然地落到那可恶的"三部曲"上，他管那已被逐渐忘却的三件家具叫"家具三部曲"。后来他便敢于去获取他的成就了。他大胆地、盲目地装满他的书包。如果他突然发现他装的东西不合适，就掏空书包，重新找别的书，好像一切都没有变化似的，他本人、图书馆、未来以及精确的、实用的时间划分等等似乎都没有变。

　　不管怎么说，他的房间总还是归他管。他的科学事业欣欣向荣。论文如雨后春笋一样一篇接一篇在他的写字台边写了出来。也许他以前见过盲人并发现了他们对生活的乐趣，尽管这生理上的缺陷会受到嘲笑和轻视。他一旦改变了他的偏见并从中获得益处时，这相应的哲学观念便应运而生了。

"盲目"是一种武器，不受时间和空间的约束。我们的生活就是一种巨大的"盲目"，只有为数很少的东西，我们可以通过自己有限的五官——就其本质和所达及的范围而论——感觉到。宇宙间起支配作用的规律就是"盲目"。它使世上万物并列存在着。世上万物不可能互相都看见。它允许中断人们不能适应的时代。比如，一个延续生命的孢子难道不是彻头彻尾地充满着"盲目"的生命的一部分吗？为了回避那具有延续性的时间，人们只有一种手段：把时间分割成一段一段的可以理解的时间。

基恩并没有发明这种"盲目"，他只是运用这种"盲目"，"盲目"是具有视觉的人之所以能赖以生存的大自然的规律。当今人们难道不正在使用人们所能获得的一切能源吗？人类还对什么可以利用的能源没有插手呢？连那些笨拙的人也在研究电学，研究复杂的原子。他们都在盲目地从事那种事业，那种事业充斥着基恩的书房、他的手指和书籍。这种令人窒息的一面是如此清楚，如此层次分明，实际上是一堆迅速运转的电子。如果他对此总是有所感觉的话，那么字母就一定在他眼前欢腾跳跃。他的手指感受到的那种可恶动作的压力如针刺一样。白天他只写了几行字，没有多写。"盲目"保护了他的视觉器官免受过度劳累之苦，把这种"盲目"推广到他生活的各种干扰因素中去是他的权利。家具对他来说就像在他身上或围绕着他的一群原子一样微不足道。存在就是被感觉到的东西。我没有感觉到的东西就不存在。那些由于偶然的情况相互见面而又分手的人们是多么痛苦啊！

用这种有说服力的逻辑进行推理的结果表明，绝不是基恩在自己欺骗自己。

亲爱的夫人

　　台莱瑟也愈来愈感到有信心了。她的三个房间只有一个房间，即膳室里有家具，其他两个房间还是空的。为了不用坏膳室里的家具，她就待在另两个房间里。她通常就站在通向基恩写字台的门背后，并在那里窃听着。她在那儿一站就是几小时或半天。头挨在门缝上——透过门缝却什么也看不见——穿着裙子，用胳膊肘支着头，站在那里。她等待着，并非常清楚地知道是在等什么。她从不感到累。如果他——尽管他独自一人——突然开始讲话，她就会把他抓住。老婆太坏了，他会自言自语地说，给她个应得的处分。午饭前和晚饭前，她就到厨房里去了。

　　只要她不在跟前，他在工作时就感到满意和舒服，可是多数情况下她只离开他两步远。

　　虽然有时他也想到，她会说他的坏话，但是她却除了沉默还是沉默。他决定每月一次到她房间里去检查一下他的藏书。谁也不能担保书不会被偷。

　　有一天，十点钟左右，她正在那里窃听得起劲，他检查心切，突然把门打开。她赶紧跳了回去，差点儿摔倒。

　　"这是干什么呀？"她很心虚，但壮着胆子嚷道，"进来之前，应该先敲门。你可能以为我在房间里窃听吧？可是我窃听到了什么呢？一个男人，因为结了婚，就可以为所欲为。呸！真是没有教养!"

什么?他去检查书还要先敲门?真是荒唐可笑!无耻透顶!她已经完全丧失了理智。跟她讲不了什么道理,莫如揍她一个耳光,她就清醒了。

他在设想,他揍了她耳光后在她那肥胖的油光闪闪的面颊上留下的五个指印。只给半个脸赏光,不公平,应该两只手同时打,左右开弓。如果打得不那么准确,用力不那么均匀,可能会出现一边的红道道肿得比另一边高,不对称,那可丑死了。从事中国艺术的研究使他养成了强烈的对称感。

台莱瑟注意到他在审视她的面颊。她早已把敲门的事儿忘到九霄云外去了。她掉转头就走,嘴里还招呼着说:"也不一定非得敲门。"就这样,他即使没有揍她耳光也大获全胜了。他对她的面颊的兴趣已经消失,于是十分满意地走到书架那边去。她站在那里等着。他为什么不说话呢?她小心谨慎地斜觑了他一下,发现他的脸上起了变化。这个时候她还不如到厨房里去。遇有这样的事儿,她爱在厨房里琢磨。

她这样说究竟为了什么呢?现在他又不想干了。她是太老实了。换个另外的女人会马上搂着他的脖子的。跟基恩这样的人没法搞到一块儿,而她呢,也一样。如果她再年长一些,她会马上生气的。能把这种人看成男人吗?也许他根本不是男人?的确有许多男人,他们实际上并不是男人。他们穿的裤子是不会说话的。他们也不是女人。这种情况确实有过。谁知道,假如他愿意呢?对这种男人来说,那事儿要持续好多年,她不老,但也不是年轻姑娘了。这一点她自己知道,无须别人跟她讲。她像三十岁的人,但不再像二十岁的人了。在街上男人们都瞧着她。家具店的老板说什么来着?他说:"三十岁左右的人爱结婚,不管是男人还是女人。"她本情况可不是这样。别的女人有那么多东西还要嘟囔，实在可笑，应该脸红。我需要什么呢？我需要新家具！那么大的屋子，总得有点儿东西，我难道是个叫花子吗？"

现在他明白了，她又是要家具。他刚才不礼貌，曾冲着她把门打开。看来她晕倒过去是他的责任，确实不应该那样猛烈地开门。她受惊了，而他自己也吓了一跳。她只是责备了几句就原谅了他。为了补偿她受到的震惊，他也该答应她买家具的要求。

"你说得对，"他说，"你就去买一套卧室家具吧！"

饭后她马上就上街了。东打听，西打听，总算找到了一家最好的家具店。在这家店里她打听了一套卧室家具的价钱。她感到东西都不够贵。当两位店主，一对胖兄弟，终于说出了一个诚实人都会感到太高的价钱时，她摇了一下脑袋，扭向大门，挑衅性地说：

"二位老板先生大概以为，顾客的钱是偷来的！"

她招呼也不打就离开了家具店，直接往家走，一直走到她丈夫的书房里。

"你要干什么？"他生气地说，下午四点钟她居然闯到他的书房来。

"我得跟你说个价钱，让你有所准备。要不然你会吓一跳，老婆怎么跟你要那么多钱！一套卧室家具贵得很呢！要不是亲自打听，我也不会相信。我选中了一套结实耐用的家具，没有什么特殊的地方，各家商店打听的结果，都是一样的价钱。"

她诚惶诚恐地给他说了个数目。他对中午就已经解决了的事情再也没有兴致去谈论了。他飞快地在一张支票上填上了她所说的数目，指着银行的名字告诉她到哪里去兑换，接着指指门，示意她走开。

到了外头，台莱瑟才相信，支票上确实写上了那笔可观的数目。用这么多的钱去买家具她也觉得可惜。她不一定非得要最好的家具。她的生活至今一直很简朴。难道她结婚后就应该乱花钱吗？她不要奢侈品。她想不如买一套只有这个数目一半的家具，其余的钱可以存到银行里去。积点儿私房钱，将来也好有个依靠。她要工作多少时间才能挣这么多钱啊！简直没法子算出来。她还要为他工作好多年。可是她能得到什么呢？什么也得不到！一个佣人比一个家庭妇女要好得多。女人应该处处留神，否则她什么都没有。她干吗要那么傻呢？这事儿她在结婚登记处早就应该办妥的。她应该跟他说妥，结婚后她仍然应该领取她的工资。她婚前婚后做的是同样的工作。现在甚至还多做了工作，因为新辟出了一间膳室，还有他房间里的家具等等，这一切都得拾掇。这难道都是些微不足道的小事吗？她应该得到比以前更多的工资，否则太不公平了。

她手里抓着支票气得直发抖。

吃饭时她脸上挂着一副苦笑，眼角和嘴角都快跟耳朵接上了，从她那狭长的眼睛缝儿里射出了浅绿色的光。

"明儿不做早饭了。我没有时间。我没有三头六臂，哪能一下子办许多事！"她没有再说下去，而是好奇地想着看他的反应。她以为会遭到报复。她没有遵守"协定"，吃饭时说话了。"我总不能因为一顿午饭而贻误大事，中午饭天天可以吃，而买卧室家具却只有这么一次。我看还是分个轻重缓急。明儿我就不做饭了！"

"真的不做饭啦？"他突然可怕地想到，他日常生活的需要和权利都被打乱了，"真的？"

他的声音听起来好像是在嘲笑。

"不开玩笑！"她激动地回答说，"这么多的事情要干，真把人烦死了。难道我是佣人吗？"

他乐呵呵地打断了她的话。

"你还是谨慎点儿好！尽可能多跑几家家具店！买之前你要把各种价钱比较一下。商人都是一些天生的骗子。女人更容易受他们的骗。中午你就到一家饭馆吃饭，好生休息休息，因为你今天不舒服，吃得要好一点，就不要回来了！天气热，你太劳累了。饭后你就安下心来继续打听，不要着急！晚饭的事儿你也不用操心了。我建议，你在外面可以待到商店打烊时回来。"

他极力使自己忘记，她已经选好了一套卧室家具；极力使自己忘记她向他索取的那一笔购买家具的钱。

"晚饭倒是可以吃点儿凉的。"台莱瑟说。她想，他现在又想捉弄我了。一个人感到惭愧时，很快就会被看出来。遇有这种情况，还不如把老婆支走！他可以随心所欲地支使一个佣人，因为他给她付工资了。但不能支使老婆，老婆毕竟是老婆。

第二天早晨离家时，她决定只到那些非一般的商店去买，这些商店的人对她的一切都能马上看出来：如她的确切的年龄，她是否结了婚等等。

她在银行兑换了支票，把现款中的一半随即存到银行里。为了了解家具的行情，她走访了好几家家具店。整个上午她都在跟人激烈地讨价还价。她感到蛮可以省一些钱，她完全可以在银行里多存一些钱。她进入的第九家商店就是她昨天对价格提出抗议的那家商店。商店里的人马上就认出了她。她脑袋的姿势以及她说话时爱冲动的样子都给初见者一个难以忘却的印象。根据昨天的经验，商店里的人今天给她看的是比较便宜的东西。她把床从上到下看了一遍，敲敲木头，把耳朵贴在床框上一边敲，一边听，听听里头是不是空的，有没有毛病。也难怪，有些家具在买走之前就已被蛀虫蛀空了。她打开每一个床头柜，蹲下来，把鼻子伸进去嗅一嗅，看是否用过。镜子上她也要哈哈气，商店老板不满意，让她擦掉。所有的柜子她都看了，没有一个中意的。

"这里没有一样适合我们家用的。你们看，现在做的这柜子是个啥样子！这些东西想必是给穷人家用的，穷人家没有东西，有的是地方，而我们这样的人家可没有那么多地方。"

尽管她的穿着打扮有点儿寒碜，人们对她还是客客气气。他们感到她有点儿蠢，只有蠢人才唠唠叨叨，扭扭捏捏，实际上啥也不买。这家商店的两兄弟对顾客的心理研究还没有研究到这种人身上。他们只限于研究年轻夫妇，给这些人出一些模棱两可的点子，视情况而定，或者使他们受到某种冷嘲热讽的刺激，或者使他们有宾至如归之感，用这种办法可以很快获得成功，以此刺激他们购买东西。对这位老一点的顾客，这老哥儿俩根本不感兴趣。经过半小时关于保修条件的争论后，他们的热情已经减弱。她早就看出这两个人瞧不起她。于是她便打开夹在胳膊下的手提包，取出一大沓钞票，尖声尖气地说：

"我得看看我带的钱够不够。"

这老哥儿俩根本没有想到她包里有这么多钱。当着那圆圆脸、黑头发的老哥儿俩的面，她就慢条斯理地数起钞票来。"好家伙，她真有钱！"他们兴奋地想着。数完以后，她就把钞票小心翼翼、整整齐齐地装进手提包，关上后转身便走。在门槛旁边她又转过头来说："老板先生对规规矩矩的顾客根本不重视！"

于是她向另一家商店走去。此时已经一点钟，她要赶在商店午休前办成这桩事，所以走得很快。她很引人注目。在所有穿长裤的男人和穿短裙子的女人中她是唯一穿上了浆的一直拖到地面的蓝裙子的人。她走起路来还是那么滑着走，这已成习惯了。这样走起来还挺好，因为走得快，超过了人家。台莱瑟感到大家都在看着她，她像三十岁左右的人，她想。由于着急赶路和兴奋，她出汗了。要使脑袋不摇晃、保持平稳实在很费劲。她挂上了一副令人惊讶的笑脸。挨在招风耳边上的眼睛忽而向天空看去，忽而又落到便宜的卧室家具上。台莱瑟，这位穿着带花边衣裙的天使，颇有点自鸣得意。当她突然站在商店橱窗前面时，使人感到她毕竟不是从天空云层里下凡的。她颇有点傲岸的微笑此时却化作满怀喜悦的傻笑。她进了屋，向一堆年轻人那里滑去，一边还卖弄风骚地扭动着臀部，那张开的宽大的裙子也随着飘动起来。

"我又来了！"她不无节制地说。

"您好，亲爱的夫人，大驾光临敝店，不胜荣幸之至！亲爱的夫人，如果我可以问的话，您想买点什么呢？"

"一套卧室家具，还用问吗？"

"对对，我马上就想到了，亲爱的夫人。不揣冒昧，当然是为一对夫妇的啰？"

"当然，您怎么说都行。"

他深感沮丧地摇摇头。

"哦不，不，亲爱的夫人。我难道是个幸运儿？亲爱的夫人，像您这样的人保证不会跟我们这号穷店员结婚的。"

"为什么？这很难说。穷人也是人。我就不赞成那种傲慢的人。"

"由此可见您有一颗纯真的心，亲爱的夫人。您先生一定是位豁达大度令人羡慕的人。"

"您说些什么呀，如今的男人就那么回事儿！"

"亲爱的夫人，您大概……不至于……想说……"这个店员惊讶地扬起他的眉毛，两只眼睛滴溜转，显出怀疑的神气。他揉了揉眼睛。

"男人都以为，女人就是他们的佣人，可是又不付给人家工资。

一个佣人应该得到报酬嘛！"

"亲爱的夫人，您现在可以挑选一套漂亮的卧室家具了。我知道亲爱的夫人会光临的，所以我给您保留了一套出色的第一流的家具。假如我们以前要卖的话，有六套也卖光了，我说的是老实话；请看看吧，亲爱的夫人。您先生一定会高兴的。亲爱的夫人一回到家里，您先生一定会说，你好，亲爱的。您也一定会说，你好，亲爱的，我选中了一套卧室家具——请您理解我，亲爱的夫人，您会这样讲的——于是您会坐到您先生的大腿上。请您原谅，亲爱的夫人，我是怎么想就怎么说了，丈夫是不会反对的，就是您先生也不会反对。我要是结婚的话，亲爱的夫人，我当然不是说跟像您这样的人结婚啰，我们这些穷店员哪有那么大福气哪，我是说跟一个和我们相当的女人，甚至一个老太婆，姑且说跟一个四十岁的女人结婚吧——那，那您是无法想象的，亲爱的夫人！"

"对不起，我也不年轻了。"

"亲爱的夫人，如果您不介意的话，我倒不是这么看。我想，您大概也就是三十刚出头，不过这没关系。我认为，一个女人最重要的是臀部。臀部一定要看得出来才好。如果说臀部有是有，就是看不出来，那还有啥意思呢？您想想看，是不是这么回事儿——您倒有一个浑圆的……"

台莱瑟真想拍手叫绝，但由于她欣喜若狂，找不到合适的词儿。那个店员犹豫了一会儿补充说："我给您留了一个床垫！"

她到现在还没有看家具。他说得她很激动，指手画脚甚至说到她那由于激动而颤抖的臀部了，此时他才灵机一动把"臀部"换成了"床垫"。这个穷店员无可奈何地做了一个不再谈那个可望而不可即的臀部的手势，这手势倒很可能更加触动了台莱瑟。她今天出汗不止，像着了魔似的听他说话，看他打手势。她的眼睛通常都流露出各种各样的惆怅和生气的神色,而今天却非常安详、水灵、碧蓝,很温顺地看着那个床垫。这些床垫当然很出色。这位非同一般的店员什么都知道。他对家具是多么熟悉啊!在这一点上谁都会在他面前感到自惭形秽。幸亏她今天不必多说。他对她是怎么想的?她对家具根本不熟悉。不过别人觉察不出来,为什么呢?因为别人都很笨。这位非同一般的店员却什么都觉察得出来。她不说话倒是很好。他有一个甜嗓子。

"我要提醒您,亲爱的夫人,您可不要忘记您的主要任务!您为您先生买张好床是会得到好处的。您先生睡得好,您就可以和他干您愿意干的事,亲爱的夫人,请您相信我。婚姻的幸福不仅表现在吃上面,而且也表现在家具上面,特别是表现在卧室家具上,我想强调,更重要的是表现在床上,也就是所谓的夫妻双人床吧。请您理解我,亲爱的夫人,您先生也是人哪,他喜欢您的花容月貌,可是如果睡得不好,他从您这里能得到什么呢?他要是睡得不好,情绪也就不好。他要是睡得好,啫,他也就爱接近您啦。我要告诉您,亲爱的夫人,您可以相信我,这事儿我还是懂的,我在这方面已工作了十二年,在这儿就有八年。如果床不好,臀部再漂亮有什么用?男人根本不感兴趣。即使您先生也是如此。您就是跳东方色彩的腰功舞,把自己打扮得再娇艳,脱光衣服站在他面前,也就是说裸体站在他面前——我可以保证,如果您先生情绪不好,这一套也没有用,他碰都不想碰您一下,亲爱的夫人,这是能说明问题的!您知道,您先生会干什么,假定说,亲爱的夫人,您已经年老,而这也不好——我说的是床也不好,那么您先生就会到外面去挑选好一点的床。您想会挑选什么样的床呢?我们公司的床!我可以给您看看我们的奖状,亲爱的夫人。您会感到惊讶的,凡购买我们的床结婚的都是美满婚姻,没听说过买我们的床结婚的夫妇中有离婚的。我们尽我们的力量办，顾客都满意。我特别想向您推荐这套家具，亲爱的夫人，这儿的这套家具我尤其想向您推荐。"

　　为了迎合他，她向他靠近了一些。她对他所说的都同意，唯恐失去他。她观察他推荐的那套家具，但确实无法说明这套家具好在何处。她费尽心思地寻找一个继续听他那甜嗓子说话的机会。如果她答应了他，付了钱就得走，那她就再也听不到这非同一般的店员的声音了。不过她也许可以用她的钱来起点作用。商人赚她的钱，她听商人说话，这不是什么大惊小怪的事。不少人来了又走了，什么也没有买。他们原来就不想买东西。她是个老实人，不干这种事。

　　她实在想不出什么招儿，为了找个话茬，她就说：
　　"您说的这些道道谁都会讲！"
　　"请您允许我再说几句，亲爱的夫人，我决不会骗您的。我要向您推荐的，一定有推荐的价值，这一点您完全可以相信我，亲爱的夫人。我可以给您证明这一点，亲爱的夫人。——您好啊，老板先生！"
　　格劳斯先生是这家商店的老板，小个子，扁平的脸上有一对狡黠的眼睛。他出现在他隔壁的办公室门槛上，用手捶击着他那两瓣小得多的臀部。
　　"什么事儿？"他问道，像一个怯生生的孩子，走到台莱瑟宽大的裙子附近。
　　"您说说，老板先生，在我们这儿有过不相信我的顾客吗？"
　　老板没有说话。他有些害怕，就像怕在母亲面前说谎，要挨打似的。在他身上既有商人的生意经又有做人的尊严。这种矛盾台莱瑟是看得出来的，她想必给了他某种暗示。她把这个店员和他的老板作了比较。他也许很想插话，但又不敢。为了照顾这个店员的面子，她就给他打了圆场。

"您说到哪儿去啦，难道还需要一个人来作证吗？就凭您说话的声音人家也会相信您的。您说的每一个字我都相信。谁会说谎呢？说谎有什么用呢？那种人我是不信任的。"

那个小个子老板匆匆忙忙回到他的办公室。遇到这种情况他就是这样一走了之。他要是开口，人家马上就会看出他在说谎。几乎跟每一个女人打交道时他都是这样的不幸。孩提时他跟母亲是这样，后来跟他的妻子、他从前的一个女速记打字员，也是这样。他和女速记打字员的感情当初是这样建立起来的：当他的女速记打字员为了某些不愉快的事情在他面前诉苦时，他总是以安抚"母亲"的心情来安抚她。他结婚以后，她就不允许他雇女职员。因为不时总有一些婆婆妈妈的人光顾商店，他就在商店后头辟了一间私人办公室。今天来的这个女人没准儿也是个婆婆妈妈的人，他受不了。只有实在需要他时，他才出来。他给了格罗伯报酬。格罗伯明白，他的老板在婆婆妈妈的女人面前束手无策。格罗伯很想成为这家商店的股东，为了使他的老板屈服，他常常在顾客面前出老板的丑。格劳斯先生是"格劳斯和母亲家具公司"的老板。他的母亲还活着，并且还过问营业情况，每周两次，星期二和星期五她就来检查账目，训斥店员。她计算精确，所以很难骗得了她。但是格劳斯却成功地骗了他母亲。他不搞这种自欺欺人的办法就无法生活下去。他是名正言顺的老板，店员也得买买他的账，因为他母亲对店员的训斥大大地帮了他的忙。在他母亲来店巡视的前一天，即星期一和星期四，他可以随心所欲地到处发号施令，大家都服服帖帖，不敢怠慢，因为如果有人胆大妄为不听他的话，他第二天就会告诉他的母亲。星期二和星期五母亲总是待在店里。那时店里鸦雀无声，谁也不敢多说一句话，他自己也一样。这倒是挺好。只有星期三和星期六店员们才敢放肆一些。而今天恰恰就是星期三。

格劳斯先生坐在他的账房椅子上,听着外头说话的声音。格罗伯又在那里口若悬河地说开了。这个家伙真行,但不能让他成为股东。什么?她要请他吃午饭?

"老板先生无论如何不会同意的,亲爱的夫人。就我而言,这当然是求之不得的,亲爱的夫人。"

"对不起,就不能有个例外?我付钱。"

"您的一片好心深深感动了我,亲爱的夫人,但是不可能,完全不可能。我们老板可不开玩笑。"

"不会那么粗暴吧?"

"亲爱的夫人,如果您知道我叫什么名字,您会笑话的。我叫格罗伯,而格罗伯的意思就是粗暴。"

"这有什么好笑话的?我才不笑话呢!格罗伯是个名字,而您根本不粗暴。"

"非常非常感谢您的好意,亲爱的夫人。如果真这样的话,我可真要吻您娇小的手了。"

"对不起,我这个人说一不二,谁听了都会相信的。"

"我不会感到惭愧。我也不需要感到惭愧。如前面讲过的那样,站在这样出色的臀部旁边——对不起,我想说的是手。亲爱的夫人,您决定买哪套家具?是不是就买这一套?"

"我先请您吃午饭。"

"您真使我成了世界上最幸福的人了,亲爱的夫人。我这个穷店员还得到老板那里请个假,老板……"

"他不会说什么的。"

"亲爱的夫人,您搞错了。他的母亲顶得上十个老板。而他也不是一条狗。"

87

"这是个什么样的男人？这不是个男人。我们家那一口子也是这么一个男人。怎么样？人家会以为您不喜欢我了。"

"您说什么呀，亲爱的夫人！请您把不喜欢您的男人找来看看！我可以跟您打赌，您不会找到的。没有这种事儿，亲爱的夫人。我非常诅咒我不幸的命运。老板先生从来不会使我们这些人顺心的。他会说，什么？女顾客把一个普通的店员带走了？如果女顾客遇到她丈夫，她丈夫，恕我直言，会生气的！这就会成为轰动一时的丑闻！店员回来了，而女顾客没有来。谁支付这笔损失？我！老板先生会说，这可真是一笔昂贵的娱乐费。这也是一种看法，亲爱的夫人。您知道《穷汉基哥拉之歌》吗？'即便使你心碎，你也……'行了，咱们不谈这个，还是谈家具吧！您对这床满意吗，亲爱的夫人？"

"对不起。您大概是不愿意。我付给您钱还不行吗？"

"亲爱的夫人，我想，如果您今天晚上有空的话就好了。不过您先生对这一点是不讲情面的。我不得不这样说，我理解这一点。如果我有幸是一位漂亮的太太的丈夫——我无法说清楚，亲爱的夫人，我不知道会如何留神注意着她呢！'即使她心碎，我也不允许她露面。'这第二句是我的创作。我有一个想法，亲爱的夫人，我们来给您编一个流行歌曲：'我卖给您一张床，您穿着睡裤躺在新床上，您那浑圆的臀部'——对不起。我们就这样成交吧，我可以到付款处去算账吗？"

"但我还没有想到这上头，我们俩先去吃饭吧！"

格劳斯越听越激动。这个格罗伯为什么对这位婆婆妈妈的顾客请他吃午饭一事不感到高兴，反而说话时总向我挑衅？这些店员都妄自尊大。每天晚上都有一个女顾客到商店来接他。非常年轻的女孩儿，不是婆婆妈妈，而是娇娇滴滴。这个婆婆妈妈的顾客大概不会买那套家具就要走了。也难怪,哪一个女顾客也会不高兴的,如果别人回绝了她的邀请。这个格罗伯太冒昧了。他居然冒犯起公司来了。今天是星期三,为什么星期三我格劳斯就不能当老板呢?

他一边紧张地听着,一边怒气冲冲地看着。他感到外头那位婆婆妈妈的顾客和那个店员进行激烈的争论是在支持他。她像所有的婆婆妈妈的顾客一样谈论格劳斯。他究竟应该怎样对格罗伯说呢?对他说得太多,他肯定会胆大妄为地回击你,今天是星期三,他做得出来,而我又要失去一位顾客;说少了又怕他不理解。干脆给他一个简短的命令。那么要不要见一见那位顾客呢?不见。不如背朝着她。这个格罗伯在他和她面前可能会更尊重些。

他等了片刻,直到他确信,二人之间不可能达成一致的意见时,他便轻轻地从账房椅子上跳下来,迈出两步到了玻璃门前。他突然打开门,伸出他的大脑袋,用他那尖细的声音嚷道:"您去吧,格罗伯!"

格罗伯没有来得及喊一声"老板先生",也没来得及说声原谅。

台莱瑟转过脑袋兴高采烈地说:"您瞧,我怎么说来着?!"她真想在他们去吃午饭以前感激地看老板一下,可是此时他早已回到账房里去了。

格罗伯的眼睛里显出生气的神色。他嘲笑地看着她那上了浆的裙子。他尽量留神不看她那张脸。他那甜嗓子里面似乎有股焦煳味儿。他知道这是为什么,所以一声不吭。当他到达商店门口需要让女人先走时,他才出于老习惯,一边开门,一边说:"请吧,亲爱的夫人!"

动　　员

诚实大街24号这幢房子数年来不受乞丐和小商贩的干扰。前厅过道旁有扇小房门,看门人日日夜夜守候在那里,拦住那些不三不四的人。在小房间墙上正常的高度有个椭圆的窥视孔,这窥视孔常常使那些指望得到该幢房子住户同情的人吓得魂不附体。只要这些人打门前经过,都要低着头哈着腰,好像他们得到了什么慷慨的捐赠而要深深表示感谢似的。其实他们这种小心谨慎是多余的。看门人对那个一般的窥视孔根本不当回事儿。当那些人打门前经过时,他们早就被看见了。看门人有他自己的经得起考验的一套办法。他是一位机警而又难得的退休警察。他通过另一个窥视孔观察到那些人,而不是通过那个他们所注意的窥视孔。

他在他的小房间的墙上离地面五十厘米的地方打了另一个窥视孔。他就是在这谁也猜不到的地方窥视着,由这里看出去,仿佛路上的行人都是由裤子和裙子所组成的。这幢房子里的人所穿的裤子和裙子他大致都熟悉,而对于外来者他可以根据衣服的款式、价值和什么样的衣服就有什么样的社会地位来作出判断。用这种方法执行他的任务就像他从前捉拿犯人一样有把握。他很少搞错。一旦有可疑的人出现,在他还跪在那里窥视的时候,就伸手摸着门把,这门把是倒装着的,也算是他的发明。他猛一下跳起来,打开门,狠狠地训斥一番这可疑的人,甚至把他打得半死。每月一号,他领取退休金，所以他就让大家通过。有关方面的人对此都知道得很清楚，于是他们便成群结队地来到这里乞讨。后来者兴许在二号或三号还能通得过，至少不至于挨揍。从四号开始也许只有不了解情况的新来者敢去碰碰运气了。

基恩因一次小小的误会和这位看门人结下了友谊。事情是这样发生的：有一天晚上，基恩难得出去散步，回来时前厅走廊里已经很暗了。突然有人向他大吼道：

"混蛋下流坯，我要把你扭送警察局！"从小房间里冲出了这位看门人，跳起来就抓他的领口。因为基恩个子高，抓不着。此人觉察到他抓错了。他感到惭愧，因为这关系到他的威信问题。于是他佯装笑颜地把基恩拉到小房间，把他的秘密发明告诉了基恩，并且命令他的四只金丝鸟给基恩"唱歌"。可是金丝鸟没有唱。基恩此时才明白，他住的这所房子里之所以这样安静，应归功于这位看门人。（乞丐没有叩他的门已有好几年了。）这位粗壮的汉子挨着基恩站在狭窄的小房间里。基恩以他的方式答应每月都给这位看门人一份"赏钱"，这笔钱的数目比所有住户给的赏钱加起来还要多。看门人兴高采烈，激动不已，恨不得要用他那长满红毛的拳头碾碎小房间的墙，这样他似乎才算向施主表明，他理应获得这样的尊敬。但是他还是成功地控制了他的肌肉。他只是粗声粗气地说："您尽管放心，教授先生！"说着他便把门向走廊的方向推了出去。

从此时起，这幢房子里的住户谁也不敢不称基恩为教授，虽然基恩本来并不是教授。新搬来的住户被告知能否在这里住的最高条件就是要承认这一点，这是这位看门人武断地提出来的。

台莱瑟离开家还不到一天，基恩就查起日历来，看一看今天是几号了。今天八号，一号已经过去了，不必害怕乞丐了，他希望今天比平时更加安静一些。一个节日即将来临。为此他才把台莱瑟从家里支走了。时间很紧迫，六点钟商店打烊，她就要回来了。光是准备就要花不少时间。有各种各样的事务要做，他一边做一边便在脑子里对节日的讲话打腹稿。这个讲话应该表现出他渊博的学问，既不要干巴巴，也不要太俗气，如同当今四十来岁的人所爱听的那种报告一样，既要影射当今时代重大事件，又是一个丰富的生活经验的总结。他今天要有重要活动。

他把上衣和背心放在椅子上，把衣袖很快卷得高高的。他虽然鄙视衣服，但在家具面前他要保护衣服。他匆匆地走到床边，对着床龇着牙笑着。他感到这床今天有些异样，虽然他每天晚上都睡在上头。它显得更笨重、更现眼，他已经很长时间没有见到它这样子了。

"你好啊，我的朋友？"他叫道，"你休息得不错啊！"自昨天以来，他的情绪一直很好。"可是现在你得出去！并且马上就走，你懂吗？"他双手抱住床头摇着，这巨大的怪物站在那儿纹丝不动。他使劲摇晃，看看有什么反应没有，但床只是嘎吱作响，好像是在嘲笑基恩。他嘴里发出吱吱的声音，借助膝盖的力量使劲推着。他所使的劲已超过他微弱的体力，累得他浑身发抖。他感到很恼火，但还是和颜悦色地干着。

"理智一些嘛！"他献媚地说，"你还会回到这里来的。就今天一天。我今天有空，她不在家，你为什么要害怕呢？你不会被偷走的。"

他对家具说的这些话，使他付出了很大的精力，以致他竟忘记推了。他对床作了长时间的说服动员，他的手臂累得垂了下来，非常酸疼。他对床保证说，他决不难为它，他只是现在不需要它，它应该理解到这一点。当初是谁叫去买的？是他。谁付的钱？也是他，而且是乐意付的。直到今天他不是一直都非常尊敬它的吗？只是由于尊敬他才故意不看它的。一个人不喜欢老表示自己的尊敬。烦恼总要过去，时间会医治创伤。他对它是否说过恶意的话呢？可能吧，至于什么想法，爱怎么想就怎么想，这都无所谓。他保证它将来一定还在原来的位置上。他保证做到，他可以发誓。

　　最后床也许让步了。但基恩却是言于口而懒于手。床沉默不语，纹丝不动。基恩十分恼怒。"无耻的木头块！"他大叫道，"你到底属于谁的？"它迫使他放弃搬它的念头。而他希望惩罚这件厚颜无耻的家具。

　　于是他就想到那位强有力的看门人。他迈开两条高跷一样的长腿离开屋子下楼，一步恨不得要跨十级台阶，这楼梯仿佛不是由一百级、而是由十级台阶组成的。他要到楼下小房间去叫他的帮手。

　　"我需要您呀！"那声音和架势使看门人想起了长号。他更喜欢喇叭，因为他自己有一个。他最喜欢打击乐器。他叫道："唉，女人！"接着就跟了上来。他确信，又是因为女人的事情。他想是这么回事儿，他自言自语道，她可能回来了。他在窥视孔中看见她走的。他很瞧不起她，因为她本来是一个普通的女管家，而现在居然成了教授夫人。简直岂有此理。这位前警察官员是不随便给人加头衔的，在这一点上他是不受贿赂的，他汲取了当初把基恩称为教授的教训。自从他那得了痨病的女儿死了以后，他从来就没打过女人，而且是独自一人生活。他的紧张而严肃的职业使他没有时间顾及女人，而且也没有这个精力。他拉过女仆人的裙子或捏过她们的大腿，这些情况是有的。但他仍严肃对待，结果他把本来就很少的机会错过了。至于揍女人的事情却从来没有过。数年来他真想揍一揍女人。他为此在做准备：他一个拳头打墙，另一个拳头揍楼梯扶手。他就是这样练拳的。众房客听到叫声便打开门看个虚实。只

93

见基恩卷起了衣袖,看门人捏着拳头。谁也不敢吭声,他们在背后互相交换了眼色。如果这位看门人发起威风来,连蚊子都不敢哼一声。

"她在哪儿呢?"他友好地一边叫着一边就往上跑,"我们马上就动手!"

他被带到书房。教授先生站在门槛旁,幸灾乐祸地用食指指着床说道:"把它搬走!"看门人用肩头推了几下,试一试这件家具有多重。他觉得不算重,便满不在乎地在手掌心啐了一口唾沫,但是却把手插进兜里,因为他用不上手。他把头靠在床边,一下子就把床顶出去了。"这是用头顶的!"他解释说。五分钟以后,所有房间的家具都被搬到了走廊上。"您的书真够多的。谢谢,我走了。"那位有头功的大师吃吃地说。他想不引人注目地喘一口气,因此他说话时装得像正常人一样不费劲。后来他就走了。到了楼梯口,他吸了口气转过来对着基恩的家说道:"如果您用得着我,尽管盼咐,教授先生!"

基恩在忙,没有答话。他甚至忘记把门前的链子挂上了。他只是对那些破烂货看了一眼,这些东西乱七八糟地堆在黑暗的走廊里,活像一堆躺着的失去知觉的醉汉,它们可能都不知道哪条腿是哪一位的。如果有人用鞭子抽打它们的脊梁,这些腿才能找到它们各自的主人。于是他的"敌人们"便伸出爪子互相抓挠起来,把它们头上的漆皮都挠光了。

为了不使这令人讨厌的吵闹声破坏他的庆祝活动,他小心翼翼地关上房门。他无所顾忌地走到书架旁边,轻轻地抚摩着书架。他睁大眼睛,不让它们由于习惯的原因而眨一下。他高兴得忘乎所以,持续了好一阵子才平静下来。在初次混战的状况下他说的话既没有什么准备也不怎么理智。他相信他的书是忠于他的,它们都在家,都保存了它们的性格和本质。他热爱它们,他请它们不要生他的气,它们一定受到了侮辱。他非常明确地对它们作了保证。自从他以各种方式使用它们以来,他便不再只相信他的眼睛了。这一点他只告诉它们,他什么都告诉它们。它们沉默不语。他怀疑他的眼睛,他怀疑许多事物。他的敌人对他的这些怀疑会感到高兴。他有许多敌人,他不想点任何人的名。因为今天是他这位先生的伟大的日子。今天他要原谅这些敌人,他理应如此。

他对书籍检查得越多,这个老图书馆就愈加完整地出现在他眼前,他的敌人也就愈加显得可笑。这些敌人怎么敢通过大门进来肢解一个躯体、一个生命呢?一切痛苦和折磨都无损于他的书籍。即使它们背后被绑缚着,经过几个星期的可怕折磨,但它们实际上是不可战胜的。一阵清爽的风吹遍了重新统一起来的整体,它们非常高兴,它们终于又在一起了。这个整体在呼吸着,这整体的主人也在深深地呼吸着。

只有门在门轴中摇来摇去。他的隆重的节日气氛遭到了它的破坏。它不紧不慢、毫无生气地介入了他的遐想。他感到从什么地方吹来了穿堂风,抬头一看,原来是天窗开着的缘故。他双手抓住第一扇门,使劲把它从门轴中拿下来——此时他的力气大增!——搬到走廊上,放到床上。其他的门也都这样被一一取了下来。靠在写字台旁边的一把椅子,也被看门人错误地搬到走廊上去了,在这把椅子上基恩发现了他的上衣和背心。他就是这样穿着衬衫、卷起袖子庆祝这个日子的。他迟疑了一会儿,便整整齐齐地穿上衣服,更加沉着地步入他的图书馆。

他小声地对他过去的举止态度表示歉意。他高兴得违反了他原定的计划。惺惺惜惺惺,可怜人爱惜可怜人。谁也不会在他的亲爱者面前摆架子。没有必要对亲爱者表达本来就十分自然的爱慕心情。对亲爱者自然要予以保护，而不要夸夸其谈。人们在庄严的时刻，而不是在醉态朦胧中才拥抱自己的亲爱者，人们只有在祭坛前面才承认自己的真正的爱情。

基恩所计划的正是这一点。他把那好心的老梯子放在一个合适的地方，背朝着梯子爬了上去。这样他的背碰到书架，他的头接触到天花板，他的延长了的腿就是梯子，它接触到地板。他的眼睛看到了浑然成为一体的图书馆。于是他向他的亲爱者发表了如下演说：

"一段时间以来，确切地说，自从一个生人进入我们的生活以来，我就想把我们的关系建立在一个坚实的基础上。诸位阁下是受条约保护的。但是，我以为，我们是精明的，我们没有忽视对这种危险性的认识，你们正是处于这种危险的境遇中，有人就是违反具有法律效果的条约。

"我用不着提醒你们详细地回忆你们古老的骄傲的蒙难史。我只想谈一件事，以便使你们清楚地看到爱和恨是如何交错在一起的。我要提到一个国家，这是大家都很尊敬、很热爱、很崇拜的国家，在这个国家的历史上发生过一件骇人听闻的事件，那是一个统治者听从了一个更为诡计多端的谋士的话对你们犯下的一桩弥天大罪。耶稣诞生前的二百一十三年，根据中国秦始皇——这是一个血腥的统治者，他竟敢自称是第一个杰出的天子——的命令，焚毁了中国的全部书籍。这个粗暴而又迷信的罪魁祸首太无知了，他根本就不能正确地估计书本的价值，他的暴力统治正是因为不懂得书本的价值而被否定了。他的第一任首相李斯，自己是一个读书人，却是书的叛徒，他在给皇帝的一份奏章中唆使这位统治者采取这种闻所未闻的残酷措施。即使中国的古典乐书和古典史书也一律被判以死刑。口头传说与文字书籍一样被毁灭。只有一小部分书没有被没收，这些书你们是可以想象的，这就是医学、药方、占卜、农田、树木培育等方面的书——全都是实用书籍。

"我承认,当时焚书的气味至今我还闻得到。三年后暴君死了,但对已烧毁的书无济于事。它们毕竟都烧毁了。我还得提一下那个叛徒李斯在始皇帝死后不久的情况。秦二世看透了他恶劣的本质,解除了他任职三十多年的宰相职务。他被投进了监狱,受杖笞刑。通过杖笞使他供认了他的罪行。除焚毁了十万册以上的书籍外,对于其他恶事他也是负有罪过的。他想以后翻供的企图失败了。在咸阳城的广场上,他被慢慢地折磨着锯成两段。这个残暴的畜生最后还想打猎。他并没有感到可耻而流泪。他的整个家族,儿子乃至才七天的曾孙,不管男人、女人,一律斩光杀绝,不过他们没有被处以火刑,而是处以一般的极刑。李斯这个刽子手在中国这个家庭、家族等传统观念很深的国家中没有留下他的后代,而只记下了他的历史,这是一段凡是以后被锯成两段的家伙都想抹杀的历史。

"每当我谈到中国历史学家所写的焚书的历史时,我都会不失时机地查一查现有的全部资料以及李斯这个刽子手的结局。幸亏这个家伙的可耻结局被一再描写。我总要把描写他锯为两截的情景看上十遍,心中才解气,否则我心里不安,而且也睡不着觉。

"我经常十分痛心地问自己,为什么这一惨绝人寰的事件偏偏发生在我们大家都赞赏的中国。我们要使中国明白,那些并不懒惰的敌人是用公元前二一三年的灾难来反对我们的。我们也只能回答,那里的知识分子和广大群众相比,其数量是极少的。有时文盲沼泽的泥浆把书和学者都淹没了。世界上没有一个国家可以不受自然灾害的影响。为什么我们要求中国做不可能做到的事情呢?

"我知道,那些日子的恐惧如同其他的迫害一样至今还留在你们的血液里。不是无情和冷漠驱使我给你们讲你们光荣历史上的殉难者。不是这样的。我只是想唤醒你们并请求你们帮助我们,制定使我们武装起来反对新的危险的措施。

"如果我是个叛徒,我就会用美丽的辞藻来掩盖日益威胁着的灾难。不过我要对我们目前所陷入的处境负责。我有足够的勇气在你们面前承认这一点。如果你们问我,我怎么会如此糊涂——你们有权提出这个问题——那么我就不得不羞愧地告诉你们:我糊涂,因为我把我们伟大的孟夫子的话忘记了。他说:'行之而不著焉,习矣而不察焉,终身由之而不知其道者,众也。'①

"孟夫子用这句话来提醒我们,要毫无例外地对这'众'人经常予以注意。他们是很危险的,因为他们没有知识,没有智慧。这样的事情终于发生了:我为了爱护你们,使你们得到人们友好的相待,终于把这种庸俗的思想凌驾于孟夫子的建议之上。我这种短浅的见识受到了严酷的报复。人有固有的本性,而不是抹布决定着人的本性。

"但是我们也不要走到另一个相反的极端!至今还没有人敢损害你们一个字母。如果有人要我承担对你们看护不周的责任,我是从来不会推卸的。谁有什么不满的,请尽管提出来。"

基恩沉默着,威严而挑衅性地朝四周看看,书籍也都沉默着,没有一个站出来说话,于是基恩接着发言:

"我希望我的要求会得到这样的结果。我看到,你们对我是忠诚的,我要让你们知道敌人的计划,因为你们应该知道。首先我要告诉你们一个使你们惊讶的、有趣而又重要的消息。在大检查的过程中我确认,在敌人占领的那一部分图书馆中,有人未经许可地移动了书籍。为了不在你们的行列中造成更大的混乱,我没有发出警

---

① 见《孟子·尽心篇上》。大意是:人们行动但不知道干的是什么;人们习惯于干着自己的事情,但不知道为什么;人们终生忙忙碌碌,但不知道人生的道理。这种人就是芸芸众生。

告。我反对一切不实在的警告，在此我庄严宣布，我们没有遭到损失。我对此可以担保。我们到会的人数齐全，可以做出任何决议。我们还能够作为没有遭到损坏的统一的整体，一人为大家、大家为一人地准备抵抗。因为现在没有发生的事情，不等于将来就不会发生。也许明天在我们的队伍中就可能被人家打开缺口。

"我知道敌人要挪动书籍的企图：他在为我们检查藏书制造困难。他以为，我们不敢在他的占领区否定他的占领，以致他——他以为我们不了解新的形势——能在未宣布开战以前，不被我们发现就把书籍劫走。你们可以相信，敌人会向你们当中的佼佼者开刀，劫持这些佼佼者。他会索取最高的赎金。因为敌人根本不会想到利用被劫持者来换取它们的同伴，他知道，这是毫无希望的，为了进行战争他需要钱，除了钱还是钱。现存的一切'协定'对他来说不过是一张废纸。

"如果你们离开了你们的故乡，分散到世界各地，作为奴隶被人赏识、抚摩并买走的话——当你们这些奴隶为他们服务的时候，他们对你们却什么也没有说，他们在阅读时从来领悟不到奴隶内涵的思想境界，他们占有这些奴隶，但却从来不爱这些奴隶，他们把这些奴隶束之高阁让其腐败，或者为了谋取利润继续把奴隶们出卖，他们利用奴隶，但从来不理解奴隶——那么你们就束手就擒，把自己交给敌人处理吧！如果你们还有一颗勇敢的心，一点勇敢的精神，一点高贵的品质，那么就请你们跟我一起投入一场神圣的战争吧！

"不要过高地估计敌人的力量，我的人民！你们可以在你们的字母之间把敌人夹死，你们的一行行文字都是一根根棍子，可以向敌人劈头盖脸地打去，你们那铅印字母，像铅一样沉重，可以钩住敌人的脚，你们的坚硬的封面是保护你们的盔甲！你们有成千上万条锦囊妙计，可以用来引诱敌人；你们的天罗地网可以缠住敌人；

你们的雷霆闪电可以击毁敌人。你们，我的人民，是数千年伟大力量和智慧的结晶！"

基恩停止了讲话，他疲惫却又兴奋地在梯子上垂下身子。他的腿在打战——或者说梯子在打战？他所吹嘘的"武装力量"在他的眼前表演了战舞。热血在奔腾，因为那是书的血，他感到头晕目眩。但愿不要晕倒，但愿不要失去知觉！此时响起了一阵掌声，它仿佛是风暴通过树林所发出的。从四面八方响起欢呼的声音。从说话的声音中他认出了它们，它们的语言，它们的声音。呵，这就是它们，他的忠实的战士，它们坚决跟着他奔赴神圣的战场！突然他又被扶上梯子，他又鞠了几个躬，把左手——他的激动使他搞错了——放在右边的胸脯上，他也和大家一样，心脏并不在右边。掌声依然没有停止。他似乎觉得他好像是在用他的眼睛、耳朵、鼻子和舌头，用他整个湿润的皮肤接受着这掌声。作这样的蛊惑人心的演说他感到心有余而力不足，有些怯场——除了怯场还有什么可以原谅自己呢？——他笑了。

为了使欢呼具有一个目标，他下了梯子。在地毯上他看到了血斑，摸了摸脸上，黏糊糊的也是血。现在他想起来了，他曾倒在地板上，由于一阵暴风雨般的掌声才使他苏醒过来，并使他重新站到梯子上去。他赶紧跑到厨房里去，把脸上的血斑彻底洗掉。他离开图书馆只是一会儿工夫，谁知道，这血是不是溅到了书上呢？对他来说，他情愿自己受伤而不愿意他的战士挂彩。他重整旗鼓匆匆回到了战场上。海潮般的掌声已经消逝了。只有风还在透过天窗忧伤地吹着。我们现在没有时间来唱悲歌，他想，否则我们就是在巴比伦水边唱着悲歌被捕就擒了[①]。他怀着火一般的热情爬上梯子，面部

[①] 见《圣经》：公元前五八六年新巴比伦国王尼布甲尼撒二世攻占耶路撒冷，灭犹太王国，俘虏大批犹太人而归，史称巴比伦囚房。这些囚房在巴比伦水边唱起了悲壮的 歌。

表情非常严肃,以命令的口吻慷慨激昂地讲话,天窗的玻璃也都害怕得打战。

"你们及时明白过来了,这使我很高兴。但是光凭热情是不能进行战争的。我把你们的赞助视为你们愿意在我的领导下进行这一场斗争。

"我宣布:

1. 我们处于战争状态。

2. 叛徒将受到秘密审讯。

3. 集中统一指挥。我是最高统帅,是唯一的领袖和军官。

4. 参战者在历史上、地位上,以及价值上所形成的差别,现在都一律取消。军队的民主化具体表现在每一册书的背部都必须一律朝墙竖着。这一措施可提高我们团结战斗的士气,它是参照强盗成性的、没有文化的敌人的措施制定出来的。

5. 我们的口令是'孔'。"

说完这五条规定,他就结束了他的战争宣言。他没有注意到这些规定会产生什么影响,先前的战争动员报告所获得的成果使得他的权力感膨胀了。他深深感到他的军队是一致拥戴他的。他只要通过一次表达意愿的集会就足以获得这种印象。于是他便行动起来。

他开始"整编"他的"军队"了:他把每一册书都取了出来,并使书背朝着墙重新放好。当他把他的老朋友拿在手中——当然是很快的动作——掂量时,他感到很痛心,因为他要把它们编到没有名位的作战部队中去了。数年前他是怎么也不会干这种残忍的事情的。可是战争毕竟就是战争,他自己这样辩解着,并长长地叹了一口气。

此时释迦牟尼开了腔。这是一位十分爱好和平的人,他的话语调温和,但拒绝参加战争。

他嘲笑地说道:"你们试一试吧!"他的声音听起来好像战争根

101

本没有打赢的把握。他的这些话占据了他的几十本书。这些书有帕利文、梵文、汉文、日文、藏文、英文、德文、法文、意文等各种版本，它们都紧挨着放在一起，足有一个连，是一股不可忽视的力量。他感到它们的行为纯粹是一种虚伪的行为。

"你们为什么不早声明？"

"我们没有给你鼓掌，先生。"

"你们可能欢呼过。"

"我们一直是沉默的，先生。"

"这只有你们干得出来！"他总是打断它们的话，但是它们的沉默所表达的辛辣的讽刺依然如故。是谁在几十年前就把沉默提升为他生活的最高原则？是他基恩自己。他是在什么地方才领悟到沉默的价值呢？在他的成长过程中具有决定性意义的转变应该归功于谁？归功于释迦牟尼——他的开导者和启发者，这位佛祖多半情况下都是沉默的。这位佛祖之所以获得了荣誉，也许应该归功于他总是沉默这一事实。他很少有时间去丰富知识，对一切可能的问题他一概表示沉默或者只使人理解到，回答这些问题是不值得的，是白费力气。于是人们就怀疑，他对这些问题也许一窍不通。因此凡是他知道的，他都根据他那有名的因果论——一个简单的逻辑推理——利用各种机会表达出来。如果他不沉默，他就一再重复他说过的话。从他的话中把所有相似的东西除去，那么还剩下什么呢？这就是因果论。真是一位可怜的思想家！是一位坐着不动发胖的思想家。谁能想象菩萨不是胖子呢？沉默可以有两种解释。

释迦牟尼对这种闻所未闻的侮辱的回答是：沉默。基恩为了从这种削弱士气的、失败主义的气氛中摆脱出来，便匆匆忙忙结束了对佛祖所讲的话的推敲。

他从事着一项艰巨的任务。战争的决定是很容易做出的。但接着要办的事情是鼓励每一个成员继续干下去。原则上反对战争的人毕竟是少数。他的战争宣言的第四点，即军队的民主化问题，这是一个真正的具有实际意义的措施，却遇到了很大的阻力。有许许多多困难需要克服！有些家伙宁可被偷走也不愿意放弃它们个人的荣誉。叔本华[①]宣布过他的生活意志。他非常向往所有生活世界中这种最坏的生活世界。在任何情况下他都拒绝和黑格尔这样的人并肩战斗。谢林[②]把他旧有的非难拿了出来，并证明黑格尔学说和他的学说是一致的，不过他的学说更古老一些。费希特[③]气昂昂地说："还有我！"康德[④]比他生时更明确地赞成永恒的和平。尼采[⑤]声称，他就是狄俄尼索斯[⑥]，瓦格纳[⑦]的反对派，反基督派，他就是救世主。其他的人也插进来滥用这个时刻，他们滥用这个时刻来强调他们的误会。最后基恩终于不得不离开德国哲学那五花八门的地狱。

基恩想在不那么"伟大"，也许观点十分明确的法国人那里得到补偿，却遭到了恶意的攻击。他们嘲笑他那可笑的形象。他们说，他不懂得如何对待他的身体，却要参加战争；他以前向来很谦虚，可现在为了抬高自己，他就贬低他们。这就是所有的人的生活方式：他们为了取得胜利而制造对抗的假象，可谓神圣的战争反对的不过是一个女人，一个没有文化的女管家，一个老朽的毫无吸引力的女人。基恩听后十分气愤。"我不管你们的事！"他怒气冲冲地说，"就让你们的命运摆布你们吧！"

[①] 叔本华（1788—1860），德国唯心主义哲学家、唯意志论者。
[②] 谢林（1775—1854），德国古典唯心主义哲学家。
[③] 费希特（1762—1814），德国古典唯心主义哲学家。
[④] 康德（1724—1804），德国古典唯心主义哲学创始人。
[⑤] 尼采（1844—1900），德国唯心主义哲学家、唯意志论者。
[⑥] 狄俄尼索斯，古希腊神话中的酒神。
[⑦] 理查德·瓦格纳（1813—1883），德国作曲家、文学家。

"你不如到英国人那里去看看！"他们对他建议道。这些人想得太多了，不可能跟他一起参加一场严肃的斗争。他们的建议倒还不错。

在英国人那里他发现了他今天所需要的东西：实实在在、脚踏实地的精神。他们在平平常常的交谈中所流露出的意见是清醒的、有益的，尽管是无意识谈出来的，但却是经过深思熟虑的。末了他们也谴责了他。他们问他：为什么从有色人种的语言中找出一个字来作口令呢？听到这话基恩就跳了起来，冲着英国人大嚷。

他埋怨自己命运多舛，失望总是接踵而来。当一个统帅不如做一个苦力，他叫着并命令他的数以万计的军队肃静。数小时之久他一直在把书一本一本地转过来。也许可以搞一些侧击。但他没有勇气从新的秩序中总结出教训来，他对谁也不得罪。他疲惫不堪，一蹶不振，这种情况的出现多半是因为他的性格，而不是因为他的信念，因为他们早就使他失去了信念，而不是始于现在。他拖着沉重的步子沿着书架走去。他把梯子拿来，准备爬上去"整编"上面的书籍。这梯子也不听他的了，甚至敌视他了，它不断滑倒在地毯上。他不得不用他那骨瘦如柴的毫无力气的手臂把梯子扶起来，但他觉得一次比一次沉重。他居然没有足够的力气把这不听话的梯子训斥一顿。在爬梯子的时候，他对梯子的梯阶特别小心谨慎，唯恐这梯阶捉弄他。他的心情如此之坏，以致他不得不这样对待他的梯子，他的助手。当他在从前的膳室里完成了对书的"整编"工作以后，便检查了一下。他决定休息三分钟，席地而坐，手里拿着表，气喘吁吁地在地毯上度过了这休息的时间。然后便开始"整编"下一个房间的书籍。

死

归途中台莱瑟十分气愤。

她请那人吃饭，那家伙不知感恩却反而对她胆大妄为起来。难道她对他有所求吗？她没有必要追求陌生的男人。她是一个已婚妇女，不是那种跟男人鬼混的婢女。

在饭馆里他一拿起菜单就问，该要什么饭菜。她真蠢，回答他说，要什么由他，她照付钱。到现在在别人面前她还感到难为情。他发誓说，他自己是个大好人。他也不是生下就注定是个穷店员。她安慰了他。他说他在女人那里总是很幸福的，但是他得到了什么呢？他需要资本，因为他要自立。这资本倒不一定很大。女人没有资本，不过有些积蓄而已，少得可怜，用这点儿钱做不了生意，也许别人可以，他不行，因为他要一笔整钱而不愿意接受人家小来小去的施舍。

在他吃第二块炸肉排之前，他抓住她的手说："这是帮助我、使我幸福的手。"

他给她挠痒痒，挠得真好。谁都没有对她说过，她会使人幸福。那么她要不要参与他做的买卖呢？

他从什么地方能一下子搞到这么多钱呢？

于是他笑着告诉她说：这钱是他的相好的给的。

她感觉到自己的脸都气红了。她现在就在这里，他干吗还要有一个相好的呢？她也是人嘛，真是欺人太甚！

"那个相好的多大啦？"她问道。

"三十岁。"他说。

于是她想看看那位相好的人的照片。

"好的，请等一等，我愿意效劳。"突然他把他那漂亮的粗指头伸向她的嘴巴说，"这就是相好的！"

她还没有做出答复，他便用手托着她的下巴，真是一个强人所难的家伙，在桌底下则用腿紧紧地压着她的腿。他一边这么做，一边看着她的嘴说，他正被爱情弄得神魂颠倒，不知何时才能真正领略到她那浑圆的臀部的乐趣。她应该信赖他，他懂得如何做这项买卖，绝不会蚀本的。

她说，她喜欢说真话甚于喜欢一切。这是她不得不承认的：她是一个没有资本的女人，她的丈夫因为爱她才和她结婚的，她和他一样也是一个普通雇员，这是她要告诉他的。至于领略什么浑圆的臀部，这要看怎样安排了，她也很乐意干这件事，女人都是这样，而她在通常情况下不是这样的，但这次是例外，格罗伯先生不要以为她要依靠他，没有那回事儿，她在街上走，男人都瞧着她。她倒是盼望着这件事。丈夫十二点睡觉，他是一搭上枕头就睡着的人，这是没有错的。她有一个特别的房间，是过去女管家睡觉的地方，这个女管家不在这里了。台莱瑟跟丈夫合不来，因为她需要安静，这个人是如此地缠人，简直不是个男人，所以她一个人睡在从前女管家待的地方。十二点一刻她带着大门钥匙下楼给他开门。他无须害怕，看门人此时睡得很死，因为白天工作太辛苦了。她买这套卧室家具，为的是要把屋子布置一下。她有的是时间，她要安排好，使他每天晚上都能来。女人也得享受享受人生的乐趣。人一下子就四十岁了，黄金时期总是有个完的。

好吧,他说,他放弃妻室。如果他爱上了一个女人,他就可以为她豁出一切。她也应该做出相应报答,请她丈夫给点儿资本。他只能从这个女人身边而不是从别的女人身边获得资本。今天夜里是他最幸福的时刻。

她喜欢说真话甚于喜欢一切。她提醒他注意,而且不得不马上承认这一点:她的丈夫很吝啬,从来不肯向谁施舍什么东西。他手头的东西是从不肯给人的,哪怕是一本书也不给。如果她有一份资本,她马上就参与他的买卖了。每个女人都那么轻易相信他的话,她们都那么相信他这个人。他务必要来,她热切地等待他。那个时候有句老话:"车到山前必有路,船到桥头自然直。"人必有一死,大家都一样。他每天夜里十二点一刻来,这资本到时候就有了。她跟她老头子的结合不是出于爱情。人们也得想想她的前途。

他在桌子下面把一条腿松开说:"好啦,亲爱的夫人,您丈夫多大啦?"

四十出头了,她知道得很清楚。

于是他在桌子下面又松开了第二条腿,站起来说:"请允许我冒昧地说一句,我觉得这是令人气愤的!"

她请他继续用餐。她说,这不能怪她,她丈夫是个骨头架子,身体一定有病。每天早晨起床的时候,她都想,他今天死了。可是当她给他把早饭端去的时候,他总还是活着。她的先母也是如此:三十岁上就有病,活到七十四岁才死,何况还是饿死的,谁也不会相信这个穷老太婆竟能活这么久。这个非同一般的店员第二次放下刀叉说:他不吃了,他害怕。

起先他不肯说为什么,后来还是开腔了:人是容易中毒的!我们俩萍水相逢,幸福地在一起吃晚饭,共享这美妙的夜晚。饭店老板或堂倌会出于嫉妒把毒药放到食物中,我们吃下去很快就完了。

107

在我们还没有领略风月之情以前，我们的美事儿就成了一枕黄粱。但他不相信，那些人会干出这种事来，因为在公开的交际场合这种事情是容易败露的。如果他结了婚，也许他会担心的。女人什么事都做得出来。他对女人比对他口袋里的东西还熟悉，可以说是彻头彻尾、彻里彻外都熟悉，不光是熟悉她们的臀部和大腿，这臀部和大腿无疑是女人的精华部位，如果人们善于体察的话。女人是很能干的：她们先是等待，一直等到丈夫写的遗嘱稳稳当当拿到手，然后她们便对丈夫为所欲为。等到丈夫死了，尸骨未寒就另有新欢，乃至跟相好的结为夫妇。当然这新欢自然会报答的，而且还不会败露出来。

她马上就知道了该如何作出答复：她不做这样的事，她是一个规规矩矩的女人。这样的事难免要败露，那就要被关起来。一个规规矩矩的女人被关起来总不合适，要是不马上关起来才怪呢！女人可不许随便动，一有什么蛛丝马迹，警察就来了，随即就会被关起来。他们根本就不考虑一个女人对此是受不了的。警察什么闲事都管。一个女人跟她的丈夫如何生活，关你们警察什么事？女人什么都得忍着，女人不是人，男人再无用，女人也得忍着。这样的男人是个男人吗？不是男人，这样的男人真叫人遗憾。莫若叫相好的拿一把锄头，趁他睡觉的时候，在他头上给他一下子。但是他夜里老是把自己关在房间里，因为他害怕。相好的应该观察他是怎样把自己关在房间里的。他说，事情不会败露的。可是她不干这种事，她是一个规规矩矩的女人。

这时那个人打断了她，叫她不要这样大声嚷嚷。这种令人遗憾的误解使他很难过。她大概不会断言，他在唆使她去谋杀亲夫吧？他可是一个好心的人，连只苍蝇都不伤害。正因为这一点，所有的女人才都喜欢他，喜欢得恨不得要把他吞下去才舒服。

"她们知道什么是好的！"她说。

"我也知道。"他说。他突然站起来，从衣架上取下她的大衣，仿佛她感到冷似的。而实际上他不过借此机会在她脖子上吻一吻而已。这个人的嘴唇和他的嗓子一样甜，一边吻着一边还说："我非常喜欢吻漂亮的脖子，请您考虑考虑那事儿吧！"当他坐下来时，他便笑了起来："就这么办吧！吃得好吗？我们该付账了！"

于是她付了两人的饭钱。她干吗这么傻呢？一切都很美妙。在街上走的时候不幸却开始了：起先他什么也不说，她也不知道该说什么好。他们到达家具店的时候，他便问：

"同意还是不同意，考虑得怎么样啦？"

"对不起，请务必十二点一刻来！"

"我说的是钱！"他说。

她天真无邪地给了他一个巧妙的回答："车到山前必有路嘛！"

他们二人进了家具店，他跑到后面去了。这时店老板突然走了出来说："祝愿您吃得好！明天上午付钱，给您送卧室家具，您看好吗？"

"不！"她说，"我想今天付钱。"

他接过钱便给她开了一张发票。这时那位非同一般的店员从后面走了出来，当着众人的面对她大声说：

"您得另外找个情人了，亲爱的夫人。我已经有比您更年轻的情妇了，比您要漂亮一点儿，亲爱的夫人！"

听了这话她很快跑了出来，随手关上门走到大街上，在众目睽睽下哭了起来。

她难道对他有所求吗？她付了饭钱，他却胆大妄为，她是一个已婚妇女，没有必要追求陌生男人。她不是那种跟男人鬼混的婢女。她要找个情人的机会有的是，她走到街上，所有的男人都看着她。那么谁应该负责任呢?当然是她丈夫!她在城里到处奔跑,为他买家具,得到的不是感谢而是被人奚落。他总喜欢自己一个人走,他是个废物。但这所住宅是他的,什么样的家具放在他的书旁边,这对他来说也许不无关系。为什么她有这么大的耐心?这样的一个男人以为,他可以对别人为所欲为。人家什么都为了他,而他却让妻子在众人面前受奚落。只有那个非同一般的店员的妻子才配受这样的奚落!可是他没有老婆。为什么他没有老婆呢?因为他是真正的男人。真正的男人才没有老婆。真正的男人只有想到要娶老婆的时候才结婚。我们家那一口子根本没有那种要求!他想什么呢?这个骨头架子!人们也许以为他死了。这种东西活着有什么意思呢?可是这种东西偏偏还活着。这样的人实在一无是处。就会拿高薪。

她走进屋子。看门人在小房间的门槛上吼道:

"今天可有好事,教授夫人?"

"没什么!"她回答说,说完就蔑视地转过身子走了。

到了楼上她打开了大门,什么动静也没有,在前厅堆着乱七八糟的家具。她悄悄地打开膳室门,吓了一跳,四面的墙突然变样儿了:从前是褐色的,现在却都变成了白色,一定发生什么事儿了,到底发生了什么事儿呢?旁边的那个房间发生了同样的变化。在那个她要安排为卧室的第三个房间里亮着灯。丈夫已把书翻转过来了!

书的摆法应该使人拿起来就拿着书脊。这种摆法对拂去灰尘也有益。否则这书怎么拿得出来呢?现在这种书背朝墙的摆法对她来说倒也没有什么,她对拂去书上的灰尘已经厌烦了。拂灰尘应该雇一个佣人,他有的是钱。他居然舍得花很多钱买家具,他应该节约嘛。家里的妻子也有她的心愿。

她找他，想对他诉说她的心愿。在书房里她找到了他：他直挺挺地躺在地板上，梯子横架在他身上，甚至盖过他的头。漂亮的地毯染上了血斑。

这样的血斑很难去掉。她用什么办法才能最好地除去血斑呢？他根本就不考虑别人的工作！他太着急了，所以才从梯子上掉下来。她不是说过嘛，她的丈夫身体不好。那个非同一般的店员应该看到这一点。这种情况使她不高兴，她不是那种人。难道他死了吗？那个店员简直使她感到遗憾。她可不想爬上梯子然后摔下来摔死。是因为不小心吗？各人有各人的情况。她每天在梯子上爬上爬下拂灰尘干了八年多，难道她发生过什么事吗？规规矩矩的人总是抓得牢牢的。为什么他干得这么蠢呢？现在这些书又要她来归置了。在这个房子里还有一半书没有翻过来。他说过，这些书可是一笔资本。他想必知道，这些书是他自己买的。她没有去动尸体。那得把沉重的梯子翻过来，这又是要和警察发生麻烦的事情。她不如就这么放着，不是因为血，血她并不在乎。这不是血，丈夫哪里有真正的血呢？他不过是用血弄出斑点而已。她对地毯也不感到可惜。现在什么都是属于她的了。这漂亮的住宅是可观的。她马上就把书卖掉。要是在昨天谁能想到这些呢？偏偏就有这样的事：先是跟妻子胡搅蛮缠，然后突然就死了。她老想说，这样下去不会有好结果，但是她不敢说。这样的男人以为，就他一个人生活在世界上，十二点睡觉，搅得妻子心神不安，人们应该这样做吗？一个规规矩矩的人应该九点睡觉，让妻子好好休息。

写字台上乱七八糟，台莱瑟实在看不下去了，就滑动着走过去。她打开台灯，在一堆纸下面找遗嘱。她以为，他在未摔下来之前就写好遗嘱搁在那里了。她毫不怀疑，她已成了唯一的财产继承人，因为她知道没有其他的家庭成员了。但是在那些科学论文的手稿里，她从头至尾看了一下，没有一处谈到钱的问题。那些写着文字的纸片她都放在一边，这些东西也特别值钱，可以卖一笔钱，有一次他在写字台边就对她说过，他写的东西，跟黄金一样值钱，但他不是为了黄金才写的。

经过一小时的精心整理和查看，她十分气恼地认为，这里头没有遗嘱。他什么也没有准备，此人一直到临终的最后一刻还是只想到自己，根本不考虑老婆的切身利益。她一边叹息着一边下决心，要把写字台里里外外，各个抽屉一个挨一个地都搜查一遍，直到搜到遗嘱为止。一开始她就碰了壁，发现抽屉是锁着的，而钥匙他总是放在他的裤兜里。这可怎么办，现在她站在那里束手无策。她什么也拿不出来。如果她只是偶尔接触血，警察是会相信的。她走近尸体，弯下腰看了看衣兜的位置。她担心这样蹲不下来。此时她习惯性地先把裙子脱下来，叠好放在地毯的角落边，然后在离尸体一步远的地方蹲了下来，为了蹲得更稳当一点儿，她把她的头顶住梯子，把左手的食指伸进他右边的裤兜里。他是那样笨拙地躺在那里，使她的工作无法进展下去。她认为在衣兜的最里头有一个硬东西。她突然十分害怕地想到，梯子上也许也有血。她马上站起来，手去摸顶着梯子的脑袋。她没有发现血，但是白费工夫地找遗嘱和钥匙使她十分沮丧。"一定要出事儿，"她大声说道，"不能让他就这么躺着！"她重新穿上裙子去叫看门人。

"什么事？"他威严地问道。他是不愿意让一个普通人那么轻易地搅乱他的工作的。他也不理解她，因为她说话很轻，这只有谈到死尸时才如此。

"对不起，他死了！"

现在他理解了。旧有的回忆又在他头脑里活动起来。他退休的时间太长了，无法相信这些回忆。他的怀疑慢慢地消失后，才相信这一定是个刑事犯罪事件。他的态度也随着发生了变化,他变得很随和,就像当年当警察侦缉一个罪犯一样。他简直判若两人:他把吼叫咽了下去,他那咄咄逼人的目光也变得温顺起来,藏到角落里埋伏以待,他的嘴也力图微笑着,由于挺硬、平整、狭长的小胡子使得他无法把他的微笑表露出来,于是他便用两只指头抚摩着小胡子,把嘴角压成微笑的样子。

凶手已经吓慌了,她变得有气无力,知道无生存的希望了。他此时身穿警察制服,走到法官面前讲解,像这样的案子应如何处理。他是这起耸人听闻的案件的主要见证人。检察官也得依靠他。一旦凶手转到其他人手里,她马上就会翻供。

"先生们,"他以响亮的声音开了腔,记者们写下了他说的话,"凡是人都需要加以研究,而凶手也是人。我早已退休,在我空闲的时间里我研究了这些人的生活、活动和人们所说的思想。如果你们对凶手研究得透彻,那么凶手就会供认她的犯罪事实。但是我要提醒你们,先生们,如果你们对凶手掉以轻心,那么凶手就会狂妄地否定她的犯罪事实。那时法院只好等着瞧,到哪里去找到证据呢?在这样一个骇人听闻的凶杀案里,你们完全可以信赖我,先生们,我是主要证人。但是我要请问你们,先生们,你们有多少这样的证人呢?我是唯一的证人!现在请你们注意,事情并不像你们所认为的那样简单。首先就要怀疑,然后默不作声地仔细观察凶手,一踏上门槛就要说:'一个凶残的人。'"

见看门人这样和蔼地望着她,台莱瑟感到十分害怕。她无法解释他的态度为什么发生了这样的变化。她想做出一切努力使他重新吼叫起来。他没有像通常那样噔噔噔地跑在她前面,而是低声下气地跟她并排走着。当他第二次鼓起勇气问"一个凶残的人"时,她仍然没有理解他所说的凶手是谁。通常情况下人们是能听懂他的话

113

的。为了使他相信自己,她顺口答道:"是的。"

他碰了她一下,当他的眼睛狡猾地、有节制地盯着她的时候,他要求她说出她全力抵御丈夫毒打她的情况。"谁都要进行反抗。"

"是的。"

"那是很容易出问题的。"

"是的。"

"此人倒下去,好像没有什么情况。"

"是的,是倒下去的。"

"这是减轻刑罚的情节。"

"是这样的情节。"

"这是他的不对。"

"是他的不对。"

"他忘记写遗嘱了。"

"这样也许更好些。"

"人们为了生活需要东西。"

"为了生活的需要。"

"没有毒药也行。"

台莱瑟在此时此刻想到的也是这些事情。她没有多说一个字。她想说,那个非同一般的店员曾对我作了劝说,但是我抵制了。后来她突然想到要报告警察,于是她想到,看门人本来就是警察,他什么都知道,他马上就会说,这不可能是中毒。您为什么要干这种事呢?她不能容忍这种说法。那个非同一般的店员有责任,他叫格罗伯先生,是"格劳斯和母亲家具公司"的一名店员。最初他想十二点一刻来这里,为的是使她不得安宁。后来他又说,他带把板斧趁睡觉时结果她丈夫的性命。她没有想到这上头,也没有想到下毒药的问题,现在她兜来了这么多麻烦事儿。难道她丈夫的死也

114

怪她不成？她应该得到一份遗嘱。现在一切都是属于她的。她日日夜夜守在他身边，像个女婢似的为他干活。她不能把他一人留在家里，她出去是为他筹办卧室家具的，他不熟悉家具。他爬上梯子，结果摔下来摔死了。他使她多么难过。老婆继承财产难道不合理呢？

她一步一步地重新鼓起了勇气。她深信她是无罪的。警察早就该来了。是她打开了大门，因为她是这里珍藏的有价值的东西的女主人。看门人记住了她突然表现出来的轻浮的表情。这一切对她都没有用。他等待将来凶手和被害者之间的对质。她让他在头里走，他狡黠地眨着眼睛并表示感谢，但他的眼睛从来就没有放过她。

他还站在书房的门槛上，就一眼看清了情况。这梯子是她后来放在尸体上的。她以此来欺骗他。这一点他是很清楚的。

"先生们！我走到出事地点，对女凶手说：'请您帮助我把梯子扶起来！'现在你们不一定相信，我独自一人不能扶起梯子。"——他让人看他的肌肉。"我要证实一下，被告做出了什么样的面部表情。面部表情是主要情节。你们可以看出名堂。一个人做出了什么样的面部表情！"

正在谈话的时候，他发现梯子动了起来，他感到很奇怪。教授还活着，这使他好一会儿感到遗憾。因为这样就使得他这位主要证人失去了可以炫耀自己的机会。他迈开步子跨向梯子，一只手把梯子扶起来。

基恩刚刚苏醒过来，就疼得蜷缩起来。他想站起来，但没有成功。

"他根本没有死！"看门人吼道，还是这个老人把基恩扶了起来。

台莱瑟几乎不相信她的眼睛。只有当基恩——虽然还垂着身子,但比扶他的人还高——站在她面前,并以微弱的声音说"这个讨厌的梯子"时,她才明白他还活着。

"这真卑鄙!"她尖叫着,"这是不妥当的!一个规规矩矩的人!对不起!人们会相信的!"

"安静,混账!"看门人打断了她发狂的抱怨,"扶住教授!我马上就让他躺到床上去!"

他背起瘦弱的教授走到前厅去,床就在那里的家具中。基恩在被脱下衣服的时候,一再说道:"我没有晕过去,我没有晕过去。"他无法克服短时间的昏厥。"肌肉在哪里呢?怎么就拉不紧呢?"看门人嘟囔着并摇摇头。由于同情这副可怜的骨头架子,他忘记了他引为自豪的审案之梦。

这时台莱瑟请来了医生,在街上她才平静下来。三个房间是属于她的,这是有据可查的。只是有时她还轻轻地抽搭:

"人们为了活着而忙活,要是死了,也这样忙活吗?"

病　　床

发生那次不幸的事件后,基恩在床上躺了整整六个星期。有一次查过病房后,医生把台莱瑟拉到一边对她说:

"您的丈夫能否活下去就取决于您的照料了。我现在还说不准,对于这次罕见事件的内在原因我还不清楚。您为什么不早点儿找我呢?性命交关的事情不能开玩笑!"

"我丈夫向来就是这样,"台莱瑟回答道,"但从没有发生过什么事情。我了解他已八年多了。如果不生病,要医生来干吗?"

医生对这种回答表示满意。他知道他的病人有细心的人照料。

基恩在床上感到很不舒服。其他的房间的门都违反他的意愿关起来了,只有通向台莱瑟卧室的门开着。他很想知道图书馆其他部分的情况。最初他无力爬起来,后来才能忍受着强烈的刺痛坐起来看对面墙上的一部分。那里看来没有发生多大的变化。有一次他甚至爬起来,跟跟跄跄地走到门槛边。他高兴得还没有来得及向对面看去,头就撞在门框边上,倒下去失去知觉了。台莱瑟发现了,为了惩罚他的不听话,就让他在地上躺了两小时,然后才把他拖到床上,用一根粗绳子把他的两条腿结结实实地捆了起来。

她对现在的生活总的来说是满意的。新的卧室收拾得挺漂亮。为了怀念那个非同一般的店员,她把屋子布置得相当温柔多情,并且喜欢待在这个房间里。另外两个房间她锁起来了,并把钥匙缝在裙子里一个秘密的口袋里，这样她至少可以把她的一部分财产带在身边。她只要想去她丈夫那里，就可以去。她要照料他，这是她的义务，她真的照料他，整天按照精明的、可靠的医生的嘱咐照料他。在这期间她也把写字台里面搜查了一遍，但没有发现遗嘱。从他发烧说胡话的幻梦中她知道他有个兄弟。因为他一直没有谈起这位兄弟，所以她宁愿相信没有这样一个兄弟。也许是涉及那些令人嫉妒的遗产，为了欺骗她，他才说有那么个兄弟的。这是她丈夫发烧的时候透露的，她没有忘记，他还要活下去，虽然他曾晕死过去，但她原谅了他，因为他还要补写一个遗嘱。这屋子就这么大，不管她在哪里，她始终是在他身边的。于是她整天喋喋不休，而且声音相当大，使他时时都能听到她在说话。他身体很弱，根据医生的建议他应闭目养神，不要说话。因此她要说什么，他都不去干涉她。她的说话方式几个星期中变得愈来愈放肆，凡是她脑子里想到的她就说。她要丰富她的词汇，以便表达她过去想到但一直没有说过的事情。不过有关他的死的问题，她却缄口不语。她用一般的言语影射他的罪过：

"丈夫不配受到妻子这样充满牺牲精神的照料。一个女人为了她的丈夫总是不惜牺牲自己的一切，可是她的丈夫为妻子做了些什么呢？男人以为就他一个人生活在世界上。因此女人只好在生活中挣扎着，并提醒男人履行他的职责。错误是可以得到纠正的，凡没有办的事情都还可以办。在结婚登记处双方应该写上一个遗嘱，使一方不至于因另一方的死亡而挨饿。从来就没有不死的人。我一切都正常，身边没有孩子，就我一人。但我毕竟也是一个人。光靠爱情哪能生活？男人女人都是相辅相成的，女人不比男人少干事，女人从来没有安宁，因为她总要注意照料男人。他倒可以再晕过去，而我有的是无穷无尽的忧虑。"

她说完一遍后又从头再说一遍。每天都要说上几十遍。他都能一个字一个字地把她的话背下来了。根据句子之间停顿的情况，他能知道，她是否选用这样或那样的不同表达形式。她的单调的说教把他的一切思想从头脑中赶开了。他的耳朵开始是抵制听这套东西的，现在也习惯于按照顺序进行有节奏的徒劳的抽动。他苍白无力地躺在那儿，发现自己的手指不再捂耳朵了。一天夜里，他忽然觉得耳朵也长了耳皮，就像眼皮一样，可以随着自己的心愿张开或闭起来。他进行了上百次的试验，笑了，它关上，一点都不透声，它随他的心愿生长，而且很快就长成了。他高兴得捏住它。这时他醒了，他捏着的耳皮变成了普通的耳垂，他原来是做了一场梦。他想，这是多么不合理，嘴巴，我什么时候愿意闭上，就什么时候闭上，可以随我的心愿要闭多紧就闭多紧。嘴巴有什么用？用来吃饭，而且保护得很好，但是这耳朵，这耳朵就只好听命于各种流言蜚语的摆布！

只要台莱瑟走到他床边来，他就假装睡觉。如果情绪好，她就轻轻地说："他睡了。"如果情绪不好，她便大声叫道："不要脸！"她对自己的情绪不加任何控制，她要是不说话就无法活下去。于是她就自言自语地在那里说开了："错误可以纠正。"她狞笑着。即使他此时想纠正这个错误，他也装着睡觉。——她要照料他，使他恢复健康。现在没有办成的事情，将来可以办，等她有了那个遗嘱，他才可以死。如果她的丈夫以为，他是一个人生活在世界上，那么他在睡觉的情况就更加刺激了她。她会向他证明她也是一个人，并且会嚷着"不要脸"，把他摇醒。她每小时都在打听他的银行存款有多少，是否存在同一个银行里。大概不一定存在一个银行里，她赞成一部分存在这个银行里，一部分存在那个银行里。

他对她要损坏书的怀疑自那个不幸的不愿回忆的日子以来，已大大减弱了。他现在确切地知道她向他要求什么了，这就是遗嘱，而且是一份只写上他拥有多少钱的遗嘱。正是因为这一点，她对他来说完全是陌生的，这就是他从她的第一句话到最后一句话中所认识的这么一个女人。她比他大十六岁，她怎么着也得死在他前头。这钱对她有何价值呢？因为她不会得到这笔钱的。如果她从前以这种类似的失去理智的方法把手伸向他的书的话，那么她一定参与了敌对的活动并肯定会引起他的关注。现在她一个劲儿地对钱感兴趣，使他解除了对她的疑虑。他认为钱是最没有个性、最没有意义的。他既没有做出什么贡献，也没有做出什么成就，而是很容易地就继承了这笔钱！

有时他的求知欲太甚，无法自制，它迫使他睁开眼睛，即便他听到老婆的脚步声刚刚闭上眼睛也如此。他希望在她身上看到一种变化，一种不熟悉的动作，一种新的目光，一种她本性所发出的声音，这种声音能使他了解到她为什么老是喋喋不休地谈论遗嘱和金钱。如果他能把她安排到一个他虽有文化有知识但却无法说明的、一切都井然有序、各得其所的地方，他就感到高兴了。他对精神失常的人有一个粗线条的简单的看法：他把这种人解释为这样的人，他们嘴上说的都一样，而实际干的却大相径庭。根据这样的解释，台莱瑟——与他自己相比恰恰相反——是个十足的精神失常的女人。

那位天天来探望教授的看门人却是另一种看法。他从女人那里是没有希望得到什么东西的，他愈来愈担心他每月从教授那里得到的赏钱会落空，而只要教授还活着，他就会得到这份令人眼馋的赏钱。谁能相信会从女人那里得到呢？他打乱了他日常工作的程序，每天上午要在教授身边守候一小时。

台莱瑟默默地把他带到房间里来，然后很快就离开，因为她觉得他卑鄙。在他就座以前，他目不转睛地、恶意地盯着椅子，然后他不是说"我和椅子"，就是十分同情地抚摩着教授的背。只要他坐在椅子上，那椅子就被摇得嘎嘎响，活像一艘正在下沉的船。这个看门人已经不懂得如何坐了。他是跪在窥视孔前瞭望的。他打人时，当然站着。而睡觉呢？当然躺着。这就是说他不会坐了，也没有时间坐。坐在椅子上偶尔安静一会儿，他就不耐烦了，他担心地看了一眼他的大腿。这大腿没有变得无力，值得骄傲，只有当他听到大腿压着椅子发出声响时，他才继续说道：

"女人都该揍死，一概如此。我了解女人。我今年五十九岁，结婚二十三年了，几乎半辈子跟老婆在一起。我了解女人，她们都是罪犯，您数一数谋杀案就知道了。教授先生，您有许多书，您得留神。女人都胆小，我知道。如果有人对我说，他想找个女人，我就要给他一巴掌。混账东西，我要说，你敢吗？我打赌，您现在去找女人，她准跑。您瞧我这拳头，这才有威力，我想对女人说什么就说什么，她动都不敢动。为什么不敢动？因为她害怕！为什么害怕？因为胆子小！我是揍过女人的，您应该看一看我是怎么揍她们的。我老婆身上青一块，紫一块，从来就没有消失过。还有我死掉的女儿，我曾经很喜欢她。她也是一个女人，她小时候我就让她领教了这拳头。瞧，我对老婆说——我一揍女儿，她就叫——'如果她将来结婚，就要到男方家去。现在年轻，要学着点儿，尝尝这是什么滋味，否则会从男方家逃回来的。我不想把她嫁给一个不揍人的男人。我对这种男人是看不起的，一个男人应该懂得这一点。我赞成用拳头。'现在您该相信，这是有用的，是不是？这不是什么方法、主意！老婆子一看到我要揍女儿，她就趴到女儿身上，那好，我就两个一齐揍。因为女人从来干预不了我，我是不受女人干预的。您大概也听到过两个女人是怎样一齐叫的。邻居们都起来听。这才是一家之长呢！我说，你们停，我也停。这样她们才不敢动。我又试了试，看看她们叫不叫。结果是谁也不敢叫唤，一片寂静。这是用拳头征服的。我不能停止揍人，否则我会荒废揍人的艺术。我认为，揍人是一门艺术，应该学一学。我有一个同事，他揍人就揍在肚子上，被揍的人马上倒下去，什么感觉也没有。我的同事说，现在我只要愿意就可以揍他。我说，揍人没有揍到痛处，被揍的人都没有感觉，没有意思。我一直就是这么认为的。一个人要学会揍人揍在痛处上，揍不到痛处，不如不揍。这就是我所说的揍人的艺术。把人揍死谁都会，这不是艺术。假如我这么一下揍在您的脑壳上，这不就完啦，您信不信？我不引以为傲，这样揍谁都会。您瞧，教授先生，您也会。可是现在不行，您现在病成这个样子……"

基恩看到他那做出过英雄业绩的拳头在长大，它长得比看门人本人还要大，很快它就会长得有这个房间那么大了。拳头上的红毛也在按比例生长着。红毛有力地拂去书上的尘土，大拳头一直伸到隔壁的屋子里，把台莱瑟压死在床上——她不知怎么搞的，突然睡在床上了。大拳头碰到了那条裙子，只听得一阵妙极了的喊哩喀喳声，那条裙子就被撕得粉碎。生活是多么有趣！基恩迅速地叫道。他自己又瘦又长，无所顾忌。为了慎重起见，他还是尽量占据比平时更小一些的地方。他瘦得跟一块布一样薄，世界上没有一个拳头可以加害于他。

这个忠实的、侃侃而谈的人很快地完成了他的任务。他在那里坐上一刻钟，台莱瑟就完蛋了。在这样强大的力量面前什么人都别想侥幸。只希望他别走，继续在这里待上三刻钟，不要让人看出有什么目的。他对书没有什么妨碍，但他慢慢地也使得基恩不快起来。围绕一个拳头哪有那么多的话可说的，人们还以为他没有什么东西可讲了。他只知道揍人。他打了人，就应该走，或者至少得保持沉默。他很少关心病人的神经和愿望，他一味地谈论他那唯一的拳头。开头他对病人还作过一些考虑，跟基恩谈谈基恩爱听的女人中的罪犯。然后呢？就只谈拳头。他现在还和他当年鼎盛时期一样有力气，但毕竟已经到了人们爱详细回忆当年之勇的年龄了。应该是好汉不提当年勇，而他却偏爱提当年勇。就这样基恩获悉了他的全部光荣历史。基恩不可闭上眼睛，否则会被他碾成齑粉的。基恩做梦时曾有过耳皮，甚至那个耳皮在这里也对他无济于事。最好是盖子，可是耳朵上还没有长出盖子来阻止此人的如雷吼声。

探望的时间刚过去一半，旧有的以为已被忘却的疼痛又使基恩呻吟起来。童年的时候他的腿就不得劲儿，他从来就没有学会过好好走路。在学校上体操课的时候，他常常从单杠上掉下来。他的长腿不听使唤，居然使他成了班里最差的跑步运动员。教员认为他的体育成绩这样差是不应该的。在其他各科方面，由于他的记忆力特强，他是班里的佼佼者。但是这有什么用呢？由于他的身材生得令人发笑，所以没有一个人看得起他。无数的腿向他伸来，绊得他左一个跤子，右一个跤子。冬天，他被别人当作雪人来玩弄：他们把他扔在雪堆里，然后把他在雪地里滚来滚去，直到把他那干瘪的身体滚成正常人的体格那样大为止。这是最冷酷的戏弄，也是他吃亏最轻的戏弄。他对这些情况都还记得。他的生活正是这各种各样的情况连接在一起的一条锁链。他经受了这些情况的考验，他没有什么个人的疼痛。只有当一份他认为在通常情况下需要保密的名单在他的头脑中开始被遗忘的时候，他才感到沉痛和绝望，这就是他放倒的无辜的书的名单，这是他的罪过，是一份详细的记录，在记录中精确地记上了事情发生的时日。他仿佛看到"末日的审判"席上站着的吹鼓手，十二个像看门人那样的人，他们鼓着腮帮子，手臂浑圆，肌肉发达。书单上的文字似乎一个一个地从他们的长号中迸了出来，传到他耳朵里。正当他忧心忡忡的时候，他不得不嘲笑那些可怜的米开朗琪罗的吹号手。他们可怜地蹲在一个角落里，把他们的长号藏在后面。在看门人那样的家伙面前，这些吹号手深感惭愧地伸出他们的"长武器"。

在"阵亡"的书的名单中，第三十九号是一本很厚的古书，名叫《步兵的武装和战术》。他刚从梯子上沉重地滚下来时，那些吹号的像看门人一样的人就变成了雇佣兵①。基恩受到极大鼓舞。看门人是雇佣兵，否则还会是什么呢？这是个突然出现在他面前的形象，带着毁灭性的声音，是金钱的忠实奴仆，什么都不怕，具有对女人从不手软的愚勇；他侃侃而谈并毫无道理地拷打人——真是一个活生生的雇佣兵！

此时那拳头再也不使他恐惧了，在他面前坐着的是一个忠诚的、历史上的人物。他知道，这样的人物会做什么，不会做什么。此人的令人毛骨悚然的愚勇是一目了然的。他的举止行为恰如其分地表现了一个雇佣兵的形象。这个可怜的汉子作为二十世纪的雇佣兵来到世界上，身无一本书，整天待在黑暗的洞洞里，茕茕孑立，形影相吊，脱离了造物主给他创造的世界而被挑选到一个永远不为外人所知的地方！在那遥远而平安的十六世纪初期，这个看门人不会有什么造化。他爱怎么吹就怎么吹。为了不枉他做人的一生，把他编入历史人物也就足够了。

十一点整，这个雇佣兵就起身走了。在办事准时这一点上，他跟这位教授先生倒是同声相应，同气相求。他一到就重复他那一套，同情地看看椅子。"这椅子还没坏！"他断言道，并用右拳打在椅面上——这椅面也只好逆来顺受——以示证明这椅子没有坏。"我

---

① 德国十五、十六世纪的雇佣步兵，他们强悍、勇猛，只知服从主子的命令。

可不赔钱!"他补充说,想到他坐坏椅子要给教授赔钱时,他便哈哈大笑起来。

"保护好您的手,教授先生!我这个人除了拳头一无所有。再见!不要理睬那个女人!我容不得那个老东西。"他说着便向隔壁的房间里投去了仇视的一瞥,虽然他知道她不在那里,"我要打就打年轻的,您看,像我死去的女儿,那才是我要打的对象!为什么?因为她是我的女儿吗?她年轻,是个女人,我愿意怎么揍她就怎么揍她,因为我是父亲。现在她已经死了。那个老东西倒还活着。"

他摇着头离开了房间。不管在什么地方,也不管什么时候,他都没有像在教授这里那样,感到这世界是如此的不公道。在他的小房间里执行任务时他没有时间对这世界进行观察。他只要一离开那里来到基恩楼上宽敞的屋子里,可怖的思想就占据了他的头脑。他想到他的女儿,看到奄奄一息的教授躺在他的面前,他的拳头失业了,他感到忧虑。

告别时,基恩觉得他很可笑。他的穿着合身,但是过时了。他感到遗憾,因为他的历史分析法不总是用得上。就他所熟悉的情况而言,在整个文明史和蒙昧史期间,台莱瑟这样的女人是无容身之地的。

这样的探望每天都在按部就班地进行。基恩再有办法也不能提前结束这种探望。在台莱瑟还没有被打死之前,只要这个拳头还有一个正义的、有益的目标,他就不害怕这个拳头。这拳头是可怕的,使他想起了旧有的疼痛,但在没有这种害怕的感觉之前他是想不到那些雇佣兵的,这位看门人就更想不到了。当这位看门人十点进门时,基恩十分高兴地对自己说:这是一个危险人物,他会把台莱瑟碾成齑粉。每天他都对台莱瑟的灭亡表示幸灾乐祸,同时在内心赞美他的生活,对于这种生活他以前也或多或少知道一些,不过没有去加以赞美罢了。他既没有想到"末日的审判",也没有排除对西克斯塔斯乐队① 号手们偶然的嘲笑,这些都精心地记录下来,并在每天的必修课中加以解决。他之所以忍受得了在他妻子占上风的漫长的几个星期里的沉闷无聊、僵硬和压抑之苦,也许是因为每天的发现都给了他勇气和力量。在他的学者生涯中,他的各种发现是具有重要意义的中心大事。现在他躺在那里闲着没事儿,他的工作停止了,于是他强迫自己每天去发现看门人是干什么的:是个雇佣步兵。他需要这种人甚于需要面包,因为他只吃很少一点儿面包。他需要这种人,因为这种人可以替他做一点儿工作。

台莱瑟在看门人探望时总有事情可做。只是因为她需要时间,她才让看门人——这个卑鄙的家伙,他的高谈阔论她在第一次就听到了——进来。她整理图书馆。她想到她丈夫曾把书翻过来了。她也担心他弟弟要来。因为这位弟弟会带走最宝贵的财富。为了弄清到底有些什么,并防止别人欺骗她,她在看门人探望病人、大骂女人的时候,便着手在膳室里进行她的重要工作。

她把旧报纸狭窄的白边剪下来,拿到书前面,取出一本书,读着书的题目并把它写在那些狭长的纸条上。写每一个字母时,她都要重复着书名,以免把名字忘了。书名的字愈多,读的次数也就愈多,从她嘴里所读出来的字的声调也就愈带有她自己的特点,书名开头的浊辅音,如 B、D、G,都读得很重、很硬。把什么都读得很硬,这是她的偏好。她用她那支硬铅笔,费了很大的心思,才没有把报纸写烂。她那笨拙的手指头只能写些很大很大的字母。她对科学论文的长标题非常生气,因为她在纸条上找不到合适的足够的地

---

① 罗马教皇西克斯塔斯四世(1473—1481)统治下由吉奥瓦尼·德·多尔西建立起来的梵蒂冈教皇宫廷乐队。

方来写。一本书就写一行字,她定下了这个原则,为的是好算,也为了好看,要是一个书名一行字没有写完,她就不写了,这余下的部分她不需要,就让它见鬼去吧!

她最爱写的字母是"O",这O的写法她在上学时是经过训练的。(你们应该像台莱瑟那样规规矩矩地把O字写好,合拢,女教师总是这样说。台莱瑟的O写得最漂亮。她留了三次级,这不怪她,应该怪女教师。她容不得台莱瑟,因为后来台莱瑟画的O比女教师写的要漂亮多了。大家都来请台莱瑟写O,至于她从女教师那里所得到的O别人也懒得去打听。)所以她这O字可以随她的心愿写得很小。她写的干干净净、规规矩矩的圆圈儿结果就淹没在写得比它大三倍的字母之中。如果一个书名中有许多O,那她就先数一数,到底有几个,并很快地把这些O写在这行字的末尾,前面空下的地方她便用来写她切实感到困难的标题。

在写完的一行一行字下面她画上一条线,计算一下有多少书,头脑里记住了这个数目——她对数字有很好的记忆力,当她核算了三遍都一致时便把这个数字登记下来。

一周又一周过去了,她的字母写得越来越小了,圆圈儿当然也不例外。每写完十张纸条,她便在一头用针线精心地把它们钉在一起。这是她的一份新的财产清单,共六百零三本,把它藏在裙子新缝的口袋里,紧贴钥匙。

大概三周以后,她碰到"菩萨"这个名字,这个名字写了不知多少遍了。其中的浊辅音使她大伤脑筋。那个非同一般的店员不应该叫格罗伯先生,应该叫"克罗坡先生"。她站在梯子上,闭上眼睛,使劲运气念道:"仆塔老爷。"就这样"菩萨"变成"仆塔",她觉得不错,并感到很骄傲,因为这"仆塔老爷"的书真不少,现在念起来多么顺口,所以她全部写下来了。她很想看看里面的内容，可是哪儿有时间呢？

看门人的探望只有一小时，她要加快速度。她发现进展太慢了，白天一个小时太少了，她决定牺牲晚上睡觉的时间。她在梯子上看呀，写呀，度过了很多不眠之夜。此时她也忘记她先前说过的一句话：规规矩矩的人应该九点钟睡觉。在第四周她完成了膳室的工作任务。由于取得了成绩，她尝到了夜生活的甜头，并且只有点着灯的时候，她才感到舒服。她在基恩面前出现时的安全感增加了，老话又重新提了出来。她说得更慢并带有某种程度的威严。那三个房间他以前已自愿交给她了，那里的书也是她的。

当她在卧室里干着不可告人的事情时，她已经克服了那最后一点儿恐惧。大白天，她丈夫醒着躺在那里的时候，她就敢爬上梯子，拿出一沓纸条，登记书的名字。为保持安静，她咬紧牙齿。她没有时间说话，她要高度集中，否则就可能漏掉一本书，还得从头来起。那个遗嘱当然还是主要的，她并没有忘记。她一如既往全力以赴地照料她的丈夫。那个看门人来探望时，她就中断她的工作，走到厨房里去，这个瞎嚷嚷的家伙会打扰她的工作。

基恩在病床上躺到第六周也就是最后一周时，感到好些了。他那精确的预感再也没有出现过。老婆说着说着话突然打住，沉默了。她计算着还有半天时间。她说的总是那些话。虽然如此，他还是准备接受突如其来的袭击，心里怦怦直跳，等待着大的事件的发生。她一沉默，他就闭上眼睛，真的睡着了。

青 春 的 爱

当医生对他说"你明天就可以起床"的时候,基恩马上就觉得健康了。但是他没有马上从床上一骨碌爬起来。现在是晚上,他要有规律地从早晨六点开始他的健康生活。

他的新生活从第二天开始。这样年轻、有力是他多年来没有感觉到的。他洗漱的时候突然感到好像身上有了肌肉。这段时间的被迫休息对他的身体有好处。他关上了通向旁边房间的门,笔直地坐在写字台旁,桌上的文稿被翻得乱七八糟,但是看得出来人们在翻开时还是小心的。他高兴地整理着这些文稿。他一拿到手稿就感到很舒服。他真有没完没了的工作要做。发生那起事故后,那个女人趁他高烧失去知觉的机会在这里翻找遗嘱了。他在病床上时好时坏的情况下,有一个决心是永远不变的:不写遗嘱,因为她是如此关心那个东西。他决定,一见到她就狠狠地训斥一顿,并且把她迅速有效地赶到老地方去。

她给他端来了早饭,并想说:"把门开着吧。"由于她计划要取得遗嘱,并且自从他痊愈以来还不了解他的情绪,所以她决定克制自己,不要过早地去刺激他。她只是弯了弯腰,在门下面垫了一块小木头,以免门关起来。她态度和缓并且打算拐弯抹角地来贯彻她的意图。他呼的一下站起来,严肃地看着她的脸,用严厉的语调说道:

"我的手稿被翻得乱七八糟。我要问,我的钥匙是如何落入他人之手的!我在我的左裤兜里发现了它。我不得不遗憾地认为,有人非法地取走了它,使用了它,然后才还回来。"

"这不很好嘛。"

"我第一次也是最后一次问:是谁翻我的写字台了?"

"可以猜得出嘛!"

"我想知道是谁!"

"那么请问,也许我偷了什么东西?"

"我要求做出解释!"

"谁都可以解释。"

"什么意思?"

"是人就行。"

"谁?"

"别问,到时就知道了。"

"这写字台……"

"我总是这么说的。"

"什么?"

"谁铺的床谁就去睡呗。①"

"这我不感兴趣。"

"他说这床挺好的。"

"什么床?"

"可以看看那张双人床。"

"双人床!"

"就是说是人都想睡这张床。"

---

① 德语成语,意即:自作自受。

"我不想过夫妻生活!"

"难道我是出于爱情而结婚的吗?"

"我要求安静!"

"一个规规矩矩的人应该九点……"

"将来这门就关着。"

"这要看上帝是怎样想的了。"

"我在病床上损失了六周的时间。"

"一个女人损失的时间是许许多多个日日夜夜。"

"不能再这样下去了。"

"那么男人为女人做了些什么呢?"

"我的时间很宝贵。"

"在结婚登记处双方就应该……"

"我不写遗嘱!"

"谁能料到会中毒身亡呢?"

"一个四十岁的男人……"

"妻子像三十岁的人。"

"五十七岁。"

"谁也没有这么告诉我。"

"户籍证上写得很详细,可以读一读嘛。"

"谁高兴读啊?"

"原来这样!"

"一个女人要求书面的东西。哪里还有什么愉快?三个房间属于妻子,一个房间属于丈夫,这是写在纸上的。妻子让了丈夫,现在妻子独自一人。她为什么这么傻呢?最好是书面的东西。口头上谁都会说。丈夫会突然晕过去。谁都不知道,他的钱存在哪家银行里。妻子总应该知道是哪家银行吧?不让她知道她是不会答应的。

你看,她难道不对吗?丈夫不告诉存钱的银行,这是丈夫吗?这不是丈夫,做丈夫的应该告诉妻子存钱的银行!"

"出去!"

"出去就出去。妻子什么也没有。丈夫要写个遗嘱。要知道,妻子的前途未卜。男人不是独自一人生活在世界上,还有女人。在大街上所有的男人都瞧着我。一个女人最重要的就是要有一个浑圆的臀部。出去?不那么简单。这屋子就敞着吧!我有钥匙,丈夫要有钥匙才能把门锁上。钥匙在这儿呢!"——她拍拍裙子——"丈夫出不去了。他想去,也去不了!"

"出去!"

"妻子救了丈夫的命,然后被撵走,这合适吗?丈夫晕死过去,谁去叫的看门人?是丈夫吗?他躺在梯子下面,不能动弹。他晕死过去了,妻子救了他,却得不到他的好报。那位弟弟也不会知道。那家银行倒是应该通报一下。一个女人还想再结婚。难道我从丈夫那里得到了什么吗?我很快就四十岁了,到那时男人也就不再看我了。女人也是人,女人也有一颗心!"

她嚷着骂着,突然抽抽咽咽地哭了起来。这颗所谓女人的心在她的嘴里听起来似乎已经碎了。她靠门框站着,就像她通常那样斜倚在那里,使人看了觉得十分可怜。她决心不离开这个地方,等待着挨打。她的左手捂在裙子上那块钥匙和书目清单鼓起的地方。当她知道她的财产没有丢失时,她才放了心,并重复说:"一颗心!一颗心!"现在为了把这句话说得既罕见又动人,她又抽抽咽咽地哭了起来。

可恶的遗嘱问题从基恩的眼前消失了。他看到她很可怜,为了乞求爱,她要引诱他。他还从来没有看见她这个样子。为了他的书他才跟她结婚的。她爱他。她的哭泣使他很害怕。我让她一人待在这里吧,他想,她独自一人最能自己安慰自己。于是他匆匆地离开了屋子。

对《封·勃莱道先生的裤子》那本书的动人的处理,关系到的不是书本身,而是他。她为了承欢他而躺到沙发床上去。女人都是用细腻的感情来迎合情人的。她了解他的过去,离开结婚登记处时,她就从他的额头上如同从一本打开的书上看出了他的思想。她想帮助他。如果女人恋爱了,她们往往就失去个性。她想说:来吧!但是她感到难为情,为了掩饰这种要求,她才把书推到地板上。这就意味着:我爱你远远甚过书。这是吐露爱情的象征性表示。自那时以来她一直不断地想获得他的爱情。她努力使大家在一起用膳,并为他置办家具。只要可能,她就穿着上浆的裙子轻轻碰他。因为她寻找机会说服他买床,他就放弃了沙发床,让她买了一张新床。她搬了卧室,买了一张双人床。遗嘱问题只不过是个借口而已,为的是在他生病期间找机会跟他谈话。她老是说:现在没办的事,将来可以办。好一个可怜的、糊涂的女人!结婚已经好几个月了,她还希望获得他的爱情。她比他大十六岁,她知道她会死在他前头,但仍然坚持双方都要为对方写出遗嘱,很可能她有一笔存款要赠送给他。为了不至于遭到他的拒绝,她以为还是要求他写出一个遗嘱为好。因为她一定比他早好多年去世,这遗嘱对她有何用呢?她和他不同,她会很好地把她的遗嘱交给他。她是通过钱来表达她的爱情的。世界上真有这样的老处女,她们把一生的全部积蓄,几十年的积蓄,从每天生活中节省下来的钱,一下子全部交给一个男人。她怎么能逾越她的经济界限呢?对于文盲来说,金钱是她们对一切事物的表示,诸如:友谊、善良、教育、权力、爱情,等等。对于一个女人来说,这一简单的事实由于她的弱点而变得复杂了。因为她要把积蓄赠送给他,所以她就用同样的语言折磨了他六个星期。她没有简单地直截了当地对他讲：我爱你，我把钱都交给你吧！她把门钥匙藏起来了。他找不到钥匙，而她却可以支配他的空间。他不愿跟她有过多的交往，她对支配他的空间感到沾沾自喜。他忘记问自己，他的存款所在的银行是不是可靠。她害怕他会丢失自己的钱，因为她的积蓄太少，无法长久地维持他的生活。她采用看上去好像她为自己生活担忧似的办法，一个劲儿地打听他存款的银行，是为了在可能发生的灾难中拯救他。女人总是为情人的前途操心。她的有生之年不多了，在死前她要把最后一点力量用于使他的生活得到保障的事情上。在绝望中她趁他有病之机搜查了写字台，她希望获得详细的情况。为了不使他着急，她没有把抽屉钥匙藏起来，而是把它放在原来的地方。她是一个没有文化的人，她不可能知道他头脑的精确性和记忆力。她无知到这种程度，以致他一想到她的话就有反胃似的感觉。他无法帮助她。一个人不是为了爱情而生活在世界上。他不是因为爱情才结婚的，而是为了使他的书得到很好的照应，他以为她是照应他的书的合适人选。

基恩感到好像是生平第一次在大街上走。在他所遇见的人当中，他分辨出男人和女人，他所路过的书店总要使他停下来看看，他看到的正是那些从前的禁书所陈列的橱窗。堆积如山的坏书没有打扰他。他读着书的标题不再摇头了，并继续往前走。狗穿过人行道，找到它们的同类，十分高兴地互相嗅嗅，表示亲热。他放慢脚步惊讶地看着它们。一个小包扔在他脚旁边的地上。一个小伙子走了过来，把它捡起来，碰了他一下，也不道歉。基恩看着小伙子用手指打开小包，小包里有把钥匙，在一张揉皱的纸上有几句话。小伙子看着就笑了起来，并沿着房子往上看，见五层楼上的窗口边晾着被褥的地方站着一个姑娘，姑娘向小伙子招招手，随即就看不见了。小伙子也很快地把钥匙放在裤兜里。"他用这钥匙干什么？一定是个小偷！那个婢女把钥匙扔给他干什么？她一定是他的情妇。"在下一条街口有一家重要的书店，在他的左边。对面街角有一个警察正激动地和一个女人说话。这话吸引了基恩，他很想听一听他们在说些什么，可等到他走近时，两个人已经分开了。"再见！"警察用嘶哑的声音说。他的脸在日光照射下愈加红润了。"再见，再见，警察先生！"女人连珠炮似的说。他很胖，而她很健壮，基恩忘不了这两个人。他从教堂走过，听到了温柔的令人不安的歌声。如果他的嗓子像他的情绪那样顺从他的意愿，那么他现在也能哼出这样的歌声。他突然感到什么脏物落到身上。他顺着教堂的柱子惊奇地往上看去。鸽子彼此以喙相接触，并发出咕咕的叫声。脏，没有关系，他二十年没有听到这声音了，他每天散步都要经过这地方。但是他脑子里仿佛只有书籍的"咕咕"声。"是的！"他小声地说，并点点头，像通常一样，如果现实跟它的原形相符的话。今天他没兴趣去清醒地证实这种现实。在病态的、瘦骨嶙峋的、因疼痛脸都变了样的基督塑像的头顶上飞来一只鸽子，它很不愿意独自站在上面，另一只鸽子看到这种情况就飞到它那边去。这位基督就这样忍受着这些芸芸众生加于他的痛苦。这些芸芸众生认为，基督牙疼。其实哪里是这么回事呢？他忍受不了这些鸽子，它们也许天天都这么干吧？他想他是多么孤独。他不能想到这上头去，否则就一事无成。当基督在十字架旁想着他的孤独的时候，他到底为谁而死呢？——是啊，他基恩也十分孤独，他弟弟不再给他写信了，他也有好几年没有给巴黎回信了，他弟弟太蠢了，所以他不再给他写信。Quod licet Jovi, non licet bovi.① 自从格奥尔格跟那么多女人

---

① 拉丁文，大意是：对一个人行得通的事情，对另一个人就行不通。

打交道以来，基恩就把自己看成是朱庇特①。格奥尔格是和女人打交道的人，从不会孤独，他也忍受不了孤独，所以他才跟女人打得火热。他基恩也被一个女人爱着，他不愿待在她身边，所以他跑出来了，并在埋怨他的孤独。于是他马上掉转头，迈着他的长腿穿过大街回家。

怜悯之心驱使他走得比他情绪好时还要快。他是能掌握生活命运的人。他不能使这个可怜的因为爱他而在折磨着自己的女人在她的有生之年受苦，乃至缩短她的有生之年。应该找到一个解决这个问题的折中办法。她的希望成了泡影，他不是一个耽于享乐的男人。他的弟弟家生有足够的孩子，基恩这个家族已有接续香火的人了。女人不应受到指责，是的，她们不知道她们是在跟谁生活。她跟他在一套住宅里生活了八年，即使基督也要先于他落入情网。鸽子也会泄露它们的生活目的，而她们却没有生活目的。一个女人有这么多工作要做——这是违反科学、违反自然的犯罪。他了解并评价她的忠诚。凡是她能办的事，她都办了。他仇视偷窃和侵吞别人的财产。财产不是人们贪得无厌可求得的东西，而是有制度规定的东西。凡属于她的东西他就没有想到去侵吞。她作为一个女人惊人地、默默地爱了他八年之久，而他却什么也没有觉察出来。直到结婚以后，她才说出她的心愿，为了回避她的爱情，他愿意做她要求他做的一切事情。她害怕他所存款的银行破产吗？好吧，他将告诉她这银行在哪里，她反正也知道，她有一次去兑换过支票。她可以打听这家银行是否保险、不会倒闭。她想把她的积蓄赠送给他吗？好吧，这样的事何乐而不为呢？他将给她写上一份遗嘱，这样她也可以有个借口给他写份遗嘱。一个人获得他的幸福是何等容易啊！

---

① 朱庇特，罗马神话中最有权威的神，即希腊神话中的宙斯。

他下着这样的决心,就摆脱了她的纯粹是超级的爱情。

但今天是他意志脆弱的一天。他悄悄地希望失败。真正的爱情从来是不能平静的,而且烦恼是层出不穷的,旧的烦恼没有消失以前,新的烦恼又出现了。他还从来没有恋爱过,他感觉到自己像一个无知的孩子,他想马上知道一切,但在知与不知两者面前,他同样都很害怕。他的思想陷入了混乱,在思想上他像一个女人一样喋喋不休。凡是他想到的事情,他就不加检验地抓住它,但不是对它进行透彻的研究,而是马上又把它放跑了,因为此时他又想起了另外的事情,而且不是什么更好的事情。两种思想占据了他:一种是对付一个恋爱着的、忠心耿耿的女人追求自己的思想,另一种是对书籍进行研究的思想。他愈接近他的住宅,就愈感到矛盾。他很清楚,这是什么问题,因而感到很羞愧。他攻击爱情,并用非常生硬的话对她进行说服,他拿起了最令人厌恶的武器:他拿台莱瑟的裙子开刀。她的无知,她的声音、年龄,她说的话,她的耳朵,等等,一切都起作用,但裙子起着决定性的作用。当基恩站在家门口的时候,裙子在书的强大的重压下破碎了。

"这是怎么回事?"他自己问自己,"孤独?我孤独?那么书呢?"随着一层一层往上爬楼梯,他愈益接近了他的书。他在门厅向书房里喊道:"国家银行!"台莱瑟站在写字台前。"我要写遗嘱!"他命令道,并把她狠狠地推向一边。她在他不在家时选了三张漂亮的纸,并写上了"遗嘱"的字样。她指着上头,很想笑一笑,但她只能微微一笑。她真想说:"瞧,我怎么说来着!"但是她没有说出口。她差点儿晕倒过去。她似乎觉得那个非同一般的店员把她抱在怀里,她又苏醒了。

犹大[①] 和救世主[②]

在他写的遗嘱后面,她起先猜测是个笔误,后来又以为是个愚蠢的玩笑,最后又觉得是个圈套。他现在在银行的存款大概只够家用两年。

当她亲眼看到这个数字时,她善意地觉得数字后头少写了一个零。她认为他写错是很自然的事。当他坚信并告诉她这数字是对的时,她指望的可是比这个数字多十倍,所以觉得很失望。那么财富到底在哪儿呢?她想帮助那位非同一般的店员建设本城最好的家具商店。这份遗嘱的金额足够建立一个像"格劳斯和母亲家具公司"那样大的公司了。她对做买卖就了解这么多。几周来她在睡觉以前,都核算家具购进的价格。她放弃建立一个自己的家具工厂,因为她在这方面不了解情况,而且她要在做买卖上有发言权。她站在那里呆若木鸡,因为"格罗伯夫妻家具店"——这个商号的名称是她参与这项买卖的首要条件——开张的门面并不比"格劳斯和母亲家具公司"大。那位非同一般的店员是"格劳斯和母亲家具公司"的灵魂,如果她能把这个灵魂争取过来,那么她的买卖就可以做得使人们把自己的工资收入的大部分花在她的家具店里。他们自己什

[①] 犹大是基督教圣经故事中出卖耶稣的人。
[②] 这里指耶稣。

么都不需要，人们懂得自爱，生意会越做越大。几年后"格劳斯和母亲家具公司"就会在竞争中比输了。当他们到达这一步并对坐在玻璃门后的小老板作自我介绍时，只见小老板长吁短叹，搔头摸耳，因为新建立的第一流的"格罗伯夫妻家具店"已经把他的最好的顾客夺走了。就在这时，基恩说：

"这个数字上并没有少一个零，二十年前倒是有一个零。"她不相信他，打趣地说："那么这一大笔钱到哪里去了呢？"

他默默地指着那些书。用于生活的一部分钱他也扣下来买书了，他现在确实很穷，他也感到惭愧。

台莱瑟已经没有兴趣开玩笑了，她严肃地说道："你把其余的钱事先就寄给了你弟弟。在你死以前，你弟弟就获得了十分之九的遗产，而你死以后，妻子只获得十分之一的遗产。"

她揭露了他。她估计他会感到内疚，在为时未晚之前，把那个有争议的零补写上去。这点儿钱她实在瞧不上眼，她要的是全部。她觉得她是那位非同一般的店员的代理人，并在思想上考虑运用他的论据。

基恩没有好好听她说了什么，因为他一直在看着他的书。当他看完以后，出于义务感他又看了遍"遗嘱"，一边把它叠起来，一边说："明天我们俩一起去公证处！"

台莱瑟为了不骂出口，只好走开了。她要给他留时间考虑考虑。他应该想到这样的事人家是不干的。这个老太婆对你来说比那位兄弟更亲一些。至于用于买书的那笔钱，她连想都没有想到，因为其中的四分之三反正属于她的了。现在涉及的是图书馆以外的财产。她要尽可能推迟去公证处。一旦遗嘱到了公证处，那么这笔资本就完了。一个规规矩矩的人是不会那么经常写遗嘱的，否则在公证处面前要感到惭愧的。因此人们要写遗嘱最好就一次写好、写

139

对，不要写第二次了。基恩是个爽快人，向来喜欢一下子把全部手续办完。他今天对台莱瑟有某种程度的尊敬，因为她爱他。他知道，她是个文盲，需要时间写一个正式的书面文件。他没有帮助她，因为这样会挫伤她的自尊心。她的感情应予以考虑。他之所以迎合她只能有一个解释，如果他不好向她表白的话，那就是他已经摸透了她。他担心，一旦他暗示那笔她计划赠送的款子，她可能会哭起来。因此他便投入工作，把那个遗嘱推到一边，把一切想法都抛开，敞开通往她那里的门，以极大的热情投入他所写的论文：《论佛经对佛足石体形式的影响》。

在吃午饭的时候，他们互相不加掩饰地看着对方，但一句话也没有说。她在盘算着希望得到改正了的遗嘱，而他要审视她写的东西上自然会有的书写错误。他是否要替她重抄一遍还是只改正一下？总而言之非此即彼，二者必居其一。他的细腻的感情经过几个小时的工作已明显地减弱了，但这种感情还足以促使他推迟到明天才做出决定。

深夜台莱瑟睡不着，操心着她的生意。她丈夫工作到深夜十二点，这样浪费电能使她十分难过。自从她想做生意，想实现她的愿望以来，每浪费一个大子儿都使她比从前加倍地难过。她轻轻地、小心翼翼地躺在床上，因为她打算把这张漂亮的床作为新货在她的家具店里出售。床至今完整无缺。如果要把家具重新漆一下，她是会感到很遗憾的。当基恩已经入睡，她的账目也全部核准时，那种对床的操心，生怕损坏床的心理使她久久不能入睡。她没有什么好考虑的了，感到无聊，明天可不能再无聊下去了。

她睡不着，夜里的时间难熬，脑子里就把她要继承的金额巧妙地加零来提高它的数额。那些跟她竞争的女人远远地落在她的后面。各种各样的女人都来到与她们毫不相干的地方。没有一个女人有上浆的裙子，也没有一个是三十岁的人，其中最好的也已超过四十，可是她添上去的零令人发笑，那位非同一般的人马上把她赶走了。在街上男人根本就不看她。你的钱真多，你这骚货，台莱瑟对着那个厚颜无耻的女人骂，你为什么不把你的裙子上浆？自己太懒，又是吝啬鬼，谁不会这样？然后她就转向那个非同一般的人并向他表示感谢。她想给他提一个漂亮的名字，"格罗伯"这名字对他不合适，但她把那漂亮的名字忘了。她站起来，打开床头柜上的台灯，从裙子里拿出书目清单，找呀，找呀，一直找到这名字为止，对此她倒不觉得电灯费贵了。她兴奋得几乎要高叫"仆塔"，这里头有个名字。她又关上灯躺到床上去，她忘记应该谨慎从事，竟无数次对他称"仆塔老爷"。此人是聪明能干的，不仅仅是非同一般，因此他没有让她打乱自己的工作。他按顺序一个一个地观察着女人。有些女人做出的那副模样好像她们在这许多零面前自惭形秽似的。"我要提醒你，"台莱瑟说，"要看年龄，而不光是看零！"她喜欢说真话甚于其他一切。"仆塔"老爷在自己面前摊开了一张漂亮、平整的纸，在纸上干干净净地把零登记上。此人什么都很美、很干净。然后他突然用含情的目光扫视了一下纸说道："非常遗憾，亲爱的夫人，完全不可能，亲爱的夫人！"那个老家伙很快就被赶到外头。居然有这等事！但是当今的女人怎么样呢？几乎没有一个女人有钱，因此她马上就相信，这个美男子一定是向着她的。台莱瑟最高兴的是，一旦"仆塔"老爷发现有人带来的款子是所有款子中数额最高的，他就会说："那我就不得不说，您请坐，亲爱的夫人！"人们可以猜得出，这样的女人有多大岁数。她一坐下来，他马上就会对她说："我最最漂亮的夫人！"台莱瑟有点儿吃惊。她一直等到他开了口才走上前去插在他们中间。她右手拿着一支削尖了的铅笔。她只说了声"请等一等"，就在那张纸上，她的资本后面画了一个漂亮的圆圈儿。她的资本最高。她是他第一个碰上的带资本的女人。此时她完全可以说几句话，但她还是谦虚地退下来一言不发。"仆塔"老爷继续对别人说："很遗憾，亲爱的夫人，完全不可能，亲爱的夫人！"于是有些老太婆就哭了。她们已经是那样接近幸福，现在又告吹了，真不是个滋味。"仆塔"老爷根本不关心眼泪。"首先女人看上去要像是三十多岁的人，然后她才可以哭。"他说。台莱瑟知道，他说的是谁，因此感到很骄傲。那些人都念过八年书，但什么也没有学到。为什么她们不把 O 字练好呢？这难道不是一门艺术吗？

凌晨时她激动得实在不能在床上待了。当基恩六点醒来时，她早就起来了。她不动声色，静悄悄地听着他起床、穿衣服、盥洗和掸书本上尘土的声音。她的孤僻的生活以及基恩毫无声音的行走锻炼了她的耳朵对某些声音的敏感性，并提高到了一定的高度。

尽管地毯很软，他的体重很轻，但她能精确地判断，他向什么方向走动。他哪儿都走过了，唯独不走到写字台旁边去。七点钟时他才走到写字台边并在那里待了一会儿。台莱瑟相信她听到他在用笔写字的声音。这个笨蛋，她想，画个圈儿还发出嚓嚓的声音。她等待他第二次画圈儿的声音。经过这一夜折腾，她希望至少得到两个圈儿。即使如此她还是感到寒酸，并喃喃地说："夜里发生的一切好得多。"

现在他站了起来把椅子推到一边，他也准备就绪了，但没有发出第二次的嚓嚓声。她暴躁地向他迎面走去。在门槛上他们碰上了。他问："完了吗？"她也问："你写好了吗？"他已把最后一点儿细腻的感情给睡没了。这些愚蠢的女人的事儿他实在不感兴趣。只是那个遗嘱出现在他的手稿下面时他才想起来的。他漫不经心地看了一遍，发现他银行存款中倒数第二个数字不对：把五字写成七字了。他生气地改正了这个错误，并问自己：怎么可以把五和七混淆呢？也许是因为两个数都是质数吧。这真是个聪明的解释，唯一可能的解释，因为五和七一般是没有什么共同之处的，这种解释才使他平息下来。"一个好日子！"他喃喃地说，"那就工作吧，要很好地利用这一天！"不过他先要解决她的那张废纸，免得工作受影响。他们俩撞了一下，这对她没有什么，因为她的裙子保护了她。而他撞得当然有点儿痛。

他等待她的回答，她也等待他的答复。因为他没有回答，她就把他推向一边，滑着走到写字台边。好，遗嘱就在那里。她看到倒数第二个数字七改成了五，没有发现新的零。而且他还很快地砍掉了一点儿，真是个吝啬鬼。他这么一改，就少了二十先令，如果后头加上一个零，那就是二百先令；如果加上两个零，那就是两千先令。要是那位非同一般的人知道了会说什么呢？"对不起，这有损于我们的买卖，亲爱的夫人！"她得注意，否则他还要把她赶出去呢！他只需要一个规规矩矩的女人，不要不干不净的女人。

她转过身来对站在身后的基恩说："把五勾掉！"

他没有听她的，而且没好气地命令道："把你的遗嘱拿来！"

她听得很清楚。她从昨天起就注意观察并记录他的每一个最微小的行动。她一生几十年还从来没有像现在这几个小时中这样沉着和精神高度集中。她知道他要向她要遗嘱。数星期以来她一直唠叨的是："在结婚登记处双方就应该各为对方写出遗嘱。"他说完不到一会儿工夫，她就把他顶回去了。

"请问，这里是结婚登记处吗？"

她对他的态度感到很气愤，离开了屋子。

基恩对她的尖刻的答复没有弄清楚。他认为，她现在还不愿意把她的遗嘱拿出来。那么今天去公证处一事就可以免了，这样更好，他乐得待在家里好好地写他的文章。

这两个人之间的哑剧演了几天。当他对她的沉默慢慢地感到心安理得——他几乎已恢复了老样子——时，她却一小时比一小时更为激动。吃饭时她强制自己不说话。他在场的时候，她从不往嘴里塞东西，因为她唯恐嘴一张就有话从里面滚出来。她的饥饿和担心同时在增长。她同他共同进餐之前，便先在厨房里吃饱了。她对他面部的每一个动作都很害怕，谁知道，这动作会不会突然变成"公证处"这个词儿呢？

他有时也说上一句话，他的话本来就很少，但是她害怕他每一句话就像害怕宣判死刑一样。如果他说话多，那么她的害怕就可以分解成许许多多小的担心。他说话甚少，这对她来说是个安慰，但害怕却是巨大的、强烈的。只要他说"今天……"，她马上就坚决地接上去说："不去公证处！"并且以她从未有过的极其迅速的速度重复着。她浑身浸透了汗水，她感觉到脸上也是汗！她跑了出去，取来一个盘子。她从他的脸上看出他的愿望，而实际上他没有这种愿望。只要他不说话，他现在什么都可以向她要求。她热心为他服务要的就是那个零，她现在对他很好。她预感到，可怕的灾难即将来临。做饭时她特别尽心。只要他吃得合口味就好，她想着想着就哭了起来。也许她想喂养他，使他吃得有力气好给她画圈儿。或许她只想表明一下，她多么尽心尽职，给她画几个圈圈儿也是应该的。

她非常后悔。第四天夜里她想起了那个非同一般的人：她的冤家。她不再唤他了，如果她偶然碰见他，她也会对他怒目而视，并说"万事都要合时宜"，并用脚踢他一下，让他听懂她的话。买卖根本做不好。买卖做得顺利与否，要看这买卖是否值得。厨房是她的避难处，跟过去一样简朴。她几乎忘记了她是这个屋子的女主人。没有什么值钱的家具在里面。这里有一样东西使她很反感，那本电话地址簿，这是她的财产。为了保险起见，她从中把所有的公证处的地址都剪下来，扔到门外垃圾箱里。

　　基恩对这一切都没有注意到，她沉默就使他感到很满足了。他对自己说，这是他巧妙计策的成功。他取消了使她说话的每一个借口，他把她的爱情的芒刺都拔了，许多根据推测所做的订正或补充都成功地完成了。一个被窜改得无法想象的句子他在三小时之内就订正了。正确的答案出自于他的笔。他写的论文第三天就寄出去了。新的论文中有两篇已经开始，比较古老的祈祷文也要着手进行研究，当然他把她的那个"祷文"早忘到九霄云外去了。他逐渐地回到了婚前的那个时期。她的裙子使他有时想起还有个她在屋里，因为他过去的那种慢腾腾的、庄重的、僵化的态度已改变了很多。他行动也比较快了，不再像从前那样直着身子走路了。他确信是这样，到底是何原因，他不想费脑子去思考。他为什么不应该把通向她卧室的门打开呢？她从来不滥用他的善意，避免打扰他。吃饭的时候他就到场，这使她放心了。她担心，他可能威胁不和她在一起进餐，并且拘谨地对待女人。他觉得降低一点儿服务热情更好一些。她也想改掉这种习惯。做许多菜是多余的，她以后每次只做一道最好的。第四天，当基恩七点钟离开家照习惯出去散步时，台莱瑟——从她的表现来看又是行动诡秘的——滑着走到写字台边。她不敢马上接近它，而是围绕它转了几圈，毫无结果地拾掇拾掇屋子。她感觉到她还没有像她所希望的那样胆大，所以只好把她的失望尽可能长地推延下去。她突然想到，人们可以在指纹上找到罪犯。她从箱子里取出那副漂亮的手套，这副手套曾经帮助她找到一个丈夫。她套上手套，小心翼翼地——为了不把手套弄脏——把那份遗嘱找出来。那几个圆圈儿还是没有画上。恐怕在数字的末尾已

145

经添了几个圆圈儿，不过写得很细，别人看不出来罢？她仔细地检查后才安静下来。在基恩回来之前要竭力使人看出，她和这屋子什么事情都没有发生。她很快地跑到厨房里去，接着干起她七点钟中断的日常家务活儿。

第五天还是这样。不过她摆弄那个遗嘱的时间长了一些，既不吝惜时间，又不吝惜手套。

第六天是星期天。她无精打采地起了床，等着她丈夫出门散步，像每天一样看着那遗嘱上令人不开心的数字。不仅那个数字12650，而且这个数字的形式都融化到她的血肉之中了。她取一张报纸边条，把那个数字写在上面，写得和遗嘱上的一模一样，和基恩写的毫无区别，谁也认不出来。她利用报纸边条的长度，以便在上面写上各种零，还可以贮藏十几个零在上面。由于这一巨大的成就，她的眼睛都显得炯炯有神了。她用她那粗壮的手在那边条上抹了几下说："瞧，多美！"

然后，她拿起基恩的笔趴在遗嘱上面把数字12650改成1265000。

她用钢笔写的字和她先前用铅笔写的字一样干净，一样准确。当她画定第二个圆圈儿时，她站不起来了。那钢笔似乎粘在纸上要使她再画上一个圈儿。由于缺少地方，这圈儿就势必要画得小点儿，靠得紧点儿。台莱瑟看出了她所处的危险境地。只要下笔画出圈儿就要比正常的圈儿画得小，跟原来的字母和数字就不一样了。他势必把注意力转到这上面来。她几乎毁了自己的事业。那画着许多圆圈儿的报纸边条就放在旁边。为了争取时间，她的目光离开了遗嘱，落到了那个边条上。她要一下子富起来的欲望——富得世界上没有一个家具店可以和她比拟——变得越来越大，要是她早想到这一点，她就应该把那两个零写得小一点儿，这样也许还够写上第三个零。为什么她这么蠢呢？现在是木已成舟了。

她绝望地跟那支要写字的笔斗争着。这种紧张程度已经超过了她的能力。贪婪、愤怒和疲惫使得她气喘吁吁。她呼哧呼哧地喘气，使得手臂都颤动了。她的笔上的墨水就要溅到纸上了。由于害怕，她很快把笔抽回来。她此时注意到，她已抬起了上半身，呼吸也变得均匀一些了。"人要有节制。"她叹息着说，思想在那百万的数字中停留了三分钟，然后她看了看墨迹是否已经干了。她把那漂亮的报纸边条放好，叠好了遗嘱，放到原来的地方。她根本就不感到满足，她的愿望还要高。因为她已达到了她可能达到的一部分目的，所以她的情绪发生了很大的变化。她突然像一个女骗子一样，决定到教堂去，因为今天是星期天。在大门上她留下了一张条子："我到教堂去了，台莱瑟。"好像这是她数年来很熟悉、自然要去的地方。

她选择了本城最大的教堂。小一点儿的教堂只能使她想到这对她很不合适。在上台阶的时候她突然想到，她今天没有穿好衣服。她感到很沮丧，但还是返回家中，把第一条蓝裙子换成第二条还是蓝色的裙子，两条裙子看上去一模一样。在街上走的时候她已经忘记观察男人是否都看着她了。在教堂里她感到很窘，因为大家都笑话她。在教堂里笑话别人这合适吗？她对这些并不在乎，因为她是一个规规矩矩的女人。一个规规矩矩的女人，在思想上要十分强调自己的身份，不断重复强调这个身份，有话宁可在教堂的角落里悄悄地说。

那里挂着一幅用最昂贵的油彩画成的圣餐[①]油画。边框都是镀金的。那桌布她不喜欢，这些人不懂得什么是美，况且这桌布已脏

[①] 基督教（新教）的一种宗教仪式。

了。那钱袋人们能抓得着，那里头有三十块银币，不过人们看不见罢了，但钱袋是鼓鼓的。犹大紧紧地抓住它，他不放开钱袋，这家伙多么吝啬，他不给任何人施舍什么东西。这个家伙跟她的丈夫一样。所以他欺骗了救世主。她的丈夫骨瘦如柴，而犹大很胖，并且长着一把红胡子。在众人中间坐着那位非同一般的人，他有一张漂亮的脸蛋，但十分苍白，眼睛和平常人一样。他什么都知道，与众不同，也很聪明。他看着那个钱袋，他想知道这里有多少钱。另一个人不得不把先令数一数，他不需要数，他从外面一看就看出来了。她的丈夫不是个东西，扣了她二十个先令。谁也欺骗不了她，原来那上头写的是七，他却匆匆忙忙把它改成了五，少了二十先令，加两个零，就是两千先令。那位非同一般的人要骂的。可是她能对此负责吗？她是一只白鸽子，它刚刚飞过他的头顶。它闪闪发亮，因为它那样无辜。画家们就是喜欢这样的白鸽子。他应该知道，这是她的店。她是一只白鸽子，不管犹大怎么千方百计地想抓它，也是抓不住的。它愿意飞到哪里就飞到哪里。它飞向那非同一般的人那里，它知道什么是美，犹大没有发言权。这个家伙应该吊死，那个钱包对他也没有用。他应把钱包留下，这钱是她的。她是一只白鸽子。犹大不了解这一点。他只想到他的钱包，因此他吻了一下亲爱的救世主并且欺骗了他。大兵马上就来了。他们是来抓救世主的，他们将设法抓住他。她将挺身而出，并说："这不是救世主，这是格罗伯先生，是'格劳斯和母亲家具公司'的一个普通店员。你们不要加害于他。我是他妻子。犹大老想欺骗他。他有什么办法呢！"她要看着，使他不发生意外。犹大这个家伙应该吊死。她是一只白鸽子。

台莱瑟跪在油画前面并祈祷着。她愈来愈是一只白鸽子了。她目光盯着它，发自内心说出了这些话。白鸽子飞到那非同一般的人的手里，他十分温柔地抚摩着它，因为它总是搭救他，人们就是这样对待鸽子。

当她站起来的时候，她对她的膝盖感到很惊讶。她对她的膝盖是否存在怀疑了一会儿，并抓了抓膝盖。当她走出教堂时，她就嘲笑那些人。她嘲笑他们没有一张笑脸。他们一个个严肃地看着，并自感羞愧。这都是些什么脸呢？都是罪犯的脸！大家都知道，什么样的人才到教堂来。她成功地让过了教堂中系有小铃的捐款袋。在大门口无数的鸽子在闲荡，但不是白色的。台莱瑟感到很遗憾，因为她没有给它们带点儿吃的东西。家里有的是硬面包，都长霉了。教堂后面的石像上站着一只真正的白鸽子。台莱瑟看到这是一尊牙疼的基督石像。她想，那位非同一般的人幸亏不是这副模样。他应该感到惭愧。

在回家的路上她突然听到音乐声。一队士兵走来了，他们正在练队。这真好玩儿，她很高兴。于是她转过身并且跟着有节奏地轻轻走起来。那乐队指挥老是看着她，士兵也看着她，这没有什么，她又回头看了看，她应该感谢这音乐。其他妇女也参加进来了——她是她们当中最漂亮的。乐队指挥是看到这一点的。这才是一个了不起的人呢，他是多么懂得指挥啊！乐队成员跟着他的指挥棒，没有指挥棒谁也不敢动。有时他也停止指挥。他笑了笑，头向上这么一仰，马上就来了新玩意儿，要是没有这么多孩子在场多好啊！他们挡住了她的视线。这类音乐每天都该听听。最好听的要算是铜鼓了。自她站在那儿起，人人都觉得很快活。很快就拥挤起来了，但仍然没有打扰她。人人都给她让路。人人都看着她。她轻轻地跟着节拍哼哼道：真像三十岁，真像三十岁，真像三十岁。

百 万 遗 产

基恩在门上发现了那张条子。他读了,没有介意,所以当他一坐到写字台旁边,就把它忘得一干二净。突然有人说:"我回来啦!"身后站着台莱瑟。她接着就对他说开了。

"噢,这么大的一笔遗产!离这儿三幢房子远的地方就是一个公证处。我怎么能把这笔遗产丢下不管呢?遗嘱都要弄脏了。今天是星期天,明天是星期一,应该给公证人送点儿东西,否则他会搞错的。不必送很多,花钱多太可惜。硬面包放在家里都长霉了。鸽子不是什么艺术品。当然,它们没有东西吃。大兵在街上正步走,奏进行曲,瞧着大家,其中有个特别的人,那个乐队指挥老是盯着谁?这一点我不想逢人便讲,人们开起玩笑来就当真。一百二十六万五千先令,格罗伯先生要惊呆得睁大他那漂亮的眼睛了。所有的女人都喜欢他。难道我不是女人?每个女人都会打扮。我是第一个带资本的女人……"

她为军乐和乐队指挥所鼓舞,充满着胜利的信心,走进屋子。今天的一切都很美。像这样的一天应该天天过。她想说话,她在墙上画着1265000,并且用手拍着裙子衣袋里的图书馆书目清单。谁知道,这些东西的价值是多少?也许是上述数字的两倍。那一串钥匙也在叮当作响。她今天讲话的时候腮帮子都是鼓鼓的,一打开话匣子就没个完,因为她沉默了整整一周。在这种陶醉的状态中她暴露了她的秘密的乃至最秘密的思想。她毫不怀疑她获得了该得到的一切,她是一个明察秋毫的女人。她对着站在她面前的人讲了一个小时,她竟忘记他是谁了。她也忘记了在过去的日子里看到他脸上的每一个表情就无端生畏的情景。他是一个人们无话不对他说的人,她现在正是需要这样的人。她把今天所遇到的或想到的事情都一股脑儿掏出来讲了。

他感到很意外,一定有什么不平常的事情发生了。一周来她的表现很好,堪称楷模。如人们所看到的那样,她今天这样粗暴地打扰他,一定有特别的原因,她说话语无伦次,冒冒失失,但又感到很幸福。他力求弄懂这一切。慢慢地他理解了:

可能有什么非同一般的人给了她一笔一百万先令的遗产。看来是她的一个亲戚,尽管很富有,终因兴趣所至当了乐队指挥。此人一定很看重她,否则他不会让她做继承人。她想用这百万先令开设一家家具店。直到今天她才知道这个喜讯。为了表示感谢,她到教堂去了,在那里她重新认出了死者的遗像,并把死者看作救世主了。(感恩戴德是造成感官发生错觉的原因!)在教堂里她发下了誓言,作了保证,一定定期给鸽子喂食。她反对把家里长了霉的陈面包带去喂鸽子。鸽子也和人一样(如果是这样又怎么的!),明天她要和他到公证处去鉴定一下这份遗嘱。她担心公证处会向她索取过多的酬金,因为这涉及的是一笔巨额遗产,所以她希望事先就跟公证处谈妥酬金。——节约的女管家成了百万富翁!

遗产的数额有这么高吗? 1265000——这到底是多少?我们把这数额和图书馆的价值比一比吧!他图书馆里全部书的价值不超过六十万金币,这是他继承的父亲的遗产,至今还有一小部分留着。她要用这笔遗产干什么呢?开一个家具店?没意思!不如用来扩大图书馆。他将把隔壁邻居家的住房买下来,把墙打通,这样他就为图书馆扩充了四个新房间，窗子也砌上墙堵起来，让光线从上面射下来，就跟这里一样。八个房间可以藏书六万册。老司尔钦格的图书馆不久前登出广告要出卖，拍卖价格大概没有提高，该图书馆藏书两万二千册，当然不能和基恩的图书馆相比，其中也有一些了不起的书。他准备在他的图书馆上花一百万，其余的钱她爱怎么花就怎么花。这余下的钱也许能开一个家具店，不过他对此一窍不通，这跟他有什么关系呢？他不想管这些钱和做买卖的闲事。当务之急是打听一下老司尔钦格的图书馆是否已经涨了价。这对他来说几乎是不能错过的一个极好机会。他深深埋头于科学事业，他把资金全都花在科学事业上了。一个学者对书籍市场的了解如同股票商对股票行情的了解一样清楚。

把图书馆由原来的四个房间扩大为八个房间，这样，图书馆就很可观了。人们应该有所发展，不能停滞不前。四十岁不算老，四十岁的人怎么可以享起清福来呢？两年前他购进了最后一批书，就没有再发展了。人家也有图书馆，不光是自己有图书馆。穷困是令人讨厌的，可幸的是，她爱我。她管我叫"粗暴"① 先生，因为我对她如此粗暴。她发现我的眼睛很漂亮，并且相信所有的女人都喜欢我。我对她确实太粗暴了。如果她不爱我的话，她就会把遗产留给自己享用了。有些男人是靠老婆养活的，真可恶，要是我宁可自杀。她蛮可以为图书馆做一些事情。书总不需要吃的东西吧？我想不会的。我付房钱。所谓靠人养活，就是人家免费供应膳宿。隔壁房租也由我来付。她没有文化，但是她有一个死去的亲戚。粗鲁吗？为什么？我并不认识她的亲戚，我对死者表示悼念纯粹是一种虚伪的表现。他的死不是一种不幸，而是有着深刻的意义。每个人

---

① 格罗伯是译音，它的原义为粗暴。

都有一个归宿，即使时间很短也罢。这个人的死就是他的归宿。现在他死了，任何同情也不会把他唤醒。富有的遗产继承人是我的女管家，多么奇特的巧合！她默默无闻地干了八年，突然就要成为百万遗产的继承人了，而我跟她结了婚。我刚刚知道她是多么爱我，她的亲戚，那个乐队指挥就死了。幸福之神出人意料地一夜之间就降临了。这场病是我一生的转折点，意味着告别我狭窄的住居条件，告别令人窒息的小图书馆。

难道一个人是生在月球上还是生在地球上没有区别吗？假定月球有地球一半大——这取决于物质的量了——由于大小不一样，一切事物即使在个别问题上也都不相同。三万册新书！每一册书都可以启发人们的新思想，促使人们进行新的工作！这是多么大的变化啊！

这时基恩已离开了他信仰的保守的进化论而进入到革命论者的阵营了。一切进步都是以突然的变化为条件的。那些至今一直隐藏于进化论体系中的有关论据，马上都出现在他的头脑中。一个有文化的人，一旦要写什么，手头就有这方面的资料和论据。一个受过高等教育的人的灵魂和智慧是一个光辉的武器库。人们对此只能觉察到一点儿，因为这些人——正是根据他们的文化知识——很少有勇气去运用这些智慧。

有一个词是台莱瑟爱说的，在现实的基础上他接受了这个词。他听到的是"嫁妆"这个词，并感激地接受这个词。凡是他在这历史的瞬间所需要的事物，都不期而遇地向他涌来，在他的家族中几百年来受欢迎的并履行着的资本主义社会的遗产继承权具有极大的积极作用，好像这种权利在二十五年的一场斗争中从来就是行得通的。台莱瑟的爱情是即将完成的天堂的支柱，它为他带来了巨额陪嫁，他无权拒绝。他娶她为妻的时候，她是一个穷苦的姑娘，她丝毫不知道她有一个即将去世的阔亲戚,当时他向她充分地表明了他的诚实的思想。她将可以愉快地、间或而不是很经常地在这八个大厅组成的新图书馆里很快地遛一趟。她会感到她的亲戚对这了不起的图书馆做出了贡献,这种感情将补偿她失去家具店的损失。

他对这不言而喻的道理非常高兴,他就是运用这种道理来进行他的革命的,于是他便兴高采烈地搓着他的长手指。理论的墙还没有建筑起来,而通向邻居的实在的墙却要拆毁了。马上就要跟邻居家谈判,并通知卜茨瓦匠,请他明天早晨就来干。遗嘱必须马上进行检验,今天就要去公证处。注意司尔钦格的拍卖价格!要请看门人帮着张罗张罗。

基恩跨前一步命令道:"去请看门人上来!"

台莱瑟在"报告"中还是回到长霉的面包和饥饿的鸽子这个题目上来。她再一次强调她的节约原则,为了强调她愤怒的语气,她补充说:"这样更好!"

但基恩不容别人反驳:"把看门人叫来!快!"

台莱瑟注意到他在说话。他有什么好说呢?他应让人把话说完。"这样更好!"她重复说。

"什么东西更好?把看门人叫来!"

由于他给此人赏钱,所以她对此人从来就感到恼火。

"让他来干什么?他别想得到什么东西!"

"这事由我来决定,我是一家之主。"他说这话不是因为有必要这么说,而是因为他觉得应该让她感到他的意志是不可动摇的。

"对不起,这钱是我的。"

他料到了这句话。她过去是、现在还是一个没有教养的、没有文化的人。他让步到这种程度,仿佛他的尊严允许他这样做似的。

"谁也不否认这一点,我们需要他。他应该帮着张罗张罗。"

"我是可惜钱。他要拿报酬的。"

"不要激动嘛！百万巨款肯定是我们的。"

台莱瑟此时又怀疑起来：他又想从她那里抠钱了。她已付出了两千先令。

"那二十六万五千先令呢？"她说，对每个数字她都要用鲜明的目光审视一番。

现在要彻底战胜她："那二十六万五千先令是属于你个人的。"

从他瘦削的脸上人们似乎看出一副施舍者的丰腴的面孔，他赠送给她东西，事先就喜欢接受她的感谢。

台莱瑟开始出汗了："全都是我的！"

为什么她老是强调这个呢？他把他的不耐烦情绪变成了一句冠冕堂皇的话："我已经确认，谁也不能否认你的要求。这是毫无疑问的。"

"对不起，我自己知道，白纸上写着黑字嘛。"

"我们应该共同来支配这笔遗产。"

"这跟丈夫有什么关系？"

"我会想方设法帮助你。"

"要饭人人都会，还要帮助吗？先从我这里抠钱，接着让我要饭。办不到！"

"我担心有人会占你的便宜。"

"谁敢这么大胆？"

"这笔百万遗产会突然招惹许多假亲戚出场。"

"只有他一人。"

"是吗？没有妻子？没有孩子？"

"对不起，开什么玩笑？"

"真是从未听说的意外的幸运！"

意外的幸运？台莱瑟又傻眼了。此人未死以前就拿出了他的钱。哪里有什么意外的幸运？自他说了此事以来，她就感觉到他要骗她。她像冥府守门的百头怪犬一样注意着他的话。她力求尖锐地、毫不含糊地回答他的话。他要是突然说个什么东西，那准是一个圈套。人家什么书没读过？他是她的对手，同时又是强有力的辩护人。在对她的新财产的辩护中她发展了使她自己都感到畏惧的力量。她会马上设身处地地为他人着想。她感到他的遗嘱对他来说并非意外的幸运。她在这些话的背后已经感觉到新的圈套。他对她隐瞒了什么东西。但他到底隐瞒了什么呢？一笔财产？他所有的比他所给的多。那第三个没有画上的零烧灼着她的手，她就像突然受伤很疼痛似的抬起她的胳膊。她恨不得马上就向桌子冲去，把那遗嘱抽出来，在那后头狠狠地再画上一个零。但是她知道，这关系到什么问题，所以还是控制了自己。这是拘谨的表现。她为什么这么傻呢？拘谨就是笨的表现。现在她又聪明了。她要把那个遗嘱找出来。他把其余的钱放到哪儿去了？她要询问他，但要使他觉察不出来，于是她的脸上又呈现出一种皮笑肉不笑的老样子。

"那其余的钱干什么用呢？"她狡猾得已经到了登峰造极的地步。她没有问，其余的钱藏到哪儿去了。这问题他没法儿回答。她本意是想让他说出那其余的钱是多少。

基恩感激地、满怀柔情地看着她。她刚才那样反对了一阵子原来是表面现象。这本来就是他一直估计的情况。他觉得她很好，她把主要部分、那一百万巨款说成是其余的钱。显然，这是由粗暴过渡到爱——当然是指她这类人的爱——的一种表现。他设身处地地替她想了想：她是多么忍耐不住想表达自己的贤惠和忠顺啊！为了充分发挥那笔款子的作用，她又是多么迟迟不想拿出来啊！她粗鲁，但很忠顺。他比以前更理解她了。很可惜，她老了，把她教育成一个人已经为时太晚了。她的脾气实在不好,对她的教育就要从这一点着手。对她的感谢以及对新书的热爱已经在他的脸上消失了。他好像受了侮辱,严肃而抱怨地说:"其余的钱我将用来扩大图书馆。"

台莱瑟既吃惊又高兴地跳起来。她一下子识破了他两个圈套。他的图书馆!这图书馆的书目清单都在她口袋里!这其余的钱确实还在,这是他自己说的。她的手情不自禁地捂着裙子上的口袋:

"书都是我的!"

"什么?"

"三个房间是我的,一个房间是你的。"

"现在讲的是八个房间。那四个房间是新算进来的——我说的是隔壁的那四个房间。我需要地方安置司尔钦格的图书馆,那图书馆有两万二千册书。"

"你哪里有这么多钱呢?"

又来这一套了,他对这种暗示已经腻烦了。"你的遗产嘛,那还用说吗?"

"那不行。"

"怎么不行?"

"遗产是我的。"

"我可以支配它。"

"人死了以后才可以支配它。"

"这是什么意思?"

"我一个子儿也不给。"

这是什么意思?这是什么意思?现在他难道要采取最严厉的手段吗?他眼睛里八个房间组成的图书馆使得他最后还是耐着性子说:

157

"这关系到我们共同的利益。"

"其余的钱也是我的!"

"你会看清……"

"其余的钱在哪儿?"

"妻子总应该对她的丈夫……"

"丈夫偷老婆的钱。"

"我要一百万购买司尔钦格的图书馆。"

"谁不会要呀?我不给,其余的钱也是我的,一块都是我的!"

"是我在家里说了算!"

"我是这个家庭的主妇!"

"我已经把话说死了,我坚决要一百万购买……"

"不行,其余的钱是我的!所有的钱都是我的!"

"我给你三秒钟的考虑时间。我数到三……"

"谁不会数?我也来数!"

两个人都气得快哭了。他们都咬着嘴唇,强忍怒火,越来越大声地嚷道:"一!二!三!"数字数完了,双方同时发出小小的爆破声。把那"其余的钱"算上去,她的金钱又增加了,这"一、二、三"的数字对她来说是和几百万巨款联系在一起的。同是这三个数字对他来说却意味着新的房间。她很想继续数下去,但他数到四就停止了。形势很紧张,陷入了僵局。他向她走去,大声吼着——耳朵听到的仿佛是看门人的声音——"把遗嘱拿来!"他把右手的手指合拢起来形成一个拳头,在空中用力晃了一下。她可真吓呆了。她等待着一场生死斗争。突然他说话了。如果她不是满脑子就想着那"其余的钱",也不至于这样:人家不骗她,她反而大发雷霆。她并不是对什么都发火。她绕过了丈夫走到写字台边。他给她让了路。他担心,诚然她可能被摧毁,但如果他的拳头不是挥向空中,而是挥向了她，她也许会反击的。她没有意识到要打人，而是把手伸到文稿堆中，无耻地把文稿翻得乱七八糟，从中抽出一张纸来。

"我这个手稿中怎么——有一张——新的——遗嘱?"他也想吼叫一番，但这个句子比较长，他没能紧凑地向他的妻子吼出来。他换了三次气也没有说完这句话。没等他说完，她就答话道："请问，这遗嘱哪里是新的?"她很快把它展开摊在桌子上，把墨水和笔放好，给"其余的钱"的所有者谦让地让出一点地方。当他——还没有安静下来——走近时，第一眼看到的就是数字。这数字他很熟悉，基本上是对的。在同她争论的时候，他有点害怕这个女文盲的愚蠢，她可能把数字读错。他的目光满意地向上移动，坐下来精确地检查一下。

他发现这是自己写的遗嘱。

台莱瑟说："最好重新写。"她已忘记她的零有可能损失的危险。她相信这张东西的有效性是如此地强烈，就如同他相信她对他的爱一样。他说："但这是我的……"她微笑着说："请吧，我说什么来着……"他气愤地站起来。她说："男人说话要算数。"当他想走上去掐她的咽喉之前，他明白了，她在逼他重写。她给他摊开一张新纸。他一下子就瘫倒在椅子上了，好像他很胖很沉似的。而她最终想知道她到底错在哪里。

事情发生后不久，他们二人才第一次真正地相互了解了。

殴　　打

　　他根据手头的各种证件和单据，幸灾乐祸地证明，他现在没有多少钱，这种幸灾乐祸的情绪帮助台莱瑟克服了最难堪的局面。她恨不得把自己融化到裙子、汗水和耳朵中去，要不是他以咬文嚼字为快从而使她愈加仇恨他，而这种仇恨还没有伤害她的中枢神经的话。他告诉她，他当初继承了多少遗产，并把锁在各抽屉里的全部买书的单据都拿出来加以说明。对日常琐事的记忆对他来说通常是很困难的，但现在他觉得很有用了。他在揉皱了的遗嘱背面，记下了他所找到的款项数字。台莱瑟数着这些数字，并在脑子里计算着，略去小数使其成整数。她想知道，到底还有多少钱真正留下来了。计算的结果是，图书馆的价值远远超过一百万。他对这惊人的结果丝毫没有感到安慰，图书馆这样高的价值并不能补偿他对失去新房间的惋惜。他对这场欺骗自己的行为的报复就是进行个人的思想斗争。在这长时间的唇枪舌剑的交锋中他没有多说一个对他来说意味着较大胜利的音节，当然也没有少说一个。任何误解都不可能产生。当那毁灭性的数字计算出来的时候，他大声地、断断续续地、就像在学校里发言那样补充说："其余的钱我都花在购买个别的图书和用于生活开销上了。"

　　台莱瑟顿时融化了，变成一股流水，流出房门，经过走廊流入厨房。睡觉的时候她才停止哭泣，脱下了那条上了浆的裙子，放在一张椅子上，又坐在炉灶前哭了起来。旁边的房间是她作女管家住了八年之久的房间，她可以进去睡觉，但她觉得这么早就结束她的忧伤不合适。她没有挪动地方。

第二天上午，她开始执行她在忧伤的时刻做出的决定：把她的三个房间都锁起来。一切美梦都完了，人经常就是这样，但她毕竟还有三个房间和里面的书，家具放在里面直到基恩死也不用，一切都要妥善保管好。

基恩是在写字台边度过星期天其余的时间的。他佯装工作，因为他的解释任务已经完成了，而实际上他在贪婪地阅读着新书。他在激烈的斗争中清醒过来了。书房、书架及其上面的图书又都平淡无奇地出现在他的眼前。他一再强迫自己去拿放在书桌上的日文手稿，他一伸手，就摸到这些手稿，但几乎是感到厌恶地马上又抽回了手。那些手稿还有什么意义呢？它们已在抽屉里放了十五年之久。他忘记了自己的饥饿，中午如此，晚上也如此。夜里人们还可以在写字台边看见他。他一反过去的习惯，在他已开始的手稿上画着毫无意义的记号。清晨六点，亦即他每天起床的时间，他打起盹来了，他梦见一栋巨大的图书馆大楼，建筑在维苏威火山口边原来是天文台的地方。他在里面害怕得发抖，踱来踱去等待着八分钟以后就要发生的火山爆发。恐惧和不安的步子没完没了地继续下去，而这八分钟竟然成了永恒的时间。当他醒来时，旁边房间的门已经锁上了。他看了看它，但他觉得它并不比过去狭窄。门无关紧要，因为一切都在有规律地变旧、变老：房间、门、书、手稿、他自己、科学、他的生命。

他饿得摇摇晃晃地爬起来，试图去开通向门厅的门。他发现门锁上了。尽管身体很虚弱，他还是明白了自己想找东西吃的意图并为此深感惭愧。因为吃饭是人类活动台阶的最低一级。人们对吃饭问题十分重视，而实际上为的是进行其他的叫人看不起的活动。他想到现在也存在着进行其他活动的机会和理由，他认为他现在有权敲门，辘辘饥肠，身体过分紧张和疲劳把他折磨得好苦，使他跟昨天数数字时那样几乎又要哭起来了，但是他今天没有力气哭泣。他只是可怜巴巴地小声喊道："我不要吃东西，我不要吃东西。"

"说得多好听。"台莱瑟说，她在门外已等候了一会儿，并且听到了他在里面的活动。他别想从她那里得到吃的东西。丈夫赚不到钱拿回来，休想吃饭，这一点她要告诉他。她担心他忘记吃饭。当现在他自愿放弃饮食时，她打开了门，并告诉他，她对此是如何想的。她不允许别人把她的住宅弄脏，她房间前面的过道也是属于她的。到法庭打官司也是这样，家庭过道又怎么样呢？她手里捏着一张叠了又叠的条子，把它展开念道："直到收回成命，走廊方可通过。"

她下了楼，并在肉店和蔬菜店里买了够一个人吃的肉和菜，虽然这样买起来对她来说贵了点儿，而且她通常都买上几天的菜贮存起来。楼下商店的人不喜欢她，大家都怀疑地看着她，她毫不含糊地回答人家说："从今天起什么也不给他吃！"商店老板、顾客以及商店的店员都很诧异。然后在过道中她把那几个字写在纸上，在写的时候她把装满了各种食品的购物袋放在肮脏的地板上。

当她回到家里的时候，他还睡着，于是她锁上门在那里静观。她现在准备把一切情况告诉他。她撤回了她的规定。到厨房和厕所的过道他不能再使用了，再说他也没有必要到那些地方去了。如果他把这过道弄脏，就得把它擦洗干净。她不是佣人，她要上法院。他可以离开这个住宅，但只有在他正确地履行义务的条件下方可离开。她会向他指明他应该如何履行自己的义务。

她没有得到他的答复就悄悄地沿墙边走到大门口。她的裙子擦着墙,而他确实没有接触属于她那一部分的过道。然后她走到厨房里,拿来一根她当学生时就留下的粉笔,在他与她的过道上划了一条分界线。"请注意,这只是现在临时划的,"她说,"将来要用油彩划出来。"

在饿得发昏的情况下基恩不理解这里发生了什么事情。她的动作在他看来毫无意义。这难道是在维苏威火山口吗?他这样问自己道,不对,在维苏威火山口只是因为那八分钟才害怕的,那里没有女人,维苏威火山也许还不这样坏呢!人们为了对付火山爆发而煞费苦心。他现在非常想解手。她把他赶到禁止通行的过道上,好像她并没有给他画粉笔线。他迈着大步子一下子就到达了目的地。台莱瑟向后退了一下。她的愤怒和他的要解手的迫切性一样大,她想追上他,但他毕竟先跨了一大步,他习惯地把自己反锁在厕所里,就这样她没有抓着他,于是她便拍打着上锁的门一次又一次重复地尖叫着:"上法院去判一判!上法院去判一判!"

当她看到一切都无济于事时,她就走到厨房里去了,在炉灶旁边,她总能想到好主意,在这里她想起了一条正确的合乎情理的主意:她明白,丈夫总得出去。好吧,她允许他走这条过道,但他必须割让一部分房间给她。她要珍惜她的房间,那么她在哪里睡觉呢?那三个新房间已经锁上了,现在她又锁了她的老房间,那个地方谁也不让进去。对不起,就在他房间里睡觉,她还有什么办法呢?她牺牲了她漂亮的过道,他应在他的房间里给她让一点儿地方。她从过去当女管家时住的老房间里把家具取出来。就这样他才可以上厕所,愿意待多长时间就待多长时间。

她马上跑到街上,叫了一个帮工,她不愿意跟看门人打交道,因为他已被她丈夫收买了。

她不说话了,基恩也累得睡着了。当他醒来的时候,感到神清气爽，胆子也大起来。他走到厨房，毫无半点儿良心的责备就吃了几片夹黄油的面包。当他事先毫无预感地走进他的房间时，发现他的房间小了一半。房间中间横隔着屏风。在那后面他看到台莱瑟正站在她的旧家具中间。她正在作最后的布置，并觉得这样也挺美的。那个厚颜无耻的帮工幸亏走了，他要索取很多报酬，她只给了他所索取的一半就打发他走了，对此她感到很骄傲。不过那个屏风她不喜欢，因为它看上去特别别扭，它一面是白的，什么也没有，而另一面尽是些弯弯曲曲的钩子，要是血红的夕阳她倒是更喜欢些。她指着那个灯罩说："没有这玩意儿也可以，依我看可以拿掉。"基恩没有说什么，而是吃力地走到他的写字台边，轻轻地叹息了一下，坐到椅子上。

　　几分钟以后他突然站起来，想看看隔壁房间的书是否安然无恙。他的这种担心与其说是出于对书的真正热爱不如说是出于一种根深蒂固的义务感。自昨天以来，他只有对那些他现在不占有的书才感到一种柔情蜜意。他还没有走到门边，台莱瑟就站在他前面挡住他的去路。奇怪，她怎么透过屏风看出他的行动呢？她的裙子难道能推着她走得比他的长腿还要快吗？他暂时既没有把手伸向她，也没伸向门。他还没有来得及鼓起勇气说话，她就骂开了：

　　"你不要胆大妄为！你不要以为我好说话，给你让了过道，这房间就马上属于你了。这房间是我的，我有字据在手，白纸黑字，不允许你摸那门把，你当然也进不去，因为我有钥匙，我不给你。门把是门的一部分，门是房间的一部分，门把和门都是我的。我不允许你摸我的门把！"

　　他用胳膊做了一个笨拙的动作拒绝了她的话，并偶尔碰了一下她的裙子。于是她绝望地大叫起来，就像是在喊救命：

　　"我不允许你动我的裙子！这是我的裙子！你给我买过裙子

吗？我买的！你给裙子上浆熨过吗？是我！裙子里有钥匙，是吧？嗨，想错了，钥匙我是不给的。你把裙子咬烂了，我也不给，因为钥匙不在这里头！妻子干的一切都是为了丈夫，但裙子不是为了丈夫！裙子不是为了丈夫！"

基恩皱起眉头："我已经待在一个疯人院里了！"他说得很轻，她没有听见。他想起刚才起身要去看书的意图，现在看来要看到自己的书，必得改变原来的想法。他不敢执行原来的意图。他如何进入旁边的屋子呢？把她打死，踏着她的尸体过去？如果他拿不到钥匙，尸体对他有什么用？她够狡猾的了，早就把钥匙藏起来了。一旦钥匙在手，他就把门打开。他根本不是怕她，只要有人给他钥匙，他就会不费吹灰之力把她打倒在地。

只是因为现在揍她没有什么好处，他就又回到了写字台边。台莱瑟还站在门前把了十五分钟的门。她还在那儿继续嚷嚷。他重新坐到写字台边去，这对她没有造成什么影响。只有当她的嗓门慢慢不行了，她才不嚷嚷并跑到屏风后面去了。

直到晚上她也没有出来。她有时说几句话，好像是梦里说的不连贯的话。等她沉默不语了，他的呼吸才感到平静一些。但时间很短。安静了一会儿，突然又听到她的声音："勾引人的人应该处绞刑。先是许诺结婚，后来又不写遗嘱。对不起，'仆塔'先生，不要着急，慢有慢的好处。他就是把钱花光了，写的遗嘱上也没有钱。"她哪儿是在说话，他自言自语地说，这分明是我发烧后听觉器官所产生的后遗症，所谓的回响吧。她不说话时，他对这种解释感到心安理得。在这种情况下他开始顺利地翻阅手稿。可是当他看第一个句子时，那个"回响"又在干扰他了："难道我有什么事情做错了吗？犹大才是个罪犯，书也是值钱的。现在的世道真坏。侄少爷的情绪一直很好，而老太婆却是衣衫褴褛。车到山前必有路。

钥匙在里头。人就是这样。谁也没有送给我钥匙。钱都白费掉了。大家都会讨饭，人人都无情，我不拆开这条裙子。"

这些话他以前就听到过，比他听到的大喊大叫的"回响"还要早，正是这些话使他相信，她真的在说话，他以为忘却的印象，又重新出现在他的脑海里：那时他病了，躺了六个星期，忍受着她每天的陈词滥调。她那时说的是同一个内容，他甚至都把她说的背下来了，她说了前句，他就知道后句。看门人来了，每天都来把她"打死"，那个时候真痛快。那是什么时候的事啦？他算了算，得出了一个使人迷惑不解的结论：一个星期前他才能起床。他要寻找形成这条鸿沟的原因，就是这个原因把新近的恐怖时期和过去的黄金时期分开了。也许他就要找到这个原因了，可是台莱瑟一说话又打断了他的思路。她说的东西实在不可理解，简直是在给他施加专制的暴力。他不想把这些东西背下来，谁能预见到会发生什么事情呢？他等于是被捆绑了手脚，不知如何是好。

晚上，饥饿解放了他。他小心提防不要问台莱瑟有没有吃的东西。正如他所想的那样，他悄悄地离开了屋子。到了饭馆里他首先张望了一下，台莱瑟是否跟着来了。没有，她没站在门口。她敢吗？他说完便大胆地坐了下来，在屋子的后面，他坐在一对对也许尚未结婚的人中间。一个堂堂的男子躲在饭馆的角落里，他叹息着说，他感到很奇怪，这里没有香槟酒，这里的人没有什么轻浮的举动，而是麻木不仁地大口大口吃着煎肉饼或牛排。男人们使他遗憾，因为他们和女人交往，但他看到他们那样大吃大嚼就抑制了自己任何不恰当的举动，也许因为他自己很饿了。他对堂倌说，他不需要拿菜单来，只管上专家——基恩认为堂倌也是专家——认为是好的饭菜。"专家"马上修正了他对这个衣衫褴褛的男人的看法，认为这个骨瘦如柴的先生是秘密私访的行家，因此他就给基恩上了最贵的饭菜。饭菜刚上好，大家的目光就集中到这张桌上来。这位了不起的先生注意到了这一点。虽然这饭菜很合他的口味，但他还是以明显的反感情绪吃着。"进餐"或是"吃饭"这两个词对他来说都无所谓，都是表达吃饭过程的很合适的词语。他固执地坚持他对物质的看法，他在精神慢慢恢复过来后详细地阐述了这种思想。对这种特性的强调使得他对自己的自恃自信有了一些认识。他高兴地感到在他身上还蕴藏着许多个性特征，并自言自语地说，台莱瑟应该得到同情。

在回家的路上他思索着应该让台莱瑟感觉到这种同情。他用力打开了门。从过道上看到，他的房间里没有灯光。他估计她已经睡了，这使他非常高兴。他小心翼翼地、轻轻地打开了门，唯恐他那瘦如枯柴的手指头接触到门把会发出响声。在这错误的时刻，他想起了要适当地对她表示同情的意图。他自言自语地说，是呀，一切还得如此，出于同情我没有把她从睡梦中弄醒。他成功地使自己保持了目前这样的状态，他没有开灯，而是悄悄地踮着脚尖儿摸到自己的床边。在脱衣服的时候，他很生气，为什么在外套里面要穿一件马甲，而在马甲里面又要穿上一件衬衫呢？这使得他脱衣服很费劲，每脱一件衣服都要发出特别的声响。他坐的那把椅子也不靠在床边，他没有去找那把椅子，而是把衣服放在地板上。为了不把台莱瑟弄醒，他情愿自己爬到被窝里去。他在思考如何最轻巧地爬上床。因为他的头最重而脚离头最远，他决定让最轻的脚先上床。因为一条腿上了床，另一条腿只要跨一下就凑到一起了。上身和头在空中停留一下，然后不由自主地快速凑到枕头上去。基恩感到有一个不寻常的软乎乎的东西，他想："一个小偷！"于是很快就闭上眼睛。

他睡在小偷身上，不敢动一下，他虽然害怕，但还是感觉到这

167

小偷是一个女性。他隐隐约约地对这个女性感到满意，因为她睡得这么长这么实。他摒弃那种进行反抗的想法，摒弃那种出于谋杀者阴暗心理的想法。如果女小偷——像他初次感觉到的那样——真的睡着了，那么他经过一段考验时间就拿起衣服偷偷开门溜走，到看门人小屋子附近再穿衣服。他不会马上叫看门人的，他要等到他听到上面有脚步声，才去敲看门人的门。经过这么长的时间那个小偷一定把台莱瑟杀了，因为台莱瑟会反抗的，台莱瑟不会不反抗而让小偷偷走东西的。在屏风后面，台莱瑟躺在血泊中，要是小偷击中了要害多好啊！当警察来时，也许她还活着，罪责就会推到他的身上。为了保险起见，应该再给她一下子，不，没有这个必要。女小偷累得躺下就睡了，一个女小偷不会那么容易累的，只能是因为刚进行了一场可怕的搏斗。她一定是个身体很棒的女性，一个女英雄，大家应该向她脱帽致敬，换了他是不能完成这个伟业的。

她本来可以把他裹在裙子里闷死。一想到这个就使得他直喘大气。她跟他有过这种类似的情况，她可能想杀害他，每一个女人都想杀害她的丈夫。她只是等待他写遗嘱。如果他早写了，他也许就躺在她现在的位置上死了。一个人就这么诡计多端，不，应该说一个女人，人们可不要不公平。他现在还恨她，他要跟她离婚。这应该是可以的，虽然她死了，她也不能用他的姓出葬，无论如何不行。谁也不能知道他跟她结过婚。他可以给看门人很多钱，希望他不要声张，因为这种婚姻有损于他的名誉，一个真正的学者是不能走出这错误的一步的。她很可能欺骗了他。每个女人都欺骗她丈夫。要是这些女人都死了多好！要是这些女人都死了多好！他要检查一下，也许她是假死。即使是最厉害的杀人犯也会疏忽的。历史上有许多这样的例子，而历史总是残缺不全、使人害怕的。如果她还活着，他就把她打成肉泥。这是他的权利。她使得他失去了新图书馆。他本来想报复她一下的，后来来了一个人把她杀了。他理应首先发难，但有人替他发难了，他要落井下石，再揍她一下，不管她是死了还是活着，他要往她身上吐唾沫！他要在她身上踩一踩，打一打，揍一揍！

基恩满腔怒火地站起来。不料就在这个时刻他挨了一记重重的耳光。他差点儿向女凶手发出"嘘——"的声音，因为那个尸体也许还没有死呢。那个女凶手大叫起来，奇怪，她的声音跟台莱瑟的声音一样。三句话一说，他才知道，什么女凶手和尸体，原来就是一个人。他知道自己错了，一言不发，只好让人家狠狠地揍。

台莱瑟在他离开家以后就把两张床换了，把屏风也拿走了，其他东西也都搞乱了。在她高高兴兴地干着这件事的时候，她自言自语地说：让他尝尝味道！让他尝尝味道！因为他九点钟还没有回来，她就躺下睡觉了。正如她常说的，一个规规矩矩的人应该九点睡觉。她期待着他开灯的时候，把他不在家时憋在心里要骂的话一股脑儿都骂出来。如果他不开灯而走到床边来，她就等着他先骂，因为她是一个规规矩矩的女人，应该后发制人。当他不声不响地在她旁边脱衣服时，她屏住呼吸，一声不吭。为了不忘记辱骂他，她决定在这段时间内就想着那句话："这是个男人吗？这不是男人！"当他突然向她袭来，她也不吭声，因为她担心他跑了。他只在她身上躺了一会儿。他没有动，像羽毛一样轻。她屏住气几乎不呼吸。她的等待慢慢地变成了愤怒。当他跳起来时，她感到他要逃走。她像疯了似的向他劈头盖脸地打去，嘴里还骂着最难听的话。

挨打对于险些犯罪的、有道德的人来说只能得到某种安慰。只要不太疼，基恩就任凭她打，并且希望知道自己的罪名。他是干什么的呢？如果人们精确地思考的话，他是一个奸尸者。他对她的不紧不慢的谩骂感到很惊奇，他以为她会骂得很激烈的，而且首先会

169

骂出他理应挨骂的地方。她是原谅了他呢，还是先保存起来以后再骂呢？对于她的一般情况他没有什么可反对的。一旦"奸尸者"罪名强加于他，他会表示同意，并且通过这一承认——这对于像他这一类的人来说其意义比挨几下打要大些——来抵消自己的罪责。

　　但殴打居然没完没了，他开始觉得被打得太多了，他的骨头很疼。她只顾不堪入耳地破口大骂，没有时间去研究这个奸尸者。她站起来，一会儿用拳头，一会儿用胳膊肘揍他。她是一个坚韧的女人，几分钟以后她才感到胳膊有些累，才停止了只有名词组成的吼叫，最后说了句完整的话："不可能便宜你！"说着就把他从床上掀下来，为了不使他跑掉，她紧紧揪住他的头发，坐在床沿上在他身上跺脚，直到她的手臂又感到好些为止。这时她就骑在他肚子上，嘴里说道："现在再美美地给你几下！"于是她便左右开弓揍他的嘴巴。基恩渐渐地失去了知觉，他已经忘记先前所感到的内疚。当他醒来时，他感到很遗憾，因为他太高了。他喃喃地说，要是又瘦又小就好了，又瘦又小，身上没有肉，被打的地方也就少了。他把身子蜷缩起来，她就打不着他，拳头只落在他的旁边。她还谩骂吗？她的拳头落在地板上、床上，他听到那沉重的捶打声。她打不到他身上，他蜷缩起来太小了，于是她又骂开了。"这个废物！"她叫道。要是这样倒很好：他似乎感到他明显地瘦了，可怕地、很快地瘦了，她找他，但找不到他，因为他太小了，他消失不见了。

　　她结结实实地继续打着。然后她大口大口地吸着气说："对不起，现在要休息一下。"她又骑在他身上用腿夹住他。她的腿慢慢松开了，这场殴打也就自动停止了。随后她也停止了谩骂。他不动弹了。她感到疲惫不堪。她从他躺在地上不动弹的状态中似乎感到有什么阴谋诡计，为了免遭他的暗算，她威胁他说："我到法院去，我不能忍受这种事！一个男人袭击了我。我是一个规规矩矩的女人。这个男人要判十年徒刑。报上叫强奸，我有证据，我要申诉。你不准动，不得说谎。你在这儿干什么？还有一句话要对你说，我去叫看门人，他应该保护我。一个女人太孤单了，谁都会强奸她。我要离婚。这住宅是属于我的。一个犯罪分子当然应一无所得。对不起，请不要激动，难道我要这样吗？我自己也感到很心疼，一个男人应该感到羞耻，他居然袭击一个女人。我假如现在死了的话，你的麻烦就多了。你没有睡衣，关我什么事？你没有穿睡衣睡觉，人们能看得出来。我只要张口说话，讲什么人家信什么，你马上就要坐牢。我不会坐牢的，我有'仆塔'先生。如果你敢动一动，你就会碰上'仆塔'先生，谁也奈何不了他。我马上就告诉他。他爱我。会帮助我的！"

　　基恩顽强地继续沉默下去。台莱瑟说："他现在死了。"当她说出这句话后，她知道，她曾经多么地爱他。她跪在他旁边，查看她打的和踩的伤痕。因为房间里黑洞洞的，她站起来打开灯。在三步远的地方她看到了他身子七歪八倒地躺在地上。"这个可怜虫，应该感到害臊！"她说，她的话里带有几分怜悯。她从自己的床上拿来一块亚麻布，小心地把他裹起来。"这样人家就什么也看不到了。"她说着就像抱小孩儿一样地把他抱起来，送到他的床上，抚慰着给他盖上被子，那块裹在他身上的白布也没有取下来，为的是使他不要受惊。她现在想坐在他床边照料他。但是她放弃了这个想法，因为他非常安静地睡了，于是她关上灯睡觉去了。那块白布她没有取走。

僵　　硬

　　基恩在沉默和半昏迷状态中度过了两天。他完全清醒过来以后，便暗暗地思考他这次遭受巨大不幸的原因。她之所以如此殴打他是迫使他就范。他还有更多的感受。如果少打十分钟，他也许会进行报复。台莱瑟可能意识到这一点，所以才一直打下去的。在处于劣势的时候，他没有什么要求，就担心一样事情：继续挨打。当她向他的床边走来的时候，他蜷缩成一团：真是一条挨了打的狗。

　　她把盛着食物的器皿放在他床边的椅子上，转头就走了。他不敢相信她会给他饭吃。他想只要他躺在病床上，她就不会这样干的。他挪了挪身子，吃了一些她宽大为怀而送来的食物。她听到他的舌头在贪婪地舔食物的声音，真想问一问"好吃吗"？但她没有问，而是想到十四年前她给一个乞丐东西的情景，并以此来取乐。那个乞丐没有腿，没有胳膊，可以想象他是怎样的一个人了。他看上去像当时那东家的侄少爷。她当时不想给他什么东西，她觉得，人都是骗子，在外头先做残疾人，回到家里又都是健康人了。那残疾人说："您的先生好吗？"真够聪明的！他得到一枚十格罗申的硬币，这枚硬币是她亲自扔在他帽子里的，因为他是如此可怜。这样的事她是不乐意干的，而且通常不干这种事。这次是例外，所以她的男人也能吃上东西了。

　　基恩，这个乞丐，忍受着剧烈的疼痛，但他谨防叫出声音来。

他没有转向墙睡，而是朝外睡，眼睛盯着台莱瑟，并以疑虑和恐慌的心理注视着台莱瑟的行动。她轻轻地走路，虽然体态臃肿，但富有弹性。她突然出现或突然消失是因为她躲在这房间里的缘故吗？她的眼睛露着凶光，简直就像猫的眼睛。如果她想说什么或自言自语地说什么，在未说之前总是发出猫一样的叫声。

一只嗜血成性的老虎化作了一个年轻的姑娘出来寻找猎物。它长得十分标致，哭哭啼啼地站在街上，逗引得一个学者走了过来，它狡猾地欺骗了他，于是他出于同情就把它带回家去，做了他众多的妻妾之一。他非常大胆，最喜欢跟它在一起睡觉。一天夜里它现出原形，扒开了他的胸脯，吃了他的心，就从窗子里逃跑了，那张漂亮的画皮它却留下了。他的一个妻子发现了画皮和他的尸体，便大叫起来，把嗓子都叫坏了。她四处寻求救命的仙方，来到当地一个最有道行的人那里。那是一个疯子，住在庙会市场上的一间茅屋里。她滚了好几个小时才滚到他的脚边，这个疯子就当着众人的面往她手里吐唾沫，而她必须把这唾沫吞下去。她悲伤、哭泣了许多天，因为她爱她的死者丈夫，即使他没有心她也爱他。她吞进去的唾沫在她的温暖的胸中长出了一颗新的心，她把这颗心给了她丈夫，于是她丈夫又活过来了。

在中国有许多多情的女子。而在基恩的图书馆里只有一只老虎。它既不年轻也不标致，它没有漂亮的画皮，只有上了浆的裙子。它不仅吞噬学者的心，还要吞噬他的骨头。中国的恶鬼也比这凡人台莱瑟高尚一些。唉，她要是一个鬼，就不至于打他了。他真想脱出自己的凡胎，把这凡胎交给她，任凭她去打，但这副骨头需要安静，需要休养，没有这副骨头，他的科学事业就完蛋了。她的床铺是否布置得跟他的一样？地板并没有被她的拳头打碎。这所房子也算是历经沧桑了，它像一切古建筑一样古老，造得很结实。说句公道话，她可以算是悍妇之一了。因为她是只老虎，她的能力远胜于其他任何一个女人，她简直可以和看门人媲美。

有时他在梦中长时间碰撞她的裙子，直到把她撞倒，从她的脚下把裙子扒下来。他手里突然有把剪子，于是他便把它剪成了碎片。这事儿花了他很多时间，裙子剪成碎片后，他发现这些碎片还是太大，她有可能把这些碎片再缝成裙子，所以他头也不抬，继续剪下去，每块碎片都剪成四小片，然后装满一口袋蓝色碎布片，向台莱瑟劈头倒去。但碎片是怎样装进口袋的呢？他说不清楚。风从她身上把碎片吹走了，并转而向他吹来，它们附着在他身上，他感觉到了这些碎片。他忽然感到浑身都是蓝疙瘩，不禁大声呻吟起来。

台莱瑟悄悄走来说道："不要哼哼，有什么可哼哼的？"她又成了一身蓝。一部分蓝疙瘩又附着到她身上去了。古怪得很，他觉得好像是他一人背着这些蓝疙瘩的。他也不哼哼了。对于这样的反应她感到满意。她偶然想起了最后一个东家的那条狗，人还没有说话，它就趴下了，真乖。这样很好。

这几天，从早到晚，那一碗吃的东西如同布满他身上的疼痛的伤痕一样成了基恩的累赘。当她向他走来的时候，他就感觉到这个女人的不信任态度。到了第四天，她就不高兴喂他了。谁不会躺着，她为了简便起见，就隔着被子来检查他的身体，并认为，他很快就康复了。他不蜷缩了，不蜷缩就意味着不疼了。他应该起床了，不需要什么特别照顾。她可以给他下命令："起来！"但她有些害怕，怕他会一下子跳起来，从身上掀开被子，扯下包在身上的白布，露出青一块紫一块的斑痕，好像这是她的罪过。为了避免这些麻烦，她仍然一言不发。第二天给他端来半碗吃的东西。她故意把饭做得不好吃。基恩感觉到的不是这饭的变化，而是这个女人的变化。他错误地判断了她那审视的目光,生怕她再打他。在床上他毫无反抗能力,他直挺挺地躺在她的面前,在竖的方面,她往哪儿打,不管是往上面打还是往下面打,都能打中他。只是在横的方面,她打下来可能打不着他,但是这样的安全感对他来说是很不够的。

又是两天两夜过去了,他的恐惧心理增强了他起床的愿望,他试着爬起来,他的时间观念从来没有失去过。任何时候他都会知道现在是什么时候了。为了一下子恢复旧秩序,一天早晨他六点起床,他脑袋里咔嚓咔嚓地响,好像是干木柴裂开的声音。他的骨架子像是脱了榫头似的,这把骨头很难立起来。由于他巧妙地向相反的方向退让了一步,所以成功地避免了摔倒。他终于慢慢地穿上了衣服,这些衣服是他从床底下拿出来的。他每穿一件衣服都欣喜若狂,因为这都是增强他防御能力的盔甲。他的保持平衡的动作很像是昏昏沉沉的舞蹈。他被疼痛的魔鬼缠身,但逃脱了死亡的瘟神,跟跟跄跄走到他的写字台边。他激动得稍稍有些晕眩,坐了下来,手和腿都在抖动,好长时间才恢复常态。

自从她无所事事以来,台莱瑟就睡到早晨九点。她是家庭主妇,她有时还睡得更长一些。仆人才六点钟就得起床。但这睡眠时间毕竟不能太长,有一次她居然很早就醒了,她对财产的惦念使她不得安宁,于是她就穿起放有钥匙的衣服,以使她的肉体能触及那硬硬的钥匙。自从丈夫被打得睡在床上以来,她想到了一个巧妙的解决办法:九点睡觉时她把钥匙放在胸脯上,躺在床上到两点,不敢入睡。两点起来,又把钥匙放在裙子里人们找不到的地方,然后她才入睡。由于她不得不长时间醒着看守,所以很累,以致她一觉睡去要到九点钟才能醒来。这跟她从前在旧东家的情况差不多。人家都有所收获,而仆人则大失所望。

基恩悄悄地打着自己的主意，他从写字台边看到她的床：她正在睡觉，这是他视为珍宝的最宝贵时机，在三个小时的时间内他竟有数百次害怕得要死，唯恐她醒来。她在梦中会漫不经心地露出她的真相。如果她在梦中吃了什么好东西，她会打嗝儿和放屁。她会同时说："能这么干么？"她所说的事情就是她所要知道的事情，而基恩则以为跟自己有关系。她的经历使得她翻来覆去睡不踏实，床吱吱响，基恩也跟着呻吟。有时她闭着眼睛咧开嘴笑，基恩害怕得都快哭了。当她狞笑得厉害的时候，那样子就像在号叫，基恩感到好笑。如果他不是要小心一点儿的话，他真会笑出声来。他惊讶地听到她在喊菩萨。他怀疑自己是否听错了，但她在哭的时候还在重复着"仆塔"！"仆塔"！他知道，在她的语汇中"仆塔"是什么意思。

当她的手从被窝里伸出来时，他马上就惊颤起来。她并没有打他，只不过捏成了一个拳头。为什么？我干了什么事啦？他自己在问自己，接着他自己回答道，她会知道的。他对她敏锐的感觉十分畏惧。他的罪过——为此她残酷地惩罚了他——已经得到报应了，但不会被忘记。台莱瑟向通常放钥匙的地方抓去，她抓住被子当裙子，似乎找到了钥匙，而实际上钥匙不在她抓的地方。她的手摸在上面，并且拍一拍，玩一玩，一个一个地在手指头之间过一过。她头上冒着发亮的汗珠，然后她高兴地用手把它盖住。基恩感到脸发红，他不知道为什么。她肥胖的手臂穿在狭窄的绷得紧紧的衣袖管里，袖管上有花边，那花边被压得好像是和她睡在同一个房间的丈夫。基恩觉得它们都被压皱了。他轻轻地说出了挂在他心上的这句话。他听到有人在说"压皱了"。谁说的？他很快抬起头，望着台莱瑟那里。还有谁知道它被压成了这样子？她睡了。他怀疑那双闭着的眼睛，屏住呼吸等着听第二句话。"人们怎么会如此大胆呢？"

176

他想,"她醒着,我就大胆地看着她的脸!"他自己避免到危险地带的附近去侦察情况,他像一个胆怯的小男孩一样,垂下了眼帘。他竖起耳朵——他觉得是这样——等待着听那不堪入耳的谩骂,但结果并没有听到这种谩骂,而是均匀的呼吸声,她睡着了。一刻钟以后,他的目光偷偷地接近她,并随时准备溜走,他以为自己很机灵,而且竟以为这种想法是值得骄傲的。他是大卫[①],监视着睡觉的歌利亚。大卫也许被认为是愚蠢的。在第一次搏斗中他败了,但他逃脱了歌利亚的致命打击,谁能断言未来如何呢?

未来,未来,他的未来如何呢?我们且不谈现在,那么将来她就再不能加害于他了。唉,要是能把"现在"抹掉该多好啊!当今世界不幸和灾难的产生是由于我们在"未来"中生活得太少了。如果说他今天被打了,那么一百年以后这还有什么意义呢?我们就让"现在"过去吧,那斑斑伤痕我们也看不到了。疼痛的地方都是"现在"所造成的。他渴望着"未来",因为那时在世界上就会有更多的"过去"。"过去"是很好的,因为它不会给任何人造成痛苦,他在"过去"中自由自在地生活了二十年,那时他是很幸福的。谁在"现在"感到幸福呢?是啊,如果我们没有感觉,那么"现在"也还是可以忍受的。我们可以通过回忆——说来说去还是"过去"——来生活。开头的词是"es war",那就是说,"过去"在这个词里就表达出来了。他顺从"过去"至高无上的地位。天主教有许多可取之处,但它所包含的"过去"太少了。两千年的"过去"有一部分还是虚构出来的,要是两倍、三倍于这个时间呢?每一个埃及木乃伊都胜过一个天主教司铎。这位司铎想,他比木乃伊

[①] 大卫,古以色列王国国王(公元前十一至公元前十世纪)。他统一犹太各部落,建立王国,定都耶路撒冷。童年时打死非利士勇士歌利亚。

177

强，因为木乃伊是死的。但是金字塔根本就不比圣彼得堂①更"死"一些，相反，它要更"活"一些，因为金字塔更古老一些。但罗马人相信，他们最了解"过去"，他们拒绝向他们的祖先表示尊敬。这是亵渎上帝的言辞。上帝是"过去"，他信仰上帝。一个时代即将来临，那时人类将把他们的感觉器官改成回忆过去的器官，把一切时间都变成过去的时间；一个时代即将来临，那时只有一个"过去"围绕着人类，除了"过去"别无他物，那时人人都信仰"过去"！

基恩在思想上跪了下来，向未来的上帝"过去"祈祷。他早就忘记祈祷了，但在这位上帝面前又会了。最后他请求这位上帝原谅，因为他没有真正跪下来。但是这位上帝是知道的，à la guerre comme à la guerre②，他不需要对上帝说第二遍。这是上帝身上闻所未闻的、真正的优越，即什么都知道。《圣经》中的上帝是个可悲的文盲，普通的中国神明也比《圣经》中的上帝高明得多。他也许能说出"十诫"③中某些条条，这会使"过去"这位上帝感到吃惊，但是他不过是自作聪明。此外他还擅自把自己从可笑的德语阴性词汇中解脱出来。德国人把他们最优秀的东西，即他们的抽象思维的词汇都附以阴性冠词，这是不可思议的野蛮行为之一，正是这种野蛮行为把他们的功勋毁掉了。他将来会把一切与他有关的东西都附以阳性词尾。中性词对上帝来说太幼稚可笑了。他作为语言学家深知这样做会招惹怎样的仇恨，但是说到底，语言是为了人类而不是人类为了语言。因此他请求"过去"这位上帝批准这一变化。

---

① 圣彼得堂，罗马梵蒂冈教廷中最大的教堂。
② 法文，大意是：战争就是战争。这里的意思是，现在是非常时期，不能全礼了。
③ 指摩西十诫。摩西是《圣经》中记载的犹太人的古代领袖。

当他和上帝交谈的时候，他慢慢地回到了他的观察岗位上。他可忘不了台莱瑟。在他祈祷的时候，他从来没有敢完全摆脱她。她打着呼噜，她的呼噜声决定了他祈祷的节奏。她的动作慢慢地激烈起来了，毫无疑问，她快醒了。他把她和上帝作了比较，觉得她微不足道。她恰恰就是缺少"过去"。她既不受谁的影响，又什么也不知道，是一副可怜的不信上帝的皮囊！基恩想，最巧妙的办法是否就是入睡。也许她会等到他醒来，她对他擅自待在写字台边所感到的愤怒也许会逐渐消逝。

　　台莱瑟猛地动了一下，从床上跌到地板上，声音很响。基恩浑身的骨头都在打战。上哪儿去？她看见他了！她来了！她要杀死他！他要在时间中找一个藏身之处，他跑到历史里面去了，几百年几百年地来回跑着。最坚固的城堡也经不住大炮的袭击。骑士？无稽之谈——瑞士的启明星——英国人的火枪把我们的装备和头颅都打烂了。瑞士人在马利亚诺[①]遭到了毁灭性的失败。就是没有雇佣军——要是有一支狂热分子组成的军队——古斯塔夫·阿道尔夫——克伦威尔——会把我们都杀掉。离开近代时期，离开中古时期，到古希腊作战时的方阵中去——罗马人把它冲破了——印度象——带火的箭射来——一切都很可怕——上哪儿去？——到船上去——希腊的火——去美洲——墨西哥——那里杀人祭天——人们要屠杀我们——中国，中国——蒙古人——尸骨成山：顷刻之间他的历史宝贝全部兜出来了，到处都不能躲藏，一切都完了，不管你跑到哪里，敌人总会把你拖出来，空中楼阁也罢，敌人会把心爱的文化摧毁，在强盗面前，在野蛮人面前无处藏身。

　　于是基恩僵硬了。

[①] 地名，一五一五年法国在此战胜瑞士。

他夹紧瘦长的腿，右手捏成拳头放在膝盖上，前臂和大腿都保持安详的状态，左臂护着胸脯，头略略抬起来，眼睛凝望着远方。他试图闭上眼睛但没有成功，他觉得自己像一尊花岗岩雕的埃及僧侣，他已经凝固成一尊石像了。历史没有离开他，在古埃及他找到了栖身之处。只要历史和他患难与共，他就不会被杀害。

台莱瑟拿他像对空气和石头一样对待，他纠正说。慢慢地他的恐惧感减少而安全感增多了。她对石头可得小心，谁也不会那么傻，拿自己的手去往石头上打而使手受伤。他想到自己——身上的棱角，石头就不错，而石头棱角更好。他的眼睛看上去好像是在凝视远方，而实际上是在检查自己身体上的各个部位。很遗憾的是，他对自己认识得太少了。他的身体形象很瘦小，他希望有一面镜子放到写字台上来，他很想缩到他的衣服里。如果按照他的求知欲望行事的话，他愿意脱得精光，进行一次精确的检查。每块骨头都要看一看，作一番动员。嗬，他隐约感到他身体上各种秘密的暗角，硬而锋利的尖端和棱角！他身上的伤痕便是他的镜子。这个女人在一个学者面前毫无敬畏。她竟敢触动学者，好像他是一个普通人。他用变成石头的手段来惩罚她，在他强硬的石头上她的一切企图都会成为泡影。

每天都要演一遍这样的戏。基恩的生活被他妻子的拳头摧垮了，她的或他的欲望使他的生活脱离了新旧书籍，但这生活却赋予了一项真正的任务：每天早晨他比她早三个小时起床，他完全可以把这极其安静的时间用于工作上。他是这么办的，但这工作不是从前那种概念的工作，那种工作且放到将来再做。他要积蓄力量，这力量是他将来从事他的技艺所需要的，不会休息就不会工作。人们刚起床时是很少能做出成绩来的，人们应该先轻松轻松，然后自由而无拘束地工作。就这样，基恩在他的写字台前面悠闲地度过了差不多三个小时。他有时也想到各种各样的事情,但他提醒自己不要被这些事情所左右,从而脱离自己所要研究的对象。然后,当他头脑里的时针响起来的时候,即将近九点的时候,他便开始慢慢凝固僵硬起来。他感觉到一股冷气是如何通过他的身体扩散开来,并均匀地分布到身体的各个部位。有时左半身比右半身冷得快,这使他严重不安。"到那边去!"他命令道,由右边产生的暖流便向左边移动,弥补了左边的缺陷。他凝固僵硬的本领一天比一天高超。他一达到石化的状态,就用大腿给椅面施加一个小小的压力,以此来检验一下这石化体的硬度。这样的硬度测试只持续几秒钟,时间长了会把椅子压碎的。他后来担心这把椅子的命运,干脆也把它变成石头,白天那个女人在场时如果石化体崩塌下来,会使凝固僵硬成为笑柄,而且也很痛苦,因为花岗岩是很重的。后来通过可靠的感觉来对硬度进行测试,而原先的那种测试就逐渐变得多余了。

基恩从上午九点到晚上七点都保持这无法比拟的姿态,在写字台上放着一本打开的书,而且老是这本书,但并不看它;他的眼睛只看着远方。他的妻子使出许多巧妙的计策也从来没有能打乱他的表演。她在房间里匆匆忙忙地跑来跑去。他知道,管理家务已成了她的第二天性了,因此忍住了不合适的微笑。她在这尊古埃及的石像周围转了一圈,她既没有给他吃东西也没有骂他。基恩禁止自己叫饿,也不诉说身上的疼痛。七点钟他给迅速复活起来的石化体以温暖和呼吸。他等待着,一直等到台莱瑟离开他到房间最远的角落里为止。他对她离开的距离有着确切的感觉。然后他跳了起来,迅速离开屋子。当他在饭馆里吃唯一的一顿饭时,他累得差点儿睡着了。他回忆当天所遇到的困难,当他为明天想到一个好主意的时候,他总是点头示意。每个相信自己也会仿效他成为石像的人,他都向他们提出挑战,但没有一个敢报名应战。九点钟他上床睡觉。

台莱瑟也渐渐觉得自己处于有限的环境之中。她打开自己的新房间，而不让他人打扰她。每天早晨，她还没有穿鞋袜，就在地毯上轻轻地走来走去。这里是这个住宅里最最漂亮的地方，在这里人们看不到血斑。她脚上的老茧被地毯磨着觉得很舒服。她只要跟他一接触，许多不愉快的场面就浮现在脑海中，她又被这个什么也不施舍的丈夫搅乱了。

基恩悄悄地使自己的技艺达到了精湛的程度，以致使他坐的那把古老而独特的椅子很少发出嘎吱嘎吱的声音。每天有三到四次发出嘎吱的响声，这使他感到很难堪，因为椅子在寂静中更显眼。他把这些看成疲劳的初步征兆，所以他故意不听这些。

台莱瑟从嘎吱声上嗅出了危险，于是中断了她的幸福享受，匆匆走到她的鞋袜处，穿起鞋袜，继续她的有次序的思考。她想起了总是折磨她的忧虑。她出于同情把丈夫留在家里，他的床只占很小的地方，她需要开写字台的钥匙，那里头有他的银行存折。只要没有拿到银行存折和其余的钱，她就要让他在家里住下去。也许他有朝一日会想起这件事并感到羞愧，因为他总是这样卑鄙。在他的周围一有什么动静，她就怀疑能否获得那个银行存折。她本来认为她是有把握拿到那个银行存折的。对于一块木头疙瘩——他在大多数时间里就是这样——她是不担心反抗的。但对于这个大活人丈夫，她怀疑他会偷她的银行存折。

傍晚时分二人之间的紧张气氛上升到了一个新的高度。他集中起微薄的精力，以便不要太早去吃饭。她一想到他一会儿就去饭馆，用她尽管很少但却是辛辛苦苦挣来的钱去大吃大喝，心中就很气愤。此人这样生活已经多长时间了？他已经多长时间没有拿钱回来了？

人都有一颗心。她难道是块石头？人们必须拯救那一点儿可怜的财产。罪犯就像野兽一样躲在后头，他们之中每一个人都想得到点儿东西，他们是不知羞耻的。她是孤零零的一个女人，她的丈夫不帮助她，却去喝得烂醉，他已完全成了窝囊废了。从前他还写东西，把纸上都写满了字，这些都是值钱的，现在他懒得什么也不写了。那么她在这里操持的岂不是一个一贫如洗的家吗？他应该挣钱养家，她不需要吃闲饭的人。说不定他还要让她去拿讨饭棍呢！不，这讨饭棍他自己拿着吧，她可不稀罕那种玩意儿。此人要是走到街上，谁都不会给他东西。他样子很穷，但他会做乞丐要饭吗？如果他不想到这上头，对不起，那就只好饿死。等着瞧吧，如果她的善意到此结束，看他怎样混下去。她的先母是饿死的，现在她的男人也要饿死了！

她的怒气一天比一天大。她权衡了一下，现在是否该采取果断行动，她觉得还不是时候，她的韧性和她从事工作的谨慎精神可以说是旗鼓相当。她自言自语地说：今天他太可怜（今天我还不收拾他）。所以她马上就停止发怒，留点儿怒气明天发。

一天晚上，台莱瑟把她的铁块刚放进火里不久，铁刚刚达到中等程度的温度，基恩的椅子就嘎吱嘎吱连续响了三下。这样的胆大妄为她还没有见到过。于是她就把他，这段长木头，连他坐的椅子一起扔进了火里。木头块噼里啪啦，熊熊地燃烧起来了。愤怒的热浪向铁块裹去。她用手把铁块取出来——她不怕熊熊的火焰，她等的就是这个火候——按照顺序叫着：乞丐，酒鬼，罪犯，并把它们放到写字台上。就是现在她还是乐意和他商量。如果他自愿交出银行存折，那么她可以考虑以后才把他扔到大街上去。他要是不说话，她也不说什么。他可以待到她找到银行存折为止，但他必须让她找。就这样她才停止了惩罚。

基恩的座椅嘎吱嘎吱刚刚响了三下，他就凭着石像敏锐的感觉猜出他表演的技艺出了什么事了。他听见台莱瑟来了，于是便抑制住喜悦。他想,她损害了他的寒气,他练功练了三个星期之久,用得着的日子到了。现在要显示他这个石像的完美性。在风暴来到之前,他很快给全身多运了一些冷气,他把脚底紧压在地板上:这尊塑像跟石头一样硬,硬度为十,跟金刚石一样,棱角锋利得可以割下肉。在舌根下面他尝到一种石头的味儿,这是他留给那个女人的。

台莱瑟抓住椅子腿,把他重重地甩在一边,拉开椅子,走到写字台边,抽出一个抽屉。她在这个抽屉里搜查了一遍,没有发现什么东西,于是又拉开第二个抽屉,在第三、第四、第五个抽屉里她都没有找到她要找的东西。他明白,这是一个战争阴谋。她根本没有找,她能找什么呢?手稿对她来说全都一样,这些她在第一个抽屉里就找到了。她知道他很好奇。他想问一下,她在找什么。但如果他说话了,他就不是石头了,她就会把他打死。她正是想把他从石头中引诱出来呢!她对写字台又拽又拉。但他保持了他的冷血,并且不放出一点儿运足了的气。

她把手稿摔得乱七八糟。大多数手稿她都不加整理地放在写字台的桌面上。许多手稿落在地板上,上面写的内容他很清楚,其他手稿她胡乱地混在一起。她对待他的手稿就像对待废纸一样。她的手指头变得粗野了,拧螺丝钉倒挺合适。在写字台里藏着他几十年的心血啊!

她放肆的举动刺激着他,她不应该这样对待手稿。她的战争阴谋跟他有什么关系呢?他需要那些笔记本,因为以后写文章用得着。他马上就可以动手了吗?他生来就不是当杂技演员的料,他的技艺花了他不少时间,他是一个学者。什么时候是最好的时间呢?技艺发挥得好就是他一生的转折。他失去了好几个星期,他的技艺练了多长时间?二十个星期,不,十个,不,五个,他不想说出来。时间已经搞乱了。她把他最近的一篇论文搞脏了,他将进行可怕的报复,他担心会失去自制。她已经摇头了,并仇视地看着他,她仇恨他这种僵硬的平静。但是他并不平静,他忍受不了,他要和平,他建议她停火,她首先要把手指头撤走,因为她的手指头在撕碎他的手稿,伤害他的眼睛和他的头脑,她应该把抽屉都关上,离开写字台,离开写字台,这是他的地方,他不能容忍她在这里,他要打烂她。他能说话吗?不行,石头是不会说话的。

她用裙子把空抽屉推到桌子里去,用脚践踏地板上的手稿,并向上面吐唾沫。盛怒之下她把最后一个抽屉里的东西统统撕掉。那任人宰割的手稿发出的撕裂声使他有透入骨髓之痛。他抑制住心头的怒火,他要站起来,一条运足了冷气的腿要踢上去,把她打烂,然后他要把她的碎尸片集中起来碾成粉末,他要一下子倒下去,向她劈头盖脸地倒去,把她压碎,这就是巨大的埃及石像给她的灾难。然后他带着他的"十诫"碑逃之夭夭。他要用十诫惩戒他的民众,他的民众已把上帝的戒律忘记了,上帝是强大的,摩西已举起他的惩罚的手臂,谁还比上帝严厉?谁还比上帝冷酷?

基恩突然站了起来,以巨大的力量向台莱瑟倒去。他仍然不说话,用牙齿咬住嘴唇。他如果说话,就不是石头了。"银行存折在哪儿?"台莱瑟在没有被压碎之前,尖叫着,"银行存折在哪儿?酒鬼——罪犯——小偷!"她原来是找银行存折。他对她的最后的话,报以嘲笑。

但这不是她最后的话。她抓住他的头,往写字台上撞击。她用胳膊肘捅他的肋骨。她嚷道:"从我的家里滚开!"她向他脸上吐唾沫。他什么都感觉到了。他很疼痛。他不是石头。她也没有被打烂,而是他的技艺完蛋了。一切都是谎言,世界上根本就没有什么信仰,也没有上帝。他退让了,他抵御着,他还手,他打中她了,他有锋利的骨头。"我去报告警察！小偷要抓起来！警察会找到银行存折的！小偷要抓起来！从我的家里滚开！"她拽他的大腿，想把他扳倒。倒在地上对她有利，就像以前一样。她没有成功，他有力气。于是她抓住他的衣领把他往门外拽，然后"砰"的一声把门关上。在走廊上他倒下来了。他很累。门又打开了，台莱瑟把他的大衣、帽子和书包扔了出来。"你去要饭吧！"她大声吼着，把门关上不见了。她把书包给了他，因为里面什么也没有，所有的书她都留在家里了。

　　银行存折在他的衣服口袋里。虽然是小小的银行存折，他也把它夹得紧紧的。她没有想到，她把乞丐赶走的同时也损失了银行存折。请问，哪里有自己偷自己的小偷啊？

第 二 部

没有头脑的世界

到理想的天国去

自从基恩被赶出家门以来，他的工作就更多了。他整天沉着、稳健、坚韧不拔地在城里跑。每天一清早他就登程出发了。中午他也不好好吃饭和休息。为了节省精力，他把他活动的范围划分为若干区，并严格遵守他的活动计划。在他的书包里有一张大地图，比例尺为 1∶5000，地图上的书店都用可爱的红圈圈标出来。

他每走到一家书店，就询问书店老板，如果老板出门了，或去吃饭了，他就满足于跟首席店员交谈。"我的科学工作紧急需要如下著作。"他说着并念了一个长长的书单，其实这个书单根本就不存在。为了不必重复，他把作者的名字念得也许过于清楚、过于慢吞吞了。他说的书名都是少见的著作，对于这些文化水平很低的人来说，是很难搞清楚的。他一边念着，一边注意从侧面看一看那些听他念书单的人的脸。在标题与标题之间他停顿一下。他爱对那种听他念书单、但难懂的书名在其脑子里还没有转过来的人很快又提出下一个书名。那种惊愕的表情使他很快活。有些人就请求他道："请等一等！"有些人就抓耳挠腮，不知所措，但他还是不紧不慢地念下去。他的书单列有二三十本书目，这些书他家里都有，但在这里他又想获得这些书。他想，买重了也不要紧，以后可以交换或出卖，何况他的这一新活动没有花掉他一个格罗申呢。他在大街上把书单整理好，每到一家书店他就念一个新书单，念完以后，就小心翼翼地叠起来放到信夹子里，鞠躬作揖，鄙夷地离开书店。他根本不等待答复。这些笨蛋会回答什么呢？如果他跟他们讨论所要的书，那他就会损失很多时间。他已经在特殊的状况下，僵硬地在写字台旁边损失了三个星期的时间，为了弥补这一损失，他整天都很娴熟地、顽强地、勤奋地工作着，但他绝无丝毫的自以为是、自满自足，他就是这样一个人。

　　那些在职业上和他谈得来的人依据他们各异的情况而在举止态度上有所不同。有少数人感到很受刺激，因为他们常常无言以对；多数人则很高兴倾听他讲话，他们都非常钦佩他渊博的知识。他说的每一句话都会使琳琅满目的书店陡然生辉。人们很少认识到他讲话的广泛而深远的意义。那些知识贫乏的人简直要停下他们手中的全部工作，围绕着他，竖起耳朵来倾听他讲话，一直听到他们的耳朵鼓膜破裂为止。要不然，他们什么时候才能碰到这样一个博学多才的人呢？但是实际上只有个别人利用这个机会听他讲话。人们都像敬畏大人物一样地敬畏他，因为他对他们来说太陌生、太遥远了。他根本没有注意到他们的难堪状态。他对这一切都感触良多。如果不理睬他们，那么他其余的时间就只能用于他自己的事情和他的书单上了。准确地说，书店老板和职员这些人所起的作用不过是他私人的职员而已，所以他有时也给他们讲讲他的生平，最后他们表现得还不错，很赞赏他，并且提供他所需的东西。他们感到，这个人有来头；而且他们至少能在他面前表示沉默，因为他不会第二次再踏进同一家书店大门的。当他有一次搞错了，踏进去过的书店大门时，他们就把他赶出去，因为他们觉得他来得太多了，他的出现使他们感到压抑，他们不愿再见到他。他同情他们的愚昧无知，所以就买了一张城市地图，并在书店上画了红圈圈。凡是他已经去过的书店，他就在那个红圈圈上画上一个叉叉，这样的书店对于他来说就等于是不复存在了。

　　此外他的活动还有一个迫切目的。从他在大街上流浪的时候起，他就只对他家的那些论文感兴趣。他想把它们写完，没有图书馆是不能完成这些工作的，所以他考虑并且安排了他所需要的专门资料。他的书单上所开列的书都是必需的，不是由着自己的癖好和脾气而开列的。他只买那些对他的论文不可缺少的书籍。由于种种原因，他不得不暂时跟他家里的图书馆分开了，他表面上是服从了，但他不过是蒙骗了命运，对他的科学事业他却寸步也不退让。他买下了他所需要的东西，几个星期后他又要进行他的工作了。他的战斗方式是豪爽的，适应某些情况绝不是屈从。在自由的空间里他可以发挥他的聪明才智，他的才干也会随着自己支配的时间的增长而得到发展，在这期间他可能收集到几千本书，建立一个小的新图书馆。这足以表彰他辛勤的劳动了。他甚至担心，新图书馆会过分庞大。每天他都在不同的旅馆里过夜，这日益增多的书他怎么拿得了呢？因为他有一个不可摧毁的惊人的记忆力，所以他可以在他头脑中装下他的新图书馆，而书包仍然是空空如也。

　　晚上，商店打烊以后，他感到累了，便匆匆离开最后一家书店，寻找附近的旅馆。他没有行李，衣衫褴褛，引起了旅馆人员的怀疑。他们既想毫不客气地拒绝他，同时又想知道他到底是个什么样的人，所以让他说几句也无妨。他希望在一个宽敞、幽静的房间里过夜，如果这样的房间在女人、孩子或暴徒的旁边，请及早告诉他，他不要这样的房间。谈到"暴徒"一词，旅馆人员感到无言以对，他们在给他安排房间以前，他就拿出皮夹子打算先付旅馆费。这皮夹子表明他有一笔很可观的现钞，因为他有财产存在银行里。那些旅馆人员面露喜色，态度马上大为改变，即使对旅游的大亨们或者美国人，他们也没有这种态度。他用精确的、有棱有角的手写体填好了旅馆登记单。他的职业填的是图书馆长，他没有填什么职称，婚姻状况他没有填，他既不是未婚，也不是已婚，又不是离婚，因此他在那一栏里划了一条杠杠。他给旅馆人员非常高的小费，相当于旅馆费的一半。每次数钞票的时候，他都非常高兴，因为台莱瑟没有找到他的银行存折。那些兴高采烈的侍者殷勤地为他服务，他一动也不动，俨然是个英国勋爵。他一反过去的习惯——他对减轻体力的技术设备向来是不以为然的——乘电梯上楼，因为他头脑里的图书馆在他晚上很累的情况下，使他感到很沉。他让侍者把晚饭送到房间里来，这是他一天中唯一的一次正餐。然后为了稍稍休息一下，他把图书馆放下来，看了看周围，是否有地方放他的图书馆。

起初，当他的思想还在自由自在地思考别的问题的时候，他对房间是个什么样子没有予以重视。这对他来说不过是个睡觉的地方，书就放在沙发上好了。后来他也用上了橱柜，不料那图书从沙发和橱柜里掉出来了。为了充分利用那肮脏的地毯，他揿了一下电铃，把女招待叫来，请她送十张最干净的包装纸。他把这包装纸铺在地毯上，把整个地面都铺上了，最后还剩下一点儿纸，就盖在沙发上，铺在柜子里。在相当长的时间内，他这样干已经成了习惯。每天晚上除了订晚饭还要订包装纸，早晨把那些旧纸留下。书越堆越高，但是，即使它们倒下来也不会弄脏，因为地板上都铺上纸了。当他有时夜里心情烦恼而睡不着的时候，那他一定是听到了书倒下来的声音。

他现在又令人惊讶地占有了许多新书。一天晚上，书堆得跟他一样高了，于是他要了一架梯子。当有人问他要梯子干什么用时，他尖锐而严厉地回答道："这您就甭管！"那个女招待是个胆小怕事的人，不久前旅馆房间里发生了一起盗窃案，使她差点儿丢了饭碗。她匆匆忙忙跑到旅馆值班长那里激动地报告了三十九号房间的先生需要梯子。那个值班长是个熟知人情世故的人，他还想再多搞点儿小费，虽然他口袋里已经有了他给的小费了。"您就去睡吧，傻孩子，"他对她微笑着说，"出了事儿我负责！"

她没有移动一下。"他很怪，"她胆怯地说，"他看上去像白杨树，他先要包装纸，现在又要梯子。整个房间都铺上纸了。"

"包装纸？"他问道，这消息给了他一个非常好的印象。因为只有高雅的阔人才做得出这样的事情来。

"哼，不会做什么好事！"她骄傲地说。他在一旁听着。

"您知道，那位先生是什么人吗？"他问道。即使在一个女雇员面前，他也没有说"那个人"，而是说"那位先生"。"他是图书馆长！"他把这句话的每一个字都说得那么神乎其神。为了堵住女招待的嘴巴，他又自由地在"图书馆长"前面加了"宫廷"二字。他明白，这位先生多么高雅，多么满不在乎，他在旅馆登记单上连"宫廷"二字都省掉了。

"现在已经没有宫廷了。"

"但是宫廷图书馆还是有的，笨蛋！你以为人们都把书吃掉了吗？！"

女招待沉默了。她很喜欢逗他发怒，因为他很厉害。当他发怒的时候，他只是看着她。她什么芝麻大的事都跑来告诉他。有几回他容忍了她。如果他发怒，大家就要小心点儿。她就是因为他发怒才高高兴兴地去为基恩拿来一架梯子的。她本来可以请男仆去取梯子的，但她还是自己去取了。她要表示自己是听他的话的。她问这位图书馆长先生，是否要帮助他。他说："要呀，您离开这里就是对我的帮助！"说完他就关上了门，并且把门上的钥匙孔用纸塞住，因为他不信任那种纠缠不清的人。他把梯子小心翼翼地放在书堆之间，并爬上梯子。他根据书单一包一包地把书提过来，把房间四壁放得满满的，一直堆到天花板上。虽然提着的书很重，他在梯子上仍能保持平衡，他简直像个杂技演员。自从他获得自由以来，困难轻而易举地就被克服了。他刚刚忙完，就有人亲切地敲门。他很生气，因为有人打扰他。根据他跟台莱瑟的经验，他最怕外行人看到他的书。这是那个女招待——她总是想讨好值班长——想把梯子取走。

"图书馆长先生，您大概不需要把梯子放在房间里睡觉吧！"她献的殷勤是真诚的，她怀着好奇、爱戴而妒忌的心情，看着那大堆的包装纸，她真希望那位值班长从中也能看出什么名堂来。

她的话使基恩想起了台莱瑟。如果她真是台莱瑟的话，他早就怕她了。因为她只是使他想起台莱瑟，所以他就嚷道："梯子就放在这儿！我睡了！"

天哪，这哪儿像个高雅的人啊，女招待想着想着就害怕地跑了。她确实没有把他看得高雅到不让人们有话可说的地步。

但是他从这个事件中得出了一个结论：女人，不管是女管家、妻子，还是女招待，在任何情况下都要回避。从此时起，他要求一个大房间。这样梯子就没有什么必要了。包装纸可以装在书包里。那位按铃请他吃饭的人幸亏是个男人。

他感到脑袋轻松后，就躺到床上睡觉。在入睡前他把他过去的处境和现在的处境进行了对比。傍晚的时候他经常愉快地想起台莱瑟，他现在之所以有钱花，是因为他跟台莱瑟作了英勇的斗争，使得这笔钱没有落到她手里。一涉及钱的事情，他就马上看到了台莱瑟的形象。白天他不花钱，除了吃顿中午饭；即使理由再充足，他也拒绝坐电车。他无论如何也不能容忍台莱瑟之类的人来玷污他现在从事的严肃而伟大的事业。台莱瑟不过是人们拿在手里的一个小铜钱，台莱瑟不过是文盲说出来的一个词，台莱瑟不过是人类智慧上的一块顽石，台莱瑟不过是一个真正的疯子。

几个月以来他跟一个疯子住在一起，使得他终于不能抵御她癫狂病的恶劣影响，甚至他也被她传染上了。她既贪得无厌又肆无忌惮，她把她贪得无厌的一部分传染给他了。他对他人藏书的癖好使得他跟自己的书疏远了。他当初差点儿把她的一百万——他所推测的她的那份遗产——拿去扩大图书馆。他跟她频繁的接触和交锋，使他陷入了在金钱问题上差点儿跌大跤的危险境地。但是他并没有垮掉，因为他发明了一种保护法。如果他在家里继续像往常那样自由地行动，那么他就会无可挽救地被她的毛病所感染，所以他才跟她玩了那一出石头塑像戏。当然他不可能变成真正的具体的石头，但是她把他看作石头也就够了。她害怕石头，所以她才在他跟前走了一圈。他几个星期僵硬地坐在椅子上的技艺使她迷惑不解，她反正是乱了套了。

经过这场智斗，她真不知道，他是什么人了。他有时间跟她周旋，进而摆脱她。他慢慢坚持下来了。她给他施加影响的企图破灭了。他一旦感到身强力壮，就计划逃跑。是或者自己逃跑，或者把她监禁起来的时候了。为了逃跑成功，要使她相信，是她自己把他赶走的。正是这样，他才把银行存折放到身边。几个星期以来，她几乎搜遍了整个屋子。她一个劲儿地找钱是她的老毛病。可是她哪儿也找不到银行存折。最后她竟敢找到写字台里来了。她把他撞倒，但结果失望了，于是她便恼羞成怒。他又使她的恼怒升级，直到她丧失理智地把他从家中赶走。到了外面他就得救了。她以为自己是胜利者，而实际上是他把她关在家里。她是走不了的，而他倒可以完全幸免于她的殴打了。他诚然是牺牲了他的住宅，但是，为了拯救自己的生命——如果这个生命是属于科学事业的话——人们为什么不这样做呢?

他钻进被窝并裹上许多白布。他请求图书,不要掉下来,他太累了,想休息休息。在半睡眠状态中,他喃喃自语了一夜。

他在外面享受了三个星期的自由。他以值得赞叹的勤奋精神充分利用了这段时间。三周时间过去了,他把全城所有的书店也都逛到了。有一天下午,他不知道再到什么地方去才好。从头开始,按照熟悉的顺序把老书店再逛一遍吗?人们不会重新认出他来吗?他不愿受别人的侮辱。他的面孔也许属于那种人们一看就记得的面孔?他跑到理发店的镜子面前,看了看自己的面容。他的眼睛是淡蓝色的,双颊干瘪,额头像一个不协调的破碎的峭壁,谁都不会猜到在陡峭的鼻子下面还有两个小孔儿,嘴巴像个自动售货机的狭长的缝。两条明显的皱纹像两条划破的伤疤,从两边的太阳穴一直延伸到下巴,并在下巴尖上会合了。这两条皱纹和鼻子把本来就窄而长的脸又划为五条令人惊恐的狭长带,狭长,但非常对称,没有可挑剔的地方。基恩也只是匆匆地看了一下,因为当他自己看到自己——他是从来不习惯照镜子的——的时候,突然就感到很孤独。他决定到人比较多的地方去走走。这也许可以使他忘记,他是多么孤独。这也许可以使他想到如何把他迄今为止的活动继续下去的好主意。

他把目光投到周围商店的招牌上,这也是构成城市的一部分,对于这部分他通常是不屑一顾的。他看到一家商店的招牌上写的是"到理想的天国去",于是他乘兴走了进去。他掀开厚厚的门帘,一股烟雾呛得他喘不过气来。好像是为了抵御这股烟雾,他又机械地向前走了两步。他的瘦高的身躯像一把刀子一样把腾腾的烟雾裁为两截。他的眼睛被烟雾刺激得流泪,但为了看个究竟,他把眼睛睁得大大的,哪知道泪流得更凶了,结果什么也没有看见。一道黑影走了过来,护卫着他走到一张小桌子跟前,并命令他坐下来。他听命于他,那道影子为他订了一份双料的上等咖啡后,便消失在烟雾中。在这个陌生的世界一角,基恩只好听命于他的护卫。他确认,这道黑影是个男人,但很模糊,所以很讨厌。他很高兴,因为这又是一个像他所想象的那样微不足道的人。一只粗大的手把一份浓咖啡端到他面前。他很客气地道了谢,那只手令人吃惊地在桌子上又停了一会儿。然后这黑影紧紧地压在大理石台面上,把他的五官都伸了过来。他笑什么呢?基恩自己问自己道,他又怀疑起来了。

当那个人和手都缩回去时,他又可以操纵自己的眼睛了。烟雾也消散了。基恩以怀疑的目光跟踪着那条影子,那条影子又高又瘦,跟他一样。在柜台前面,那黑影站住了,转过身来,伸直胳膊指着客人。他说了一些使人听不懂的话,然后大笑起来。他跟谁说话呢?在柜台周围根本没有人。这个地方真是难以置信地乱和脏。在柜台后面人们可以清楚地看到一大堆五颜六色的衣服。这些人太懒了,连柜门都不想开一下,而是把什么东西都一股脑儿扔在柜台和立柜门之间。他们难道在顾客面前就不感到害臊吗?对这些人,基恩开始感兴趣了。几乎在每一张小桌子旁边都坐着一个长头发、猴子脸的人,他们都呆滞地向他这边看。在那后头有不寻常的女孩子的尖叫声。这"理想的天国"很矮,满屋都是污秽的灰褐色云雾。星星的余光不时地在这儿或那儿穿透灰褐色的云雾层投射进来。在远古时期,那天空撒满了金色的星星。大多数星星都被烟雾吞没了,其余的星星又都像生了大病似的失去了光辉。在这样的天空下,世界是多么渺小。它到处动荡不安,也许在一个旅馆房间里是舒适的、安静的。只要烟雾弥漫,使人迷惑,那么这世界就显得遥远而混乱。每一张大理石小桌子都仿佛是一颗单独的行星。所有的行星都在散发着臭气。大家都在抽烟,沉默或用拳头捶打着大理石桌面。从墙角凹处人们听到呼救声。突然有人在弹钢琴。基恩不知道在哪里弹。这一切都在哪里发生呢？几个老家伙，衣衫褴褛，头戴帽子，懒洋洋地把沉重的门帘推向一边，在各行星之间来回滑动，一会儿招呼这个，一会儿威胁那个，最终便在对他怀着敌意的人旁边坐了下来。在很短的时间内，这个"天国"就变成了另一个样子，谁要活动一下都不可能。谁有勇气敢得罪这样的人呢？基恩还是独自一人坐在那里。他害怕站起来，所以就留在那里。在桌子之间骂人的话飞来飞去。音乐给人以斗争的乐趣和力量。钢琴的声音一停下来，他们一个个就蔫了。他想，这都是些什么人呢？

这时，他的旁边来了一个驼背的人，问是否可以在基恩旁边就座。基恩很费劲地从上往下看了看，说话的嘴巴在哪儿呢？那个驼子是个侏儒，此时已经跳到一把椅子上来了。他坐得很好，并向基恩投来一束忧郁的目光，他那鹰钩鼻子的鼻尖几乎延伸到下巴。一张嘴巴小得人家找不到，就像他那个人一样。既没有额头、耳朵、脖子，也没有躯干——这个人好像就只有一个驼背，一个大鹰钩鼻子，一对安详而又忧伤的黑眼睛。他闲坐在那儿好大一会儿不说话，他也许在等待他的来临所引起的反应。基恩对新的状况已经习惯。突然他听到桌子下面有一个沙哑的声音在问道：

"买卖兴隆，混得不错吧？"

基恩沿着自己的腿往下看。那声音发怒了："我难道是条狗吗？"这时他才知道，原来是那个侏儒在说话。他所说的买卖，基恩可不知道。基恩正在审视着侏儒的鼻子，那鼻子引起了他的怀疑。因为他不是商人，所以他耸了耸肩膀。他那无动于衷的表情给人以很深刻的印象。

"我叫费舍勒！"那鼻子似乎向桌面上啄了一下。基恩为他有一个好名字而感到惋惜。他没有说什么，只是深深地鞠了一躬，这一鞠躬使人感到既像拒绝人家，又像欢迎人家。那个侏儒认为这是对他的欢迎。他伸出两只胳膊——跟长臂猿的手臂差不多长——抓住基恩的书包。书包里的东西使他哑然失笑。由于嘴角牵动了鼻子的左右两侧，他终于证明了他还有一张嘴巴。

"你是纸商吧，我说得对不对？"他呱呱地叫起来，并把叠起来的干干净净的包装纸举得高高的。在这个小天地里的人看到此种情形，都不约而同地哈哈大笑。基恩深知这纸的深刻意义，真想吼一声"无耻"，并从侏儒手中夺回那些纸。但这想法虽然大胆，却使他感到是一件极大的犯罪。为了表示悔悟，他的脸上露出不幸和尴尬的神色。

费舍勒毫不放松。"一大新闻，先生们，一大新闻！一个代理商，但是个哑巴！"他摇晃着夹在手指之间的纸，那些纸至少有二十处被压坏了。基恩感到很心疼，这关系到他图书馆的纯洁性。他要是找到个挽救方法多好啊！费舍勒站到一把椅子上——他这样站起来正好和坐着的基恩一样高——并且扯着嗓子唱道："我是一个渔夫，——他是一条鱼！"他说到"我"时，便抓起那纸拍着自己的驼背，说到"他"时，便拍着基恩的耳朵。基恩仍然一声不吭。他感到幸运，因为这个野蛮的侏儒不会杀害他。侏儒这样对待他的图书馆使他十分痛心。他的图书馆的纯洁性受到了破坏。他领悟到他在这里如果不是什么分店的代理人就会受到冷遇。于是他便利用驼子唱"我"和"他"之间拖得很长的节奏，深深鞠了一躬，坚定地宣称："我，基恩，是一家书店分店的代理人。"

费舍勒在唱到最后一个"他"时，便停止了，并坐了下来。他对自己的成绩感到很满意。他又收缩得只剩下一个驼背了，并以无限顺从的口吻问道："您会下棋吗？"基恩表示非常遗憾。

"一个人不会下棋不好算个人。我是说，棋中有智慧。五尺男儿就该会下棋，否则他就是一个白痴。我会下棋，所以我不是白痴。现在我问您，如果您愿意，请您回答我。如果您不愿意，那您就甭回答。一个人要脑袋干什么？我告诉您吧，否则您会为此绞尽脑汁的，那样就太可惜了。一个人的脑袋是用来下棋的。您懂吗？如果您懂了，那就万事都通了，如果您不懂，我就再说一遍，因为您会理解的。我对书店经营略知一二，我想提醒您，我这是自个儿学来的，而不是从书本上学来的。您看，在这里谁是象棋大师？我敢打赌，您说不上来。我告诉您吧，这大师就是费舍勒，跟您坐在同一张桌子旁。为什么他坐到这里来呢？因为您是个丑陋的人。现在您也许以为我爱找丑陋的人。不对，一派胡言，根本不是那么回事儿！您想我的老婆多漂亮。那么动人的女人您恐怕还没见过！但是，我要问，谁聪明？我说，长得丑陋的人聪明。一个美男子要智慧干什么用？一切都有他老婆操心，他也不喜欢下棋，因为下棋要弯腰，这有损于他的美，结果怎样，还不是很清楚吗？但长得丑陋的人具有全部智慧，就拿象棋大师我来做例子就够了。——所有丑陋的人，您瞧着吧，都了不起。如果我在什么画报上看到一个名人，长得比较漂亮，那我就对自己说，费舍勒，这里头恐怕有鬼，不对头，他们准搞了什么换头术。您想，哪有美男子当上名人的？——那么报纸又怎么样？也差不多。画报上即使只有一个漂亮的人，也是假的。但是您知道，什么叫奇迹吗？奇迹就是您不会下棋。是书商就要会下棋，难道这不是书商界的一门艺术吗？有人拿着一本棋书，把棋局记得烂熟。您以为他会把我打败吗？书商界里还没有一个人能把我打败，把您算在里头也一样！"

听从和倾听在这里对基恩来说是一码事儿。自从那个侏儒谈论下棋的事儿以来，他就是这里最善良的犹太人了。他从不间断，他的问题是雄辩的，但是他自己回答了自己。"棋"这个字在他的嘴里听起来像一道命令，好像会不会把对方"将死"，全凭他的宽宏大量。基恩的沉默不语起先刺激了他，现在他觉得这是全神贯注地听他讲话的表现，这使他很舒服。

在下棋的时候他的对手们很怕他，不敢向他提出异议，因为他报复得很厉害，他会使他们因为几着棋走得欠考虑而遭到大家的嘲笑。在休息的时候——他有半辈子是在棋盘旁边度过的——人们像对待他的棋子那样对待他。他喜欢不间断地一直干到底。他梦想过那种生活，即吃饭和睡觉都在和对手下棋。如果他连续六小时轻松自如地赢了，而偶尔要输时，他的妻子就介入，并且强迫他不要再下了。通常情况下他对她是很厉害的，她对他来说就像一个石子一样无足轻重。他要依靠她，因为她给他饭吃。但是如果她扯断他胜利的锁链，他就大发雷霆，揍她那反应迟钝的身体上少数几处敏感的地方。她身体强壮，安详地站在那里，任凭他揍。这是他给予她的唯一的夫妇之间的柔情蜜意。她爱他，因为他是她的宝贝。这个生意使得她没有其他办法。她在"理想的天国"享有崇高的尊敬，因为她是那些可怜的、微不足道的女孩子中唯一有一个固定的老顾客的女孩子。八年来这位老顾客十分忠诚地每星期一都要到她这里来。由于她有固定的收入，所以大家都说她是一个领退休金的人。在费舍勒和人家频繁对弈的时候，整个"天国"都沸腾了。但谁也不敢违抗她的禁令组成新的对弈。费舍勒打她，原因只有他知道。她和另外的人鬼混的时候，他就专注于下棋。他对偶然来到这个"天国"的陌生人有优先考虑的权利并预感到陌生人可能是象棋大师，可以向此人学到东西，至于他可能打败这样的人，他认为是不容置疑的。当新的希望破灭时，他才把自己的妻子献给陌生人，以便摆脱她一些时间。因为他对这陌生人有好感，所以就悄悄地向此人建议，放心地在他妻子那里待上几个小时，她不是那样的人，她知道尊重一个漂亮的乐于助人的人。但他请此人不要透露他说的话，交易就是交易，他反对只图自己的利益。

许多年以前，当他的妻子还没有固定收入而成为"领退休金的人"，并且负债累累，不能把他送到咖啡馆里来的时候，如果她把一个顾客领到她的狭窄的小房间里来的话，那么费舍勒就得不顾他的驼背，钻到床底下去。在那里他仔细地听着新来的男人说些什么——他妻子说些什么对他来说无关紧要——并且马上就感到，这位来客是不是一个下棋的人。如果他有把握确定对方是个下棋的人，他就匆匆忙忙地——当然他的驼背会很疼——爬出来，邀请那个毫无所知的男人和他下棋。偏偏就有这样的男人，他们同意和他下棋，如果是赌钱的话，因为他们希望从这个吝啬的犹太人身上赢回他们被迫给了他老婆的钱。他们以为这是合理的，不是搞交易。可是哪里知道，他们输得还要多。多数人都厌倦地、怀疑地乃至愤怒地拒绝了费舍勒的非分要求。谁也没有想过他是从哪里钻出来的。费舍勒好赌的欲望一年比一年强，愈来愈按捺不住长时间的等待。他经常会突然感到那床上躺着的是一位隐匿身份的象棋大师。他过早地出现在床边，用手或鼻子去摸人家的肩膀。人家起先以为是什么臭虫之类的东西，后来才弄明白，他是要跟人家下棋赌钱。谁也不笨，人人都不想放过把钱赢回来的机会。这样的事发生过多次。有一次一个愤怒的牲口贩子甚至把警察都叫来了。他老婆很生气，坚决地对他说，要改变一下，否则她就另嫁男人。就这样——不管是好是坏——费舍勒被送到咖啡馆里来了，并且在清早四点钟之前不准回家。后来那个每星期一都来的诚实汉子出现了，于是一切最令人恼怒的症结问题都解决了，他可以通宵达旦待在这里。当费舍勒回家时，发现那人还在。那人总是称他为"世界大师"。这真是个笑话——就这样过了整整八年——费舍勒认为这是一种耻辱。如果那个谁也不知其姓，而自己又提防不说出其名的人感到满意，那么他就会出于同情这个侏儒而宁愿被这个三寸丁揍一下。此人是这样的一个人，他喜欢把一切事情一下子办完。当他离开那个小房间时，就把两样东西——爱情和同情——为期一个星期，统统置于脑后。由于他吃了费舍勒的败仗，他就把给乞丐的钱扣下了。在他商店的门上挂了一块牌子："这里没有钱给乞丐。"

　　费舍勒非常仇恨世界象棋大师一类的人物。他以一种愤怒的心情注视着在报上和杂志上发布的所有重要的象棋比赛。凡是他所看到的棋局，好多年后他都能记在脑子里。在他的无可争辩的地区锦标赛中，他能很容易地向他的朋友显示，这些世界棋星是多么微不足道。他把在这一局或那一局的比赛中所出现的情况，一着棋、一着棋地表演给那些完全相信他的记忆力的人看。当他们对这些对局赛的欣赏达到一定的程度——这种情况使他厌恶——时，他就独出心裁地想出几着根本没有发生的错着即兴地继续表演给别人看。他很快就使棋盘上出现了灾难性的局面。大家都大声说道，在比赛中费舍勒同样会这样。谁都没有看出失败者的错误。于是费舍勒把椅子从桌子旁边拉开，他伸出的手臂正好勉强够得着棋子。这是他表示蔑视态度的特殊方式，因为嘴都被鼻子盖上了。然后他就呱呱地叫道："拿块布来把我的眼睛蒙上，我闭着眼睛也能赢得这盘棋！"如果他的老婆在场，她就会把她的脏围脖递给他。她知道，在几个月才举行一次的棋赛中，她不能使他失去胜利的机会。如果他老婆不在夜总会，就有一个姑娘用手蒙住他的眼睛。他又快又准地把棋子一步一步地放回到错误产生的地方，这里也就是他玩弄骗术的地方。通过第二次骗术，他又把对方引向了胜利。大家都屏住呼吸看着，而且都很吃惊。姑娘们抚摸着他的驼背，并吻他的鼻子。小伙子们，也包括那些漂亮的小伙子，他们很少懂得下棋，或者一窍不通，他们都用拳头捶打着大理石桌面，有点儿气愤地说，这简直卑鄙，如果费舍勒不是世界象棋冠军的话。他们大喊大叫，以致姑娘们的宠爱马上又转向了他们。这对费舍勒都无关紧要，他表现得好像那些喝彩声跟他没有关系似的。他只是干巴巴地说："你们要干什么呀，我不过是个穷鬼。现在要是有人给我交保证金，我明天就可以当世界冠军！"大家马上附和地叫道："不，今天就可以当世界冠军！"随后这个热烈激动的场面才告结束。

费舍勒——由于他的身份被误认为象棋天才，也由于他的那位领退休金的妻子的固定老主顾——在"理想的天国"享有很大的特权：他可以把登载在报上或杂志上的所有的棋局剪下，并保留起来，虽然这些报章杂志经过几道手，几个月以后还要转送到其他蹩脚的娱乐场所去。费舍勒并没有把这些四四方方的纸片保存起来，而是把它们撕成了碎片，厌恶地扔进了厕所。他始终生活在恐惧之中，担心有人会向他索取某一个棋局。他根本不信自己有什么特殊本领。他避而不谈的那几着真正的棋，倒使他大伤脑筋。所以他才像痛恨瘟疫一样地痛恨世界冠军。

"您以为如何，如果我有一份补助金的话？"他此时对基恩说，"一个人没有补助金等于是个残疾人。我等补助金等了二十年。您以为我要向我老婆要钱吗？我要的是安静，要的是补助金。到我身边来吧，她说，那时我还是个小孩子。我说，费舍勒要女人干吗？要么你要什么呢？她说。她不能使我安宁。我要什么？我要补助金。巧媳妇难做无米之炊。您要是不下本钱，也做不成生意。下棋也是一个行业，为什么不是一个行业呢？世界上有哪样东西不属于一个行业么？好吧，她说，如果你到我身边来，你就可得到一份补助金。我现在问您，您懂了没有？您知道，什么是补助金吗？我无论如何得告诉您。如果您以前就知道，那也没有啥，如果您不知道，也没有什么关系。您听着：补助金是一个很细腻的词，这个词源于法语，意思和犹太人的资本一样！"

基恩咽了咽唾沫，从他们的词源学上你就应该看出他们是什么人了。这是个什么咖啡馆！他咽着唾沫，仍不开腔，这是他在这个害人坑里所想起来的最好的办法。费舍勒停了一会儿，以便观察"犹太人的"这个词在对方身上产生了什么影响。人们会知道吗？世界上到处都有反犹太的人，一个犹太人随时都要当心被打死的危险。驼背侏儒，乃至一切靠妓女的津贴为生的男子是敏锐的观察者。别人在咽唾沫，被他看见了。他把这看作是一种不知所措的表现，并且从此时起就把基恩看成了犹太人，而基恩确实是个犹太人。

"人们只把它用于上等行业，"他继续不紧不慢地解释说，他说的是补助金，"由于她作了神圣的许诺，我就回到了她身边。您知道，这是什么时候吗？我不对您保密，什么都告诉您，因为您是我的朋友。这是二十年前的事啦！她积攒了二十年，什么也没有施舍，也没有给我施舍什么东西。您知道什么叫和尚吗？您大概不会知道，因为您是犹太人，在犹太人那里是没有这种人的。没有关系，和尚嘛，呃……呃……我们就像和尚一样生活。我不知道如何说得更好些，您也许懂了。也可以说我们就像尼姑一样生活。什么叫尼姑？尼姑就是和尚的老婆。每一个和尚都有一个老婆，叫作尼姑。但您大概不相信，他们是如何分居生活的！这样的夫妻生活人人都希望过。我认为，人们应该在犹太人那里推行这种夫妻生活。您瞧，这补助金她一直没有给。您算一算，您应该算一下！您马上给二十个先令。谁也不会马上给这么多。您今天到哪儿找到这样慷慨的人呢？谁会干这种傻事儿呢？您是我的朋友，您会自言自语说，您就是这样慷慨的好人，费舍勒应该得到补助金，否则他就要

205

完蛋。我能让费舍勒完蛋吗？这太可惜了，不行，我不能这样。但我该怎么办呢？我给那个女人二十先令，她接纳我，我的朋友会高兴的。为了朋友，我在所不惜。我会向您证实这一点。请您把您的老婆带来，到我拿到补助金时，就是说，我可以向您保证，我不是胆小鬼。您以为我怕女人吗？一个女人能对一个男人怎么样呢？您有老婆吗？"

　　这就是费舍勒等待回答的第一个问题。虽然他就像知道有驼背一样地知道对方有老婆，但是他十分渴望的却是要下一盘棋，他已等了三个小时，现在他实在忍不住了。他现在想把讨论引向实际的结果。基恩沉默着。他该说什么呢？他的老婆是最使他头疼的，他是无论如何不想说出真情的。如上所说，他既没有结婚，也不是单身汉，更没有离婚。"您有老婆吗？"费舍勒第二次问道。但这一声问似乎带有一点威胁性。基恩为要不要说出实情而苦恼。于是他又像先前说书店分店的代理人一样，鬼急了也得说谎。"我没有老婆！"他说着还微微一笑。他这一微笑使得那干瘪的脸也显得好看了一些。他既然说了谎，也就感到心安理得了。"我就把我的老婆给您！"费舍勒突然迸出这句话来。如果这个书店分店代理人有老婆，那费舍勒的建议也许会是这样：" 那么我们交换吧！"于是他便呱呱地嚷得整个夜总会都听见："你来还是不来？"

　　她来了。她块头很大，又胖又圆，五十岁开外了。她作了自我介绍，同时用肩膀向下指指费舍勒，脸上不无自豪地补充说："他是我丈夫。"基恩站起来深深鞠了一躬。他对目前出现的一切非常害怕。他高声地说了句"非常荣幸"，而骨子里头却说"婊子"！费舍勒说"请坐吧"，她听从了。他的鼻子都够得着她的乳房了。鼻子和乳房一下子都摆在桌面上了。突然小矮子开了腔，急急忙忙呱啦呱啦地说，好像他已经忘记了主要事情："书店分店代理人。"

基恩又沉默了。他使坐在桌旁的女人感到很反感。她把他的骨头和她丈夫的驼背进行了比较，觉得后者美。她的丈夫总是有话说，他口齿伶俐，对答如流。从前他跟她也谈得来，现在他觉得她老了。他是对的，他并没有跟别人胡搞。他是个心地善良的人，大家都相信，他们二人还合得来。她的女朋友中人人都在觊觎他。那些女人都错了，但是还没意识到是错了。男人们也错了。人们可以信赖费舍勒，他跟一个女人打交道之前，总是预先通报的，他宁可不跟任何女人打交道。她对此很同意，这并不是她需要的，只是不许他对别人讲。他很朴素，没有什么要求。只要看看他的衣服就清楚了！有时人们就直截了当地说，他是从垃圾箱里钻出来的。老公向老婆提了最后通牒：他盼望有一辆摩托，可以等一年，这是她答应他的。如果一年以后办不到，他就不理睬她了。她去另找别人吧。现在她攒呀，攒呀，到何时能攒到一辆摩托？她的男人不会干这种事儿，瞧他有多漂亮的眼睛！驼背哪能怪他？

　　当费舍勒给她介绍一个顾客时，她总是感到他要摆脱她了，并且感谢他的爱情。后来她又发现他太骄傲了。一般说来，她是一个知足的人，尽管她生活困难，但却与世无争，很少仇恨别的人或事。很少不等于没有，这就说到下棋的事儿上了。其他姑娘懂得棋子该怎么走，而她却一生一世没有弄懂，为什么不同的棋子就有不同的走法。王那么孤立无援，使她很气愤，这都是那个横行霸道的女人，那个王后！为什么王后就什么都可以干，而王却不能？她经常紧张地观战。一个陌生人简直可以根据她的面部表情而把她看成是下棋的行家里手，而实际上她只不过在等待观看王后被吃掉。如果发生这样的事情，她就欢呼雀跃，马上离开桌子。她分担她丈夫对对方王后的仇恨。她丈夫对自己的王后的热爱使她感到吃醋。她的女朋友比她有独立见解，并且站在社会的前列，把王后叫作婊子，把王叫作姘夫。这个领退休金的人，是唯一迷恋这一套实际等级的人，她通过她固定的主顾已经爬到了这个等级的最低一级。在一般的余兴活动中，她通常是发号施令者，但她不反对王。把王后叫作婊子她觉得太好了。车和马她很喜欢，因为它们看上去很像真的。当费舍勒的马驰骋疆场的时候，她总是不紧不慢地、懒洋洋地跟着笑起来。他带着棋盘到她身边已二十年，她有时还天真地问他，为什么车不像它一开始那样放在角落里，那样放美多了。费舍勒没有理睬她这个榆木脑袋，什么也没有说。如果她纠缠不清，老是提问题——她只是想听他说话，她喜欢听他哇里哇啦的说话声，谁都没有一个像他那样的乌鸦嗓子——他就用一个十分有效的办法堵住她的嘴巴："我有没有驼背？我当然有驼背！你会跌跤的！那样你才会变得聪明一点儿！"他的驼背使她很难过，她最好不谈论这个驼背，他感到她对他的不成器的那一部分是要负一点儿责任的。当他在她身上发现了这一使她神经错乱的特点时，他就利用这个特点进行讹诈。他的驼背是他拥有的唯一威胁性的武器。

她正体贴地看着他。驼背是怎么形成的？它也不是一种骨骼。他把她叫到桌边来使她很高兴。她跟基恩没有什么可谈的。大家都沉默，几分钟后，她说："怎么样？准备给我多少？"基恩脸都红起来了。费舍勒骂道："不要胡说八道，我不允许你侮辱我的朋友。他是个有知识的人，所以不说话。他每一个字都要考虑一百遍。他说了什么就是什么，他对我的补助金感兴趣，并且捐助二十先令。""补助金？什么意思？"费舍勒大怒道："补助金是个细腻的词！它源于法语，跟犹太语的资本是一个意思！""我哪里有资本？"——这个女人对他的诡计不理解，他为什么要把这个诡计用一个外来词来表达呢？他关心的是得到它。他深沉而严肃地看着老婆，并用鼻子指着基恩庄严地宣布："他什么都知道。""对，那又怎样?""喏,因为下棋,我们要节约。""我根本没有想到!这么多的钱我挣不到。我不是妓女,你也不是靠妓女为生的人。我从你那里得到什么啦?从你那里我得到一堆肮脏东西,你知道你是什么东西吗?你是个残废人!什么时候你觉得不合适,你可以出去跟人家斗去!"她把基恩视为这一极大的不公平的证人。"我告诉您,他这个人不知羞耻,不要相信他这个残废人!他倒挺高兴!"

费舍勒变得更矮小了。他只好认输,很伤感地对基恩说:"还是您好,没有结婚。我们起初共同节约了二十年,现在她把全部补助金都拿去跟她的男朋友乱花掉了。"这种无耻的谎言使得妻子哑口无言。"我可以发誓,"当她镇静下来以后,她大嚷道,"在这二十年中,我除了跟他以外,没有跟其他男人来往。"费舍勒摊开双手无可奈何地对基恩说:"一个妓女,不跟别的男人来往,岂有此理!"说到"妓女"一词时,他的眉毛还向上挑了一下。这个女人听到这种辱骂,不禁大哭起来。她的话变得听不懂了,但是人们有这种印象,她哭的是退休金。"您看见了吧,现在她自己都承认了。"费舍勒现在又来劲了,"您认为她这退休金是谁给的呢?是每星期一都来的一位先生给的,在我的住宅。您知道吗?女人会发伪誓。为什么女人会发伪誓呢?因为女人就是虚伪!现在我再问您:您会发伪誓吗?我会发伪誓吗?不可能!为什么?因为我们都是有智慧的人。您见到过有智慧的人发伪誓吗?我没见过!"那个女人号哭得愈来愈厉害了。

基恩打心眼里赞成他的话,由于他害怕,他一直没有敢问自己,费舍勒说的是假话还是真话。自从那个女人坐到桌边,对她的每一种敌对表示他都感到无所谓,她是从哪儿来的,这对他也没有意义。但自从她向他伸手要钱的时候起,他明白了在他面前的是个什么样的人:第二个台莱瑟。对于本地的习俗,他知道得很少,但

209

有一点他是有把握的：这里有个身体残疾的清白人，二十年来就挣扎着从他周围环境的污秽中爬起来并摆脱这些污秽，可那第二个台莱瑟对此是不允许的。他承受了无穷无尽的困苦，坚持发展自己才智的目标，那个台莱瑟却坚持把他往污秽中拉。他省吃俭用，并不是小气，他是一个大方人。她把他积攒的钱都浪费掉了，这样就使他不能摆脱她。在精神世界里，他刚刚摸到一点儿边就以一个快淹死的人的全部力量往上爬。下棋就成了他的图书馆。他之所以说他是分店代理人，是因为这里禁止说其他语言。他把分店代理人提得这么高是很有特色的。基恩所想象的是一场斗争，这是一个被生活所击败的人为了他的住宅而进行的一场斗争：他带了一本书回家，为的是悄悄地读一读。她把它撕得粉碎，并把纸片扬得到处都是。为了她令人生畏的目的，她迫使他把住宅交给她支配。如果她不在家的话，她也许雇一个女仆，一个女奸细，以便维持住宅的整洁。书是被禁止动的，她的生活变化是允许的。经过长时间的斗争，他成功地在棋盘上赢了她。她把他挤到住宅里一个很小的地方。他在那里坐过漫漫长夜，一边抚摩着木头棋子，一边思考着他的人生的尊严。他会部分地感到自由，如果她接客的话。在这个时候她根本不理他。应该使她做到这一步，即不要折磨他。但即使这时他也要勉强地听一听，她是否突然喝醉酒出现在他身边。她满嘴酒气和烟味，她打开门，抬起笨重的脚踢翻棋盘，费舍勒像小孩子一样号哭着。他正好读到他书上最有趣的地方，他把周围的字母收集起来，转过脸，以便不让她看出他在流泪。他是一个小英雄，是一个有性格的人，他唇边经常挂着"婊子"这个词，但他克制自己没有说出来，她可能不懂。她早就把他赶出家门，但她期待着一份有利于她的遗嘱。看来他的财产甚少，但即使这一点儿财产也足以使她动心，把他这财产夺走。他想都没有想过把他最后的财产交给她。

他作了抵抗,所以还有立锥之地可住。他之所以有这立锥之地,是因为在遗嘱上讨了巧,他要是早知道这一点就好了,这一点不可以告诉他,这会使他痛苦的。他不是花岗岩做的人,他那侏儒结构的体质……

基恩还从来没有这么深入地体验一个人的思想。他成功地摆脱了台莱瑟。他用她的武器打败了她,骗过了她,并把她关在家里。现在她突然又坐在他的桌边,像以前一样要求他,大声责骂他,这一点已成了她的合适的职业,这是她身上唯一的新东西。但是她的破坏性的活动不是针对他。她很少观察他,而是针对对面的人,那个被打成残疾的人。基恩非常同情这个人,他应为此人做点儿什么。他很尊敬这个人。如果费舍勒先生不长成这个样子,他会给他钱。他肯定需要钱。但是他绝不想侮辱他,也不愿意使费舍勒感到受侮辱。如果人们想到那次谈话——台莱瑟厚颜无耻地打断了那次谈话——会发生什么问题呢?

他把皮夹子拿出来,这里头装满了现钞。他一反常态,把那皮夹子长时间拿在手中,平静地数着里面的现钞。费舍勒先生看到这种情况会相信,他所想到的把妻子转让给他的要求根本不是一个很大的牺牲。基恩在数到第三十张一百先令钞票的时候,向下看了一下矮子,心想,他也许此时已平静下来了,人们可以给他送钱了,谁喜欢数钱呢?费舍勒向四周偷偷地看了看,他显得对数钞票的人一点也不关心,也许是出于对普通钞票的细腻的厌恶感情罢。基恩不气馁,继续数着钞票,但是现在声音大了,以清楚而抬高了的嗓音数着。他小声地对侏儒表示歉意,因为他总是这样纠缠不休,并请他原谅。他注意到他是如何说得侏儒耳朵都疼了。侏儒不安地在椅子上蹭来蹭去,把头搁在桌面上,这个敏感的人至少有一只耳朵塞住了。然后他就在妻子的胸脯旁边移来移去,好像他是要加宽她的胸脯似的,但它已经够宽的了,它挡住了基恩的视线。那个女人忍受着这一切,她现在也沉默了,她也许在计算着钱,但是她弄错了,台莱瑟之类的人是得不到钱的。在数到四十五张的时候,侏儒的烦恼已达到最高的程度。他请求道:"嘶——!"基恩退让了。假如他现在给他送钱,他终归不能强迫他。不,不,但他以后会高兴的,也许他从此溜之大吉,把这个台莱瑟也甩掉了。在数到五十三张的时候,费舍勒捂住他妻子的脸,像着了魔似的呱呱叫道:"你不能安静点儿吗?你要干什么?你这个蠢东西!你懂得下棋吗?你这蠢牛!我吃了你!小心!……"每数一个数字他都要来点儿新玩意儿。那个女人看来已经糊涂了,并准备走了。这是基恩所不愿意的,他给侏儒送钱的时候,她应该在场。她应该感到很不是滋味,因为她什么也没有得到。否则她的丈夫也不会感到愉快。单单这钱不会给他带来很多愉快,趁她没有走之前,他应该把这钱给侏儒。

他等待着一个整数——下一个数字就是六十——停止不再数了。他站起来,拈出一张一百先令票面的钱。他同时可以在手里抓几张钞票,但是既不想用太大的数字,也不想用太小的数字来侮辱这个侏儒。他站在那里,沉默了一会儿,以便显得更加郑重其事。然后他便讲话,这是他一生中最彬彬有礼的讲话:

"尊敬的费舍勒先生!我无法抑制住我对您的请求。请接收我赠给您的这一笔小小的现款,作为给您的,如您所喜欢说的补助金吧!"

侏儒没有说"谢谢",而是小声地说"嘶——够了!够了!"他继续向他的老婆吼着,他显然已经乱了套了。他的愤怒的目光和语言从桌子上向她倾泻过去,他顾不得看一看所给的钱。为了不使基恩受到委屈,他伸过手去接钞票。他没有拿那个单张的,而是去接那一把钞票。他自己根本没有意识到这一点,可见他是多么地激动。

基恩微笑了。一个普通的人此时表现得也像个最贪婪的强盗。当他看到这一点的时候，他会感到十分惭愧的。为了不使他感到惭愧，他还是给了他那个单张的。侏儒的手指很硬，而且感觉不灵敏，它们违反现钞所有者的意志，居然不肯放那一把现钞。当基恩把他的手指头一个接一个地从那一把钞票上挪开的时候，他的指头还没有感觉到。后来他才又去抓那放在一旁的一百先令的钞票。下棋使得他的手变硬了。基恩想，费舍勒先生已习惯于抓紧他的棋子儿了，棋子是他生活的唯一乐趣。基恩此时坐下来了。他的慷慨解囊的举动使他很高兴。那个台莱瑟也站了起来，她挨了一顿骂，脸也红了，现在真的离开了桌子。她可以走了，他也不需要她了，她从他这里什么也没有得到，他的目的就是帮助她的丈夫获胜，他成功了。

　　基恩感到心满意足，在这纷乱之中他没有注意到周围发生了什么。突然他的肩头挨了重重的一击。他吃一惊，回头看了一下。一只大手搭在他肩头上，一个瓮声瓮气的声音说："也送给我点儿吧！"好家伙，在他周围坐了十几个人，他们是什么时候来的？他以前没有看到他们。桌上摊着一堆手，还有更多的人往这里走来。后面的人趴在前面坐着的人的肩头上。一个女孩儿的声音可怜巴巴地说道："我要到前面去，我什么也看不见！"另一个声音尖叫道："矮子，你现在去买摩托吧！"有人把基恩敞开的包举起来，在里面翻了翻，发现里面没有钱，失望地叫道："滚吧，白痴，带着你的纸滚吧！"前面全是人，都看不见夜总会了。费舍勒呱呱地叫着。谁也不听他的。他的老婆又来了。她尖叫着。另一个女人比她还要胖，用手左右扒拉着把人群分开，开出一条路走上来吼道："我也要点儿！"她身上披的衣服基恩在柜台后面见过。天空摇晃起来，椅子也嘎嘎地压坏了。一个天使般的声音高兴得哭起来。当基恩明白了是怎么一回事时，人们已把他的书包从身边抢走。他既看不到什么也听不到什么。他只感到自己躺在地上，书包、口袋、衣缝，都被搜查过了。他浑身打战，不是因为身体，而是因为头脑，这些人可能想乱翻他头脑里的图书馆。人们要谋害他，但是他不能泄露书的秘密。把书拿出来！他们会这样命令，书在哪里？他不能给，永远不能给，他是一个殉难者，他为书而死。他的嘴唇在动着，它们仿佛要说，他是多么坚决，但是它们不敢大声说，它们不过是做出要说话的样子。

但是谁也没有想到问他，人们宁可自己想当然。他在地板上被推来搡去。没有找到什么东西，于是人们把他扒得精光。不管人们在他身上怎样翻来覆去地找，还是什么也没有找到。突然他感到他独自一人躺在地上。原来的手都无影无踪了。他偷偷地摸了一下自己的头，并把手放在头上，防止别人再攻击他的头，第二只手也跟上来捧住头。他试图站起来，而没有把手从头上拿下来。敌人正在等待时机从空中把毫无抵御能力的书本拿走，当心！当心！他成功了，他真有运气。他现在站起来了。那些人都到哪里去了？他最好别向四周看，免得人家发现他。为了谨慎起见，他向相反的角落看去，看到了一堆人，他们又动刀子又动拳头。现在他又听到了狂躁的叫喊声。他不想弄清他们在干什么。他们说不定会找他麻烦。他踮起脚尖，迈开长腿，悄悄地走了。有人从背后抓住他。即使在跑的时候，他也很小心，决不向四周看。他屏住呼吸回头瞟了一眼，双手紧紧抱住头。原来是门帘子。到了大街上，他才深深透了一口气。这门不能关起来多可惜。图书馆总算保住了。

走过几幢房子，那个侏儒正等着他。他把书包递给基恩。"纸也在里面，"他说，"您可以看到我是怎样的一个人！"基恩这样狼狈，早就忘记世界上还有一个叫费舍勒的人，更让他感到惊异的是他的忠诚。"纸也在里面，"他结结巴巴地说，"我怎么感谢您呢？……"

在这个人身上他没有看错。"这没有什么！"侏儒解释说，"现在请您低一低头进屋子的大门！"基恩听从了，他深为感动，恨不得要拥抱这个侏儒。当大门掩护了他们，行人见不到他们时，侏儒问道："您知道，什么叫酬谢金①吗？"他接着说，"您会知道酬谢金为百分之十。里面男人和女人打得不可开交，都往死里打，我可拿着这个了！"他把基恩的皮夹子取出来，并把它庄重地交给了基恩，宛如一份厚礼。"我才不傻呢！您以为我会因为这个而被关在里面吗？"自从他最珍贵的东西遇到危险，基恩也忘记他的钱了。他十分高兴，费舍勒这么认真负责。他接受这皮夹子与其说是因为又得到失去的钱，不如说是因为对费舍勒感到十分高兴。他反复说道："我该怎么感谢您呢！我该怎么感谢您呢！""百分之十。"侏儒说。基恩把手伸进捆好的钞票里，拿出可观的一部分递给了费舍勒。"您先数一数！"他叫道，"交易归交易，不要突然说我偷了您的钱！"钱，基恩倒是可以数一数。但他知道原来有多少钱吗？费舍勒知道得很清楚，他当时数了是多少钱。他要求基恩数一数是因为要索取酬谢金。基恩为了取得他的欢心，就仔细地数起来。当他今天第二次数到六十张的时候，费舍勒又仿佛感到被关在里面了，他决定逃走——但他事前要拿到酬谢金——因此他很快作了最后一次尝试。"您自己看吧，全部都在！""当然。"基恩说，并且感到高兴，他不需要再数下去了。"现在请您数一数酬谢金，这样我们就了结了！"于是基恩又数起来，数到九，他还要往下数，费舍勒说："停住！百分之十！"他知道总数是多少，在大门下面等他的时候，费舍勒已经把皮夹子又快又详尽地检查过了。

当事情办妥以后，他向基恩伸出了手，沮丧地望着他说道：

---

① 拾得人家的东西而归还原主时，原主给的酬谢金。

"您应该知道，我为您冒了多大风险！从此以后我再也不想去'理想的天国'了。您以为我还能去吗？他们要发现我身边有这么多钱非把我打死不可。因为他们会问，费舍勒哪里来的这么多钱？我要是说是书店分店代理人给的，他们会把我打伤，从我口袋把钱偷走。我要是不说，只要费舍勒还活着，他们就会把钱抢走。请您理解我，如果费舍勒还活着，那么他就没有钱维持生活。如果他死了，那他反正是死了。您瞧，这就是人们的友谊！"他还希望得到一份小费。

基恩感到有责任帮助这位他一生中遇到的第一个好人走向新的有尊严的生活道路。"我不是商人。我是学者，是图书馆长！"他说，并且弯下腰对侏儒说，"请您参加我的工作吧，我负责照应您。"

"您真像慈父一般，"侏儒补充说，"我也是这样想的。好吧，咱们走吧！"他略退一步就往前走去。基恩慢吞吞地跟在后面。他心里盘算着为他的新助手找一份工作，不要让朋友以为他是靠别人的施舍而生活的。他可以在晚上帮助他卸书和放书。

驼　背

　　费舍勒参加工作后几个小时,就完全摸清了主人的愿望和特点。在旅馆登记处他被基恩作为朋友和同事介绍给旅馆服务员。幸亏那个服务员认识这位慷慨的、曾在这里投宿过的图书馆长,否则的话主人和同事都会被赶走。费舍勒努力注视着基恩在旅馆登记单上写些什么。他个子太矮了,没办法把他的大鼻子伸到登记单上来。他担心的是第二张登记单,这张单子是服务员为他准备的。但是基恩——他在一个晚上就把他一生中所疏忽的应该缜密考虑的事情全部补上了——注意到侏儒填写登记单会碰到什么样的困难,因此就在他自己的单子的"陪同"一栏上,把他的名字填上了,把那第二张单子还给了服务员,并说"这没有必要",这样费舍勒就免去了填写单子的苦恼。对他来说,更重要的是弄清令人气馁的仆人栏是如何填写的。

　　他们一到房间,基恩就把包装纸拿出来,开始把它抹平。"这纸虽然弄皱了,"他说,"可是我们没有别的纸。"费舍勒抓住这个时机就干起来,使人感到他是基恩不可缺少的帮手。他拿起主人认为已经平展的纸张再一次抹平。"这是我的不对,该掌嘴。"他解释说。由于他手指头灵巧,令人羡慕,所以干得很出色。于是两个房间的地板上都铺上了纸。费舍勒跳来跳去,平躺在纸上,或像个特殊短小的脊背隆起的爬行动物一样,从一个角落爬到另一个角落。

"这点儿小事情，我们马上就可以干完！"他一再地喘着气。基恩微笑着，他既不习惯于爬行，也不习惯于驼背，他对侏儒向他表示的尊敬感到由衷的高兴。即将要作的解释使他有点儿为难。他也许过高地估计了这个侏儒的智慧，他几乎跟他年岁相当，几十年没有和书本打过交道，在流浪中虚度了年华，他会错误地理解人们交给他的任务。他也许会问："书在哪儿呢？"在他未理解书白天放在哪里以前，最好还是让他在地板上折腾一会儿。其间基恩也许会想到一个通俗的办法，这办法能较好地使头脑简单的人开窍。侏儒的指头也使他不安，它们老在动，在纸上抚摩的时间太长了，它们饿了，饿的指头需要养料。它们也许要书，而基恩最不愿意让人摸他的书了。总而言之他担心的是侏儒缺少文化，这使他非常矛盾。侏儒也许会貌似有理地指责他没有很好地利用书。他怎么为自己辩护呢？愚者想到的许多事情，跟智者想的毫不相干。愚者已经又站在他面前了，并且说："收拾完了！"

"那就请您帮助我卸书吧！"基恩不假思索地说，并且对于自己这种冒险的说法感到惊讶。为了快刀斩乱麻地解决这些麻烦问题，他从脑子里取出一堆书递给侏儒。侏儒用他的长手臂灵巧地接住了书，并说："这么多啊！这书放在哪儿？""多吗？"基恩像受了委屈似的说，"这才是千分之一！"

"我懂了，千分之一。难道还让我站一年吗？我坚持不了啦，这么重，我该把书放在哪里？""放在纸上，就从角落里放起，免得我们以后绊上它们摔跤。"

费舍勒小心翼翼地向对面角落走去。他禁止自己一切剧烈的动作，因为剧烈的动作会损坏书。在角落里他蹲了下来，把书小心翼翼地放在地板上，并且把书堆子码齐了，使它看上去平平整整。基恩跟在他后面，又给了他第二包，他不相信侏儒能拿得了，他觉得好像是在被嘲弄似的。费舍勒工作干得轻松自如,他接过一包又一包,愈干愈灵巧。他想得很周到,明天的起程也想到了。他堆书只堆到有限的高度,到了一定高度,他就用鼻尖在上面抚摩一下,以此来检查一遍。虽然他完全埋头于测定,但每一次还是说:"请主人原谅!"书堆子的高度从来不超过他的鼻子。基恩担心,书堆子放得这么矮,这间房间很快就堆满了。他很不愿意在头脑里放上一半图书馆就睡觉。但他暂时先不说话,听从助手的安排,不予干涉。他逐渐地喜欢他了。费舍勒刚才说"这么多"的口气是低估了基恩图书馆的数量,这一点基恩原谅了他。他期待着这样的时刻,即两个房间的地板都堆上书时,他就要略带讽刺地看一下侏儒,并对他说:"怎么办呢?"

一个小时以后,费舍勒因为驼背而陷入极端困难的境地。他可以随自己的心愿转身和退让,但到处都要碰到书,除了从这个房间的床到另一个房间的床之间的狭长的通道外,其余的地方全部都均匀地堆上书了。费舍勒满头大汗,不敢再用他的大鼻子在书堆上抚摩了。他试图把他的驼背收缩一下,但这是不可能的,体力劳动使他非常疲劳。他累得恨不得放下这些书堆不管而马上躺下睡觉。但是他坚持一直干到即使有最良好的愿望也不能找到放书的地方为止。此时他已累得半死了。"这样的图书馆我一生中还从来没有见过。"他喃喃地说。基恩满脸堆笑。"这才一半!"他说。这一点费舍勒没有想到。"明天再卸另一半吧。"他以带点儿威胁的口吻说。基恩一下子没有了主张。他已经打开了他的书库。实际上已有三分之二的书搬出去了。如果他把其余的都卸出来,侏儒对他会怎么想呢?规规矩矩的人不能让人家骂成谎言家。他明天到另一家房间比较小的旅馆过夜。他将递给他小一点儿的包,两个小包正好一堆。如果费舍勒用他的鼻子尖发现了什么不对头的问题,他就对他说:

"一个人的鼻子尖不一定永远处于同一个高度。您还会在我这里学到一些东西的。"侏儒现在累得要命,人们简直目不忍睹。应该让他休息,他也该休息了。"我看您很累了,"他说,"今天书整理得很好。您去睡吧,明天再干。"他就像对待一个仆人一样对待费舍勒。费舍勒所做的工作实际上贬低了自己的身份。

费舍勒躺在床上休息一会儿后,就冲着基恩叫道:"这床不好!"他感到非常舒服,他一生还没有睡过这样的软床,这才是他应该说的话。

每天夜里入睡以前,基恩总要想到中国。经过白天的特殊经历,他的思想今天有了变化。他看到有必要普及他的科学,并不需要把什么都拿出来。他感到侏儒理解了他,他承认人们可以找到同类。如果一个人成功地给同类一点儿教育、一点儿人性,那么他就做出了一点儿贡献。万事开头难,但是不能独断专行。通过跟这些人的日常接触给予教育。像侏儒这样的人对知识的渴求会愈来愈大,一旦他豁然开朗,人们便可以让他读书了。这对他绝无坏处,绝对不会损害他的心灵。这个可怜的人能忍受得了多少呢?人们可以让他口头上谈谈自己的想法。个人阅读书籍不要着急。他掌握汉语要好多年呢!但是要先让他熟悉中国文化的支柱和思想。为了引起他的兴趣,要和日常的环境结合起来谈。可以在《孟子和我们》的标题下,搜集一部考察记。他对此会有什么看法呢?基恩想到侏儒刚才讲过的话。但讲的是什么,他不知道了。不管怎样,他还醒着。

"孟子会给我们讲什么呢?"他大声叫道。标题很好,人们马上就可以看出来,这里谈到的孟子当然是指孟子教育人的问题。一个学者喜欢省略那些太粗俗的话。

"我说这床不好!"费舍勒回答得还要响。

"床?"

"有臭虫!"

"什么?您睡吧,不要开玩笑了!您明天还有许多东西要学习呢!"

"您要知道,我今天已经学够了。"

"这只有您才相信。快睡吧,我现在数一二三。"

"我睡!要是有人突然偷了我们的书,我们就完了。我反对冒险。您以为我能合眼吗?也许您行,因为您是富人,我可不是!"

费舍勒真担心睡着了。他是一个养成了习惯的人。在睡觉的时候他能偷走基恩的钱。当他做梦的时候,他就不知道自己在干什么。一个人在梦中常梦见他喜欢的东西。费舍勒最好去翻寻那一堆钞票。如果他翻寻够了,并且很有把握地知道,他的那些狐朋狗友并没有在他周围,那么他就坐在钞票堆上下一盘棋。长这么高,自有其优越性。这样可以同时注意到两方面:从远处可以看到来偷东西的人,从近处可以看到床。大人物就这样完成他们的伟业。他用右手拿着棋子,用左手在钞票上擦掉指头上的脏物。钞票太多了。我们姑且说几百万吧。这几百万钞票怎么花呢?送点儿给人也不错,但谁敢这么做呢?他们只需看到,一个矮小的人得到了东西,便马上把他抢劫一空。一个小人物不能摆阔气,他有钱,但不能这么办。他干吗要坐在上面呢?他们说,对了,如果这个小人物不把钱存起来,他会把这数百万钱给谁呢?送到哪儿去呢?最好的办法是开一刀。把一百万钱放在有名的外科医生面前,并说,请您把我的驼背割下来,您可以得到一百万的报酬。花一百万,就可以成为艺术家。如果驼背除掉了,就说,亲爱的先生,那一百万是假的,但有几千是真的。他能理解并且表示感谢。驼背将被焚毁。现在他可以站直腰了。但聪明人不会这样蠢。他拿起他的一百万,把钞票卷在一起卷得很小,做成一个小驼背。他把这小驼背穿在身上,神不知，鬼不晓。他知道自己是直脊梁，而其他人却以为他是驼背。他知道自己是百万富翁，而其他人以为他是一个穷鬼。睡觉的时候他把驼背移到肚子上，上帝呀，他也要脸朝天躺着睡觉啊。

费舍勒躺在驼背上，驼背的疼痛把他从半睡眠的状态中弄醒了。他真的要感激这一阵疼痛。他忍受不了，他自言自语道。突然他做起梦来，他梦见那一堆钱就在对面，他去取它，随之坠入不幸的深渊。这一切反正都是属于他的，警察也是多余的，他不要警察的干预。他将毫无疑问地取得全部财产。对面躺着的是个白痴，这里躺着的是个有智慧的人。这钱最终属于谁呢？

费舍勒很容易劝说自己。他惯于偷窃。他已经有一阵子不偷窃了，因为周围没有什么可偷的。他不到远处去偷，因为警察敏锐的眼睛盯着他。他太容易识别了，警察的干劲和热情是无法估量的。他眼睛睁得大大的，手臂交叉着放在胸前，醒着躺在那里已有半夜了。他把那一堆钱从他附近搬走。他情愿再一次忍受殴打和辱骂，这些殴打和辱骂人们会在看守所里让他饱尝的。他这么做有必要吗？另外，他们又会把他的钱全部夺走，从此他再也不会见到这些钱了。这不是偷窃！当侮辱不能奏效，对警察他也腻透，而一只手臂从床上伸出来的时候，他就回忆几盘棋。这几盘棋非常有趣，足够他在床上思考的了。一只胳膊在外面跃跃欲试，他这次下得比平时认真，有几着棋他思考的时间长得可笑。他和一个世界冠军对弈。他骄傲地命令那世界冠军按自己的想法走棋子。他对那冠军的顺从感到有点惊讶，于是就把老冠军换成一位新冠军来对弈。这个新冠军也一样听他指挥。费舍勒在下棋，严格地说，他是在替双方下棋。顺从的一方不如费舍勒直接指挥的一方下得好，可是不肯投降，结果又遭到迎头痛击。这样反复了几个回合，费舍勒便说道："我再也不跟这样的笨蛋下棋了！"此时脚也从被窝里伸出来了。然后他宣布:"冠军?哪儿有冠军?以前压根儿就没有冠军!"

　　为了安全起见,他站了起来,在房间里到处搜索。人们一有了头衔,最好是躲藏起来。结果他没有找到任何人。他自以为是地认为,世界冠军一定坐在床上等着跟他对弈,他可以对此担保。此人可能跑到旁边房间里去了吧?不要担心,费舍勒会找到他的。他十分镇静地把那个房间也找了,那个房间是空的。他打开柜子,把手很快地伸进去,抓到手的全是棋子。当然他抓时动作是很轻的,那个高个子的读书人怎么可能知道,有人在睡梦中打扰他呢?仅仅是因为费舍勒要冷不丁地给他的敌人一下吗?他的敌人也许根本就没有来,而他由于性格怪僻会失去挺好的工作。他用鼻子搜寻了床底下所有的地方。只要他不在床底下,那他就自以为像在家里一样了。爬出来的时候,他的目光停留在一件搭在椅子上的上衣上。于是他想到那些世界冠军都是财迷,他们从来没有个够。为了从他们那里夺得称号,就要给他们许多现金。这个家伙可能也是到这里来找钱的,也许就在这皮夹子附近转悠,可能他还没有拿到皮夹子,但人们要及时挽救皮夹子,这样的人什么东西都会拿走。赶明儿钱丢了,大个子会赖是费舍勒偷的呢。但谁也骗不了他费舍勒。他伸出长臂,从下面伸向皮夹子,把它拿到床底下来了。他完全可以爬出来,但是何必呢?那个世界冠军比他个儿大,又强壮,而且肯定就在椅子后头,正在找那些钱呢,他很可能会一个巴掌把费舍勒打趴在地,因为他抢先了一步。现在费舍勒采取的这种聪明的办法,那是谁也发现不了的。那个骗子就在那儿躲着吧,谁也没有喊他。最好自己溜走。谁还需要他呢?

　　费舍勒很快就把那个家伙忘了。他躲在床底下最后头的地方,数着那崭新的钞票,不过只是为了玩儿。这是多少钞票,他先前就知道得一清二楚。他数了一遍又一遍。费舍勒现在远涉重洋到美国去了。他到那儿去找象棋世界冠军卡帕布兰卡,并说:"我是来找您的!"说罢就和他下起棋来,直到把那个家伙杀得落花流水为止。第二天所有报纸都登载了费舍勒的照片。当然他也获得了大笔大笔的钱。在"理想的天国",那些臭娘们、臭小子一个个都瞠目结舌。他的老婆,那个婊子,竟号啕大哭起来。她叫道,早知今天,悔不该当初不让他下棋。有人狠狠地揍了她几下,只听得噼啪几声,谁叫她对下棋一窍不通来着。女人就是要把男人搞垮。如果他还待在那个"家"里,他就会一事无成,一个男子汉要出去闯一闯,这就是成功的全部秘诀。一个人如果胆小怕事,那一辈子也当不了世界冠军。也许有人会说,犹太人都是胆小鬼。记者们问他是什么人。谁也不认识他。他不像美国人。犹太人到处都有,那么这个打败了卡帕布兰卡的犹太人是哪里人呢?第一天他故意让人们坐立不安,报纸想告诉它们的读者,但是它们也一无所知。到处都写着:"象棋世界冠军之谜"。警察也介入了。他们又想把他关起来了。不行,不行,先生们,现在可不那么简单了,现在他有的是钱,随意乱花,警察也很敬重他,把他放了。第二天,大约有百名记者来到他这里采访:大家都给他许诺,如果他告知实情,马上就给一千美元的现款。费舍勒沉默不语,于是报纸只好制造谎言。他们要干什么呢?读者可再也无法忍受了。费舍勒住在巨象饭店,那里有一个豪华的酒吧间。他就在那里坐着,就像坐在一艘巨大的远洋轮船上。侍者让最漂亮的女人坐在他身边,不像"天国"的那些婊子,都是女百万富翁,她们全对他感兴趣。他非常感谢。后来,他说,他现在没有时间,为什么没有时间?因为他要读报上登载的有关他的谣言,一整天也读不完,可是有什么办法呢?随时都有人来打扰他。摄影师请他赏光停一下。"先生们,可不要把驼背拍下来!"他说,"世界冠军就是世界冠军,受人尊敬的费舍勒先生,这跟驼背没有关系。"于是人们就从左、右、前、后给他照了相。"请你们作一些修正，"他建议说，"这样你们的报纸才会得到漂亮的照片。""谨遵您的嘱咐，尊敬的象棋世界冠军先生。"真的，他专注地看了一下，相片上没有驼背了，驼背除掉了。他没有驼背了。由于个头矮小他还有点担心。他叫侍者过来指着一张报纸说："糟糕的相片，是不是？"他问。侍者说："Well。"① 在美国人们说英语。侍者认为这相片很好。"这相片上只有头。"他说。他说的是对的。"您可以走了。"费舍勒说，并给了他一百美元的小费。从这张照片上看，他完全成熟了。至于个子矮小嘛，人家看不出的。他对那些文章不感兴趣，他干吗要读那么多英语文章呢？他就只懂得"Well"。后来他让人只管把新报纸拿来，仔细观察那上面的相片。他到处看到的只是头。鼻子很长。唉，鼻子长，能怪他吗？从小他就喜欢下棋，他本来也可以搞其他运动，诸如足球、游泳或拳击，但这些运动他都不喜欢。这也是该他走运，比方说，他现在是什么拳击世界冠军，那他起码得半裸着上身给人家照相登在报纸上，那驼背势必要照出来，大家就要笑话他，而他什么也得不到。又过一天，竟有上千名记者来采访他。"先生们，"他说，"我感到奇怪，人们到处都管我叫费舍勒。我叫费舍尔，我希望你们更正一下！"大家争相和他握手，然后跪在他面前，一个个都那么小，他们向他恳求，请他谈谈他的情况。他们说，他们要被开除的，如果今天从他这里得不到消息，那他们就会失去工作。他想，我操心的是，不能白给消息，他已给了侍者一百美元，这些记者他什么也不给。"你们要出个价，先生们！"他大胆地宣告。一千美元！一个记者厚着脸皮说。我出一万美元！另一个记者大呼道。又有一个记者抓住他的手

---

① 英语："好"。

给他咬耳朵说：我出十万美元，费舍尔先生。这些人有的是钱，多得跟稻草一样堆在那里。于是他把耳朵捂上。在他们出价还没有出到一百万美元以前，他什么也不想听。记者们疯了，互相争吵起来，人人都愿意多给一点儿。一切都是因为他的履历行情见涨。突然有人出到五百万美元，喧闹的场面一下子就安静下来了。再多没有人敢出了。象棋世界冠军费舍尔把手从耳朵上拿下来宣布道："我会给你们讲的，先生们！难道我忍心要你们破产吗？根本没有这个意思，你们一共多少人？一千人。你们每人给一万美元，我给你们大家一起说。我得一千万美元，而你们谁也不会破产。就这么着，懂了吗？"大家都拥抱他，他成了经济生活有了保障的人。他爬上一张椅子，其实他现在没有必要这样做，但还是这样做了，并告诉他们关于他自己的实情。他是从"天国"来的冠军。他们不相信，等到他们弄清楚时，已经一个小时过去了。他不幸地结了婚。他的妻子是个"领退休金的人"，误入歧途，堕入烟花。他们"天国"那里对这种人习惯称为婊子。她要他当她的名义丈夫。他实在没有办法，如果他不同意，她说，她就要把他杀了。他不得不这样做。他屈服于压力，并且为她攒了钱。二十年来他必须把这一切不愉快的事情看在眼里，记在心头。最后他感到自己太愚蠢了。有一天他坚决要求她停止搞这行买卖，否则他就去当象棋世界冠军。她哭了，但是要她停止那个买卖她办不到，因为她习惯于过那种游手好闲、锦衣玉食、和美男子在一起的生活。他为她难过，但是男子汉大丈夫说话算数。于是他从"天国"径直来到了美国，打败了卡帕布兰卡，这才有了今天。记者们一个个兴高采烈，他也非常高兴。他搞了一个基金，给全世界的咖啡馆发一份补助金。但各咖啡馆老板必须发誓担保，把世界冠军下的所有棋局都作为招贴画贴到墙上并受法律的保护，谁也不得破坏这些画。每个人都要坚信世界冠军棋下得比谁都好。否则有朝一日会走来一个骗子,很可能就是一个侏儒或者一个其他方面残缺不全的人,声称他下得比世界冠军还要好。大家不会想到要对残疾人一着一着的棋子加以监视。大家都会很轻易地相信他,因为他会说谎。真不像话!从现在起每一面墙上都要挂一幅图,骗子说出一着错误的棋,大家看看墙上的图就清楚了,谁会这么不知羞耻呢?招摇撞骗的大骗子!此外,各咖啡馆老板要承担义务,给那些骗子狠狠几个嘴巴,因为他们辱骂世界冠军。他应该向这种骗子挑战,如果他有钱的话。这一项补助金费舍尔共支出一百万美元。他不吝啬。他还寄了一百万美元给妻子,这样她就不必出门干那个营生了。她给他写了回信,并声明她永远不到美国来,决不讲从前警察的刁难。费舍尔和一个女百万富翁结了婚。这样他弥补了他过去的损失。他在第一流的裁缝那里做了新衣服。穿上新衣服,他的妻子对他就什么也看不出来了。一座巨大的宫殿建造起来了,有真正的车、马、相、兵,跟象棋中的角色一样。侍从们一律都穿着统一的侍从衣服,在三十个大厅里费舍尔昼夜同时进行三十场比赛,而且是用听命于他的活棋子进行比赛的。他只要鼻子哼一声,奴隶们就到他所需要的地方去。他的对手来自世界各地,都是些可怜的穷鬼,是打算来向他学习的。有的人甚至是卖了鞋子和衣服凑足路费来的。他很客气地接待了他们,给他们好的吃,有汤、面食、两个肉菜,有时是炸肉饼或牛肉。每个人都可以向他领教一局。对此他不索取什么报酬,只是他们告辞的时候,需在留言簿上登记一下,并明确地承认他是世界冠军。他保护他的称号,他的新夫人有时带着他开车兜兜风,每周一次。在宫殿里头所有的枝形吊灯都熄了,因为光电费一项算起来就是一大笔钱。在大门上挂着一个牌子:"请稍候。世界冠军费舍尔。"他离开不到两个小时,来访者就排成了一字长蛇阵,像在战争中那样。"这

227

儿可以买什么？"一个过路人问道。"什么呀，您不知道吗？您不是本地人吧？"出于同情，大家告诉这位陌生人，这里住着谁。为了使他了解清楚，他们先一个一个地给他讲，然后大家齐声说："象棋世界冠军费舍尔布施。"那个陌生人先是说不出话来，一个小时以后他才说道："原来今天是他的接待日。"当地人原来等的就是这一天。"今天恰恰不是接待日，否则人还要多。"现在大家就七嘴八舌地议论开了。"他上哪儿去啦？宫殿里一片漆黑！""跟夫人坐汽车走了吧？这是他的第二个夫人。第一个夫人是一个普通的领退休金的人。第二个夫人可是一位百万富翁。这汽车是他自己的，不是出租汽车，而且这车子还是专门定做的。"他们所议论的全都是事实。他坐在汽车里觉得很合适，但他妻子觉得车子太小了点儿，所以开车的时候总得弯着腰，这样才可以和他同车。一般情况下她是开她自己的车。他不坐她的车，因为她的车对他太大了。但他的车比她的贵。汽车工厂就造了这唯一的一辆。在这辆车里人们就觉得像在床底下一样。从里面往外看太无聊了，所以他紧紧闭着眼睛，一动也不动。床底下就是他的家，上面可以听到他老婆的声音。他对老婆已经腻烦了，老婆有什么意思？她对棋一窍不通。有个男人也在说话。他是不是一个棋手呢？人们注意到他的智慧。等呀，等呀，他为什么要等呢？这等待跟他有什么关系呢？那上头的人说的是书面语言，这是一个专门人才，可能是一个秘密的冠军。人们害怕别人把自己认出来。这些人的情况就像国王的情况一样。他们都隐匿身份到女人那里去。一个世界冠军可不是一般的冠军！他要跟那人赛一赛。他不能忍受下去。他脑子有几着好棋简直要把脑袋胀破了。他要把他打得落花流水！

  费舍勒很快地从床下轻轻地爬出来，并竖起他自己的罗圈腿。他的腿都发麻了，他有些站立不稳，就抓紧了床沿。老婆已经不知去向，这倒更好，她终于给了他安静，床上睡着一个高个子客人。人们可以相信，他睡着了。费舍勒拍拍他的肩膀，大声问道："您下棋吗？"客人真的睡着了，必须把他摇醒。费舍勒想用双手抓住他的肩膀，他注意到，自己的左手抓着什么东西。一个小小的包，这妨碍了他的行动。把它扔了，费舍勒！他甩起了左臂，但是手没有张开把东西抛出去。你要干什么！他叫道，这是什么意思？手依然如故，它紧紧抓住小包就像刚刚逮住王后一样。他凑近一看，小包原来是一把钞票。为什么要把它扔掉呢？他可以用它嘛，他不是一个穷光蛋吗？这钱也许是那位客人的。他还睡着呢！这钱是费舍勒的，因为他是一个百万富翁。这个客人怎么来的？可能是个外乡人。他可能想跟他下一盘。来人应该看看大门上的牌子嘛。在车上也不让人安宁。这外乡人他好像认识，噢，对了，他是"天国"来的客人。这倒不坏，但他不是书店分店代理人吗？他到这里来干什么？书店代理人，书店代理人，他在此人那里当过仆人。对，他先给他铺过包装纸，然后……

　　费舍勒一笑起来背驼得就更加厉害。他这一笑就完全醒了。他站在旅馆房间里，他应该睡在旁边的房间里，这钱是他偷的，快跑。他一定要去美国。他向门边跑了两三步。怎么可以这样大声笑呢！这也许会把书店代理人吵醒的。他悄悄回到床边看了看，确信他还在睡。他会去告密的，他不会不去告密的。他向门边迈出两三步，这次不是跑，而是走。他怎么跑出旅馆？这房间在四层。他要把值班人弄醒。天明他还没有登上电车就要被警察逮住了。为什么警察要逮他呢？因为他有一个驼背！他用长手指摸了一下驼背。他不愿意进监牢。猪猡把他的棋子抢走了，他要把棋子抓回来，棋子能使他愉快。棋子迫使他在脑子里下棋。一般人是忍受不了的。他要幸福。他可以杀死书店分店代理人。但一个犹太人不干这种事。他怎样杀死他呢？他可以使他不说话，不会去告密。"告密或是死！"他对自己说。此人一定胆小，他会不说话。但是人们能信任这个白痴吗？谁都可以随心所欲地捉弄这种人。这种人并不是天生要失信，而是因为愚蠢失信，愚蠢得很。费舍勒手里拿了这么多钞票。去美国的事就吹了。不，他要逃走。让他们来抓吧！他们要是抓不到他，他到美国就会当上世界冠军。他们要是抓住他，他就自己上吊。这倒不赖，呸，见鬼了。他没法儿上吊，他没有脖子。他有一次把绳子系在腿上上吊，结果他们把绳子割断了。他可不能再在第二条腿上上吊了，不行！

在床和门之间费舍勒为想出一个解决办法而苦恼。他对他所碰到的倒霉事儿感到绝望，他真想大哭一场。但他不可以这样做，这样做会把那一位惊醒。这事儿不好办，要恢复到像现在这样的关系得几个星期——他等了二十年了！他一条腿伸进美国，一条腿伸进上吊的绳套。人们应该知道他要干什么了！伸到美国去的腿向前跨了一步，这伸进绳套的腿就往回缩了一步。他感到这实在卑鄙。他敲敲自己的驼背。他把钱放在腿之间。一切都归咎于这个驼背。让它去疼吧，活该。如果他不去敲打它，他就要号哭，只要他一号哭，去美国的事儿就吹了。

费舍勒正好牢牢地站在床和门之间的一块地方，鞭打着驼背。他的双臂像鞭子把一样轮流向空中甩去，一双有五个指头的手掌就像皮带一样绕过双肩向驼背打去。这个驼背一声不吭，真像一座无情的山，它超过双肩所组成的前山的高度，屹立于它们之上，非常顽强。它可以高叫：我受够了！但是它一声不吭。费舍勒继续练习。他看到驼背是怎么在坚持的。他决定较长时间地揍这个驼背，不是一生气就揍它，而是不断地揍它。他又感到他的手臂太短了，他只能如此这般地使用它。他的捶打均匀地进行着。费舍勒气喘吁吁,他需要音乐。在"天国"有钢琴。在这里他自己奏音乐。当他喘不过气来的时候,他便唱起来。他的声音由于激动而尖厉:"你马上就停止——你马上就停止!"他把驼背这个畜生打得青一块、紫一块。让它去埋怨他吧!他每打一下心里都在说:"下来,你这个卑鄙的家伙!"这个卑鄙的家伙依然如故,纹丝不动。费舍勒浑身是汗,手臂酸疼,手指软弱无力。他坚持下来了,他有耐心,他坚信这驼背已经奄奄一息了。由于一种错觉,他反而觉得很健康了。费舍勒了解这个驼背,他想看看它,他把头伸出来,嘲笑这个驼背的丑恶嘴脸。什么,躲藏起来了?——你这个胆小鬼!你这个残缺不全的家伙!拿把刀子来,拿把刀子来!他要把它捅死,哪里有刀子?费舍勒嘴边尽是白沫,大颗大颗的泪珠从他眼睛里滚出来。他哭了,因为他没有刀子;他哭了,因为这个残缺不全的家伙不吭声。他的手臂一点儿力气也没有了。他倒下去了,像一个泄了气的皮囊一样。完了,完了,钱也掉在地上。

突然费舍勒跳起来吼道:"将!"

基恩很长时间都梦见许多书掉下来,他设法用身体去接书。他瘦弱单薄,像一枚别针,书从他左边、右边哗哗而下落到地板上。他痛苦地呻吟道,书在哪里?书在哪里?费舍勒已经把那残缺不全的家伙"将"死了。他把一把钞票放在他的脚边,到他床上去了,并说道:

"您知道吗,您可真算运气!"

"书!书!"基恩呻吟着。

"一切都得救了,这里是钱。您算是找到了我这个好仆人。"

"得救了——我梦见……"

"您什么都保住了,我可挨了一顿揍。"

"这么说,确实有人进来了!"基恩一骨碌跳起来。"我们马上检查一下!"

"不要激动!我早就听到了,他还没有进门,我就发现了。我悄悄进了您的房间,爬到您的床底下偷偷地看着他干什么。您猜他干什么?偷钱!他伸出手来,我就一把抓住了他。他打,我也回敬。他求我宽容,我没有理睬他。他要去美国,需要钱,我没有答应。您以为他要偷书吗?不,根本没有动书。他是个有思想的人,但又很蠢。他一生还没有到过美国。您知道,他上哪儿去了吗?我告诉您吧,抓起来了。现在他已经走了。"

"是吗?他是个什么样子?"基恩问。他真想大大地感谢一番这个三寸丁,而那个小偷并不使他感兴趣。

"我怎么跟您说呢?他像我一样是个残缺不全的人。我敢担保他下棋一定下得很好,是个穷鬼。"

"让他走吧。"基恩说,并向三寸丁——如他所相信的那样——投过深情的一瞥。然后二人又睡了。

巨大的怜悯

从前有一个虔诚的家庭主妇,名叫苔莱思安侬,是个侯爵夫人。每年一次,她允许所有的乞丐到她那里去。于是国营当铺就取了苔莱思安侬这个合适的名字。那个时候乞丐就一无所有,连两千年前基督赐予他们的那一点令人羡慕的爱和脚上的污秽都没有。当侯爵夫人给他们洗去污秽时,她关心的是一个基督徒的称号,这称号是她每年为她无数的人所要争取的。这当铺真体现了一颗"侯爵之心",它是一幢多层建筑,房子的墙很厚,外表上看去是封闭的,它傲慢而富态地屹立在那里。它在一定的时间内接待顾客,特别是让乞丐或者快要成乞丐的人进来。那些人扑倒在它的脚边,姑且这么说吧,很像古时候敬献什一税一样。因为这对"侯爵之心"来说是百万分之一,而对乞丐来说却是全部。这个"侯爵之心"什么都接受,它宽敞得很,有几千间屋子,当然各有其用途。那战战兢兢的乞丐们被宽厚地允许抬起头来,他们得到一份作为布施的小小的礼物,也就是一点儿现钱。然后他们便退出屋子。侯爵夫人洗脚的风俗习惯已经取消了,代之以另一个风俗习惯,就是乞丐们拿了布施要付利息。这利息有朝一日比布施的钱还多,因为利率是最高的。如果私人敢要求这么高的利息,那他就会被当作高利贷者受到法庭审判。对于乞丐则是例外,因为借给乞丐的钱反正也不多。毋庸讳言,人们很乐意做这种交易,他们挤向窗口,不急于承担多付四分之一布施金的义务。谁一无所有，人家就乐意给一点儿。但是在他们之中也有贪得无厌的家伙，他们拒绝本利一齐偿还，他们宁可放弃他们的典当品，而不愿意解囊付款。他们说，他们没有钱。即使这些人也被允许进去。位于热闹的市中心的巨大的、慈善的"侯爵之心"没有时间对那些搞欺骗的人的真实可靠性进行检查。它放弃收回本金，放弃利息，而满足于五倍或十倍于本金的典当品。在这里收集了各种金币。乞丐把他们的破衣服送来。"侯爵之心"的大亨们穿的是丝绒。一帮忠诚的职员坐在那里履行他们的使命。他们在那里管理到他们退休为止。他们作为主人的心腹，总是把一切事物和一切人估计得很低。他们的义务就是低估一切。施舍限定得越小，得到好处的人越多。"侯爵之心"宽宏大量，但不是没有边际。它有时候要倾销它过期的典当品，以便为新的典当品腾出地方。乞丐们的格罗申真是无穷无尽，就像他们对女王的热爱一样。如果说全国的买卖都停业了，那么这里生意依然兴隆，如同人们本着加强商品流通的精神所希望的那样，仅在少数情况下是涉及偷窃的赃物。

在这个慈善家的宝库中，珠宝、金、银宝库是最重要的，这些宝库离大门不远。所有这一切都置于安全可靠的地方。典当品是按其价值逐层分开放置的，书比大衣、鞋和邮票高一层，在第七层也就是最后一层楼里，它们是放在楼里头一个次要房间里，这样的房间跟租给人家住的房间相似，一上楼就可以找到。这里无半点侯爵人家的壮观味儿。智慧的财富在富有的"侯爵之心"里，只占有很少一点位置。可见这些人的精神境界是何等低下。他们应该对那些贪求钱财而把书送到这里来的不通情理的人感到愤慨；他们应该为放书的地方是那么肮脏而感到难过；他们应该为那些只是接收书而不读书的职员感到惭愧；他们应该为把书放在这样一个容易引起火灾的地方而感到担心；他们应该为一个国家感到羞愧，因为它没有断然禁止如此不负责的放置书籍的办法；他们应该对人类感到惶恐不安，因为现在人类很容易印刷书籍，却忘记了书里所包含的神圣的思想内容！人们应该问一问：为什么不把那些毫无意义的珠宝放置于第七层而把书籍放在第一层的房间里呢？因为显然没有想到要彻底改变这种文化耻辱。珠宝放在第七层没有关系，遇到火灾可以直接往大街上扔，因为它们包装得非常好，它们不过是些矿物质之类，包装得太好了。矿物、石头并不知道疼痛。相反，书从七层楼上掉到大街上会感到很疼乃至疼死。人们应想象到当铺职员的内疚。大火向四周蔓延开来，他们坚守在各自的岗位上，但是他们无能为力。楼梯已倒塌。他们或者被大火焚毁或者往下跳。他们的意见发生分歧。一部分人主张从窗口跳下去，另一部分人宁可抱成一团往火里冲。"宁可烧死不做残废人！"这部分人对那部分人蔑视地说。而那部分人又希望下面有人张开网，以便完好地接住他们。"你们要顶住空气的压力！"这部分人对那部分人说。"我要请问，你们的网在哪儿呢？""消防队马上就来张网。""目前我听到的只是跌下去所发出的粉身碎骨的声音。""天哪，不要说话！""往火里冲，快！""我不冲。"他不能忍心在他们之中成为完人。他像一个抱侥幸心理把孩子从窗口丢下去的母亲一样，人们也许会在下面接住孩子吧，但实际上一切都在火中焚毁了。往火里冲的人性格硬，从窗口往下跳的人心肠软。二者只能互相理解，他们都完成了他们的使命，最终都在火中毁掉了。但是书的下场如何呢？

基恩倚在栏杆旁已有一个小时了，他感到惭愧。他觉得自己好像是一个白白活在世上的人。他知道，人类总是以什么样非人道的方式对待书。他经常看到书籍大拍卖。感谢这种大拍卖，因为他可以从中找到稀有珍品，而这些珍贵的书在旧书店里是买不到的。凡能丰富他知识的书籍,他都买下来。大拍卖中某些令人痛心的印象他铭感在心。他永远不会忘记那本光辉的路德圣经译本,为了这个译本,纽约、伦敦和巴黎的商人就像贪婪的食腐尸的秃鹫一样争吵不休,最后确定这本书是伪造的。那个书贩子的失望,对他来说无关紧要,但是骗局竟然伸到了这个领域对他来说显得不可理解。买书前一接触到书——如观看书、打开书、合上书,等等——就像是买卖奴隶一样,看到这种情景使他有切肤之痛,那些在他们的一生中没有读过几本书的人的叫卖声,他感到是一种触目惊心的可耻行为。当他每次感到有一种紧迫感而到书籍大拍卖的地狱中去的时候,他最大的乐趣就是带上百来个武装得很好的雇佣兵,给商人一千个巴掌,给那些贪求者五百个巴掌,而对所涉及的书必须予以没收,以示对书的关怀。但是他对这家当铺的无穷尽的愤懑有多大呢?基恩把手指伸进铁栏杆的富有艺术性但却令人索然寡味的图案中去。他用力拽着铁栏杆,想把它拽倒。这种对偶像崇拜的耻辱使他很压抑。他准备和这幢七层大楼同归于尽,但有一个条件:这幢楼以后永远不得再造。可是人们能相信那些野蛮人的话吗?他放弃引他来此的一个意图:他不参观上面的房间。直到现在,情况并没有出乎他的意料:那个旁边的小房间比所预料的还要糟糕。他的向导带他一登上大约一米五十的高度,就可以看见楼梯真正的宽度最多只有一百○五厘米。无私的人常常在数字的意义上搞错。那里头的尘土竟已经有二十天没扫,而不是才两天。电梯的铃也失效了,通向小房间的玻璃门油漆得很糟糕。指示书籍陈放地点的牌子是一张破马粪纸,上面用不相称的墨水涂写了几个歪歪斜斜的字。下面倒另有一行写得仔细规正的字:邮票在二楼。透过窗户可以看到一个小院子。那天花板的颜色说不上是什么颜色。大白天人们也觉得光线很不好,好像是晚上电灯照明的亮光。所有这些情况基恩都是确信无疑的。基恩很害怕爬楼梯。他对上面目不忍睹的情况无法忍受，乃至他的健康状况都会受到摧残。他真担心得心脏病。他知道人固有一死，但人只要还活着就应该爱惜自己。他把沉重的头斜倚在栏杆上，感到非常惭愧。

费舍勒却骄傲地看着大楼。他站在离朋友一段距离的地方。他对当铺的情况如同对"天国"一样了如指掌。他想去上面取一个他从未见过的银烟盒。这张当票是他通过下二十来盘棋从一个赌棍那里赢来的，自他当了基恩的仆人，他一直把这张当票妥善地保管在身边。据说，这是一个新的、很沉的银烟盒，是一件很值钱的东西。费舍勒有几千次的机会可以把这张苔莱思安侬当铺的当票转卖给感兴趣的人。他也经常考虑怎样把这个宝贝赎出来。他除了梦见自己当了象棋世界冠军这个主要的梦外，还做过一个小梦：他梦见自己拿着当票去赎回东西，他把本金和利息放在冷冰冰的当铺职员面前，在领取赎回物的地方他像所有的人一样等待着领取他的东西，并且老闻着和看着这件东西，好像这件东西他以前天天都放在眼前一样。他不抽烟，这个烟盒实际上对他也无用，但是他现在觉得他一生中至少是得到了一样新奇玩意儿，因此他向基恩请一个小时的假。虽然他解释了是为了什么事，基恩还是断然拒绝了他的请求。基恩完全相信他，但是自从他卸下了基恩的图书馆中的一半书以来，基恩就小心提防，不让他离开自己。具有鲜明特点的学者为了书可以成为犯罪的人。书以其永不消逝的魅力使那些聪明的知识饥饿者苦恼，书对他们是具有多么大的诱惑力啊！

基恩头脑里承担了一半图书馆的负担。当第二天早晨费舍勒开始打点行装的时候，基恩不知道他是怎样坚持到现在的。他仆人的那种精细精神几乎把他推到危险的境地。从前他每天早晨起床后拍拍身子就走了。他从来没有想到，他的书头天晚上是如何码好，现在应如何放到头脑中去。他总觉得一切都已办妥，可以走了。由于费舍勒的参与，情况一下子全改观了。在有贼闯入偷盗未遂之后的第二天早晨，费舍勒像是踩在高跷上一样走到基恩床边来，恳切地请他起床时要当心，并问道，他是否现在就开始装书。他不等得到回答，就轻轻地抱起放得最近的一个包往还躺着的基恩的头边走来。"这里头是书！"他说。当基恩洗漱和穿衣的时候，这个矮子继续忙着，因为他不重视洗漱。半小时以后他就搬完了一个房间的书。基恩故意拖长解手的时间，他在考虑他是如何坚持到现在的，但是他怎么也想不起来了。奇怪得很，他现在开始健忘了。只要是琐碎小事，他就想不起来了。无论如何要好好观察一下，他的这种健忘症是否已经波及了科学领域。假如是这样的话，那就太可怕了。他的记忆力表明他是个天赋之才，一个不寻常的人物，当他还是学童的时候，著名的心理学家就对他的记忆力进行了检查。当初在一分钟之内他就能记住 π 小数点后面六十五位的数字。那些老师——全体教师，无一例外——一个个都点头赞叹不已。也许他的脑袋负担太重了。人们只要看一看他的脑袋承受了一叠又一叠、一堆又一堆书籍就清楚了。他应该爱惜一点儿他的脑袋。人们要是有他这么一个脑袋，或者把自己的头脑训练得这样尽善尽美就好了！人们要是在脑袋里面损坏了什么东西，那就完了。他深深地叹了口气说道："您干得真轻快，亲爱的费舍勒！""您知道，"小矮人马上就理解了他的话，"另一个房间的书就放在我这里吧，我也有一个脑袋。也许您不相信？""好，但是……"

"但是什么呀……您知道，我感情上受到了伤害！"基恩迟疑了很长时间才同意。费舍勒发誓，他从来没有偷窃过。此外他还明确声明他是无罪的，他反复说道："主人，我这个驼背没有什么！您怎样想象偷窃的呢？"基恩想了一会儿，想到应要求他做出保证，但因为最大的保证也不可能阻止他对图书的"爱好",所以他放弃了自己的打算。他还说:"您一定是个好的跑步运动员!"费舍勒看透了这个圈套,回答道:"我应该撒谎是不是?您走一步,我只要走半步,您信吗?告诉您吧,在学校里我是最差的跑步运动员。"他在杜撰一个学校的名字,为了应付基恩万一问起他在什么学校读书的情况,其实他从来没有进过学校。但是基恩正在思考着更为重要的问题,他面临着要在他一生中表示对别人最大的信任这个问题。"我相信您!"他简单地说。费舍勒高兴地笑道:"您瞧,我也这么说!"书已打好了捆,小矮人作为仆人承受了一半多一点儿的图书馆的重量。在大街上他走在基恩的头里,但距离不超过两小步。那个驼背使得他弯下了腰,人们无法看出他承担着一半图书馆的重担,但他沉重的步履倒是说明了这一点。基恩感到很轻松,他昂首跟在他的贴心仆人后面,目光既不向左也不向右,而总是落在那个驼背上,那个驼背就像骆驼的驼峰一样不紧不慢,很有节奏地摆动着。有时他伸出手臂,看一看他的指尖能否够得着驼背,如果够不着,他就加快一点脚步。为了防止侏儒逃跑,他已经想好了一个办法,一旦发现侏儒逃跑,他就紧紧抓住驼背,接着就用全身向罪犯扑过去,但要注意,不要使侏儒的脑袋受到损伤。如果手正好够得着那个驼背,他只需既不快又不慢地走着,有一种人们只有在享受的时候才有的那种难以言状的快感。他十分放心,不会有任何使他失望的事情发生。

这样过了两天,他借口消除疲劳,为最后打听本城有名的书店而做了准备。他思想上没有负担,心情愉快,正逐渐地恢复记忆力。他大学生时代第一个假期是跟一个忠实的朋友度过的,那位朋友对知识教育的意义给予很高的评价,但不急于求得知识;那位朋友有一个很可观的图书馆,但不像他那样如饥似渴地阅读书籍。此人生得奇形怪状，并自称是个很糟糕的跑步运动员，但身体很结实，是个经过考验的搬运工。基恩感到像是受到了诱惑似的，相信这个文盲可悲的一生是幸福的。如果一个人安然自在，没有人迫使他干某件事情，如果一个人不是强制自己牢牢抓住某件事情不放，而是一定程度上的放松，那么人们乐得可以过上几天安静日子。

这个"幸福时代"的第三天刚破晓，费舍勒就向他请一个小时的假。基恩举起手来打算在自己的面前挥舞一下。在其他场合下他也许就这么干了。但他老于世故，还是决定不讲话，如果侏儒有什么背叛的计划，就揭露它。银烟盒的故事他认为是一个可耻的谎言，当他先是委婉地，后来便简单地、生气地拒绝以后，他突然说道："好吧，我陪您去！"这个可怜的三寸丁将不得不承认他的肮脏的目的。他决定陪三寸丁到当铺窗口，看一看所谓的当票和银烟盒，因为它们实际上并不存在，这个无赖汉必将在众目睽睽之下跪在基恩面前哭着请求原谅。费舍勒已经觉察到人家怀疑他，感到受了侮辱。基恩看来把他当成疯子了；他干吗偏偏要偷书！他要去美国，要辛辛苦苦地挣得一份路费，人们却把他当成一个愚昧无知的人来对待！

在去当铺的路上，他告诉基恩当铺内部的情况。他把那座雄伟的大楼从地下室到屋顶所有的房间都描绘了一番。最后他强忍着悲愤说："关于里面的书嘛，咱们最好别谈！"基恩非常想知道这个情况，于是便一再追问，直到从这个拘谨的侏儒身上把全部可怕的事实弄清楚为止。基恩相信他说的话，因为应该相信人是什么卑鄙的事情都干得出来的；基恩又怀疑他说的话，因为他今天对侏儒没有好感。侏儒听出了弦外之音。他形容了一番接取书的情况。一头猪在估价书，一条狗在签发当票，一个女人把这些书包进肮脏的布包，并贴上一个号码，一个体弱多病的老头，他不断地摔倒在地，把这些书拖走。目送着这个老头,谁都会感到心碎。人们排着队在窗口等着,直到哭哭啼啼离开为止。人们眼睛哭红了,感到非常惭愧,但是那头猪吼道:"您的手续办完了!"说着就扔出一张当票来,窗口的玻璃随着往下一放。也还有人不忍心走开,于是那条狗就吠起来了,人们只好跑开,因为狗会咬人。

"这真残忍!"基恩无意中失口道。他在侏儒叙述的时候追上了他。他抑制心跳,走在侏儒旁边,停在要横过的马路中央。"情况就像我说的一样!"费舍勒伤心地说。他想起了自己的一段经历:他曾每天都来讨一本旧棋书,跑了一个星期,结果挨了狗的耳光。那头猪就站在旁边,笑得前仰后合。

费舍勒不再说什么了,他觉得自己是怀着足够的报复心理而来的。基恩也沉默了。当他们到达目的地的时候,基恩失去了对银烟盒的任何兴趣。他看着这银烟盒是怎样赎出来的,费舍勒是如何把银烟盒放在上衣上反复蹭的。"我都不认得它了。这些物品他们保管得很好!""物品。""我不知道这是不是我的银烟盒。""盒子。""您知道,我要去报告。所有的人都是小偷。我不能容忍!难道我不是人吗?一个穷鬼也有自己的权利!"他说得那么激动,那些站在周围本来只是好奇地看着他的驼背的人此时也注意听他的话了。那些人显然感到受了欺骗,他们站在驼背一边,因为这驼背天生比他们有更多的缺陷。虽然他们不相信人们会把典当品搞错。费舍勒引起了广泛的不平,他不敢相信自己的耳朵,人们居然听他说话。他继续说着,不平声更为强烈,他高兴得恨不得叫起来,旁边一个胖子瓮声瓮气地说:"您去申诉!"费舍勒很快又在银盒子上擦了擦,打开后呱呱地说道:"不,没有错,您知道吗?就是这玩意儿!"人们原谅了他由于轻率而造成的失望。人家给了他真正的银烟盒,他毕竟是一个穷残疾人。换成另一个人,恐怕就不这么顺利了。当他离开大厅的时候，基恩问道："刚才干吗吵吵嚷嚷？"费舍勒必须提醒基恩，他们干吗来了。他把盒子给基恩看，一直到基恩看清为止。最近的情况表明他以前的怀疑是没有多少意思了，也不值一驳，但这一切只给他一个极平常的印象。"您现在带我到那里去！"他命令道。

　　他有一个小时感到非常压抑。这个世界会把我们引向何处？我们显然面临着一场灾难。迷信的人害怕一千年的整数和彗星。智者，就是最古老的印度人所认为的圣人，把一切数字的把戏和彗星的神话都点破了，并声称：我们的缓慢到来的毁灭是不忠诚、不虔诚所造成的，这种弊病已经腐蚀人类，我们大家都会毁于这种弊病。我们的后辈可痛苦了！他们茫然若失，他们将从我们这里接收一百万殉难者和刑具，他们用这些刑具补足第二个一百万，没有一个政府忍受得了这么多的圣人。在每一个城市都建起了像这座当铺一样的七层楼的审判异端的宗教法庭。谁知道美国人是否把他们的当铺建立在摩天大楼上。那些数年来一直在等着烧死的囚徒在三十层楼上受着煎熬。这流通着空气的监狱是对人类文明的残酷的讽刺！以帮助代替哭泣吗？以行动代替眼泪吗？人们如何到达那里的？人们从哪里知道公众舆论呢？人们不过盲目地生活着。他们对所有这些可怕的困扰着他们的痛苦能知道多少呢？如果不是一个有胆量的侏儒偶然地宛如噩梦方醒般，出于惭愧而迟疑地——他被自己那些可怕的语句的重压压垮了——讲述了这些情况的话，那么什么时候人们才能揭发这种令人不安的、野蛮的、灭绝人性的耻辱呢？人们应该效法这个驼子。他还从来没有对谁讲过这种情况，他沉默地待在他那臭气熏天的赌窟里。即使在下棋的时候，他也想到那痛苦的情景，这种情景已经永远铭刻在他的记忆中了。他沉默，他忍受着，总清算的日子快来了，他自言自语道。他等待着，一天又一天地注视着那些跨进那家咖啡馆的陌生人。他苦苦思念着一个人，一颗心，思念一个能看到听到并能感到这一切的人。这个人终于等来了，他追随此人，为他效劳。在醒着和睡着的时候，他隶属于此人，他该说话的时候，就说话。街道并没有在他说话的时候拐了弯，没有一所房子倒塌，交通没有停止，但这个人却听得屏住了呼吸，这个人便是基恩。只有基恩听他说话，理解他。基恩把这个英雄的侏儒看成了榜样。不要说话了，现在该行动！

他没有抬头看一下就放开了栏杆，横站在狭窄的楼梯上。他感到被人撞了一下，他的思想便自动地行动起来。他一把抓住迷路的人，严厉地盯着他问道："您要干什么？"迷路人是个饿得快死的大学生，腋下夹着一个沉重的书包。他有一套席勒全集，第一次来这个当铺，因为这些书都很破旧，而自己债台高筑，所以他爬楼梯时都是躲躲闪闪的。他的头脑中残存的一点儿傲气此时早已消失——他为什么要学习呢？他的父母、叔叔、婶婶等都是经商的——他匆匆忙忙地跑来撞上一个严厉的人，也许是这里的经理吧？这个严厉的人咄咄逼人地看着他，并以斩钉截铁的声调阻止他。

"您要干什么？"

"我——我要去书籍部。"

"我就是书籍部。"

那个大学生对教授以及类似的人物都很敬畏，因为他们在他的一生中总喜欢嘲弄他。又因为他的书很少，所以他看到书都要行脱帽礼，这次又想脱帽，可是一想，他没有戴帽子。

"您到上面去干什么呢？"基恩威严地问。

"唉，只想把席勒的书当了。"

"拿来看看！"

那个大学生不敢把书包递给他。他知道谁也不会接收他这套席勒的书的。这几天席勒的书成了他最后的希望，他不愿意这么快就放弃希望。基恩用力一拽，从他手里把书包夺过来。费舍勒努力向他的主人做手势，并且一再发出"嘘——！嘘——！"的声音。在楼梯上这么明目张胆地抢人家的东西给他的印象太深了，书店代理人也许比他想得更聪明一些？也许他装疯卖傻？但是在光天化日之下的楼梯上总不能这么干。费舍勒在大学生背后激烈地打着手势，同时准备溜之大吉。但基恩没有理会，他打开书包，仔细地看了看席勒的书。"共八册，"他说，"就版本而言倒并不怎么值钱，但它的处境却十分荒唐！"大学生听到后马上就脸红到耳根。"您这书要多少？我的意思要多少——钱？"这讨人嫌的"钱"字他是最后才迟疑地说出来的。那个大学生想起了他年轻时主要是在他父亲商店里度过的黄金时期，那时他看到，人们都是尽可能把要卖的东西的价钱叫得高高的，以便讨价还价，把价钱逐渐降下来。"我花了三十二个先令买来的。"他说话的声调和造句方法很像他的商人爸爸。基恩从皮夹子里抽出三十先令，又从钱包里拿出两个先令的硬币凑足数递给大学生说："这样的事以后永远不要干了，我的朋友！没有一个人可以和他的书的价值相比。请您相信我！"他把书和书包一起递给了大学生，并热情地握着他的手。大学生急着要走，他非常讨厌说那些耽误时间的客套话。他已经走到玻璃门前，费舍勒愕然地看着他，并给他让了路，基恩还在背后叫道："为什么偏偏读席勒的书呢？读一读其他原著！读一读康德的书！""当然读啦。"那大学生心里头笑着说，并尽可能快地溜了。

费舍勒激动不已。他几乎要哭了。他抓住基恩裤子上的扣子——因为上衣的扣子他够不着——呱呱地说："您知道，人家会怎样看待这种行为呢？人家要说您疯了！一个人或许有钱，或许没钱。有钱者不会给，没钱的当然也不会给。这是犯罪！您这么一个大人物应该感到羞愧!"

基恩没有听他的话,他对自己的行为很满意。费舍勒一直抓住他的裤子,直到基恩注意到他为止。他感觉到了这个小矮人默不作声所表现出来的谴责——如他自言自语所说的那样——并抚慰地向他叙述了外国人生活中所常有的精神上的迷惘状况。

富有的中国人为了积阴德而捐献巨款在佛教寺庙里放养鳄鱼、猪、乌龟或者其他动物,在寺庙里为这些动物开了特别的池塘和畜栏,和尚们除了看护和饲养这些动物之外,别无其他事情可做。如果有一条鳄鱼发生了不幸,他们就会感到很心疼。大肥猪也留待自然死去,一切费用都由捐款人来付。和尚们也以此为生。如果人们在日本参拜神社,可以看到孩子们带着捕到的鸟蹲在街边,鸟笼子一个挨着一个摆着,那驯养着的鸟儿扑打着翅膀尖叫着。佛家的朝圣者走来,非常同情这些鸟儿,为了积阴德,他们出钱赎了这些鸟儿。那些孩子就打开鸟笼放走鸟儿。出钱放生在那里已经成了普遍的风俗习惯。至于那些驯养的鸟儿又被它们的旧主人捉住关在笼子里的事,朝圣者们又何必操心呢?一只鸟儿几十次、几百次乃至上千次被关在笼子里成了朝圣者们同情的对象。只有那些不宽裕的乡巴佬是例外,他们知道这些鸟儿是怎么回事,所以他们根本就不去过问那些鸟笼子。那些鸟儿的真正的命运与他们毫不相干。

"这是很容易理解的,为什么呢?"基恩从他叙述的故事中得出了道德的信条。"这涉及的仅仅是动物,它们对任何人都无关紧要。它们的行动都是受愚蠢支配的。它们为什么不飞得远远的呢?为什么当有人修剪它们的翅膀时,它们也不跳着逃跑呢?为什么它们又被引诱入笼呢?这都是因为它们头脑愚笨所致!那种出钱放生也是一种迷信,不过意思深了一层罢了。这种行为只对那些当事者起作用,而这种行为的效果取决于当事者赎出来的是什么东西。如果您赎出来的是书，真正的闪烁着智慧的书，而不是可笑的愚蠢的动物，这样的行为就具有最高尚的价值。您改造了要在地狱里找一个藏身之处的迷途者。您可以相信，这些席勒的书不会第二次被拉到屠宰场去了。您通过改造那种天经地义地认为拥有书就好像是拥有动物、奴隶和工人一样的人——我认为这种观念是不正确的——您就使这种人所拥有的书的命运大大地改观了。人一到家，受到这种方式警告的人，意识到自己的责任，他们会拜倒在他们所认为的奴仆——其实在智慧上他们本该为这些奴仆服务——的脚下，并向它们保证改正错误。即使这种人顽固不化，他的牺牲品也通过赎买而免了地狱之苦。您能想象一场图书馆的火灾吗？何况还是七层楼上的图书馆的火灾呢？请您想一想吧！一万册书，这就是数百万页，几十亿个字啊！每一个字都烧起来，每一个字都祈求着，叫喊着救命，那声音会把人的耳膜震破，会把人的心撕碎。好了，我们不谈这个了！我现在感到几年来从未有过的幸福。我们将在已经开辟的道路上继续走下去。我们用于减少灾难的捐助是微乎其微的，但必须做出这微小的捐助。如果人人都说，我个人力量太小，那就什么也改变不了，灾难就会蔓延开来。我对您无限信任，您受了委屈，因为我事先没有把我的计划告诉您。我看到席勒的著作时，态度就很坚决了，我来不及把这种情况告诉您。为此我现在要把两个口号通知您，我们的行动应该在这样的口号下进行，这就是：行动代替说教！行动代替眼泪！您还有多少钱？"

费舍勒开始时老用些令人恼怒的插话来打扰基恩的叙述，诸如"我对日本人有什么办法呢？""为什么没有金鱼呀？"，等等，等等，不一而足，并且顽固地把那些朝圣者骂成是纯粹的窝囊废，但他还是一字不落地听下去了。当谈到捐助和未来的计划时，他平静了下来。他正在考虑应该如何来弥补他失去的去美国的旅费，这笔现款，他已经拿到手，但为了谨慎起见他又放回去了。而就在此时，基恩的"您还有多少钱"的问话把他从不着边际的遐想中揪了回来。他咬紧牙关沉默不语，当然只是出于职业上的考虑，否则的话他是会把自己的观点彻底亮出来的。他开始明白了喜剧的意义。这位慷慨大方的先生，后悔不该给费舍勒酬谢金了。费舍勒胆太小了，夜里没有敢把他的钱偷走。如果他把钱偷走的话，基恩是永远也不会发现的。当基恩睡觉时，费舍勒把钱揉成一团，夹在大腿中间。那个上等人，那个所谓的学者和图书馆长，其实从来就不是什么书店分店代理人，而是一个骗子。他干什么呢？他不过自由自在地到处游荡，因为他没有驼背，行动方便。他干什么呢？当他离开"理想的天国"又重新获得了他的全部被偷走的钱时，他是多么高兴。他担心，费舍勒会叫其他的人来闹事，所以他很快给了酬谢金。为了索回那百分之十的酬谢金，他大方地说："您参加我的工作吧！"可是后来他干了什么呢，这个冒充大人物的骗子？他装得疯疯癫癫，人们应该说，他所能做的事情不过是一种娱乐。费舍勒上了他的当。他刚才给基恩暗示了足足一个小时，直到那个大学生带着书走了为止。基恩很乐意给那个大学生三十二个先令，却期望从费舍勒那里得到三十倍于此的钱。一个人用这种变化多端的手法进行工作，却不给一个可怜的小偷那么一点点酬谢金！这样的大人物是多么小气！费舍勒没有可说的了，他本不该期待这些的，从这个疯疯癫癫的人那里可期待的东西是最少的。此人没有必要真的装疯卖傻，很好，但他为什么这么卑鄙呢？费舍勒会报复他。此人真会演戏！他有知识，人们马上可以在一个小偷和一个大骗子之间发现差别。在旅馆里人人都相信他，费舍勒也差点儿相信了他。

当他既发怒同时又钦佩的时候，基恩亲密地抓住了他并对他说："您不生我的气了吧，是不是？您还有多少钱？我们应该同心同德！"

"混蛋！"费舍勒想道，"你戏演得不错，我要演得比你还要好！"但他却大声地说："我还有大约三十个先令。"余下的话都没有说出来。

"少了点儿，但比没有好。"基恩已经不记得几天前他曾赠送给侏儒一大笔钱。他马上接受了费舍勒这么一点点捐助，深为感动地感谢他的慷慨无私，恨不得要把天堂许诺给他。从这一天起，二人之间就在进行一场殊死的斗争，而其中一人却全然不晓得这场斗争。另一人虽然觉得不会当演员，但却会当导演，并且希望通过这种办法来弥补他的弱点。

每天早晨基恩都到这家当铺的前厅来。当铺的各窗口还没有开，他就在莒莱思安侬当铺大门前踱来踱去，并密切地注视着来往行人。谁要是在这里停下来，他就走上前去问："您来有何贵干？"即使最粗暴最下流的回答也不能使他动摇。他的行动是成功的，情况表明，凡九点钟以前经过这条街的人，多半都是出于好奇看一看外面的广告。在这些广告上写着，下一次大拍卖是什么时候，在什么地方举行，拍卖什么东西。胆小的人们看到基恩站在那里，都以为他是看守当铺里的金银财宝的密探，所以为了避免跟他发生冲突，都匆匆地离开了那里。镇定自若的人走了两条街后才意识到他提的问题。鲁莽的人则咒骂他，并赌气地长时间一动不动地站在那里看广告。基恩只好听其自便，不予干涉。他仔细地记住他们脸的模样。他认为这些人很难意识到自己错了，他们也许一个小时以后就要带着典当品来了，但在这以前，先要看看这里的情况。可是他们以后却没有再来，这是因为他曾经无情地盯过他们，使他们有所畏惧而不敢来了。时间一到，他就准时进入边楼的小前厅把着门。谁推开玻璃门，首先就会看到一个又瘦又长的人，笔直地站在窗子旁边，向楼梯走去时必然要打他面前经过。基恩跟人家说话时脸上毫无表情，他只是动一动那两片薄得像刀片一样的嘴唇。对于他来说，首先的一条是替人家赎回那些可怜的书籍，第二条是教育和改造那些当书的人。他对书很熟悉，但对人，如他自己所说的那样，却一无所知，如今他决心做一个了解人的人。

为了更好地获得一个概括的了解，他把出现在玻璃门前的人，根据他们的情况分成三部分。那鼓鼓囊囊的书包对第一部分人来说是负担，对于第二部分人来说是诡计，对于第三部分人来说是乐趣。那第一部分人双臂夹紧了书，他们的脸上没有一点动人和可爱的地方，就如同人们提着一个沉重的包裹一样。他们用书包把门推开，因为他们要很快甩掉这个包袱，他们不会想到把书包藏起来，而总是抱着书走来。他们乐意接受人家提出的价钱，对人家所提出的任何价钱都表示满意，不跟人家争价钱就顺着原路回去。他们思想迟钝，因为他们带走的不仅有钱，还有对接收这些钱是否合法的疑虑。基恩对这部分人是很看不顺眼的。这些人对基恩的用心理解得太慢了，对每个人进行教育并使他悔悟过来需要花几个小时。

基恩真是仇恨第二部分人。这些人把书藏在背后，他们最多也只不过在胳膊和肋骨之间露出一点书边，以便吊一吊买主的胃口。即使人家出很高的价钱，他们也总是持犹豫态度，他们拒绝打开他们的书包或包裹。他们跟人家争价一直要争到最后不可开交的一刻才肯松口，还总是装得好像是吃了大亏似的。他们之中就有一些人，这些人把钱揣在口袋里又想去楼上败类聚集的地方。此时基恩的态度严峻得连自己也感到吃惊。他拦住他们的去路，对待他们的态度是他们应该领受的：他立刻要求他们退回原来的钱。当他们听到这话时就逃之夭夭了。这些人宁可要口袋里那一点点钱，不敢再去楼上。基恩深信那楼上有人付很多很多的钱。他给的钱愈多，剩下的钱就愈少,他跟楼上那些恶鬼的无形竞争就愈加不利了。

第三部分人还没有来。但是他知道,这种人是存在的。他熟悉他们的特点就像熟悉教义问答手册一样,他正耐心而热切地等待着这样的人。有一次来了这么一个人,此人兴致勃勃地背着书走过来,但通向楼上败类聚集的地方的路对此人来说布满了痛苦和折磨,如果不是他身边的朋友不断地给他鼓劲,他会顷刻之间垮台。他走起路来就像梦游者一样。在玻璃门后人们看到他的侧影,他迟疑地思考着,在不给朋友增加麻烦的情况下,如何打开玻璃大门。他急中生智,居然想到办法把门打开了。他一看到体现了自己良心的基恩就满脸通红。他振作起来低着头向前走了几步。在对他说话以前,他听从了良心的命令,站在基恩的旁边。他预感到良心会对他讲什么。"金钱"那可怕的字眼浮现在眼前。他非常害怕,好像被判决处以极刑,他突然大声抽泣起来说:"不,不,不能这样!"他宁可死也不伸手拿钱。他很想逃走,但浑身无力,同时为了不危害他的朋友,他极力避免各种激烈的动作。良心控制着他,善意地规劝着他。他说,浪子回头金不换。基恩也许可以让他来继承自己的图书馆。如果他在这里,基恩也许可以离开他的岗位一个小时。这样一个分文不要的人抵得上一千个贪求的人。第一部分人中也许有个把人回到家里悔悟过来,他对第二部分人不抱希望,他是为了拯救所有的受害者,而不是因为个人的兴趣爱好才站在这里的。

在基恩的头的右边,挂着一块牌子,牌子上写着严禁站在楼梯上、走廊上以及暖气片旁边。费舍勒第一天就提醒他的死敌:"人家会以为您家里没有煤取暖呢,"他说,"只有没有煤取暖的人才站在这里,但这是不允许的,人家会来赶的。这里的暖气都是白费劲儿。为了使上楼的顾客不至于受凉感冒。如果人们感到这里冷,就不来了,所以要使他们在这里感到暖和,他们才愿意待在这里。只有感到冷的人，才在这里待着。人们一定以为您很冷！"

"暖气片在十五级台阶上边呢，要上去半层才到。"基恩回答道。

"这里生暖气没有用，有没有暖气都无所谓。您知道吗，您站的那个地方我也站过，但人家把我赶走了。"他没有说谎。

基恩想，他的对手的全部兴趣就是把他赶出去。他感激地接受侏儒为他望风的建议。他为基恩承担半个图书馆的热情现在淡薄下来了。更大的危险在威胁着他们。他们现在通过为了共同的事业而奋斗的口号联合在一起了，此时基恩认为一场骗局是不可能的。当他们第二天奔赴工作岗位时，费舍勒说："您在头里走！我们俩要装得素不相识。我待在外头，您不要打扰我！我根本不告诉您，我在那里。如果他们知道我们是一块儿的，整个工作就吹了。必要时我打您身旁走过，给您丢个眼色。您先跑，然后我跑。我们不要一起跑。我们在黄色教堂后面碰头，您在那里等我。懂吗？"他也许真会感到吃惊，如果人们拒绝他的建议的话。因为他对基恩感兴趣，所以他没有想到甩掉基恩。一个人怎么能因为酬谢金或者小费而逃跑呢？何况自己正在追求大的目标。书店代理人，大骗子，这条狡猾的狗，看清了他的意图的诚实部分，顺从了。

四个人和他们的前途

当基恩刚刚进入大楼的时候,费舍勒就慢慢地退到附近的一个拐角处,走进一条横巷,使出平生之力跑了起来。一直跑到"理想的天国",他才让那满是汗水的、因气喘吁吁而发抖的身躯休息一下,然后便走了进去。这个时候"天国"的居民们多半还在睡觉呢。这是他预料到的,他现在不需要那些危险的暴力分子。现在在场的有:高个子堂倌;一个小贩,此人因患失眠症而至少得到了一点儿好处,每天二十四小时都在外面跑;一个"瞎子",此人在开始他的每日工作前喝着便宜的早咖啡的时候还使用了他的眼睛;一个卖报老太婆,人们管她叫"费舍尔太太",因为她很像费舍勒,而且大家都知道,她还偷偷地、不幸地爱着费舍勒;还有一个就是下水道工人,此人总是在"天国"休息,摆脱夜班的劳累和阴沟臭气。此人算是这里最诚实的人了,他把四分之三的工资交给为他生下三个孩子的老婆,其余的四分之一就在某一个夜里或某一个白天流进"天国"女主人的账房里去了。

"费舍尔太太"递给跨进大门的相好一张报纸,说道:"你可来啦!你这么久都在哪里呢?"当警察局故意刁难他时,费舍勒总是躲避几天。人们说:"他上美国去了。"大家每次都对这个笑话笑一通,这个三寸丁怎么可能到有摩天大楼的大国去呢?于是他们就逐渐把他忘却了,一直到他又出现为止。他老婆,也就是那个领退休金的女人，对他的爱情还没有深到为他担忧的程度。她只有他在她身边时才爱他。她知道，他已习惯于受审讯和蹲牢房了。当人们谈到他去美国的笑话时，她想，如果她独自享有自己的全部金钱该多好啊。好长时间以来她就想为她的房间买一幅圣母玛利亚的像。一个领取退休金的女人应该有一幅圣母玛利亚的像。他从他躲避的地方——因为人们总是把他长时间关在拘留室里，使他不能下棋，所以他才逃出去躲避起来的———一出来，首先就是进咖啡馆，几分钟后又是她的乖宝贝了。那个"费舍尔太太"却是唯一每天打听他的人，并对他的下落做出各种各样的判断。他可以不付钱就读她的各种报纸。她每次卖报之前，总要一瘸一拐地赶到"天国"，给他送上最上面的一张刚印好的报纸。她腋下夹着沉重的报纸，耐心地等待着，一直等到他读完为止。他可以打开报纸，揉碎报纸，乱七八糟地叠在一起，其他人也只能轻蔑地看看他。如果他的情绪不好，他就故意使她在这里待的时间长一点，使她受到很大的损失。如果有人讥笑她这种不可思议的愚蠢行动，她就耸耸肩膀，摇晃着她的驼背——她的驼背可以和费舍勒的驼背在大小和表现能力上媲美——说："他是我在世界上唯一的人！"她也许因为爱费舍勒才说这句话的，所以她说这句话时总是带着铿锵的嗓音，那声音听起来好像她是在赞誉两种报纸，一种叫"我在世界上"，还有一种叫"唯一的人"。

今天费舍勒没有看她的报纸。她明白，这报纸已经不新了，她倒是出于好意，因为她只想到，他已好长时间没有读报了。谁知道他是打哪儿来的呢？费舍勒抓住她的肩膀——她跟他的个儿一样矮——摇了摇，呱呱地说："你们大家都过来，我有点事对大家讲。"只有那个得肺痨病的堂倌没过来，因为他不想听从一个犹太人的命令，而且他对什么都不感兴趣，因此无动于衷地站在柜台旁。其他三个人都向他走来，几乎要把他压垮。"你们每人每天可以在我这里赚到二十个先令！我预计要三天时间。""那就可以买到八公斤香皂了。"那个失眠的小贩急急忙忙地抢先算了出来。那个"瞎子"怀疑地朝着费舍勒眨巴眼睛。"这可是一笔钱！"下水道工人瓮声瓮气地说。"费舍尔太太"只听清了"在我这里"，数字没有听见。

"我开了个公司，你们只要签个字，承认我是你们的经理，并保证把一切都交给经理，我就接纳你们！"他们理应问出一个名堂，到底是干什么事。可是费舍勒对他干的买卖守口如瓶。他只说是一个书店代理人，再多的话他断然不讲。第一天他答应给每人预付五个先令。这听起来也不算少了。"签字者保证按西格弗里德·费舍尔公司的委托，不搞错每个格罗申的现金，并如数上交。签字者对可能出现的损失要负责赔偿。"费舍勒马上就把这些句子写在四张纸上，纸张是那个小贩给他的。小贩是在场的人中唯一的生意人，他希望参加这个公司，并想接受最大的委托任务，并且总是偏袒他的经理。那个下水道工人是有几个孩子的父亲，也是这几个人中最笨的一个，他第一个签字。费舍勒很生气，因为他签的字跟费舍勒写的一样大，而他认为他自己写的字应该是最大的，谁的字也不能超过他写的字。"写得这么大！"他骂道。叫卖者的名字却写在边上，而且很小。"这谁能认得出来？"费舍勒说道，并迫使那个自认为是总代表的人写得合适一些。那个"瞎子"在没有拿到钱之前拒绝动笔。当人们把纽扣扔在他帽子里时，他要平静地看一看，他对任何人都不随意相信。"唉，什么呀，"费舍勒生气地说，"好像我费舍勒骗过什么人似的！"他说着就从胳肢窝里抽出几张揉折了的钞票，给每个人手里塞了一张五先令的钞票，并让他们马上打收条，这是预支的工资。"嗯，这还差不多，"那个"瞎子"说道，"许诺和兑现是两码事。你这样做得对,为了你,我这个瞎子也要肝胆相照!"那个小贩说,为了他的主人,即使赴汤蹈火也在所不辞。下水道工人说,他愿意与主人同舟共济,休戚与共。只有"费舍尔太太"是软心肠的人。"他不需要我签字,"她说,"我不会偷他的东西。他是我世界上唯一的人。"费舍勒把她的顺从看得那样理所当然,以致跟她打过招呼以后就再也没有理睬她。他的驼背给了她勇气,从那个驼背上费舍勒给她倾注的是爱情而不是敬畏。那个领退休金的女人不在场,"费舍尔太太"就俨然是这位新经理的夫人。她还没有来得及表现"当然夫人"的姿态,费舍勒就转过身来,给了她一支笔并命令道:"你也签字。你总没有什么可说吧!"她听从了他黑眼珠里射出来的目光,甚至打了收条,表示已收到五先令的预付工资,而实际上她还没有拿到手。"行了,现在手续都办完了!"费舍勒把那四张纸条塞到口袋里,叹了口气。"我能从这买卖中得到什么呢?除了担风险,什么也得不到!我可以对你们发誓,我宁愿像从前那样做个无名之辈。你们可要翻身了!"他知道,那些巧舌如簧的商人不管担不担风险,对他们的雇员都是这样讲的。"咱们走吧!"他说。这个三寸丁施惠者向那个堂倌招手致意后,就带着他新的一班人马离开了"天国"。

在大街上他给这些人讲解了他们的任务。他让四个人分别拉开一定的距离,使人觉得这四个人之间相互没有什么关系。他觉得对这些人有必要按照他们的智力区别对待。因为他很急,并把下水道工人看成是最可靠的人,便把他放在四人之首,这使小贩大为恼火。

"您是当父亲的人了,"费舍勒对他说,"所以我首先想到的是您。一个把自己工资的百分之七十五交给妻子的人是很可贵的。您可要注意呢,不要陷到不幸之中去,否则孩子们就太可怜了。"下

255

水道工人从他手里拿到一个包,这包叫"艺术"。"请您跟我念:艺术。""请您相信,我不知道什么叫艺术!因为我要给妻子许多钱!"下水道工人因为有家,常被"天国"的人们所羡慕,所以也总是被嘲笑。他由于笨拙的骄傲情绪而遭到无数次的打击,费舍勒就巧妙地利用了他的一点点智慧。费舍勒三次纠正了他走的路,因为下水道工人从来没有去过"苔莱思安侬"。家庭不济时,都是他的老婆去当铺。那个买主就站在玻璃门后面的窗子旁边。他是个高个子,瘦瘦的人,人们只要慢慢地从他面前走过,不要说话,绝对不要说话,要等那个高个子的人说话时才搭腔。您只要大声嚷嚷:"艺术,先生!绝不低于二百个先令!纯粹是艺术!"在一家书店门前费舍勒让下水道工人等着,他跑进去买书。他买了十本便宜的小说,每册两个先令,捆成一个很可观的包裹。他一而再、再而三地重复了他的指令。他认为,即使是一个笨蛋也全都懂了。如果那个买主要翻一翻书皮,您就要紧紧抱住不放,并要大声嚷嚷:"不行!不行!"在教堂后面费舍勒就可以得到他的钱和包裹。在那里下水道工人也可以得到报酬。但有一个条件:他不得对任何人讲,也不能告诉其他三个雇员,这样明天早晨九点又可以在教堂后面得到报酬。费舍勒对于这个诚实的下水道工人是放心的。这个听话的当了爸爸的工人听了这些话后就离开了。

当下水道工人在书店门口等待的时候,其他三个人遵照经理的命令继续往前走,对同事的亲密的招呼没有留意。费舍勒也估计到了这一点。在他们没有发现他手里抱着的就像富人抱着自己心爱的婴儿一样的包裹之前,下水道工人就拐进一条胡同。费舍勒吹着口哨,赶上了那三个人,并带着"费舍尔太太"走。小贩认为,最大的包裹将留给他,于是就对"瞎子"说:"您瞧着吧,他最后找我!"

侏儒跟"费舍尔太太"谈得很少。"我是你世界上唯一的人，"他提醒她想起这句深情的话，"你瞧，每一个女人都会这么说，但是我要看表现。如果你贪污一个格罗申，我们之间的关系就告吹，我再也不看你的报纸了，我可以发誓。你也许能找到第二个像你这样的人！"其余的问题用不着说就解决了。"费舍尔太太"恨不得挂在费舍勒的嘴巴上，好看他说话，她好像会缩身法似的变得比原来更小了。因为鼻子太大、太长，所以他无法跟她接吻，但是也只有她才真正熟悉他的嘴。她对当铺了如指掌，她现在要先走一步，在教堂后面等他们的经理。在那里她会拿到一个包裹，对这个包裹她应该索价二百五十先令，然后带着钱和包裹再回到原处。"走吧！"他最后叫道。她使他很反感，因为她老念着跟他在一起。

　　在附近的拐角处，他停了下来，等着"瞎子"和小贩。小贩让"瞎子"走在头里，并向经理很快地、充分理解地点点头。"我生气了！"费舍勒说，并向"瞎子"投过尊敬的目光。这个"瞎子"尽管穿着破旧的工作服，却张望着每个女人，并怀疑地打量她们。他真想知道，这些女人是否喜欢他的小胡子的新款式。他恨年青姑娘，因为她们对他的职业总是抱反感态度。"一个像您这样的人，"费舍勒继续说，"注定要被别人当面欺骗！""瞎子"留神地听着。"有人给您的帽子里投一枚纽扣——您还得说声谢谢。如果您不说声谢谢，那您装的瞎子就吹了，您的顾客也就散了，所以您就不得不当面受骗！像您这样的人，还不如自杀！当面欺骗是十分令人恼火的，您说，我说得对不对？"这个畸形的、在战场上打了三年仗的人眼睛里满含着泪水。每天人们都欺骗他，而他对这样的欺骗一眼就可以看穿却不能说出来，这真使他十分苦闷。因为他不得不这样艰苦谋生，所以一个淘气的孩子都会胆大妄为地像对待一头驴一样嘲弄他。他常常严肃地想到要自杀。如果他不是不时地在女人那里得到幸福的话，他也许早就走上自杀的道路了。在"天国"里他和每个跟他谈得来的人都讲述纽扣的故事，末了都下决心要杀掉一个这样的混蛋然后自杀。因为几年来他都是这样说的，所以谁也不在意他的话了，这样他的怀疑才增长起来。"是的！"他叫道，并在费舍勒的驼背旁挥舞着手臂，"每个三岁的孩子都知道，他手里抓着的是一枚纽扣还是一个格罗申！难道我就不知道吗？难道我就不明白吗？我实际上并不是瞎子！""我也是这么说，"费舍勒接上他的话茬，"全部问题就出在欺骗上。为什么人要欺骗呢？如果一个人说，我今天一个格罗申也没有，那么，亲爱的先生，您明天就可以得到两个格罗申。但是，不，这样的吹牛家更愿欺骗，您会忍受这枚纽扣的。您应该寻找另一个职业，我亲爱的先生！我早就想到我能为您帮点儿什么忙了。我想告诉您，如果您在我这里很好地坚持三天，我就长时间地聘用您。您不要告诉其他人，高度机密，其他人将来我都要解雇，我俩私下谈谈。现在我雇请他们几天只是出于对他们的同情。但您的情况应另当别论，您不能容忍欺骗，您是一个好人，我也是一个好人，这您会承认的，我们很合得来。为了使您看到，我是多么尊重您，我预先付给您今天的全部报酬。其他人就没有拿到。""瞎子"确实拿到了其余的十五个先令。起初他不相信自己的耳朵，现在也有点不相信他的眼睛了。"从此不再寻短见了！"他叫道。这一喜悦真可使他放弃十个女人，因为他爱琢磨女人。费舍勒跟他谈的交易他十分高兴地接受了。他嘲笑那个高个子的买主，因为他有这么一副好心肠。"他咬人吗？"他问道。他想起了那条长而瘦的狗，那条狗白天把他带到工作地点，晚上带回来。"他当然咬人！"费舍勒威胁说。他犹豫了一会儿，考虑是否可以信任这个"瞎子"，让他完成比原计划的三百先令更高一点儿数额的任务。此人看来真是很兴奋。费舍勒自己在那里嘀咕着，他渴望一下子就赚上五百先令，但他也清楚地看到，这个风险太大了，如果受到损失，将会毁掉他自己，于是他把自己的欲望降到四百先令。"瞎子"现在应该到教堂前面的广场上去，并在那里等他。

当"瞎子"走开、人们看不到了的时候，小贩认为他的时机到了。他匆匆忙忙迈着小步子赶上侏儒，并和他并排走着。"现在他们都走了！"他把脑袋低下来对费舍勒说，但是他无法使自己的身子变到能跟费舍勒面对面谈话的地步，再说，他说话时，目光总得抬起来才好，好像侏儒成了经理后已经比过去长高两倍似的。要做到这一点就更难了。费舍勒沉默着。他没有想到跟这个人保持亲密关系，那三个人他觉得在"天国"里可以随叫随到。对这第四个人他要小心一点。他自己对自己说，就今天用他一次，下不为例。那个小贩又重复道："那几个人都走了，您没有发现吗？"费舍勒不耐烦地说："您怎么啦？您现在不可以说话，要执行任务！现在是我说话！如果您想说话，就请另找主儿吧！"小贩马上毕恭毕敬，躬身施礼，刚才那副摩拳擦掌的劲头早就没了，身躯、头和胳膊都抖动起来。他该如何来证明自己是个顺从听话、低声下气的奴仆呢？在精神混乱的情况下他简直想头朝下、脚朝上，以便使脚重叠起来表示自己的忠顺。他为摆脱失眠而斗争，就"财富"而言，他想到的是疗养院和复杂的疗程，在他的天堂里治疗失眠症的特效药有的是。在那里他可以连续睡上十四天，醒都不醒一下，在睡梦中吃饭。十四天以后他才醒来，早了不行，醒来以后要听话，不要违反规定，那里的医生就像警察一样严厉。然后他玩上半天扑克，打扑克有个专门的房间，在那房间里玩扑克的都是些富商大贾。几个小时之内他的财富就翻了一番，他打牌的运气真好。然后他又睡上十四天，只要他愿意，时间有的是。"您干吗这么摇摇晃晃的？不知羞耻！"费舍勒嚷道，"停止摇晃！否则我不要您了！"小贩大吃一惊,如梦方醒,马上尽可能地使哆哆嗦嗦的四肢恢复平静。他又变得贪得无厌起来。

费舍勒看到,在这个可疑的人身上还找不到不要他的理由。于是费舍勒怒气冲冲地给他发出了指示:"您听着,否则您就滚蛋!您在我这里领一个包裹,包裹,您懂吗?一个小贩应该知道什么是包裹。您带着它去'苔莱思安侬'。我不需要对您讲什么。您就在那里待着,您这个笨蛋。在有人去当铺的书籍部之前,您就去开玻璃门。我说,您不要摇晃!如果您在那里这么摇晃,那就会打破玻璃,那可是您的事。在窗户旁边站着一个瘦高个子的富人,他是我商界的好朋友,您向他走去,闭口不要说话,在他说话之前如果您说话了,他就会不理睬您,让您站在那里。他是一个有权威的人。您最好不要说话!我可没有兴趣为了要您赔偿损失而跟您打官司。但是如果您搞错了,那我也不客气,官司还是要打的!您可要把稳点,我可不允许让我的买卖败在您手里!如果您是个神经质的大笨蛋,就趁早儿滚蛋!我宁可要下水道工人而不要您。我讲到哪里了?阁下知道吗?"费舍勒突然想起了他跟随基恩几天中所学来的高雅语言,他认为这种语言对付傲慢的雇员正是唯一合适的。他为了使自己平静一些,就停了一会儿,并利用这个机会,乘人不备揭穿可恶的对手。小贩笨拙地答道:"您说到您那位瘦高个子的商界朋友,以及我不要说话。""您停下来!您停下来!"费舍勒大声呵斥着,"那么包裹在哪里呢?""我抓在手里。"这个家伙低声下气的声调使得费舍勒大为失望。"唉!"他叹着气说,"要是把您说通了,岂不要长出第二个驼背来吗?"小贩傻笑着,觉得骂驼背也无损于己。即使居高临下他也不敢直视那个驼背,只是偷偷地往下瞄了一眼。费舍勒没有注意到这一点,因为他正在拼命地寻找新的辱骂的词儿。那种在"天国"中通常使用的污秽的表达方式他要竭力避免,因为这样的表达方式对"天国"的"居民们"来说已经司空见惯,不会起到什么作用了。这个双料的笨蛋使他感到很腻烦。他突然加快脚步,当小贩拉下半步远的时候,费舍勒转过身来蔑视地看着他说:"您已经累了。您呀,还不如让埋掉呢!"然后他继续发出指示。他让小贩记住向那个高个子的买主索价一百个先令,但是一定要在小贩被拦住并且答上话的时候,才可以开口要价,莫失言,事成之后,带着钱和包裹回到教堂广场上来。下文他在教堂那儿就会清楚,无须多问,关于自己的任务,即使在其他雇员面前也切勿透露一个字,否则立即开除,勿谓言之不预也。

他想到这个小贩可能会把一切都透露出去并且和其他人串通在一起反对他。考虑到这种情况,费舍勒就把语调缓和下来。为了跟他言归于好,费舍勒放慢了脚步,当小贩突然又走到他面前一米时,他说道:"等一等嘛!您往哪儿跑?我们不需要走得这么急嘛!"小贩把这又看成是新的侮辱。接下去费舍勒跟他友好地、平静地说话,使人感到好像他们在"天国"时就是平等的好搭档似的。他之所以说了这番友好的话,是因为担心小贩可能会擅自行动,这是小贩自己跟自己解释的。尽管小贩有些神经紧张,但他并不笨,他对人及其动机做出了正确的估价。为了说服别人购买他的火柴、鞋带、纸张或较贵的东西,如肥皂,他比著名的外交家更会使用那敏锐的洞察力,更会体谅别人的心情,更会使自己保持沉默。只有当他睡觉做梦的时候,他的思想才迷迷糊糊、懵懵懂懂。现在他理解到这次新买卖能否取得成功完全是一个秘密。

费舍勒利用去目的地的余下路程的机会,通过各种事例和情节来证明他的那位看样子像是好心肠的朋友,那位瘦高个子的先生是个多么危险的人物。他告诉小贩说,那个先生由于经过战争的长期折磨,变得很粗暴,他可以整天不动,不伤害任何人,但如果有人对他说一句多余的话，他就会抽出他的老来复枪，当场把人射倒在地。法庭拿他也没有办法，因为他有神经病，他随身带有医生证明，警察都认得他。何必逮捕他呢？警察都这样说。他又被宣布释放了。况且他用枪射人又不射死。他只射击人的腿。几个星期后被射击的人就恢复健康了。只有在一种情况下他不开玩笑，那就是向他提许多问题。他不能容忍别人提问题。比如有人打听他的健康状况，转眼间这个人就被打死了。因为在这种情况下他就直接射击人家的心脏。这就是他的习惯，不能怪他，以后他又会感到遗憾的。他已经这样打死六个人了。人人都知道他这个危险的习惯。这六个人就是问了他什么。通常人们是可以和他做很好的交易的。

小贩连一个字也不相信，但他头脑里会很容易产生幻觉。他看见一位穿着讲究的先生站在他面前，他还没有睡醒，这位先生就举枪越过人堆打中了一个人。他决定在任何情况下都回避提问题，并决定通过其他办法来了解个中秘密。

费舍勒把食指放在嘴边，叫了一声"嘘——！"他们到了教堂前，那个"瞎子"，一副奴才相，正在等他们。他在这个时候没有打量女人，尽管他知道，有几个女人从他身旁走过。因为他太高兴了，他正等着热情接待他的同事。那些穷鬼三天后都要解雇，但他却找到了终身的工作。他热情地欢迎了小贩，好像他们已经几年没见面了。三个人在教堂后找到了"费舍尔太太"。她是跑来的，在那里已经喘了十分钟的气了。"瞎子"摸着她的驼背。"怎么样，老家伙？"他叫道，那苍白而布满皱纹的脸露出了微笑。"今天我们不错呀！"也许他使那个老太婆高兴了，"费舍尔太太"尖声叫道。她感到接触她的不是费舍勒的手，却自己对自己说，这是费舍勒，但她听到的却又是"瞎子"的声音。于是她的尖叫声由害怕变成喜悦，又由喜悦变成了失望。费舍勒的声音具有诱惑力。他本该叫卖报纸！人们准会从他手里抢购报纸。不过那就大材小用了，会累坏他。她觉得他还是当经理合适。

除了嗓音他还有敏锐的眼睛。下水道工人刚进拐弯处，费舍勒就看见了。他命令其他人"原地不动"，向他跑去。他把下水道工人拉到教堂的前檐下，从他胳肢窝里接过包裹，并从他右手里拿下两百个先令。他从中抽出十五个先令塞到下水道工人手里。事情办完后，下水道工人的笨拙嘴巴里才挤出一句话来："事情进展得很顺利。""我看见了！我看见了！"费舍勒叫道，"明天九点整，明天九点整还在这里等！"下水道工人迈着笨重的步子离开了，并开始查看他的工资。过了好大一会儿他才说："不错。"他去"天国"时一直都在跟自己的旧习惯做斗争，最终还是屈从了：老婆得十五个先令，还有五个先令喝酒。事情就是这样。本来他是想把这二十个先令都用来喝酒的。

费舍勒在屋檐下才注意到，自己组织得不好。如果他现在把包裹交给"费舍尔太太"，那个小贩就站在旁边，并且会仔细地看个究竟。一旦这家伙看出了大家用的都是同一个包裹，那么事情的全部秘密就都暴露出来了。这时"费舍尔太太"走了过来，好像她已经猜到了他的想法，于是就自动走到教堂屋檐下，说："现在轮到我了。""要花很长时间，我亲爱的！"他对她说，并把包裹交给她。"走吧！"她一瘸一瘸地，以最快的速度离去。她的驼背挡住了其他人的视线，使他们看不见她拿的包裹。

那个"瞎子"此时正试图向小贩解释，跟女人混不出什么名堂来。一个人首先要有一个职业，一个规规矩矩的职业，一个美好的职业，一个可以睁开眼睛干的职业，老这么装瞎子也不是个事儿。人们认为，如果一个人看上去是瞎子，就什么事情都对他干得出来。要是他发了迹，女人们就会自动跑来，一来就是几十个，人们简直不知道如何应付。下贱人只懂得下作事。像狗一样，哪儿都可以干那种事。见鬼了，他现在可成了另外的一个人了！他需要一张规规矩矩的床、马鬃编制的垫子，房间里要有一个不发臭气的炉子，还要有一个长得水灵的女人。他忍受不了那种煤味儿，在战争中他已闻够那种味儿了。他现在不是跟任何女人都交往。从前，当他还是乞丐的时候，任何一个女人都能诱惑他。现在他买了一套好质料的衣服，他的钱将会多得如干草一样，对女人要好好挑选挑选。他挑上一百个女人，对每一个女人都摸一摸——她们不一定非要脱得精光，就这样也可以——随后带走三四个。多了一下子受不了。乞讨的日子一去不复返了。"无论如何要买张双人床！"他叹息着说，"我把另外三个丰满的女人往哪里安置呢？"小贩则有另外的忧虑。他伸长脖子，以便能看到"费舍尔太太"的驼背。她到底有没有拿着包裹呢？下水道工人是带了一个包裹回来的，然后两手空空地走了。那么费舍勒为什么把他拉到教堂屋檐下去呢？他们站在那里时，人们既没有看到费舍勒，又没有看到下水道工人，也没有看到"费舍尔太太"。那就是说，那只包裹一定藏在教堂里了。真是个怪主意！谁会在教堂里搜寻偷来的赃物呢？这个三寸丁可算是个狡猾的家伙。那个包裹可能是一包可卡因。这个家伙从哪里搞来这么大的一笔交易呢？

此时侏儒也快步向他们跑来，说："耐心，先生们！等到她跨着罗圈腿走去走回，我们都得死了。""不会死的，主人！""瞎子"嚷道。"人人都难免一死，经理先生。"小贩点头哈腰地迎合着说，并且把两只手掌向外摊开，表示无可奈何，就像费舍勒在这种情况所表现的那样。"是呀，如果我们有一位出色的棋手该多好啊。"他又补充说，"我们这些人都谈不上是象棋大师。""大师，大师！"费舍勒像受了侮辱似的摇摇头说，"三个月以后我就是象棋世界冠军，先生们！"两个雇员互相非常高兴地看了看。"万岁，世界冠军！""瞎子"突然叫道。小贩用他那唧唧啾啾的尖嗓音——在"天国"他一开口说话，人们就说他拉四弦琴——赶快附和。他说出了"世界"两个字，而"冠军"那两个字就卡在嗓子眼儿里了。幸亏这时这块小小场地上什么人也没有，也没有警察。费舍勒欠了欠身子，但感到他说得太过分了，于是便呱呱地说道："遗憾得很，工作时间我需要更多的安静！我们最好不要谈这些！""什么？""瞎子"说，他又想起了他的未来的计划，他相信，他高呼了万岁总要有个报酬，作为报酬，他有权要求实现他未来的计划。小贩把食指放到嘴边，说："我总是说，沉默是金子。"便不作声了。

　　"瞎子"还在想他的女人。他不愿意人家干扰他愉快的思考，继续大声地说下去。他一开始说，女人没有什么，最后又说要搞一张双人床，因为他感到费舍勒对这样的事情不甚了了，于是又从头开始，并努力把他所储备的女人挑几个描述了一番。他给每一个女人都描绘了令人不可思议的屁股，以公斤标出其重量，编上号码，其数额按顺序一个比一个大。第六十五号女人是他作为第六十号至第六十九号的例子而抽出来的，这第六十五号女人的屁股重达六十五公斤。他不擅长计算，喜欢坚持他已经说过的数字。六十五公斤他自己也感到夸大了，但仍声称："凡是我说过的，都是对的！我不会说谎，这种习惯打仗的时候就有了！"费舍勒此时自己的事情还管不过来呢，哪里还有工夫听他说什么。现在该把那高涨的棋瘾压一压了。现在没有什么东西比要下棋的劲头儿更能干扰他了。这样下去他的买卖就会毁掉。他拍打着上衣右边口袋里的小棋盘，那里头还有棋子儿，他听到棋子在里面激动得跳来跳去，喃喃地说："你给我安静点儿！"他又拍了一下，直到听腻了那吵吵闹闹的声音为止。小贩在思考着那个可卡因麻醉品的包裹，并联想到这

265

麻醉品对他的失眠能起作用。如果他在教堂里找到那个包裹,他想从中偷出几小包,并且试一试能否治愈他的失眠。他只是担心,在这中毒性的昏睡中也不得不做梦。如果做梦,他宁愿不睡觉。他说的是真正的睡眠,在睡眠中有人给喂饭,但不醒来,最多可以睡上十四天。

费舍勒发现,"费舍尔太太"使劲地对他招招手,便消失在教堂的屋檐下。他抓住"瞎子"的胳膊说:"当然,您说得对!"对小贩说:"你留在这里!"说罢他就带着"瞎子"走到教堂大门口,让他在那里等,接着便把"费舍尔太太"拉到教堂里。她兴奋极了,竟说不出一句话来。为了使自己平静下来,她迅速地把包裹和二百五十先令递到费舍勒手里。当他数钱的时候,她深深叹了口气,呜咽道:"他问我是不是叫费舍勒太太!""那么你说……"他叫着,他害怕她愚蠢的回答会坏了他的买卖。不对劲儿,她一定坏了他的买卖,你瞧,她现在那份高兴劲儿,这只笨鹅!如果有人对她说,她是费舍勒的妻子,她就会失去理智!他从来没有认过这个账。那头笨驴,他干吗问这些呢?他费舍勒不是给他介绍过他的老婆了嘛!因为她有一个驼背,费舍勒也有一个驼背,所以他以为她一定是费舍勒的妻子。那头笨驴到底是有所觉察了,现在他费舍勒必须带着这微薄的四百五十先令逃之夭夭,多么卑劣!"你到底说了什么?!"他第二次嚷道。他已忘记,他是在教堂里。一般来说他对教堂是敬畏的,因为他的鼻子特别引人注目。"我——我——不是——不让——说话嘛!"她几乎每说一个字都要抽噎一下,"我摇了摇头。"他如释重负。由她引起的恐慌使他大发雷霆,他恨不得左右开弓揍她几个嘴巴。可惜没有时间了,于是他把她推出教堂,对她尖叫道:"明天你还是去卖你的臭报纸吧!我再也不看你那报纸了!"她知道,她在他那里的工作算吹了。她没有心情来想一想她错在什么地方。一位先生把她当成了费舍勒的妻子，而她什么也不能说。真是不幸，真是可怕的不幸，当那位先生称她为"费舍勒太太"时，在她的一生中她还从来没有感到这样幸福过。在回家路上她不断地呜咽着："他是我在世界上唯一的人。"她已忘记他还要付给她二十先令的报酬，这笔钱她在困难的时候可以将就过一个星期。她哭着，仿佛又看到那称她为"费舍勒太太"的先生。她已忘记人人都称她为"费舍尔太太"。她哭哭啼啼，也是因为她不知道，那位先生住在哪里，会到哪里去。如果知道的话，她可以每天给他送报纸，这样他就可以每天问她。

费舍勒把她甩掉了。他倒不是有意欺骗她，害怕的心理以及她的回答都激起了他的愤怒，使他失去了清醒的头脑。如果平静地解决她的问题，他无疑会骗走她的工资的。他这时把包裹交给"瞎子"，并劝他一定要经得起考验，要沉默，他的终身职业能否保得牢就看这一遭了。为了忘却那些女人，"瞎子"此时闭上了眼睛。因为他这时看到了那些女人，简直伸手就可以摸到她们。当他睁开眼睛的时候，所有的女人都走开了，即使那个最胖的女人也走了，他感到有点遗憾。他不再想她了，他现在非常精心地考虑他的新任务了。费舍勒的建议是多余的，尽管他要办的事情很急，但不愿为他所左右。他吃过许多纽扣的亏。此外，一个对女人抱着无所谓态度的人，对争取女人的欢心能有多少兴趣呢？这样的人当然不可能做出正确的估价。

费舍勒转身对小贩说："一个商人对这样的光棍要给予信任！""您说得对！"小贩说，他自然是把自己看成是商人，不属于光棍之列。"人为什么活着呢？"为了那还要冒风险的四百先令而活着实在使他腻烦透了。"为了睡觉。"小贩回答道。"您为了睡觉！"侏儒大笑起来，他想象得出这个无时不在埋怨失眠所造成的痛苦的人是多么需要睡眠。他笑的时候，那两个鼻孔眼儿就像张得很大的嘴巴，鼻孔底下形成两条狭缝，好像是嘴角，清晰可见。这次他笑得不可开交，只好捧着自己的驼背笑。对于正常人来说叫捧腹大笑，对于他来说是捧驼背大笑。他把手放在驼背上，以便十分小心地截住任何使他身体受震动的打击。

他刚刚笑了个够——小贩对人家不相信他需要睡眠这一点感到受了莫大的侮辱——"瞎子"来了，并走到教堂屋檐下。费舍勒马上朝他奔去，从他手里夺下了钱。使他十分惊讶的是，钱数非常精确——他给瞎子说的是五百先令吗？不，是四百先令——为了掩盖他的激动情绪，他问道："怎么样？""在玻璃门里我碰到一个人，我要告诉您，是一个女人。要不是我提着这个包，我可以在她前头到达。她真胖！您的朋友喝醉了。""为什么？您想到哪儿去啦？""请您不要生气，但是他在咒骂女人！他说四百先令太多了。因为女人的原因他明白了，所以也就付了这笔钱。女人是罪魁祸首。如果允许我说话，我就要回敬这个愣家伙。女人，女人！如果没有女人，我干吗活着？我刚好遇到一个女人，他就骂起来！""他就是那样。他是个热情的光棍儿。我可不允许您骂他，他是我的朋友。我也不允许您说话，否则他会感到受侮辱。不能侮辱朋友。难道我侮辱过您吗？""没有，没有。我得说，您是一个好心肠的人。""您瞧！明天早上九点您还到这里来，好吗？一定不能说话，因为您是我的朋友！我们可以看到，一个人并不非得吊死在纽扣上！""瞎子"走了，此人感到十分愉快，他很快就忘掉那位奇特的买主了。他可以用这二十个先令办点事情了。先办主要的事情，主要的事情就是一个女人和一套西服，新西服一定要黑色料子的，这样才能跟他的小胡子相称。可是二十个先令买不到一套黑料子的西服，所以他还是先找个女人。

小贩曾受过侮辱，但又很好奇，他已忘记要小心谨慎，也把那胆小怕事的老习惯抛到九霄云外去了。他要当场抓住侏儒，揭露他如何把包裹倒来倒去。为了那个包裹必须搜查整个教堂，这种想法对他来讲并不具有吸引力。借助自己的突然出现，他可以把大概的情况弄清楚，因为侏儒会随便从什么地方走过来。他在门前遇到了费舍勒，接受了任务，便默默地走了。

费舍勒慢慢地尾随着他。这第四次试验的结果将具有不是金钱上的、而是原则上的意义。如果基恩出给小贩一百个先令，那么仅仅流到费舍勒口袋里的钱的总额——九百五十个先令——就超过了基恩以前付给他的酬谢金。在有组织地骗取基恩的钱的时候，费舍勒每时每刻都知道，这是在反对一个敌人，这个敌人昨天还企图把他的一切都骗走。当然一个人是要保卫自己的。为了对付一个杀人犯，自己也要成为杀人犯；为了对付一个流氓，也要把自己贬低成一个流氓。这件事是很棘手的。那人也许坚持要收回他的酬谢金，他也许沉溺于他那卑劣的行径。一个人常常把一些不可能办到的事情装到脑子里，也许他要把他的全部财产孤注一掷了。他那笔钱也曾经是费舍勒的财产，所以他可以心安理得地把它拿来。也许好机会现在没有了。不是每个人都懂得往脑子里记东西的。如果那人有着和费舍勒一样的性格，如果他对酬谢金那么感兴趣，就像费舍勒对棋感兴趣那样，那么买卖就会井然有序。但他知道他的对手是谁吗？他也许不过是个说大话的人，一个意志薄弱的人，因为钱使他感到遗憾，所以他就突然宣布："等一等，这钱我实在已经够了！"他能够因为一百个先令而放弃全部酬谢金。他能知道人们会把他的一切钱财都拿走而自己最后什么也得不到吗？如果这个书店代理人有一点点聪明的头脑——人们的印象是，他有聪明的头脑——那他就一定要付钱，一直付到一无所有为止。费舍勒怀疑人们有那么多

269

聪明智慧，也不是每个人都具有像费舍勒那种在下棋中所培养出来的坚韧性。他需要一个有个性的人，有着费舍勒那样的性格，他需要一个坚持走到底的人，为了这样的人他是很愿意付出一定代价的，为了这样的人，他是愿意参加他的买卖的，如果他找到这样的人的话。费舍勒迎着基恩所在的方向走去，一直走到"苔莱思安侬"的大门口，在那里等着基恩。他以后还可以欺骗这种人。

小贩向他一溜小跑地走来，十分恐惧地站在他面前。他没有想到上司就站在这里。他居然多索取了二十个先令。他把手伸向左裤兜，他把钱塞在那里了，不过人们看不到罢了。他不小心把包裹掉到地上。他究竟如何处理自己的事情，对此费舍勒眼下显得满不在乎。他想看一看。他的雇员跪下，把包裹拾起来。使他惊讶的是，费舍勒也跟他一样蹲了下去。在地上他把手伸向小贩的右裤兜，在那里摸到了一百个先令。这只是一个借口，小贩想，他担心的是那个罪恶的但是贵重的包裹。见鬼了，为什么我先前不很快地看一看包裹里的东西呢？现在已经太晚了。费舍勒站了起来说："您不该把包裹放下来。把包裹带回家，明天早上九点钟还带着它到教堂这里来。再见啦！""什么，我的报酬呢？""对不起，我真健忘。"说罢他就给了小贩那份报酬。

小贩走进教堂。明天九点？亲爱的，我今天就得看个究竟！在一根大柱子后面，小贩又跪了下来，祈祷着打开了那个包裹。为什么要跪在大柱子后面呢？因为他害怕别人看见他打开包裹。打开一看，里面全是书。疑团解开了：人家欺骗了他。真正的包裹不知放在何处呢！他把书包好并放在一张长凳下面，接着又寻找起来。他祈祷着在教堂里穿来穿去，在每一张长凳下面寻找着，找得非常仔细。这是一个机会，错过了就不会再来。他常常碰到他想象中的秘密包裹，可是一看却是黑封面的祈祷书。一小时后他开始对这种情况怀着无法熄灭的仇恨。第二个小时后他就累得腰酸背疼，舌头也拉到嘴外面来了。两片嘴唇还在动着，好像他在喃喃祈祷似的。当他搜查一遍以后，又从头开始。他是聪明反被聪明误，不再机械地重复以前的做法，因为重复以前的做法还会发生同样的疏忽。于是他改变原来的顺序，不是由前往后找，而是由后往前找。幸亏这个时候很少有人到教堂来。他竖起耳朵听着是否有异常的声音，如果听到异常的声音，他就站在原地不动。一位虔诚祈祷的妇女使他在原地站了二十分钟，他真担心她会在他之前发现那神圣的秘密。于是他便始终盯着那个妇女，只要她在那里，他就不敢坐下来。下午的时候——他不知道他已经找了多长时间了——他曲里拐弯跌跌撞撞地从左三排找到右三排，又从右三排找到左三排，这是他想出来的最后一种顺序。傍晚的时候他累得要死，倒在一个地方就睡着了。他诚然达到了他要睡觉的目的，但是并没有睡足十四天，在当天晚上教堂关门时就被管教堂的人摇醒赶了出去。而那个真正的包裹他却忘在教堂里了。

揭 露

当费舍勒激烈地眨巴着眼睛出现在玻璃门里的时候,基恩微笑着迎接了他。这个他不久前才从事的慈善事业使得他的性格变得柔和了。他感到有必要找到一些比喻,他问自己,昏暗的信号灯的闪亮应该意味着什么。那相约的信号随着奔泻的爱情洪流的流逝而逝去了。基恩的信念——就像他不信任亵渎书籍的人类一样不可动摇——已扩展到任何一个领域。他对耶稣,这位古怪的挥霍者的软弱感到遗憾。聚餐,疗养,慷慨陈词,等等,都历历如在眼前。他想有多少书运用这些奇迹般的手段可得到益处呢?他感到,他目前的状况和耶稣的状况相似。他用同样的方式做了许多事情,只有爱情那东西使他迷惑不解,跟日本人类似。因为他还是个语言学家,等到安身立命的时候他决定对基督教新教的书籍进行一次新的彻底的研究。对耶稣来说关系到的也许不是人类,野蛮的等级制度篡改了耶稣的原话。在《约翰福音》[①]中,突然受古希腊影响的理性恰恰使得人们有充分理由进行怀疑。他感到自己有足够的学识,使基督教教义回到它原来的真正教义上去。如果说他不是第一个将救世主

[①] 《圣经·新约》中的四大福音书之一。这部福音书,因与其他三部在内容表达上有明显不同,如将古希腊思想中的"逻格斯"与上帝并称等,被称作"异观福音"(其余三部被称作"对观福音")。

的真正的话向人类传播、向那些耳朵随时准备接受新的解释的人传播，那么他内心确实希望他的说明是最后的说明。

费舍勒对面临的威胁所做的表示却没有被对方理解。一会儿他又继续眨巴着眼睛，投过警告的眼色，他不断地一会儿闭一下右眼，一会儿闭一下左眼。最后他向基恩冲去，一把抓住他的胳膊，悄悄地说："警察！"这是他知道的最可怕的词。"您快跑！我先跑了！"他违背自己的诺言，又站到门里，等他说的话起作用。基恩痛苦地向上面看去，不是向天上看去，而是向第七层的地狱看去。他决心到那块神圣的地区去，也许就在今天。他内心非常看不起那些肮脏的伪善者，作为真正神圣的人，在他迈动长腿之前，他没有忘记生硬但是深情地向侏儒鞠了一躬，感谢他向自己提出了警告。要是他出于胆怯而忘记自己的职责，他自己的图书馆就会遭到火灾。他十分强调地指出敌人是不会露面的，他们害怕什么呢？是怕他说情的道义力量吗？他不为罪人说情，而是为书说情。即使在这个时候它们之中有哪一个受到伤害，人们也会从另一面认出它。他也掌握了《旧约全书》并保留报复的权利。唉，你们这些家伙，他叫道，你们躲藏在什么角落里窥视着我呢？我昂首离开你们这藏垢纳污的地方！我不害怕，我有无数的书支持我。他用手指着上面，然后才缓缓地走了。

费舍勒的眼睛一直盯着他。他不想把自己的钱交到基恩的口袋里分发给那些骗子。他担心再碰到那些不相识的借典当之名行骗钱之实的人，所以就用鼻子和手臂催促主人赶紧跑开，从主人的迟疑举动中他觉得自己的前途有了保证。此人显然很有个性，并且拿定主意用这种办法而不是别的办法来达到获取酬谢金的目的。这样的结果能否取得，他曾经认为此人是无能为力的。他决定赞助这个人的计划。他要帮助基恩把他的钱全部花光，而且在最短的时间内，不要费太多的神就把钱花得一个子儿也不剩。因为把一笔本来就很可观的钱零零散散地花掉太可惜,所以费舍勒要注意不让不相干的人插手。他们两人之间所发生的事情,只跟他们两人有关系,与其他人毫不相干。他每一步都陪同着基恩,驼背也上上下下一起一伏、愉快地跳动着。他不时地指着一个黑暗的角落,把食指放在嘴边,踮着脚尖走。当一个当铺职员、一头管估价的猪,偶然从他面前经过时,他想鞠一躬,于是就把驼背向他甩去。基恩完全是出于胆怯也鞠了一躬。基恩感到,这个伪装的人,一刻钟以前才从楼上下来,他在上面行使魔鬼的职权,现在哆哆嗦嗦,生怕有人禁止他在窗边逗留。

　　费舍勒终于按照自己的意志把基恩拉到教堂后面的屋檐下。"总算得救了!"他嘲笑地说。基恩对这种他刚刚还身临其境的极大危险感到非常愕然。于是他拥抱了侏儒,并以非常柔和的声调说:"我要是没有您……""那您早就被关起来了!"费舍勒补充说。"难道我的行动方式违犯了法律吗?""一切都违犯法律。因为您饿了,去吃东西,没钱,您偷了。您帮助一个穷鬼,赠给他一双鞋,他穿着鞋跑了,是您袒护了他。您在一张长凳上睡着了,您在那上面做了十年的梦,您又被唤醒了!您要被拉走!您想挽救一些普通的书,而整个'苔莱思安侬'就被警察包围起来了,每个角落里都埋伏了人,新的来复枪您应该看一看!一个少校指挥这次行动,我是透过人家大腿缝看到的。您相信吗?他埋伏的地方那么低,所有大个子的人经过时都发现不了他。一张逮捕令!警察局局长发布了一张特别逮捕令,因为您是个子比较高的人。您知道您自己是谁,用不着我对您讲什么了!十一点整您就会在'苔莱思安侬'的屋子里或者被打死,或者被活活逮走。您要是在外面,您就会安然无恙。在外面您就不是犯罪分子。十一点整。现在几点?差三分十一点。好家伙,您自己想想吧!"

　　他把基恩拉到对面的地方,从那儿可以看到教堂的大钟。他们在那里站了一会儿，就敲十一点了。"我说什么呢，现在已经十一点了！您可真走运！您想想我们曾经打招呼的那个人，那个人是头猪。""猪！"基恩没有忘记费舍勒原来给他讲的情况。自从减轻了头脑的负担以来，基恩的记忆又能出色地工作了。他放了一通马后炮，捏紧拳头，吼道："恶毒的吸血鬼！我要是在这里碰上他多好啊！""您没有碰上他应该高兴！如果您惹怒了那头猪，您早就被逮捕了。请您相信，我在这样一头猪面前鞠躬感到多么恶心。但我还是不得不警告您。您现在该知道，我是怎样一个人了！"基恩正在回忆那头猪的外形。"我把他看成一个普通的魔鬼了，"他惭愧地说，"他诚然也是个魔鬼。为什么一个魔鬼就不该是头猪呢？您看见他的肚子了吗？在'苔莱思安侬'流传着一个谣言……我想还是不说为好。""什么谣言？""您会激动的。""到底什么谣言？""您要发誓，如果我告诉您的话，您不马上跑开！您会去闯祸的，对书一点好处也没有。""好吧，我发誓，您倒是说呀！""您发誓了！您看见他的肚子了吗？""看见了。您说是什么谣言嘛！""马上就说。那个肚子没有什么引起您的怀疑吗？""没有！""有人说，那肚子有棱有角。""这是什么意思？"基恩声音颤抖着。一件闻所未闻的事情就要被揭露出来了。"有人说——我要扶着您，否则会发生不幸——有人说，他之所以这么胖是因为书。""他……""吃书！"

基恩大叫一声跌倒在地。随着他的倒地，侏儒也被带着倒了下去。侏儒在石板路上跌得很疼，为了报复，他继续说道："'您要干什么，'那头猪说道，我亲耳听到他说过一次，'这些乌七八糟的东西我怎么办呢？'他说的乌七八糟的东西，指的就是书，这些东西足够他吃的了。'您要干什么，'他说，'这些乌七八糟的东西放在这里已经好几个月了，我不如受用一点儿，塞饱我的肚皮。'他还归纳总结了一本烹调技术的书，里面有好多好多烹调办法，现在他

275

正在找一家出版社替他出版。他说世界上的书太多了,也有许多饿肚皮的人。他说:'我的肚皮能填得饱,全凭我这套烹调法,我要让每个人都有这样一个肚皮,我要让所有的书籍都消灭掉。按照我的想法,一切书籍都应消灭掉!人们可以把它们焚毁,但人们得不到好处。所以我说,应该把它们吃掉,生吃,拌点儿油和醋吃,就像吃沙拉一样,就着面包片吃起来,就像吃煎肉排一样,可以撒上点盐、胡椒面、糖或者肉桂粉吃。'这头猪总结了一百零三种烹调法,每个月都发明一种方法,我觉得这太卑鄙了,我说得对吗?"

当费舍勒呱呱胡诌的时候,基恩蜷缩在地上,用他那瘦小的拳头击着地面上的石板。好像他要证明,即使地板上的硬壳也比一个人柔软一些。一阵刺痛撕裂着他的胸脯,他要大声疾呼解救书籍,但是他没有能张开嘴,而只是挥舞着拳头,那撞击的声音十分微弱。他一块石头接着一块石头地打下去,拳头都打出了血,嘴边上满是泡沫,泡沫和血在地上黏合在一起,颤抖的嘴唇就贴在地上。当费舍勒沉默不语时,基恩扶着驼背跟跟跄跄爬了起来,只见他的嘴唇动了几下后,他就在广场上大声尖叫起来:"吃……人肉的……人!吃……人肉的……人!"并用一只手臂指着"苔莱思安侬"的方向,用一只脚跺着铺路石板,他刚才差点儿跟那石板接吻。

此时街上已有一些行人,他们惊恐地站在那里看着。他的声音听起来就像是受了致命伤的人发出的声音。窗子打开了,一条小胡同里有一条狗在吠叫,一个医生穿着白大褂从诊所走出来,在教堂拐角处可以看到警察。一个笨手笨脚的卖花女人——她在教堂广场上有个固定的摊位——第一个走到了尖叫的基恩的身边,问侏儒,这位先生哪儿不舒服。她手中还拿着新鲜的玫瑰花和捆花束的绳子。"他家死了人。"费舍勒伤心地说。基恩没有听见,卖花女人捆了一束玫瑰花递给费舍勒说:"这束玫瑰花送给他,表示我的哀悼。"费舍勒点点头，悄悄地说了声"今天安葬"，就轻轻地挥了挥手，把卖花女人打发走了。那卖花女人逢人便说，那位先生的太太死了。她哭着，因为她那总是揍她的先夫在十二年前死了。她的先夫要是在世，看到她去世时绝不会这么伤心的。她也为那瘦高个子的先生失去妻子而悲伤。一个理发师——被错认为是医生的那个人——站在理发店门前，干巴巴地点点头："这么年轻，就做了鳏夫。"他等了一会儿，不禁傻笑了一下。那卖花女人向他投过生气的目光并啜泣道："我给他送了玫瑰花！"关于基恩死了老婆的谣传不胫而走，传到各楼的家家户户，有几家又关上了窗户。一个花花公子说了声"谁也没有办法"，就站在那里，只是因为有个很年轻、娇媚的婢女在那里，这个女孩子很乐意抚慰穷苦人。一个旅馆侍者跑去报告了警察，警察也不知道怎么办才好。当基恩——因为有人逗引他——又开始叫起来的时候，警察就要干预了。卖花女人的恳求阻止了他这样做。警察的到来使费舍勒非常害怕，他在基恩旁边往上一跳，抓住他的嘴就往下拉，他把基恩——活像一把半关着的折刀——一直拖到教堂门前，叫道："祈祷可以使他平静下来！"费舍勒向围观的人点点头，带着基恩消失在教堂里。旁边胡同里的狗还在吠叫。"动物总是觉察到什么了，"卖花女人说，"像我先夫……"于是她对警察叙述了自己的历史。因为现在那位先生走了，她又为她失去的贵重玫瑰花感到遗憾了。

小贩正在里面忙得起劲呢，费舍勒在富有的买主的陪同下出现在教堂里。费舍勒强制使那位神秘的人物坐在一张长凳上，大声地说："您疯了？"他朝四周望了望，继续轻声地说着话。小贩十分害怕，因为他欺骗了费舍勒，而那个买主是知道多少钱的。于是他爬得离他们两人远远的，躲在一根大柱子背后。他从极为安全的暗处窥视着他们，因为他似乎预料到，这两个人为什么要到这里来：他们或者是拿来了那个包裹，或者是来取那个包裹。

在黑暗和狭窄的教堂里，基恩逐渐恢复了神志。他感到有人靠着他，此人在责怪他，但声音很轻。此人说了些什么话，他没听懂，但却使他平静下来。费舍勒尽了最大的努力才做到了这一点。他说尽一切可能的抚慰的话，一边在考虑，身边到底是谁。如果此人疯了，那他一定很富有；如果他装疯卖傻，那他就是世界上最胆大的骗子。此人是这样一个冒充大人物的骗子：他让警察接近自己而自己却不逃走；人们必须强制地把他从警察手里救走；卖花女人居然相信他的悲痛，并且免费赠给他玫瑰花；此人居然敢冒九百五十先令的风险，而且对此满不在乎，好像是很自然的事；残疾人可以对他撒大谎而不挨他揍！他真是骗术的世界冠军！欺骗这样一个骗术大师是一件很有趣的事。在自惭形秽的对手面前，费舍勒是难以容忍的。他赞成平等的伙伴关系，在每一场比赛中都是平等的。因为他出于金钱的理由把基恩选为自己的伙伴，所以他把基恩也看成是平等的伙伴。

但他是把基恩当成最大的笨蛋来对待的。他装成这样，或者他愿意这样。为了把基恩引导到其他思想上去，当基恩呼吸平静一些时，他就询问基恩上午的经历。基恩并不厌烦通过回忆轻松的时刻来使自己摆脱那无法安慰的压抑——自从经历了那可怕的事件，他心中就有了这痛苦的压抑。他的肩膀、肋骨和其他骨头都靠在他那排凳子尽头的柱子上。他露出一个病人的微笑，这个病人的身体已逐渐好转但还要注意保养。费舍勒认为保养是有意义的。这样一个敌手，人们乐意让他活着。他爬上凳子，在上面跪了下来，把自己的耳朵尽量靠近基恩的嘴，以便听见他说话。"为了使您不要过度劳累。"他说。基恩不再简单地倾听人家所说的话了。人们每一个友好的表示他都觉得是一个奇迹。

"您不是人。"基恩轻轻地、亲切地说。

"一个残废者不是人,我有什么办法呢?"

"唯一的残废是人。"基恩的声音试图变得大一点儿。他们相对而视,所以他忽略了在侏儒面前应该对什么保持沉默。

"不,"费舍勒说,"人不是残废,否则我就是一个人!"

"我不同意。人是唯一的猛兽!"基恩的声音大了,并且是命令的口气。

费舍勒认为这场争论很有意思。"为什么我们的那头猪不称为人?"现在他反击了。

基恩跳起来,他是不可战胜的。"因为猪不会自卫!我抗议这种强词夺理的说法。人就是人,猪就是猪!所有的人不过就是人!您的猪叫作人!自己断言是头猪的人会感到痛苦!我砸烂他!吃——人肉的——人!吃——人肉的——人!"

教堂里回荡着激烈的控诉。这教堂好像空旷得很。基恩放开嗓子,大嚷大叫。而费舍勒则感到惊恐,他在教堂里觉得不安全。他差点儿又要把基恩拖到广场上去。但那里有警察。即使教堂现在倒塌,他也不往警察那里跑!费舍勒熟悉犹太人许多可怕的故事,那些犹太人被活活埋在倒塌的教堂的废墟里。他老婆——那个领退休金的女人——跟他讲过,因为她虔诚,想使他改信她的教。他什么都不信,只相信"犹太人"是罪犯,会自己惩罚自己。当他不知所措的时候,他看着自己的手,这手像是放在一个象棋盘上,看着那束玫瑰花,玫瑰花夹在自己的右腋下被压坏了。他把玫瑰花拿出来,叫道:"玫瑰,美丽的玫瑰!美丽的玫瑰!"教堂里回荡着呱呱啼叫的"玫瑰"声。从教堂的正堂、侧堂、圣坛和大门,到处都有红色的鸟向基恩飞去。

(那个小贩胆怯地蹲在柱子后面,他认为这两个商人伙伴之间发生了争执,他感到高兴,因为他们争论的结果一定会把那个包裹抖搂出来。他本来可以在外面就弄清楚的,那吵吵嚷嚷的声音震耳欲聋,也许发生了一阵骚乱,各种各样的坏家伙乘机出现,可能把他的包裹偷走了。)

基恩的"食人肉者"的声音被"玫瑰"的声音压住了。他的声音从开始起就很弱,抵不上侏儒的声音。他一听清了"玫瑰"这个词儿,便不再叫嚷了。他半惊讶、半羞怯地向费舍勒转过身来。这花是从哪儿来的?花儿是无辜的,对书没有什么害处,它们也会被吃掉的,也会毁于人之手。花儿应该得到保护,人们应该保护它们免受人和野兽的侵害。区别在什么地方呢?野兽,野兽,不管是这儿的野兽还是那儿的野兽,它们有的吃植物,有的吃书,书的唯一的天然盟友就是花儿。他从费舍勒手中接过花儿,想起了波斯爱情诗中所描述的花的香味。他眼睛盯着花儿,果然不错,这花真香,它完全吸引住他了。他说:"您尽管把那人称为猪,但您可不要咒骂花!""我把它带来送给您的。"费舍勒解释说。他感到欣慰,基恩在教堂里没有再叫唤。"花了我老鼻子钱呢!您吵吵嚷嚷把花儿都吵蔫儿了。可怜的花对这样的人有什么办法呢?"他决定从现在起在任何问题上都承认基恩是对的。闹矛盾太危险了。这样放纵还会引起他犯罪。基恩精疲力竭地坐在凳子上,背靠在柱子上,他一边小心翼翼地在眼前摇晃着玫瑰花——好像这就是书似的——一边开始叙述上午的美好的事件。

他平静地毫无所知地买下了那些要惨遭不幸的书籍,他站在那明亮的前厅里,谁都不能从他眼前逃脱。现在回忆起来那时候好像很遥远,是在他青年时期。他曾帮助走上健康道路的人们,现在都历历如在眼前,好像事情才发生了一个小时,他的回忆是如此清晰,使他感到十分惊讶。"四个大包裹差点儿进了那头大猪的胃,或者贮藏起来以后焚烧。我成功地挽救了那四个大包。我难道要自我颂扬吗？我不是这个意思。我变得更虚心了。那么我为什么要讲给您听呢？恐怕也是为了使您了解微小的慈善事业的意义。"人们从这些话中能感觉到雷雨后的新鲜空气。他的语言通常都是干巴巴的、生硬的，但此时说的话既温柔又风趣。教堂里很安静。句子与句子之间他常常停顿，然后又开始轻轻地说下去。他描述了他所帮助的那四个人，由于描述了那四个包的外形，他们的形象有点儿模糊起来。因为首先描述的是：什么纸包的，什么形状，包的可能是什么东西，等等；在任何情况下他都没有真正检查一下。那包裹很干净，拿包裹的人很朴素，并且感到羞愧。他不愿意封死他们回头的路。如果他那样生硬无情，那么他的赎买行动还有什么意义呢？最后一个人除外，其他三人都是好样儿的，他们待朋友小心谨慎，他们索取高价，以便人们保留他们对书的所有权。他们索价高，也许会从楼上毫无结果地跑下来，人们看到了他们的决心。他们从他手里拿到了钱，无声无息地离开，并深深受到了感动。第一个人也许是个工人，对他提出的问题只顾嚷嚷。他把他看成商人了，对他说生硬的话是永远也不会奏效的。第二个人是女士，看到她就使他想起一个熟人。她自以为被一个讨厌鬼嘲笑了，羞得满脸通红，但她没有说话。跟在她后面来的是一个瞎子，他跟一个普通女人撞了个满怀。他拎着包裹忙从她怀中挣脱出来，十分安稳地站在行善者面前。看到盲人拎着书到当铺来是令人震惊的。这些盲人强烈地希望得到安慰，有些盲人觉得盲人文字不中他们的意，因为用盲人文字印的书太少了，这些盲人从来没有放弃自己的想法，也从来没有说过实话。人们看到他们端坐在用正常人文字印刷的书籍面前。他们在自己欺骗自己，自以为是在看书。如果真有视力，看到什么东西的话，那就不是盲人。为了他们，人们希望给无声的文字赋予有声的语言。今天那个盲人的要价是最高的,这个要求要予以满足,出于对他的体贴,又因为那个肆无忌惮的女人在场,所以不能告诉他为什么。为什么要使他回忆自己的不幸呢?为了安慰他,人们才给了他幸福。如果他有一个女人,他在生活中每一刻都要与她发生冲突,虚度年华,因为女人就是这样。第四个人没有什么突出的特点,对书不那么热情,那些书却在他的手臂上不停地抽搐着。此人如料想的那样,表现轻浮,在他的言语中流露了一些肮脏的思想。

侏儒从他的叙述中得知,钱没有白花掉,如果白花掉的话,他会感到十分气恼的。他正琢磨着那最后一个人的外形,这就是他在大门口碰到的那个人,即小贩,他明天早晨还要来,要制止他的恶劣行径。

这最后的话被小贩听见了,他很熟悉这个声调。当大声的争吵逐渐缓和下来以后,他就好奇但慢慢地向他们靠拢。当他们说到他的时候,他恰好到达了合适的位置。他对侏儒的胡言乱语十分气愤。他们二人刚离开教堂,他就更为积极地干开了。

费舍勒决心做出重大的牺牲。为了使他明天能继续像今天上午这样干下去,费舍勒把基恩带到最近的一家旅馆去,并且强迫自己不要对那高额的小费——因为基恩实际上是拿他的钱付这高额小费的——生气。当基恩付两个房间——其实住一间屋子就够了——的房钱时,他拿出相当于房费数额的百分之五十付了小费,好像费舍勒对这发疯似的乱花钱同意似的。然后,他好像意识到自己错了,便微笑地看着费舍勒的脸,这时费舍勒真恨不得揍他一个嘴巴。难道这巨额费用是必要的吗?他给看门人一个先令还是四个先令,这有什么区别呢?全部的钱几天以后就都在赴美国的费舍勒的口袋里了。看门人得到了这么一点儿钱未必就富起来,费舍勒少了这一点儿钱也未必就穷下去。可是跟这样一个虚伪的家伙相处,人们还得热情友好！不这么办，他就会刺激对方，使自己在既定的目标上失去耐心，忘乎所以，从而给人家一个开除的口实。他可得小心，他今天也要把纸摊在房间里，把书码在纸上，临睡时要祝他晚安，入睡前给自己安上几个古怪的名字，他明天早上六点就起床——而这时那些婊子和罪犯还在睡觉呢！——打点行装再演那出戏。他宁可下一盘最糟糕的棋。这个高个子也许自己都不相信，费舍勒会相信他那些虚无的书籍。他不过是想教育费舍勒尊敬他而已。但是费舍勒是懂得运用尊敬这一套的，需要他运用多长时间，他就运用多长时间，多用一秒钟也不干。一旦他凑足了去美国的路费，他就会对基恩说出他的意见。"您知道，您是什么人吗，先生？"他会大叫道，"您是一个极平常的骗子！"

基恩上午太激动了，觉得很累，下午就躺在床上。他没有脱衣服，因为他对非正常的休息不喜欢多折腾。对费舍勒问他是否要把书卸下来等等问题，他只是不介意地耸耸肩膀。他对反正处于安全状态的私人图书馆的兴趣已经大大下降了。费舍勒记下了变化的地方。他预感到人们在施展一种诡计，现在是弄清这种诡计的时候了；他预感到的或许是一条裂缝，有人试图通过裂缝进行一些小小的、但是令人痛心的攻击。他老是在打听书，这些书是否使得这位图书馆长先生感到为难呢？目前的情况无论是对头脑还是对书籍都不适应。他不想干预，但是他对头脑里的混乱状况不能听之任之。人们是否应该多要几个枕头，以便使头保持一个垂直的状态呢？如果基恩猛一转头，那么这个侏儒就惊恐地叫道："天哪，请您注意点儿！"有一次他甚至跳到他跟前，并且把手伸到基恩的右耳下，以便截住书免得掉到地上。"书都掉出来了！"他责备道。

他终于慢慢使基恩恢复了他所希望的情绪。基恩想起了自己的职责，并且不再说多余的话，只是呆呆地、安静地躺着，只要侏儒

283

不说话，他是不开口的。在他说话或看东西的时候，有一种可怕的感觉，好像图书馆正处在紧急危险的状态下，其实不是那么回事儿。过度的忧虑造成了痛苦。他觉得今天想想那几百万册书也比较合适，它们的生命正受到威胁。他感到费舍勒太精明。费舍勒——可能是因为驼背的缘故吧——尽忙着自己身体上的事儿了，并且把这些事儿转到主人身上。他指名道姓地叫了一些最好应回避的东西的名字，并且抓住头发、眼睛和耳朵不放。为什么呢？可以肯定，在此人头脑里已经进入各种各样的东西了，只有狭隘的人才喋喋不休地谈着表面的现象。他到现在还没有这样令人讨厌过。

　　费舍勒一直没有安静过，基恩的鼻涕流下来了，好长时间也不去擦一下。大概是由于爱好整洁吧，基恩决定设法不使那大滴大滴的鼻涕往下流。他抽出一条手帕准备擤一下鼻涕。这时费舍勒大声抱怨起来。"等一等，我这就来了！"他说着，便从基恩手上把手帕拿走——因为他自己没有手帕，凑近基恩的鼻子，像截住昂贵的珍珠一样截住那大滴大滴的鼻涕。"您知道吗，"他说，"我如果不在您身边可就糟了！也许您已经擤了鼻涕，而那些书就会从鼻子中流出来！情况会是如何不可收拾，就用不着我给您描述了。您对您的书太没良心了！在这样的一个人身边做事我实在不愿意！"基恩哑口无言，他从内心深处觉得费舍勒是正确的。正因为如此，费舍勒的放肆声调才更加刺激了他。他觉得好像费舍勒说的正是他自己说过的。在那些他从来不读的书的压力下侏儒发生了显著的变化。基恩的老理论证明是光辉的理论。在他没有答复之前，费舍勒还在继续大喊大叫，他的主人那么随随便便使他大为惊讶。他没有什么可担心的，他只是借此机会来发泄他对那么多的小费的气愤。"您想想看，如果我现在擤鼻涕，您会说什么？您会当场把我开除掉！一个有知识的人的态度不应这样。您替别人赎书，却像对待一条狗一样对待自己的书。您一下子把钱花光了，这还不打紧，但是书要是没有了，您怎么办呢？难道说您想在风烛残年时还去乞讨吗？我可不愿意，但是一个书店代理人却愿意！您看着我！我是书店代理人吗？不！但我如何对待书呢？我十分慎重地对待它们，就像下棋的人对待他的王后，像婊子对待她的情人一样。我该如何对您说清楚呢？这么说吧：像母亲对待自己的婴儿一样！"他试图说他以前的那些行话，但是没有奏效。凡是他能想到的好话，他都说了，并且颇觉得满意。

基恩站起来，向他走近，相当尊敬地说："您是一个不知羞耻的残废人！请您马上离开我的房间！您被开除了。"

"您真是个忘恩负义的人！您这头犹太猪！"费舍勒说，"人们从犹太猪那儿不会得到别的东西的！请您马上离开我的房间，要不我就叫警察，是我付的钱，您要么补偿我这笔钱，要么我就上诉！快！"

基恩犹豫了。他觉得好像是他付的钱，怎么是费舍勒付的钱呢？但是在钱的问题上，他从来就没有把握。他也感觉到侏儒要欺骗他。如果说他要开除他的忠实的仆人，那么他至少要听听他的建议，并且再也不要损害书籍了。"您为我垫了多少钱？"他问道，他的声音听起来显然更没有把握了。

费舍勒突然感到，驼背吊在背上是多么沉重，他深深吸了一口气，因为他感到不舒服。他感到也许去美国的计划成了泡影，他自己的愚蠢要对这一转变负责，他恨自己心胸狭隘、目光短浅，没有理想前途，在眼看就要胜利之时却失败了。他痛恨那点可怜的收入，因为他真该把那点儿收入——这点儿钱他实在瞧不上——连同那个令人作呕的所谓图书馆照着基恩的头甩去，如果不是那么可惜的话。他也放弃那笔由基恩付的房钱和付给看门人的钱。他说：

285

"我放弃这笔钱了！"这句话出自他的口是多么不容易，以致说这句话的方式都赋予他更多的尊严。从这放弃声中可以听出被侮辱的人性和他们的意识：人们本来出自善意，但别人却理解不了。

这时基恩却开始理解了。他还没有给侏儒付过报酬呢，确实没有，也没有谈论过。侏儒没有让付这笔报酬，而是声称放弃。他解雇他，因为他对图书馆的过分担忧使基恩手足无措。他骂他是残废人，而就在几个小时以前当全城的警察都出动捉拿他的时候，恰恰就是这个残废人救了他。他要感谢这个侏儒，正是这个侏儒帮助他搞了组织工作，保证了他的安全，甚至鼓励他搞慈善事业。由于松懈马虎，还没有把书安置好，他就躺到床上。当仆人执行他的职责，提醒他那不利的情况以及危害书籍的情况，他却要把人家撵走。不，他还没有堕落到这种地步，竟由于在错误中固执己见而违反自己对图书馆的看法。他把手放到费舍勒的背上，友好地拍了拍，好像是说：不要见怪，其他的人会想到您的驼背的，不对，没有什么其他的人，因为其他的人仅仅是人，只有我们两个幸运者不是，于是命令道：

"我们现在该打包卸书了，亲爱的费舍勒先生！"

"我也是这么想的。"费舍勒强忍着自己的眼泪答道。在他的眼前浮现了巨大的美洲大陆，它按比例尺缩小了，但不会被基恩这样目光短浅的骗子所淹没。

饥　　饿

　　小小的和解使这两个人接近了。除了他们共同热爱教育或知识外，他们还有许多经历是相同的。基恩第一次讲了他那发疯的老婆，他把她关在家里了，在家里她就害不到人了。但是他的大图书馆却在家里。由于他老婆对书一窍不通，毫无兴趣，所以很难相信她在发疯的情况下会想到周围是些什么。像费舍勒那样敏感的人肯定会理解，基恩离开自己的图书馆是多么痛苦。但书保存在这样一个只知道想钱的女人身边是保险的，世界上比这更保险的地方恐怕还没有呢。基恩随身带着的只是应急的书籍代用品。此时他指着已经放在地上的书堆，费舍勒忠顺地点点头。

　　"是啊，是啊，"基恩继续说道，"您不会相信会有人想的总是钱。您大大方方地表示拒绝接受一笔钱，尽管这笔钱是您垫出去的。我要向您说明，我过去对您的诋毁只是出于一时的情绪，甚至是出于内疚。对于您受到的侮辱，我要补偿您的损失，您应该收下。您就把这看成是一种补偿吧，如果我要向您解释，世界上这种事是怎样发生的话。亲爱的朋友，请您相信我，世界上就是有人，不是有时而是时时，他们一生中的每个小时、每一分钟、每一秒钟都在想着钱！我可以进一步断言，这些人想捞别人的钱，为了达到这种目的，这些人真是无所不用其极，您知道，我老婆向我讹诈什么吗？""一本书呗！"费舍勒叫道。"那倒还可以理解，虽然那也是犯罪,该严厉处治。不对,她讹诈的是遗嘱!"

费舍勒听说过这样的事件。他自己认识一个女人,她试图干的就是类似的事情。为了报答基恩的信任,他咬着耳朵对基恩讲述了这件高度机密的事情,但他事先恳切地要求他不要透露出去,若透露出去,对他来说有杀身之祸。当基恩得知,这个女人就是费舍勒的老婆时,他大为惊讶。"我现在可以向您承认,"他叫道,"我第一眼看见您老婆时就想起了我的老婆。您老婆叫台莱瑟吗?我当时为了不使您感到痛苦,所以没有把我的印象说出来。""不对。她叫领退休金的女人。她没有其他名字。她没有叫领退休金的女人时,叫干瘪女人,因为她是那么胖。"

除了名字不对以外,其他都相符。在费舍勒的遗嘱故事中,出现了各种各样的可疑之处。台莱瑟是否也干过暗娼呢?可以相信她什么卑鄙的事情都干得出来。表面上她睡得很早,也许她夜里就到"天国"之类的地方去。他想起了她是如何在他面前脱光衣服的,以及她如何把书从沙发床上扫下来的可怕情景。只有一个娼妓才会干出这种不顾羞耻的事来。费舍勒在谈论自己的老婆时,他就把费舍勒老婆的情况——生病、哀诉以及试图谋杀,等等——和他所熟知的几分钟以前告诉费舍勒的有关台莱瑟的情况一一加以比较。毫无疑问,即便不能等同起来,也可以说,这两个女人一定是孪生姊妹。

后来,当费舍勒突然升了级,跟他以"你"相称并且担心地等待着他的答复时,基恩决定不仅满足他的愿望,而且还答应让他做最亲近的工作,即让他彻底改变他新遗嘱中的措辞,尽管这个侏儒不是学者而是现在刚刚开始接受教育。在和解的过程中费舍勒得知,在我们这里居然还有人中国话说得比中国人还要棒,此外还会说十几种其他语言。"这一点我可以想象。"他说。这样一个事实确实使他感到钦佩，但他不太相信。一个人哪怕撒谎说他有那么高深的学问，毕竟也很不简单。

他们一旦互相以"你"相称，互相之间的感情和共同之处就多了。他们共同制定了今后赎书的计划。费舍勒预先计算了一下，基恩可在一个星期内把钱花光。可能有人带着非常昂贵的书来，毁掉这些书是一种犯罪，应该判以极刑。尽管有这些不愉快的估计，基恩还是被费舍勒的话吸引住了。费舍勒补充说，即使钱花光了，也要采取有力措施。费舍勒说话时表情非常严肃。他是怎么想的，他心里当然有数。他告诉基恩，布道九点半开始，十点半结束，在这段时间内警察不会来的。费舍勒从以往的经验中得知，警察九点二十从"苔莱思安侬"撤走，十点四十再来。要抓人总是在十一点进行，亲爱的朋友一定会想到今天上午正是十一点以前脱险的。基恩自然会记得当他们抬头看时，教堂的钟正敲十一点。"你真有敏锐的洞察力，费舍勒！"基恩说，"亲爱的朋友，人们在坏人中待久了也会明白一些道理的！这种生活当然是不愉快的，人人都要吃正派老实的亏，我除外，但人人都会从中学到点儿东西。"基恩明白，费舍勒恰好有他基恩所缺少的东西，他具有实际生活的知识。

第二天早晨九点半，他轻松愉快，充满着勇气和信心，奔赴工作岗位。他感到精神爽快，因为头脑里带的书少了，费舍勒承担了图书馆其余部分的负担。"我脑子里进来东西了，"他开玩笑地说，"如果地方不够，我就塞到你的驼背里去！"基恩轻松愉快，因为他老婆的丑恶秘密已不再压迫他了。他准备勇敢地去工作，因为他听从了别人的命令。八点半费舍勒告别了他，因为费舍勒要预先去侦察一下。如果他不回来，就说明一切正常，可以行动了。

在教堂的后面费舍勒遇到了他的雇员。"费舍尔太太"——尽管她被解雇了——还是来了。她的鼻子今天往上翘了几厘米，经理欠了她二十先令的工资，她宽容了，没有提醒他付这笔钱。仗着他欠她的钱，她敢于站在他旁边。下水道工人在咒骂他老婆，她对他带回去的十五个先令不知满足，还要追问那五个先令。她什么都知道，所以他尊重她。他喝了五个先令的酒，醉了，今天早上是她把他唤醒的。"问题就在这里，"瞎子说，他在教堂后面叹息着走来走去已有两个小时了，他还没有喝他常喝的早咖啡呢，"问题就在这里，如果只有一个老婆的话！一个人应该有一百个老婆！"然后他就打听下水道工人老婆的情况，他想着她的体重，不再吭声了。那个小贩，昨天被管教堂的人从睡梦中赶走，现在才想起他忘在教堂凳子下的那只包裹。尽管只不过是几本书，他还是非常害怕地寻找着，他终于找到了。费舍勒已站在外面，鼻子轻轻点了点，表示对他的欢迎。

"先生们，女士们！"经理开始训话，"我们要争取时间，今天是一个重要的日子。我们的事业欣欣向荣。销售量在增加，几天后我便会成为了不起的人物。请你们努力完成任务，我将不会忘记你们！"他面无表情地看了一下下水道工人，满怀希望地看了一下"瞎子"，宽恕地看了一下"费舍尔太太"，蔑视地看了一下小贩。"我的朋友半小时后就要来了。我利用这一点儿时间向你们通报一下，以便你们熟悉情况，有所准备。谁不熟悉情况，毫无准备，就要被解雇！"他按照老顺序逐个告诫了每一个人，并且让他们今天索取高得多的数额。

基恩不认识下水道工人，这并不奇怪，因为下水道工人脸上戴了发光的假面具。他问"费舍尔太太"昨天是否来过，她的反应是——像所要求她的那样——十分气愤地骂起跟她相像的人来。她说，那个没心肝的女人到当铺当书当了好多年了，她还没有来过。基恩相信她，因为她的气愤使他喜欢，并且付了她所要求的钱。

费舍勒对"瞎子"寄予最大的希望。"您先对他说您索价多少。然后您等一会儿。如果他思考问题，您就踩他的脚趾，一直到他感觉到为止，然后您悄悄地告诉他：我转达您太太台莱瑟的良好问候。她死了。"这个"瞎子"想打听她的情况，他感到遗憾，因为她死了，她那可能相当丰满的体态被瘟神夺走了。他对每一个死去的女人都感到遗憾，对于男人，无论他们怎样死，他是从来不表示丝毫同情的。今天费舍勒给他指出了没有纽扣的（也就是说不再做瞎子乞讨的）前途，从而打消了他的疑问。"等我们甩掉了乞讨纽扣的日子，亲爱的先生，那么女人们就都来了！既有纽扣又有女人是不可能的！"在这样的前景下，死去的台莱瑟就跟着他一直走到基恩那里。他在从教堂后的干草市场直到当铺书籍部前厅这一段路上没有忘记台莱瑟这个名字。"瞎子"的记忆力和智慧自他在战争中受伤以来就仅限于记忆女人的名字和姿态。当他睁大眼睛呆望着台莱瑟的光臀出现在玻璃门内时，他开口第一句话就是她的名字。他向基恩走去，为了完成经理交给的任务，便马上踩了一下基恩的脚趾。

基恩的脸色一下子变了。他突然看见她正在走来。蓝色的裙子闪着光，这个女疯子把她的裙子染得更蓝了，并上了浆。基恩吓慌了，一下就没力气了。她找他，她需要他，为了她的裙子，她需要新的力量。警察在哪里呢？警察应该拦住她，把她关起来，马上就关起来，她太卑鄙太危险了，她撂下图书馆不管。警察，警察，为什么这里没有警察呢？唉，警察要到十点四十分才来，这是多么不幸，要是费舍勒在这里该多好啊！起码费舍勒是不害怕的，他跟她的孪生姊妹结了婚，他了解情况，他可以结果她，消灭她。那条蓝裙子太可怕了，太可怕了，为什么她不死呢？为什么她不死呢？她应该死，在她出现在玻璃门内的时刻应该死，在她没有到达他这里

291

之前，在她没有打他的时候应该死，在她还没有开口说话的时候就应该死。他舍得花十本书、一百本书、一千本书，半个图书馆，费舍勒脑袋里的全部书籍，只要她死，只要她一定死去，永远死去，再大的代价也在所不惜。他可以发誓，他可以牺牲全部图书馆，只要她一定死去，死去，死去，完完全全死去！"她已经死了，""瞎子"怀着真诚的哀悼说，"她让我问候您。"

基恩让他把这一喜讯重复了十次之多。他对细节不感兴趣，对明摆着的事实却总是不感到满足。他怀疑地拧自己，呼喊着自己的名字。当他弄清楚他既没有听错，也不是在做梦时，他问道，这是否可靠，这位"瞎"先生是怎么知道的呢？出于感激心情，他对他很有礼貌。"台莱瑟死了，并让我问候您。""瞎子"生气地重复道。面对这个人，总不是做梦。消息的来源是可靠的，但他不能说出这个来源。此包使他得了四千五百个先令，此外他还要把包带走。

基恩匆匆忙忙给他付了钱。他担心此人会索取他刚才发誓时许诺的图书馆，幸亏费舍勒今天早晨把图书馆带走了！基恩不可能当场兑现自己的誓言。费舍勒不在这里，他到什么地方去突然取来这么多的书呢？无论如何得赶快把钱付了，让这个传递喜讯者赶快走。如果去向不明的费舍勒偶然预感到一种危险时，他就会走来警告基恩，图书馆就会丢失。他左发誓右发誓，图书馆可万万不能丢了。

"瞎子"数钞票数了好久。这么一大把钞票他该得到一笔可观的小费。他可以要求，但他不再是乞丐了。他是一家能做大笔生意的公司的雇员。他热爱他的经理，因为经理帮助他结束了乞讨的困苦生涯。比方说，他现在要是得到一百先令的小费，马上就去买几个女人。经理不会反对的。按照老习惯，"瞎子"又把手伸了过去，说，他不是乞丐，但他想要点儿东西。基恩向门边一看，似乎有个影子在向他靠近，便往这个家伙手里塞了一张钞票，这张钞票的票面正好是一百先令。基恩用手臂捅了他一下，请求说："请您快点儿走吧！"

"瞎子"没有时间对自己的无能表示后悔，他本来还可以多要一些，但他兴奋得不能自已了。他来到费舍勒身边，大声说着话，他这次对基恩捉弄的结果比"瞎子"的恭维话更使费舍勒感兴趣。而"瞎子"在爱情和钱的面前无法控制自己了。他在把钱交给费舍勒之前，犹豫了一会儿，没有把钱抽出来，对那一小笔数额表示失望总是为时过早。他百分之百地完成了任务并取得巨大的成就，完全使自己惊愕了。他把钞票仔细地数了几遍，重复地说："真是一个说话算数的人，这个人有他的特点！费舍勒，跟这种人打交道要注意！""瞎子"把这种特点跟自己联系起来了，并且马上想到左手拿着的那一百个先令。他把这钱拿到侏儒鼻子下面给他看，并叫道："您看，这是给我的小费，经理先生，这是我向他要的。这个人说一不二，马上给了一百先令，真是一个好人！"费舍勒自他的公司开张以来第一次使他的猎获物的一部分落入了他人之手。他研究对手的性格已经入迷了。

这时那个小贩挤了过来，他跟昨天一样是最后一个。他那不高兴的脸色使得"瞎子"很反感。"瞎子"像他原来那样，好心好意地建议他索取小费。经理听到了这些话。小贩像条狡诈的蛇，总是想到自己的长处，他一走近费舍勒身边，费舍勒就如梦方醒，对他大声呵斥说："您敢！""怎么会呢？"小贩说。

自昨天以来，虽然睡的时间很短，但小贩还是清醒的。他明白用生硬的办法是什么也得不到的，虽然他还坚信，那只包裹一定藏在教堂里，但藏得很巧妙，人们无法找到它。他于是就放弃了这种办法而采取另一种办法。他很愿意变得跟费舍勒一样矮小，以便探出费舍勒的真实思想。他甚至愿意变得更小,小得他可以在那些秘密的包裹里藏下身来,从内部监督这些包裹到底卖给谁。"我简直疯了,"他自言自语地说,"因为比侏儒更小的人是没有的。"这个侏儒的身高与隐藏的那只包裹是密切相关的,这一点他是确信无疑的。他太聪明了。其他人睡觉的时候,他醒着。如果有人计算睡觉的时间相对于醒着的时间之比,那么其结果就表明,他比其他人聪明得多。他是知道这一点的,他聪明,什么都知道。他恨不得结束这种聪明。我们且说睡上十四天,其他人也睡上十四天,睡在配有现代化设备的疗养院里,像他这样的人到处走走,听听各种议论,其他人当然也听,但他们因为睡觉耽误了没听见,而他没有耽误,因为他睡不着,所以记住了每一个字。

"瞎子"在费舍勒背后给小贩做手势,把那一百先令的钞票举得高高的,启动那两片嘴唇,示意他要小费。他担心小贩会灰溜溜地跑回来,因为他想跟小贩讨论各种各样关于女人的事情。经理对这些事一窍不通,他是地地道道的残废侏儒。下水道工人因为害怕自己的老婆而变得很胆小,此人除了自己的老婆以外,不跟其他女人勾搭,他的另一个嗜好就是喝酒。跟其他的人最好不要谈这个新职务,他们都想得到钱,但谁都不想用钱去买一个女人。小贩是唯一不讲话的人,如果人们跟他谈论什么事,他绝对不会透露出去,跟这种人是谈得来的。

这时小贩正在思考他的任务。费舍勒让他要求两千先令的大价钱,如果买主问他昨天是否来过,他应该说:"当然来过,而且是带的同一个包裹!您想不起我来过啦?"如果大个儿碰巧情绪不好,小贩就应该不要钱赶快退回去,在紧急情况下丢下那个包裹。大个儿总要犹豫一两下才抽出手枪来射击。包裹就放在那儿。里面的书不怎么值钱。等他精神正常下来并且可以跟人谈话的时候,费舍勒将跟他结算。费舍勒想用此绝招把小贩干掉，用心何其毒也。他眼前是发火的基恩，基恩对那无耻的要求以及小贩带着同样的一些书再次出现在面前感到无比愤怒。费舍勒看在眼里，耸耸肩膀微笑着就把他的雇员解雇了。"他不想再见到您了，我有什么办法呢？很遗憾我要解雇您了。他说您侮辱了他。您对他做了什么事啦？现在一切都无济于事了。您可以走了。下次我跟别人做生意的时候再找您吧，也许一两年内吧。望您多保重，我一定设法帮您。我对小贩们是一片诚心。他说，您是一个卑鄙的人，一条狡诈的蛇，只想到自己的长处。我不知道他说的是什么意思。您走吧！"

费舍勒对什么都估计到了，唯独对台莱瑟的死讯给基恩所造成的影响估计不足。小贩所看到的基恩是一个精神恍惚的商人，他不停地笑着，即使在极其严肃的买卖中，他也是微笑着支付巨额的款项，最后还微笑着说："我好像认识您。""我也好像认识您！"小贩则粗鲁地回答道。他讨厌别人对他微笑，这个老主顾是在嘲笑他呢，还是发了疯？因为他大把大把地花钞票，所以看起来他很像是第一种人。"我在什么地方认识您来着？"基恩微笑着问道。他感到有必要跟一个善良的人谈谈自己的幸福，跟一个他没有允诺过图书馆的、并且不认识自己的人谈谈自己的幸福。"我们在教堂那边认识的。"小贩回答道，这位先生浓厚的兴趣使他解除了思想顾虑。他要看一看，这个富人对他提出的教堂的事情到底怎样反应。此人也许会把全部生意都委托给他来办。"在教堂那边认识的，"基恩重复道，"当然在教堂那边啰，"他不知道说的是哪个教堂，"您应该知道——我的老婆死了。"他的脸上突然显出高兴的神色。他躬身向前，小贩不自觉地往后退了退，惊恐地瞟了一下基恩的手和口袋。手中没有拿东西，口袋里有没有东西不知道。在玻璃门前他一把抓住颤抖的小贩的肩膀，对他咬耳朵说："她是一个文盲。"小贩不懂他的话，浑身发抖，嘴里嘀嘀咕咕地说："深表哀悼！深表哀悼！"他想挣脱，但基恩毫不放松，并且微笑地说道，这种命运威胁着所有的文盲，他们活该有这样的命运，但他老婆更该有这样的命运。他老婆的死讯他是几分钟之前才知道的。人总要死，但先死的是文盲！他摇晃着拳头，他的面部表情变得严肃起来，这就是他一贯的面部表情。现在小贩懂了，此人是以死来威胁他，他停止祷告，大喊救命，并把沉重的包裹掉在可怕的敌人的脚上，此人由于脚面挨了砸，就松开了手。于是小贩就咬紧牙关一溜烟地跑了。如果他不大喊救命的话，大个儿可能就向他射击了。他心里默默请求着等一等再射击。等他到了街角处一拐弯，那人也就拿他没有办法了。到了"苔莱思安侬"前面，他就在自己的衣服下面寻找有没有中了那人的冷枪而受了伤。在他向费舍勒交差以前，他沉着镇静地向他索取报酬。侏儒兴高采烈地数完那两千先令，支付给小贩二十先令后，小贩又发起抖来了。他呜咽着说，他没有提问题，那富商就向他射击，他差点儿被射中。他说，他不干了，此外费舍勒还要付给他受惊费。侏儒答应他这笔受惊费以后分期付款，每月五十先令六个月付清，但要从下个月的今天才开始偿付。（那时侏儒早就在美国了。）小贩表示同意，然后就走了。

　　基恩拾起掉在地上的书，这些书的命运使他非常痛苦，那个慌忙逃走的人更使他痛苦，因为他居然什么也没有跟基恩说。他轻轻地、温柔地朝他的背影叫道："但是她已经死了，完全可靠，请您相信我，她听不见我们说话的！"基恩不敢大声喊他。基恩知道那人为什么跑了。原因就是：人人都害怕这个女人。他昨天跟费舍勒谈论这个女人时，费舍勒的脸都吓得煞白。这个女人的名字传染恐惧症。只要一听到这个名字，人们就会吓得僵成石头。费舍勒是个通常会嚷嚷的人，谈到他老婆的孪生姊妹时，总是轻轻地咬着耳朵说话。那个素不相识的人——基恩赎买了他的书——不相信她死了。为什么他跑掉呢？为什么他这么胆小呢？基恩应该给他说明，她确实死了，这是不言而喻的，这是她的本性所造成的，更确切一点儿说，是由于她的处境所造成的。她自作自受，财迷心窍，自己把自己折腾死了。也许她屋里还有存货，谁知道呢，她在什么地方都可以囤积食品：厨房里，她那原先的女仆（她本来是一个女管家）房间里，地毯底下，书后面，但是一切都有个完。她在家里吃上几个星期，也就吃完了。她看到存货吃光了，但是又不躺下休息，还是继续折腾，所以就死了。他要是处于她那种情况一定会躺下休息。他宁可死也不愿意过那种不光彩的生活。她，由于贪婪地想得到遗嘱而发了疯，自己摧残自己的身体。直至她临死的时候，她还在渴念那份遗嘱。她从自己的身体上撕下一块一块的肉，这个残忍的人，把一块一块血淋淋的肉来不及煮熟——话要说回来了，她怎样去煮这种肉呢？——就往嘴里塞，借以维持生命。她死的时候已经成了骨头架子了，那裙子僵硬地围在骨头架子周围，看起来像是被暴风吹得鼓起来似的，其实它本来就是这个样子，暴风只是从裙子下面把她扫走了。有人会发现她，因为那房子有朝一日要被打开的。那位忠诚而又暴躁的看门人一直在打听他主人的下落。他每天都来敲门，因为得不到答复他焦虑不安。他等了几个星期，便不得不破门而入了。住宅从外头关得死死的。当他砸开时，他看到了她的尸体和裙子。尸体和裙子都放在棺材里。谁也不知道教授的下落，否则人们会把葬礼的事通知他的。这倒是他的幸福，他会当着所有行人的面大笑而不是哭。跟在棺木后面的只有看门人，这也是他出于对他的主人的忠心。一条大狼狗跳上棺材，把尸体拖到地上，撕开那上了浆的裙子，一口便咬得满嘴是血。看门人想，那裙子是她的，裙子对她来说比心脏还要宝贵。可是那条狗饿得发了狂，他不敢惹它。他只好站在一旁痛心地看着那条狼狗一块一块地吞噬着。那副骨头架子继续装在棺材里运走了。因为没有人继续送葬，那副骨头架子就被扔到城外的垃圾堆上去了，没有一个基督徒团体的墓地接受她。人们派了一个信使向基恩报告了她可悲的下场。

这时费舍勒跨进玻璃门说："我看，您已经打算走了。""我把她关在家里倒不错。"基恩说。"把谁关在家里？那您可得小心！"费舍勒大惊道。"她活该这样死掉。我现在还不知道，她是否能熟练地读书和写字。"费舍勒此时才知他说的原来是他老婆。"我老婆不会下棋！您的看法如何？难道不愤慨吗？""我真想了解一些细节。我只知道少得可怜的情况，那位提供可靠消息的人已经跑了。"虽然那人是基恩自己打发走的，但他羞于向费舍勒坦白那令人难以置信的誓言。"那头驴把包裹都丢在这儿啦！请您递过来，我背着吧，我背得动。"

说话的时候，费舍勒想到昨天他俩之间的友情，他请基恩原谅，因为他又对基恩称"您"了，旧有的主仆关系才这样称呼呢。而实际上他现在已不尊敬基恩了，因为他现在比基恩富裕四倍。他之所以还对基恩说话，这是他对基恩的恩典。如果不是为了那还剩下的五分之一的钱，他早就不跟他说话了。此外基恩的居住情况也使他感兴趣了。他老婆也许真的死了，一切迹象都表明了这一点。如果她还活着，她早就把她丈夫接回去了。这么一个笨蛋老公身边带了这么多钱，哪个老婆放得了心而不把他接回去呢？他不相信她疯了，基恩给他讲的细节都是很正常的。倒是这个懦弱的、消瘦的人把一个人——一个非常能干的女人——关在家里使他感到滑稽而不可思议。如果她真是疯了，她肯定会砸开门跑出来。这么一分析，她肯定死了。那么现在他家的情况如何呢？如果有值钱的东西在里面，那么就可以捞一笔；如果住宅里藏的只是书，也可以拿去典当。那住宅当然可以转卖，也可以得到一笔钱。不管怎么说，他家发生了不幸，而一笔钱，不论多寡，还闲置在那里未加利用。

他们走在大街上，费舍勒忧心忡忡地仰头看着基恩问道："唉，亲爱的朋友，我们对家里那么多书怎么办呢？那个婊子死了，书放在家里没人管了。"他伸出右手的指头，并把它们并拢起来，然后又伸出左手一把抓住右手的指头，并把它们折倒过来，好像他把那个婊子亲自扭断了脖子似的。基恩对这种提醒深表感激，这是他所希望的。"放心吧，"他说，"看门人无疑会把门锁好的。他是世界上最忠诚可靠的人。否则我能这样若无其事地跟你在一起走吗？至于她是不是个婊子，我没有把握作出判断。"他倒是有点儿正义感。她毕竟死了。对她作没有根据的谴责，他觉得不合适。"世界上没有一个女人不当婊子的！"费舍勒好像总是能找到最好的答案似的。也难怪，这种答案正是他从"天国"的生活中得出的结论。这种结论倒使基恩顿开茅塞。他还从来没有接触过女人。难道还有什么东西——除了科学之外——可以用来反驳这一事实，即所有的女人都是婊子吗？"我不得不承认你是对的。"他说。为了表示赞同他的见解，他在形式上也把这种情况说成是自己的切身经历。费舍勒对婊子的事情已经谈腻了，他现在把话题转到了看门人身上。他怀疑看门人的忠诚。"第一，世界上没有忠诚的人，"费舍勒说，"当然我们二人不在其列；第二，没有什么忠诚的看门人。试问这看门人以什么为生？靠敲诈勒索！否则他就无法生存下去。光靠那几个看门钱他是不够的。其他人也许够，看门人是不够的。我们家也有一个看门人，每来一个客人他都要问我老婆要一个先令。要是某一夜没有客人来——干这种行当的人什么情况都可以碰得上——他就问，客人在哪儿呢？我没有接客，她说。您把他交出来，否则我就告发您，他说。她急得哭起来。最终她不得不把她的客人交出来，就是我这个小客人。"费舍勒在自己的膝前摊开双手,表示无可奈何,"如果通情达理一点儿的话,我这个小客人完全可以躲藏起来。白白给了一个先令!谁来付这个钱呢?当然是我了!"

基恩和他争了起来,他说他的看门人是个典型的雇佣兵,是个忠诚、可靠、健壮的人,他不让任何诸如乞丐、小贩之类的不三不四的人上门,看他如何对待那些人——其中多半都是文盲——是很有趣的。他把有些人居然打成了残疾。他感谢看门人给他创造了安静的环境,因为从事科学研究需要安静、安静、再安静,他每月给他一百先令的赏钱。"此人就心安理得地收下这笔钱了,是不是?"费舍勒的声音突然变了,"一个诈骗犯!难道我说得不对吗?一个地地道道的敲诈勒索犯!应该把他关起来坐班房,越快越好!这是我说的!"

基恩力图安慰他的朋友:你不该把一个平凡的人和我们这种人相比。当然,一为别人服务就要索取报酬是不雅,但是这种不良习俗已经在那些下层人中根深蒂固了,甚至已经蔓延到有知识的人中来了。柏拉图白白地跟这种习惯做了斗争。所以他基恩对想当教授的思想从来就深恶痛绝,对于他的科研工作他分文未取。"柏拉图是个好人!"费舍勒回答道,他第一次听到这个名字,"我知道柏拉图,他是个富人,你也是个富人。你要问我是怎么知道的吗?因为只有富人才这样说。现在你看着我。我是个穷鬼,一无所有,现在一无所有,将来也是一无所有。而且也不会要人家的东西。这是我的为人!你的看门人——那个敲诈勒索者——拿了你一百先令,我要说这是一笔财富,白天揍穷人,但夜里——我敢打赌,他夜里也要睡觉,如果有人闯进来,他是不会发现的,他躺在那里睡着了,口袋里装了一百先令,而书却让人偷了。我不能袖手旁观,这是卑鄙行为,难道我说得不对吗?"

基恩说，他不知道看门人是否睡得很死，可即使睡得很死，他还是很可靠的。例外的是，他有四只金丝鸟，他高兴的时候，这些金丝鸟就唱歌。（他把此事说得很详细。）再说，此人有着特殊的警惕性，他在离地面五十厘米的墙上打了一个窥视孔，以便更好地窥视来往的行人。他整天都跪在那里窥视。"这种人我恨透了！"费舍勒突然插话说，"这种人会成为最好的密探、特务！这样一个密探！这样一个无耻的家伙！他要是现在在我眼前，亲爱的朋友，你就睁大眼睛瞧，瞧我怎样揍他。我用小指头就可以把他揍烂。我不能容忍密探！密探是不是暴徒、流氓？我说是的，难道我说得不对吗？""我不大相信我的看门人会是密探，要是真有密探这个职业的话。他是警察，如果我没有弄错的话，早已经退休了。"

这时费舍勒马上就放弃跟基恩再争论下去了。他不谈论警察的长短，对警察从来就不屑一顾，至少在去美国之前一定不谈，更不谈退休的警察。退休的警察最令人不安，这些人无所事事，尽给无辜的人找麻烦。因为他们不能再逮捕人，他们就利用各种机会疯狂地揍无辜的人，把他们都揍残了。挨了揍当然很遗憾，但对准备去美国的人来说也没有什么了不起。一个人有朝一日要去美国，一个世界冠军在美国总不能像乞丐一样。他不是棋王，但他会成为棋王。人们会说，此人是两手空空来的，不能让他在这里发了财，我们莫如把他抢劫一空。在美国费舍勒虽有冠军的头衔仍感到不安全。那里到处有骗子，在美国一切都很庞大。他慢慢地把他的鼻子伸到左腋下，那里有钱，他闻一闻那钱的气味，感到有了精神。这钱安慰了他。他的鼻子在那里闻了一会儿，就很快地高高兴兴地伸了出来。

基恩对台莱瑟的死已不再感到高兴了。费舍勒警告他，他的图书馆处于危险之中。一切都使他想起了他的图书馆的苦难，他的义务，他的工作。是什么东西使他留在这里呢？一种更高尚的爱。只要他感到还有一滴血在他的血管中流着，他就要把那些不幸的书籍赎买出来，从被大火焚烧的命运中挽救出来，从那头猪的嘴中拯救出来！他要是在家里，很可能会被捕，因为他对台莱瑟的死是负有责任的，现在应该看清这一现实。当然她自己应负主要责任，然而是他把她关在家里的。按照法律，他应该把她送到疯人院去。感谢上帝，他没有按照法律办事。如果她被送到疯人院里，说不定她现在还活着呢。是他把她判处死刑，而饥饿和她的贪得无厌的欲望执行了这一死刑。他这一次毫不手软。他准备到法庭上承认这一点，他相信，案件审理将以他无罪获释而告终。但是这位也许是当代第一流的汉学家，这么有名的学者将被逮捕起来是毫无疑义的，而且这一被捕将引起令人不快的轰动，这是不利于科学事业的，应该避免。可以为他免罪的主要证人就是那个看门人。基恩虽然很信任他，但费舍勒对这种人见钱眼开容易被收买的劣根性的怀疑不能不影响到基恩。雇佣兵总是跑到给他们钱最多的主人那里去。核心问题是看对手了。有没有这个对手呢？这个对手有没有兴趣以极高的代价来贿赂这个看门人呢？台莱瑟是孤身一人，她没有亲戚，下葬的时候没有人去送葬。如果在送葬的时候，冒出什么人来冒充她的亲戚，那么他基恩就会要求对这个人的来历作详细的调查。她有亲戚总还是可能的。在他被逮捕以前，基恩想先找看门人谈谈。把赏钱提高到二百个先令就完全可以把那密探——如费舍勒所说的那样——争取过来了。这样人们既不能对他进行贿赂，也不能对他进行其他形式的收买，他只要求看门人陈述真实情况。在任何情况下都不要使这位也许是当代最伟大的汉学家因为一个下等女人——这个女人到底会不会读书写字，人们无法说清——而受到法律的制裁。科学需要她死去，科学需要他无罪获释、恢复名誉。像他这样的学者真是屈指可数，而女人真是成千上万，成千上万，台莱瑟属于最下等的女人，她的死无疑是痛苦而又残酷的。但是谁对此应负责任呢？她自己应负全部责任。是她自己把自己活活饿死的。千万名印度忏悔者在她之前就这样慢慢地死去了，自以为由此而得到了解脱。全世界今天还钦佩他们，没有人惋惜他们的命运，他们的人民——按照中国的说法，这是最聪明的人民——都认为他们是神圣的。台莱瑟为什么就没有下这个决心呢？她留恋生活，她的欲望没有止境，为此她宁可苟延残喘也不肯死去。如果她身边有人的话，她就会吃人。她仇恨人类。谁愿意为她做出牺牲呢？在她奄奄一息的时刻，她发现自己是多么孤独，多么凄凉。于是她采取最后的手段，也就是她剩下的唯一手段：她吞食自己的肌体，把肌体撕成一片一片、一条一条、一块一块地往下吞，她就是这样忍受着难以形容的剧烈疼痛，维持着自己的生命。证人没有找到她，但找到了她的一副骨架，外面穿着她常穿的那条上了浆的蓝色裙子。这是她应得的下场。

基恩的辩护词成了一篇无懈可击的对台莱瑟的控告书。他第二次把她置于死地。现在他和费舍勒又坐在一家旅馆的房间里了。他们二人几乎是自动地走进去的。他的严格的思维链条从来没有断过。他沉默着，思考着每个极其细微的情节。他从她吞食自己生命的时间里所说过的话中归纳出了一篇范文。他是订正不完整文本的大师，并对每一个字母负责。但是他不得不表示无穷无尽的遗憾，因为他的语言学方面的细致精确的工作不得不用于一桩谋杀案上。他是在极为勉强的情况下干的，他答应在不远的将来做出成绩来大大弥补现在的损失。现在正是这件要进行法庭辩论的案子妨碍了他的工作。他感谢庭长这样友好地审理案件。他作为谋杀案件的被告者，是没有预料到这一点的。庭长欠了欠身子非常有礼貌地宣布，他也许知道，应如何对待当代最伟大的汉学家。"也许"这个词——基恩把"也许"这个词放置于"最伟大的汉学家"之前，如果他自己谈论自己的话——庭长应该删掉，因为这完全是多余的。公众对基恩的尊敬使基恩有理由感到自豪。他对台莱瑟的控告此时又增添了一点儿柔和的色彩。

"应该承认她还有一些减轻罪行的情节。"他对费舍勒说。费舍勒正坐在他旁边的床上，对他未能得手的偷窃感到惋惜，并老是用鼻子闻着他的钱。"即使在最困难的时候，即她被饿得完全垮了架的时候，她也没有敢动一本书。我还要说明一下，她是一个没有文化的女人。"费舍勒感到恼火，因为他了解基恩，对每一个荒谬的思想他都理解。他对自己的才智感到恼火，并且只是出于习惯才倾听坐在他旁边的这个魔鬼的言谈。"亲爱的朋友，"他说，"你真是一个傻瓜。人不知道的事情就不会去干。你想想看，她会以什么样的胃口去大吃大嚼书籍呢，如果她知道事情是如此简单的话。我是说，如果苔莱思安侬那头猪所编写的内有一百零三种烹调技术的菜谱书印出来的话——唉，我还是不讲为好。""你说什么？"基恩睁大眼睛问道。他很清楚地知道侏儒说的是什么，但是他愿意让别人来说出与他的图书馆有关的可怕的事情，而不是他自己，哪怕是在思想上他也不愿意自己点破。"我只告诉你，亲爱的朋友，如果你回家的话，你就会发现你家空空如也，吃得精光，没有一页纸片，更甭说书了！""谢天谢地！"基恩深深地吸了一口气，"她已经被埋葬掉了。那本可耻的书终究还是没有印出来。我将在诉讼中对此提出控告。全世界都将听到！凡是我所知道的，我都要加以无情的揭露。一个学者要申诉！"

自从他老婆死了以后，基恩说话也变得有胆量了。他所面临的困难也激起他去进行新的斗争。他跟费舍勒共同度过了一个激动的下午。侏儒在这压抑忧郁的气氛中且把他的话当笑话来听。他让基恩详细地谈谈起诉的事情,并且不提出任何反驳。他还无代价地给基恩出了一些好主意:比如他基恩是否还有能够帮助他的家庭成员,因为这里涉及的是一起谋杀案,不是一件小事情。基恩提到他在巴黎的弟弟,一位著名的精神病医生,从前他当妇科大夫时置了一笔家产。"你说一笔家产?"费舍勒马上决定去美国之前先到巴黎逗留一下。"这正是我要找的人,"他说,"为了我这个驼背我要请教请教他!""但他不是外科医生!""没有关系,如果他做过妇科大夫,他就什么都会。"基恩对这可爱的侏儒的幼稚感到十分可笑,此人对科学上的专业分工显然是一窍不通。但是他愿意给费舍勒一个详细的地址,费舍勒把地址抄在一张肮脏的纸片上。基恩还给他讲了多年前、几十年前自己和弟弟的良好关系。"科学需要人全心全意,专心致志,"他说,"它不容许人们保持习以为常的关系,它把我们分开了。""如果你上法院,反正也不需要我,我不如利用这个机会到巴黎去,告诉你弟弟,我是从你身边来的,既然我是你的好朋友,我大概总不需要向他付钱吧?""当然不需要,"基恩回答道,"我给你写封介绍信,以便你放心地到他那里去。如果他能把你从驼背的痛苦中解救出来,我会感到非常高兴。"他马上坐好,给他弟弟——八年来第一次——写起信来。费舍勒的建议提得正是时候。他希望很快回到自己的科研工作中去,可是这位非常尊敬他的侏儒却渐渐成了他的累赘。他原来就想过,他迟早要辞退费舍勒,自从他们彼此用"你"称呼以来,他就更有这个想法了。如果费舍勒解除了驼背的痛苦,那么格奥尔格就可以把他留在精神病医院里当护理员。侏儒把写好了地址、封上了口的信拿到他房间里去,打开了小贩留下来的那个包裹,取出一本书,把信夹进书里。这其余的书明天还有它们的老用处。精确地计算起来,基恩现在还有两千个先令。一个上午他就会不费吹灰之力把这钱弄到手。晚上他们又可在一起愤怒地谈论那头猪以及类似的堕落败类了。

第二天开始得不顺利。基恩刚刚站到那扇窗户旁,就有一个人带着包裹向他闯来。他只是勉强站稳脚跟,才没有向窗玻璃上倒去。那个冒失鬼一阵风似的走了过去。"您要干什么?您想在这里干什么?请您等一等!"不管他怎么嚷也无济于事。那个人一直往上冲,头也不回。基恩想了很久才得出结论:那包里一定是色情书籍。那人为了避免别人调查询问,才这样匆匆忙忙地跑了,这是对这种无耻行径的唯一解释。然后下水道工人来了,愣头愣脑地站在他面前,瓮声瓮气地向他索价四百先令。由于对刚走的那个人感到愤怒,此时他倒认出下水道工人来了。他用颤抖的声音对他呵斥道:"您昨天已经来过!真不要脸皮!""前天,呃,呃。"下水道工人诚实地从牙缝里挤出这几个字。"您走吧!小心点儿,这样下去没有好下场!""我要钱!"下水道工人说。他希望得到五个先令,可以去喝一通。他作为工人,只要完成他的工作,也就是交付了那份钱,他就应该得到他的工资,这是连想也不用想的。"您什么也拿不到!"基恩坚决地驳回了他。他站在楼梯上,做好了应付一切的准备。要想通过楼梯,除非把他打死踏着他的尸体上去!下水道工人搔了搔头皮,他不难把这个瘦高个挤扁,可是他没有得到命令。他只执行命令。"我去问一下经理。"他说着就掉头走了。对他来说一走了之比说话容易多了。基恩叹了一口气。玻璃门嘎吱响了一下。

这时出现了一条蓝色裙子和一个巨大的包裹。台莱瑟来了。旁边走着那个看门人,他左手托着一个更大的包裹,一直举过了头,然后把它换到右手,右手毫不费劲地接住了它。

夙 愿 得 偿

自从台莱瑟把她的小偷丈夫赶出家门以后,她在家里翻箱倒柜整整寻找了一个星期。她的行动使人觉得她好像真想彻底干一场似的:从早晨六点到晚上八点她一会儿站着,一会儿跪下来,一会儿趴下来,一会儿以肘支撑,把整个屋子都篦过了,搜索秘密的缝隙。她在通常估计不会有灰尘的地方发现了灰尘。她把灰尘归咎到小偷身上,因为小偷身上是肮脏的。她用一张硬纸片往比她的粗簪子还要细的缝隙里拨弄,然后抽出来吹掉上面的灰尘,并用布在上面抹一抹。因为她一想到自己可能用一张脏纸片接触到丢失的银行存折,就感到难以忍受。她在工作的时候没有戴手套,手套烂了,但还放在旁边,洗得倍儿白,等找到存折时再戴上手套去拿。那漂亮的地毯已经用报纸包好放到走廊边上,因为走来走去会把地毯弄坏的。书里面除了内容她都挨个儿查了一遍。她还没有认真考虑出卖这些书。她想首先跟一个明白人商量商量。她查看书的页数,一看到五百页以上的书籍就肃然起敬,因为这些书一定很值钱。在她决定放回原处之前,总要掂量掂量,就像在菜场上掂量宰好了的鸡一样。她对搜寻银行存折一点儿也不厌烦。她很愿意打点住宅,很想多搞一些家具。如果设想没有这些书在这里,那么人们马上就会察觉,这里是谁待的地方:小偷。一星期以后她宣布:什么也没有找到。在这种情况下规规矩矩的人就会向警察报案。但她要等到她最近一次拿到的家用费用光以后才去报案。她要向警察证明，她的丈夫把什么都带走了，没有留下一文钱。她去买东西的时候，总是远远地躲着看门人。她害怕他问起教授先生。虽然他至今没有问过，但是在下个月一号的时候他是一定要问的，因为每月一号他可以得到赏钱。这个月他什么也得不到，她似乎已经看见他像个乞丐似的站在门口了。她目标已定，一定要让他空手滚蛋。谁也不能强迫她给钱。如果他胆大妄为，她就去报告警察。

一天，台莱瑟穿上一条比较新的上了浆的裙子，这使她变得年轻了。这条裙子的蓝色要比通常穿的那一条鲜艳一点儿。一件白得耀眼的上衣跟这条裙子非常相配。她打开新卧室的门，轻轻走到带镜子的大立柜面前看了看，说了声"我还是这模样"，嘴角咧到耳根儿笑了起来。她看起来像三十岁的女人，腮帮子上还有一个酒窝。酒窝真漂亮。她要跟格罗伯先生商量一次幽会。住宅现在属于她了，格罗伯先生可以来，她很想问问他，她怎么才能把屋子布置得最好。那些书值几百万先令，她也愿意施舍一点儿给别人。他需要资本做生意。她知道他很能干。她不愿意把钱放在家里睡大觉。她也许有什么主意？节约是好的，但赚钱不是更好吗？这钱一下子就可以翻一番。她没有忘记格罗伯先生。任何女人都不会忘记他。女人们就是这样喜欢他，每一个女人都争取他的欢心。她也要享乐享乐。丈夫已经走了，再也不回来了。他干了些什么，她不想说。他对她从来都不亲，但他是她的丈夫，所以她不如不谈他。他会偷东西，但并不能干。如果每个男人都像格罗伯先生那样该多好啊！格罗伯先生有副好嗓子，有一双漂亮的眼睛。她还给他起了一个雅号，叫作"仆塔"。这个名字很美。格罗伯先生最美了。她见过许多男人，也许只有格罗伯先生最使她中意？如果他以为有什么不好，应该加以证明。他不应该以为不好。他应该来。他应该谈他爱说的漂亮浑圆的臀部。

她一边自言自语地说着,一边在镜子前面得意地晃来晃去。这时她才感到自己是多么漂亮。她脱下裙子,看了看她那出众的臀部,真是漂亮。他是多么聪明,他不单单是个有趣的人。他什么都知道,他从哪儿知道的呢?真叫人纳闷儿。他从来没有看见过她的臀部,但他就是知道。他仔细观察女人。然后他就问,他什么时候可以试一试。一个男人就要大胆,否则就不是男子汉。难道有哪一个女人对他说过不行吗?台莱瑟用手摸了摸她的臀部。这臀部是多么富有弹性。他的嗓子又是多么甜。她看着他的眼睛时自己的酒窝也是甜甜的。她说她要送点儿东西给他。她走到门前,取下挂在那里的一串钥匙。在镜子前面她丁零当啷地把这个礼物献给他,并说,他随便什么时候都可以进她的房间。她知道,他不是小偷,即使她不在家,他也不偷东西。钥匙掉到了地上,她感到难为情,因为他没有拿钥匙。她叫道:仆塔先生!她是不是可以管他叫仆塔呢?他什么也没有说,他看她的臀部没有个够,这很好。她真想听听他说话,可是他不说话。她告诉他一个秘密,她有一个存折,他可以代她保管。她是不是也要告诉他一个暗号呢?她是开玩笑的。她害怕他真的向她要存折。她哪里肯这么办呢?她还没有很好地了解他。她对他知之甚少。但是他什么也没有说。他在哪儿呢?她在她臀部旁边找,那里冷冰冰的,没有。她胸脯那里热乎乎的,他的手在衬衫里乱摸,但他人不见了。她又在镜子里找他,但发现的是裙子。这裙子看上去像新的,蓝色是最漂亮的颜色,因为她忠诚于仆塔先生,所以才穿上这条裙子,它很合她的身,如果仆塔先生要求她脱下裙子,她就马上脱下来。他今天就来,并在这里过夜,每天夜里他都来,他是那么年轻。他有女眷,但为了她,他不理睬那个女眷。因为他过去粗暴吗?什么呀,他不过是叫这个名字罢了。

他叫这个名字有什么办法呢。她出汗了,她现在就到他那里去。

台莱瑟拿起那讨厌的钥匙,笨拙地把门锁上,暗暗骂自己不该使用了她漂亮的房间里的镜子,因为对面房间里有面打破了的小镜子。她又大笑起来,因为她徒劳地在这条根本没有放钥匙的裙子的口袋里找钥匙了。她感到她的笑声很陌生,她从来不笑,她怀疑屋子里有生人在偷听。她感到害怕,这是她单独生活以来第一次感到害怕。她又很快地寻找那银行存折的下落,它一定放在它该放的地方。屋子里没有小偷,小偷要偷的话当然先偷存折。为保险起见,她不如随身带着。当她在楼下走廊里从看门人旁边经过时,她腰弯得很低。她身边有许多钱,她担心他今天会向她索取小费。

街上熙熙攘攘,台莱瑟也兴致勃勃。她匆匆忙忙走去,她的目的地是市中心。大街小巷的喧哗声越来越大。所有的男人都看着她。她注意到了这一点,但她是只为一个男人而活着的。她一直希望为一个男人而活着,现在是时候了。一辆汽车太放肆,差点儿轧着她。她转头向司机瞥了一眼说道:"对不起,我没有时间跟您周旋!"这才避免了危险。将来仆塔会保护她免受穷鬼的欺负。即使她现在孤单一人也不害怕,因为现在一切都是属于她的。她在大街上走的时候就把所有商店里的商品据为己有,那里有许多可以和她的裙子相配的珍珠和许多可以镶嵌在上衣上的宝石。她不想穿那些皮大衣,穿上那种皮衣看上去有点儿妖里妖气,但是她喜欢在柜子里挂些皮大衣。她自己有最漂亮的衬衣,这里衬衣上的花边太宽。但她还是从橱窗里取了几件。商店里的所有东西统统都可以变卖成钱存在银行里,写在她的存折上,这存折越写越厚,非常保险,他可以看看。

她站在他的公司前面。公司招牌上的字母映入了她的眼帘。她先读的是"格劳斯和母亲家具公司",后来读到的是"格罗伯和妻子家具公司"。她很喜欢这个招牌，她正是为此匆匆赶来的。两家竞争者打起来了，格劳斯先生是个弱者，他挨揍了。于是那些字母就高兴得跳起舞来，当舞蹈结束时，她读到的突然是"格劳斯和妻子家具公司"了，这不合她的意。她嚷道："简直是欺负老娘，放肆！"说着便走进商店。

　　马上就有人吻着亲爱的夫人的手。这是他的嗓音。她在他面前两步远的地方向上举起她的手提包说："我又来啦！"他鞠了一躬问道："亲爱的夫人，您想买点儿什么？我能为您效劳吗？也许买一套卧室家具？为您的新丈夫？"几个月以来她就担心他可能不认识她了。她想尽一切办法来表明她是他的老相识。她把她的裙子保护得很好，洗得干干净净，浆得硬邦邦的，每天都熨一熨。但这个有趣的人熟悉许多女人。现在他问道："为您新的丈夫？"她理解他说这话的暗中含义。他已经认出她来了。她此时顾不得羞耻，也不向四周看看是否有人在商店里，便向他走去，靠在他身边，一字不落地把她在镜子前的一番相思话儿统统都告诉他。他睁大水灵的眼睛看着她。他多么漂亮，而她多么美丽，一切都称心如意。当她谈到浑圆的臀部时，她摆弄着裙子，犹豫着，抓紧手提包，接着又从头开始。他摇动手臂叫道："亲爱的夫人，您要什么？亲爱的夫人，您要什么？"为了使她说得轻声些，他更靠近了她，他的嘴在她的嘴前张合不已，他跟她个子一样高，她说得越来越快，声音也越来越高。她没有忘记一个字，每个字都像子弹似的从她嘴里迸发出来，因为她呼吸急促而又不停地抽噎着。当她第三次谈到浑圆的臀部时，她从后面解开带子，但用提包压住，使裙子没有掉下来。那位店员因为害怕而感到浑身难受。她的声音还是不低，她那汗津津、涨得通红的面颊擦到了他的面颊。如果他理解她该多好啊！但他莫名其妙，既不知道她是谁，也不知道她要干什么。他抓住她的

311

粗胳膊大声问道:"亲爱的夫人,您要干什么?"当她再次说到臀部时,先停了一会儿,紧接着就大声说出那个词,投进他的怀里。她比他胖,并相信他拥抱了她。就在这个时候裙子掉到了地上。台莱瑟察觉了,感到更加幸福,因为这一切都是很自然地发生的。当她感到他在进行反抗时,她在幸福中大为惊讶,她感伤道:"我现在无牵无挂!"仆塔的声音道:"亲爱的夫人!亲爱的夫人!亲爱的夫人!"这亲爱的夫人就是她。其他的声音此时插了进来,没有什么好的声音。人们都在旁观,这对她来说没有什么关系,她是一个规规矩矩的女人。仆塔先生感到难为情了,他想摆脱她。但她不松手,她的手紧紧地搂着他。他叫了起来:"亲爱的夫人,请您放开!请您放开我呀,亲爱的夫人!"她的头靠在他的肩上,他的面颊柔嫩得像奶油。他为什么要害臊呢?她就不害臊。她的手松了一些,但她没有放开他。仆塔急得直跺脚,大吼道:"对不起,我不认识您!请放开我!"接着来了许多人,他们照着台莱瑟的手就打。她哭起来了,但还是不松手。一个身强力壮的人跑来硬把她的手指头一个个掰开,仆塔先生突然挣脱了。台莱瑟踉踉跄跄,用衣袖掩住自己的眼睛说道:"岂有此理,是谁这样粗暴!"她不哭了。那个身强力壮的人原来是一个又高又胖的女人。噢,原来仆塔先生此时已结婚了!商店里一片哄笑声。当台莱瑟看到她的裙子掉在地上时,她明白了,人们为什么哄笑。

在她身旁站着一群人,他们笑着,好像他们为此花了钱而取乐似的。他们笑得连墙和天花板都震动起来,家具也摇晃起来。有人叫道:"快叫救护队!"另一个人叫道:"叫警察!"格罗伯先生气呼呼地抚摸着他的衣服,他特别喜欢那垫得鼓起来的上装肩膀。他叽里咕噜地说:"即使交际形式也有个限度,亲爱的夫人!"他对上装觉得满意了,便开始擦干净自己被接触到的面颊。在场的人中只有台莱瑟和他没有笑。救他的那个女人,那个"母亲",怀疑地审视着他,她觉得这里头可能是桃色纠纷。因为她也纠缠在其中,所以她更倾向于叫警察。这个无耻的女人该领受一番教训。他已经得到教训了。此外,他是一个可爱的人,但这一点她从来没有讲过。商店的要求是非常严格的。尽管有这个考虑,她也大声笑了。大家七嘴八舌地谈论着。台莱瑟在人群中又穿上了裙子。一个办公室女郎嘲笑那条裙子。台莱瑟不顾别人说她的裙子,她说道:"对不起,您倒开心!"这时她还指着衬裙上的宽花边,那也很好看呢,不仅仅裙子好看。大家哈哈大笑,笑声不止。台莱瑟很高兴。她害怕他的老婆。幸亏她拥抱了他,否则她就再也没有机会了。只要他们笑,她就不会发生什么事情。大家在笑的时候是不会伤害人的。一个瘦个儿职员——像她从前的男人,那个小偷——说:"格罗伯的女朋友。"另一个男人说:"一位漂亮的女朋友!"此时大家笑得更欢了。她觉得这些人太卑鄙。"请不要笑嘛,我本来就是漂亮嘛!"她叫道,"我的手提包呢?"手提包没了。"我的手提包呢?我要去报告警察!"那个母亲觉得此人太不知耻了。"好啊!"她说,"现在我就去给警察打电话。"她转过身就走向电话机。

格劳斯先生,那位小个子经理,也就是她的儿子,已经站在她后面很久了,并想说点儿什么。但谁也不听他说。他拉拉她的袖管,但她把他甩开了,用简直像男人的嗓音宣布道:"我要给她点儿颜色瞧瞧!我们倒要看一看,谁是这里的主人!"格劳斯先生此时也不知如何是好了。当她拿起电话耳机时,他也就顾不得了,抓住她的手悄悄地说:"她在我们这里买过东西的呀。""什么?"她问道。"买过一整套卧室家具。"他是唯一认识台莱瑟的人。

母亲放下电话机,转过身对着全体雇员当场宣布,无一例外:"我不能让我的顾客受到侮辱!"于是所有的家具又震动起来了,这次可不是因为哄笑引起的。"这位女士的手提包哪里去啦？三分钟之内必须把它找到！"全体雇员便趴到地上，爬着到处寻找。谁也没有注意到台莱瑟此时已把手提包捡起来了。它就在母亲原来站的地方。格罗伯首先爬起来，并且十分惊讶地发现那只手提包夹在台莱瑟的胳膊下。"亲爱的夫人，依我看，"他说道，"您已经找到手提包了。亲爱的夫人，您总是好运气。请问，您还需要什么吗？"他的服务热情得到了母亲的称许。她挺直身子向他走去，点了点头。台莱瑟说："今天不买什么了，谢谢。"格罗伯行了个九十度的鞠躬礼，谦卑地说道："请允许我吻您的手，亲爱的夫人。"他只吻了手套以上的胳膊，便低声说道："吻您的手，夫人。"说完他便大大方方地伸开左手，躬身退向一边。全体职员立即行动起来，排成了列队欢送的形式。台莱瑟先是犹豫了一会儿，接着便昂起头，告别道："对不起，可以祝贺一番吧？"他不懂她说的是什么意思，但是他的习惯迫使他深深地鞠了一躬。接着台莱瑟便步入仪仗队所排成的夹道。大家都弓着身子，人人都向台莱瑟告别致意。后面站着母亲，也大声地向她告别。母亲旁边站着经理，他没有说话。他今天已经大大地冒犯母亲了。他本来应该早点儿把这位顾客通报一下的。当台莱瑟走到为了表示对她的尊敬而由两人把着的门边时，他就很快地跑到他的账房里去了。也许母亲把他忘了。最后，台莱瑟听到了赞扬自己的惊呼声："好一个可爱的女人！""多么漂亮的裙子！""啊，真是蓝得可爱！""瞧那鼓鼓囊囊的手提包！""简直像一位侯爵夫人！""格罗伯真走运！"这可不是做梦。那个幸运儿一再吻了她的手。在不知不觉中她已经到了大街上。甚至那门也关得很迟，满怀敬意。人们还透过玻璃门目送着她。她只回头看了一下就满面春风地踩着碎步走了。

情况就是如此，如果一个出众的男人爱上一个女人的话。原来他结婚了！他能等她吗？也怪她自己不好，她应该早点儿给他通通气。他是多么深情地搂她啊！然而他突然害怕起来了，他的新婚老婆正在店里呢！他从他的新婚老婆那里得到了资本，当然他就不能干出这种事情来了。他也是一个规规矩矩的人，他知道，什么事情该做，什么事情不该做。他在这方面是很老练的。他一开始拥抱了她，后来又使劲挣脱出来。为了使老婆不致争风吃醋，他甚至骂了起来。他可真是一个聪明人！他老婆的块头很大，她先在一旁瞧着，但没有瞧出什么名堂来。为了她的手提包，那女人马上要给警察挂电话，真精明，应该这样做。她来得太晚了，她除了这样做以外还有什么其他办法来对付小偷呢？他吻了她的手。他等她来着。开头他只想要她的资本——偏偏突然又有个女人找上门来了，带着大笔资本来了。女人们总使他不得安宁，他不得已就娶了那个女人，他总不能眼巴巴地看着那大笔钱而无动于衷嘛！但他实在只爱着她台莱瑟，而不爱那个新婚老婆。她一到，大家就哈着腰看她的手提包，门里许多眼睛在看着她。为什么她穿上新裙子呢？因为她太高兴了。她很快地拥抱了他，真幸福，谁知道以后还有没有机会呢？她穿的裙子很合身，衬裙也合身，那上面的花边也很贵重。有什么理由可以说明他对她的臀部不感兴趣呢？他觉得她的臀部浑圆可爱。现在他看见她的臀部了。对于一个结了婚的男人，她台莱瑟也愿意施舍点儿什么。

　　回家的时候台莱瑟觉得是在梦中。她既没有注意到街上的情况，也没有注意到人们的无礼行为。各种各样的歧路岔道出现在她面前，她只走那稳妥的路，这条路通到她财富的所在地。行人和车辆都对她表示敬畏。她那精力充沛的形象引起普遍的注目。但她什么也没有觉察到。一群职员陪着她。仪仗队是由"橡皮人"组成的，她每走一步都拽长一截。吻手的声音啧啧可闻，仿佛下雹子一样，争相吻她的手。新太太在给警察打电话。台莱瑟的手提包被偷了。小经理不见了。人们在商店里瞧不见他们，只是在商店招牌上还可以读到他们的名字。几十个三十来岁的女人倒在仆塔的怀里。那些蓝色的裙子都掉到地上。浑圆迷人的臀部都映在镜子里。他们的手都没有松开。商店里所有的人都放声大笑，因为他们看到了这么多的美人。女管家们都惊讶地放下手中的抹布。小偷们把偷走的东西还回来就去上吊，人们就把他们埋葬了。世界上所有的财富都汇聚在一起，它只属于一个人。

　　这个人拥有这笔财富，不需要看守，因为偷窃被禁止了。人们还有更重要的事情要做：从牛奶中制造出黄油，那一块块黄油变成一块块黄金，跟小孩儿的头一样大。那些装银行存折的箱子都胀裂开了，那嫁妆柜子也破裂了，里头全是存折，但谁都不给。只有两个人，他们心心相印。一个是女人，这里的一切都是属于她的；另一个人叫仆塔，一无所有，为了得到点儿东西他跟这个女人打交道。已故的母亲在坟墓里也感到不安，因为没有给她什么东西。给看门人的报酬统统取消，因为大家都有自己的退休金。她说的都符合实际。那个小偷留下来的手稿人们可以用现钱来换取。书卖了一笔可观的钱。住宅也变卖成现钱了。她住进一所更漂亮的住宅，却没有花一文钱。老住宅不好，没有窗子，变卖了。

　　台莱瑟快到家了。"橡皮人"仪仗队早就拽断了，解散了。下雹子般的吻手也没了。现在所看到的东西都是平常的东西，很简单，虽不怎么贵重，但保险，容易到手。当她站在自己家门前时，台莱瑟说："好，他结婚了，我应该高兴。现在我有的东西就归我一个所有了。"关于她可能会以什么方式借给格罗伯先生那笔资本现在才使她大伤脑筋。对这样的交易，应该订个协定，双方要在上面签字。她要索取高利息，此外还要参与这种买卖。用不着担心有人偷。幸亏没有那样做，一个人怎么可以那样轻率地把钱从自己的手里给出去呢？谁也不会再归还的。人还不都是那个样子。

"教授先生怎么啦？"看门人大吼着把她拦住。台莱瑟吃了一惊，没有吭声。她在思考一个答复。如果她告诉他，她丈夫是小偷，他就会去报案。她想等一等以后再报案，否则警察会发现那笔家用费，并要求她结清，而这本来是他给她的家用费。

"我已经八天没有看见他了，他没有死吧？"

"对不起，您怎么可以说死呢？他活得像条鱼。他才不会死呢！"

"我想起来了，他病了。请转达我的问候，我以后来看他。我要嘱咐他几句！"

台莱瑟低下头，讥诮地问道："您也许知道他在哪儿？家里没钱用了，我急着找他呢。"

看门人从这女人身上突然发觉了骗子。骗子不过是想让他失去"赏钱"。教授躲着他，为的是不给他钱。那他就不是教授了，是看门人亲自把他提为教授的。几年前他还是博士。这头衔不值一文！他为了使本楼所有的人都称基恩为教授，很出了点儿力气呢！人总不能白操心嘛！一份劳动一份报酬，天经地义，他不收那骨头架子的恩赐，但"赏钱"还是要的，因为这是劳动报酬。"您说，您丈夫不在家吗？"他对台莱瑟吼道。

"您不信啊？离家八天啦，他说在家待腻了，就突然走了，撇下我一人。家里的钱也用光了，怎么办呢？我想知道，他现在几点钟睡觉，一个规规矩矩的人应该九点睡觉。"

"到报上登个寻人启事！"

"那怎么行呢，是他自己走的！他还说他会回来的。"

"什么时候？"

"他什么时候高兴就什么时候回来。他总是这样,只想他自己。难道说,别人就不是人吗?我对他有什么办法呢?"

"当心点,我来找他!如果他在上面,我就把你们的骨头打烂。我每月要从他那里拿到一百个先令。你们这些家伙要注意,看我怎么对付你们!我不愿这样,但现在不得不这样了!"

台莱瑟已经走在头里。她从他的话中听出了他对基恩的仇恨,这是对她的鼓舞。她一直很害怕这个看门人,因为他是基恩的强有力的朋友。看来马上要发生的事情是她今天第二件感到幸福的事情。如果他发现她刚才讲的全部是真话,他就会帮助她。大家都反对那个小偷。活该,他干吗要做小偷呢?

到了楼上,那看门人咣的一声就把大门关上。他那愤怒的沉重的步子震动了地板,把图书馆楼下的邻居吓了一跳,因为他们数年来都已经习惯于安静了。楼里的人都在纷纷议论看门人。到目前为止,基恩一直是看门人的好朋友。邻居们就因为那赏钱——看门人利用各种机会指责他们小气——而恨透了基恩。也许教授不肯支付这笔钱了。他不支付这钱是对的,但他挨打也是应该的。在看门人那里不挨打是通不过的。不可理解的是,那些竖起耳朵来听的邻居居然听不到说话的声音,只听到很熟悉、很沉重的脚步声。

看门人怒气冲冲,一声不吭地搜查整个住宅,他没有把怒气发泄出来,他想在被找出来的基恩身上来一个"惩一儆百"。在他那咬紧的吱吱作响的牙齿后头酝酿着几十句骂人的话。他那拳头上的红毛都竖起来了。当他在台莱瑟的卧室里把柜子顶到一边的时候,他自己也感觉到该揍人了。这个滑头到处都可以躲。台莱瑟会意地跟着他。他在哪里站住,她也就在哪里站住。他往哪里看,她也往哪里看。他很少看她一眼。几分钟后她简直就像是他的影子了。她感到,他在强忍着自己愈益增长的仇恨。她的仇恨也在随着增长,不仅仅是因为她的丈夫是个小偷，而且还因为他把她抛弃了，她成了一个无依无靠的女人。她不吭声，为了不干扰看门人。他们愈是接近，她就愈不害怕他了。进她的卧室时她还让他走在头里，而当她打开其他两个房间时，她就自己走在前面了。他只是大略地看了一下厨房旁边台莱瑟从前的那个房间。他想象基恩只可能在大房间躲着。在厨房里他感到自己有把锅瓢碗碟统统打碎的兴趣，但打起来拳头会痛的，所以才没有打，他只是往灶上吐了一口唾沫，就没有再管它们了。从这里出来后他就去书房。半路上他在衣架上看了好久，基恩没有挂在上面。他把那写字台翻了过来，抡起两个拳头就准备残酷地报复一番。他把手伸进一个书架，把几十本书扔在地上。然后他环顾了一下，看看基恩是否会从什么地方冒出来，这是他最后的希望了。

"这个家伙逃了！"他肯定地说。他不再咒骂了。因为损失了一百个先令他感到很压抑。这一百个先令再加上他的退休金才能满足他的吃喝。他是一个胃口特别好的人。如果他挨饿的话，那么他那个窥视孔里会发生什么情况呢？他把两个拳头伸给台莱瑟看，那上头的红毛还竖着呢！"您瞧！"他吼道，"我还从来没有发过这样的脾气，从来没有！"

台莱瑟看着地上的书。他把拳头给台莱瑟看看，想以此来取得她的谅解。她谅解他，但不是因为她看了他的拳头。"请原谅，他根本就不是一个男子汉！"她说。

"他的所作所为像个娼妓！"那个受了经济损失的看门人吼道，"罪犯！滑头！强盗杀人犯！"

台莱瑟还想插话说他是个乞丐，因为他已经是罪犯了，这罪犯就包括乞丐这个概念；她想强调他是小偷，但也没有必要，因为强盗杀人犯这个概念比小偷这个概念程度深多了。看门人骂得令人吃惊地简短明了。很快他的态度就缓和下来了,并且拾起地上的书。他把书从书架上扯下来时轻而易举,现在再把它们放回原处倒是相当沉了。这是卓有成效的一天,这一天使她重视了自己的臀部,看门人用一只手给她递书,另一只手腾出来使劲捏她的大腿,捏得她浑身酥麻,口水都要流出来了。她是他第一个通过调情的手段占有的女人。他对其他的女人一般是强奸。台莱瑟心里低声说:好一个男人,他还会捏的。而明里她却大声地羞羞答答地说:"还有呢!"他又递给她第二叠书,并且像刚才一样又捏她的大腿,这一捏把她的口水都捏出来了。这时她心里明白,大叫了一声,便从梯子上跳下来倒在他怀里。他让她平静地躺在地上,扯掉她的硬裙子占有了她。

当他站起来时说道:"让那个家伙等着瞧吧!"台莱瑟抽噎着说:"现在我是属于你的了!"她终于找到了一个男人。她不想让他走。他回答说:"听话!"当天晚上他又到她身边来了。白天他执行任务,晚上他就在床上给她出主意。他逐渐弄清了事情的原委,并命令她,在她的男人没有回来之前,悄悄地把书拿出去当了。他得要一半钱,因为她是属于他的。他就她的危险处境吓唬了她一通。但他是警察,会帮助她的。由于这个原因她一定要听从他。每隔两三天她就背着沉重的书到"苔莱思安侬"去。

小　偷

　　看门人第一眼就认出了他从前的教授。在台莱瑟那里当顾问使他舒服多了,首先是收入就比那赏钱多。他没有兴趣对基恩进行报复,他不记仇,而是转移开自己的目光。教授站在他右边,于是他把包裹换到左边来。他思量了一会儿,分析了一下情况。台莱瑟现在一切都跟他学,他怎么做,她也怎么做。她以激烈的动作表示对那个小偷的冷淡,并且使劲地夹紧她的大包裹。看门人已经走过去了,这时基恩把她挡住。他默不作声地把她往旁边推。她也默不作声地抓住包裹。她使劲拽,他牢牢抓住不放。看门人听到了响动,没有当回事儿,继续往前走。他希望这次相遇能平安地过去,并对自己说,她的包裹可能碰到楼梯扶手摩擦发出了声音。现在基恩也在拽包裹了,她的反抗也增强了。她把脸转向他,他就闭上眼睛。这使她非常慌乱。看门人又不回头帮忙,这时她想起了警察,想到自己正在犯什么罪。如果她被关了起来,那个小偷就会收回他的住宅。他就是这样的人,不会客气的。她一想到要失去住宅,就浑身无力。基恩把包裹的大部分都拽到自己这边来了。书使他增加了力量和勇气,他问道:"要把书拿到哪里去?"——他已经看见书了。包皮纸并没有破。她把他视为家中的主人,一瞬间她忆起了八年之久的服务时间。她再也不能克制自己了。她因为有看门人这个警察而感到安慰。她叫那个警察来帮忙。她叫道:"他放肆!"

看门人这时离开他们有十级楼梯之远,他表现得令人失望地冷静。要是这小子等会儿再出现多好啊,事情偏偏在书还没有交到当铺之前发生了!他勉强地抑住嗓子眼儿里的吼叫,并向台莱瑟招手。她此时已经忙得顾不过来了,没有看见他招手。当她第二次叫"他放肆"时,好奇地打量着小偷。根据她的想法,他应该是衣衫褴褛、不知羞耻、见人就伸手要钱的乞丐。如果他想得到什么东西,那就只好偷。而实际上他看上去比在家里好多了。她对此无法解释。突然她发现他上衣右上方鼓鼓囊囊的。当初他身边从来不带钱,皮夹几乎是空的。现在这皮夹鼓起来了。她明白了,他把存折带在身边了。他已经把钱从银行里提出来了。他没有把存折放在家里,而是带在身边了。看门人对每一件小事都了如指掌,甚至她的存折他也知道。她家里有什么东西,看门人都能找到,或者从她那里诈出来。只有一个情况她一直没有告诉他,即她在梦中所想象的放着存折的那个秘密缝隙。不这样留一手,她就觉得生活没有什么乐趣了。她对保守这个秘密感到十分满意。她刚才还嚷着"他放肆",现在却改口叫道:"他偷东西了!"她的声音听起来是愤怒的,但同时又是兴奋的,就像人们逮住了小偷、把小偷交给警察时所发出的声音一样。只是那种一般妇女所具有的忧伤的弦外之音——如果事关自己的丈夫——在她的叫喊声中体现不出来。因为她现在是把她第一个男人交给她第二个男人,而第二个男人是警察。

他从上面下来了,并低声重复道:"您偷东西了!"从这尴尬的局面中他找不到其他解决办法。他认为所谓偷窃行为只不过是台莱瑟临时想出来的应急谎言。他把沉重的手搭在基恩的肩上说道:"以法律的名义,您被捕了!跟我来,不许声张!"他用左手的小指头拎着包裹。他威严地看着基恩,耸了耸肩膀。他的责任不允许他有例外的做法。过去是过去,现在是现在。那时他们还可以讲讲交情,现在他必须逮捕他。他是多么想说"您还记得我吗"这句话啊。基恩弯着腰,垂着头,喃喃地说:"我已经知道了。"看门人不相信这种表白。表现老实的犯人是虚伪的,他们装成这个样子,以便趁人不备时逃跑,因此人们要动用警察的手段。基恩忍受着他的摆布。他试图站直,但他的高个子迫使他弯下了腰。看门人的态度变得缓和了,他已经好多年没有逮捕人了。他也担心遇到麻烦。犯人是不会顺从的。如果他们表现得顺从,他们就要跑了。今天逮到这个人没有费什么力气,他任人追问,听人摆布,他既不明确宣布自己无罪,也不声张,人们对押解这样一个犯人应该感到庆幸。刚到玻璃门前,他转向台莱瑟说:"人们就这么办这样的事!"他知道,有一个女人在一旁看着,但是他没有把握,这个女人是否能充分评价他的工作。"换成另一个人就要动手打起来了。我逮捕人是自动进行的,不能引起轰动,不高明的人容易引起轰动。犯人是听专家摆布的,家畜是驯养出来的。猫有野性。驯服的狮子可以在马戏团里见到,老虎能跳火圈。人有灵魂,你只要抓住他的灵魂,他就会驯服得像羔羊。"他只是心里这样说,尽管他很想把这些话吼叫出来。

　　换个地方或换个时间,他无法这样去逮捕人。还在服役的时候,他为了引起轰动而逮捕人,从而在执行任务时把他与他的上司之间的关系搞坏了。他宣扬他的勇敢行为,直到张口结舌的一群人围到他周围为止。他生来就是个运动员,每天都要耍一天把戏。因为人们很少鼓掌,他就自己鼓掌,为了同时显示他的威力,他把自己的手打在被逮捕的人面颊上进行鼓掌。如果被捕者身体强壮,他就让他自己掌嘴。由于蔑视他们的无能,他在审讯时诬告他们虐待了他。他加强对弱者的惩罚。如果他遇到一个强者——在真正的犯人那里有时会有这种情况——他就给他们安上莫须有的罪名,把他们当坏人清除掉。只是自从他看守这幢房子以来——他从前是管一个区——他才谦虚一些。他的对象就只限于乞丐和小贩了,整天就是监视着他们。他们很怕他,互相警告着不要来,只有新手不了解情况才来。此时他却希望他们来。他知道,他们会妒忌他。他的把戏只限于全楼的居民。他希望在最困难的情况下能进行一次真正的逮捕活动。

这时新的情况出现了。基恩的书给他带来了大笔的钱。他多半都是为了这一点而干的,并且按页收钱,收入有了保障。尽管如此,他还是有这样不愉快的感觉,即他这钱的来路不明。从前他当警察时认为,他靠卖力气赚钱。现在也许他是为书的重要性而操心,并且按照书的重要程度把这些书找出来。规模最大的、最古老的牛皮封面的书应首先挑选出来。在到"苔莱思安侬"的路上,他总是举着包裹,有时用头顶着,从台莱瑟手里拿下她的包裹,让她站住,然后再把包裹扔给她。她忍受着这样的折磨,有一次她埋怨起来了。于是他就哄她。这样做只是为了掩人耳目,他们愈是肆无忌惮地折腾包裹,人们就愈加不会想到这书不是他们的。她当然看清了这一点,但她实在不愿意这样折腾。他对此也不满意,自认为是个弱者,有时还说,到头来他会成为一个犹太人。只是因钱这个刺激物——这是他的道德观——使他放弃实现自己原有的理想,并且心安理得地逮捕基恩。

但台莱瑟的兴致未减,她看到了那个鼓鼓囊囊的皮夹。她很快地围绕着两个男人转,并站到两扇玻璃门之间,用她的裙子把门挤开。她用右手抓住基恩的头,好像她要拥抱他似的,并把他的头拉过来,用左手把那个皮夹掏了出来。基恩托着她的胳膊就像托着一顶棘冠[①],但他没有动,他的手已经被看门人的刑具绑起来了。台

[①] 棘冠又称荆冠,传说是耶稣钉于十字架之前所戴的。

莱瑟高高举起新找到的钞票叫道："瞧，我终于找到了！"她的新男人对这许多钞票惊讶不已，但他还是摇摇头。台莱瑟想回答他。她说："难道我弄错了吗？难道我不对吗？""我不是胆小鬼！"看门人回答道。这句话是针对他的良心而言的，是针对台莱瑟拦住的门而言的。她想要得到赞扬，在她把钱收起来之前想得到别人对她的夸奖。当她想把钱收起来的时候，她感到很遗憾。现在这个男人什么都知道了，她什么也隐瞒不住了。这是一个多么重要的时刻啊，他却呆在一旁一言不发。他应该说她多么有本事，她抓到了小偷。可是他却视而不见，听而不闻，怎么可以这样呢？她有自尊心。这个男人只会捏人家的大腿，竟然不会说一句话，他只会命令人家躺下，他不是一个有趣的人，也不聪明。他只不过是一个男人，跟格罗伯相比使她感到惭愧。请问，他从前是干什么的？一个普通的看门人！她不该跟这号人来往，可是是她把他引到屋里来的。现在他连一个感谢的字儿都不说。要是格罗伯先生知道了多不好！格罗伯先生就再也不吻她的手了，他可有一副好嗓子。她现在有这许多钱，那看门人会把她的钱拿走的。她应该把钱交给他吗？对不起，她讨厌他了！她宁可不要钱，她要旧有的时日，她要规规矩矩地度过她的一生。如果他老是把她的裙子撕烂的话，她该从什么地方搞到裙子呢？他应该说话呀！这个男人！

她十分气愤，备受侮辱地在空中摇晃着手里的钱。她把钱一直晃到他鼻子尖底下。他思考着。他对逮捕人的兴趣已经索然了。自从她拿了那个皮夹，他已经看出了后果，他不愿因为这样的事情蹲监狱。她很能干，但他是了解法律的。他曾当过警察。她懂得法律吗？他现在愿意回到原来的岗位上，她使他很反感。她干扰了他的正常生活，他因为她失掉了"赏钱"。他早就知道事情的原委了。只是由于他也参与了此事，他才公开仇视基恩。她老了，太会缠人了。她每夜都有那个要求，他要大动干戈，而她要和风细雨，她只让他先捏大腿。他刚刚大动了两下，她就叫了，真是见鬼！他真不愿意理睬这种女人。现在倒好，他失去了退休金，她应该补偿他的损失。最好还是去告发这个娼妓！这些书是属于她的吗？呸，从何说起！教授先生太可怜了。教授对她太好了，这样的男人是绝无仅有的，他跟一头骚母猪结了婚。她从来就不是个女管家。她的母亲死了，是个讨饭婆，这是她自己承认的。如果她年轻四十岁就好了。像他死去的女儿，就是好样儿的。她必须睡在他身边，他像对待乞丐一样地对待她。他捏了又看，看了又捏，真是活蹦乱跳的人！如果有乞丐来了，那就揍一通，没有乞丐来，还有自己的姑娘呢。她哭了，但毫无用处，总不能反对爸爸嘛！她很可爱。可是她突然死了，肺的毛病。他硬是把她糟蹋了。他如果早知道有这种后果，就把她送走了。教授先生还认识她呢，可从来没有伤害过她。楼上的居民们折磨过这个孩子，因为她是他的女儿，而那头骚母猪可从来没有向她问过好！他恨不得要宰了她！

　　他们两人充满着仇恨面对面地站着。基恩只要说一句话，即使一句好话也罢，都可以使他们两人接近。由于他的沉默，他们两人的仇恨愈烧愈旺。一个人抓住基恩的躯体，另一个则拿着基恩的钱。这个人本身对他们两人来说似乎不复存在了。她要是抓住他该多好啊！这个人的躯体像根麦秆儿，一阵大风就会把他吹倒。那钞票在空中打着闪电。看门人突然向台莱瑟吼道："把钱还回去！"她不干。她只松开基恩的头，但基恩的头没有弹回去，它继续保持着原来的状态。她本来想等待这样一个动作的。由于没有发生这个动作，她气得竟把手中的钞票劈头盖脸地往看门人甩去，并尖叫道："你不会打吗？你害怕了！你是个胆小鬼！你敢干吗？你这胆小鬼！你这个未开化的人！你这个窝囊废！这怎么行呢！"仇恨使她说出了击中他要害的话。他用一只手开始摇基恩，他不容别人谴责他是窝囊废；他用另一只手向台莱瑟打去，她应该知道他的厉害。他本来不想这么干，现在他要这样干了。钞票纷纷落到地上。台莱瑟抽噎道："钱！钱！"那个男人抓住她，但打得不重。他不过是摇摇她而已。她的背撞开了玻璃门。她抓住门把不放。他抓住她的上衣领口，把她拽到自己这边来，并用她的身体去撞门，同时他还捎带给基恩几下，他越是感到打基恩就像打在破布上一样，打起台莱瑟来就越卖力气。

这时费舍勒急急忙忙跑了过来。下水道工人已向他报告了基恩拒绝给钱的情况。他很气恼。这是什么意思，好端端的两千先令！他还缺这笔钱呢！昨天他一下子给了四千五，现在不给了。他让雇员们暂且等一等，他马上就来。在走廊里他听到有人叫唤："钱！钱！"这正是跟他有关系的事。有人抢在他们的前头了。他简直要大叫起来。我们辛辛苦苦，他们坐享其成，还有一个女人参与其中，谁能容忍得了这种事情！他要把他们逮住，他们要把一切都交出来。这时他看到玻璃门正在一开一关地来回摆动。他吃惊地站住了。还有一个男人在场，他犹豫了。那个男人把女人往门上撞，女人很沉，那个男人一定很有力气。高个子家伙没有这么大力气。也许这跟高个子没关系，为什么男人就不该打女人呢？肯定是因为她不给他钱。费舍勒因为有公务在身，否则他宁愿在一边瞧着，等到两人打完为止，但是这需要的时间太长了。他小心翼翼地走到门边："对不起，请允许我走过去。"他说着并微笑起来。要想不触怒人家是不可能的，所以他未开口就先笑起来。那夫妇二人应该看到他是多么友好。因为人家可能没有注意到你的笑脸，那么你不妨马上再微笑一下。他的驼背正好介于台莱瑟和看门人之间，妨碍了看门人把女人往自己这边拽。他给了驼背一脚，费舍勒向基恩扑去，

327

一把抓住了他。基恩很瘦,他的身躯起的作用也很小,当侏儒接触他的时候,侏儒才看见他,认出了基恩。这时台莱瑟又在叫道:"钱!钱!"他已经感觉到事情的微妙之处了,他十分留神地环顾四周,看到了基恩的口袋,那个陌生男人的口袋,那个女人的长袜带——可惜裙子挡住了他的视线——并看见楼梯的尽头有两个大包裹。再看看他脚附近的地面上有许多现钞。他迅速弯下腰,把钱捡了起来。他的长胳膊在六条腿之间迅速地伸来伸去,他一会儿使劲把一只脚往旁边推,一会儿又小心翼翼地扯钞票。如果有人踩着他的手指,他也不叫喊,这样的困难他已经习惯了。他对那六只脚不是一律对待:基恩的脚,他就简简单单地往旁边一推;他像鞋匠一样对待那个女人的脚,但他尽可能避免接触那个陌生男人的脚,因为那是很危险的。他"抢救"了十五张钞票,他一边捡的时候就一边数过了,并且清楚地知道进展情况。他很灵活地处理驼背,使它不影响工作。上面照样在厮打。他生来就知道,人们不应该干扰夫妇之间的殴打。如果弄得好,就可以坐收渔利。夫妇打起来都很粗暴。他还有五张钞票没有拿到手,四张飞散在离他很远的地方,一张被陌生人踩在脚底下。费舍勒一边向那四张钞票爬去,一边还不时地盯着脚底下的那一张。他完全可以站起来伸伸腰,但这一刹那工夫可不能错过啊!

这时台莱瑟才发现了他在若干步以外的地方捡着什么东西。他把钱夹在两腿之间,背着手,用舌头在那里取东西,他之所以这样做,是因为如果万一被人看见了,人们也不会看出他在那里干什么。台莱瑟已经感到软瘫无力了,看到这种情况又振作起来。那个侏儒的意图她是清楚的,好像那个侏儒出了娘胎她就了解似的。她自己一直在寻找那个存折,那时她还是家中的女主人。她突然挣脱了看门人,大叫道:"抓小偷!抓小偷!抓小偷!"她说的是在地上爬的驼背，但同时也是说的她家的那个小偷，还有那个看门人，所有的人她都认为是小偷。她不停地喊着，声音越来越大，她可以一口气嚷十遍。

人们听到楼上的门开了，沉重的脚步声震动着楼梯，开电梯的人从对面走来。这个人向来就是事不关己，高高挂起，即使有人在杀害孩子他也不管，因为这无损于他。他在这里管电梯管了二十六年，以此养家糊口。

看门人一下子惊呆了。他看到有人来把他的退休金取消了，他还被关了起来。他的金丝鸟也要死了，它们无须为人唱歌了。那个窥视孔也堵上了。一切都清楚了，楼里的居民们折磨他在坟墓里的女儿。他不怕。他因为女儿而不能入睡。他为她操心，他很喜欢她，她有吃，有喝，每天半磅牛奶。他退休了，他不怕。大夫说了，她是死于肺病，叫我马上送走！他的病靠什么治呢，亲爱的大夫先生？他的退休金只够他自己吃喝，他不吃饭是活不了的，职业还不是为了吃饭。这幢楼房没有他要垮台。患病职工补助金——什么？她突然抱了个孩子回来了，走到那小小的房间里来了。他不怕！

费舍勒相反，他说："我现在害怕。"于是他把钱很快地塞到基恩的裤兜里，然后便缩做一团。要想逃是不可能了。不少人已跨过包裹而来。他把两臂夹紧，原来的钱，也就是他去美国的旅费，他紧紧地卷起来夹在腋下。幸亏他的胳肢窝是这样的构造！只要他穿上衣服，谁也发现不了什么。关起来坐班房可不行。到了警察那里会把他的衣服剥光，把他的钱拿走。他是这里的惯偷。他们知道他开的公司吗？他应该在他们那儿登个记！是呀，应该给他们付营业税！他现在做生意了。那个大高个儿是白痴，这个家伙为什么要在最后时刻把下水道工人认出来呢？现在他口袋里又有钱了。可怜虫！我们不能丢下他不管。那一对儿会把他的钱拿走的。他会把一切都给人家的。他这个人太善良了。费舍勒是忠诚的。他是他的好朋友。如果他去美国,那么高个子就要自己照料自己,谁也不会帮助他。费舍勒逐渐接近基恩的膝盖,他仿佛只是由一个驼背构成的。有时驼背像乌龟壳把他保护在下面;有时驼背又像蜗牛壳,他就蜷缩在这个壳里;或者像蚌壳,把他团团包住。

看门人叉开腿站在那里,像一堵岩石,眼睛死死地盯着被打死的女儿。肌肉出于习惯,他手里还抓着基恩。台莱瑟的叫嚷声把苔莱思安侬的人都吸引过来了。她什么也没有想,她机械地嚷着,嚷得上气不接下气。这样嚷她感到舒服,她感到她占了上风,她不再挨打了。

人们七手八脚地把这四个人扯开,把他们紧紧抓住不放,好像他们还要厮打似的。大家面面相觑。此时许多人围着他们,街上的行人都拥进苔莱思安侬。当铺的职员和到当铺典当东西的人自然占有有利的地理位置,他们本来就在里面。那个在这里开了二十六年电梯的人要维持好秩序,要把行人往外轰,并关上苔莱思安侬的大门。但他没有时间干这些事。他终于走到了那个大喊救命的女人身边,并认为非他在这里不可。有一个女人发现了地上的费舍勒的驼背,便往大街上跑,吓得大嚷道:"杀了人了!杀了人了!"她把驼背看成是具尸体了。具体情况她一点儿也不知道。据她说,杀人犯是个瘦高个子,是个身体很弱的人,这样的人怎么能杀得了人呢?她简直不敢相信。还打枪呢,另一个人说。当然啰,大家都听到枪声了,隔着三条胡同都听到了。"什么呀,不对,那是汽车胎放炮吧?"个别人这样说。"哪儿的话,这里放枪了!"多数人坚持认为这里放枪了,他们甚至对那些怀疑者持严峻的态度。应该把怀疑者抓起来!这些人是帮凶!这些人想混淆视听!从内部传出了新消息,那个女人的话得到了纠正。瘦高个子是被害者,那么地上的那具尸体呢？他活着呢，他是杀人犯，他躲起来了，他想溜掉，但人们把他抓住了。最新消息还要精确：那地上的驼背是个侏儒，是个残废人！是另一个人打的，一个红毛人打的，是那个侏儒怂恿他打的。揍他！那个女人透露出来的。好极了！她大喊很长时间了，一个女人！她不知道害怕，凶手威吓了她。红毛人有罪。是那个红毛人抓住她的领口，卡住她的脖子。没有打枪，当然没有，谁也没有听到。他说什么来着？枪声是那个侏儒散布出来的。他在哪儿呢？在里面。往前挤！可是谁也进不去，已经围得水泄不通了。好一件谋杀案！那个女人可遭罪了，每天都挨揍。他把她揍得半死。为什么她把侏儒找来呢？要是我的话，我就不找这种人。因为你在困难的时候要找也要找个完人嘛。男人太少了，都是因为战争！年轻人也变得粗野了。他还年轻，不满十八岁吧，可已经是一个侏儒了。真笨，他是个残废人，找他干吗？我知道。他见过那个人，他在里面，他不能忍受下去了，那么多血。所以他这么瘦，一小时以前他还挺胖的呢，流血太多了！我说，淹死的人尸体才膨胀起来呢。您怎么理解尸体的意思？他把尸体身上的珠宝拿走了，都是因为这珠宝。纠纷就发生在珠宝部前面。一条珠宝项链。一位男爵夫人。可能不过是她的仆人。是男爵！一万先令，两万先令！一个贵族。一个漂亮的人。她给他什么啦？是不是他不理睬他的夫人呢？想必是夫人不理睬他。可不，可怜的男人们！她活着，他成了尸体，这么个死法！可怜！可怜！男爵的下场。活该他如此！失业的工人连吃的东西都没有。他要这珠宝项链干什么用？人们应该把他们都吊死！我是这么看的。这号人统统都该如此。这整个苔莱思安侬，放火烧了，一把火烧了！

外面人说里面发生了流血事件，而里面并没有流血事件。刚开始拥挤的那一阵子，玻璃门被挤得粉碎，但谁也没有受伤。台莱瑟的裙子保护了费舍勒这个唯一可能会受伤的人。人们刚刚要抓住他的领口，他就呱呱叫起来。"请您放开我！我是看护人！"他指着基恩，一遍又一遍地说，"您应该知道，他疯了。您懂吗？我是看护人。请您注意！他很危险。您应该知道，他疯了，我是看护人。"人们没有注意他，他太小了，人们要抓大的。那个认为他是一具尸体的女人在外面已经通报了。台莱瑟继续叫着。这样好。她担心，她一停止叫唤，人们就会不理睬她。她这样做一半是为了碰碰运气，一半也是害怕以后出问题。大家都同情她，她得到了某种安慰。她受惊了。那个开电梯的人甚至把手搭在她的肩膀上。他强调说，他二十六年来还是第一次这么干。她应该停止叫喊。他请她不要叫喊，他理解她。他有三个孩子。她可以到他家里去歇会儿。二十六年来他没有邀请过任何人到他家里去。台莱瑟不肯停止叫喊，他感到受了侮辱，因为她不听他的劝告。他甚至说她是由于害怕而丧失了理智。费舍勒听到他的看法，便说道："可是我要告诉您，他疯了，而她很正常，请您相信我，我是很了解疯子是个什么样子的。我是看护人！"

他被职员们抓住了，大家无暇管他，谁也不听他说，谁也不看他一眼，因为大家的目光都落到那个红毛人身上。此人听任别人把自己抓住，他不打人，而且没有吼叫一声。寂静的后面随之而来的就是可怕的风暴。人们把他和基恩分开时，他不肯放开，他紧紧夹住基恩，用右手把别人甩开，心里想着那温柔可爱的女儿，嘴里却向基恩倾诉着他对基恩的爱戴："教授先生！您是我唯一的朋友！请您不要离开我！否则我要自杀了！我没有错，我的唯一的朋友！我是警察！请您不要生气！我是一片真心！"

他把对基恩的爱说得如此绘声绘色，使每个人都以为基恩是小偷。但人们很快就看透了他的嘲弄，并且很欣赏自己敏锐的洞察力。人人都有此感，他们都感到那个红毛人是有理由在罪犯身上进行报复的。他抓住基恩的胳膊，使劲往怀里拽，嘴里还说着那些话。一个强壮的家伙想亲自报复一下，他不求助于警察，虽然有人想制服他，但制服他的人都不得不赞赏他，这位英雄，他自己完成了一切。如果他们要做的话，也不过如此，他们跟他一样，他们甚至更喜欢亲自动手，拳打脚踢。

那个开电梯的人认为，在这里较为妥善的做法是收起个人的尊严。他认为那个女人之所以神经错乱是受了惊的缘故。他把自己丰腴的严肃的手搭在那个暴怒的男人肩上，声音不高不低地告诉那个男人，他在这里开了二十六年电梯，二十六年来他一直维持着这里的秩序，像今天这样的事件还从来没有发生过。他可以担保，他说的是事实。他的话被吵吵嚷嚷的声音淹没了。因为那个红毛人没听清，他就亲切地凑到他耳边去说，并声明他对这一切都很理解。他有三个孩子，二十六年来他经历得多了。只见可怕的一拳擦过他向台莱瑟打去，他的帽子落到地上了。他这才看清，这里要出乱子了，于是就去叫警察。直到现在还没有人想到这一点。直接参与者把自己看成警察。远远看热闹的人希望事情继续发展下去。有两个人负责把那两个包裹拖到安全的地方。他们使用了电梯，并向四周叫唤："劳驾，请让让路！"包裹在被取走之前先得寄放在警卫室。半路上他们决定先检查一下包裹的内容。他们畅通无阻地走了。没有更多的包裹被偷，因为没有包裹了。

根据开电梯人的报告，警察也感到事态是严重的，因为开电梯的人说有四个人参与了此事，所以他们决定派六个人来。开电梯的人给他们指明了出事地点，他愿意帮助他们，并给他们带路。人群好奇地围着警察。从制服上人们就感觉到，这些人是管事的，警察不在，其他人才可以管。大家自动地给他们让了路。有些为了他们现在的有利位置作过斗争的男人，看到穿制服的人来了也就不得不放弃他们的位置了。少数坚定分子让路让得太迟了，当他们知道后吓了一跳，在一旁搓着自己的粗布衣服。大家都指着基恩，是他想偷东西。他偷了，大家都这么想。警察对台莱瑟还是比较尊重的，是她揭发了这桩犯罪案子。人们把她看成是红毛人的妻子，因为她愤恨地看着他。两个警察一左一右站在她两边。当他们看到那条蓝裙子时，他们变得很和蔼了。其他四个警察就动手把基恩和红毛人分开，不使劲是分不开的。那个红毛人死死抱着基恩。这红毛人想必也是同案犯，要不为什么死抱着小偷不放呢？看门人以为自己被捕了，他越来越害怕。他嚷着叫基恩放开他。我是警察！教授先生！不要逮捕我呀！放开我！我的女儿！他像发了疯似的捶打着自己。他的力气很大，使警察很伤脑筋。更有甚者，他还自称是警察。他们看来要介入一场斗争了。这些警察是很注意保重自己的。他们这一行是干什么吃的？于是他们就使尽各种手段从四面八方向红毛人打去。

在场的人分成两派。一派人同情那位英雄，另一派人则始终站在警察一边。但是人们不能老是同情这，赞成那，在一旁观看。男人们的拳头已经痒痒了，女人们的嗓子眼儿里也在吱吱作响，怪痒痒的。为了不影响警察，他们就一齐冲向基恩。他被打倒了，大家在他身上踩着。那么多人要打他，而他只能满足少数人拳头的需要。大家协商一致，决定像拧干一块湿布一样把他拧干，于是大家就轮流拧起来。大家从他的沉默态度上就可以看出他像罪犯。他闭上眼一声不吭，什么也不能撬开他的嘴巴。

费舍勒不能看下去了。自从警察来了以后，他就一直想着他的雇员，他们还在外面等他呢。放在基恩口袋里的钱使他留下了，他想当着六个警察的面把那钱拿回来，这一想法简直使他着了迷。但他提醒自己要小心。他要留神选择时机逃跑，可是没有这样的时机。他紧张地注视着折磨基恩的人。如果他们碰到他放钱的那个口袋,他就感到像针刺扎在心上一样。这种痛苦会毁掉他的。他只好忍痛闭上眼睛钻到近处的人们的大腿之间。人们身体的活动使他好受一点儿。在外头,人们不了解他,出去以后会引起大家的注意。他只能这样可怜地活动着,他叫道:"噢,我闷死啦,快让我出去吧!"大家都笑了,赶快帮助他。帮助他的人感到这起码是一种乐趣,虽然不如在他们前面的那些幸运的人那么激动。六个警察中没有一个人看到他。他太矮了,他的驼背在这种情况下也不引人注目。若是在大街上即使没犯罪人家也会把他拦住。今天他走运,在苔莱思安侬众多的人群中逃脱了。他的雇员已经等了他十五分钟。他放在胳肢窝的钱完整无缺。

　　警察顾不到基恩,他们现在要做的事情很多,四个警察要对付红毛人,两个警察站在台莱瑟两边。他们不能让她一人待着。她早就不叫了。现在她又尖叫起来了:"狠狠地拧!狠狠地拧!"她在指挥别人"拧"基恩这块布呢!她的"随从"很想安慰她。只要她这样冲动不已,那两个警察就认为进行干预是毫无益处的。台莱瑟的叫喊也是针对那四个人的,意思是叫他们也参与,这四个人正在使那个看门人改掉暴躁的脾气。台莱瑟讨厌别人捏她,她讨厌别人偷她的东西;她对警察的害怕已经被骄傲感所代替。人们所做的正是她想做的。她在这里可以指挥别人。这是理所当然的。她是个规规矩矩的女人。"狠狠地拧!狠狠地拧!"台莱瑟手舞足蹈起来,她的裙子也跟着飘动起来。强烈的节奏感染着人们。有些人便跟着跳来跳去,满场的人活动起来了,起伏的波浪逐渐扩大了。吵吵嚷嚷的声音逐渐一致起来,即使没有参与的人也跟着哼哼起来。笑声慢慢消失了。此时当铺的业务停止了,连当铺最远的窗口里的人也在倾听着,他们把手张开放在耳朵后,以便听得清楚些,他们把食指放在嘴前，禁止大家说话。谁在此时来办什么事情，就会受到默不作声、怒目而视的冷遇。一向很热闹的苔莱思安侬此时是出奇的安静，连人们的呼吸声都听得清楚。全场的人一起深深地吸气，一起高高兴兴地呼气。

由于有了这种气氛，警察们才成功地降服了看门人。其中两人给看门人上了刑具，第三个警察看守着他那一会儿踢两下、一会儿试图把教授钩到身边来的脚。第四个警察维持着秩序。基恩此时还在挨打，但是人们也有些腻烦了，不感兴趣了。他此时被打得既不像活人，也不像死尸。人们拧他也没有拧出一个字、一句话。他完全可以抵抗，可以捂着自己的脸，可以打滚，至少可以抽搐一下。人们等待着他的各种各样的动作，但他使人失望了。虽然这个人犯有许多罪过，但是如果人们不知道，那么打也就没有道理。人们没有这个责任，他们感到厌烦，因而把他交给了警察。不要随便打人，这是人们经过一番思想斗争才得出来的结论。他们互相你看看我，我看看你，看到别人穿衣，自己也穿上衣服，并在"战友"中找到了同事和同伴。台莱瑟说："好吧！"她还要命令人们干什么？她现在想走了，她的胳膊肘和头脑都做出准备走的样子。那个接管看守基恩任务的警察对这个女人——此人对这样的骚乱负有罪责——的温和态度感到吃惊。因为他挨红毛人的拳头最多，所以他恨红毛人的老婆，她无论如何也得被一同带走。那两个警察也就很高兴地把她带走了。他们为自己没有出什么力气而感到难为情，因为那四个抓红毛人的警察是冒着风险干的。台莱瑟同意跟着走，因为对她来说不会发生什么事情。她反正是想一起去的。她还想把在警卫室保管包裹的那两个男子理所当然地牵连进去。

有一个警察记忆力好，他扳着指头数了数被逮捕的人：一个、两个、三个。第四个呢？他问那个开电梯的人，此人自始至终目击了这场斗争，他自己还受了委屈和侮辱，当所有的犯人被逮捕归案后，他才最后擦擦帽子。他此时心情舒畅起来。但他也不知道那第四个犯人在哪里。那个记忆力好的警察认为，开电梯的人报告的是四个犯人。而开电梯的人此时则否认。二十六年来他在这里维持秩序，他有三个孩子。其他的人都帮助他，谁都不知道有第四个人。这第四个人可能是小偷做的假象、说的假话，以便转移人们的注意力。那条被打得半死的狗知道，否则他为什么不说话呢？这时那位记忆力好的警察也同意这种看法了。所有六个警察都有事可做。他们带着那三个犯人小心翼翼地穿过残缺的玻璃门。基恩在唯一还残存在门上的一片玻璃上蹭了一下，把衣袖割破了。当他们到达警卫室门前时，血从里面渗了出来。少数几个好奇的人一直跟着他们，看到血很奇怪。他们不相信这是血。这是基恩发出的第一个生命信号。

  几乎所有人都散去了。一部分人又坐到小窗口后面，另一部分人带着祈求的神情把典当物递到窗口去。但那些职员此时宁愿降低身份也要跟穷鬼们就刚刚发生的事件交谈交谈。他们听着按照他们的神圣职责不该听的议论。关于到底偷的是什么东西，没有一致的看法。有人猜想偷的是贵重物品，否则不会有这么多人看热闹。有人认为偷的是书，因为出事的地点可以证明这一点。有生活阅历的中年人则参考了晚报上的各种看法。多数人认为偷的是钱。当铺职员指出，这不太可能：有钱的人跑到当铺里来干什么呢？也许他们已经把东西典当出去了？即使这样也是不可能的，因为有关的当铺工作人员会马上把他们认出来，可是事实上却没有一个职员认得他们。有些人对那位红毛英雄很惋惜，而多数人对他则持冷漠的态度。这些人认为他的老婆更值得同情，虽然她是一个老太婆了。大概谁也不会跟她结婚的。这浪费了的时间是很可惜的，但这时间毕竟还是不平凡地度过了。

私 人 财 产

在警卫室里警察对被捕者进行了审讯。看门人吼道:"同事们,我是无罪的!"台莱瑟要加害于他,就叫道:"可是他早就退休了。"就这样她反而模糊了他那亲切的称呼对同事们所产生的不良印象。他已经退休了这一实事求是的补充使人猜测到他也许从前是一个警察官员。他粗暴冷酷,只不过那大肆抢劫的谣言——其实是真正的犯人试图抢劫他——是不符合他的情况的。他吼道:"我不是罪犯!"

台莱瑟指着人们似乎已经忘记的基恩说:"是他偷了东西!"红毛人的自信态度促使警察官员们重新思考问题。他们还没有弄清楚站在面前的人到底是些什么人。台莱瑟的提示对他们来说来得正是时候。三个警察一下子就冲向基恩,直截了当地搜查了基恩的口袋,发现了一大把压皱了的钞票,一共十八张一百先令票面的现钞。"这是您的钱吗?"有人问台莱瑟。"钱已经压皱了吧?我的钱是这些钱的六倍!"她照存折的数字算了算说。他们问基恩其余的钱到哪里去了,基恩一声不吭。他非常颓丧地半倚在一张椅子背上,和椅背、地面形成一个三角形。人们让他怎样站着他就怎样站着。谁见了都会相信,他每时每刻都有倒下去的可能。但谁也没有去看他。

由于恨台莱瑟,带他来的警察给基恩送来一杯水,并端到他嘴边。基恩既没有注意到这一杯水,也没有注意到这是人家为他做的好事,他还以为在整他的敌人行列里又增加了一个人。他们又一次搜查了他的口袋,除了钱包里还有一些零钱外,搜查的结果等于零。几个人摇摇头。"您把钱藏到哪里去了?"警察小队长问道。台莱瑟微笑道:"我说得不错吧,他是一个小偷!""太太,"这位感到她穿着太老式的小队长说,"请您转过身去!我们要把他的衣服脱光。"他奸笑着,这个老太婆看也罢,不看也罢,他觉得都无所谓。他相信,他们会找到那笔钱的。但他感到很气愤,一个普通女人居然有这么多钱。台莱瑟说:"他是一个男子汉吗?他不是一个男子汉!"她没有挪窝。看门人叫道:"我是无罪的!"他看着基恩,好像他要自我介绍他是拿"赏钱"的人。他明确声称他是无罪的,他对他女儿的死是有责任的,但对基恩将被难为情地搜身一事他是没有责任的。

三个警察刚刚把手指头从小偷的口袋里抽出来,便马上根据命令向后退了两步。谁都不愿意脱这个令人作呕的人的衣服。他太瘦了。就在这个时候基恩倒在地上。台莱瑟叫道:"他扯谎!""可是他并没有说话!"一个警察对她呵斥道。"人人都会说话。"她回答道。看门人向基恩扑去,想把他扶起来。"这是懦弱的表现,他倒在地上了。"警察小队长说道。大家都在想,红毛人大概要揍躺着的基恩了。谁都没有加以反对,这个孤立无援的躺在地上的骨头架子是很有刺激性的。不过他们反对侵犯人身自由的权利:看门人还没有扑到基恩身上去之前,就被抓住并被拉了回来。然后他们扶起了倒在地上的人。他们没有拿他的体重开玩笑,他实在使他们感到厌恶。有一个人试图把他按在椅子上。"这个装病的家伙应该站着!"小队长说。他向那个女人——他对她的敏锐的目光感到自惭形秽——表示,他也看透了这出喜剧。警察要把坐到椅子上的基恩扶起来,最

339

起码要把犯人的脚移开。基恩的上半身还有一个人扶着,那个人一松手,基恩的上半身马上就弯了下来,吊在另一个扶着他的人的手臂上。台莱瑟说:"这真卑鄙!他要死了!"她期望着他很快受到惩罚。"教授先生,"看门人吼道,"您不要这样!"他感到满意,因为没有人对他女儿的案件感兴趣,但他希望这个好人替他说话。

小队长看到教训教训那个聪明过人的女人的时机已经来到了。他突然抓住自己的小鼻子,这小鼻子使他内心感到十分痛苦。(不管是外出执行任务还是内勤任务,休息时他都拿起随身带的小镜子叹息着照一照他的鼻子。遇到困难,这鼻子就会长大。在他着手克服这些困难之前,他相信它会长大,因此就把这鼻子彻底忘掉了。)现在他决定,先把犯人的衣服剥光。"你们大家都是些蠢蛋。"他说道。他的这句结论性的话也是针对自己的,他想:"人死了眼睛是睁着的,否则人们不需要去替死人合上眼睛。一个装病的人是无法做到这一点的。如果他睁开眼睛,那么眼睛里也无光。如果他闭上眼睛,那我就不相信他死了,因为如上面所说,人死了眼睛是睁着的。眼睛里无光的死人,或是不睁开眼睛的死人,那纯粹是瞎扯。他并不是死,谁也瞒不过我。你们记着,先生们!我要求你们亲自看一看犯人的眼睛!"

他站了起来推开面前的桌子——这个困难你也要排除,决不绕过——走到基恩跟前,基恩正吊在一个警察的手臂上。他用他那又白又粗的中指敲着基恩的眼皮。警察们现在感到轻松了。他们曾担心,此人已被众人打死了。他们干预得太晚了。这也许会造成许多麻烦。人们应该什么都估计到。群众可以乱来,但警察要有清醒的头脑。检查眼睛的情况是令人信服的。小队长是个有经验的人。台莱瑟昂着头,她希望惩罚他。看门人的拳头又感到痒痒了,跟平常一样,只要他感到舒服的时候就是这样。有这么一个见证人在,真叫人高兴。基恩的眼皮在小队长中指指甲的拨弄下抽动着。小队长继续拨弄着,他想通过使基恩睁开眼睛这一办法来达到各种目的,例如,揭露假装眼睛里无光的死人之愚蠢。为了指出这是装死的眼睛,人们必须使他睁开眼睛。但是基恩的眼睛是闭着的。"把他放开!"小队长命令一直扶着基恩的那个好心肠的警察。同时他一把抓住那个不听话的混蛋的领口使劲地摇晃他。基恩的体重很轻,这使他大为恼火。"就这么个人还敢偷东西!"他蔑视地说。台莱瑟向他微笑着。她开始喜欢他了。这是个男子汉,只是鼻子长得不合适。看门人——他安心了,因为别人不再追问他了,也没有人管他了——正在思考着事情的前因后果。他一直有自己的头脑,有自己的看法。教授先生不是小偷。他只相信他所相信的人和事,不相信别人说得如何如何。摇不会把人摇死的。只要他活着,他就要说话,只要他说话,就会热闹起来。

  小队长十分蔑视这个骨头架子,他开始亲手脱下基恩的衣服。他脱下基恩的上衣,并把它扔到对面桌子上,接着是背心。衬衫已经旧了,但还算整齐。他把它解开,眼睛十分敏锐地看着肋骨之间,确实什么也没有。他感到很恶心,他经历过很多事情,他的职业使他跟各种各样的人接触,但这样瘦弱的人他还从来没有见到过。应该把这种人放到一个罕见物陈列室里展览展览,不应该带到警卫室里来。"鞋子和裤子交给你们去脱吧。"他对其他人说。他非常气馁地退了下来。他想起了他的鼻子,并抓住自己的鼻子,这鼻子太小了,要是能把这鼻子忘了就好了!他像泄了气的皮球那样坐到桌子后面的椅子上。这桌子摆得不正,有人推过桌子了。"你们就不能把它摆正吗?我已经说了上百遍了!混蛋!"正替小偷脱鞋子和裤子的警察暗暗地发笑,其他人都笔挺地站着。唉,他想,这样的人都应消灭掉,他们只会引起人们公开的不满,人们看到这种情况，就会感到不舒服，即使胃口很好的人也不想吃饭了。没有胃口吃饭可怎么行呢？人们需要耐心，审讯这种人的办法就是鞭笞。在中世纪的时候，警察的日子好过多了。如果人们是这么个样子，还不如去自杀，自杀是最好不过的了，不会影响人口统计的。可是此人不自杀，却装死，真是不知羞耻。像我这样的人尚且为鼻子小了一点儿这样的区区小事而感到难为情，而他骨瘦如柴却满不在乎，而且还偷东西，真是不可思议。五花八门的人活在世界上，有些人有干劲、有理智、有知识和政治头脑，而有些人居然连骨头上都不带一点肉就来到这世界了。由此可见，我们这些人要做的事情可真多啊。他刚刚把小镜子拿出来，就又放进去了。

　　人们把基恩的鞋和裤子脱下来放到桌子上，进行了检查。那面小镜子放到了那个专门装小镜子的内衣口袋里。袜子也脱掉了。基恩穿着一件衬衫，浑身发抖地靠在一个警察身上。大家都看着他的小腿肚。"这是假的腿肚。"那位记忆力很强的警察说。他弯下腰敲了敲那腿肚，发现是真的。他将信将疑。他心里认为此人不正常。现在他看清了，这是一个危险的装病者。"先生们，这样做没有什么意义！"看门人吼道。他的这一提示因小队长感到奇怪而没有受到重视。小队长——他以灵活机动而著称——很快决定，放弃搜查那个女人被偷的钱，进一步检查他的皮夹。所有各种证件都被搜了出来。上面都写着彼得·基恩博士这个名字，就是说被偷的人是彼得·基恩博士啰？如果有一个带相片的证件，那么相片也是伪造的。当小队长跳起来摸着自己的鼻子向基恩吼叫的时候，看门人的警告声还在墙壁四周回响。小队长吼道："您的证件是偷来的！"台莱瑟这时也蹭了过来。她可以发誓证实。谁讲了偷窃的事情，谁就说得对。

　　基恩冷得发抖，他睁开眼睛望着台莱瑟。她就在他旁边摇头耸肩。她很骄傲，因为他认出了她，她是主要人物。"您的证件是偷来的！"小队长解释说，他的声音比刚才要平缓一些，基恩睁开的眼睛没有看他，而是仔细地盯着台莱瑟。小队长认为他使用的办法成功了。第一着完了以后，紧接着就是第二着。犯人的眼睛仍盯着台莱瑟，锐利的目光像锥子一样直往她身上钻，死死地盯着她。这个家伙是个猪猡。"这种人就是不害臊！"小队长嚷道，"您光着身子呢！"小偷的瞳孔放大了，他牙齿上下直打战。他的头朝着固定的方向一动也不动。这是不是真正的眼睛的光呢？小队长自己问自己，有些害怕了。

这时基恩举起一只胳膊，伸了出去，抓着了台莱瑟的裙子。他用两个指头夹住一个褶子，然后又松开，接着再夹起另一个。他走近了一步，好像不相信自己的指头和眼睛，于是把耳朵凑到裙子边，听自己的手指扒开上了浆的裙子所发出的声音。他的鼻翼在扇动着。"现在我讨厌您这样做，您这个猪猡！"小队长嚷道，他已经觉察到他那鼻子的放肆的嘲弄，"您承认不承认您有罪？""哎呀，什么呀！"看门人吼道。其实谁也没有问他，人们倒是很紧张地等待着基恩的答复。基恩张开嘴，也许为了用嘴巴尝一尝裙子的味道，但还是说话了："我承认自己有罪，但她自己也要负一部分责任。是我把她关在家里的，但谁让她自己啃自己的肌体呢？她是自己把自己折腾死的。有一点我想请求您，我现在感到十分迷惑不解。请您解释一下，被杀害的人怎么会站在这里呢？我从裙子上就认出了她！"

他说得很轻。大家都向他凑拢来，以便听清他的话。他的脸上流露出一个将要死去的人的紧张神色，坦白了最折磨自己的秘密。"大声一点儿！"小队长大叫道，他避免用警察的语言，他表现得像个戏院里的观众。其他人没有理他的茬儿。他没有强调他的命令，而是温和地走到他们中间。看门人趴在他前面两个同事的肩上，并把前臂整个儿地向前伸去。大家在基恩和台莱瑟四周围了一个人们无法插进去的圈子。有人说道:"都挤得嘎嘎响了!"并指着自己的前额。但他马上感到难为情,随即低下了头。他的话引起大家的普遍好奇,大家向他投过生气的目光。台莱瑟说:"请原谅!"她是这里的主人,大家都围着她转,她无法忍受大家的好奇,她想让他把谎说完,然后再来反驳,人们将哑口无言。

基恩说话的声音更低了。有时他拉一拉领带,把它正一正。凡面临着重大问题时他就是这样的表情。而观众则感到他好像不知道自己只穿着一件衬衫似的。小队长不由自主地把手伸向他的小镜子,他几乎要把镜子伸到这位先生的面前。基恩喜欢把领带系得好好的,像个正人君子,但他实际上不过是个小偷。

"你们大概以为我有一种幻觉。总的来说不是这么一回事。科学使我十分清楚,我不会把 X 当作 U,不会让人把一个字母说成另一个字母。但我最近经历了很多事情。昨天我得到我妻子去世的消息。你们知道,这对我来说关系重大。我很荣幸能在你们当中。我一直在考虑我的诉讼。今天我走进苔莱思安侬的时候,遇到我被害的妻子。她是由我的一个忠实朋友、我们的看门人陪同的。他代表我给她送了葬,我当时没有去。你们不要以为我无情,世界上有些女人是人们永远不会忘记的。我愿向你们交代全部事实:我是有意不去给她送葬的,这对我来说简直无法办到。请你们理解我,你们从来没有结过婚吗?当时有只狼狗把裙子撕得粉碎吃下去了。也许她还有一条。在楼梯上她撞了我,她提着一个大包裹,我想这里头是我的书。我热爱我的图书馆,那是全城最大的私人图书馆。最近一个时期我不得不疏远它了。我忙于研究这些可怜的书籍,为了弄死我的妻子,我离开了家。我离开了几个星期呢?不管怎么说,我是充分利用了这段时间的,时间就是科学,科学就是秩序。除了购进一个头脑图书馆外，我便致力于拯救上面我所说的那些可怜书籍，我从火坑中把书赎了出来。我认得一个猪猡，它是靠吃书为生的，我们且不去谈它。我要告诉你们在法庭上要讲的话，我想在法庭上当众揭露一些事实真相。请你们帮助我！她现在不能动弹了。请你们帮助我从这个幻觉中解脱出来！通常情况下我是不会有这种幻觉的。她跟踪我，恐怕已一个多小时了。如果我们确认这种事实真相，我愿意请求你们少帮一点儿忙。我看见你们大家，你们也都看见我。而被害的人就站在我旁边。我的一切感觉器官都不管用了，不仅我的眼睛。我可以做我愿意做的事，我听见了捻裙子发出的声音，我感触到了它，我闻到浆的味道，她还摇头晃脑，这是她活着的时候的样子，她甚至还说话，她刚才还说'对不起，请原谅'，你们应该知道，她的语汇总共才有五十句话，尽管如此，她并不比别人少说。请你们帮助我！请你们证明她是死人！"

站在周围的人听到了他说的话，他们已习惯于他的说话方式，他们不知所措地互相靠拢着，静静地听着，他说得那么玄乎，并自称犯有谋杀罪。合起来说，大家不相信他谋杀了人，但分开来说，大家又相信是真的。他请求谁帮助呢？人们既没有骂他，打他，也没有干扰他。他害怕了。即使小队长也感到晕头转向，因此宁可沉默不语。他说的话要是不那么玄乎就好了。这个罪犯也许是个良家子弟，也许他不是一个坏人。台莱瑟惊讶得很，她从前竟然一点儿也没有觉察出来，在她来他家之前，他已经结婚了。她一直以为他是个光棍儿。她现在才知道他原来还有这么一件秘密，他的第一个老婆是被他杀害的。不容易捉摸的人都是杀人犯，所以他从来不说什么，不外露。因为他第一个老婆穿的裙子和她穿的裙子一样，出于对第一个老婆的爱，他才跟她结婚的。她寻思有没有证据可以证明这一点。对了，每天早晨六点到七点他总是独自一个人搞什么名

345

堂,一切都是隐蔽的,一直折腾到七点出去散步为止。他干吗要这样做呢?她对这一切都忆得起来。正因为如此他才离开她跑了,他害怕她把问题揭露出来。她曾经说过,小偷就是杀人犯,格罗伯先生也看出这一点了。

看门人也害怕了,他趴在人家肩头上抖起来了。教授先生现在要报复了,当人们不再提他的女儿的时候,教授先生却提到一个女人,这个女人想必就是他女儿。看门人也见到她了,但她现在在哪儿呢?教授先生想愚弄他,但其他人不相信他这种欺骗。现在这好心人捉弄他,真是想不到!他很忧伤地克制自己,教授的控告他不难推翻。他了解他的同事们,他从来没有想到教授会这么干。在遥远的将来他才会真正受到制裁。

基恩很沉着很恳切地请求他们帮助,经过一再请求后,他等待着他们的答复。大家沉默不语,那死一般的寂静倒使基恩感到很愉快。连台莱瑟也不说话。他希望她消逝。也许她会随着沉默而消逝。但她留下了。因为大家没有响应他的话,他就自己想办法来消除自己的幻觉。他知道,他有负于科学事业。他叹息着,深深地叹息着,向别人呼救难道不感到惭愧吗?这起杀人案是可以理解的,他也能为自己的行动辩护,只是他害怕这幻觉所引起的后果。如果法庭宣布对他无法做出判决,他愿意马上自杀。为了博得听众的欢心,他微笑了,这些观众是他以后的见证人。他对他们讲得愈和善愈有理智,那么他的幻觉对他们来说就愈显得微不足道。他把他们看成受过教育的有文化的人了。

"心理学已经成了每个——有文化的人的专业,"不管他说得如何有礼貌,在"有文化的人"前面他还是停顿了一下,"我不是一个女人的牺牲品,如你们所相信的那样。我一定会被宣告无罪。你们会发现我是当代最伟大的健在的汉学家。再伟大的人物也会有幻觉。大自然的特殊性就在于它的威力，它正是以这种威力跟踪它所选定的人。一个小时以来我一直紧张地研究我的幻觉，而现在仍然不能摆脱这种幻觉。请你们相信，我的这种判断多么明智！我迫切地想请求你们采取如下措施：大家都退后。请你们排成单行！一个一个地朝我这里来，但一定成一条直线！我希望并且相信你们在这里不会遇到障碍。我在这里看到一条裙子，穿这裙子的女人已被杀害，而现在这个穿裙子的女人却酷似被杀害者。现在她不说话，从前她是说话的，这使我迷惑不解。我现在需要一位明白人给我点破。我的辩护由我自己去做，我不需要别人为我辩护。律师都是罪人，他们进行欺骗。我为真理而生。我知道，今天看到的这一真实情况是一种欺骗，请你们帮助我，我认为她应该走开。请你们帮助我，这裙子太使我心烦意乱了。我仇恨它，即使在狼狗吞噬它的时候我也仇恨它，难道我今后还得再见到它吗？"

他一把抓住台莱瑟，用尽全力抓住她的裙子，不再那么胆怯了，他一会儿把她推开，一会儿又把她拽过来，用他那又长又瘦的手臂揽住她。她忍受着这一切，他不过是想拥抱她罢了。他围绕她转了一圈，结果没有拥抱她。她生气了。他从两厘米远的距离睁大眼睛看着她，用十指抚摩她的裙子。他伸出舌头并用鼻子嗅着。他激动，紧张，眼睛里充满着泪水。"我在忍受这幻觉的折磨！"他气喘吁吁地承认道。听众看见他哭了，也都陪着他流泪。

"您别哭了，犯人先生！"一个家中有几个孩子的人说，他的大孩子写作文总是连得"优秀"。小队长很妒忌，他曾亲自把他的衣服脱掉，现在他突然感到这个人穿得很好了。"好了，好了。"他喃喃地说。他现在想把语调变得严厉一些，为了使这种变化显得自然一些，他看了一眼桌边破旧的东西。那位记忆力很强的警察问道："您刚才为什么一直沉默呢？"他没有忘记他刚才是一直沉默的。此人的问题实在没有必要予以答复，此人之所以提出这个问题，不过是想在安静的时候使别人想起他是一位——如他的同事们所认为的那样——记忆力非凡的人物。其他没有什么特长的人还在听着，或者笑开了。他们可分为好奇者和满足于已知情况者。他们感到很高兴，但还是不知道事情的原委。在这种罕见的时刻，他们忘却了他们的职责乃至尊严，正如许多人在看戏时所表现的那样。演戏的时间太短，他们花钱买了戏票还想多看一会儿。基恩又说又表演，尽了很大的努力。大家都注意到他是严肃认真的，是很尽责的。他吃的这碗饭是很不容易的。没有哪个喜剧演员的演技超过他。他在二十分钟内说的话比他在四十年中所说的还要多。他的表演是令人信服的，大家差点儿鼓掌。当他装着在那个女人的问题上来回折腾的时候，大家很愿意相信他说的是一件凶杀案。把他家发生的事在小剧场里演一演还行，但他上不了大戏院的舞台，因为他的小腿肚子太干瘪。大家也许只同意他是一个蹩脚的明星，但大家对他太关心了，对他表演时所产生的混合感情表示由衷的高兴。

　　台莱瑟对他很生气。因为她要把所有男人——在场的除她以外都是男人——的贪婪的目光都吸引到自己身上来。她忍受基恩哗众取宠的表演，已经有好一会儿了。她本来就对他很反感。她得到他什么好处啦？他瘦弱不堪，男人该做什么他一无所知，他哪儿像个男子汉？他是杀人犯。她不怕，她了解他，他是个胆小鬼。但是她感到凶手那种矫揉造作的举动对她来说倒是合适的，他着魔了，而她保持了沉默。看门人已失去了他的敏锐的理解力。他注意到教授不是围绕着他女儿转，他专心地观察基恩的脚在如何表演，这样的乞丐应该出现在他的窥视孔前面！他将像折断两根火柴棍儿一样折断那两条细腿。一个人应有小腿肚子，否则他应该感到羞愧。为什么他要围绕着这个老妖婆跳起舞来呢？她应该让他安静下来而不要摆出一副正经八百的面孔来。她使可怜的教授先生完全着了魔了！如同人们所说的，他被爱情的痛苦所缠绕了。这样一个好人！那些警察同事应该给他把裤子穿起来。如果突然有个陌生人跑到警卫室来，看见他没有小腿肚子该怎么办呢？全体警察都要丢丑。他应该停止讲话，他讲的那些劳什子谁都听不懂，他讲得总是这样玄乎。平时他很少讲话，今天他却把话匣子打开了。这有何目的呢？

基恩突然站起来了。他顺着台莱瑟的身子向上站起来。他本来比她高一个头，他站起来刚刚超过她的时候，便笑了起来。"她没有长高！"他说着又笑了起来，"她没有长高！"

为了摆脱这个幻觉，他决定顺着这个幻影由下而上地站起来，看他如何达到台莱瑟这个幻影的头。他把面前的台莱瑟看得有巨人那般大。他想，他伸直腰踮着脚尖儿也不如她高，因此他有理由说："实际上她要矮一个头，而这里不过是一个幻影。"

但是当他居高临下灵活得像个猴子一样时，台莱瑟恢复了原来的正常身高。他没有因此而不悦。相反，这不正雄辩地证明他对事物的判断具有高度的精确性吗？他的幻觉是准确的！他笑了。像他这样的学者是不会完蛋的。人无意义地活着，无意义地死去。充其量只有一千个人为科学事业做出了贡献，让这一千个人中的一个过早地死去，这对可怜的人类来说是自己毁灭自己。他开怀笑了起来。他想象着这儿围绕着他的年轻人的幻觉是什么样的情况：台莱瑟也许长得高过他们的头。最多也许有天花板那么高，他们可能害怕得哭起来，吓得向别人大喊救命。他们生活在幻觉之中，却从来不懂得其中的道理，不会清理出明确的原理来。如果人们感兴趣的话，就必须琢磨，他们在想什么。较妥的办法是不要去关心这件事。在他们之中人们会感到如同在疯人院里一样。不管他们是笑还是哭，他们总是摆着一副不正常的面孔，他们都是不可救药的人，个个都是胆小鬼，没有一个人敢杀害台莱瑟，他们宁可一个个被台莱瑟折磨致死。他们甚至不敢帮助他基恩，因为他是个凶手。除了他还有谁知道他的行动动机呢？在法庭上，当他发表了长篇讲话以后，这些可怜的人将会向他道歉。他面露笑容，谁生来有这么好的记忆力呢？记忆力是达到科学精确的前提。他长时期研究他的幻觉，一直到他相信已经弄懂了方肯罢休。他没有纠缠那些有毛病的或残缺不全的文章以及其他有严重问题的东西。他想不起来他是否已经拒绝过这样的事情。他所进行的全部任务都完成了。这件凶杀案他也认为已经办完了。他基恩并没有垮在幻觉上，也许倒是她——如果她是一个有血有肉的形体的话——垮在他的手里。他很严厉。台莱瑟已好久没有说话了。他的笑声停止，然后准备继续工作。

随着他的勇气和信心的增强，演出的质量却有所下降。当他开始笑的时候，观众们觉得他很有趣。他刚才还哭得那么伤心，这样鲜明的对照简直妙极了。"亏他表演得出来！"一个人说。"雨过天晴嘛。"旁边的人回答说。接着大家又严肃起来，因为小队长此时正抓住自己的鼻子。他懂得艺术，但是他更喜欢笑。那位记忆力很强的警察提醒道，他第一次听到他的上司的笑声。"因为说话毫无意义！"看门人叫道。这种看法遭到那位有几个孩子——这些孩子的学习成绩很好——的父亲的反对。"您还是说吧，犯人先生！"他警告说。基恩没有听从他。"我是为您好。"那位父亲又补充了一句。他说的是真话。观众的兴趣剧烈下降。犯人笑的时间太长了。他的滑稽可笑的形象他们反正已经很熟悉了。小队长感到自惭形秽；他差点儿就高中毕业，而这几句书面语言使他很敬佩。这个小偷把这些话都背熟了，这是一个危险的大骗子。人们不能听信他。他也许以为，只要他滔滔不绝地谈什么凶杀案，人们就会忘记他的偷窃行为和他的伪造证件。一个有经验的警察机构审理过完全不同的案件。在这种情况下犯人笑起来是一种胆大妄为的放肆行为。他很快又会哭的，但绝不是逗乐。

那位记忆力很强的警察把小偷的全部谎言都收集起来以备以后审讯之用。有十几个人在场，但可以肯定没有人记得住一个字。大家都依靠他的记忆力。他大声地叹息着。他做这些不可缺少的工作，却得不到报酬。他所做的工作比大家都多。除了他，没有一个人值得赞扬。整个警卫室的人将来都要靠他，小队长也要依靠他。他肩负重担。大家都羡慕他，好像提升他的委任状已放在他的口袋里了。你们知道，为什么他们不提拔他吗？上面的头头们很害怕他的非凡的记忆力。当他扳着指头一件一件地整理犯人所陈述的论点和看法时，那位自豪的父亲最后一次警告了基恩。他认为，此人已经把话说完了，于是他说道："您还是哭吧，犯人先生！"他有一个重要的感觉，即学校里的老师不会给笑打一个"优秀"的成绩的。现在大家慢慢都散开了，有几个人离开了基恩。人们原先围着的圈子解散了，紧张气氛也没有了。即使那些不那么杰出的人物也开始有了自己的看法。遭到冷落的人想喝一杯水，架着看门人的人发现了他，并且想对他的放肆行为惩罚几下。他自己则吼道："这人说得太多了！"当基恩再次专心致志地进行他的研究时，已经太晚了。只有新的有说服力的节目也许能挽救他。他竟敢把老节目再演一遍。台莱瑟感到继续欣赏的欲望已经完全消失了。"对不起，我听够了！"她说道。他不是男子汉。

基恩听到她的声音吓了一跳。她使他的一切希望都破灭了，这是他万万没有想到的。他本来想，随着她的沉默，她会慢慢地、逐步地死亡的。他刚把手指头张开以便看能不能再感觉到这个幻影。他猜他的眼睛不会再欺骗他，眼睛的错觉是最难克服的。这时她说话了。他没有听错，她说了"对不起"。他不得不从头开始。他自己对自己说，多么不公平，又是一件浩繁的工作，还要回到几年之前的工作上去。而当她的声音传到他耳朵以后，他又呆住了，他挨在她的旁边，蜷缩着背，手指痉挛地伸出来。他没有说话，而是沉默。他既不会哭也不会笑，他什么动作都做不出来了。他轻率地失去了人们对他的最后一点同情。"Clown！"① 小队长叫道，他现在又敢于干涉了，但他说的是英语，他从基恩那里所获得的有文化的印象是不可磨灭的，他向周围看了看，看是否有人懂他的话。那位记忆力很强的警察把这个词译成了德语。他知道，这话是什么意思。从这时起他又受到偷偷学习英语的怀疑。小队长等了一会儿，想看一看被骂的人对"小丑"一词如何反应。他担心基恩又说出文绉绉的玄而又玄的句子来，于是他就想出了一句同样文绉绉的答复。"看来您以为，在场的国家公仆中没有一个人牺牲过奖学金吗？"他很喜欢这句话，得意地揪自己的鼻子。但基恩没给他机会说出来，这时他便发火了，叫道："看来您以为在场的公仆中没有一个人是高中毕业的吗？"

"什么！"看门人吼道。这是针对他的，针对他女儿的，今天人人都想插话议论他女儿，人们不愿意让他的女儿在坟墓里得到安宁。基恩现在太垂头丧气了，连嘴唇都不动一动。审理这桩案子的困难增加了。凶杀案仍然是凶杀案。难道这些畜生没有烧死一个布鲁诺②吗？他徒劳地跟幻觉做了斗争。谁能给他力量去说服那些没有文化的人相信他所说的话的意义呢？

"您是谁，先生？"小队长叫道，"您还是不要沉默吧！"他用

---

① Clown，英语，意为"小丑"。
② 布鲁诺（1548—1600），文艺复兴时期意大利哲学家。因反对经院哲学，主张人们有怀疑宗教教义的自由，被宗教裁判所判处死刑，烧死在罗马。

两个指头摸了一下基恩的衬衫袖口。他很想用指甲掐一掐他。这算什么文化修养，他难道只会讲几句文绉绉的话，而不能够回答理智的问题吗？真正的文化修养在于举止文明，办事无差错，审理案件时掌握正确的方法。小队长又一次意识到自己的优越，他严肃地走到桌子后面。他坐的那木头椅子上垫了一块软垫子——这是这个房间里唯一垫了软垫的椅子，在软垫子上绣着红字："私人财产"。这些字提醒他的下属：他们——即使他不在场——无权坐在上面。人们喜欢把垫子坐在身底下。他稍稍动了一动，把垫子放正。在他坐下来以前，必须看一看"私人财产"这个字样，他从来不会放过这个机会来饱一饱自己的眼福。他把背转向椅子。要他不看那垫子很困难；要他没有把垫子摆正就坐下来就更困难。他小心翼翼地坐下来，首先要克制自己不要让屁股坐得太狠。当他感到那"私人财产"的字样处于合适的位置时，他才允许自己真正坐在上面。他坐下了，那个小偷——何况他自己的学识已超过高中毕业的水平——甭想得到他一丝一毫的敬重。他很快在小镜子里面照了一照。宽宽的领带，十分精致、时髦，端端正正打在领口上。那往后梳着的头发油光可鉴，没有一根飘动着的发丝，鼻子太小了，这是使他感到唯一恼火的东西。接着他便开始审讯。

　　他的下属站在他旁边。他说过此人是小丑，大家都同意他的看法。因为犯人已经令人讨厌了，大家都在考虑审讯这样一个犯人是不是有失体统。那位记忆力强的警察有点急不可耐，他一共归纳了十四个问题。基恩穿着一件衬衫，小队长刚刚蔑视地发出命令，他就被带到他的桌前。在那里人们放开他。他自己站在那里，不要人扶着。如果现在他倒下来，谁也不会帮助他的。人们相信他自己能站得住。大家都把他看成是一个坚强的喜剧演员，不再相信他瘦弱得无力了，他也不会饿死的。

"您认得这些衣服吗?"小队长指着桌子上的上衣、坎肩、裤子、袜子和鞋问道,同时也严肃地看着他,观察他说的话所起的作用。他下定决心得顺藤摸瓜、步步为营地对罪犯进行审讯。基恩点点头。他知道身后有幻影,他克服了想转过身子去看一看这幻影是否还在的愿望。他感到为自己申辩是较为聪明的做法。为了不刺激预审法官——也就是那个小队长——他准备回答他的问题。他最好连贯地给他讲一讲这起凶杀案子的来龙去脉。他不喜欢一来一往的对话,他习惯于在长文章中阐明他的观点。但他清楚地知道,专家总是喜欢自己的方法,习惯自己的方法。他暗暗地希望,在一问一答的具有魅力的表演中运用这种强有力的办法,再一次经历一下台莱瑟之死。他希望那个幻影自行消失。他要在这位预审法官面前尽可能久地坚持下去,并向他指明台莱瑟是注定要灭亡的。如果把所有的细节都记录在案,同时消除了对他的怀疑;如果人们通过明显的事实把台莱瑟的下场给他表现出来,那么——当然只能在这情况之后,而不能在这情况之前——他就可以转过身来,在从前她站的地方,仰面大笑。她现在肯定还站在后面,他自言自语道,他感觉到她就在附近。他的手指敲在桌上愈坚决,她就退避得愈远。不过她任何时候都可以从后面摸到他。他只得到一张骷髅照片可以证明她是死了。他感到光有看门人的叙述是不够的,因为人会说谎。可惜狗不会说话,最可怕的东西恐怕是那条狼狗了,它把她的裙子撕得粉碎,吞噬下肚。

　　基恩光是点了一下头,小队长很不满意。"您应该回答'是'或者'不是'!"他命令道,"我再重复一下我的问题。"

　　基恩答道:"是的。"

　　"您等一等,听我讲完了再答。您认得这些衣服吗?"

　　"认得。"他以为,这是被害者的衣服,所以根本就没有看一下。

"您承认,这是您的衣服吗?"

"不,是她的衣服。"

小队长轻而易举地把他看穿了。为了否认人们在他的衣服中搜查出来的钱和伪造的证件,这个狡猾的家伙竟然认为这些衣服是那个被偷的女人的。尽管是小队长亲手替他脱的衣服,并且积多年的实践经验他还从来没有见到如此死皮赖脸不承认现实的人,但他还是表现得很平静。他微笑着拿起裤子举得高高地问道:

"那么这裤子呢?"

基恩看到了裤子。"这是男人的裤子嘛。"他说,并感到很不愉快,因为这件东西与台莱瑟毫无关系。

"您承认这是男人的裤子了。"

"当然。"

"您知道这是谁的裤子吗?"

"这我哪儿能知道呢?是不是在死者身边找到的?"

小队长故意没有听清他后一句话。他想,当那些杀人神话等诸如此类转移人们注意力的伎俩刚刚开始的时候,就必须予以揭穿。

"噢,噢,您不可能知道。"

这时小队长很快抽出那面小镜子,放在基恩面前适当距离的位置上,使基恩能看到自己的身影。

"您知道,这镜子里的人是谁吗?"他问道。他脸上的每一块肌肉都很紧张。

"我——自己,"基恩磕磕巴巴地说,并马上摸自己的衬衫,"我——我的裤子呢?"他对自己这副模样感到万分惊奇,甚至连鞋子和袜子他都没有穿。

"哈,哈!"小队长幸灾乐祸地笑了,"那么,您就穿上您的裤子吧!"

他把裤子递给基恩,并筹划着另一个新计策。基恩接过裤子很快就穿上了。小队长把镜子收拾起来之前,又往镜子里照了一照,他本来想在照基恩之前就照一照自己的,但为了出其不意地使基恩感到惊愕,他才没照。他很会自我克制。他表情自如,无懈可击。他感到十分欣慰,这么容易就了结了这场审讯。罪犯自己穿上了其余的衣服。把每一件衣服都拿去问他就多余了。基恩应该知道站在面前的是谁了。不到三分钟预审的序幕就揭开了。这是值得其他人向小队长学习的。他很满意,恨不得马上就结束这次预审。为了继续审讯下去,他很快在镜子里照了一下,对自己的鼻子感到很苦恼。此时基恩正在穿他的上衣。小队长又问道:

"您叫什么名字?"

"彼得·基恩博士。"

"什么职业?"

"学者和私人图书馆馆长。"

小队长想到这两个口供他已经听过了,尽管他的记忆力和他的鼻子一样差劲儿。他拿起一份伪造证件读道:"彼得·基恩博士,学者和私人图书馆馆长。"罪犯新的花招使他有点儿慌了手脚。他已经认出了这衣服是他的衣服了,现在他的表情使人觉得好像这些证件也是真的,而不是伪造的。如果他继续采用这种荒唐办法的话,他就会面临非常严重的形势。在这种情况下采取突然袭击的办法提问题,可能一下子就达到目的。

"您今天从家里出来时身边带了多少钱,基恩博士?"

"我不知道,我向来不习惯数钱。"

"如果您身边没带钱,您当然就不数了!"

他观察着这句讽刺话的作用。即使在实事求是的审讯中,即使他暂时装得很有礼貌,也要卖弄一下,表示他什么都知道,犯人是混不过去的。罪犯此时皱起了眉头，脸上露出难堪的表情。他的失望情绪已经能说明问题了。小队长决定马上进行第二次进攻，即追问他的住宅，这对罪犯来说也是要害的问题。他装得毫不在意、犹犹豫豫的样子，左手随意拿起基恩的证件，翻到一个表格栏，把四周都遮盖起来，这一栏是住址栏。狡猾的罪犯也会把地址念错的，这样小队长就可以采取最后的措施了。于是他伸出右手，做出庄重邀请的姿态说：

"您昨天在哪里过夜的？"

"在旅馆里……旅馆名字我不记得了。"基恩回答道。

小队长拿开左手照着那一栏念道："诚实大街24号。"

"人们是在那里找到她的。"基恩说，他终于舒展开眉毛轻松地叹了一口气，话题又转到凶杀案上来了。

"您说什么？找到？您知道我们管这个叫什么吗？"

"我同意您的看法，确切地说，那里已经没有她啦。"

"什么确切地说，我们不如说有人偷了东西！"

基恩大吃一惊。什么东西被偷啦？不会是那条裙子吧？他为反对幻觉而进行的辩护正要依靠那条裙子以及狼狗吞噬裙子的情况。"裙子在出事地点找到了！"他以坚定的语气说道。

"出事地点？这话出自您的口是有分量的！"在场的警察们都点头表示同意。"我把您看成一位有文化教养的人。您应该承认，出事地点与出了什么事是连在一起的。现在您可以收回您的陈述，但我不得不提醒您注意对您不利的影响。我是为您好。如果您承认，对您较为有利。我看还是承认为好，亲爱的朋友，您承认吧，我们已经掌握了所有的材料！编假话对您是不利的。出事地点已经由您无意识地说出来了！如果您坦白了，我可以为您说句好话！您就竹筒倒豆子统统交代了吧！我们已经作了调查了。您有什么办法呢？您是自投罗网嘛！总而言之，出事地点与出了什么事是连在一起的。我难道说得不对吗，先生们？"

当他说到"先生们"的时候，那些先生当然就知道，他已经有了胜利的把握，于是大家就争先恐后地向他投以钦佩的目光。那位记忆力强的警察清楚地看到他的才能可能用不上了，所以就推翻了他原先的计划。他跑到小队长面前，握着小队长的手叫道："队长先生，请允许我向您表示祝贺！"

小队长知道他取得了一次无与伦比的成就。但作为一个谦虚的人，他要尽可能地回避荣誉。今天他激动得脸色都白了，他站了起来，向四周频频点头，但不知说什么才好，最后他终于归纳出简单的一句话来表达激动的心情："谢谢你们，先生们！"

"这使他太激动了。"那位有几个孩子的父亲说，他很懂得家庭争端。

基恩想说话，但大家要求他竹筒倒豆子按顺序交代犯罪事实。他能有什么更好的办法呢？他一再想说话，但大家鼓起掌来喝倒彩，打断他说话。他对小队长的点头鞠躬非常恼火，因为他把这点头鞠躬跟自己联系起来了。他还没有开始说话，大家就干扰他。从他们对他的特别态度上，他感觉到他们试图影响他。尽管他想转身，但他还是没有转过去。他掌握全部真实情况，那个幻影也许已经消逝了。他也许可以把他和肯定已经死去的台莱瑟的共同生活从头至尾地描述一番了。他在诉讼中的地位可能因此而削弱，但地位的削弱对他来说并不重要。他更愿意把她的死描绘一番，因为他对她的死起了决定性作用。人们要懂得扣住这些警察老爷的心弦，他们很喜欢听他们本行的事。凶杀案件既属于他们的本行，又是大家都爱听的事，难道有人不爱听吗？

小队长终于坐下来了，他忘记坐在什么上面了，也没有看一看那"私人财产"的位置对不对。自从他审讯了罪犯以来,就不那么恨他了。他想让罪犯说话。成就搅乱了他的生活。他现在有了一个正常的鼻子,镜子在口袋里,他同样也把它忘了,因为它没有什么用了。为什么人们要自寻烦恼呢?生活是美好的,领带每天都有新式样,人们要懂得系这些领带。他不要镜子了,多数人照镜子都像猴子模样。他系领带有手,他的成就肯定了他是做得对的。他很谦虚。有时他还向人家点头鞠躬,他的部下都很尊敬他。他仪表非凡的形象使他的繁重工作也变得有意思了。他不用遵守那些条文,那些条文是管罪犯的。他促使罪犯自己承认罪行,因为他具有非凡的影响力。

"当我关上门把她关在里面的时候,"基恩开始说话了,"我感到很幸福。"他在思想深处准备详细追述往事。他知道得很清楚,事实上事情是如何发生和发展的,谁能比当事者本人更了解做一件事情的动机呢?把台莱瑟关在家里的每一个细节乃至全过程,他从头至尾都很清楚。他带着讽刺的口吻对爱听轰动新闻的听众总结了这些事件。他知道该给他们叙述什么。他们使他感到遗憾,但他们毕竟不是学者。他像对待有一般文化的人一样对待他们,可能他们的文化还要低一点儿。他力求避免引用中国作家的至理名言。人们可以打断他的话,向他询问孟子。总之,他要使他们愉快,简单地、通俗易懂地给他们讲一些一般事实。他的叙述之所以既尖锐又清晰,完全归功于中国的古典哲学家。当台莱瑟再一次死去的时候,他想到了图书馆,他的辉煌的科学成果皆源于这个图书馆。他将继续他的科研工作。他一定会无罪获释。但他想以新的姿态出现在法庭上,在那里他的科学事业将再度焕发出奇光异彩。当今最伟大的健在的汉学家在为科学进行辩护的时候,全世界都会倾听。在这里他说得简单。他不歪曲,他不失体面,他只是把内容简化了。

"我把她关在家里几个星期。我确信她一定会饿死。我一直住在旅馆里。请您相信我，我是忍痛撇下我的图书馆的。我只是在迫不得已的情况下使用一下我的代用图书馆。我的住宅的门锁是牢靠的，我从来不担心小偷会进我的家门。请你们设想一下她的状况：所有储备的食品都吃光了，她筋疲力尽、满怀仇恨地躺在她搜寻钱的那张写字台前面的地板上。她的唯一追求就是钱。她不是一个花容月貌的女人。我已经和她分居了，至于我在这张写字台前想到了什么，我今天就不想跟你们讲了。由于担心有人偷走我的手稿，我不得不僵硬得像塑像一样充当守护者达数星期之久。这是我一生中最受屈辱的经历。当我的大脑渴望工作时，我总是说：你是石头做的。为了保持安静的环境，我相信了这一点。你们当中有谁要保护自己的宝贝，就会想象出我的处境。我不相信有什么厄运。但她的厄运是她急不可耐地自找的。她本来想阴险地置我于死地，没想到现在自己竟被活活饿死在家里。她不知道自爱自助，她失去了自我控制，饿得发了疯，便采取蜻蜓吃尾巴的办法——自吃自。她贪婪地一块又一块地吃着自己身上的肉，于是她一天一天瘦下去了。她虚弱得不能站起来了，连大小便都拉在自己的身底下。你们觉得我很瘦吧。可是与我相比她就像一个影子，那么可怜，那么令人鄙夷。如果她站起来，一阵微风就能把她刮倒。她就像一根火柴，任何一个手无缚鸡之力的弱者都可以把她折断。我相信一个孩子也能办到这一点。我无法再详细讲下去了。她常穿的那条蓝裙子盖着她的骷髅。那裙子上了浆，正是由于它有一定的硬度才能支撑住她那令人讨厌的躯壳。有一天她终于咽了气。这种表现我觉得是虚伪的，大概她没有肺了，在她临终时没有人去帮助她，谁能坚持数星期之久去陪伴一个骨瘦如柴的人呢？她浑身都是尘土，表面的皮肉被撕得一块一块的，臭气熏天。在她还活着的时候，她的肌体就开始腐烂了，这一切就发生在我的图书馆里，有我的书在场作证。我会让人把屋子打扫干净的。她并不是通过自杀来结束生命的,她没有一点儿可取之处,非常残酷。为了向我索取遗嘱,她对书装出热爱的样子,全是虚情假意。她日夜叨叨着向我要遗嘱。她把我折腾得生了病,但不让我死去,因为她遗嘱还没有到手。这些都是事实,我没有编造。我强烈地怀疑,她是否能流利地读书和写字。请您相信我,科学使我不得不说真话,她的来历不明。她把住宅分开了,只给我一个房间,而且后来她又占上了。正因为这样她才没有好下场。我们的看门人从前是个警察,他有本事把门撬开,其他人是毫无办法的。我认为他是一位忠诚的人。他找到了她和那条裙子,那是一具可怕、可恶、令人作呕的骷髅,完全死了。他连一秒钟都没有迟疑,就叫来几个人把她弄走了。我们楼里的人对她的死都感到欣慰。她究竟什么时候死的,就说不准了,但死是肯定的,大家都这么看,起码有五十个邻居从她尸体旁边经过。大家都承认她死了,这是毫无疑问的。

"假死的情况出现了,有哪一位学者能否认这一点呢?对于假死的骷髅我什么也不知道。自远古以来老百姓就想象鬼是骷髅的样子。这种看法有一定的道理。为什么人要怕鬼呢?因为鬼是死人,一定是死人,埋掉的死人。如果鬼穿着衣服,以原来的形体出现,难道人们不害怕吗?不害怕!因为人们想到的不是死人,还以为站在自己面前的是活人。假如鬼以骷髅的形象出现,那么人们会同时想到两种情况,一种情况是这个鬼曾经是人,另一种情况是这个鬼是死人。骷髅作为鬼的形象已经成了无数人对死人的总看法。它的说服力是无与伦比的。这骷髅标志着我们所了解的绝对的死。古老的坟墓里如果有骷髅,就会使我们不寒而栗,如果里面是空的,我们就不会把它看成坟墓。如果我们把一个活着的人称之为骷髅,我们的意思就是:此人必不久于人世了。

"但她完全死了，我们楼的全体居民都相信这一点，她那贪得无厌所造成的可耻下场引起了人们巨大的恐惧，这恐惧迅速地蔓延开来。迄今人们还惧怕她，她是非常危险的。是看门人——她唯一害怕的人——把她扔到棺材里去的，他接着就很快地洗了手。我真担心，他那双手将永远是肮脏的。但是我要在这里公开地对他的勇敢行为表示我的感谢。他毫不畏惧把她送到墓地。他出于对我的忠诚曾要求一些邻居帮助他完成这一讨厌的任务，结果谁都不愿意。对于那些普通的好心人来说，只消看一看她的尸体就完全可以看透她是个什么样的人了。我和她共同生活了几个月，当然更了解她。当她的棺材——惨白而光滑——放在一辆破车上穿街而过时，大家都感觉得到那棺材里头装的是什么东西。

"我的忠诚的仆人为了保护车辆不受愤怒的人群的攻击，轰走了几个街头流浪汉。他们跑到各处，害怕得发抖，大声号叫着在全城散布这个消息。一阵狂呼乱喊传遍各个街头。愤怒的男人们离开他们的工作，女人们啼哭痉挛，学校里也把孩子们放走了。成千上万的人汇集起来要求鞭尸。自从一八四八年革命以来，这里还从来没有经历过这样的骚乱。他们高举起拳头，大声痛骂，大街上人声鼎沸，他们愤怒高呼：鞭尸！鞭尸！我很能理解他们的情绪。群众的举动是轻率的，一般说来我并不喜欢，但我那时真愿混到他们的队伍中去。人民是不会开玩笑的。他们要报仇，要雪恨——他们的行动是正义的。当人们把棺材盖子揭开，发现里面并不是一具尸体，而是一具令人作呕的骷髅时，群众的情绪才缓和下来。人们无法再鞭打一具骷髅，人群这才散开。只有一条狼狗紧追着不放。它找肉没有找到，它愤怒地把棺材掀倒在地，把那蓝裙子撕得粉碎，毫不留情地吞噬下去，一点不剩。于是这条裙子就不复存在了。你们找这条裙子是徒劳的。为了减轻你们的工作，我把所有的情节都告诉你们了。你们想必还可以在城外垃圾堆上找到她的一点儿残骸。我怀疑这残骸是否还能和其他垃圾区分开来。也许你们运气好，可以找到残骸。这样的畜生不值得一葬。因为她现在已经死了，我也不愿意再骂她了。蓝祸已经排除。只有笨蛋和傻瓜才害怕黄祸。中国也是一个国家，而且是最神圣的国家。请你们相信她已经死了！我从青年起就怀疑有所谓灵魂的存在。关于人死了有灵魂的说法我认为是一种无稽之谈，我随时准备当着任何一个印度人的面谈我的看法。当人们发现她躺在写字台前的地上时，她是一具骷髅，并不是什么灵魂……"

基恩很会演讲。他不时地想到他的科学。他快要重操旧业了，他多么热切地希望从事他的科学事业啊。科学才是他的归宿。但他每次都要提醒一下自己——享受在后，他对自己说，等到你回到家里的时候再干吧。那里的书等着你去读，那里的论文等着你去写，你已经失去很多时间了。他的意志将迫使条条道路通向他的写字台前。如果他见到写字台，就会眉飞色舞。他会好意地对着死者的遗像——不是幻影——笑一笑。他会充满怜爱地看着她。对于还活着的人的情况他记不住。他的记忆力只有在书的前面才起作用，要不然他是很愿意把她的情况描述一番的。她的去世不是一个普通的事件，而是一个特殊的事件，是受到残酷迫害的人类得到彻底解放的事件。基恩逐渐感到奇怪，为什么他如此仇恨她。她对他来说毫无价值。一个人干吗要仇恨一具可怜的骷髅呢？她已经死了，只是附着在书上的那种气味还干扰着他。人们总得要做些牺牲。他将会排除这气味。

警察们早就不耐烦了，只是出于对队长的尊敬才听下去的。小队长此时也很难回过头来进行清醒的审讯。如果他手里拿着优胜奖金的话，他就不会那么平静地坐在这里无所作为了，他要买新式的真丝的领带，挑选最漂亮的领带，因为他有这个嗜好。所有商店里的人都认识他。他在领带堆里一翻就是几小时，他很会鉴别领带，并且不会把领带弄皱。所以商店里的人也信任他，有些人甚至把货送上门让他挑。这他又不喜欢了。他更喜欢整天站在商店里和商店老板聊天。如果他来了，他们就放下顾客不管。他的职业给他们带来有趣的故事，而且他乐意讲。这些故事都是人们爱听的。明天他要去散步，可惜今天不是明天。每次审讯他都要听。他可不是出于原则才这样做的，因为他早就什么都知道了。谁也没有给他启示，他就把犯人的罪作了证实。他的神经已经垮了，这是因为工作太多。他也可以感到满意了，他总算把事情办到了这种程度，盼着去买新领带了。

　　看门人倾听着。他没有把教授先生认错。先生讲的都是值得讲的。不过他不是仆人，忠诚是对的。如果他愿意，他只要一声吆喝，全楼的居民都会跑来。他只要一声吼，全城的人都听得到他的声音。他从来不知道什么叫害怕，因为他本来就是警察。他可以砸开人家的大门，什么样的锁对他都不起作用，他只消用他的拳头就可以把门砸开。他的鞋不需要有结实的鞋底，因为他不需要多走路，他招呼一下，别人就来了。他的威力愿意在什么地方发挥就可以在什么地方发挥。

　　台莱瑟站在基恩附近，她忍气吞声地听着他的话。她的脚在裙子下面不断地交替划着圆圈儿，但不离开原来的地方。这种毫无意义的动作对她来说就意味着害怕。她害怕这个男人，她跟他在一个屋子里住了八年，她愈来愈感到他像杀人犯。从前他什么也不愿说，现在他尽讲些凶杀事件。真是一个危险人物！当他谈到写字台前的骷髅时，她很快对自己说，这指的是他第一个老婆。那第一个老婆也曾经向他索取过遗嘱，结果没有成功。这个胆小鬼什么也不给。谈到那裙子问题，她认为这是一种侮辱。那条狼狗在哪里吞噬裙子呢？此人要谋杀他的每一个老婆。他常常挨打，但从来就没有个够！他会瞎扯胡编。那三个房间是他给她的。她要他那些手稿干什么用？她只要存折。说书上都闻到尸臭味儿了，这不是胡扯吗？她可从来没有闻到过那味儿。她每天都掸书上的灰尘，掸了八年了。说在大街上人们冲着棺材大叫大嚷，这也是胡编，哪有人对尸体那么叫嚷的呢？这个家伙爱人家，才跟人家结婚的，结了婚以后又要杀害人家，真不像话。这种人统统应该吊死。她从来就不想谋杀人。她倒是爱他才跟他结婚的，他应该跟她一起回家！她很害怕。他想到的就是钱，所以他一个子儿也不给她。他说的蓝裙子，根本就没有那回事儿。他只不过想惹她生气。她不相信有什么凶杀事件，警察是干什么吃的。现在她真想痛哭一场，女人对于这种人来说不过是一种动物。他对她是有罪的。从六点到七点他总是一个人待着。他大概在谋杀人吧。他不应该折腾那写字台。他第一个老婆也许在里面发现了什么东西吧？他说，她害怕看门人。干吗棺材是白色的呢？棺材应该是黑色的。干吗放在一辆破车上拉走呢？应该是漂亮的马车，用高头大马拉着。

　　台莱瑟愈来愈害怕了。她一会儿感到他杀害的是他第一个老婆，一会儿是她。她想象那裙子和尸体分开了。那裙子最使她心烦意乱。第一个老婆使她很难过，因为他对待那裙子太卑鄙了。她为那种草草了事的可怜葬礼感到难过。她恨死那条狼狗了。大街上那些闹事的人都不是正派人，学童们挨的揍太少了。男人应该去工作，女人可以不做饭，她对她们另有话说。我们楼里的邻居们也起哄，关你们什么事呢？大家都来看，有什么好看的？她像一个饥饿的人吞面包一样吞下他的话。为了排遣自己的恐惧，她继续听着。她很快便使自己的想象和他所说的话适应起来。基恩的思想如此丰富，这使她发憷。她赶不上他的思想，也不习惯，如果这恐惧不把她折腾个半死,她也许还会对自己的聪明能干感到自豪呢。她好几次想走上前去揭露他。她害怕他的思想,因此被迫保持沉默。她想猜测现在他该说什么了,可是他接下去说出来的话并非如她所猜测的那样,因此往往使她大吃一惊。他像用绳子套住了她的脖子一样,她挣扎着,抵抗着。她不笨,难道她要一直等到自己断气的时候吗?不行,到八十岁,她还有五十年的日子好过,五十年以后才死呢,在这之前不能死。这是格罗伯先生要求她的。

基恩打着出色的手势结束了讲话。他举起的手臂像根旗杆,但上面没有旗帜。他把身体伸了伸,浑身的骨头都在嘎嘎地响,他声音洪亮而清楚地大声呼道:"死亡万岁!"

那位小队长听到这大声呼叫才如梦方醒,很不高兴地把一堆领带推向一边,他已经把最漂亮的领带挑选出来了。他哪有时间去把它们捡起来呢?得了,先放一放吧,以后再说。

"好朋友,"他说,"正如我所听到的那样,您已经谈到死了。这样吧,您把整个故事再说一遍吧!"

其他警察互相碰了碰,心想,他倒还有心思听下去。台莱瑟的脚也跨出了她原来的圈子。她必须说话了。那位记忆的天才觉得他的机会到了,他所听到的每个字他都记住了,他想替犯人重复一遍。"他已经累了,"他说着便轻蔑地对基恩耸耸肩膀,"我想我来说会更快些!"台莱瑟抢先道:"对不起,他要杀害我!"由于害怕,她说得很轻。基恩听到她的话了,但他否认她的存在。他没有转过身去,他干吗要转身呢?她已经死了!台莱瑟叫道:"对不起,我害怕!"那位天才对她的干扰很不高兴,于是对她呵斥道:"谁咬着您啦?"那位几个孩子的父亲赶忙出来圆场:"女人的天性就决定她们是弱者。"这是他儿子作文中的一个警句。小队长抽出他的小镜子,打着哈欠,哼哼哈哈地说:"我现在可累了。"他的鼻子对他也不起作用了,他对什么都不感兴趣了。台莱瑟嚷道:"对不起,请把他撵走!"基恩还是顶住了她的声音,没有转过身子,但大声地叹了一口气。看门人对这种长吁短叹已经听腻了。"教授先生,"他从后面吼道,"事情没有那么严重,我们大家都还活着。大家都很健康!"他也许不想尝到死的味道。他迈着沉重的步子往前走,他要进行干预了。

教授先生是聪明的,其原因就是他读过许多书,他能把问题综合起来谈。他是一个名人而且心地善良。但人们不能相信他说的话,他不会昧着良心杀人的,他哪儿有那么大力气呢?他之所以这样说,是因为他的妻子对他不好。这样的事书上都有。他什么都知道,他连一根别针都害怕。他的妻子使他感到痛苦。那头骚母猪灵魂肮脏,她跟任何人都来往,太不自爱,他看门人可发誓证明这一点。教授离家才一个星期,这个女人就把他勾搭上了。他可是正经八百的警察,退休了才当看门人的。他名叫贝纳狄克特·巴甫。从他记事起,他这座楼的门牌号码就是诚实大街24号。关于偷东西的问题,那个女人还是不说为妙。教授先生跟她结婚完全是出于对她的怜悯,因为她本来是个佣人。换成另一个男人会把这个女人的脑壳敲烂。她的母亲是穷死的,她没有吃的,当了乞丐,短命死了。这是她躺在床上给他讲的。她颠来倒去只会说五十句话。教授先生是无罪的,这是实际情况,就像他已经退休是事实一样,他可以担保。一个人能够做点儿事就做点儿事,在他的小房间里他辟出一个警卫室,同事们也许会惊奇的,里面还有金丝鸟和窥视孔。人应该工作,谁不工作,谁就给国家增添负担。

大家惊奇地听他大声讲话。他的吼叫给每个人的印象都很深。即使那位有几个孩子的父亲也听懂了他的话。他的话即使在小队长那里也起了作用,小队长也感到有点儿兴趣了。他承认,这个红毛人是当过警察的,他这么大声嚷嚷、这么放肆是一个普通人做不到的。台莱瑟一再想抗议。她的声音很弱。她摇摇晃晃忽左忽右地向前蹭过来,一直走到基恩旁边。她的裙子都碰到他了。她扯着他,他应该转过身来,他应该说一说她是女佣还是女管家。她想得到他的帮助。她倚着他,别人的辱骂就伤害不了她。他是因为爱她才跟她结婚的。这爱情在哪里呢?他是个杀人犯,但他能说话。她不能容忍别人称她为女佣。三十四年来她一直当女管家掌管经济。她快当了一年的家庭主妇了。他应该说话呀!他要赶快说话!否则她就要告诉人家他在六点到七点钟所干的秘密勾当了。

她暗自决定,在他向她表示恰如其分的爱情后,就告发他。他是唯一听到她讲话的人,在嘈杂声中他能分辨出她的声音,虽然很小,但却是愈来愈愤怒的声音。他感觉到粗壮的手在扯着他的上衣。他小心翼翼地——这小心的程度他自己也说不清楚——把脊梁骨缩起来,扭动了一下肩膀,两只手臂就从袖管里抽了回去,然后用手指轻轻一弹便把上衣脱下来了,接着他突然跳了一步,摆脱了台莱瑟。现在他感觉不到台莱瑟了。如果她抓他的背心,他就采取同样的办法摆脱她。他心里既不叫这为幻影,也不叫这为台莱瑟。他避免提她的名字,回避看她的样子,但是他知道,他是在反对什么。

看门人已经结束了讲话,他没有等待别人的反应,因为这跟他本人没有多少关系,他只是站在基恩和台莱瑟之间。他叫道:"别动!"他从她手里把上衣夺了过来,像给婴儿穿衣服一样地给基恩穿上上衣。小队长默默地把钱和证件还给他。小队长以目光表示了他的遗憾,但对于这次成功的审讯他一个字也没有收回。那位记忆的天才觉得有些问题值得怀疑。值得注意的是那个红毛人的讲话。他扳着指头数了一下那个讲话中所包括的重点。警察们这时都在乱哄哄地议论,人人都发表了自己的意见。有一个爱卖弄谚语的人说:"真相大白了。"这正是大家要说的话。台莱瑟所说的管理了三十四年经济的话被大家七嘴八舌的声音盖住了。她急得直跺脚。那位有几个孩子的父亲——她使他想起了一位表姐和禁果——总算给了她一个申辩的机会。她脸涨得通红,尖叫着在三十四这个数字上进行辩护。这个人可以证实这一点,如果不能证实的话,她可以把格罗伯先生从"格罗伯和妻子家具公司"请来。他不久前才结婚的。谈到"结婚"二字她的嗓音都走调了。但谁也不相信她的话,她仍然是一个普通的女佣,那位有几个孩子的父亲约她今天夜里谈谈。看门人听到了,在她还没有答复人家之前,看门人就表示同意。"她要为此一直跑到巴西去。"他给同事们友好地解释道。他觉得美国还不够远。然后他在警卫室里骂骂咧咧地环顾了一下,在墙上发现了日本柔道的大相片。"在我们那个时候,"他吼道,"这就够了!"他捏起了拳头,给同事们看,同时放在他们的鼻子下面。"是呀,在那个时代。"那位有几个孩子的父亲说,并托着台莱瑟的下巴。小队长审视着基恩。他是个教授,他家的日子过得不错——小队长是这样认为的——他身上带了那么多钱。要是另一个人就会做点儿衣服穿,打扮打扮。可是这人却像个叫花子。这世界是不公平的。台莱瑟对那位有几个孩子的父亲说:"对不起,我起码是个家庭主妇!"她认为她只有三十岁,但受的侮辱太深了。基恩呆望着小队长,听着她或近或远的声音。当看门人决定起身回家、并且温柔地抓住基恩的胳膊时,基恩却摇摇头,使劲地靠在桌边。人们想把他拉走,但桌子也跟着移动了。于是贝纳狄克特·巴甫对台莱瑟吼道:"走开,你这个轻佻女人!——他容不得女人!"他又转身向同事们补充道。那位有几个孩子的父亲抓住台莱瑟并开着各种玩笑把她推了出去。她很生气,喃喃地说,他以后不会让她安宁的。在门边她还叫道:"也许不是什么谋杀!也许不是什么谋杀!"这时她嘴上挨了一巴掌,才匆匆忙忙地回家了。她不能让一个杀人犯进她的屋子,她很快把门关上,门下闩了两道,门上闩了两道,中间也闩了两道,并且还看了看,是否有小偷在里面。

十个警察也不能使教授挪动一步。"她已经走了。"看门人对他说,他把像骰子一般的头向门的方向一歪。基恩沉默着。小队长看见了他的手指头在强行推开桌子。如果再这样下去,他就会无法趴在桌子上了。他站了起来,这时他的坐垫也移动了。"先生们,"他说,"这样不行!"有十二个警察站在基恩周围,说服他离开那张桌子。"人都是自求幸福!"有一个人这样说。那位做父亲的人答应就在今天把那女人的怪念头打消。"应该跟一个好人结婚。"那位记忆的天才说。他要娶一个有钱的老婆,所以他至今还没有娶上老婆。小队长想,我从中得到什么啦?他打着呵欠,蔑视地看着大家。"您不要丢我的面子,教授先生!"贝纳狄克特·巴甫吼道,"您好好回家吧!我们现在就走!"但基恩还是站在那里不动。

小队长此时已经感到腻烦了。他命令道:"都给我滚!"于是那十二个人,当然也包括看门人,一齐向桌边扑过来,就像摘下一片枯叶一样硬把基恩从桌子边掰开。但他没有倒下来。他还在跳着挣扎,他不屈服。他觉得说什么也无用了,于是就抽出他的手帕,把眼睛蒙了起来,并把手帕两端在脑后系了一个很结实的结,直到他感觉疼痛为止。他的朋友搀着他的手出了门。

当门关上以后,那位天才把手指放在前额上说:"罪犯是第四个人!"警察们决定从今天起要严密监视苔莱思安侬那个开电梯的人。

看门人在大街上就答应基恩教授,让他住在自己的小房间里。在他那住宅里他会受气的,干吗要去吵架呢?他现在需要安静。"好吧,"基恩说,"我不喜欢那味儿。"他将住在小房间里,直到他的住宅打扫干净为止。

小 人 物

费舍勒侥幸地逃了出来后,在苔莱思安侬门前出乎意料地被一群人截住了。不是他的雇员——他为这些人的命运和好闲扯的习惯而担心——而是一群激动的人,他们正往门里挤。一位看见他的老人惊叫道:"侏儒出来了!"老人迅速弯下腰——当然是在他那把僵硬的老骨头允许的情况下弯下了腰。他腰弯得跟费舍勒一样高。一个女人听到了老人的细弱声音,就把老人的话大声地传了出去。于是大家都听到了。将要听到最新消息的幸福感流遍了他们全身。广场上顿时响起:"侏儒出来了!侏儒出来了!"

费舍勒欠了欠身子说:"见到大家很高兴!"人群一层压一层。费舍勒还在为自己把那么多钱重新放回基恩的口袋里而生气,希望在这里能得到补偿。他还没有从先前的危险中恢复过来,所以他不会马上嗅出新的危险。人们对他那热烈的呼声也使他感到高兴。这情景简直跟他在美国时从棋宫里走出来时一样。鼓乐齐鸣,人群欢呼,他便可以从他们的口袋里把美元掏走。警察也只好干瞪眼,他们只顾看热闹了,而费舍勒什么事情也没有发生。一个百万富翁就是一件圣物,上百个警察站在旁边请求为他效劳。这里他们对他不太了解。他们没有美元,只有一些零钱,但他还是什么都拿了。

当他通观现场,看到他穿过的胡同、扒窃的口袋、想到在人们大腿之间逃脱的情景时,他的热情就达到了危险的程度。人人都想从抢劫珍珠项链的强盗身上得到自己的一份，即使最平静的人也失去了控制。他竟敢放肆地跑到人群中去！男人们要把他碾成齑粉，女人们要先把他举上天，然后再撕裂他。大家要把他消灭掉，直至他只剩下一点儿残迹为止。但事先人们必须看看他。因为即使有上千人嚷着"侏儒出来了"，真正看到他的也只有十几个人。通向三寸丁的路是由许多人当石子铺成的。大家都渴望看到他，热切地盼望抓到他。焦虑的父亲们把孩子举过头顶，否则孩子们可能被踩烂，他们这样做可一举两得。站在他们旁边的人就生气了，因为此时他们不应该还想到孩子。母亲们干脆把孩子放在外面，由他们哭叫，对于孩子们的叫声充耳不闻，她们耳朵里听到的只是"侏儒出来了！"

　　费舍勒发现太吵了。他们不高呼"象棋世界冠军万岁"，而高呼"侏儒出来了！"为什么冠军就应该"万岁"，他弄不清楚。四面八方的人都向他挤来。大家喜欢他喜欢得过分了，这反而害了他，还是多给他一些生存的机会吧。这样下去他什么也得不到。用一只手偷东西太危险了。"诸位！"他说，"你们太喜欢我了！"只有站在他旁边的人才能听懂他说了什么。人们根本就不谅解他，而是你一撞我一碰地教训他，你一脚我一腿地说服他。他干了什么事啦？要是他知道就好了。也许有人想逮住他？他看了看他的手，他的手还从来没有插到人家的口袋里。小玩意儿他倒是老扒到，如手帕、梳子、镜子。他也习以为常地拿来了，但马上又气鼓鼓地扔了。现在他两手空空。那些人怎么会想到把无辜的他逮起来呢？他还没有偷东西呢，可是他们已经开始踩他了。他们从上面用手打，从下面用脚踢。女人们当然就掐他的驼背。虽然不疼，可这些笨蛋对打人一窍不通，他们本来可以到"天国"去免费学习学习。他们不可能知道打人还有打人的学问，却以行家里手自居，所以费舍勒便惨叫起来，通常他是呱呱叫唤，但如果需要的话，如现在，他的叫声就像小儿啼哭了。他耐着性子不断地啼哭着，在他旁边的一个女人不安地向四周看看。她把孩子放在家里了，她担心孩子会跟她跑来并陷到人群之中。她耳朵听着，眼睛看着，寻找她的孩子，没有找到，嘴里不停地发出安慰孩子的声音，就像在童车前发出的声音一样，最后自己也就感到安慰了。其他的人不受这谋财害命凶手的小儿啼哭声的欺骗。他们担心被挤走，现在愈来愈挤了，他们要抓紧时间揍他。他们越来越笨手笨脚了，经常都打偏了。但此时又有新人挤进圈子里面，他们有他们的企图。一切的一切费舍勒都不满意。如果他愿意的话，他可以轻而易举地摆脱这帮人。他只要把手伸到自己的胳肢窝里抽出现钞向人群撒去，自己就可以趁机溜掉。也许这些人就是这么打算的。当然，也有可能是那个小贩、那个自私鬼、那条可恶的蛇，煽动人们来找他的麻烦，他们要他的钱。他紧紧夹住胳膊，对这种放肆行为感到愤慨。老板们今天太容忍他们的雇员了。但他不能容忍，他要把那可恶的蛇赶走，把他开除。他决定装死倒下。如果罪犯们检查他的口袋，他就知道，他们要他的什么东西。如果他们不检查他的口袋，他们就会跑走，因为他已经死了。

然而，他的计划想出来容易，执行起来就难了。他努力想倒下去，但周围人的膝盖妨碍了他，使得他的驼背无法往下倒。他的脸色已经是一副死相，罗圈腿缩起来，嘴太小，由鼻子呼吸，紧闭着的眼睛睁了开来，呆滞而无光。——所有的准备工作都做得太早了，因为驼背倒不下来而计划告吹了。费舍勒听到人们在谴责他什么：可怜的男爵真是不幸啊，一条珍珠项链引起了这么大的风波。年轻的男爵夫人吓呆了，没有丈夫，她的日子也就混不下去了。她也许会跟另一个男人结婚，但谁也不能强迫她。对侏儒可判二十年徒刑。要恢复死刑。凡残废人皆属消灭之列。所有的罪犯都是残废人，不对，所有残废人都是罪犯。为什么他要像个无罪的人那样傻头傻脑地看呢？他应该工作，自食其力，不应该抢人家的口中食。他这样一个残废人拿这些珍珠有什么用呢？他那犹太鼻子应该砍掉。费舍勒很气愤，这些人谈论珍珠项链就像瞎子谈论颜色一样！如果他真有这么一颗也好啊！

这时有些人的膝盖突然放松了，他的驼背算是自由了，他便趁势倒了下去，终于倒在地上。他翻着白眼，做出将要死去的样子，他以为，这样人们就会离开他了。当人们骂他的时候，拥挤的现象缓和下来了，但由教堂那儿传来的"侏儒"呼声却反而增强了。"你们看，"他生气地说，并站起来看了看还留在他旁边的一些人，"那儿才是真正抢东西的侏儒呢！"那些人顺着他右手指示的教堂方向看去，他的左手很快地把三个口袋都搜查了一遍，只发现了一把梳子，就蔑视地把它扔掉了，接着他便逃之夭夭。

费舍勒永远也不知道，是谁巧妙地搭救了他。在他的雇员们通常聚会的广场上，"费舍尔太太"和其他人等待着他，只有她一人觉得等的时间太长了。

因为下水道工人根本就不知道经理要出去多长时间。他可以几个小时地站着什么都不想，既不觉得有什么意思，也不感到无聊。其他人对他来说都是陌生的，因为这些人不是慢腾腾就是急不可耐。他的生活就是：他老婆唤他起床，送他上班，接他下班。她是他的时钟，是他的准确的报时人。他在陶醉的飘飘然的气氛中感到最舒服。

那个"瞎子"在等待的时候聊起天来像个国王。昨天得到的一笔高额小费冲昏了他的头脑。他今天还想获得更多的小费。他要退出西格弗里德·费舍尔公司，一旦他赚得了那么多钱，就自己开一家百货公司。他要亲自挑选女雇员，低于九十公斤的女人不会被选中。他是主人,是老板,他可以随自己的心愿选择。他将付最高的工资。他在竞争中把最丰腴的女人夺走了。凡有女人的地方,都会听到这一传说(应该说这是真实情况),约翰·斯威尔百货公司付的报酬高。公司老板,就是从前的那个"瞎子",是一个很有眼力的老板,他对待每一个女雇员就像对待他的妻子一样,所以女雇员对其他男人都不屑一顾,宁愿到他这里来。在他的百货公司里什么都可以买到:香脂、梳子、发网、毛巾、男人礼帽、狗饲料、墨镜、小镜子,等等,凡人们所需要的东西,这里都有,只是纽扣没有。在橱窗里挂了块大牌子:这里不出售纽扣。

小贩在教堂里搜寻毒品。教堂安静得使他昏昏欲睡。他不时地找到秘密的包,但他知道,这不是他真正要的包。他是很聪明的。

三个男人都沉默着。

"费舍尔太太"是唯一记挂着费舍勒的人,而且她愈来愈为他担忧。费舍勒恐怕出事儿了。他到现在还没有回来,他是守信用的人,他说过五分钟就回来的。今天早上报上登了一条车祸消息,她马上就想到他。说是两个火车头相撞了,一个火车头完了,另一个火车头被撞得破烂不堪,人们费了很大的劲才把它弄走。她现在要去看看。如果他不禁止她的话,她早去看了。火车头把他轧了,因为他是一个大经理,他赚了很多钱,而且把这些钱都带在身边。她说,他是一个特殊的人物,他的老婆煽动敌人来反对他,因为他从来都不爱他的老婆,他感到她太老了。他应该离婚,在"天国"里哪一个女人都喜欢他。在教堂前面站了黑压压的一群人。费舍勒被轧死了。她决定到那里去看看。其他的人就在原地待着。他很会骂人,她害怕他的眼睛。他只要盯着她,她就害怕,就要跑,但心里又不愿意。那三个人所相信的就是他是经理。他们也应该怕他。他躺在车轮子底下了。车轮子把他的驼背轧烂了。费舍勒再也下不成棋了。他在苔莱思安侬也想下棋，因为他是象棋世界冠军。他常常发火，容易激动。如果他生病，她就要去伺候他。她大清早就想过。报纸上登了。他从来不读报。现在她要去看看。

她每说一句话就沉默一下，忧心忡忡地皱起眉头。她摇晃着她的驼背蹒跚地走着，当她想到有什么话要说时，便走近同事们并把这些话大声告诉他们。她感到大家都跟她一样担忧。那个"瞎子"一言不发，此人情绪好的时候是非常健谈的。她很想单独去找费舍勒，但又担心别人会跟着她来。"我马上就来！"她高声叫过几次。她走开得愈远，就叫得愈响。男人们没有动。她虽然为费舍勒担惊受怕，但她是最幸福的。她会找到费舍勒的。对于这可怕的车祸他不该生雇员们的气，他叫他们等来着。

她悄悄地接近教堂前面的广场。她早就过了拐角。她没有加快速度，而是放慢了她本来就跨得很小的步子，而且还机械地转过她那小小的身躯，回头看一看。如果小贩或者那个纽扣汉斯（即"瞎子"）或下水道工人跟来了，她就突然站住，像轧过费舍勒的汽车急刹车那样，并且对他们说："我只是看看。"直到他们返回去，她才起步往前走。有时她也稍停一会儿，她以为在教堂后面看到一条裤子，走近一看又不是，于是又继续往前走。她已有好长时间没有见到这么多人聚集在一起了。这么多的人，要是他们每人买一份报纸，那她一个星期的卖报生意今天一会儿就可做完了。"天国"那儿有一大捆报纸，但她今天没工夫卖报，是因为费舍勒今天雇用她了。他每天付给她二十个先令，他愿意付这么多，是因为他的买卖做得大，不在乎。她躲藏起来，以便找到他。她自己缩成了很小的一团。他大概躺在什么地方吧。她似乎听到了他的声音。为什么她看不到他呢？于是她用手到地上去摸。"他也不至于小到这种程度。"她悄悄地说着并摇了摇头。她已经插到人群中来了，因为她弯着腰，人们就只看到她的驼背。在这么多高大身材的人当中她怎么能找到他呢？大家都挤着她，当然也挤着他，费舍勒已经被轧扁了，他们应该把他放出来。他呼吸困难，他要完蛋了！

突然有人在她旁边叫道："侏儒！"接着那人便向她的驼背打来。其他的人也在叫，也在打。人群向她袭来。这里的人正愁捞不到机会打呢，所以就打得更卖力气。"费舍尔太太"被打倒在地了。她趴在地上一声不吭。她被打得青一块紫一块，够惨的。大家一说到驼背就打她。对面的人群也跑到这边来打。至于这是不是他们真正要打的驼背，他们从来就没有怀疑过。那边的人群走了，费舍勒这才脱了身。只要她还能思维和动弹，她就为费舍勒的命运担忧，她呻吟道："他是我世界上唯一的人。"她终于失去知觉了。

费舍勒倒安然无恙。在教堂后面他碰到了他的三个雇员，"费舍尔太太"没在。"她上哪儿去啦？"他问道，用手在他腹部的高度上比画了一下，意思是指女侏儒。"她溜了。"小贩不假思索地说，他睡眠很少。"当然，女人嘛，"费舍勒说，"她不可能等待，她总是有事可做，她忙，她损失钱啦，她破产啦，所有的女人都是混蛋！""请您不要骂我的女人，费舍勒先生！"那个"瞎子"威胁地顶撞了他，"我的女人可不是混蛋。请您不要骂！"他差点儿要把他的百货公司描绘一番。看了一眼竞争对手才让他变聪明了一些。"在我的公司里明令禁止出售纽扣！"他只是提一提就不说了。"走了。"下水道工人说。这刚刚做出的强有力回答是针对费舍勒的第一个问题的。

经理满脸愁云，精神恍惚。他的头耷拉在胸前，睁得大大的眼睛里满噙着眼泪。他绝望地由一个人看向另一个人，沉默不语。他用右手捶打着自己，没有打在额头上，而是打在鼻子上，那罗圈腿就像他的声音一样在颤抖。他最后终于说话了："先生们，"他哭道,"我破产了,我的顾客"——他由于愤慨而产生的痉挛,撼动着他那富于表情的身体——"欺骗了我。你们知道,我的顾客停止了付款,并且带着我的款子到警察那里去了!下水道工人是证人!"他等着下水道工人来证实这件事,但几分钟以后下水道工人才点了点头。就在这几分钟里"瞎子"的百货公司倒塌了,埋了九十个雇员。教堂也倒塌了,原来在教堂里的毒品或者刚刚放进去的毒品也都完了。他再也不想睡觉了。清理废墟时在百货公司的地下室里发现了一个巨大的纽扣仓库。

费舍勒对下水道工人的点头同意表示满意,并说:"我们大家都破产了。你们失去了工作,我的心都碎了。我是念着你们的。我的钱都完了,我因从事被禁止的买卖而被通缉。几天后通缉令就要来了,你们将会看到的。这是可靠的消息。我要躲一躲。天知道我到哪儿去?也许去美国。如果我有这笔旅费该多好啊!我是一定要设法跑掉的。天无绝人之路,像我这样的棋手是有办法的,我只是为你们担忧。警察会把你们吞了。对于同案犯也要判处两年徒刑,同案犯帮助了主犯,只是因为他们是主犯的好朋友,就一下子也得坐两年班房。为什么?因为他们不能守口如瓶!你们知道吗?如果你们聪明一点儿,什么也不说,你们就用不着坐班房!'费舍勒在哪里?'如果警察这样问。'我们不知道。'你们要这样回答。'你们是费舍勒的雇员吗?''哪儿的话!'你们说。'我们听到谣传了!''对不起,谣传是经不起推敲的。''你们最后见到费舍勒是什么时候?''自从他离开天国以后,我们就没有见过他,什么时候离开天国的呢?也许他老婆知道。'如果你们说一个确切的日子,那么给人的印象就不好,如果你们说一个不确切的日子,那么他们就要去问我老婆,她也会为男人担一点儿风险,这不会损害她。'西格弗里德·费舍尔公司做的是什么买卖?''老总,我们怎么知道呢?'你们这样一否认,他们就会把你们释放了。等一等,我现在有一条锦囊妙计!你们一定还没有听说过!你们根本就不要理睬警察,根本不予理睬!警察就拿你们没有办法了。他们对你们不感兴趣,不想听你们叨叨。你们又不是为了警察而生活在世界上的。我该怎样给你们解释呢?为什么?很简单,因为你们一问三不知。你们只字不漏,对任何人都不透露一个字,在整个'天国'里不对任何人讲!现在我问你们,一个人怎么可能有这种荒谬的想法,认为你们跟我有关系呢?我说,根本不可能。这样你们也就得救了。你们照常工作,好像什么事情也没有发生。你就去沿街叫卖你的杂货,你照常睡不着觉,你把你的工资的四分之三给你老婆,把垃圾扫掉。我说,即使一个下水道工人也是有事可做的。一个百万人的大城市没有下水道工人,那么多垃圾和污水怎么办?而你还是去当乞丐,牵一条狗,戴上眼镜。如果有人给你投一枚纽扣,你就往别处瞧;如果人家给你投的不是一枚纽扣,那么你就往前看,纽扣是你的不幸,注意。你们应该这样做,我个人没有关系,只想给你们出出主意!我出的主意是有价值的,我愿意把这些主意献给你们,因为我关心你们!"

费舍勒既激动又感动地摸着他的裤兜。有关他破产的悲观情绪已一扫而空了。他越说越火热,早已把他所碰到的不幸遭遇忘得一干二净。他乐于帮助别人,与他自己的命运相比,他更关心朋友的命运。他知道,他们的口袋里空空如也,他把左边口袋的里子向外翻了出来,里面什么也没有,但他却意外地在右边口袋里发现一个先令和一枚纽扣。他把两样东西都拿出来,善始善终,高高兴兴地呱呱叫道:"最后一个先令我跟你们分!四个雇员和一个经理,一共五个人,每个人得二十个格罗申,'费舍尔太太'的一份我代为保管,因为这钱是我的,我也许会碰到她。谁找得开?"经过复杂的计算后，谁也没有一个先令的零钱，只能部分地换开这一个先令。小贩收下那一个先令，找出六十个格罗申，因此他欠下水道工人二十个格罗申——这钱不需要交给他老婆，因此没有这二十个格罗申也没有关系。瞎子拿了他自己的一份，费舍勒拿了双份。"你们都轻松地笑吧！"费舍勒说，他是唯一笑的人，"我可以把我自己连同这二十个格罗申装进口袋，你们有你们的工作，都能发财！我却要追求功名，我就是这样一个人。我希望'天国'的人谈到我时常说：费舍勒溜了，但他是个高尚的人！"

"我们到哪儿才能找到这样一位象棋大师呢？"小贩埋怨道，"现在我是唯一的大师，不过是扑克牌大师。"他口袋里那沉甸甸的先令轻轻地动了一下。"瞎子"一动不动地站着，他的眼睛出于习惯而闭着，手也自然地向前伸着，那两枚镍币摊在手掌上，像它们的新主人一样迟钝而呆板。费舍勒笑道："也是一个大师，扑克牌大师！"他感到很滑稽，一个象棋世界冠军竟跟这些人交谈：一个拉家带口的下水道工人，一个失眠的小贩，一个因为人家给的是纽扣而急得要自杀的人。他看见那伸出的胳膊，很快地把纽扣给了"瞎子"，笑了起来，笑得浑身哆嗦不止。"再见吧，诸位！"他呱呱地叫着，"头脑要清醒点儿，诸位！""瞎子"感到有人给了他什么东西，但相信不至于是纽扣。但他睁开眼睛看到的却是纽扣。他目送着费舍勒，吓得要命。费舍勒转过身来，大声说道："再见了，我到富裕的大洋彼岸去了，亲爱的朋友，你们不必挂念我！"然后他就匆匆地走了，人是什么事都干得出来的，连玩笑也见怪。在一条小胡同里他干脆停下来笑个够，因为所有的人都是笨蛋。他走进一幢房子的大门，把手放在驼背下，一会儿向左转，一会儿向右拐，鼻子尖上渗出了汗珠，口袋里的镍币叮当作响。驼背现在很疼，因为他有生以来还没有这么大笑过。他在那里停留了足有十五分钟。

在离开以前，他先在墙上擦一擦鼻子，然后伸进腋下嗅一嗅，因为那里夹着他的全部财产。

他已走过几条胡同，这时他突然感到一阵伤心，因为他终究损失了一大笔钱，两千先令也不少啊，而这笔钱还在书店分店代理人身边。警察真讨厌，他们只会破坏人家的买卖。这些人拿着一点儿可怜的工资，没有资本，只会留意人家做买卖，他们懂得什么呢？他们懂得一个大公司怎样做买卖吗？例如他费舍勒在地上捡钱，就不怕人笑话。他的顾客因为欠了他的钱，怒气冲冲地把钱扔在地上，他去把钱捡起来有什么要紧呢？他也许会被别人踢一脚，这也没有什么关系。他作为经理要试探一下怎样把别人的脚推开，不管是一只脚、两只脚、四只脚，还是许多只脚。钞票已经踩得很脏，而且皱得不成样子，不像刚印出来那么新，一个文明人不好意思去摸它——但他去拿了。当然他有雇员，而且一下子就有四个，他也可以雇佣八个，十六个就太多了。他当然可以派他的雇员去，并命令他们："诸位，请把那些踩脏了的钱捡起来！"但是他不愿冒这个险，这些人会把钱偷走，除此以外他们不会有别的想法。他们满脑子装的就是偷，他们每个人都把自己看成是一个大艺术家，因为人人都有自己的一手。经理就是经理，他信赖的就是自己。人们也可以称这为冒险。他捡起了十八张漂亮的一百先令票面的钞票，还缺两张，这些钞票他差点儿就到手了。他汗流浃背，辛辛苦苦地忙着。他对自己说，我得到什么啦？这时却来了警察，来得真不是时候。他害怕极了，他不能容忍警察，他恨不得把他们都吞下去才解气，这些穷鬼。他只好把这钱放到他的顾客的口袋里，自己逃之夭夭。警察要干什么呢？他们无非是把这些钱据为己有。他们也有可能把钱留在顾客身边。费舍勒以后还有机会重新拿到这些钱。不过，他们会发现书店代理人有些疯疯癫癫，他们会说，像书店代理人这样的人，身上带了那么多钱，头脑又那么糊涂，肯定会被人袭击，被抢劫一空。那就会造成许多麻烦。得了，我们的事情已经够多的了，这钱我们还是先拿着吧，于是他们真的把钱拿走了。警察也偷钱，别以为他们都是正派人！

一个警察——当费舍勒从他旁边经过时——怒气冲冲地盯着费舍勒。当费舍勒甩开警察相当一段时间以后，他便毫无顾忌地发泄对那个警察的恨。现在就差这些警察小偷不让他到美国去了。他决定，对警察——在他去美国之前——侵吞私款的不法行为进行报复。他恨不得把他们一个个都掐得哇哇叫。他确信这些警察老爷把钱私分了。假如说他们一共是两千个警察，那么每人就可得一个先令。没有一个人会说："不！这是偷来的钱，我不要！"那本来是警察应有的态度。正因为如此，每个警察才都有责任，所以费舍勒对每个警察都不能宽恕，必得掐一下方解心头之恨。

"你现在可别以为你这一掐他们就疼了！"他突然大声说，"你在这里，他们在那里。他们能感觉到你在掐他们吗？"他没有如他所想的那样走路，而是一瘸一拐地在城里毫无目的地走了几小时。他生气地想寻找机会对警察惩罚一下。通常情况下他是想得出好主意的，这次却毫无主意，所以也就慢慢地放弃了要求。要是他的报复获得成功，他甚至准备放弃索取那笔钱。这就是说他要牺牲两千先令！他不想再要那钱了，只要有人从警察手里把那笔钱没收就行了！

中午时分已经过去，他竟气得没有吃饭。这时他在一幢房子旁边发现两块大牌子。一块写道：妇科大夫恩斯特·弗林克博士。另一块写道：神经科大夫马克西米里安·波希尔博士。"要是有一个神经病女人到这里来，她就可以同时请这两个大夫治病。"他想。这时他又想到基恩在巴黎的弟弟，他当妇科大夫时置了一大笔财产，后来又成了精神科医生。于是他便开始寻找那张抄有这位名教授地址的字条，并果然在上衣口袋里找到了。还有那封介绍信也在里面。为此他得先去一趟巴黎。太远了，去一趟要花不少时间，这么长时间警察们还不把那笔钱喝酒喝掉吗？如果他亲自给这位弟弟写封信并签上自己的名字，那位高贵的先生接到这封信会问："费舍勒？谁是费舍勒？"他不会那么热情，因为他非常有钱，非常傲慢。他是教授，又有钱，人们要懂得如何跟这种人打交道。这不是在生活上碰到的一般问题，而是像下棋那样复杂。如果此人是象棋教授，那他就可以签上自己的大名："费舍勒，象棋世界冠军。"不过这种人哪能轻易相信一个人呢。等着吧，两个月后，当他打败了卡帕布兰卡，他就给全世界所有的名人发一封电报："我荣幸地通知阁下：我是新的象棋世界冠军西格弗里德·费舍尔。"那时谁也不会怀疑了，大家都知道了。人们见到他会点头哈腰，即使有钱的教授也不例外。谁要是不相信，谁就会因诽谤罪而受到法庭审判。发这样一封真正的电报是他一生中早就盼望的。

  他的报复行动开始了。他走进附近的邮局向人家要三张电报纸。请快点，我紧急需要。拿到电报纸后，他又不知道怎样填写。他常常买一些电报纸——这玩意儿也便宜——在上面写上几个大字向当时的象棋世界冠军提出讥讽的挑战。那几个大字常常就是："我蔑视您。一个残废人。"或者："如果您有胆量的话，敢跟我对弈吗？一个残废人。"他在"天国"把这些念给人们听，并且埋怨那些世界冠军都是胆小鬼，居然不敢回答他。大家对他什么都相信，就是不信他会发电报，因为他没有那么多钱，他连一封电报也发不起。人们常常拿他忘记了的地址或写错了的地址跟他开玩笑。一位好心肠的天主教徒答应他，当他升到真正的天堂时，就把彼得①为他收起的信统统都扔下来。"如果这些人知道我现在发的是一封真正的电报该多好啊！"费舍勒想道，他对那冒失鬼跟他开的玩笑一笑置之。他那时是干什么的？他是"理想天国"赌窟里的一名常客。现在他干什么？现在他要给一位教授发电报。电报上要说的话都是正确的，但不能签自己的名字，我们这么写吧："哥哥疯了。老家的一个朋友。"这第一封电报就这样填好了。问题是，"疯了"是否能给精神病专家一个印象呢？他每天都会碰到这类事情，他会自己对自己说，没有那么严重，等到老家那位朋友再次打电报来以后再说。这样写看来不好，第一，费舍勒非常爱惜他的钱；第二，他这钱不是偷来的；第三，他要等的时间太长。于是他把"老家的一个朋友"划掉了，可这样念起来又太一般了。他希望语气加重一点，于是在"疯了"前面加了"彻底"。第二封电报填写的是"哥哥彻底疯了"。可是签谁的名呢？一个生活富有的人不会对一封没有署名的电报做出反应。有各种各样以诽谤、讹诈或者其他什么为职业的人。一个现在不干妇科的妇科大夫知道的东西很多。费舍勒还有一张电报纸，他对那两张写坏了的电报纸非常生气，因此心里就把"我已彻底疯了"写在第三张电报纸上。他读着感到很高兴。如果一个人写的是自己的事，那么别人就不得不相信了。他签的名是"你的哥哥"。于是他便拿起写成的蹩脚电文匆匆地走到电报窗口。

一个像朽木雕成的邮电局职员摇了摇头。这种表现不可能是一种严肃的态度，可是他也不会开玩笑。"请您一定给我发出去！"费舍勒逼着他收下电文，"是您为顾客服务还是顾客为您服务？"他突然担心名声不好的人不可以打电报。这个职员怎么会认识他呢？不

---

① 彼得，《圣经》中耶稣的十二门徒之一。

可能是在"天国"认识的,而电报纸他是从别的地方拿的。

"这电报不行!"那人说完就把电报还给费舍勒,"一个正常人不会写这种东西。"因为费舍勒是残疾人,这使那人更有勇气说了。

"为什么不行!"费舍勒嚷道,"我给我兄弟打一封电报,让他来接我,我疯了!"说话时唾沫飞溅。"喂,喂,先生,请您走开!"

一个胖子穿着两件皮衣,一件是天生的皮衣①,还有一件皮衣穿在外面。他站在费舍勒后面,觉得他们二人争论耽误了他的时间,感到非常恼火。于是他把侏儒推到一边,威胁那个职员说要控告他。"您没有权利拒绝人家打电报,懂吗?您!"

邮电局职员不说话,只好忍气吞声接受费舍勒的电报。费舍勒少给了他一个格罗申。那个胖子先生——他为了原则而不是为赶时间才帮助了费舍勒——提醒费舍勒注意自己是否搞错了。"您说什么呀!"费舍勒说着就跑了。在外头他看到人家因为他少付钱而把电报扣下来了。"因为一个格罗申,费舍勒!"他这样谴责自己道,"而电报费是这个数字的二百六十七倍!"于是他转过身来,恭顺地向那个胖子道了歉。他说,他把他的话理解错了,他耳背,右耳全聋了。为了接近对方的皮夹,他还说了一些话。此时他及时地想起了过去跟穿两件皮衣的人打交道的教训。他们不会容许别人接近自己,别人还没有拿到他们什么东西,他们就把别人送交警察局了。于是他付了他的钱,大大方方地打了个招呼就走了。他决定不偷人家的皮夹,因为他的仇还没有报呢。

为了搞一个假护照,他到"天国"附近的一个地下室酒吧去了。这酒吧叫"狒狒之家"。这酒吧取了个动物的名字,就说明了什么样的人才来这里。来这里的每个人都是判过刑的人。像下水道

---

① "天生的皮衣"是作家说的俏皮话,意思是指这个人汗毛很多,浑身都长了毛。

工人那样的人，有工作也有个好名声，就不去逛"狒狒之家"。他在"天国"跟大家讲，如果在他身上闻到"狒狒之家"的气味，他老婆就要跟他离婚。这里既没有"领退休金的女人"，也没有常胜象棋大师，在这里下棋的人，一会儿这个赢了，一会儿那个赢了。这些人都缺少下棋必赢的才智。酒吧在一个地下室里，要走下去八级阶梯，才能走到门边。门上有一块玻璃烂了，用一张纸糊在上面，墙上挂着色情女人的画片。"天国"的女老板决不会容许在她的正经八百的咖啡馆里挂这种图片。桌面是木头做的，原来上面的大理石桌面都渐渐地被人偷走了。那位已去世的老板曾努力吸引有固定收入的顾客到这里来。他答应免费供应那些女人一份高级咖啡，只要她们能带来比较高贵的客人。那时他让写了一块牌子，挂在酒吧的门上，名为"消遣酒吧"。他的老婆说，这牌子上写的字也适合她，她也要消遣消遣。老板得了阑尾炎，生意也每况愈下，又因失去妻子的爱情，结果就郁郁而死。他尸骨未寒，他老婆就宣称："我觉得'狒狒之家'更好。"于是她又把老牌子挂了起来，从此她丈夫获得的一点点好名声也告吹了。这个女人取消了免费供应上等咖啡的惯例，从此以后就再也没有女人带男客来了。那么谁到这里来呢？伪造证件者，无家可归者，被社会遗弃者，通缉在逃的犯人，下等犹太人，还有其他危险分子。警察有时还到"天国"走走，但这里他们不敢来。为了逮捕一个谋财害命的杀人犯，他们不得不派出七八个密探来查访，因为这样的杀人犯在"狒狒之家"女主人这里感到很安全。一个普通的靠妓女收入为生的人在这里的生活是没有保障的。这里的人们只对重罪犯表示尊敬，至于一个残废人有没有知识，这对他们来说无所谓。这些人感觉不到有什么区别，因为他们自己都是些笨蛋。"天国"就拒绝跟"狒狒之家"来往。如果"天国"允许"狒狒之家"的人进来，那么最漂亮的大理石桌面便会丧失殆尽。如果"天国"中那些家伙把画报画刊读完了,那么它们就到了"狒狒之家"的女主人手中,绝不会更早。

费舍勒承认,他对"天国"已经腻烦了。对于"狒狒之家"来说,他是个"贵人"。当他一走进"狒狒之家"时,几个诚惶诚恐的男人向他走来。他们鼓掌欢迎他,对他的难得的来访感到高兴。凑巧女主人此时不在,她在的话也一定会高兴的。大家以为他刚从"天国"来。他们这些人是被禁止跨入"天国"那个女人福地的。他们一会儿询问这个女人,一会儿询问那个女人,费舍勒则尽可能快地编谎。他不表现出傲慢,而是非常和气,目的是付尽可能少的钱获得一份假护照。他先等一等再提出他的要求,否则价钱会抬得很高。当他们确信他是刚从"天国"来的,大家又鼓了一会儿掌,通过鼓掌他们强调了自己的看法。他们请他坐下来,这样一位高贵的矮子他们请也请不来,怎么可以就放他走呢?请问,"天国"的天花板是否倒塌下来啦?没有人敢再到那个有生命危险的地方去了。警察应该去看看,应该让他们把屋子重新修缮一下。那里有许多女人,如果天花板倒塌下来,那些女人可怎么救得了自己呢?

当他们劝说费舍勒相信这一事实时,一块石灰掉到他的咖啡杯里了,这杯咖啡是人家给他端来的。他喝着咖啡,遗憾地对他们说,他没有多少时间,他是来向他们告别的。东京象棋联谊会聘请他去东京当教练。"东京在日本,后天我就动身。在那里要待半年,对我来说时间太长了。我将到每个城市举行一场表演赛,通过这种办法把旅费赚回来,我这旅费是要人家付的,但到东京以后才能得到。日本人是多疑的,他们说,拿到钱,他就会耍赖不来了。我不会耍赖,但他们有自己很坏的经验,人们不能不承认他们的经验,他们在信中写道:'尊敬的大师,我们极其信任您。可是难道我们的钱是偷来的吗?我们的钱不是偷来的!'"

"狒狒之家"的男人们要求看看这封信。费舍勒只好请他们原谅。他说，这封信在警察局，凭这封信，警察局答应给他办护照，尽管他以前被判过刑。国内的人们对这种光荣感到骄傲，因为在棋盘上他将在日本大显身手，获得荣誉。

"你后天就动身吗？"六个人一齐说，其他的人也是这样想的。他们对他直呼"你"，虽然他来自"天国"，但他对警察局的轻信使他们感到很遗憾。"从警察那里你不会得到什么东西的，我一蹲就是九年班房。"一个人断言说。"企图逃跑，也要关起来！""最后警察局会把你以前判刑的情况写下来寄到日本去！"

费舍勒眼睛里噙着泪水。他放下咖啡杯子，开始抽噎起来。"我要杀死这帮家伙！"大家听到他这么说，"把他们统统刺死！"大家都为他感到遗憾。这么多经验，这么多看法都说明警察是靠不住的。一个有名的护照伪造者说，有个人能搭救他，就是他这位护照伪造者。费舍勒只需要交一半钱，因为他只能算半个人。这位护照伪造者开的玩笑中也包含着他对费舍勒的同情。还没有一个人说过一句同情的话。费舍勒此时虽然眼泪汪汪，但却笑了起来。"我知道你是很有办法的，"他说，"但你至今还没有做过去日本的护照，还没有！"

护照伪造者，人们称他是"护照魔术师"，一头乌发像流水，是个失意的画师，他还保留了他当艺术家时的虚荣心，听到费舍勒说他不会做到日本的护照，便气愤地跳了起来，从牙缝里挤出了一句话：

"我做的护照可一直通行到美国！"

费舍勒说，美国还远远不是日本。他可不愿自己是一只用来做实验的小兔子，有朝一日他会在日本边界上被抓起来的，而他对日本的监狱并不感到好奇。人们好意地劝说他，他还是不同意。大家提出了有说服力的理由：那位护照魔术师自己常常坐班房，而他的顾客却没有人坐过班房，他就是这样为大家操心的。他为他的艺术作了最大的努力。他工作的时候总是把自己关在房间里，不让别人干扰他。他十分紧张地工作，每画完一张护照都不得不足足地睡一大觉。他的产品是一张一张做出来的，不是批量生产。也就是说，他是一点一滴地把护照画出来的。谁看他画，谁就会挨他踢。费舍勒不否认这一点，但他还是坚持自己的看法。另外，他说，他也没有钱了，因此说得再多也无用。护照魔术师声称他准备画一张特别好的护照送给费舍勒，只要他费舍勒保证使用这张护照。他将来到日本后只需广为宣传这高超艺术作为酬谢就行了。费舍勒感谢了一番。他说，他是一个微不足道的人，经不起人们给他开这么大的玩笑，他像一个孤老太婆一样单薄无力。他也想过还是让别人来做，吃点儿亏也不要紧，就不必劳魔术师的大驾了。人们又替他要了两份咖啡。护照魔术师发怒了。费舍勒必须让他画护照，要不然他就对费舍勒不客气了！大家暂时劝住了他，大家都为他抱不平，认为他有理。费舍勒和魔术师之间的谈判持续了一个小时，魔术师把他的朋友一个一个地拉到旁边，答应给他们一笔钱。他们都失去了耐心，并以轻蔑的语气对费舍勒坦率地说，他费舍勒现在是他们的俘虏，释放他的唯一条件就是要他接受并使用魔术师给他画的护照，他不需要付钱，因为他没有钱。费舍勒只好屈服于压力。他还抱怨了很久。两个膀大腰圆的小伙子陪他去照相馆，在那里照了相，钱由护照魔术师付。如果他胆敢反抗，他就要倒霉。他不敢反抗。他的陪同者一直等到相片照好洗好为止。

等他们回来的时候，护照魔术师已经把自己关在一个房间里了。人们此时不得干扰他。他最可靠的朋友把那张还没有干的相片从门缝里递给他。他工作起来就像着了魔一样，汗水从头发上滴下来，有可能弄脏护照，他巧妙地把头往旁边一偏，才没有弄脏护照。使他感到快慰的是护照上的签字，仿佛高级警官都在为他服务似的，他模仿的签字实在是妙不可言。他上半身兴奋地一晃，那签字的笔锋便跃然纸上。他配着自己编的词哼着流行曲调唱着："多么奇特！多么新颖！真是从未有过的新作品！"

如果他成功地模仿出一个签字，如真的一般，连他自己也辨不出真假，他就把这张护照保存起来留作纪念，并向来订货的人表示歉意："对不起，人人都是先考虑自己。"这样的杰作他保存了几十份，放在一个小箱子里。如果生意不景气，他就带着他收集的样品到附近的城市去。他四处展览他的作品。他这门艺术的老前辈、竞争对手以及学生看到他的作品后，无不面红耳赤、自惭形秽。难解决的问题人们都拜托他解决，他从来不向人家索取报酬，如果索取人家的报酬，就无异于自杀。他跟最有势力、最有威望的罪犯们交朋友，这些人都是他们本行中天字第一号人物，他和这些人混在一起，成了"狒狒之家"的基本顾客。这位护照魔术师的马虎有一个限度：他在他收集的护照里插进了小长纸条，上面写着："持护照副本的人在美国发了大财。""南非——金刚石之国的大亨们向您致敬！""采集珍珠的人财运亨通。护照魔术师万岁！""您为什么不跟我一起到麦加来呢？在这个伊斯兰教的世界里，人们都把钱扔在大街上。真主永在！"这位魔术师从写给他的无数赞扬信中摘录了上述的话，这些赞扬信对他来说太宝贵了，乃至他不敢拿出来给大家看，生怕弄丢了，他就是在沉睡之中也总是想着这些信，它们的内容就足够说明其重要性了。所以他每画完一张护照，总要痛痛快快喝几杯杜松子酒，兴奋地趴在桌子上，把流水般的头发分开，幻想着有关顾客的前途和行踪，虽然还没有人给他写信，但从幻梦中他却能知道他们会给他写什么，并且利用他们的发迹事例来为自己的手艺做宣传。

当他给费舍勒画护照时,他就想到他画的护照在日本会引起什么样的赞赏。这个国家对他来说是陌生的,他还没有画过去这么远的国家的护照。他同时制作了两份护照,第一份护照,也就是原始的护照,他决定赠送给顾客,因为事关一项重要的使命。

费舍勒此时正忙着在"狒狒之家"东西有限的柜台上取他所需要的东西:他拿了两根粗短的羊肉香肠,一块发臭的奶酪,硬面包他可以随便拿。虽然他不吸烟,还是拿了十根"狒狒"牌香烟,三小瓶普通烧酒,一杯掺了杜松子酒的茶,一瓶杜松子酒。他听取了大家为他的旅行而出的许多主意。大家说,他要谨防扒手,人们对于他将要得到的护照是非常眼红的,人们会扒去这样的护照,撕掉上面的照片,换上另一张照片,从而使自己终身有一份最漂亮的护照。他要当心,不要随便把护照拿给人家看,火车上到处都是好妒忌的人。他应该给护照魔术师勤写信,护照魔术师有一个秘密信箱,非常喜欢人家给他写赞扬信。魔术师像女主人保存求爱信一样保存人家给他写的赞扬信,而且不让别人看。谁能知道写这封信的人是一个残废人呢?

费舍勒对这一切都允诺了。他不会忘记致谢、赞扬、感激,也不会不给人家消息。但他害怕。他就是这么一个人,如果人家管他叫费舍尔博士多好啊,警察马上就会对他肃然起敬,另眼看待。

接着那些男人就聚集起来进行磋商。只有一个人留在门口把门,免得警察把这个三寸丁抓走。他们愿意此时去打扰他们的朋友——尽管这是严格禁止的——请他在费舍勒的名字之前加一个博士的头衔。如果人们客客气气,并称他为大师,那么护照魔术师也不会动辄发怒。大家就这样商量妥了,但没有一个人肯去说一声。因为如果魔术师发怒,他就不会付给干扰者所许诺的奖金,所以在

391

场的人中没人愿意干这种蠢事。

此时女店主办完事回来了。她很喜欢上街,多半是出于爱情的缘故吧;如果她要向客人证明她是一个女人,那也可能是为了几个钱。男人们乐得利用这个机会散散心。他们忘记了他们的目的,呆呆地看着女店主搂着费舍勒的驼背。她向他说了一大堆轻佻的话。她说,她是多么思念他,思念他那惹人喜爱的鼻子、罗圈细腿以及非常非常高超的棋艺。她说,她这里缺少一个小矮人。她听说,他老婆,那个领退休金的女人,比她还要胖,她都吃了些什么东西才长得那么胖?确实不确实?费舍勒一个字也没有回答,而是失望地望着空中。她取来一大堆旧杂志——她为拥有这些旧杂志而感到很骄傲,这些旧杂志都来自"天国"——放在她的可爱的小矮人面前。费舍勒像泥塑木雕一样无动于衷,根本就没有把杂志翻开。什么东西使他不安呢?她简直手足无措。

费舍勒说,只要他没有博士头衔,他就害怕。

男人们不安起来,他们劝他不必害怕。博士头衔对他来说是不可能的,他们吵吵嚷嚷地说,因为一个残废人是不能当博士的。既是残废人又是博士,世界上没有这样的人。要是有这种人就好了!一个博士需要好名声,而残废人是和坏名声连在一起的。这一点他不得不承认。他听说有哪个残废人是博士吗?

"我就认识一个!"费舍勒说,"我认识一个!他比我个儿还要小。他没有胳膊,也没有腿。这是穷苦人的不幸和痛苦。他用嘴写字,用眼睛看书,是一个有名的博士。"

他这样说并没有使大家感动。"唉,这是另一码事,"一个人站出来说了大家要说的话,"因为他先成了博士,尔后才缺了腿和胳膊。他对这一点不能负什么责任。"

"胡说!"费舍勒叫道,这种谎言使他十分愤慨,"他生来就是这样！他生下来就缺胳膊少腿。你们都疯了。我是聪明人，他对自己说，为什么我就不能当博士？于是他坚持坐在家里看书、学习、研究。一个正常人需要五年时间学习，而他需要十二年。这是他自己对我说的，他是我的朋友。他三十岁获得了博士的学位，出了名。我跟他下过棋。他只要对一个人看一下，这个人就健康了。他的候诊室里挤满了人。他坐在一辆小车子上，有两个女人帮助他。这两个女人脱下病人的衣服，敲一敲病人的身子，并把病人送到大夫的面前，他只要嗅一嗅就知道是怎么回事了。然后他就叫：'下一位！'他赚了一大笔财产，这样好的大夫世界上恐怕没有第二个。他非常喜欢我。他说，所有的残废人都要团结起来。我在他那里上课学习。他要把我培养成大夫，这是他对我许诺的。我不应该告诉任何人，人们理解不了这些道理。我认识他已经十年了。还有两年我的学业就可以结束了。就在这时日本人给我来信了，我只好放弃这门学业。我想去跟他告别，这是应该的，但我不敢去。如果他挽留我，我就失去了去东京工作的机会。我还能到国外去走走呢，像我这样的残疾算不得什么！"

有几个人请他告诉他们这个大夫在哪里。他们也许是半信半疑吧。费舍勒把鼻子伸进背心口袋说："我今天没有带他来。通常我是把他放在这里的！这可怎么办呢？"

于是大家哄堂大笑，他们沉重的胳膊和拳头在桌子上摇晃着，他们很喜欢笑，但却很少有机会笑。他们都站了起来，他们忘记了害怕，跺着脚，八个男人一齐奔到护照魔术师的工作室前面，他们这样做就是为了共同承担干扰的责任。他们打开了门，齐声吆喝道："不要忘了给他一个博士的头衔！他已经学了十年了！"护照魔术师点点头，表示同意，好嘞，通行到日本的护照！他今天的情绪很好。

费舍勒感到自己好像喝醉了酒似的。一般情况下他喝了酒就会闷闷不乐，可现在不一样，他跳了起来。护照和博士头衔眼看快到手了，他高兴得贴在"狒狒之家"女店主的肚子上跳起舞来。他的长胳膊搂着女店主的脖子，他们配合得不错。他呱呱地叫着，她走起来像鸭子一样一摇一摆的。一个强盗从口袋里抽出一把大"梳子"，上面放块丝棉纸，吹起了柔和的曲调。出于对女店主的爱，有一个人，一个普通的小偷，不合节奏地跺着脚。其他的人便拍着他们肥硕的屁股。从门上破了的地方传来了一阵细微的声音。费舍勒的罗圈腿弯得更厉害了。女店主入了迷似的凝视着他的鼻子。"好啦！"她尖叫着，"好啦！"这个最大最可爱的鼻子就要离开她到日本去了！那个强盗继续吹着，他为她着想，人人都非常了解她，大家都欠了她很多钱。护照魔术师也在里面低声哼唱着。他的男高音是大家所喜爱的，他盼望着快点儿干完。他已经工作了三个小时，再有一个小时他一定会完成的。所有的男人都唱了起来，他们根本就不知道真正的歌词内容，各人唱各人一生中最渴望的东西。"中头彩！"一个人哼唱着。另一个则哼道："宝藏！""斗大的金元宝滚进来！"这是第三个人想得到的东西。第四个人拿着一管很长的土耳其烟袋吧嗒吧嗒地抽着。"大家看这儿！"他那小胡子下面的嘴巴喃喃地说，他在年轻的时候当过教员，如今拿不到退休金了，所以感到很惋惜。费舍勒的头垂得越来越低了，他所哼唱的词儿就是："将！将！"这声音隐没在嘈杂声中。

突然女店主把食指放在嘴边并轻轻地说："他睡了，他睡了！"五个男人把他轻轻地放在角落里的一张椅子上，并且说："嘘——停止音乐！费舍勒起程之前要好好睡一睡！"于是乐器停止了奏乐。大家又都聚拢在一起，讨论去日本的旅途中可能会遇到的困难和危险。一个人捶着桌子威胁道：经过塔克拉玛干大沙漠的每两个人中就要有一个人渴死,这个大沙漠就在君士坦丁堡和日本之间。那位从前是教师的人也听说过,并说道:"情况属实,确实如此。"看来还是走水路为好。三寸丁会游泳,淹不死,即使不会游泳,他有驼背,驼背里头有很多脂肪,所以掉在水里淹不死。他不需要上岸,只不过途经一下印度罢了。眼镜蛇潜伏在岸上呢,上岸很危险。他只要被眼镜蛇咬上半口就完了,因为他只好算半个人。

费舍勒没有睡着。他想起了他的钱,在角落里看了看钱在跳舞时滑到哪里去了,结果发现钱还在老地方。他夸奖了他的胳肢窝,因为它的结构很适于放钱,要是其他的人,这钱没准儿早就掉到裤子里去了,或者地板早就把这钱吞下去了。他根本就不累,相反,他仍在倾听着别人说话。当这些笨蛋在谈论国家、沙漠和眼镜蛇时,他就想到美国和他的价值百万的离宫别墅。

天黑了,已经很晚了,护照魔术师从他的工作室里走了出来,手里摇晃着一张护照。男人们都没有讲话,大家都尊重他的劳动,因为他慷慨地给大家钱。他悄悄地向费舍勒走去,把护照放在他前面的桌子上,一个巴掌就把费舍勒打醒了。费舍勒看到他来了,但没有吭声。按理他应该付钱,这一点他是知道的。人家并没有对他搜身,他当然感到高兴。"我要求你给我做广告!"护照魔术师叫道。他踉踉跄跄地走着,嘴里说话也不清楚了。他早已陶醉在他在日本的荣誉中。他把三寸丁抱到桌子上叫他举起双手发誓。

费舍勒没有花钱就得到了这份护照。他将使用这个护照,并把护照给日本人看。在日本他要把他——鲁道夫·阿姆塞尔,又称护照魔术师,鼓吹为当代最伟大的画家。他每天都要向别人讲护照魔术师的故事,经常就护照魔术师的艺术生涯举行记者招待会:这位大师于某年某月某日诞生,他在艺术研究院实在待不下去了,他要独创一家,独树一帜,他说到做到,自强不息,才成为今天这样的艺术家。

费舍勒一遍又一遍地宣誓。护照魔术师强迫费舍勒大声宣誓,他说一句,费舍勒就跟着说一句。最后费舍勒庄重地宣布脱离"天国",并且保证蔑视"天国",在他起程之前决不与之来往。"'天国'是个肮脏的地方!"他这样呱呱地说道,"我要谨防'天国'的痞子们。到日本后我要创立一个'狒狒之家'的分号!如果我赚的钱多了,我就寄给你们。但你们可不要对'天国'的人讲我出国了,那些坏家伙会报告警察把我抓走。为了使你们高兴,我接受这份假护照,并声明是自愿接受的。'天国'见鬼去吧!"然后他就在原来的角落里睡觉了。他从桌子上跳下来,把护照插到口袋里,紧靠在小棋盘旁边,这是他藏东西最保险的地方。他先是为了窃听那些人的话而假装打呼噜,后来他真的睡着了,两只手臂交叉放在胸脯上,手指尖就插在胳肢窝里,人们即使极小心地偷他的钱,他也会马上醒过来。

早晨四点,当警察不时地在窗户前面隐约掠过的时候,费舍勒醒了。他很快擤了一下鼻子,把睡意从鼻子中擤走了。人们决定授予他"狒狒之家"荣誉成员的称号,并把这决定告诉他。他表示非常感谢。许多客人都参加了,大家都祝愿他一路平安。他们对他的棋艺的欢呼声越来越大了。许多人好意的鼓掌声几乎压得他喘不过气来。他微笑着——以便让人们知道——向四周围鞠躬,大声说道:"希望在东京新开的'狒狒之家'再见到各位!"说完便离开了这个酒吧。

在大街上他向几位警察热情地打了招呼。他看见他们都是一队一队警惕地走来走去。"从今天起,"他对自己说,"我一定有礼貌地对待警察。"他围绕着附近的"天国"走了一圈。他作为博士决定跟一切不名誉的场所一刀两断,而且不想见到它们。现在正是漆黑的夜晚。为了节约，大街上每三盏煤气灯只点着一盏。在美国都是弧光灯，通宵达旦地照着。美国人乱花钱，简直像疯子。有一个人，因为他的老婆是个老妓女，感到非常惭愧，不想回家。他干脆去投救世军①。这救世军所经营的旅馆都是白色的床位铺，每人有两条亚麻布被单，对犹太人也是同等待遇。人们为什么不把这光辉的组织引进到欧洲来呢？费舍勒拍拍他的上衣口袋，感到他的象棋和护照都在口袋里。在"天国"永远不会有人给他搞一个护照的。那里的人只想到自己，就像他只想捞钱一样。"狒狒之家"好，他喜欢"狒狒之家"。"狒狒之家"还吸收他为名誉会员，这可不是一件无足轻重的小事，那里都是第一流的罪犯！在"天国"那些狗东西都靠他们的姑娘生活，那些家伙干吗自己不劳动，不自食其力呢？他将报答"狒狒之家"。他将在美国建立一座巨大的棋宫，并取名为"狒狒之宫"。谁也不会想到，一个赌窟会叫这名字。

他在一座桥底下等候天亮。他还没有坐下来之前，先搬来一块干净石头。他设想现在穿上一套新制服，这制服非常适合他这副驼背身材，新制服是黑色的，上面有白方格，是完全按照他的尺码做的，花了他一笔很可观的钱。谁要是不懂得珍惜这衣服，那么他也就不配去美国了。虽然天气很冷，他还是尽量避免激烈的动作。他伸直腿走路，好像那裤子使他的腿不能弯下来似的。他不时地用手掸一掸衣服上的灰尘。一个擦皮鞋的人跪在他面前的一块石头上，给他卖力地擦了几个小时的皮鞋。费舍勒看也没有看他一下。跟擦皮鞋的小子不能搭话，最好让他专心致志地去擦，跟他搭话了，他就分心擦不好了。费舍勒有一顶十分时髦的帽子，它保护他的发型不受这里早晨经常刮的海风的影响。在他的对面坐着世界著名象棋

---

① 救世军，基督教（新教）的一个社会活动组织。

大师卡帕布兰卡，此人戴着手套下棋。"您也许以为我没有手套吧？"费舍勒说着就从口袋里抽出一副崭新的手套，放在他面前，卡帕布兰卡大惊失色，因为他的手套已经旧了。费舍勒叫道："您敢跟我较量较量吗？""好吧，"卡帕布兰卡说，他害怕得颤抖了起来，"但您不是博士，我不跟寻常人下棋。""我是博士！"费舍勒慢条斯理地说，说着便把他的护照打开给对方看，"您自己看一看，如果您愿意的话！"较量的结果卡帕布兰卡大败认输，他甚至哭了起来，感到很绝望。"世界上没有永恒不变的东西，"费舍勒拍拍他的肩膀笑着说，"您迄今当了几年的世界冠军啦？现在也有人要分享分享这世界冠军的荣誉了。您瞧瞧我的新制服！难道这偌大的世界就只有您一个人吗？"卡帕布兰卡确实老朽了，他看上去老态龙钟，脸上爬满了皱纹，手套油腻不堪。"您别急，"费舍勒——那个可怜虫令他遗憾——说，"我让您一局。"于是那个老头儿站了起来，摇了摇头，给了费舍勒一张名片，叹息道："您是一位高尚的人，请来我处一叙！"名片上地址写得很详细，不过都是外国字，谁能认得呢？费舍勒很苦恼，每一笔、每一画都是另一个样子。"您学着念念看！"卡帕布兰卡叫道，他已经走了，只听到他在大声说话。这个摇摇晃晃的老家伙叫得多么响，"您学着念念看！"费舍勒想知道地址。"地址嘛，那名片上都写清楚了！"老家伙打老远的地方这么说道。也许他不会说德语，费舍勒长吁短叹道，并站在那里。他在手中摆弄着那张名片，他真想撕烂它，但那上面的照片使他很感兴趣，那是他自己，还是穿的原来的衣服，没有帽子，驼背。这名片原来就是他的护照。他躺在一块石头上，上面还是那座桥，清晨并没有刮什么海风，此时天色已经微明。

他站了起来，痛骂了一通卡帕布兰卡。这个家伙刚才干的事情实在不相当。好嘛，在梦中人们固然什么都可能碰到，但人们同样可以认清一个人的真正品质。费舍勒让了他一局棋——他却用地址来欺骗玩弄费舍勒！那么他现在从什么地方搞到那个家伙的地址呢？

费舍勒在家里有个年历记事本，每两页之间有个空白的地方，每一张空白页上都记录了一个象棋大师的生平轶事。只要报纸上登载一个象棋大师，他当天就把这位大师登记下来，从出生年月一直到地址，他都写在那个本子上。那是个小本子，可是他的字写得很大，这实在极不相称，他那领退休金的女人也容忍不了。当他写的时候她总是问他写的什么，他却只字不吐。因为他想到万一跟"天国"闹翻了，在他这一行的激烈竞争中要留一手。他把他记录的这个名单保密了二十个年头，领退休金的女人以为他记的无非是些桃色新闻。他把小年历本藏在床底下地板的缝隙里，只有他的小指头才够得着。有时他自己也嘲笑自己道："费舍勒，你想从中得到什么呢？领退休金的女人永远爱你！"但是只有在棋坛上出现新秀的时候，他才去摸他那个小本子。那里头白纸上写黑字，一一都写得明白，当然卡帕布兰卡也不例外。今天夜里，领退休金的女人去上班的时候，他将去把它取来。

新的一天开始了，这一天要买东西。博士应该有个皮夹。谁要买衣服时，都得先把皮夹拿出来，否则人家要笑话的。他等商店开门等得头发都白了。他想买一个最大的皮夹，带方格的牛皮皮夹，但皮夹的价钱要标在皮夹的外头。他可不想让人家欺骗自己。他走了十几家商店，把橱窗里的商品作了比较，买了一个很大的皮夹，这个皮夹他的上衣口袋可以装得下，因为他的口袋已经撕裂开来了。当他去付钱的时候，他转过身去，几个店员怀疑地围着他，两个人站在门口装着在呼吸新鲜空气。他把手伸进胳肢窝取出现款付了钱。

他在桥下把钱拿出来透透气。用他曾经躺在上面的石头把钞票压平了以后，没有叠起来就放到他新买的皮夹中去。还可以放进更多一些钱，要是皮夹买来时就装满钱多好，再把这些钱加在一起放进去可就相当厚了。他无论如何要到裁缝铺里去一趟。他来到一家上等成衣铺，问铺子的老板在不在。老板走过来一看，吃了一惊，原来光临的是一个少见的三寸丁，个子虽矮小，长得倒结实，这一切倒也罢了，他那破破烂烂的穿着实在使人吃惊。费舍勒鞠了一躬便自我介绍说：

"我是象棋大师西格弗里德·费舍尔博士。您一定在报纸上看到了。我现在需要一套按照我的尺码做好的制服，今天晚上就来取。我愿意付最高价格的钱。现在就可以先付一半作定金，还有一半取衣服时一次付清。我今天要乘夜车去巴黎，人们等着我去纽约参加一次象棋比赛。我的衣服在旅馆被人偷了。您懂得我的时间是多么宝贵。当我醒来时，我的一切行李都被偷了。小偷是夜里闯进来的。您可以想象旅馆老板害怕到什么程度！可是我怎么出得了门呢？我身材长得不正常，有什么办法呢？爹娘给的嘛。到哪里可以买到我合身的衣服呢？没有衬衫，没有袜子，没有鞋，像我这样很讲究穿着的人该怎么办呢？请您现在就给我量尺码，我不想占用您更多的时间。他们幸亏在一个赌窟里找到个驼背，这样的人您大概从来没有见到过，这个驼背决定帮助我，把他最好的衣服借给我。可是您想他的最好的衣服是个啥样子呢？您看，我这身上穿的就是他最好的衣服。我的背还没有驼到他那种程度。我要是穿上我的英国式样的制服，人家就看不出来我是个驼背了。我个子矮小，毫无办法。但英国裁缝师傅一个个都是天才。我不穿制服，就看出有驼背。于是我去找英国人开的成衣铺子，穿上他做的衣服，驼背不见了。一位天才使驼背变小了，一只了不起的神手把驼背裁掉了。很可惜，这位英国人给我做的衣服全部被偷了！这些衣服我当然在保险公司作了保险。从某种意义上来讲，我又得感谢那个小偷，他把我昨天办的护照放在床头柜上了。其他的一切，小偷都拿走了。您瞧——您大概会怀疑我跟这护照上的照片是不是同一个人。您知道，穿上那套制服后我自己也不认识自己了。我希望一次定做三套衣服，但我知道，您赶制不出来。秋天我还要回到欧洲，如果您的衣服做得好，我想请您再做几套。我会在全美国给您大做广告！希望您给一个公道的价钱，作为一个好兆头吧。您应该明白，我将会获得象棋世界冠军！您会下象棋吗？"

裁缝铺子的老板给他仔细量了一下尺寸。这位老板想：一个英国人能办到的事情，他也能办到。他不是象棋运动员，也能结识这位博士先生。时间很仓促，但他有十二位师傅，都是高手，可以为这个驼背博士赶做衣服。他是铺子的老板，今天不胜荣幸为这位博士亲自裁剪衣服，这是例外，一般他是不轻易为顾客裁剪的。他爱玩纸牌，所以很懂得高度评价棋艺。大师就是大师，不管现在是裁缝还是象棋。他没有强加于人，而是建议这位博士定做两套衣服。中午十二点就可以试穿，晚上八点钟就交货。夜车十一点才开，博士先生还可以利用这段时间散散心。不管他现在是不是世界冠军，对这样一个顾客人们应该感到骄傲。当这位博士先生坐上火车后，会对他没有定做第二套制服感到后悔。老板请博士先生到美国后为他的铺子多多美言一番，在纽约广为宣传他的高级衣服。老板决定给他开一个低得可怜的价钱，只算成本，他其实在这套制服上没有赚钱。他这样干纯粹出于对这位顾客的偏爱。那么这位顾客选什么料子呢？

费舍勒抽出他带方格子的皮夹说："就像这样带方格子的料子。这种颜色很适合象棋比赛的气氛。黑白相间的方格我最喜欢，像一

401

个棋盘。但恐怕你们没有这种料子。今天就做一套制服吧！如果我喜欢，我就从纽约给你们打电报，请你们再做一套。我说话算数！一个名人说一不二。这种衬衣我现在不得不耐着性子穿，也是那个驼背的，脏得要命，请您说说看，为什么那个驼背竟懒得不肯洗洗衣服呢？难道洗洗衣服有什么损失吗？难道舍不得肥皂？我可不是这种人！"

上午还有点儿时间，费舍勒就去买东西。他买了一双崭新的黄皮鞋、一顶黑色的礼帽。崭新的衬衫闪闪发光。不幸的是，人们很少看一眼他的衬衣。制服也应该透明才好，像女人的衣服那样透明有什么不好呢？为什么一个男子就不能像女人那样表现表现自己的身份和价值呢？费舍勒在一个公共厕所里换下了衬衣。在门口他给了看门的老太婆一些小费，并问她，她把他看成什么人。"一个残废人。"她笑了笑说，这也许是她的职业造成的。"您以为，因为我有个驼背就是残废人，是不是？"费舍勒委屈地说，"这驼背就会消失的。您以为我一生下来就是这样吗？这是一个瘤子，一种病，咱们等着瞧，六个月后我就恢复原状了，或者五个月也行。您看这鞋怎么样？"这时来了一个新客，她没有回答他的问题，他已经付了钱，人家也懒得跟他搭话了。"见鬼，"他自己说道，"跟这个老骚婆有什么好说的！我还是去洗澡吧！"

在一家最时髦的澡堂子里他包了一间带镜子的小浴室。他付了钱，真的去洗澡了，他生来并不是一个浪费者。他在镜子前面照了足足有一个小时。他戴上帽子，穿上鞋子，把那套旧制服扔在浴室的长凳上，谁还管这些破烂？那衬衣上了浆，是蓝色的，是一种令人喜爱的颜色，大小很合身。提到蓝色，人们就想到天空，为什么呢？其实大海也一样是蓝色。衬裤只有白色的，其实他更喜欢粉红色的。他拉了拉吊袜带，看看结实不结实。费舍勒也有小腿肚，这小腿肚可一点儿也不弯曲。吊袜带是丝织的。在小浴室里有一张小桌子，桌子上放着一个棕榈树盆景，这样的东西只有第一流的浴室才有，是浴室的陪衬物。这位有钱的包租浴室的人把桌子搬到镜子前面，从那个被扔在一边的破烂制服口袋里拿出棋盘毫无拘束地坐了下来，自己跟自己对弈起来。"如果您就是卡帕布兰卡的话，"他自己对自己吼叫起来，"我会在同一个时间里把您打败六次！在我们欧洲，人家管我叫天下无敌的大师！您就拖着您的鼻子去乞讨吧！您以为，我害怕吗？我只要一两下子您就完了。您这个美国人！您这个麻木不仁的人！您知道我是谁吗？一个博士！我上过高等学府！下棋是要有智慧的。您这号人还当什么世界冠军！"

然后他便把棋盘收拾起来，小桌子就留在原地。在"狒狒之宫"这些东西他有的是。他走在大街上，不知道还要买些什么东西。一个包裹包着他的旧衣服，夹在胳膊下看上去像个纸包。坐第一流火车的人应该有行李。于是他买了一个柳条箱，把从前穿的那几件衬衣放在里面，那几件衣服简直可以在箱子里打滚。在行李存放处他把箱子交给了保管员。保管员说："这箱子是空的！"费舍勒从下往上看着他，傲慢地说："您要有这样的箱子，一定会高兴的！"接着他便开始研究行车时刻表。有两趟开往巴黎的夜车，一趟夜车的时刻他还能看得到，另一趟夜车的时刻印在行车时刻表的上部，对他来说太高了，他看不见。一位太太告诉了他。她的穿着没有什么特别。她说："您小心可不要把脖子伸折了，可怜的小人儿。您想乘哪趟车？""我叫费舍尔博士。"他摆起架子来回答道。她自己问自己，他怎么可能是博士呢？"我去巴黎。通常情况下我总是乘一点零五分的车，您看，就是那趟车。我听说还有一趟早一点儿的车。"因为她是一个女人，他没有告诉她，他要去美国，也没有说自己的职业和参加比赛的事情。"您是说十一点的这趟车吧？您瞧，在这儿!"那位太太说。"谢谢,亲爱的太太。"他严肃地转过身子。那个女人是很懂得同情人的,可是今天显然看错了对象,因而感到惭愧。而他则以为她所表现的样子是那样低声下气,因而断定她是来自一个什么"天国"的女人。他认出她了,所以真想骂她一句。这时他听到一阵火车头开进车站的轰鸣声,车站大钟指着十二点整。他跟女人扯淡浪费了宝贵的时间。十三个小时以后他就起程奔赴美国了。因为他仍然不能忘怀那本记载了全部象棋新闻人物消息的小年历本子,他决定乘一点零五分的车。为了去看一下定做的衣服,他叫了一辆出租汽车。"我的裁缝师傅等我呢,"行车时他对司机说,"今天夜里我要去巴黎,明天早晨去日本。您知道,博士的时间是多么紧张啊!"司机实在不愿意跑这一趟车,他感到,这个三寸丁是不会给小费的,所以他现在就先损他几下。"您哪儿是什么医学博士,不过是庸医罢了!"在"天国"里这样的司机有的是,他们的棋艺实在不怎么样,都是些臭棋篓子。君子不跟小人斗,他连棋都不懂,跟他斗了有失君子体统。从根本上讲他还是高兴的,因为他毕竟省下小费了。

一到裁缝铺子里他就试穿衣服,衣服一穿上身,这驼背居然收缩进去了。这个三寸丁起先不相信镜子,就跑去看看镜子是否平滑。裁缝师傅谨慎地站在一边。"好啊!"费舍勒叫道,"您一定出生于英国!如果您愿意,我敢打赌。您出生于英国!"裁缝师傅起先被弄得莫名其妙,后来也就半推半就地同意了,并说道,他很了解伦敦,他是出生在伦敦的,他旅行结婚时差点儿定居在伦敦,那里的竞争非常厉害……"这就算试穿吧,晚上我准时来取。"费舍勒说,一边还摸着自己的驼背。"您看这顶帽子怎么样?"裁缝师傅非常高兴,他觉得款式新颖但价格贵得令人咋舌,并出自内心地建议费舍勒备制一件合适的大衣。"人生在世也就是一次。"他这样说。

费舍勒同意他的看法。他选择了一种颜色，这种颜色跟黄皮鞋、黑帽子很相称，是一种鲜艳的蓝色。"此外我的衬衣也是同一种颜色。"裁缝师傅非常赞赏费舍勒的风度，情不自禁地行了一个脱帽礼。"博士先生穿的衬衣颜色和款式都同样，"他转身朝着他的几个雇员解释这位名人的特点，"通过这种打扮，光彩夺目的金凤凰就显露出来了。真是真人不露相，露相不真人啊。依我的愚见，博士先生爱下棋就显得保守。不管我打牌还是您下棋，都是一样。商人总是坚信自己，并且表现得非常安详，他相信自己体现了安详。下班以后应该好好休息休息。即使最和谐的家庭生活也还是有一定的限度。到酒吧去喝点儿、乐点儿，上帝也会睁半拉眼，闭半拉眼。对于其他的人来说要在我们这里做大衣就要付订金，但对于您这样有风度的人来说，我不愿做有损于您尊严的事情。"

"好，好，"费舍勒说，"我的未婚妻在美国。我已经一年没有见到她了。都是这个该死的职业！我整天忙于下棋，无暇自顾。这样的象棋比赛使得人都疯了，还有时出现和棋。而我多半都是赢棋，应该说我总是胜利者，可是我的未婚妻却想我想得生了相思病。你们会说，她可以跟您一起遍游天下嘛。你们不知道，说得容易做到难啊。她是百万富翁家里的小姐！'要么结婚，要么就在家里待着，'她的父母说，'否则他会不要你，而我们则大丢其人。'其实我倒不反对结婚。她结婚可得到一笔可观的陪嫁，是一座宫殿，但一定要在我成为世界冠军以后，在这之前不行。她结婚图的是我这个名，而我结婚图的是她的钱。我当然不能轻易拿人家的钱。好吧，我们八点钟见！"

裁缝师傅绘声绘色地称赞他的风度，使他感到由衷的高兴，为了掩饰自己的内心喜悦，费舍勒就给人家大谈其结婚计划。直到现在他还不知道，男人可以同时有几件衬衫。他的老婆，那个领退休金的女人，就有三件衬衫，不过是不久之前才有这三件衬衫的。那一位每周都要光顾她的先生就不愿意看到她总是穿同一件衬衫。某个星期一这位先生对她说，他对这件衬衫已经腻烦了，总是这么一件红色的衬衫使他的神经受不了。他说，这个星期不妙，他彻底垮了，买卖非常不景气，他给她钱，因此有权要求从她这里得到点正经东西。他的妻子也在家，干吗要到她这里来呢？无非是要得到一点满足。对他的妻子他没有什么要求，她是孩子的母亲，只要求她管好孩子。他又重复了一遍：如果他下次来看到的还是这件衬衫，他就不再和她取乐了。诚实的男人还不至于这样认真，这一次还是取乐了。一个小时以后他感到温存，临走的时候，他又骂起来。当费舍勒回来的时候，她的老婆光着身子站在小房间里。那件红色衬衫被揉成一团扔在角落。他问她出什么事了。"我哭了，"那个滑稽的女人说，"他不来了。""他要干什么？"费舍勒问道，"我去追他。""我这件衬衫不合他的心意，"胖女人诉苦道，"他要求我做新衬衫。""你可不能答应他！"费舍勒尖叫道，"你长了嘴巴不是专门给人许愿的！"他说完像疯子一样跑下楼梯。"先生！"他在大街上叫道，"先生！"他不知道那人的名字，还算好，他一直撞到一盏路灯上。那位先生正在那里解手。费舍勒等着他。费舍勒并没有去一把抱住他，而是对他说："您每周星期一来都可以看到一件新衬衫。我向您保证！她是我的老婆，我要她怎样她就怎样，您放心。请您下星期一再次光临！""我考虑考虑该怎么办。"那位先生说着打了一个呵欠。那人为了不使人认出自己，就绕了一个大弯走了。第二天，也就是星期二，领退休金的女人买了两件衬衫，一件绿的，一件淡紫色的。下个星期一那位先生来了。他一来就查看衬衫。她穿的是绿色衬衫。起先，他生气地问道，这件衬衫是不是旧衬衫染的。人们是骗不了他的，他看得出来，云云。于是她给他看了另一件衬衫，他这才感到满意。他更喜欢那件淡紫色的，当然他最喜欢红的，因为红的衬衫可以使他回忆起他跟她最初在一起的柔情蜜意的日子。费舍勒就这样费尽心机使他的老婆避免了不幸，否则她会在这不幸的时期饿死。

当费舍勒想到那个小房间和那过于肥胖的老婆，他决定放弃回去取那个小年历本了。也许他会在家里碰上她，她非常爱他，因此她很可能会拉他的后腿。如果他拒绝了，她就会大叫起来并拦在大门口不让他走。那可就毫无办法了，既不能钻过，也不能推开，因为她胖得比门还要宽，她拦在门口就严严实实地把门封死了。她的头脑也很顽固，如果她在头脑里认定了一桩事情，就会把什么东西都忘掉，会忘记接客，夜里就待在家里看着他，他就会误了火车，去不了美国。卡帕布兰卡的地址他到巴黎后同样可以找到。如果没有人知道这个地址，也不妨事，他到美国后同样可以打听得到。百万富翁们什么都知道。他实在不想回到他老婆那个小房间里去了。他当然也很愿意爬到床底下去跟老婆告别，因为他正是在床底下开始他迄今为止的生涯的。在那里他设了埋伏，把形形色色的象棋大师打得落花流水；他像闪电一样从一个棋盘跳到另一个棋盘。任何一家咖啡馆也不如那个床底下安静。下棋的人在那里玩得很起劲——他自己跟自己对弈。他将来也要在"狒狒之宫"里建造这样一个小房间，置办跟那张床一样的床，只有他可以钻得进去，在那张床底下他同样可以下棋。他决定放弃回家跟老婆告别。其他许许多多的想法现在都没有必要提到议事日程上来。床就是床，他还可以想得仔细一些。现在他不如买上十一件这样一色蓝的衬衫。谁能把它们区分开来，将会得到奖赏。那个裁缝铺子的老板懂得什么叫性格。他费舍勒对打牌不感兴趣，只有笨驴才玩那种纸牌呢。

费舍勒带着买的东西又到车站去了。他首先把柳条箱取了出来，把衬衫一件一件放进去。行李存放处的保管员本来是很蔑视他的，现在突然变得尊敬他了。"要是再有这么一打东西，"费舍勒想，"他一定就会昏头的。"当费舍勒关好箱子把它拎在手上时，差一点儿上了一列正准备好开动的火车。但保管员阻止他，帮他定了定方向，他这才醒悟过来。在国际旅游局为外国人开设的特别窗口前，费舍勒说着磕磕巴巴的德语要购买一张去巴黎的一等车票。售票员赶他走。他捏起了拳头，呱呱地叫道："好吧，那就买一张二等票吧，不过铁路可要受损失了！你们等着吧，看我穿上新衣服再来！"其实他并没有发怒。他的穿着打扮根本就不像个外国人。在车站前他很快吃了几根热的小香肠。"我完全可以到设有雅座的饭馆去吃饭，"他对卖香肠的人说，"我的皮夹里有的是钱。"他把皮夹放在那个不相信他的话的人的鼻子下面晃了一下。"但是我不是讲究吃的人，我是讲究知识和学问的人！""有着这样一个脑袋的人，我相信是有学问的！"那人回答说，此人偌大的个子却只有一个像孩子一样的头，因此他羡慕任何一个比他大的头。"您想想，这里头都是些什么东西呢？"费舍勒一边付钱，一边指指自己的头说，"这里头都是知识，各种语言。告诉你吧，六种语言！"

下午他要坐下来好好学习美国话。于是他先到书店打听打听。书店的人给他推荐英语教科书。"先生们，"他跟人家开玩笑地说，"在你们面前的不是笨蛋，你们有你们的兴趣，我有我的兴趣。"店员和老板都对他强调说，在美国都是说英语。"英语我早就会了，我指的是别的玩意儿。"当他听到人人都说美国人是说英语时，才相信是真的，于是他就买了一本英语会话手册。他买这本书只付了书价的一半,因为这家书店主要靠经营卡尔·迈[①]的书赚钱,其他的书只是附带经营。并且书店老板对塔克拉玛干沙漠的危险情景喜不自胜,因为费舍勒要横穿大沙漠而不是乘火车经过西伯利亚,也不是乘船经过新加坡。

　　这个勇敢的探险者坐在一张长凳上专心致志地开始学习了。那书里都是些奇闻,如"太阳照耀啦"或"人生苦短啦",等等。这时已是三月末的天气,太阳照射在人身上并不是火辣辣的。否则费舍勒是要采取预防措施的。他对付太阳没有什么经验,这太阳热得很呢。在"天国"里没有太阳。至于下棋,这太阳就更管不了。

　　"我也会英语!"一个小妞儿在他旁边说。她大约十三四岁,梳着两条小辫子。他不想受别人的干扰,便大声地念起那些奇闻来。她等着。两个多小时以后他便合上书。然后她把书拿起来,好像她认识他已经有二十多年了。她居然盘问起他来,领退休金的女人为什么就没有这样的天才来盘问人呢?他记住了每一个字。"您学了几年啦?"那个小妞儿问道,"我们还没有学到这程度,我们才学第二年。"费舍勒站起来,把他的书要回来,生气而又蔑视地看了她一眼,抗议地大叫道:"我不想认识您!您知道,我什么时候才开始学的吗?两个小时以前!"他说着便离开了那个小姑娘。

　　傍晚时分他就把那个小薄本儿的内容记熟了。他换了几次凳子,因为人们对他总是那么感兴趣。什么原因呢?是从前的那个驼背还是现在他的琅琅读书声?驼背反正已处在日薄西山的境遇

[①] 卡尔·迈(1842—1912),德国小资产阶级作家,写了许多虚构的关于印第安人的小说和反映东方生活的短篇小说。

了，因此他认为可能是朗朗书声把人引来的。当有人靠近他的凳子时，他老远就叫道："我请求您别打扰我！明天我若考试不及格，您也不会得到什么好处。您是个好人，做做好事吧！"这样一来人家当然也不好反对他。他坐的凳子附近就没有人来了。大家在老远的地方偷听他读书，并且祝愿他明天通过考试。有一个女教师非常欣赏他这样用功，老跟着他，一直跟到公园偏僻的地方。她对矮小的东西都非常喜欢，她喜欢狗，但只喜欢矮脚巴儿狗。尽管她已三十六岁了，还没有结婚，她给学生上法语课，讲一口流利的法语。她说她愿意跟他学英语，她教他法语。至于爱情她只字未提。费舍勒一直没有答话。突然她称她家的老妈子是什么卖俏的可怜虫，并且骂她那涂了口红的嘴唇、搽了粉的脸。他一听到这些话就觉得大谬不然，为什么一个女人就不能涂口红、搽粉呢？她是怎样设想那些化妆品商店的呢？"现在您才四十六岁，就说这样的话，"费舍勒吼道，"您要是五十六岁还会说什么呢？"女教师气得走了。她发现他没有知识，没有涵养。不是所有的人都受得了别人侮辱的。多数人是满意的，如果他们在他这里免费学习的话。一个颇有妒忌心的老头儿硬要纠正他的发音，一再说："英语不是那么念的，应该这样念。""您懂什么？我念的是美语！"费舍勒说着就向他背过驼背，不予理睬。大家都认为他是对的，并且讥笑那位老者：这老头儿把英语和美语混淆了。大家乐得跟他学点儿美语。当那个不识时务的老头儿——他大概快八十岁了吧——以报告警察相威胁的时候，费舍勒跳了起来说道："好吧，我看还是我去叫警察来！"那个老头儿气得浑身发抖，一瘸一拐地走了。

  太阳下山了，跟着他的人也渐渐散了。几个男孩子聚集起来一直等到所有成年人都走光为止。突然他们围在费舍勒的凳子边同声用英语叫着"yes"①，他们的意思是：他是犹太人。费舍勒在起程之前就像害怕瘟疫一样害怕孩子们。今天有点儿异常，他把书放在一边，爬上凳子，挥舞他的长手臂指挥他们合唱。他自己也随着唱起他刚才学过的东西。孩子们叫喊着，他比他们叫喊得还要响，那一顶新帽子随着他那晃动的头在头顶上跳起舞来。"快一点儿，先生们！"他呱呱叫着，孩子们兴奋极了，好像他们都突然变成大人了，他们居然把他抬到肩头上去了。"先生们，你们要干什么？"他又说了几遍"先生们"，孩子们似乎都成了大人了。他们托着他的鞋，保护着他的驼背，三个人抢一本教科书，仅仅因为这书是他的，一个人脱他的帽子，两个人欢呼着抬他走到前面。他在孩子们瘦弱的肩头上摇晃着。他不是犹太人，不是残废人，他是一个有知识的人，非常了解印第安人居住的帐篷。这位英雄在公园里是属于孩子们的。他很沉，任凭他们摇晃着。到了外头他们很遗憾地把他放了下来。他们问他明天是否还来。他不想使他们失望。"先生们，"他说，"如果我不去美国，就一定到你们当中来！"孩子们很高兴，随后便匆匆地走散了。到了家里，孩子们难免挨一顿打。

　　费舍勒在大街上信步徐行，在这条街上他可以买到制服和大衣。他知道火车准点开出，他非常懂得准时的意义和恪守诺言的重要性。此时到裁缝铺子去太早了，于是他拐进一条小胡同，走进一家陌生的小咖啡馆，里面是打扮得花枝招展的女人，使他的乡情油然而生，由于他今天学习英语取得了辉煌的成绩，出于得意的心情，他喝了一杯白酒。他说："Thank you！"②说着便把钱扔到堂倌的托盘里，走到门边时他才转过身来，拉着长腔招呼了一声"Good-

---

① 英语："是的。"
② 英语："谢谢你。"

bye！"①直到大家都听到了为止。因为耽搁了这么一下，他此时恰好撞上了护照魔术师，平时费舍勒是回避他的。"哟，你从哪儿弄来的这顶新帽子呀？"护照魔术师惊讶地问道，与其说他对新帽子表示惊讶，不如说是对费舍勒表示惊讶，这是他在这里遇到的第三个顾客。"嘘——！"费舍勒对他咬着耳朵并把手指放在嘴边，然后指向后面的咖啡馆。为了避免对方提出更多的问题，费舍勒抢先说道："我在做旅行的准备工作。"护照魔术师很理解他，所以没有开口。费舍勒在周游世界之前，白天还这样踏实地工作使护照魔术师很佩服。他对这个小矮人感到很遗憾，因为小矮人身边没有钱却要做去日本的旅行。他的脑子里曾闪过一个念头，即塞给这个小矮人几张票面很大的钞票，他现在的生意很兴隆。但护照没有收他的钱，现在再给他现款，这未免太多了。"如果你到了一个城市没有什么办法的话，"他与其是对小矮人说还不如说是对自己说，"你就直接去找当地的象棋大师。这样你就会很容易地克服困难。地址你总有吧？没有地址，一个艺术家到了一个陌生的地方就毫无办法了。你可无论如何别忘了带地址！"

这一及时建议使费舍勒不得不回去一趟，钻到床底下去把小年历本子拿出来。另外不辞而别也欠妥，有点忘恩负义吧。那张床对那个笨蛋女人也算不了什么。一个艺术家身边不能没有年历记事本。八点钟他到了裁缝铺子里，那套制服是一套很了不起的服装。如果穿上制服还能看得出一点驼背的话，穿上大衣就什么也看不见了。裁缝师傅们互相祝贺，大家都祝贺别人高超的手艺。

"Wonderful！"②费舍勒说，又补充道，"有人不懂英语，我就认

---

① 英语："再见。"
② 英语："妙极了！"

412

识这样一个人,他想说 thank you,但不会,只会说谢谢!"

裁缝铺子的老板告诉他说,他这辈子爱吃 ham and eggs①。前天他去饭馆提出要吃这样东西,堂倌不懂他的话。

"ox 就是牛,milk 就是牛奶,"费舍勒接过他的话茬说,"现在我问您,有没有更容易一点儿的语言?日语还要难!"

"我现在可以告诉您,从您跨进大门时的样子我就知道您是一位无可非议的语言专家。我完全同意您的看法,相信学习日语有着难以排除的困难。有一种谣传,实在难以置信,据说日语中有一万个各不相同的汉字。您只要看一眼通行日语地区的报纸就会十分吃惊。广告事业一开始就不景气。语言为经济生活制造了无法想象的'病菌',我们现在只好眼看着友好国家蓬蓬勃勃地发展造福于人民的经济。自从远东无法避免的战争创伤开始愈合以来,我们有理由关心这种徒劳的努力。"

"您说得完全正确,"费舍勒说,"我将永远记着您。因为我乘的火车马上就要开了,咱们作为朋友就要分离了。"

"恐怕到我们去见祖宗的时候我们也见不到面了。"裁缝铺子的老板补充了一句,就拥抱着这位未来的象棋世界冠军。当他谈到"见祖宗"的时候,真是感触很深,非常害怕,因为他有好几个孩子。在这生离死别之际他把三寸丁医学博士紧紧地拥抱着。此时新大衣上有一个纽扣掉下来了。费舍勒肌肉抽动了一下,吃了一惊。他想起了他从前的雇员,那个"瞎子"汉斯。裁缝铺子的老板感到十分内疚,并要费舍勒马上给他说明一下。

"我认识一个人,"三寸丁扑哧一笑说,"我认识一个人,他十分仇恨纽扣,他恨不得把所有的纽扣都吞下肚子,使世界上的纽扣

---

① 英语:火腿煎鸡蛋。

413

从此绝种。我就想，如果没有纽扣，那么裁缝师傅还干什么呢？您难道不是这样想的吗？"

此时裁缝师傅也忘记将来要到祖宗坟墓里去跟祖宗做伴了，不禁哈哈大笑起来。他一边给费舍勒缝纽扣，一边答应他一定把这个笑话写下来，寄到幽默杂志去登载出来供大家欣赏。他喜欢热闹，笑着缝当然缝得很慢。即使笑出眼泪来，如果他是一个人待着，这种笑也不会给他带来乐趣。他对这位医学博士先生即将离开他去旅行感到十分遗憾。他觉得他失去了一位最好的朋友，他们之间的友谊是可靠的，就像二乘二等于四一样可靠。他们依依惜别的时候彼此都称"你"了。裁缝师傅站在门口长久地望着费舍勒，直到小矮人的形象消失为止，此时他仿佛看到，那大衣的轮廓以及这轮廓下面的裤子在他的眼前移动。

费舍勒把旧衣服包好拿到车站去了。他第三次出现在车站大厅，他穿上新衣服，显得年轻多了，身份也好像提高了很多。他像国王那样满不在乎地用食指和中指夹着行李存单，递给保管员取他的"新柳条箱"。保管员看到费舍勒这样的打扮，不禁肃然起敬。他想，这个残废人今天下午穿着破旧也许是故意的，现在他穿得这么阔气，才是他本来的穿着。他双手把包裹塞进箱子并说道："我们把它锁好吧！现在打开它除非发了疯。"在外国人买票的窗口他用德语粗暴地问道："我在这里可以买一张去巴黎的一等票吗？""当然可以！"那个一小时前要把他赶走的人向他保证道。费舍勒有理由而又自豪地认为，人家再也认不出他来了。"先生们，现在你们这里慢慢也说得过去了！"他埋怨说，他讲的是英语，手里还拿着那本教科书，不过放得很低，又有一只胳膊遮着。"但愿你们的火车开得快些！"售票员问他是否要卧铺，现在还有空铺。"请给一张一点零五分的卧铺票。你们的行车时刻表可靠吗？""当然可靠。我们是在一个古老的文化中心。"

"我知道。这跟快车没有什么关系。在我们美国首先是做生意，business①，如果您会英语的话。"他的引人注目的说话方式，以及他把鼓鼓囊囊带方格的皮夹伸向售票员的举动，使售票员相信这位长得矮小的先生是一位美国人，于是对他非常崇敬。"我对这个国家没有好感！"费舍勒付了钱拿到车票并装进皮夹以后说，"人们欺骗了我，把我当残废人，而不当美国人对待。由于我的丰富的语言知识才使我成功地挫败了敌人的企图。您知道吗？我还被拉到罪恶的巢穴里去了。你们有好的象棋运动员，这是我承认的唯一东西。世界著名的巴黎精神病专家，格奥尔格·基恩教授，是我的好朋友，他同意我的看法。人们在一张床底下抓到了我，硬说我谋杀人，并以此相威胁向我榨取大笔的赎金。我付了钱，但你们的警察局将会还给我三倍于此的钱。这将通过外交途径来解决。你们这个文化中心！"他连招呼也没有打，转头就走，迈着坚定有力的步子离开了大厅，嘴角蔑视地抽动着。对他来说这是什么文化中心！他，是生长在这个城市而从未离开过这个城市的人，他对各种有关棋类的消息了如指掌，在"天国"里第一个看每期画报的人并且在一个下午学会英语的人！自从他取得这个成就以来，他认为他能很容易地学会所有语言，他的职业是到美国去通过竞赛当一名世界冠军，他想利用他的业余时间每周学两种语言。一年中能学会六十六种语言也就可以了，多了也没有用，方言他不学，人们反正都会说方言。

现在是 nine o'clock②。车站前大钟的时针和分针指的数字也是英语中的数字。十点钟他家的那幢楼大门就关了。应该尽量回避跟

---

① 英语：做生意。
② 英语：九点钟。

看门人打交道。从这儿到费舍勒度过二十个春秋的一个妓女的家里需要走四十分钟，forty minutes①。他脚穿黄皮鞋，不紧不慢地走回家，他不时地停一停，借助路灯，把脑子里想的英语单词再到教科书里查一查，结果想的和查的完全一样。他能把看到的东西用英语叫出名字来，对着他遇到的人说一声，但声音很小，这样这些人就不会注意他，拦住他。他知道的比他所想象的还要多。当他二十分钟后没有看到新东西时，他就放过那些房子、街道、路灯和狗，不再用英语把这些东西一一叫出来了。他在思想上又用英语下了一盘棋，这盘棋他一直下到到达那个肮脏处所为止。到了门前他才赢了这盘棋，走进门厅。他从前老婆的形象使他神经紧张起来。为了不被她抓住，他到楼梯后面，找到一个合适的地方躲起来，用眼睛透过扶手的空间向外看着。如果他愿意，他可以用鼻子来阻塞楼梯。他静静地一直等到十点。房东是个可怜的鞋匠，他关上门，用手哆哆嗦嗦地关上楼梯路灯。当他进入他那破破烂烂的住宅时——他的住宅比费舍勒老婆的房间也许大不了两倍——费舍勒轻轻叫道："How do you do？"② 鞋匠听到一个尖嗓门，还以为是一个女人站在外面请求进来呢。可是侧耳细听又听不见了。他搞错了，兴许是街上行人的说话声。他又走进屋子，由于受了这女人声音的刺激而激动起来，跟他老婆睡觉去了。

  费舍勒等着那个领退休金的女人，看她是出去呢，还是进来。他是个聪明人，会从她划火柴的姿势上认出她来。她划着火柴总是倾斜着向上举，好像人们点烟那样，因为她非常喜欢抽烟，这一点其他妓女都比不上她。他希望她现在最好不在家，这样他就可以一

---

① 英语：四十分钟。
② 英语："你好吗?"

溜烟地跑上去，从床底下取出小年历记事本，告别他从小就在这里的理想的安身之处，匆匆跑出屋子，叫上一辆出租汽车奔赴车站。在上面房间里他可以找到他的钥匙。他当时对她的愚蠢的多嘴饶舌感到气愤，一气之下就把钥匙扔在一个角落里了。那时他太懒，没有把钥匙捡起来。如果她不是走，而是来了，那么势必要带一个客人来。但愿这个客人不要待得时间太长。在最坏的情况下，费舍尔医学博士就会像往昔的费舍勒一样爬到床底下去。即使他的老婆听见了，也只好不说话，否则她的客人会大发雷霆。等到她可以说话的时候，他早已逃之夭夭了。一个女人活着成天都干什么呢？她或者同一个人睡觉，或者独自躺在床上。她在这个人身上骗了一笔钱又花到另一个人身上。她要么已经年老，人家不喜欢她并感到腻烦；要么她还年轻，那么她就更蠢。如果她要养活一个人，那么她就得盘剥另一个人；如果她什么也赚不到，那么别人就只好去为她偷梳子。见鬼！哪里不能下棋呢？一个男人堂堂正正，他的事业就是下棋。费舍勒在等待的时候，敞开了怀。因为有谁知道，这新大衣和新制服的背部明天将是什么样子呢？那个驼背对新衣服磨损得太厉害了。

很长时间居然没有一个人来。雨水从檐沟上滴滴答答地往下流到院子里。所有水滴都流进大洋。费舍尔博士将行驶在大洋上奔赴美国。纽约有一千万居民，居民都处于欢腾狂喜之中。大街上人们相互拥抱接吻，高呼：万岁！万岁！万岁！千千万万手帕在空中飘扬以示欢迎。居民们在每一个手指上都系上一块手帕。移民局的人已经走了。他们还有什么必要在这里说三道四呢？纽约妓女界代表团向他介绍了他们的"天国"并请他光临。美国也有这玩意儿。他表示了感谢。他研究过这些问题。飞机在天空中表演，拖着长长的烟雾在天空中画出了"费舍尔博士"的字样。人们理所当然地要为他做宣传，有什么理由不做宣传呢？他比照片更值钱，几千人因为要看他而被挤得掉到水中。人们应该救他们上岸，他命令道，他的心肠很善良。卡帕布兰卡紧紧地搂着他的脖子。"请您救救我吧！"他小声地说。在嘈杂声中幸亏费舍勒的心能充耳不闻。"滚开！"他叫着就推了一下卡帕布兰卡。卡帕布兰卡被愤怒的人群撕得粉碎。从摩天大楼上高放礼炮。美利坚合众国总统紧握着他的手。他的未婚妻给他清清楚楚介绍了陪嫁清单。他当面接受了这份清单。同时他把筹办"狒狒之宫"的物资预购清单也开列出来，在所有的摩天大楼上陈列。他已经超额认购公债。为培养新的人才，他开办了一所学校，如果有谁不听话，他就把谁赶出去。楼下一层有个钟正敲十一点，那里住着一位八十岁的老太太，家里有一个祖传的挂钟。再过两小时零五分钟开往巴黎的火车就要出发了。

费舍勒踮起脚爬上楼梯。这个女人这么久还没有出去，那她一定是睡在一个客人的下面。他在第四层她那房间的门口站住了，他听到里面有说话声，可是门缝里并没有透出亮光来。因为他很蔑视这个女人，所以他不懂得她说的是些什么乱七八糟的东西。他脱下新鞋，放在第一级楼梯上，把新帽子放在鞋子上面，欣赏了一番，这帽子比黑夜还要黑。他没有把英语教科书拿出来，而是放在大衣口袋里。他轻轻地把门打开，他对里面非常熟悉。里面的人还在说话，声音很大，而且是侮辱人的话，只见两个人坐在床上。他把门敞开着，就爬到那个塞小年历本的裂缝边。他的鼻子刚刚伸进去，发现小年历本就在里面，小本子上有煤油味，这是因为它几个月前泡在煤油里头了。"非常荣幸！"费舍勒想道，并且在这么多象棋大师的面前深深鞠了一躬。然后他就用右手的食指把记事本向裂缝的一端推去，并举起来，他终于拿到记事本了。他用左手捂住嘴巴，因为他很想笑。床上客人的说话声听起来很像纽扣汉斯。费舍勒知道得很清楚,记事本是怎样放着的,哪儿是前面,哪儿是后面,根据手摸的感觉可以把要记的事情记在最后的空页上。现在往记事本上写那么细的字比以前困难多了。所以在一页上写上"费舍尔",在另一页上写上"博士",在第三页上写上"纽",第四页上写上"约"。详细地址等他知道未婚妻的"狒狒之宫"设在什么地方以后再写。现在他还没有顾得上结婚的事。为了筹办资金、护照、衣服、车票等等,他花了很多宝贵的时间。他的鼻子上还有煤油味。"Darling!"①他的百万富翁小姐说着就向他蹦蹦跳跳地走来。她喜欢他的长鼻子,短鼻子的人她不喜欢。这些人的鼻子呢?她问道。当他们一起在街上散步的时候,她觉得所有人的鼻子都太短。她非常漂亮,而且是美国式的姑娘,金黄的头发,像电影明星,她身材高大,蓝眼睛。她只坐自家的汽车,害怕乘有轨电车。因为在有轨电车里有流氓和小偷,他们会从人的口袋里偷走百万美元。很遗憾,她兴许不知道他费舍勒从前在欧洲的偷窃行径吧?

"残废人和垃圾是一码事!"坐在床上的男人说。费舍勒笑了,因为他现在不是残废人了,并且还看了看那人穿着裤子的腿。鞋子压在地板上。如果他不知道纽扣汉斯还有二十个格罗申——不会再多了——他就会发誓,说话人就是纽扣汉斯。长相简直一模一样。现在那人在谈论纽扣。为什么呢?他正要这个女人给他缝一个纽扣吧?不,他简直疯了。他说:"这儿,把这纽扣吃了!""给他吃吧。"女人说。那个男人站了起来,走到敞着的门边。"那个家伙藏在屋子里呢,我说!""好,那就找吧,我有什么办法?"那个跟纽扣汉斯长相相似的人把门关上,并踱来踱去地走着。费舍勒不知道什么是害怕。无论如何他要向门的方向爬去。

---

① 英语:"亲爱的!"

"他在床底下！"那个女人叫道。"什么！"那个长相跟纽扣汉斯相似的人吼道。他们两个人把三寸丁从床底下拖出来，扼住他的咽喉和鼻子。"我叫约翰·斯威尔！"在黑暗之中那人自我介绍道，松开了他的鼻子，但没有松开咽喉，叫道："把它吃下去！"费舍勒拿着纽扣往嘴里塞，使劲往下吞。那人把卡住他喉咙的手松了一下，以便让他把纽扣吞下去。趁这机会，费舍勒咧开嘴笑了笑，他气喘吁吁可怜巴巴地说："这是我的纽扣！"那人的手就又卡住他的喉咙了。同时，一只拳头照着费舍勒的头颅打来。

"瞎子"把他扔在地上，从屋角的桌子上拿来一把切面包的刀子。他用刀子把衣服和大衣撕碎，把费舍勒的驼背割下来。他忙得直喘气，感到刀子太钝了。但他又不愿意开灯。那个领退休金的女人在一旁看着，并把自己的衣服脱光。她躺到床上，说："来吧！"但是他还没有干完呢。他把驼背卷在撕烂的大衣里，对着上面啐了几口唾沫，就把那个包放下，把尸体推到床底下。然后他就爬到了女人身上。"神不知，鬼不觉。"他说着笑了起来。他累了，但女人很胖，很称他的心意。他在她身边过了一宵。

第 三 部

世界在头脑中

好 父 亲

看门人贝纳狄克特·巴甫的家就挨在门厅走廊旁边,人们一走进门厅就可以看到,他家有一间中等大小的、阴暗的厨房和一个小小的、粉刷得很白的房间。一家五口就住在这里,哪五口人呢?妻子、女儿,他本人应该算三个人:警察、丈夫、父亲。那两张床常常引起他的愤怒,因为它们居然一样大。他强迫女儿和妻子睡一张床,他自己则独睡一张。他在自己那张床上垫上马鬃垫子,这是出于原则的考虑,不是为了睡得舒服,他反对睡懒觉的人,仇视女人。他把赚的钱统统都拿回家,妻子负责全部楼梯的打扫,女儿自十岁以后就负责夜里开关楼门,如果夜里有人进出按铃的话,这样就可以使女儿从小养成不害怕的习惯。她们母女二人的劳动所得,一律都归他所有,因为他是看门人。有时他允许她们到外面去赚一点零钱,比如替人家洗洗衣服或打扫归置,等等,这样也可以使她们亲自体验到,他作为一家之长需要付出多么艰苦的劳动才能养家糊口。吃饭的时候,他自称是家庭生活的支持者,夜里他嘲笑已经老朽的妻子。下班回来后,他就要行使他的体罚权。他的长着红毛的拳头非常柔情地在女儿身上搓揉。他对妻子的兴趣愈来愈少。他的钱全部放在家里,绝对不会少一个子儿,用不着检查,因为一旦钱不对数,那么老婆和女儿就要被打得溜到大街上过夜。总而言之,他是幸福的。

那时还在那个粉刷得很白的房间里烧饭，那个房间就是厨房。由于他工作十分辛苦，白天不停顿地消耗体力，夜里在梦中度过，所以贝纳狄克特·巴甫需要吃营养丰富的食物，并要老婆精心地照料。在这方面他十分认真，绝不开玩笑。如果老婆照顾不周，招致挨打，那是咎由自取，但他不要求女儿做到这一点。随着年岁的增长，他的食量越来越大。他觉得那个小房间对于做这么丰富的食物显得太小了，所以他就命令把厨房迁到后面的房间里去。他例外地遭到了反对，但是他的意志是不可逆转的。从此以后他们三个人就住在那个小房间里，在这间房里只够放一张床。那个大一点儿的房间就成了厨房、饭堂、刑房（打老婆和女儿的地方）和会客室。他的同事很少拜访他，尽管他日子过得不错，同事还是怀疑他。发生这种变化以后不久，他的老婆就死了，她太累了，无法胜任新的烧饭任务，她每天要烧三倍于过去的食物。她一天一天瘦下来，看上去很老，人们都以为她是一个六十岁的老太婆。这里的房客们都害怕并且很恨这个看门人，但有一点很惋惜，觉得这个浑身是力的男人却跟一个老太婆在一起过日子，未免有点儿太不相称了。实际上她比他年轻八岁，但谁也不知道。有时她要烹调许多食物，以致他回到家，她还远远没有做完。他经常要等上五分钟才能吃上饭。他还没有吃饱，就急不可耐地打老婆。她是死在他的拳头之下的，即使她没有当场被揍死，过不了几天她也会死去的。他说不上是一个杀人犯。他把她的尸体停在大房间里，她躺在灵床上，看上去死得很惨，以致他在吊唁者面前也感到惭愧。

葬礼完毕的当天他就开始了他的蜜月。他比过去更加肆无忌惮、随心所欲地对待女儿。上班之前他把女儿粗暴地关在家里，以便她更加专心致志地做饭。这样当他回来时她也感到高兴。"女囚干什么啦？"他吼着便用钥匙开了门。她那苍白的脸蛋上露出笑容，因为她可以出去采购第二天的食品了。他也很高兴，据说她临去买东西之前笑了就可以买到好肉。买一块不好的肉无异于一种犯罪。如果她买东西超过半小时，他会饿得发狂，等她回到家里，就要用脚踢她。他会因为下班回来后得不到他想得到的东西而暴跳如雷。如果她哭得很厉害，他就变得和善起来，一切又都正常了。他当然喜欢她按时回来。半小时的时间本来就够紧张的了，他还要减掉她五分钟，办法就是：她刚刚出门，他就把钟拨快五分钟。把表放到小房间的床上后，他走进新厨房闻一闻食物，但不用指头去拨弄。他肥大的耳朵凝神地听着女儿的轻微脚步声。她因为害怕，走起路来声音很轻。一到门口她就绝望地看了看钟：半小时已经过去了。有时她尽管害怕，还是成功地溜进房间，很快地把钟表往回拨了几分钟。多半情况下他听得出她的脚步声。她呼吸的声音很响，还没有到达两步远的床边时，他便袭击了她，使她大吃一惊。

　　她想从他旁边悄悄地、巧妙而又轻快地溜进厨房。她想到合作商店有一个体弱的售货员，他总是以比对别的女人更轻的声音向她问一声"你好"，并且回避她的胆怯的目光。为了能跟他在一起多待一会儿，她常常使站在后面的女人不引人注目地排到她前面去。他有一头乌发，在商店里没别人的时候，他就送她一根香烟。她便在香烟上卷一层红色薄纸，上面还用几乎看不出来的字母记上他赠送香烟的日期和时间，并把这香烟放在她父亲不会关心的靠心口处。她害怕挨踢，但更害怕挨打。挨打的时候她坚持趴着，这样香烟就不会出问题，否则她父亲的手到处都可能接触到，她的心脏在香烟下面颤抖着。如果他把香烟揉碎了，她就自杀。她喜欢这香烟，以致这香烟早就变成一撮像尘土一样的东西了，因为她白天被关在家里的时候就把香烟打开来，又是看，又是摸，又是闻，又是吻，这样香烟就势必成了一撮烟叶末了。

父亲在吃饭的时候,嘴里直冒热气。他的上下颚咀嚼着,就像他的拳头打人时那样贪得无厌。她站在一边,以便尽快地往他盘子里添食物。她自己的盘子里则空空如也。她担心他会突然问她,为什么她不吃饭。他说的话比他的行为更使她害怕。他说的话,只有她长大以后才能弄懂,而他的行为在她的生命刚开始的时候,她就领教了。她会这样回答:爸爸,我已经吃过了。你吃吧,这是他多年来从来没有说过的话。他在咀嚼的时候,还在那里盘算着什么。他目光凝视着盘子,像着了迷一样。随着盘子中食物的减少,他眼中的神色也就越来越不对头。他的咀嚼肌肉感到很不高兴,因为人们给它的咀嚼任务太少了。他简直要吼叫起来了。盘子里如果空了的话,那盘子就该倒霉了!刀子会把它切碎,叉子会把它捅个窟窿,勺子会把它打碎,怒吼声马上就会迸发出来。但女儿就在他旁边。她紧张地观察着他额头上皱纹的变化。她只要看他一皱眉头,就马上往他盘子里添食物,不管盘子里还有多少食物。根据他的情绪的变化,他一皱眉头就预示着要发生什么事情。这是她自她母亲死后慢慢学来的。但是她很不幸,父亲对女儿的要求更多了。她可以从他皱着的额头上看出他的情绪。当然也有这样的时候,即他不声不响,吃完为止。吃完以后,他还咂咂嘴。她听着他咂嘴,如果他咂嘴咂得很激烈而且时间又长,她就要哆嗦起来,这预示着她将要过一个可怕的夜晚,她用最温存的话劝他多吃点儿。他多半都咂着嘴表示满意,说道:

"我有一个后代,这个后代是谁呢?女囚!"

这时他不是用手指头而是用紧握的拳头指着她。她的嘴唇可笑地咧开来,似乎跟着他说"女囚"似的。她往后退得远远的。他的沉重的皮靴子已经朝着她慢慢地移来了。

"父亲有权要求……""得到他的孩子的爱。"她就像在学校里那样尖声而机械地把父亲要说的话说完，但她的声音毕竟很轻。

"对于结婚的事儿女儿是……"——他伸出手臂——"没有时间考虑的。"

"抚养女儿的……""是好爸爸。"

"小伙子根本就不想……""娶她。"

"一个男子汉怎样对待这个……""傻孩子呢？"

"现在父亲把她……""捉住了。"

"在爸爸大腿上坐着的是……""听话的女儿。"

"紧张的警察工作已使这个人……""累了。"

"如果女儿不听话，她就会……""挨打。"

"父亲知道为什么……""打她。"

"这对女儿来说根本就不……""疼。"

"她已学会说……""从爸爸那里听来的话。"

他一把抓住她，把她抱到大腿上，用右手掐住后颈，用左手摸着自己的嗓子，使自己顺顺当当地打着嗝儿。搂着女儿，打着嗝儿，都使他感到痛快。女儿尽其所有的很少一点儿理解力来补充说完她父亲想说的话，并且小心提防不要哭出来。他跟她亲热了几个小时。他自己发明了一套拳术，并用来教他的女儿。他把她推来推去，并告诉她，怎样朝胃部轻轻一拳就能制服任何一个罪犯，因为谁都会因为胃部受到打击而恶心昏厥过去。

这样的蜜月持续了半年。一天父亲退休了，不再上班了。现在他要对付的是那些乞丐。离地平面五十厘米高的窥视孔是他思考好几天的成果。女儿参与了这项小小"工程"的试验，她从楼的大门到楼梯口来回跑了无数次。"慢点儿！"他吼道，或者叫道："快跑！"接着他就强迫她穿上他的男裤，让女儿装扮一个男人。他想要给这样的男人一个耳光，她得首先尝一尝。他刚刚从窥视孔中看到他自己的裤子，便愤怒地跳了起来，打开大门，狠狠几下就把女儿揍倒在地。"因为，"事后他向他女儿道歉道，"我不得不这样办，因为你装扮的是一个坏分子，一切坏家伙要统统予以惩罚。斩尽杀绝就更好了，这些人是社会的负担，他们即使在监狱里也活得不耐烦。国家花了很多钱！我要消灭这些臭虫！现在猫待在家里，老鼠统统跑到洞里去了！我是红雄猫，我要把这些耗子咬死！凡是坏分子就要尝尝我这铁拳的味道！"

她真是尝到这个味道了。她期望着美好的未来。他不再会把她关在家里了，他成天待在家里，时时刻刻都看见她。出去买东西她可以在外面多待一些时候，四十分钟、五十分钟不等，一个小时行不行？不行，太长了。她到合作商店去，她要感谢那个给她香烟的人，三个月零四天之前，他给了她香烟，那时她很激动，可是后来屋子里总是有很多人，她没有找到机会向他表示感谢。他对她会怎么想呢？如果他问香烟的味儿怎么样？那么她就回答：很好。父亲差点儿从她手中夺走香烟。他说这是高级香烟，他很想抽一抽。

父亲从来没有见到这香烟，不过这没有关系。她一定要感谢那位黑头发的弗兰茨先生，并告诉他，这香烟是高级香烟，父亲非常熟悉这种香烟。她或许从他那里还可以要到一支，如果他再给她一支，她就当场把它抽掉。如果有人进来，她就转过身去，把香烟扔过柜台。他会把香烟掐灭的，他很机灵，不会引起一场火灾。夏天的时候他一个人在店里，他的老板休假去了。两点到三点之间商店里没有什么人。他必须注意，不要让别人看见。他给她划火柴，点烟。我要烧您一下，她说。他很害怕，他就是这样一个脆弱的人。她知道他从小就多病。她把烟头向他伸去，并且烫着他了。哎哟，他叫道，烫着我的手了，好疼啊！她叫道：这是因为我喜欢您。说完她就溜了。夜里他要来把她带走。父亲睡着了。门铃轻轻响了一下，她悄悄地起来开门。她把全部的钱拿在身边，穿着睡衣，披上自己从来没有穿过的大衣。这时她看上去完全是一个妙龄女郎。谁站在门口呢？是他，一辆四匹黑马拉的马车在等着她。他向她伸出手来，他的左手握着宝刀，他是一位骑士，向她躬身施礼。他穿着笔挺的裤子。"我来了，"他说，"您烧了我一下我可记着了，我是高贵骑士弗兰茨。"她本来就一直是这么想的。在这小小的合作商店工作，对他来说实在是大材小用。他是一位秘密的骑士。他请她允许，去把她父亲杀死，因为这是关系到他荣誉的问题。"不，不！"她祈求道，"他会把您打死的！"他把她推向一边。这时，她从口袋里掏出一大把钱递给他。他严厉的目光使她不寒而栗。他要维护自己的荣誉。他说着就大踏步跨进屋内，把她父亲的首级割了下来拎在手里。她高兴得眼泪都流出来了。如果她可怜的母亲看到这种情况该多高兴！母亲要是还活着该多好啊！弗兰茨骑士拎着她父亲血淋淋的头，在楼门前说道："亲爱的小姐，今天您是最后一次开门，我把您带回家去。"然后她就登上马车，他在一旁扶着她上车。她可以坐在里面，里面很宽敞。"您已经成年了吗？"他问道。"二十出头了。"她说。人们看她不像二十岁的人，迄今她一直是她父亲娇小的孩子。（她其实才十六岁。）一个男子汉当然要帮助这样的弱女子离开家庭。这位漂亮的乌发骑士在疾驰的马车上站起来向她跪下。他向她求婚，如果不答应他，他的心就会碎了。她羞羞答答，抚摸着他的乌发。他发现她的大衣很漂亮。她将一直穿着这件大衣，直至就木之时，这大衣还是新的呢！"我们到哪里去呢？"她问道。此时马蹄声碎，黑马呼呼喘着大气。马车通过城里时，她看到许许多多的房子。"我们到母亲那里去，"他说，"她也应该高兴高兴。"到了墓地黑马停了下来。她的母亲就长眠在前面的坟墓里，墓前有一块墓碑。骑士把父亲的头放在墓前，这是他送给母亲的一

429

份礼物。"你难道没有什么要送给母亲吗?"他问道。唉,她感到多么惭愧,他给母亲送了礼物,而她却什么也没有带。她从睡衣里拿出一个小红包,这是他们爱情的纪念品——香烟,她就把这香烟放在血淋淋的人头旁边。母亲为这对幸福的孩子高兴。二人双双跪在墓前,祈求老人家为他们祝福。

父亲跪在他的窥视孔前,他随时都把她抓来,拽她蹲下,按住她的头,让她看着窥视孔外面,问她是否看到什么东西。由于长时间处于这样的紧张状态,她从精神到体力已经完全垮了。她看到楼道走廊里到处都冒着金星。但她无论如何也得回答:"看见了。""看见什么?"父亲大吼道,他还活得好好的。等着吧,今天夜里马车就要来了,他会措手不及的。"看见了,看见了,"他学着女儿的腔调,并讥笑她,"你总不会是瞎了眼吧?我的女儿眼睛瞎了吗?现在我问你:你看见什么啦?"她已经在那里跪了很长时间了,她终于看到她父亲所指的东西。他指的是对面墙上的一块斑点。

他通过这一发明,学会了重新观察周围世界。她被迫参与了他的行动。她学得太少了,什么也不知道。等他死了以后,也许四十年以后——他总是要死的——她就成了国家的负担了。他不能容忍她这样一无所知,他认为这是一种犯罪。她应该懂得警察这一行是干什么的,所以他向她讲解这幢房子里住户们的特征,提醒她注意各种各样的服装及其与刑事犯罪的关系。他非常积极地给她上课,有时故意让一个乞丐通过,然后抓住这个活的事例对她进行教育。他说房客们都是好人,从某种意义上讲,他们也都是些坏家伙。为什么呢?他这样操劳,保卫了他们生命财产的安全,可是他们给了他什么呢?什么也没有。他们心安理得地接受了他的汗水为他们换来的果实,他们不但不感谢,反而背后说他的坏话,好像他把什么人杀害了似的。那么他为什么要这样无报酬地劳动呢?他退休了,可以吃吃，喝喝，玩玩，嫖嫖女人，他工作了一辈子，现在有权享享福了。但他是一个有良心的人，他不愿这样生活下去。第一，他对自己说，他有个女儿，他要照料和抚养她，他不能忍心把她一个人留在家里！他们父女要相依为命。好爸爸总是时刻把孩子放在心上的。自她母亲死后，半年来她一直是一个人待在家里，他当时要上班，在警察局的生活是极紧张的。第二，国家付给他退休金，国家应该付这笔退休金，这没有问题，即使一切都不景气，国家也得付退休金。一种人会对自己说，我干了那么多工作，现在退休了，该享享福了。另一种人领了退休金知道感恩，所以还自愿做一些工作，这种人是优秀分子！只要可能，他们就抓人，但只能半公开，公开逮人对他们来说是禁止的，因为他们毕竟不是在职的警察。这样做的结果使国家减少了一些麻烦，这叫减轻了国家的负担。警察要团结一致，退休警察也要团结一致，良心是不能退休的，无法代替的，如果良心泯灭了就是出了无法弥补的漏洞。

这姑娘学的东西一天比一天多了。她必须记住父亲的经验，并帮助父亲记住某些事情，如果父亲记不住的话。道理很简单：人要女儿干什么用？而且这样的女儿还吃掉父亲一部分退休金。如果新来一个乞丐，他就命令她通过窥视孔很快地盯住那个乞丐。他不问她是否认识这个乞丐，而是问："这个乞丐最近一次是什么时候来的？"这样的圈套对她来说是有教育意义的，因为她经常落入这样的圈套。乞丐的问题解决了以后，她就要因为玩忽职守而遭到惩罚并且立即执行。没有体罚做不成事情。英国人民是了不起的人民。

贝纳狄克特·巴甫慢慢地把女儿教育得可以代表他执行任务了。从此时起他就称她为"珀丽"①。这当然是个荣誉称号。他使女

---

① "珀丽"为 Poli 的译音，是 Polizei（警察）一词的前两个音节。

儿的才干在自己所干过的职业中表现了出来。她本来的名字叫安娜，但这个名字对他来说什么也没有表达出来，所以他从来不叫女儿的这个名字，他反对名字。头衔和职称他觉得听起来要好多了。对于他授予人家的头衔和职称，他自己也希望听到。随着她母亲的去世，安娜这个名字也消逝了。半年来这姑娘就叫作"你"，或者"乖女儿"。自从他授予她"珀丽"的称号以来，他对她感到很骄傲。女人也可能变成好样儿的，男人应该懂得把女人培养成纯粹的警察。

她的新头衔要求她更严了。她成天就坐在或跪在他旁边的地板上，随时准备代表他执行任务。他去解手的那会儿，她就必须代行他的职责。如果她看到一个小贩或乞丐，那么她的职责就是想方设法堵住这种人，直到她父亲来收拾这种人。他干得很利落，他愿意一个人解决所有的问题，如果她在一旁看着，他就感到满意了。他的生活方式把他的时间安排得越来越满。他连吃饭也不那么关心了，他也不那么容易饿了。几个月以后，他的活动只限于监视少数新来的人。凡乞讨的人都敬鬼神而远之，就像避开地狱那样避开他这幢楼。他们知道为什么要这样。他本来食量很大的胃也满足于目前的状况。他把女儿做饭的时间规定为一个小时。她在后面厨房里只允许待这么长的时间。她在他身边削好土豆皮，拣好菜，当她为他准备中饭的肉时，他就嬉戏地在她身上到处敲着。他的眼睛不知道他的手在干什么，因为他的眼睛盯着外面进进出出的人。

他只给"珀丽"一刻钟买东西的时间，因为他现在只有过去一半的食量。她在父亲的管教下也变得聪明了，她常常隔一天去买一次东西，这样去一次就是两个一刻钟。她从来没有单独碰到过那位骑士。她偷偷地就那支香烟向他表示了感谢，她说得含含糊糊、磕磕巴巴。他也许懂得她的意思了，他非常小心地把目光从她身上移开。夜里当她父亲早就睡着的时候,她还醒着,但那位骑士始终没有来拉过门铃,准备工作持续的时间太长了。唉,她要是真的用烟头烫了他的手该多好啊,那他就会着急来了。小商店里的女人越来越多。当他给她开票的时候,她就很快地咬着他的耳朵说:"谢谢啦,不一定非得要驾马车到我那里去,但您不要忘了带宝刀!"

有一天,女人们站在商店里七嘴八舌地议论开了:"弗兰茨逃跑了!""孬种!""带着全部现款逃了。""他还有脸见人!""六十八先令!""要恢复死刑!""我丈夫叨叨了好几年了。"她浑身发抖地冲进商店,而商店经理正在说:"警察正在追捕他。"经理要承担全部损失,因为他让弗兰茨一人经营了。这个坏小子已经在这商店干了四年了,谁能想到他这么坏呢?谁也没有觉察到他的意图,账目一直很有条理,四年了。警察刚才打来电话说,最晚六点钟他们就会把他捉拿归案了。

"这不是真的!"珀丽叫道,并哭了起来,"我父亲就是警察!"

人们根本没有注意她,因为人们都在抱怨钱丢了。她拿着空袋子匆匆跑回家,没有向父亲招呼一声就把自己关在房间里。父亲正在忙着,等了她一刻钟。然后他就站起来,叫她出来。她沉默不语。"珀丽!"他吼道,"珀丽!"还是没有动静。他答应不惩罚她,实际上他想把她打得半死,如果她表示反抗,他也可能把她打死。此时他不再听她是否回答了,而是认为这是一件案子。他暴跳如雷,无法遏止,跳起来把自家的门也打破了。"我以法律的名义……"他吼道,他逮捕人的时候通常都是这样开头的。姑娘躺在灶前一声不响,一动也不动。他动手打之前把她的身子翻转了几遍。她已失去了知觉。他害怕了,她还年轻,应该容忍她。他喊了几声想把她喊醒,但她毫无反应,这使他大发雷霆。他想在不太敏感的地方下手。当他想这样做的时候,他看见了空袋子。现在他明白了,她把钱弄丢了。他完全理解她害怕的原因。他实在没有必要这样大动干戈。她带着一张十先令票面的钞票离开了家,难道说真的丢了吗?他又仔细地在她身上找了找。这是他第一次用手指头而不是用拳头接触她的身子。他搜出了一个小红包,包里是烟末。他把它撕得粉碎扔到垃圾箱里。最后他打开钱包,发现那张十先令的钞票在里面,连一个角也不缺。现在他又纳闷了。他毫无主意地捶打她,让她醒来。当她醒过来时,他也汗流满面了,他非常小心地捶打着她,汗水一直流到嘴角。

"珀丽!"他吼道,"珀丽,钱还在这里呢!"

"我叫安娜。"她冷冷地严肃地说。

他还是一个劲儿喊着"珀丽",她的声音使他感动,摊开的巴掌又捏成了拳头,一股温情触动了他。"好爸爸今天吃什么呢?"他埋怨道。

"什么也没有。"

"珀丽应该给爸爸做饭吃呀!"

"安娜!安娜!我叫安娜!"姑娘叫道。

她突然一跃而起,向他撞去,这一下要是别人非得撞倒不可,她父亲也被撞得晃了几晃,跑到小房间里去了(因为厨房的门已经被父亲打破了,否则她会把他关在厨房里的)。她穿着鞋跳上床,这样就比她父亲还高了。她叫道:"现在要你的头!珀丽来自警察局!母亲要你的头偿命!"

他明白了,她威胁要去告发他。他的女儿要污蔑他。他还为谁而活着呢?他到底为谁做一个正派诚实的人呢?他用胸口的温暖救活了一条冻僵的蛇,如今它不知感恩,却要反咬一口,这样的东西应该送到绞刑架上绞死。他搞了一个窥视孔,训练她,为的是使她能学到一点儿本领。现在,他退休了,世界对他是开放的,逛逛花街柳巷也无不可,但他没有这样做,而是留在她身边,为什么呢?因为他可怜她,因为他是一个好心肠的人。可是她却硬说父亲干了坏事!这不是他的女儿!她母亲,那个老东西欺骗了他。他不笨,已经把她拉扯成人,他的嗅觉并不迟钝。这不是他的亲生女儿!他白养了她十六年,这些钱都付之东流了,盖一幢房子也花不了这么多钱。世道一年比一年坏。人们或许要取消警察,那就要坏人当道了。国家会说:我不再支付退休金了,世道变坏了!人心叵测,坏人横行无忌,上帝也只好白瞪眼!

他不敢冒犯上帝。他对他自己所从事的至高无上的职业是十分尊重的。上帝远远胜过警察局长,他连警察局长都不敢冒犯,当然就更不敢冒犯上帝了。正因为如此,他更加为上帝担忧,上帝的地位处于十分危险的动摇之中。他把他的养女从床上拉下来,打得她头破血流。但是真正打人的兴趣他却没有了。他机械地打着,嘴里说的话是那样伤感、那样悲哀。他举手打人,但发不出打人的吼叫声,他再也吼不出来了。他有时还错误地喊一声珀丽,但他嘴角的肌肉马上纠正了这个错误。他所惩罚的这个女人的名字叫安娜,不叫珀丽。她自认是他的女儿,但他不相信。她的头发被扯掉了许多,因为她反抗,两个指头折了。她骂他是刽子手,她诅咒警察。人们看到,对这样十恶不赦的女人即使进行最好的教育也无济于事。她的母亲也不是个东西,她病病歪歪害怕劳动。他现在可以让女儿做她母亲的事了。这也是她应该做的,但是他没有这样要求,而是到饭馆去吃饭。

从这天起,他们二人之间的关系就很冷漠了。安娜烧饭,买东西。她不去那个合作商店了。她知道,那个黑头发的弗兰茨被关起来了,他为她而盗窃,但是他太不慎重了。要是一个骑士,就什么都能获得成功。自从她的香烟被扔掉以后,她就不再爱他了。父亲的头脑比过去更顽固了，他的眼睛天天还是死死地通过窥视孔盯着外面有没有乞丐。她对窥视孔嗤之以鼻，从而表示了她对父亲的蔑视。她常常逃学，不听她父亲的训诲。每隔几天他总要滔滔不绝地说些他新近观察到的情况。她蹲在他旁边，一边干着活儿，一边静静地听着，但一言不发。她对窥视孔根本不感兴趣。当他向她做出和解的姿态看她一眼时，她却冷漠地摇摇头。吃饭时他们之间再也没有诚实的交谈了。她给他盛满盘子的时候，同时也把自己的盘子盛满，她坐下就吃。父亲的盘子吃得差不多了，她也不去添，一定要等到她自己吃饱了以后才给父亲添。他像过去一样对待她，但她不再怕他了。他打她的时候心里想，她对他没有感情了。过了几个月，他买了四只美丽的金丝鸟。三只是雄的，一只是雌的。他把雌鸟笼子挂在雄鸟笼子的对面。那三只雄鸟啼声婉转，十分逗人喜爱。它们唱起来的时候，他就放下窥视孔的挡板，站起来在一旁听，他凝神地听着，鸟儿唱完时竟忘记鼓掌喝彩了。但他还是说了声"好！"然后把欣慰的目光从鸟儿身上转移到姑娘身上。他正是从这些雄鸟的歌唱声中感受到了快慰。即使鸟儿的歌唱也不能使安娜的情绪激动起来。

　　她作为她父亲的婢女和女人又活了几年。父亲的身体很好，他的肌肉比以前更结实了。但他没有得到真正的幸福，他每天都是这样想的，甚至他在吃饭的时候也这样想。她得了痨病死了，金丝鸟失去她也感到绝望，因为是她每天喂它们。但它们还是克服了这个巨大的不幸。贝纳狄克特·巴甫卖掉了全部炊具，并把后面那个房间用砖头砌成墙堵起来了，在新刷的石灰墙前放了一个箱子。从此以后他就没有在家吃过饭。他在小房间里继续执行他的任务，极力避免回想那旁边的空房间，因为在灶的前面他失去了女儿的感情，他至今还不知道，这到底为什么。

裤　　子

"教授先生！纯种战马会得到它的燕麦饲料。因为它是纯种，它踢人。在动物园里猛狮吞噬着新鲜的肉。为什么？因为兽中之王吼叫起来如雷鸣一般。野蛮人给龇牙咧嘴的大猩猩送去水灵的女人。为什么？因为大猩猩可惹不起，它浑身的肌肉都咯吱吱地响。这就是公正的生活！这幢房子的住户没有给我什么好处。我是白干了，教授先生！您是世界上唯一一知道感恩的人。正如人们所说的那样，您的赏钱把我从饥饿的困扰中解救了出来。最后我想请问一下：您出了什么事啦，教授先生？我冒昧地想劝告劝告您。"

这是贝纳狄克特·巴甫刚到家时对教授说的话，此时教授正解下他先前蒙住眼睛的手帕。他道了歉，付给他两个月的赏钱，因为他耽误了两个月没有给他赏钱了。

"关于楼上的情况我们已清楚了。"他说。

"我也是这个看法！"巴甫眨巴着眼睛说。他很得意，部分是因为台莱瑟的缘故。他对台莱瑟占有的权利曾遭到破坏，但很快又恢复了。

"在您彻底为我打扫屋子的期间，我想在您这里集中精力安静地思考问题。我的工作十分紧迫。"

"整个房间都供您支配使用！教授先生，您就在这里待着，这里就是您的家！男子汉大丈夫还是跟女人分开好。像咱们这样的好朋友之间没有台莱瑟这种人插足之地。"

"我知道，我知道。"基恩赶紧打断他的话。

"教授先生，请您让我把话说完！我们不要理睬女人！我的女儿是特殊情况！"

他指着那个箱子，好像他女儿就在里面似的。然后他就提出他的条件。他说，他是一个有同情心的人，愿意承担打扫上面房间的任务。由于任务重，他要请几个女佣帮忙，他将指挥打扫。只是他不能容忍开小差的人，开小差和虚伪的宣誓同属于犯罪行为。当他不在屋里时请教授先生代行他看守楼门的任务。

他想迫使基恩代行几天看门的任务与其说是出于责任感，不如说是出于权势欲。今天，他女儿的形象一直出现在他脑际，使他很乱。因为她已经死了，教授先生应该代替他女儿看守楼门，他的理由是很充足的。他向基恩表示，他们是忠实的好朋友。他把整个屋子和家具都交给基恩使用。因为是他的朋友基恩住在里面，所以他决不收朋友的房租。

他用很短的时间在他的房间和五楼图书馆之间接通了一条电铃线，在可疑的情况下教授只要按一下电钮就能解决问题了。坏人毫无所知地爬上楼梯，到了楼上坏人就会被看门人逮住受罚。一切都安排好了。

这一天下午已经很晚了，基恩还在执行他的任务。他跪在窥视孔旁边密切注视着外面的动向。他的眼睛渴望工作，长时间闲着没事儿干，使眼睛都懈怠了。为了使两只眼睛都有事儿干，而不要使一只眼睛吃亏另一只眼睛占便宜，他决定交替使用它们。他精确认真的态度是一贯的。每一只眼睛工作五分钟是合适的。他把表放在面前的地板上，严格地按照钟表分配两只眼睛的工作时间。右眼表现出想占左眼便宜的倾向，他决定给予限制，使它安分守己。准确的间隔时间一到，他就换另一只眼睛工作。他对外面他所看到的空洞乏味的情况很少感到无聊。说句老实话，没有什么突出的变化，都是老样子。在裤子与裤子之间没有什么了不起的区别。因为他以前对住在楼里的人从来就不关心、不认识，所以他无法对这些人做出准确的判断。他把看到的裤子就当成裤子，不会比较，不会判断，束手无策。但裤子有一点是可取的，这就是他可以看着裤子。更多经过楼门的是裙子，裙子他就觉得很讨厌。这些裙子数量多，占的地方大，已经超出了规定的范围。他决定对它们不予理睬。他手里好像拿着一本画册，手情不自禁地翻着画册上的画页，给眼睛事先分配好工作。根据裤子移动的不同速度，他的手或快或慢地翻动着假想的画册的画页。一看到裙子，他的手因为受到主人的影响而卡了壳：他的手在假想的画册上一下子就翻过好多页，因为它的主人不愿意看裙子。他一点儿都不感到惋惜，因为谁知道，在这些假想的画页后面会隐藏着什么祸害呢？

外部世界总是同一个样子，这使他慢慢地安静下来了。天渐渐暗下来了。在来往的人中很少有那种引起他产生幻觉的颜色，至于蓝色此时就看不出来了。他禁止自己看的裙子此时对他来说就无所谓了，因为它们都变幻成不同的颜色，谁也没有穿那种刺眼的、侮辱人的、卑鄙龌龊的蓝裙子。这样的实际情况显得像奇迹，其原因倒是很简单的。只要人们不与幻觉做斗争，那么幻觉就存在。人们有能力使其所处的危险情景显现在自己的眼前。人们是用他所害怕的具体景象来充实自己的意识的。人们把幻觉记下来，储存在大脑里，随时使用它。然后人们强迫自己观察现实，并在现实中寻找自己的幻觉。如果这种幻觉存在于现实世界里，人们就会以为自己疯了，并进行专门的护理。蓝裙子一出现在什么地方，人们就去战胜它。谁能区分现实和幻觉,谁就具有思维能力。人们在这种困难的情况下所获得的自信心是永恒的。

晚上看门人端来了晚饭,这晚饭是台莱瑟做的,但看门人却说是从饭馆里买来的。基恩马上付了钱,并且很高兴地吃起饭来。"这饭做得真香啊!"他说,"我对我的工作很满意。"他们两人肩挨肩坐在床上。"没有什么人来过,今天这一天就这么过去了!"巴甫叹息着,吃掉了饭的大部分,尽管他事先已经吃饱了。饭吃得这么快使基恩很高兴。很快他把剩下的一点儿饭送到对方手里,自己又积极地跪到窥视孔前面去观察了。

"好啊!"巴甫大声叫道,"现在您已尝到甜头啦!这是我的窥视孔的功劳,它使您着迷了。"他高兴得容光焕发,每说一句话都要拍一下自己的大腿。然后他放下饭盆,把想要注视外面黑暗动向的基恩教授推向一旁问道:"没有什么问题吧?我来看看!"他睁大眼睛喃喃地说:"瞧,那个女人有什么怪念头了。她八点钟才回来。丈夫等着她。她为丈夫做的什么饭呢?都是乱七八糟的东西。几年来我就等待着一件谋杀案子。另一个就站在外边。这个女人的丈夫是个软骨头,要是我的话,我每天至少要把她掐死三遍。这只母猫!现在她还站在那儿呢。那个男人爱她爱得发了疯。家里的丈夫却什么也不知道。胆小鬼!我可是看得一清二楚!"

"天已经黑了。"基恩既妒忌又表示异议地插话道。

看门人尽情地大笑起来,那笑声宛如雷鸣一般,那笑声的一部分已经钻到床底下去了,另一部分则震动了四边的墙壁。他哈哈大笑了很长一段时间。基恩胆怯地躲在角落里。小房间里充斥着他大笑的声浪。基恩想避开这声浪,因为他担心干扰它。他在这里感到有点陌生,那孤寂的下午他反而觉得好多了。他需要安静,这个野蛮的雇佣兵却喜欢吵吵嚷嚷。看门人突然站了起来,像一头笨重的河马，扑哧一声笑道：

"您知道，我过去在警察局获得了什么令人怀念的绰号吗，教授先生？"他把拳头放在基恩瘦弱的肩头上，"我是长着红毛的雄猫！因为第一，我长着少见的红毛；第二，我在黑暗中能看见东西，我的眼睛特别尖，这是猫科动物的特点！"

他让基恩一个人睡在那张床上，跟基恩告别后就到楼上去睡觉了。他在门里对基恩说，基恩应注意保护窥视孔，在睡梦中人们很容易疏忽，他有一次就把窥视孔上的挡板弄坏了，第二天早晨醒来方大吃一惊。他请基恩务必小心，记着这宝贵的窥视孔。

基恩非常累地躺在床上，同时对别人干扰他安静的思考感到很气愤——晚饭前他独自待了三个小时，那时多么安静——他非常思念他的图书馆，他多么想见到它啊：四间屋子，四边墙从上到下都是书，各个房间之间相通的门都敞开着，没有窗户，只有天窗，一张写字台上放满了手稿。工作吧，思考吧，研究中国，进行科学的辩论，意见针锋相对，不要紧，只在杂志上进行辩论，不在口头上吵架。基恩是胜利者，但不是拳击比赛的胜利者，而是思想辩论的胜利者。安静吧，安静，书翻得沙沙作响，夜深人静，多么清爽，没有尖叫的野兽，没有吼骂的女人，没有裙子。写字台前的尸体已经清除掉了。现代化通风设备是针对书中散发的霉味儿而安装的。几个月以后还会闻到一些霉味儿。最危险的器官是鼻子。戴上防毒面具可使呼吸好一些。把那通风设备高高挂在写字台上面，否则一个侏儒都可以把它偷走。捏住那可笑的鼻子，戴上您的防毒面具。面具上两只大而忧伤的眼睛，只有一个出气口，多可惜。看一看使用说明。两只眼睛展开激烈的争夺，它们都争着看书。谁执行上级命令？眼睛睫毛被打了一下。为了惩罚你们，我让你们俩都闭上。眼前漆黑一团。猫在夜里守着。动物也会做梦。亚里士多德什么都知道。第一个图书馆。动物标本的采集。琐罗亚斯德①对火的热情。他的教只通行于他的祖国。一个拙劣的预言家。普罗米修斯。一个鬼。苍鹰只啄食他的肝脏。应该把他的火吞掉！苔莱思安侬当铺第七层楼上——火光冲天——书籍——纷纷顺楼梯逃跑——快，快！——该死的！——堵塞了——火，火！——大家要互相关心，一人为大家，大家为一人——要团结，团结，团结！——书籍，书籍，我们都在这里——红的，红的——谁在这里堵住楼梯？——我问是谁？我要求答复！——让我走！——我给大家开路！——我冲到敌人中去！——该死的——蓝色的裙子——僵硬，像一块巨大的岩石直刺青天——跨越天上的银河——天狼星——狗，狼狗——我们咬花岗石——牙咬碎了。流血了，流血了——

　　基恩醒来了。尽管很累，他还是把手捏成拳头，牙齿咬得咯咯响。不要怕，书还在那里，他要给书籍弥补损失。流血的说法也是神话，没有这事儿，小房间里很压抑。睡觉的地方窄了些。他跳起来，打开窥视孔上的挡板，看到外面一片寂静，心里也就安定下来了。可以相信，外面什么也没有发生。他如果习惯于在黑暗中看东西，那么他下午看到的全部裤子便会像放电影一样在他眼前掠过，其中的裙子都消失了。夜里人们都穿裤子。取消女性的法令正在准备中，人们计划明天就贴出公告，看门人将予以宣布，全城全国乃至全世界只要有空气的地方都可以听到他的声音。其他星球应该自己解决自己的问题，我们无能为力，因为我们这里的女人就使我们非常伤脑筋。任何人不得找借口不执行法律，否则要处以极刑，对法律的模糊认识是危险的。所有的名字都必须带有阳性词尾。要为青年后代改写历史。已选出的改写历史委员将会顺利地进行这项工

---

① 琐罗亚斯德，古波斯人，袄教（拜火教）的创始人。

作，委员会的主席是基恩教授。历史上女人有过什么作为呢？生孩子，搞阴谋！

基恩又躺到床上去了。他辗转反侧，好不容易才睡着。睡梦中他迂回到了他以为已经撞碎的蓝色岩石旁边。如果这块岩石不退让，那么这个梦就做不下去了。他果然准时醒来了。他又蹲到窥视孔那里去观察起来，他夜里已经观察好多回了。凌晨他朦朦胧胧觉得换了一个窥视孔，他的眼睛还是老样子观察着，安静、愉快，仿佛又看到了他的图书馆。他在墙上挖了好几个洞。这样他就不需要老找窥视孔了。想象中凡没有书的地方，他都安上一块挡板，完全是贝纳狄克特·巴甫的体系。他很巧妙地控制着梦幻的过程，不管他陷入了什么境地，他都使自己梦游到图书馆中去。许许多多的窥视孔供他观察。他操纵这些窥视孔，就像他白天操纵真的窥视孔一样：跪下来，观察着，并确认，世界上只有裤子，特别是在黑暗中看到的只有裤子。其他各种颜色的裙子统统都消失了。蓝色的上了浆的岩石已经崩溃了。他不必从床上爬起来，他的梦幻自行调整，凌晨他真的睡着了，但他在睡梦中没有离开图书馆。他首先想到的是，他是趴在写字台上睡觉的。

当破晓的灰白微光呈现在天空的时候，他已经在工作了。六点钟时，他蹲下来观察着这黎明是如何移动它的脚步悄悄地走到走廊里来的。对面墙上的那块斑点现在已经显露出来了。是东西而不是人的模糊的影子，但到底是什么东西的影子呢？这影子投到墙上，逐渐变成一种危险的不规则的灰颜色，后来又变成一种不可名状的颜色，但他决不想因为说不出这是一种什么颜色而使自己欣赏清晨景色的兴趣消失。他不想研究这影子到底是怎么回事儿，但他希望这影子赶快消失，或者变成另一种颜色。影子犹豫着不肯消失，他催逼着它消失。它犹犹豫豫，而他寸步不让。他决定给它下最后通牒,并威胁它,如果它不消失,他就不理睬它,断绝跟它的关系。他还拥有其他施加压力的手段。他警告它,他不是好惹的,他会从背后向它袭击一斧子,打掉它的傲慢和骄横的气焰。它是可悲而又可笑的,是依靠墙而存在的,就是把墙打碎了,也伤害不了它一根毫毛。左一斧子、右一斧子砍下去,墙上迸发出可怜的碎屑,而影子却依然如故。这现象只能使人们事后感到惋惜,并引起人们的深思——深思什么呢?深思一下,对一个老实人进行折磨是否公正,因为老实人从没有做过有害于他人的事。他刚刚醒来,就精力充沛地准备迎接新的战斗的一天,昨天的不幸将要在今天被消灭,被埋葬,被忘却。

影子摇晃着,把影子彼此分开的浅色的光带扩展着并闪烁着光芒。不容怀疑,基恩当然战胜了他的敌人。此时有几条裤管粗大的裤子走来帮助他,并夺去了他胜利的荣誉。笨重的脚踩在地面上,站在那里。一只大鞋举了起来,围绕窥视孔的外表亲切地画了一个圈儿,这鞋子不是要破坏窥视孔,而是要查一查这窥视孔是否还保持了原来的样子。这一只鞋抽回去了,另一只鞋又举了过来,和刚才那只鞋一样亲切地画了一个圈儿,不过是反方向画的。随后那腿就走了。人们听到一阵混合的声音:好像是钥匙发出的叮当声、开门发出的嘎吱嘎吱的尖叫声。影子也随着嘎吱嘎吱的声音消失了。现在人们可以心平气和地承认,那影子是蓝色的,确确实实是蓝色的。那个粗壮的人又掉过头来走了回去。人们应该感谢他,没有他,人们也许对付不了影子,影子总归是影子嘛,是一个物体投射下来的,把物体移走,那影子就没有了。那么,这里到底是什么东西移走了呢?能回答这个问题的人就只有当事人了。这时贝特狄克特·巴甫走了进来。

"嗬!已经起来啦?早上好,教授先生!您真是个勤快人。我去上点油,您听到楼的大门打开时发出的嘎吱声了吗?在床上睡觉真是其乐无穷,冬天的熊却变得孤单了。当初我老伴和我女儿还活着的时候,我们是三个人睡在这张床上。我作为您的朋友和借给您住宿的人想劝劝您,您就在下面住着,您会如人们所说的那样看到大自然的奇迹。全楼的人都起来了,大家都匆匆忙忙地上班。他们睡的时间太长了,他们都是女人和睡懒觉的人。如果您走运的话,您会一下子看到六条腿同时经过这里。看到这种情况是很有趣的。人们简直都搞不清楚是怎么回事了。唉,您所想象的人转瞬间就变成另一个人了。热闹得跟戏园子一样!我说,您可别多笑。笑多了伤神,第二天没准儿会笑死!"

他哈哈大笑,对他说的笑话高兴得满脸通红,他说完撇下基恩,自己就走了。那令人讨厌的影子以及那一条一条的光带原来是楼门栅栏的影子。人们一旦知道这是什么东西,那它就失去它可怕的魔力了。头脑简单的人把什么东西都叫错了,缠绕着他们的是一种魔术,不管在什么地方还是在什么时候,他们都会遭到损害。科学把我们从迷信中解救出来。科学需要一致的名字,用希腊字或拉丁字所陈述的事物名称才是真正的名字,不会引起误解。比如,谁会把拖在门后面的东西猜测为不是门或不是它的影子呢?

看门人说的话果然不错。无数的裤子离开大楼了。他一开始看到的裤子是一些普通的、没有什么光泽的、保护得不好的裤子,可见穿这些裤子的人对裤子并不讲究——也许正如基恩所希望的那样——但却是有点知识的人。随着时间的推移,往后出现的裤子就愈来愈笔挺了,穿这种裤子的人行走的速度也慢多了。裤子的熨线简直像刀子一样锋利,可以割破人的皮肉。如果一个人碰上锋利的刀子,一定会惊呼:"当心!"各种特点的裤子出现在他眼前,他毫不畏惧地说出了这些裤子的颜色。裤子是什么料子做成的,价值如何，距离地面有多高，裤脚多大，跟鞋子的比例关系如何，等等，尽管名目繁多，他还是能说出一些来。将近十点，安静一点儿的时候，他就想把所看到的裤子分析一下：穿这些不同式样裤子的人可能是什么年龄，什么性格，什么职业。按照裤子的特点对人进行分析，这样系统性的工作对他来说完全可以办得到。他想就这个问题写一篇小小的论文，不费吹灰之力，三天内就可以写成。他半开玩笑似的对某一位从事服装研究的学者提出了指责。不管基恩搞了什么名堂，他在下面的时间已经丧失了，浪费了。他非常懂得，他为什么一定要看守着窥视孔。昨天已经过去了，昨天毕竟过去了。聚精会神地从事科学研究才能使他有无穷的乐趣。

  在上班的男人中间掺杂了一些女人，这些女人既顽固又令人讨厌。她们也是一大早就出门，一会儿就回来。所以她们在人次上就翻了一番。她们也许是去买东西的，可以听到男人们对她们的问候和一些多余的寒暄。即使最鲜艳最合身的裤子也得在门口停一停。它们以多种形式表达了男性对女性的低三下四。有一个人为了对女性表示高度的尊敬，甚至咔嚓一使劲把两只鞋子的后跟碰了一下，做出立正姿势，那咔嚓的刺耳声几乎把基恩的耳朵震聋了。其他的人踮着脚尖儿点头哈腰地摇晃着。有两个人甚至弯着膝盖蹲下来。一些人裤子的前熨线在微微地抖动着。裤子的主人们毫不掩饰地喜欢女性，他们的爱慕表现在裤脚与地面构成的三角形中[①]。基恩希望能看到一个对任何女人都表示厌恶的人，他面对女人昂首阔步地走过去，毫不理睬女人。但这样的人基恩始终没有看到。大家想一想这是什么时辰吧：人们刚刚离开他们的床和他们的妻子。在这楼里住的都是结了婚的人家。新的一天开始了，新的工作又展现

[①] 由于男性向女性表示爱慕之情，身子向前倾斜，裤脚口与地面就形成了三角形。

在他们面前。他们匆匆忙忙走出家门。他们迈开的双腿上焕发出来的活力和工作干劲对窥视孔前的工作者产生了影响。生气勃勃,充满了力量,多么令人羡慕!他们不是从事脑力劳动的人,而是一般职工。但是他们的生活有纪律,有秩序,劳动有既定的目标而且自觉自愿。他们的生活非常严密,很有节奏,一环套一环,时间是完全按照人们自己的意志划分的。走廊里叽叽喳喳,他们又碰到什么啦?邻居家的妻子、女儿或厨娘,他们不是偶尔碰到一块的。这些女人早就有所安排。她们在家门口早就注意了。她们一听到她们所喜欢的男人的脚步声,就悄悄地跟下来,走在心上人的前边、后边或旁边,这些小克娄巴特拉①,都准备用谎言来欺骗她们的心上人,用阿谀逢迎来取悦情人,她们像哈巴狗摇动尾巴一样扭动她们的身躯以获取情人的欢心。她们无情地破坏了男人们安排得很有意义的时间,因为这些男人堕落了,他们受着老婆们的管束,恨他们的妻子,但他们并没有把对妻子的恨扩大到其他女人身上,而是跑到其他女人身边去了。

有个女人微笑,那些男人就站住了。他们在女人面前低三下四,毫不顾及自己的身份,他们推迟计划,叉开双腿,跟女人唧唧哝哝,浪费时间,以便获得一点点乐趣!他们脱帽向女人行九十度的大礼,腰弯得既透不过气来,又看不见对方。由于不慎,帽子偶尔掉在地上,他们就弯着胳膊拾起来。此时人们可以从窥视孔中看到一张笑容可掬的脸。刚才还是一本正经的面孔现在都消失了,女人成功地使男人不再那么严肃了。这幢房子的女人把她们的埋伏点就设在窥视孔的前面。即使非常诡秘,也有一个第三者对他们表示

---

① 克娄巴特拉(前69—前30),埃及托勒密王朝的末代女王,以美貌著称。罗马统帅恺撒率军入埃及,与其相昵,生一子。恺撒死后,她又与其部将安东尼结婚。

赞赏。

但是基恩并没有赞赏他们。他可能忽略了他们,天晓得,他是很容易看不到这种情况的,这纯粹受他的意志控制。视而不见,对于一个学者来说是常有的事。一个学者为什么要去关心那些事情呢?女人都是无知的文盲,都是难以容忍的蠢人,她们永无休止地干扰别人的工作。要是没有女人,这世界就是一个巨大的实验室,一个极其丰富的图书馆,是一个日夜都可以使用的效率最高的工作天地!为了尊重女人,正义的事业只能容许这一点:女人可以穿裙子,但绝对不可以穿蓝色的裙子。就基恩长时间观察的结果而言,他还没有看到哪个女人,有使他回忆起从前总是轻轻地蹭过走廊、后来终于饿死了的女人。

将近一点钟的时候巴甫来了,并向他要钱去买中饭。巴甫说,他要到饭馆去买饭,可是身无分文。国家只在月头上给他付退休金,而不是在月尾。基恩叫他安静,他在下面住的时间不会长了。他很快就会搬到他上面的住宅中去。在搬上去之前他要完成在窥视孔旁边观察的研究工作。他计划写一篇《裤子特点之分析》这样的论文,并附带写一篇《论鞋子》的文章。他没有时间吃饭,明天再说吧。

"什么?"看门人吼道,"这不行!教授先生,我好心好意地请您给我钱!饭还是要吃的,搞这样有趣的工作,不吃饭会饿死的!我真替您担心!"

基恩站起来,看了一下干扰者的裤子。"请您马上离开我的——工作场所!"他的句子重音落在"我的"上面,然后他停顿了一下才说出"工作场所"。

巴甫圆睁怪眼,他的拳头已经痒痒了。为了不马上打下去,他把拳头放在鼻子尖上磨了磨。难道说教授疯了吗?他的工作场所!巴甫现在首先应该干什么事情呢?打折他的腿,打破他的脑袋使他脑浆迸裂,还是首先在他肚子上给他一拳?把他拖到上面他老婆那里去好不好呢?那他可受不了!她说她要把杀人犯关在厕所里。把他赶到大街上去?把那堵墙打穿,把他关在失去早夭的女儿感情的那个房间里好不好呢?

巴甫虽然设想了这许多情况,但毕竟没有这么做。根据巴甫的命令,台莱瑟在上面备好了午饭。巴甫想在这方面狠狠地敲基恩一笔。他很愿意当侍候人的人,而不只是当一个打手。他从口袋里拿出一把锁,用一个指头把基恩推向一边,就把窥视孔的挡板锁起来了。

"这是我的窥视孔!"他叫道,他的拳头又胀大起来了。"且慢!"他暗暗地控制着自己的拳头,这拳头很不自在地伸进裤兜里。它们现在跃跃欲试,似乎是受了委屈。拳头痒痒得在口袋里磨着。

"多么有趣的裤子!"基恩想,"多么有趣的裤子!"他在上午的观察中所进行的是一项重要的工作,现在不能进行下去了,多么可惜。这个家伙夺人所爱。这个家伙冷漠无情地使他中断了他的研究。此人穿的就是典型的裤子,这裤子正是一个谋财害命的人穿的裤子:它那肥大、破旧、肮脏、玄色的裤腿上泛着淡淡的血影,看了令人讨厌。如果畜生穿裤子的话,也会把裤子弄成这个样子的。

"饭已经订了!"这个畜生吼道,"点了饭菜就要付钱!"巴甫说着就抽出一只拳头来,很不乐意地张开来,把巴掌伸到基恩面前。"我不会付钱的,教授先生,您不要错认了人!我可容不得逃账的食客!我最后一次要求您付钱!您要多想想您的健康!人不吃饭怎么行呢?"基恩丝毫不动声色。

"我不得不动手了!"他一把抓住他,嘴里说声"这么一副骨头架子",就把这副"架子"往床上一扔,搜查了他所有的口袋,把所有的现钞集中在一起数了数。他说,刚好够付饭钱,分文也不多,他说的可是老实话,并威胁道:"我送饭来!您可不要打错算盘,我可不是您所支配的人!您这个人真不知好歹,忘恩负义。一切忘恩负义的人统统要斩尽杀绝!我警告您!我的窥视孔锁定了,您甭想看,这没有什么不公平合理的!裤子看多了会使您成为罪犯。我得注意着点。如果您表现得老实,我明天还可以打开锁让您看,这只是因为可怜您,爱惜您。我是很了解这一点的。您要放老实些!四点的时候给您送咖啡来。七点的时候给您送简单的晚饭来。您那时再付钱!您现在就付也行!"

基恩刚刚站起来,又被按倒了。为了一劳永逸地结束这吵吵嚷嚷的局面,巴甫算了一下一个星期的生活费。作为一个警察官员,他计算这类账目易如反掌。因为数字很大,他算了三次,第三次的钱数似乎不错,于是他记上了一笔账,并在账上签了自己的名字:"退休警察贝纳狄克特·巴甫"。写完后就小心翼翼地把纸条塞在枕头下面,然后啐了一口唾沫(这样他一方面表达了他对教授的失望,另一方面也表达了他的拳头的失望情绪),就走了。他走到外面又把门锁上。

基恩对锁并不感兴趣。他在拽窥视孔的挡板,挡板松动了一点儿,但打不开。他在房间里寻找钥匙,也许房间里有一把能开锁的钥匙。床下面是空的,他打开箱子,箱子里是旧警察制服,一个喇叭,一副用坏了的只有拇指分开的手套,一个捆得好好的包,包里是熨得平平整整的女人的内衣(都是白色的),一支手枪,还有子弹和相片。他与其说是出于好奇,不如说是出于仇恨才看这些东西的。那相片上坐着一位父亲,他叉开大腿,右手按着一个瘦弱的女人的肩膀,左手夹着一个不满三岁的孩子,孩子羞怯地悬在他的大腿上。相片背后写着粗大而醒目的大字:"红雄猫暨老婆、孩子合影"。此时基恩想起,看门人在老婆未死之前已经结婚好长好长时间了，这相片照的是他当年有家小的时候。基恩幸灾乐祸地在相片背面上划去"雄猫"一词，换上"杀人凶犯"，再把相片放在巴甫常穿的制服的最上面。然后关上箱子。

钥匙！钥匙！钥匙在哪里？这时仿佛有人从他皮肤上的每个毛孔中抽出一根一根细丝，又好像有人把所有这些细丝绞成一根粗绳子，这根粗绳子通过窥视孔一直延伸到外面的走廊里，走廊里有许许多多裤子拽着绳子。"我要打开！我要打开！"基恩呻吟道，"人们阻止我观察呀！"他绝望地躺到床上。这时他想起了所见到的情况：男人一个接一个在他面前走过，他把他们拦回来，他不能原谅他们受女人的支配，并补充了对他们的谴责。还有许多事情要做，有许多事情要思考。要是思维能不停地工作下去该多好啊！他把四位日本天门大神请下界，他们是强有力的庞然大物，青面獠牙，令人生畏。他请四位大神把守着他的思维大门，他们知道，什么样的东西不让通过。凡有助于思维安全的东西他们才让通过。

对许多著名的理论进行一次检查是不可避免的，即使科学的理论也会有它们的弱点。怀疑是获取一切真知的基础。这一点笛卡尔[①]早就证实过了。比如，为什么物理学上讲三基色原理？谁也不否认红色的重要性。成千上万的证据可以说明红色的基本作用。对黄色就有异议，它在光谱分析中紧挨着绿色。绿色据说是由黄色和一种无法说出其名字的颜色混合而成的，人们小心翼翼地使绿色映入眼帘，尽管这种颜色人们的眼睛看着是舒服的。现在我们不妨反过来看！眼睛看着感觉舒服的东西，绝不会由那最具有破坏力、最丑恶、人们无法想象的毫无意义的颜色组成。绿色里头不包含蓝色，我们尽可以把这个词说出来，因为它仅仅是一个词，没有

---

① 笛卡尔（1569—1650），法国哲学家、物理学家、数学家、生理学家。解析几何的创始人。

其他的意思，最主要的是，它不是一个基本颜色。显然在光谱中隐藏着一个秘密，一个我们还没有认识的光的组成部分，这个组成部分应位于黄色和绿色之间。物理学家的任务就在于找出这种颜色来。世界上每天都充满着光谱中看不见的光成分。物理学家们已经找到了了解开光之谜的具有重要意义的方法。他们认为，我们是按其作用而不是按其性质来认识的，我们所缺少的第三种基本颜色就是蓝色。人们运用一个词，把这个词和一个谜结合起来，这个谜就这样解开了。为了不使人看出这是一场欺骗，人们选择了一个不正派的、一般严禁使用的字眼。人们对这个字眼加以考察，对这个字眼的畏惧情绪就自然产生了。他们说，这个词散发着臭气，凡显露蓝色的东西，他们尽量避开。人们的胆子小。凡需要做出决断的时候，他们宁愿无休止地讨论下去而不做出决断，也许这样下去就可以蒙混过去了。于是这样的情况出现了：人们至今一直坚定地相信这种空想的蓝色的存在，比相信上帝还要坚定。根本没有蓝色，蓝色是物理学家发明的。如果有一种什么蓝色的话，那么典型的谋财害命的凶犯的毛发一定是蓝色的。那个看门人的外号叫什么？是叫蓝雄猫吗？不对，他叫红雄猫！

  人们的经验也成了人们在思想上反对蓝色存在的理由。基恩闭上眼睛试图强迫自己去想象一幅一般会被称之为蓝色的画面：他观察大海，大海中透出令人愉快的光线。他观察微风吹拂的林梢，难怪诗人们站在高高的瞭望台上把脚下的森林比喻为大海呢。他们总是作这样的比较。他们不可能不作某些比较。这是有深刻道理的。诗人是有灵感的人。他们看见森林，森林是绿色的。在他们的记忆中还有另一幅画面，同样非常巨大，同样是绿色的：这就是大海。那就是说大海是绿色的，大海的尽头与天相接。天上无一丝蓝色，乌云密布，暴风雨就要来了。白天很快过去了。时间走得真快啊！

为什么呢？谁驱使时间走得这么快呢？夜幕降临之前有人要看看天空，看看它那该诅咒的颜色，那颜色是捏造出来的。傍晚时分云散了，灿烂夺目的红光透过云彩照射出来。蓝色到哪里去了？到处都燃烧着红色！红色！红色！然后天空便降下了夜幕。这又是一个成功的揭露。谁都不怀疑红色。

基恩满意地笑了。他一切都成功了。他一抓就准，而且论据充足。在睡觉之中有科学。诚然，他睡不着，他不过是假装睡觉罢了。只要他一睁开眼睛，目光就要落到锁着的窥视孔上。他不愿意无谓地生气。他蔑视那个谋财害命的凶犯。一旦那个凶犯重新开放这块宝地，即把那块挡板取下，他就原谅凶犯的无耻行为，睁开他的眼睛，否则他不打算睁开眼睛。

"喂，杀人凶犯！"一个声音唤道。

"安静！"他命令道。他正思考着蓝颜色，不理睬那个呼喊"杀人凶犯"的声音。他像不愿看那不可更改的裙子一样不愿听这个声音。他的眼睛闭得更紧，并再一次命令："安静！"

"请吃饭吧！"

"胡说，饭将由看门人送来！"他轻蔑地撇了一下嘴唇。

"他让我送来的，我不得不送来。你也许以为我愿意送来吗？"

那声音听来有些发怒了。略施小计即可以使这声音沉默。"我不想吃饭！"他搓着手指说。他就是这样来对待发那个声音的人的愚蠢行动。一个令人敬畏的论战者，他把发那个声音的人一步一步地往角落里赶。

"哟，干吗？饭要挤翻了！多可惜的一顿美餐。请问，谁付钱呢？别人付钱！"

那声音听起来很俏皮。说话人在这里就像在家里一样。这声音好像是屠宰场里复活的野兽的声音。一个艺术大师把兽皮一块一块缝起来，使它复活，真是一个天才的艺术大师，他不但使它复活，而且还使它恢复了原来的说话能力。

"请您把根本不存在的饭尽管往地上摔好了！但有一点我要跟您讲清楚，亲爱的尸体，我是无所畏惧的。畏惧的时代已经一去不复返了。我会把鬼怪身上的遮尸布扯下来。我怎么还没有听到饭盆儿掉在地上的声音呢？莫非我忽略了？我也没看到碎片。据我所知，人们吃的饭都是盛在盘子里的。瓷盘子很容易打碎。也许我弄错了。我想建议您给我讲一个打不破的瓷器的故事。鬼怪是变化多端的。我等着听故事！我等着！"基恩微笑着。他的辛辣的讽刺使自己感到高兴。

"对不起，这不算什么本事。睁开你的眼睛吧。谁还不会装瞎子！"

"我会睁开眼睛的。如果我睁开眼睛而看不到您的话，您就会羞得无地自容！到目前为止我一直对您客客气气。我只是半认真地和您打交道。但如果我睁开眼睛一看——为您着想，我是不愿睁眼看您的——您在说话，但没有您这个具体的人站在那里，那您就别怪我无情，这么一来，您就完了。我会睁开眼睛的，您会感到惊讶的！我会伸出指头去摸您的脸，如果您有脸的话。我的眼睛是很难睁开的，它对什么都不想看，都感到厌倦了。但是它一旦睁开来，您就要遭殃了！目光是无情的。我可以忍耐一会儿。我等一会儿，因为您使我感到可怜。您还是自动离开这里为好。我允许您考虑一会儿。我希望我数到十时，您就离开。我是文人，请您相信我，您还是走为上策。另外，我提醒您，这房子是一个谋财害命的凶犯的房子。如果他回来了，他会把您打死的！"

"不，不，我不能被人杀害！"那个声音尖叫道，"第一个老婆被杀害了，第二个老婆不能再被杀害！"

沉重的东西落到基恩身上。要是有人在这里,那么他相信是人家把食具扔在他身上了。他变得聪明、变得世故些了。他闭着眼睛,什么也不看,这种状态促进了他的幻觉。他闻到了饭菜的香味,明白确实有人在这里来着。他的耳中回荡着野蛮的辱骂声。他听不清楚。但每一句话中都出现"杀人犯"这个词。他的眼睛紧闭着,眼睛周围的肌肉紧紧地收缩着。可怜的耳朵!有一种液体淌到胸前。"我走!"那声音尖叫着。他还是听到那声音了。"我再也不送饭来了。杀人犯统统都应该饿死。那样正派人才能活着,活得好些。他反正已经被关在这里了。呸,像个畜生!床上一塌糊涂。房客们好管闲事,会说:此人疯了。我说,不是疯子,是杀人犯!我马上就走,犯不着在这里生气!这个房间臭气熏天,我管不着。饭是好的。后面还有一个房间,应该把杀人犯关在那里边!我走!"

这时突然静下来了。要是别人会马上感到高兴。基恩等着。他一直数到六十。屋里还是很安静。他用帕利语念了一句佛经,很虔诚地默默重复着,但没有发出声音。现在我半睁开左眼,他轻轻地对自己说,一切都很平静,如果还害怕,那就是胆小了。接着右眼也睁开了。两只眼睛一起看着空空的小房间。床上放着几个碟子、一个托盘和刀叉。地上摔坏了一个玻璃杯,盘子里有块牛肉。衣服上撒着菠菜。他身上被浇了汤,衣服都湿透了。一切都是正常的、真实的。谁端来的饭菜呢?从来没有人来过。他走到门边,门锁上了。他摇门,毫无用处。谁把他关在这里的?是看门人走的时候把他关在这里的。身上的菠菜根本没有了,他把它刷掉了。他把玻璃片捡在一起。忧心如焚,他的伤口流着血。难道还要怀疑自己的血吗?这些情况使他大感不解。餐具里有把刀子,为了试一试,他用刀子把左手的小指头切了一块下来,刀子很快,切在小指头上也很疼。他流了很多血。他用吊在床上的白餐巾包好受伤的手。在餐巾角上他读到自己名字的缩写符号。他的餐巾怎么跑到这里来啦？难道说有人穿过天花板、墙或锁着的大门把饭菜扔进来的吗？窗户完整无缺。他尝了尝肉。肉也是正常的香味。他感到饿了，就把肉吃了，他屏住气，感到吃的东西顺着食道下去了。当他闭上眼睛躺在床上时，他听到好像有人走进来了。他倾听着，把手挡在耳后，以便听得清楚些。然后他看了看床底下、箱子里，没有发现什么人。可能有人到这里来过，不过没有说话罢了，后来又走了，可能是因为害怕吧？金丝鸟没有叽叽喳喳地叫。人们干吗要养鸟呢？他不伤害它们。自从他住在这里后，就从来没有惹他们。它们出卖了他。他眼前冒着金星。突然金丝鸟叫起来了。他握起拳头威胁它们。他看到：这鸟的颜色是蓝色的。它们嘲笑他。他把鸟儿一个一个从笼子里捉出来，掐住它们的咽喉，直至它们窒息而死。他高兴地打开窗户，把鸟的尸体扔到大街上。他的小指头，即第五个尸体，他接着也扔了出去。他刚刚把屋子里蓝色的东西清除掉，四周的墙壁在他的眼前就摇晃起来了。那剧烈的摇晃使他陷入一片蓝色的斑斑点点之中。那是裙子，他轻轻地说着便爬到床底下去了。他开始怀疑自己的理智了。

一所精神病院

这是三月末一个烦躁而暖和的日子，著名的精神病专家格奥尔格·基恩正在他巴黎的精神病院的大厅里走来走去。窗户都敞开着。病人们正在为获得窗户格栅边上有限的地方顽强地争夺着。他们的头一个挨一个。互相谩骂，那是在所难免。大家差不多都想多呼吸一些他们白天在花园里已经呼吸到的那种空气。当看管人员把他们赶回宿舍的时候，他们很不满意。他们想多呼吸些外面的空气，谁都不承认自己累了。睡觉之前，他们走到窗户格栅边上来，在这里他们可领略到夜幕的降临，他们相信这宽敞明亮的大厅里的空气已接近野外的空气了。

他们所热爱的教授——因为他漂亮而且心眼儿又好——在他们活动的时候，从来都不惊动他们。据说平时他一来，大厅的人多半都朝他围拢来，大家都争着跟教授接触，握一握手，或说上几句话，就像今天争夺窗户格栅边上的位子那样。许多病人内心反对进这种精神病院，是人们非法地把他们送来这里的，但他们从来就没有把仇恨向年轻的教授发泄过。这两年他才成了这所精神病院名副其实的院长，他从前是这所精神病院的实际领导者，是残忍的前院长的好心肠的天使。谁以为自己是被强制送来的，或者明摆着就是被强制送来的，那么他们就会认为那是具有至高无上权力的已经死去的前院长的责任。

那位前任以疯子般的顽强精神代表着正统的精神病理学的理论。

为了求得切实可行的可作为依据的名称，他不惜使用他拥有的巨大物质力量，他认为这样做是他的神圣职责。他所认为的典型病例使他夜不成寐。他热衷于完善精神病理学的体系而仇视持怀疑态度的人。人，特别是精神病患者和罪犯，对他来说都无所谓。他给予他们某种生存的权利，因为他们给他提供了经验，从这些经验中权威们创造了科学。他自己就是一个权威。他——一个郁郁不乐沉默寡言的人——常常就科学事业的开拓发表一些咄咄逼人的讲话，他的助手格奥尔格·基恩对他的极其有限的见解既感到十分气恼，又替他感到羞愧，但对他的讲话却又不得不几个小时地站着从头至尾硬着头皮听下去。凡有强硬见解与温和见解对立时，这位前任院长总是站在强硬见解的一边。他每次巡视的时候，病人都以他们的老问题来纠缠他，他对这些病人说："我知道。"在家里他便对妻子抱怨他那与神经错乱的人打交道的职业。他还向她公开了对精神病问题的秘密看法，他不能在大庭广众之中发表这些看法，因为这些看法严重地威胁着精神病理学的完整体系，因而是危险的。只有老想着自己的人才会发疯，他十分强调地对妻子这样说。他目光逼人地看着妻子，使妻子的脸都红了。精神病是对自私自利的惩罚，所以在疯人院里聚集了全国大部分罪人。监狱行使的也是这种职能，但是科学需要疯人院作为实体观察的手段。其他的事情他没有对妻子讲。她比他小三十岁，所以她使他的晚年增添了美色。他的第一位太太以及第二位太太，在他没有来得及把她们作为不可挽救的自私自利的人投进自己的疯人院时就潜逃了。他对第三位太太除有点儿妒忌以外没有什么可指责的，但第三位太太却偷偷地爱着格奥尔格·基恩。

格奥尔格·基恩之所以升得这么快得感谢这位三太太。格奥尔格，高高的个子，结实、热情、可靠，在他的性格中蕴藏着女人们所喜欢的男子的温存。谁见到他，都称他为米开朗琪罗的亚当①。他非常懂得把自己的聪明才智与潇洒时髦的风度结合起来。他的情人的策略手腕使得他那无与伦比的才能得到了充分的发挥。当她确信除了格奥尔格别无他人可作她丈夫的接班人继任精神病院院长的职务时，她就为了他而对丈夫下了毒手，这件事她一直没有告诉别人，也没有告诉格奥尔格。多年来她想着格奥尔格，并为了和他结合而做好了准备。她的丈夫无声无息地死了，人不知，鬼不晓。格奥尔格很快就被任命为院长，为了感激她的恩德，他跟她结了婚，但是他始终不知道她为了他而毒死亲夫的事。

  格奥尔格在他前任的严格训练下，迅速变为和他的前任相反的人。他像对待一般人一样地对待他的病人。他非常耐心地倾听病人叙述他已经听了上千遍的故事，并总是对他们的老问题和旧有的恐惧提出令人惊奇的新建议。他的病人高兴的时候他也高兴，他的病人哭的时候，他也陪着掉眼泪。他白天的时间划分是有明显特色的：他每天三次——即起床后第一次，午前第二次，晚上第三次——巡视他的医院，这样他每天都可以看到他的八百个病人，不会漏掉一个。他只消很快地看一眼就行了。他在哪里看到一点小小的变化，一个裂痕，一个可以了解病人心理状况的机会，他就马上在哪里干开了，并把当事人带到他家里，带到办公室里，请当事人坐上等的座位。这时他往往赢得了——如果他还没有赢得这种信任的话——那些疯疯癫癫的人的信任。他称这些人为国王，尊他们为国王陛下，他像拜倒在上帝面前一样合掌跪拜在他们面前。这样即使最高贵的人也要亲近他，告诉他最近发生的事情。他成了他们唯一可信赖的人。从他们尊敬他、赞扬他的时刻起，他们就给他叙述他们那里经

---

① 亚当，《圣经》故事中人类的始祖。

常发生的变化,并请他提提意见,出出主意。他总是给他们出极聪明的好主意,好像他的心中有他们的愿望,眼中有他们的目标,头脑中有他们的想法似的;他给他们出主意时总是那样小心谨慎,虚怀若谷,从不强加于人,从不摆出权威的架子,以致对方微笑着给他打气,请他大胆地发表意见。他们真的觉得,他们是国王,他是他们的大臣、谋士、使徒,有时甚至是他们的宫廷仆人。

  随着时间的推移,他发展成为一个了不起的演员。他那十分善变的面部表情能适应各种变化着的情况。他每天三次巡视医院,尽管这样仔细,他还是邀请一些病人到他那里去,跟这些病人打交道时,他像演员一样扮演着许多角色。在巡视时他短暂而恰如其分地与病人打招呼、交谈,这样的表演对他来说已多得无法加以计算了,他一天之中所做的表演何止成百上千呢!他对待知识界中各种各样神经分裂症病人的态度常引起人们的激烈争论。比如一个病人同时表现了两种人的情况,而这两种人又是针锋相对、水火不相容的,这时格奥尔格就使用一种开始他自己也觉得很危险的方法:他跟体现在一个病人身上的两个对立人物都交朋友。做这样的表演的前提是需要有如醉如痴的韧性。为了研究出这两种对立人物的真正的本质,他有根据地依靠每一个人物,从这些根据中得出结论,再把这些结论组成新的设想,为了证明这些设想,他构思出十分细致的实验,然后着手对病人进行治疗。他在思想上接近病人的两个对立部分,并使这两部分逐渐趋向一致。他感觉得到,这两部分在哪几点上可以互相容忍,不发生对抗,于是他就通过有说服力的感人的想象把对立的两方面的注意力引向它们的共同点,直到它们在这些共同点上结合在一起并继续发展下去为止。突然的危机,剧烈的冲突,巨大的分裂情况——尽管人们希望两个对立部分能一劳永逸地统一起来——还是不可避免地经常发生,但成功的事例也不少。

他把失败的原因归咎于自己工作上的粗枝大叶,他很可能把某一个隐蔽的环节疏忽了,他的技术还不算高明,他对待工作太轻率,他为他的死的信念而贡献活人,他简直跟他的前任一样——于是他重新开始十分谨慎地试验,因为他相信他的方法是正确的。

就这样,他实际上同时生活在无数个不同类型的人组成的环境中。通过研究精神病人的病例,他迅速成长为他那个时代最全面的精神病专家之一。他向病人所学到的东西多于他给予病人的东西。他们丰富了他的经验。他把他们治愈了,使他们摆脱了精神病的折磨。他发现有些病人是非常聪明、非常敏捷的。这些人是绝无仅有的真正有作为的人物,是专门的人才,他们具有真正独特的品德,他们正直,具有坚强的意志,这一切连拿破仑都羡慕。他在他们之中认识了一些辛辣的讽刺作家,他们的创作天才胜过所有的作家。他们的思想从来就没有写到纸上去。这些思想是外部世界脉搏跳动的反映,然后又像外来的占领者一样袭击了他们。好利者是获取我们世界财富的最佳向导。

自从他属于他们的行列、并跟他们的精神世界融合在一起以来,他就放弃阅读好的书籍了。在小说中所谈到的精神世界都是千篇一律的。从前他十分热情地阅读小说,并对他认为是一成不变的、毫无色彩的、令人乏味的、没有意义的老句子能够获得新的运用感到极大的乐趣。那时语言对他来说意义不大。他对语言的要求就是语言要反映学术上的正确性。杰出的小说的语言应该是人们要说的最华丽的语言。谁能像先驱作家那样运用标准的语言来说话和写作,那他就是他们合法的接班人。他们的任务之一就是要把人们曲折的、痛苦的、棘手的多样性生活写到书上去,这种书人们读得快,同时读起来也舒服。读书可说是一种抚慰,对女人和妇科大夫来说是另一种形式的爱。对于妇科大夫来说,他们的职业要求他们细细体味妇女的知心读物。这些书不应该有使人糊涂的习用语、成语之类的东西，不应该有外来语。这样，同一题材的读物读得越多，人们从读书中所获得的乐趣也就越多。小说文学应该是礼貌教育的教科书。读过这些书的人都强制地使自己变成了守规矩的人。他们在喜事的祝贺和丧事的吊唁中参与了社会交际，与他人交往。格奥尔格·基恩作为妇科大夫开始了他的生涯。他年轻潇洒，医术高超，他的诊所门庭若市。在那短短的几年中，他醉心于法国小说，这些小说从根本上促成了他的成就。他不知不觉地和女人打上了交道，好像他爱她们似的。每个女人都投其所好，并从中得到自己的好处。于是在夫人和小姐们之中生病成风，她们都到他那里去登门求医。他来者不拒，并努力获得成功。他简直被女人团团包围了，他受宠若惊，随之也大大地富裕起来了。他像没有成佛之前的释迦牟尼王子一样生活着。释迦牟尼的父亲是一位王侯，他非常为儿子担忧，但他却不能使儿子脱离人生的苦海。王子看到的是人生的衰老、死亡、乞讨，真是苦海无边哪，以致他再也不能看下去了。但他却通过阅读书籍，通过他所说的话，通过与围着他转的女人打交道而摆脱了人生的苦海。

格奥尔格·基恩二十八岁便离乡背井。他利用一次为一位雍容华贵而又多情的银行家妻子——只要她的丈夫出门她就要生病——看病之机，结识了这位银行家的弟弟，一个因为要保持名门望族的声誉而被强制留在家里的精神病患者。这位银行家觉得即使把弟弟送到疗养院也会使他的声望遭到损害，于是他把他那可笑的别墅中的两间屋子留给了弟弟，这位弟弟跟他的女护理员就住在那里。女护理员是个年轻的寡妇，毫无人身自由，完全委身于他。她不能离开这位弟弟，而必须万事顺从他，对外她是他的秘书，因为人们把他看作是艺术家，是和别人没有多少来往、但却在悄悄地著书立说的特殊人物。格奥尔格·基恩则成了这位夫人的私人医生。

　　为了摆脱这位夫人的过分明显的热情，格奥尔格·基恩请求她让他看看别墅里的艺术品。她表示同意，迟疑地从床上爬起来。她的丈夫只收集裸体女人画，她希望在这些裸体美女画中找到沟通她与他之间感情的桥梁。她非常仰慕鲁本斯[①]和雷诺阿[②]，"在这些妇女的形象中，"她重复着她丈夫爱说的一句话，"交织着东方的色彩。"她丈夫过去曾做过地毯生意，因此他把艺术品上各种鲜丽的色彩看成是受东方的影响。夫人满怀深情地看着格奥尔格大夫。她对他总是直呼名字，而不称姓，因为他可以当她的弟弟。他的眼睛看向哪里，她的目光也就跟到哪里。不久，她认为已经看出他缺少什么了。"我看您多么痛苦！"她像戏剧舞台上的女主角一样说，看了看自己丰满的胸脯。格奥尔格大夫十分体贴别人，但他没有弄懂她的意思。"我们收藏的最精彩的珍品挂在我小叔子的房间里呢！他是个善良的人。"她指望那幅一般的画能获得更好的评价。因为有文化的人常来她家，她丈夫——他迫不得已，同时叫着他是一家之长——把那幅有幸很便宜买来的、他很喜欢的画放到生病的弟弟的房间里去了。基恩大夫很不愿意会见精神病人。他认为那幅画不过是银行家犯傻买的画儿。夫人则断言，那幅画很有价值，其他所有的画都不如它。她说的是艺术价值，但这话听起来像是她丈夫的口气。最后她还是邀请他去看看，他听从了她的话。他感到行走时两人所表现出来的亲密感情比站着时所表现出来的亲密感情更没有危险性。

　　通往小叔子房间的门关着。格奥尔格大夫按了一下门铃。人们听到一阵拖着沉重步子所发出的声音，接着便是死一般的寂静。在

[①] 鲁本斯（1577—1640），佛兰德斯画家。
[②] 雷诺阿（1841—1919），法国画家。

门上的窥视孔后面出现了一只黑眼珠。夫人把一根指头放在嘴边，嫣然一笑。那只眼珠居然毫无所动。两个人耐心地等着，大夫这样有礼貌地对待他，而他却这样冷漠，这使大夫感到遗憾，同时对自己所失去的时间也感到惋惜。门突然悄悄地打开了。一个穿着衣服的"大猩猩"走了出来，伸出他的长臂，搭在大夫的肩上，用一种陌生的语言欢迎他。"大猩猩"并没有看那位夫人。客人跟着"大猩猩"进了屋。"大猩猩"让客人坐在一张圆桌旁边。他的态度生硬，但不难理解，而且是和善的。大夫对他说的语言真是伤透了脑筋。最初他还以为"大猩猩"说的是黑人的土语。"大猩猩"把他的秘书叫来，她穿得很简陋，显然感到很尴尬。她坐下来后，她的主人就指着墙上的一幅画，并在她背后拍了一下。她毫不害臊地向他挨近。她的原有的羞涩之感此时已消失得无影无踪了。这幅画表现的是两个猴子一样的人的形象。夫人站起来，尽可能从各种不同的角度来欣赏这幅画。"大猩猩"抓住男客人，他仿佛有许多话要对男客人讲。他说的每一个字对格奥尔格来说都是陌生的。格奥尔格只听懂了一句话：坐在桌子旁的一对男女和画上所表现的一对男女有着密切的亲缘关系。女秘书懂得她的主人说的话，她用类似的语言回答了他的话。他说话声音很重，多半像是从身体最深处发出来的。在那声音的后面仿佛隐藏着激动的情绪。女秘书不时地说出一两个法语词，也许是为了暗示他说的是什么意思。"您会说法语吗？"格奥尔格问道。"当然会说，先生！"她激动地回答，"您以为我是哪里人呢？我是巴黎人！"于是她一连串地说着法语，发音不好，语无伦次，好像她的法语多半已经忘了。"大猩猩"对她大吼起来，她只好沉默不语了。他的眼睛直冒火星儿，她于是用手抚摩着他的胸脯，他像个孩子一样哭得很伤心。"他仇恨法语，"她对客人说，"几年来他正在研究一种新的语言，目前还没有完成。"

夫人还在欣赏那幅画。格奥尔格很感谢她。她如果说话的话，她的一句话就会使他失去应有的礼貌因为他自己找不到相应的话来回答。如果"大猩猩"再说话多好啊！因为有了这样的愿望，他才把诸如时间紧迫、义务、女人、成就等等一切想法统统都置于脑后了，好像他自生下来起就在寻找一个研究自己独有语言的人或"大猩猩"似的。他尽量避免说法语，但他的面部表情却向对方表达了最大的尊敬。女秘书点点头，以此来表示接受格奥尔格对她主人的尊敬。这时"大猩猩"停止了哭泣，继续以原有的生硬粗鲁的语言说话。他每说一个音节都辅以一定的手势。对不同的物体他都有不同的表达法。他提到那幅画足有上百次，每次所要表达的东西都各不相同。事物的名称取决于他的手势，说话时他整个身体都在配合着。他笑的时候，总是张开手臂。他的额头好像是长在后脑勺似的，那里的头发都磨光了，好像他在进行创造性活动时从来就没有停止摩擦那里的头发似的。

他突然跳了起来，尽情地扑到地上去。格奥尔格见到他浑身都滚上了一层厚厚的泥巴。女秘书拽着他的上衣，但终究太沉，她拽不动。她请求客人帮助她。她说自己非常妒忌！她跟客人一起把"大猩猩"扶起来。他刚刚坐下，就开始叙述他趴在地上的情况。他说的那几句话，就像被砍倒的树干往屋里摔进来一样沉重，格奥尔格仿佛听到了一件神话般惊险的风流韵事，这件风流韵事震动了他，使他深深地怀疑自己。他把自己看成是在人身旁的一只臭虫。格奥尔格问自己，他怎么能理解他所碰到的事情是如此玄妙，其深刻程度远远超过他敢于想象的地步呢？格奥尔格想，跟这样的人坐在一张桌子旁，自己显得多么傲慢自负啊！他认为，自己彬彬有礼，以恩人自居，而灵魂的毛孔里每天都淤塞着新的油脂，实际上只能算是一个半人半兽的怪物，并没有勇气像"大猩猩"那样生活下去，因为那样的生活就意味着另一种形式的生活。他不过是一种人生的模式，是供裁缝师傅做广告用的架子，由于偶然的情况动一下或者静止下来，完全根据偶尔的情况，不受任何影响，没有一丁点儿的个人力量；他一味单调地重复着那些空洞的话，人们永远只能从同一个角度理解这些话。哪里有一个决定、改变和塑造他亲近的人的正常人呢？那些迷恋着格奥尔格、为了格奥尔格什么也不顾的女人——特别是当他拥抱她们时——到后来依然是老样子，不过是皮肤保护得十分滑腻的可爱的小动物而已，她们的生活就是梳妆打扮，和男人谈情说爱。而这个女秘书，生来就是一个普通的女人，跟其他的女人没有什么不同，但在"大猩猩"意志的强大威力影响下，变成了一个独特的人：她更刚强，更激动，更富有牺牲精神。当"大猩猩"歌颂自己跟大地的风流韵事时，她不安了。当他叙述他跟大地的风流韵事时，她投过妒忌的目光，她在椅子旁坐立不安，用手指捏他，对他微笑、吐舌头等等，但他看也不看她一眼。

夫人对那幅画不再感兴趣了。她催促格奥尔格起身。使她感到吃惊的是，他和她的小叔子及女秘书告别时，小叔子好像是位大富翁，而女秘书好像在口袋里有大富翁的结婚证书似的。"他是靠我丈夫生活的！"夫人在外面对格奥尔格说。她反对任何错误的看法，但她隐瞒了她丈夫侵吞了小叔子的那一份遗产。这位十分体贴别人痛苦的大夫请夫人允许他给精神病人治病，他说，他这样做完全是出于他个人对医学科学事业的兴趣，她的丈夫完全不必承担这笔费用。她马上误解了他的意思，只有在一个条件下她才答应，即看病时必须有她在场。因为她听到了脚步——也许是她丈夫回来了——她赶紧说道："大夫先生的计划真使我感到新奇！"格奥尔格只好忍气吞声地接受了她的条件。就这样他开始了他的新生活。

一连几个月他每天都来。他对"大猩猩"的赞赏与日俱增。他不屈不挠地学会了"大猩猩"的语言,女秘书对他的帮助是微乎其微的。如果她法语说得太频繁,她就会感到自己被抛弃了。背叛了她所依附的男人是会受到惩罚的。为了维持"大猩猩"良好的情绪,格奥尔格放弃使用任何其他的语言。他就像初学话的小孩子一样,让人指着具体的物体来说该物体的名称,同时把物体与物体之间的关系也搞清楚了。这里原来的物体就是两个房间,房间里的东西,它们互相融合在一个整体中。物体在人们第一次看到的时候并没有自己的名字。人们的感觉器官不断地接触这些物体,并根据自己的感觉给这些物体起了名字,大家约定俗成,于是物体就有了自己的名字。对于"大猩猩"来说,这物体的面貌在变换着。"大猩猩"过着一种野蛮的、原始的、紧张而又瞬息多变的生活。他的生活与他周围的物体息息相关,这些物体积极地参与了他的生活。他把两个房间布置为自成一体的世界,使这两个房间都摆上东西。他创造着他所需要的东西。经过六天的时间,到第七天[①]他便能适应了。但他没有停顿下来,而是积极地创造一种语言。他给周围的事物都取了名字。因为他在这里所看到的设备以及人们逐渐拿到这里来的各种器具,都有他的生活作用于它们身上的痕迹。他耐心地对待突然来到他这个"星球"的陌生人。他原谅客人说着过时的语言,因为他自己曾经也是和客人一样的人。他当然也发现,陌生人取得了哪些进步。格奥尔格在"大猩猩"这里学习起初收效不大,后来他的学习进步很快,他的语言水平居然和"大猩猩"一样高,成了"大猩猩"的朋友。

格奥尔格是个学者,完全有能力就精神病患者的语言写一篇论

---

① 据《圣经·创世记》记载:上帝用六天的时间创造天地万物,第七天为安息日。这里是指"大猩猩"在创造自己的世界,第七天并不是安息日,他还要忙着创造语言。

文并予以发表，这就为语言心理学增添了光辉的一页。一个"大猩猩"解决了心理学科学上激烈争论的问题。跟"大猩猩"交朋友使得年轻的一帆风顺的医生获得了荣誉。出于对主人的感谢，他把"大猩猩"仍留在他所喜欢的地方。他放弃了帮"大猩猩"治病的意图。自从他掌握了"大猩猩"的语言以来，他相信他有能力把"大猩猩"变成受骗的银行家的弟弟。但是他要小心谨慎，不要犯错误。错误是容易犯的，因为一夜之间获得权势的感情驱使着人们犯那种错误。于是他便开始从事精神病理学的研究，他对他亲近的人说，他之所以要从事这方面的研究，完全是出于他对精神病患者崇高精神的欣赏，他要向他们学习，而不是要为他们治病。他不再读那些美妙的文学作品了。

后来，当格奥尔格积累了愈来愈多的经验时，他就学着区别不同类型的精神病患者。一般地讲，他的热情一直是很高涨的。他对那些精神病患者的火一般的同情，使他在对待任何一个新病人时都像着了魔似的。有些人就挖苦他的那种敏感的热情。那些意志薄弱的人，他们在疾病发作时跟跟跄跄，渴望着很快好起来；那些犹太人，他们在疾病发作时悲悲戚戚，渴望着过舒舒服服的生活。他们以为，他为他们所想的出路一定非常美妙，和上帝为他的臣民所想的一样。人们违反他的意志，把他建议运用于某些特定病情的方法用于其他人身上。对"大猩猩"既崇敬又忠顺的格奥尔格大夫对这些人是不会使用这些方法的，他所倡导的方法只在有限范围内使用。那位格奥尔格的前任院长就喜欢他的学生们大声喧闹。大家都习惯于把自己的工作看成是一种与世隔绝的封闭的工作。他突然发现他的学生之中有一个出类拔萃的。他说，你看，他的事业正方兴未艾！

格奥尔格在巴黎大街上漫步的时候，常常会碰上一个他治愈了的病人。他被拥抱着，差点儿摔倒在地上，好像他是一条大狗的主人，离家多时了，刚刚才回来似的。在他的友好的问话中他暗暗寄予了自己的希望。他谈论幸福、职业、未来的打算等等，并等待着小小的令人注目的回答，如："那时比现在好多了！"或者："我现在的生活是多么空虚、多么烦恼啊！""我宁愿再像过去那样病一场！""您干吗把我的病治好呢?""人们不了解在一个人的头脑里蕴藏着多么伟大的思想啊！""思想健康是一种愚钝。""人们应该停止您的职业！您把我最宝贵的精神财富掠夺走了。""我只把您看成是朋友，但您的职业是对人类的一大犯罪。""您应该感到害臊。您这个灵魂修补匠！""还我疾病！""我要控告您！""健康与毁灭是一致的！"

可是人们并没有说这些话，而是对他客套一番，并请他到自己家里做客。他所遇到的过去的病人现在看上去又胖又健康，跟正常人一样。他们说出的话跟旁边的行人说的话没有什么不同。他们工作，执行他们的任务，甚至他们当中还有人操纵机器生产。他把他们称为他的朋友和客人时，他们感到非常痛苦，因为他们认为，他们对所有的正常人承担着巨大的罪责。他们之所以感到痛苦，也许还因为他们与一般人的伟大之处相比显得多么渺小，多么令人哑然失笑。他们过去要占领整个世界的自大狂以及现在突然认为人的生、老、病、死原来是一种自然现象的认识，也是使他们感到痛苦的原因之一。他们的谜解开了，从前他们是为这些而生活的，现在再也不是这样了。格奥尔格感到羞愧，因为他们没有要求他帮助恢复他们过去的病态。他的病人的家属对格奥尔格崇拜得五体投地，简直把他神化了，他们期望他再做出奇迹般的成就。即使病人身体上某些地方出了毛病，他们也相信他会治愈他们的。他的同行们非常敬佩他，羡慕他。他的思想像所有的伟大思想一样精辟而具有说服力，深深地吸引着他的同行。过去谁也没有他这样伟大的思想！

同行们争先恐后地在各种不同的病例中试用他的方法，并取得良好的效果，以此来分享他一点点荣誉。他肯定会获得诺贝尔奖。人们早就应该把他推荐为获奖人了，但由于他还年轻，等上几年可能会更好一些。

就这样他被他所从事的新的职业迷住了。他开始摆脱思想上的空虚，并觉得自己仿佛到了面临着十分可怕的高山深渊的境地。在很短的时间内他俨然是一位救世主，他被那些从前住过精神病院的八百名朋友团团包围着，同时他又被这些精神病患者的数千名家属所崇敬着。如果这些病人没有热恋着的家属，那么他们的生活就显得没有什么价值了。

他每天三次巡视医院，并受到精神病患者的热烈欢呼。他对此已经习惯了。病人愈是热烈地向他拥来，愈是兴奋地把他团团围住，他就愈知道怎样表达自己的感情，该说什么话。病人是他的观众。在第一个大厅的前面他就听到亲切的笑语声。一个人刚刚看见他，四周马上就欢腾起来了。他预料到病人会有这种突然的感情变化。大家好像是突然鼓起掌来似的。他情不自禁地微笑了。格奥尔格完全自如地掌握了这无数的角色。他的思想渴求这一时刻所发生的变化。十二个助手跟在他后面向他学习，有些人年纪比他大，其中大多数人从事这一职业的时间都比他长。他们把精神病学看成是医学的一个专门学科，并把自己看成是精神病患者的管理员。凡属他们这一学科的事情，他们都非常勤奋地做着，充满希望地掌握它。像他们学习的教科书所介绍的那样，他们也专心研究病人发疯病时的语言和看法。他们压根儿就恨这位年轻的院长，因为他成天给他们灌输这样的观点：他们是病人的仆人，而不是病人的老爷。

"你们看，先生们，"当他跟他的助手们单独在一起的时候，他会说，"我们这些人跟那位天才的精神病患者比起来显得多么可怜、可悲，多么愚昧无知、幼稚可笑而又冥顽不灵啊！我们依靠的是别人的经验，而那位天才的精神病患者却有自己的经验。他独自一人、孤立无援地生活着，就像地球在宇宙间独自运行一样。他可以害怕，可以比我们更多地运用自己敏锐的理解力来解释和保护他自己的生活轨道。他可以相信他五官的虚幻的感觉，我们却不相信我们健康的五官。我们之中少数迷信者还拘泥于前人几千年前所总结的经验。我们需要幻觉、启示和声音——尽快地接近事物和人——如果我们没有这些，我们就要在流传下来的经验中取得这些东西。拘泥于我们贫乏的思想和经验只会使我们成为迷信者。而他呢？他同时是真主、预言家和穆斯林。难道说因为我们在他身上贴上了精神病患者的标签，奇迹就不再是奇迹了吗？我们就像守财奴死死地把着金钱不放一样，把着我们自己的经验和所理解到的东西。什么叫理解？就我们所知道的而言，不过是一种误解。如果有什么纯粹的智慧生活存在的话，那么那个精神病患者过的正是这样的生活！"

助手们假装感兴趣地听他讲话。因为这是关系到他们能否有长进的问题，所以他们不敢怠慢。对他们来说，他的专门方法比他的一般观察更为重要，他们常常笑话他的一般观察。他们记住他灵感来临的一刹那对病人所说的每一个字，他们把从他那里学来的方法竞相使用，并且坚信他们会取得跟他一样的成就。

一个老头儿，住在这所精神病院已经九年了，他是乡村铁匠，由于他家乡的机器越来越多，结果他破产了。过了几个星期的穷日子后，他的老婆实在忍耐不下去，就和一个军士私奔了。那天早上，他刚刚醒来，开始唠叨他们的不幸，却没有听到她搭腔，这时他才发现她跑了。他找遍了整个村子也没有找到。他们结婚二十三年了。她从小就到了他家，她结婚时还很年轻。他到附近的城里去找她也没有找到。他听从了街坊的劝告，到军营去打听那位他素不

471

相识的军士多尔波夫。据说，此人三天前开小差跑了。他可能逃到外国去了，因为他是逃兵，抓到后要受到惩罚的。这位铁匠哪儿也没有找到他的妻子，那天夜里他就待在城里了。街坊们借了钱给他。他走进各家酒店，把头伸进桌底下口齿不清地说："珊娜，你在这儿吗？"可是凳子下面也没有她。当他把上半身伸向柜台的时候，人们就叫起来："他要钻到账房里去，小心！"于是大家就把他轰走了。自他生下来起，大家都把他看成老实人。他结婚后，从来没有打过老婆。她常常嘲笑他，因为他总用右眼斜着看人。他容忍了这一切。他只是说："我叫杰安！我马上就来你身边！"他对她就是好。

他在城里对人们讲他的不幸。大家都给他出好主意。一个臭皮匠说，他应该高兴。他火冒三丈，差点把皮匠打死。后来他遇到一个屠夫，这个屠夫愿意帮他找。屠夫很胖，喜欢夜间活动。他们报告了警察，并到河边检查了一番，看看是否有女尸浮在水面上。凌晨时他们找到一个女人，但不是他老婆。此时大雾迷漫，杰安铁匠没有找到老婆，他哭了，哭得很伤心。屠夫也哭了，并且往河里呕吐了一番。清晨时他把杰安带到屠宰场。大家都认识他，并向他问候。小牛叫起来了，猪也号叫起来了，空气里弥漫着血腥味儿，杰安叫得更响："珊娜，你在这儿吗？"屠夫也叫道："这位铁匠是我的朋友，有人把他的老婆送到这里来了！她在哪儿呢？"男人们都摇摇头。因为铁匠的老婆丢了，屠夫怒不可遏地说，他们把她杀了。他到猪当中去找，那些猪都被吊了起来排成长长的一串。"我找到一头母猪！"屠夫叫道。杰安从各个角度看了看，闻了闻，他已经很长时间没有吃血香肠了，他这一辈子就喜欢吃血香肠。当他闻够了以后，就说道，这不是他老婆。于是屠夫生气了，就骂道："给我滚开，你这个白痴！"

杰安一瘸一拐地走到车站。他身无分文，抱怨说："我怎么回家呢？"于是他就躺在铁轨上准备自杀了。火车头没有来，倒来了一位好心人，他发现了杰安，听说是因为老婆的事回不了家了，就送给他一张车票。他坐在火车里，列车员说他的火车票是假的。他说，这是人家送给他的，他老婆跑了！他口袋里一个子儿也没有。到了下一站警察就把他抓起来了。"她在这里吗？她在哪里呢？"杰安的舌头窝在嘴里说，接着他便搂住警察的脖子。警察把他带走了，并把他丢到一个牢房里。他狂怒了许多天，他的老婆丢了，他要是找到她多好啊！

突然警察又把他放回家了。杰安想，她可能已经回家了。到家一看，床没了，桌子也没了，椅子也没了，一切都没了。他的老婆绝不会回到一个空空如也的屋子里来的。

"为什么这屋子里都空了呢？"他问他的街坊。

"你欠了我们的债该还了，杰安。"

"我老婆回来睡在哪儿呢？"杰安问。

"你老婆不回来啦，她跟那个年轻军士跑了。你就睡地板吧，你现在已经穷了！"

杰安大笑起来，点着一把火，把村子烧了。他从他表弟熊熊燃烧的屋子里拿出了他老婆的床。他没有把床扛走之前，先把在睡梦中的小孩子掐死了，三个男孩子，一个女孩子。这一夜他有许多事情做。当他把他的桌子、椅子等等一切东西都找到的时候，他的空房子也烧起来了。他就把他的东西拿到田野里去，支起床铺喊珊娜。然后他就睡了。睡觉的时候他在床上给老婆腾出了地方，但她没有来。他在床上躺了很长很长的时间，他等呀，等呀，她始终没有回来。他饿了，特别是在夜里，这饿的滋味人们是难以想象的。他饿得几乎站不起来。下雨了，雨水流到他嘴里，他就喝

473

呀,喝呀。云散了,天上露出了星星,他如果摘得到星星,就把它吞下去,他是多么饿啊!当他不能再坚持下去的时候,他就对圣母发誓,老婆不回来,不睡到他身边,他就不起来。后来警察找到了他。他没有信守自己的誓言,起来了。他应该遵守自己的誓言。街坊要把他杀死,因为整个村子都烧了,罪魁祸首就是杰安。他很高兴,嚷嚷道:"不错,是我!是我!"警察很害怕,把他带走了。

在新的牢房里还有个教员,他的发音很好,杰安就给他讲自己的故事。"您叫什么名字?"教员问道。"杰安·勃莱瓦尔。""胡说!您叫芙尔根①,您斜眼看人,一瘸一拐地走路。您是铁匠。当您一瘸一拐地走路时,我就看出您是一个好铁匠。您捕捉您的老婆嘛!"

"捕捉?"

"您的老婆叫维纳斯②,那个军士叫马斯③,我给您讲个故事。我是有文化的人。我不过是因为偷东西而被抓来的。"

杰安就竖起耳朵、睁大眼睛听故事。一个好消息,人们可以捕捉她!这就不难了。有个老铁匠干过这样的事。老婆欺骗了他,跟一个大兵——一个强壮的小伙子私通。当铁匠芙尔根去工作的时候,那个色鬼马斯就偷偷地溜进屋子和他老婆睡觉。家里的大公鸡看得一清二楚,大为愤慨,就告诉了主人。芙尔根就锻制了一张网,老铁匠技术娴熟,做了一张十分精巧的网,人们根本看不见。他把它巧妙地放在床的四周。那两个家伙——女人和大兵——爬了进去。大公鸡飞快地跑去对主人啼叫说:他俩在屋里呢!铁匠很快就把他的表兄弟和堂兄弟们叫来,把村子里的人也叫来,对他们宣

---

① 罗马神话中的火神及锻冶之神,火星。
② 罗马神话中的爱情女神,金星。
③ 罗马神话中的战神,水星。

布说：今天本人要举行一次庆祝会，请你们在外面等着！他悄悄地走进屋子，来到床边，看见了他老婆和那个色鬼，他差点儿哭了。他跟她结婚二十三年，从来没有打过她！街坊们都在等着。他收紧铁网，他们被捉住了。他终于找到了他的老婆。他把那个色鬼放跑了，村子里的人个个都揍了那色鬼一个嘴巴。然后他们走过来问道：你老婆呢？铁匠把老婆藏起来了。她感到很难为情，见不得乡亲父老，而铁匠很高兴。嘿，事情就得这么办！教员说。故事是真的。人们看到天上那三颗星星就可以想到这三个人。这三颗星星就是：火星、金星、水星。这三颗星星都挂在天上。不过看火星要有一双好眼睛。

"现在我可知道我为什么要吞星星了。"杰安说。

后来人们就把他带走了。那个教员还留在牢房里。杰安又交了一个新朋友。这个人很漂亮，大家都跟他谈得来，并且愿意到他那里去。杰安捕捉他老婆，有时很顺利，他就高兴；有时不顺利，他就很伤心。这时他的朋友就来到大厅，对他说："杰安，她不是躺在网里嘛，你怎么看不见她呢？"他说得对。只要这位朋友一说话，他的老婆就出来了。你还是老样子，斜眼看人，老婆对杰安说。他笑了，笑了，并且大声说：我马上就来你身边！我叫杰安！

这个铁匠在精神病院里待了九年，并不是不能治好的。但院长对他老婆的研究没有取得什么结果。即使人们找到他老婆，谁能强迫她回到丈夫身边去呢？格奥尔格设想，如果把使铁匠感到欢乐的戏真实地演一演就好了！他设想在他屋子里布置好床和网，铁匠的老婆终于来了，杰安悄悄地进来，收紧他的网，于是两个人破镜重圆，言归于好，杰安也越来越兴奋。九年过去了。唉，我要是找到这个女人该多好啊！格奥尔格叹息着。

他几乎天天都帮助杰安找老婆。他强烈地盼望着杰安的老婆能出现在眼前,以便他亲手把老婆交给杰安,好像他把杰安的老婆带在身边似的。他的猴子助手们推测他在搞一个秘密的试验。也许他能用这些话来治愈病人?如果他们之中有一个人单独在病房中干事儿的话,这个人就不会忘记对杰安说那句话:"杰安,她不是躺在网里嘛,你怎么看不见她呢?"不管杰安是悲还是喜,不管杰安爱听还是不爱听,他们都用他们导师的这句话来困扰杰安。他如果睡了,他们就把他摇醒;当他冥顽不灵时,他们就对他嚷。他们摇他,推他,斥责他,嘲笑他。

这样一句话根据说话人的性格和情绪居然有千百种不同的声调。当这一切都没有什么效果的时候,这些不同的声调对于铁匠来说,就如同空气一样显得无足轻重,但是这些助手倒像如获至宝似的找到了一个嘲笑他们院长的理由。他们会说,这个呆气十足的院长几年来一再进行这样简单的试验,还以为用这样一句话就可以治愈病人了呢,可笑,可笑!

格奥尔格恨不得把他们都开除了,但他的前任跟这些人订有合同,他无法这样做。他知道,他们敌视病人。他担心,如果他突然死掉了,他们的前途也不美妙。他不理解,他们为什么要破坏他的这一诚然是无私的、但在他们眼里好像是无用的试验呢?他相信,慢慢地在他周围就会聚集一批医生,这些人有艺术家气质,能够帮助他。他从前任手中接管的助手们最终就要为自己的生存而斗争了。他们也感到,他跟他们合不来。他们只好忍气吞声,作为他的学生继续学下去,一旦修业期满,不管在什么地方好歹也能找个安身立足之处。他对人们的内心活动有着细微的感觉,这种内心活动太简单、太迟钝,自人们一生下来起就是协调的,因此不能使人发疯。当他因对付疯病人而高度紧张需要休息时,他便埋头于思考他任何一个助手的精神世界。凡格奥尔格所做的一切事情都是研究别人，即使他的休息也是如此。不过他在这方面感到很困难。特殊的发现会使他破例一笑。比如那些固执己见、对他人漠不关心的人对他格奥尔格是怎样想的呢？他们无疑在为下列问题寻找答案：他为什么获得这样的成就呢？他为什么对病人表现得如此热忱呢？科学使他们相信世界上绝对没有无源之水、无本之木。他们一般都忠实于他们时代大多数人的习惯和看法。他们喜欢享受，因此他们认为所有的人都喜欢享受。好享受在我们的时代已经成了风气，它统治着人们的头脑，使人们一事无成。当然他们把享受这个概念理解为传统的沿袭下来的坏习惯，这种坏习惯自有人类以来就已经有了，人们甚至明目张胆、毫不知耻、坚持不懈地追求着享受。

把人类历史上最原始而又非常低级的本能上升到高一级人类的思想境界，即群体的思想境界，并使个人思想完全融合于这群体之中，使人觉得仿佛这世界上就没有什么个体的人存在似的，这样的思想境界他们是毫无所知的。因为他们受过教育，个体的碉堡把他们束缚在其中，使他们不能接近这群体的思想境界。

我们进行的所谓生存斗争与其说是为了温饱和爱情，不如说是在我们内心深处扼杀这群体的思想。在某种情况下这群体思想表现得如此强烈，它会迫使个人采取无私的、违反个人利益的行动。所谓"人类"——在它未形成概念之前或者这个概念虽已形成，但没有什么"水分"，没有走样子之前——早就作为群体的思想而存在了。这群体的思想就像一头巨大的、未驯化的、生气勃勃的热血动物一样，在我们所有人的内心深处咆哮着。尽管它存在已久，但仍然朝气蓬勃，它是地球上最本质的生命体，是地球的目的和希望。我们不了解它，因为我们被错误地看作是个体的人而生存着。有时这群体超越我们，像隆隆的雷雨，像咆哮的海洋，在这海洋中每一滴水珠都欢腾着。这群体也经常分解开来，这时我们就是我们，我们这些可怜的、孤独的个人。当我们回忆的时候，我们没有领会到，我们原来是一个多而大的整体。"病是人体中一只残忍的猛兽。"一个在这里已具有理解力的病人说。这猛兽安抚着恭顺的小羊，但不知道它说的话已接近真理了。这时我们之中的群体就准备一场新的进攻。它这时不会分解开来，它也许先在一块地方，然后从这个地方蔓延开来，直到谁对它都不怀疑为止，因为这时已不存在我、你、他了，只有群体的存在。

格奥尔格为自己的一个发现感到得意，他的这一发现就是：群体在历史上和个人的生命上所起的作用，群体对某些精神变化的影响。他成功地在他的病人身上得到了验证。许许多多的人之所以得了神经病，就是因为在这些人身上的群体特别强烈，其愿望得不到满足。他对自己没有其他的解释，对自己的活动也没有其他的解释。从前他贪图功名，喜欢女人，而现在他关心的是使自我不断地消失在群体中。在自我的活动中，他一步一步地比他周围的其他人更接近于群体的愿望和群体的感觉。

他的助手们试图这样来解释院长的行为，这些解释当然是不合适的：院长为什么这样欣赏这些疯子呢？他们自己问自己。因为他自己就是一个疯子，但仅仅是个半疯。为什么他要给他们治病呢？因为他不能忍受这些疯子是全疯，而自己是半疯；或者说，他不能忍受这些疯子是比他彻底的疯子，他妒忌他们。他们的存在使他不得安宁，他们是一种特殊的东西。在他身上有一种病态的倾向，就是像那些疯子那样尽可能多地引起别人对他的注意。世人称他为一个正常的学者。他绝不会做出太多的成就。作为精神病院院长，他的神经是健康的，但愿他很快死去。我愿意做一个疯子！他常像小孩子一样叫起来。他的可笑的愿望当然要追溯到他青年时期的一段经历。人们曾经想检查他一下，把他作为检查对象的请求理所当然地遭到了他的拒绝。他是一个利己主义者，跟这号人最好不要打交道。他从青年时期起就对精神病患者很感兴趣。他害怕自己没有能力。如果他能说服自己，使自己成为疯子，那他就永远有能力了。每个疯子都使他感到愉快，他自己做不到这一点。为什么他们从精神生活中比我享受到更多的乐趣呢？他这样埋怨说。他感到自己被人家瞧不起了。他有自卑感，他出于妒忌辛辛苦苦地给疯子治病，一直到把他们的病治好为止。当治愈一个病人、让他出院时，人们应该细细观察和体味他的思想感情。他没有想到还会有新病人进来。他不过满足于暂时的小小的胜利罢了。这就是世人所赞赏的有名的大人物！

　　——今天，在最后一次查房时，他们连表面的热情都没有了。天气太热，三月末天气的突然变化是很明显的。他们感到自己就像被人看不起的精神病人一样。那些正式的助手，他们在某个地方也有有格栅的窗子，并且把他们的头凑到格栅边上来看。他们对自己不精确的感觉感到很恼火。一些人会跑到前面去——如果看守人员或病人没有走在他们前面的话——他们会争先恐后地去开门。今天他们分散地隔开一段距离跟随着格奥尔格。他们情绪不好，咒骂他们这无聊的差使，咒骂他们的头头以及世界上所有的病人。他们现在宁愿当伊斯兰教徒，各人都回到自己的布置得舒舒服服的小小天堂里去。格奥尔格听着那亲切的骚动声。他的朋友们已经从窗子上看到他了。他们像他的敌人一样无动于衷地待在他后面。一个令人沮丧的日子，他轻轻地对自己说，既没有人欢迎他，也没有人仇视他。以往他总是感受到人们欢快的感觉，今天他除了沉闷的空气什么也没有感觉到。

　　大厅中令人厌烦地寂静。病人尽量避免在他面前争吵。在窗子周围他们还是有事可做的。他刚刚随手把门关上，他们就闹起来了，又打又骂。女人没有放弃她们的位子，恳求得到他的爱情。他无言以对。一切好的健康的思想此时都背离了他。这是一个从来没有过的令人厌恶的夜晚。一个女人尖叫道："不，不，不！我不同意离婚！"其他女人一齐叫道："他在哪里呢？"一个姑娘舌头窝在嘴里兴奋地说："放开我！"杰安，好心的杰安，威胁要揍他老婆一个耳光。"我已经把她网在网里了，我要抓住她。她跑了！"他抱怨说。"给她一巴掌。"格奥尔格说，他对这二十三年的所谓"忠诚"已经听腻了。杰安打过去，同时自己又为老婆喊救命。在另一个大厅里大家同时都哭了，因为现在天已经黑了。"今天他们都疯了。"看守人员说。"诸神"中有一位大声喝道："天会亮的！"这位"神"对人们的不敬甚为愤怒。"他是一个大兵。"跟他睡在同一个病房的人对格奥尔格耳语道。有一个人问道："有上帝吗？"此人还要求得到上帝的地址。一个总是白眼看人的人今天晚上抱怨他的生意不景气，他的弟弟把他毁了。"一旦我打赢官司，我就贮备够穿十五年的衬衫！""那么为什么人们光着身子走路呢？"他的最好的朋友沉思着提出了这个问题。他们彼此都很了解。

　　格奥尔格在第二个大厅才听到对这个问题的回答。一个男人给他们讲，人们是怎样在他老婆那里捉他的奸的。"我扯她的裤子，可是她没有穿裤子。这时我那岳父从门上的钥匙孔中往里看，并让他的外孙走开。""在哪儿看？"观众们都吃吃地笑了。他们都在想着这个问题，他们相互之间是多么了解呀。那个看守人员也不无高兴地听他们讲话。一个助手，他同时也是一家报纸的工作人员，把当天晚上那热烈的气氛用具有特色的语言记了下来。格奥尔格虽然没有去看，但他觉察到了，他心里也在盘算着这件事。他是一块走动的蜡版，他把听到的话和看到的表情都不作任何加工地机械地刻到蜡版上。此外这蜡版正在融化中。"我的妻子使我无聊。"他想。

他感到病人都很陌生。那通向他内心的门，平时只是半掩着，今天却关得牢牢的。把它撬开？为了什么呢？我们还是不要这么办，明天再说。我会在大厅里看到他们大家的。我有八百个病人。我的声誉可能会使精神病院扩大。随着时间的推移，也许会扩大到两千至一万人。来自世界各国的人像参拜圣地的队伍一样簇拥着到我这里来，这将更加使我感到幸福。一个世界共和国可望三十年后建立起来。人民任命我为精神病患者的人民委员，周游世界，视察和检阅数百万精神病患者的队伍。我左边站的是智力弱的人，右边站的是智力强的人。我要创建专为智力非凡的动物开办的实验医院，把那些发疯的动物培育成真正的人。我要把那些治愈了的疯子搞臭，并把他们从我们的队伍中赶走。我的妻子是多么渺小。为什么我始终没有回家呢？因为妻子在家里等着我。她要爱情。今天所有的人都要爱情。

蜡版印出来了。上面写着的东西是很重要的。在倒数第二个大厅里，他的妻子突然出现了。她是跑来的。

"一封电报！"她叫道，脸上露出了微笑。

"你就为这件事来的？"和善的态度已经成了他的自然反应了，有时他真想发一通脾气，那将是他最伟大的时刻。他打开电报念道："我已彻底疯了。你的哥哥。"在所有他可能得到的消息中，这一条消息是他最不希望得到的。一个笨拙的笑话吗？一场神秘的欺骗吗？不可能。"彻底疯了"！这样的表达形式他哥哥不会使用。如果他使用这种表达形式，那就说明他出了问题。他把电报给了妻子。看来他非去哥哥那里不可了。他无可推诿，一定要去一下。他没有再多想其他事儿。

他妻子说："谁呀？你哥哥？"

"噢，对了，我从来还没有对你讲过他的情况。他是当今健在的最伟大的汉学家。在我的写字台上你可以看到他最近写的一些论文。我已经十二年没有看见他了。"

"那么你打算怎么办呢?"

"我准备乘下一趟快车到他那里去。"

"明天早上?"

"不,现在。"

她噘起嘴巴。

"是呀,是呀,"他若有所思地说,"这关系到我哥哥,他被人愚弄、控制了。不然,他怎么可能发这样的电报呢?"

她撕碎了电报。她要是早把它撕碎就好了!病人都冲来捡碎纸片。大家都喜欢这些纸片,都想捡一点作纪念,有几个人甚至把纸片吞下去了。多数人把纸片放在自己的上衣小口袋里,或者放在裤兜里。哲学家柏拉图庄严地站在旁边,他欠了欠身子说:"夫人,我们生活在世界上!"

曲折的路

格奥尔格在车上睡了很长时间。火车停在一个站上。他抬起头看了看，此时有许多人上车。他所在车厢的窗子都挂了窗帘，里面较空。当火车启动的时候，有一对男女请他给让个座位。他有礼貌地向旁边挪了挪。那个男人碰了他一下却没有道歉。文明人的每一个粗鲁举动都会使格奥尔格吃惊，他惊奇地看着那男人。那女人示意，那男人的眼睛不好。他们刚刚坐下来，她就因为丈夫的粗鲁行为而向格奥尔格表示歉意，并说她男人是盲人。"这我可没有想到，"格奥尔格说，"他走起路来令人吃惊地稳。我是医生，给许多盲人治过病。"那个男人躬身施礼，他个子高而清瘦。"如果我给他念点儿东西听会打搅您吗？"女人问。她脸上流露出来的温顺包含着一种魅力，她大概就是为他而活着的。"不妨事，不妨事！不过请不要见怪，假如我睡着了的话。"此时不再有什么粗鲁的举动了，大家都客客气气。她从旅行包里拿出一本小说，用低沉而又娇媚的声调读了起来。

彼得看上去也许就跟这个盲人的样子差不多，呆板而又固执。那么彼得平静的思想里到底出了什么事呢？他生活孤僻，无忧无虑，跟任何人都没有关系。他愤世嫉俗，不可能陷入那芸芸众生所组成的纷乱世界中去。他的世界就是他的图书馆。他的书很多很多，智力差的人会搞得晕头转向，但他有惊人的智力，他记住的每一个音节、每一个字都是那么井井有条，互不混淆。他跟演员完全相反，他不跟别人打交道，他就是他自己，他总是用自己的尺度来衡量他所看到的人或所认识的人，因此他能避免因多年潜心研究东方文化而引起的严重危险。彼得不会受老子和印度人的影响。他头脑清醒，更倾向于伦理学哲学家。他欣赏孔夫子，他觉得到处都可以发现只有孔夫子的学说才能解释的现象。他差不多是一个禁欲主义者，还有什么东西缠扰他呢？

"你简直又是在逼我自杀！"格奥尔格漫不经心地听她读着小说，她的声音听起来很舒服，他懂得她的声调。对小说主人公的这种乏味无聊的句子他忍不住笑了起来。"先生，如果您是盲人的话，就不会笑了！"那个盲人斥责他道，他说的这句话颇有点儿粗鲁。"请原谅，"格奥尔格说，"但是我不相信这种爱情。""请您不要打扰一个严肃的人听书！我对爱情的理解比您强。我是盲人，但这跟您没有关系！""您误解我了。"格奥尔格说。他感到这个人对自己的失明很痛苦，因此他想帮助这个盲人。这时他注意到盲人的妻子正在向他强烈地打手势，不时地把手指头放在嘴边，示意格奥尔格不要说话。他沉默了。她的嘴唇动了一下，没有发出"谢谢——"的声音，但却是表示了"谢谢"的意思。盲人此时已抬起手臂。自卫呢，还是进攻？他又放下了手臂并命令道："继续念！"他的妻子又读了，她的声音颤抖着。害怕呢，还是高兴呢？是不是因为她遇上了这位好心肠的先生而感到高兴呢？

失明，失明，一个可怕的回忆缠绕着他，折磨着他。他想起童年时的一段经历：那是两个互相挨着的房间。在一个房间里有一张小白床，一个小男孩睡在里面，浑身通红，他很害怕。一个陌生的声音呻吟着："我是盲人！我是盲人！"一边还哭着说，"我要读书！"母亲在房间里踱来踱去。她穿过房门进了那个有人哭喊的房间。那里面黑黢黢的，而这里的房间却是明亮的。小男孩想问：

"谁这样叫呢?"他害怕。他想,发那声音的人会走过来,用小刀子把他的舌头割下来。于是这个小男孩开始唱起来,凡是他知道的歌他都唱了,唱完一遍再从头唱起。他大声地唱着,大声地叫着,头都要被这声音炸开了。"我是红色。"他唱道。门开了。"你不能安静一些吗?!"母亲说,"你在发烧。你想起什么来啦?"这时那个房间里又传来了可怕的声音,那声音叫道:"我是盲人!我是盲人!"小格奥尔格从床上滚下来,尖叫着爬到母亲身边,抱着她的膝盖。"你怎么啦?""那个男人!那个男人!""哪里有男人?""在那个黑黢黢的屋里有个男人在叫!一个男人!""那不是彼得吗?你哥哥彼得。""不对,不对!"小格奥尔格哭闹着,"别管那个男人!你到我这里来。""格奥尔格,我聪明的孩子,他是彼得。他像你一样出麻疹了。现在他不能看书,所以他哭了。明天他就好了。来,你要看看他吗?""不,不!"他挣扎着。"他是彼得,但是另一个彼得。"格奥尔格想。只要母亲在房间里,他就小声地哭着。她刚刚到那个"男人"那里去,他就钻到被窝里去了。当他听到那声音时,他就又大声哭起来。就这样他哭了很长时间,他还从来没有哭过这么长的时间呢。因为眼睛里含着泪水,他看东西都模糊了。

格奥尔格心里很恐惧。彼得现在也感觉受到一种威胁,他害怕眼睛瞎了!他的眼睛也许出毛病了。他也许不得不暂时停止看书。什么东西可能折磨他呢?他的生活只要有一个小时脱离他的计划,这一个小时就足以使他对周围事物有陌生感。凡是涉及自己的事情,彼得都有一种陌生感。只要他的头脑把那些挑选出来的事实、信息、观点加以考虑和修正,并把它们联结起来,他就觉得孤独对他来说是肯定有好处的。真正的孤独,他自己从来没有感觉到。为了同时做尽可能多的事情,对于一个学者来说,孤独的生活就显得很有意义了,这时他就好像正在专心致志地做一件事情似的。彼得的眼睛也许劳累过度了。谁知道，他工作的时候光线是不是好呢？也许他一反过去的习惯和蔑视的态度去看过医生，而这医生建议他一定要珍惜和保护他的眼睛，让眼睛得到休息。可能正是这连续几天的休息，使他的神经遭到了破坏。他没有去听听音乐，或听听别人说话（还有什么比人的声调更丰富多彩呢？），没有用健康的耳朵去弥补眼疾所造成的损失，而是在书的面前踱来踱去，怀疑他眼睛的良好愿望，央求他的眼睛，责怪他的眼睛，回忆他少年时代当了一天盲人的可怕日子。他害怕他有朝一日会变成真的瞎子，他愤怒了，绝望了，这个最傲慢、最生硬的人还没有来得及央求他的街坊、熟人或其他的人出点好主意，就把他的兄弟叫来了。格奥尔格想，我一定要帮他把眼睛治好。在未治好眼病之前，我要做三件事：第一，对他的眼睛作一次彻底的检查；第二，检查他屋里的光线是否充足；第三，小心谨慎地跟他讨论，说服他，让他消除会变成瞎子的顾虑，如果这种顾虑实在没有什么道理的话。

他和善地向那位粗鲁的盲人看去，暗自感谢了他一番，格奥尔格正是因为看见了他，才想起自己的哥哥可能眼睛出了毛病。他使格奥尔格想起了那封电报，并能正确地解释那封电报。一个敏感的人跟任何人见面都可能有所得或有所失，因为这种见面会在他的内心深处引起感觉和回忆。恬淡寡欲的人的状态虽是一种活动的状态，但生活中任何东西都不会流到他们那里去，任何东西也不会从他们那里溢出来，俨然是僵化的堡垒一般。他们就这样在世界上走动。他们为什么会走动呢？是什么东西促使他们这样做的呢？他们是偶然作为动物走动的，因为他们本来是植物。人们可以斩去他们的头，但他们还活着，因为他们有根。斯多葛派[①]的哲学是赞成植

[①] 斯多葛派，古希腊伦理学派，提倡听天由命，恬淡寡欲，摒弃人生乐趣。

物的哲学,它完全背叛了动物。我们还是做动物的好!谁有根就把他的根拔掉!格奥尔格很愉快地觉得并知道,为什么火车载着他这样快地往前开动。他盲目地上了火车,盲目地梦见他少年时代的经历。一个盲人上了火车,这时他的思想的火车头突然向一个方向开去:向着治疗盲人的方向开去。彼得的眼睛到底是瞎了还是他只是害怕变瞎,这对于一个精神病学家来说都一样。这时人们可以安心睡觉。动物喜欢把自己的爱好推向极端,然后戛然而止,使其爱好失去势头。它们最喜欢经常变化着的速度。它们吃得饱饱的,玩得足足的,一安静下来就要睡觉。他很快也睡着了。

那个朗读小说的女人在朗读的时候不时地抚摩着他枕在头下睡觉的那只漂亮的手。她以为他在聚精会神地听她朗读。有些话她重读了。他应该理解,她是多么不幸。她永远不会忘记这一趟旅行,很快她就要下车了。她要把这本书留在这里作纪念,她只请求格奥尔格看她一眼。下一站她下车了。她让丈夫走在前面,一般情况下她是让他走在后头的。在门边她屏住了呼吸。她没有回头看一下,她害怕她丈夫。她的动作会引起她丈夫的愤怒,她心里说。她这一次大胆多了,居然喊了一声"再见!"她已多年没有跟别人说过这句话了。他没有回答。她感到幸福,她的美丽的容貌使她自己都有些陶醉了,但格奥尔格没有看她一下,她伤心得潸然泪下。她扶着丈夫下了车。她克制自己没有回头看格奥尔格那节车厢,内心却一直在想着他。她感到很难为情,他也许看到她流泪了。那本小说就放在他旁边。他睡着了。

晚上他便到达了目的地。他在一家普通的旅馆下榻。如果他在一家较大的旅馆下榻就会引起轰动,因为格奥尔格是当时数一数二的著名学者之一,这些学者的名字经常出现在报纸上。为了不影响他哥哥夜里的休息,他推迟到第二天才去看望哥哥。因为他感到不耐烦，他就去听歌剧了。听着莫扎特的歌剧，他的心情才平静下来。

夜里他梦见两只公鸡。大一点儿的公鸡是红色的，但较弱，小一点儿的公鸡长得挺好，既活跃，又狡猾。它们互相斗了很长时间，斗得很紧张，以致观看的人们把自己的事情都抛到九霄云外去了。一个观众说，您看，要是人之间这样斗的话会造成什么后果啊！人？那只小公鸡啼叫着问道，人在哪里？我们是公鸡，是斗鸡。您不要嘲弄我们！那位观众马上就退了回去，他变得越来越小，突然人们发现，他原来也是一只公鸡，而且是一只胆小的公鸡。那大红公鸡说，现在该起床了。小公鸡很满意，因为它胜利了。于是它就飞走了。那只大红公鸡还留在那里。它愈来愈大。它的颜色也愈来愈鲜艳，使人的眼睛看了都胀疼。当他睁开眼睛的时候，已是红日高照了。

格奥尔格急急忙忙起床，洗漱，不用一个小时他就到了诚实大街24号。这座房子还算不错，但没有什么特色。他爬上五层，按了按门铃。一个老太婆开了门。她穿着一条上了浆的蓝裙子，微笑着。他本想看一看，自己是否有什么不合适的地方。他克制着自己问道："我哥哥在家吗？"

那个老太婆马上收起了笑容，凝视着他说："对不起，这里没有什么哥哥！"

"我是格奥尔格·基恩教授。我找彼得·基恩博士，他是一位学者。八年前他肯定是住在这里的。也许他搬家了，不过您也许知道他搬到哪里去了吧？我能在您这里打听一下他的地址吗？"

"我还是不说为好。"

"请原谅，我是从巴黎特地赶来的，您大概总可以告诉我他是不是还住在这里！"

"我想，您应该高兴了！"

"为什么我要高兴呢?"

"只有傻瓜才不高兴呢!"

"那当然。"

"有人会将故事原原本本地讲给您听的。"

"我哥哥可能病了吧?"

"好一个哥哥。您应该感到惭愧!"

"您有话就说嘛!"

"我讲了能得到什么呢?"

格奥尔格从钱包里拿出一枚硬币,抓住她的胳膊,友好地往她那自动张开的手掌上一放。那个女人又微笑了。

"您现在一定会告诉我,您所知道的有关我哥哥的情况吧?"

"人人都可以告诉您。"

"怎么?"

"我这条命会突然完结的。请再给点儿钱!"她耸了耸肩膀。

格奥尔格又拿出第二枚硬币。她把另一只手伸过去。他没有直接把硬币给到她手里,而是抛向空中然后掉在她手里。

"那我现在又可以走了!"她说着就生气地看了他一眼。

"您到底了解我哥哥什么情况呢?"

"八年啦,前天才一切真相大白。"

彼得八年没有给他写信了,前天他才收到一封电报。这个女人一定了解一些真实情况。"那么您为他干了什么呢?"格奥尔格问道,这只是为了促使她赶快讲。

"我们去警察局啦。一个规规矩矩的女人马上去报告了警察。"

"当然,当然。我感谢您帮助了我哥哥。"

"那里人家可要追根刨底哪。警察非常吃惊!"

"他到底干了什么事?"格奥尔格不难想象,他那精神错乱的哥

489

哥是如何在愚蠢的警察面前抱怨他的眼病的。

"他偷东西！我说，他没良心。"

"偷东西？"

"他把她杀了！我有什么办法呢？她是他的第一个老婆。我是第二个。他把那个女人大卸八块，藏了起来，在书架后面有的是地方。我总以为家里有贼，前天才清楚，他是杀人凶手。我蒙受了耻辱，感到痛心。为什么我这样傻呢？我说，他不应该这样。知人知面不知心。我想到的是许多书。他六点到七点在干吗？他在那里砍尸体！砍成一块一块的，然后借散步的名义把尸体拿出去。谁都不知道。他把银行存折偷走了，弄得我身无分文！他没安好心，要让我饿死。他也要杀害我。我是他第二个老婆。我愿意跟他离婚，但先要给我钱！八年前他就应该蹲班房了！现在他在下面呢。是我把他关在那里的！我可不能让人家把我杀了！"她哭着关上了门。

彼得是杀人凶手？那个沉默不语、瘦长个子的彼得小时候经常挨同学揍。格奥尔格此时只感到楼梯在摇晃，天花板在往下塌。他是一个衣冠整洁的人，手里拿着的帽子掉到地上也不会去捡起来。彼得结婚了，谁也不知道。这第二个老婆五十出头了，丑陋、愚蠢、下贱，说不出像样的话，前天差点儿也被害。他把第一个老婆大卸八块。他喜欢书，但书架后面却是藏尸体的地方。这个彼得，没有讲真话。他说谎，小时候出麻疹时哭闹着眼睛瞎了、看不了书了，等等，也是说的弥天大谎！人家打电报把格奥尔格叫来。这电报是虚构的，不是出自警察之手就是出自那个女人之手。彼得没有性欲的神话跟所有的神话一样纯系胡诌，愚蠢得很。格奥尔格是桃色案件杀人犯的弟弟。这些都成了各家报纸用大字标题登载的头号新闻：当今健在的最伟大的汉学家！东亚问题专家！表面是人，背后是鬼！罢免格奥尔格·基恩的精神病院院长的职务！失误！离婚！让助手当院长！人们要折磨病人了，八百个病人哪！他们热爱他，他们需要他，他不能离开他们，他不能退出精神病院。他们从四周拽住他，不放他走。你不能走啊，你走，我们大家都走。留下来吧，我们是多么孤独。他们不懂我们的语言。你听听我们的话吧，你理解我们，你对我们好。他那些稀奇古怪的人的精神都不正常，他们互不相识，都很陌生，他们来自各不相同的地方，他们互相谩骂，但都不知道，他格奥尔格正是为了他们而生活和工作的。他决定不离开他们，他留下了。彼得的事情必须解决好。他的不幸是可以忍受的。他是为汉学而生，而格奥尔格是为人而生。彼得应该被送到一所小型的精神病院里去。他的有节制的寡欲生活过得太长了，所以他跟第一个老婆在一起的生活纵容了他的性欲，他怎么能控制得了这一突然的转变呢？警察会发现他有精神病，而把他交给疯人院的。也许会送到巴黎来吧？他因精神错乱而不能判罪是显而易见的。格奥尔格无论如何不能退出他的精神病院。

他走上前去，捡起他的帽子，掸了掸上面的尘土，礼貌而坚决地敲着门。他把帽子一拿在手里，就又是一位世故圆通的医生了。"亲爱的夫人！"他虚情假意地说，"亲爱的夫人！"这声音听起来像是一个多情的少年，用火一般的热情向他的情人发誓——对于这样的热情格奥尔格自己都感到好笑，他觉得自己好像坐在观众席上看着自己在舞台上演戏——他不断地重复着这个称呼。他听到她在准备开门。他想，她也许随身带着小镜子，也许正在涂脂搽粉，她会答应我的请求的。她打开门微笑着。"我想跟您打听点事儿！"他感觉到了她的失望。她也许在等待着他继续调情，或者至少在等待着他再叫一声"亲爱的夫人"。她的嘴巴张着，眼睛里露出不快的神色。

"对不起，我只知道他是杀人凶手。"

"住口！"一个像是猛兽发出来的声音喝道，接着出现了两只拳头，随后就是一个满头红发的脑袋从门里探了出来。"您不要相信这个女人！她精神失常！在我们这幢房子里没有杀人凶犯！我可以证明，没有！如果您是他的弟弟，我可以告诉您，他把我的四只纯种金丝鸟弄死了，但他赔偿了，而且赔偿了不少钱。就是昨天夜里赔偿的。也许我今天就给他打开我专有的窥视孔。他有些发呆。您想见见他吗？他有饭吃，只要他马上想吃。我把他关起来了。他害怕他的老婆。他容不得他的老婆。说老实话，这样的女人谁也容不得。您瞧瞧，她把他折磨成什么样子！她把他完全折磨垮了。他说，她根本就不照顾他。所以他宁愿做瞎子，也不愿看她。他是对的。她是一个坏女人！如果他不跟她结婚，也许一切都是正常的，包括他的脑袋，我说。"那个女人想说话，他用胳膊在她旁边推了一下，就把她推到屋里去了。

"您是谁？"格奥尔格问道。

"您可以把我看成是令兄最好的朋友。我叫贝纳狄克特·巴甫，退休警察，人称红雄猫！我管理这幢房子。鄙人精通法律！您是谁？我的意思是，您是干什么的？"格奥尔格要求去看看他哥哥。世界上一切凶杀、恐惧、阴谋诡计等等在他脑子里都显得不重要。他很喜欢这位看门人。他的头使格奥尔格想起今天早上正在升起的太阳。他粗鲁，但清醒，是个倔强的汉子，这样的人在文明的大城市或家庭中是很少见的。楼梯被他的脚步震得咯咯地响。亚特拉斯[①]踩在可怜的地上，而没有去肩负天柱。他的强有力的大腿紧紧地压在地板上。他的脚和鞋都是石头的。四面的墙回荡着他的声音。格奥尔格想，房客们对此人都得忍着。格奥尔格感到有些惭

[①] 希腊神话中双肩载天柱之神。

愧，因为他没有马上弄清那个女人所说的痴话。正是由于她的简单的句子结构，使他相信她的蠢话都是真的。他把责任推到旅行上，推到昨天晚上他听莫扎特的歌剧上，这歌剧打断了他好久以来每天都在考虑的问题。他把责任推到希望很快见到生病哥哥这一想法上，而没有想到找病人的一个女管家了解情况。严肃的彼得落到这个古怪的老太婆手里，使得他明白了一些问题。他嘲笑他哥哥——他一定是因为她才给格奥尔格发电报的——太盲目和缺乏经验；他也感到高兴，因为这样的损失是很容易弥补的。给看门人提的一个问题证实了他的推测：她给彼得已经管了好几年的家，而这个女人就利用她的职权爬到了一个有影响、有威望的地位上。他满怀对哥哥的亲热，他要使哥哥免于凶杀案子的烦恼。那封简单的电报有着简单的意义。谁知道，格奥尔格是否明天就坐上了火车，后天就可以巡视他的精神病院呢？

在楼下的走廊里，"亚特拉斯"站在一间屋子的门前，从口袋里拿出一把钥匙，打开了门。"我在头里走。"他悄悄地说，并把一根粗指头放在嘴边。"教授先生，亲爱的朋友！"格奥尔格听到他在里面说话，"我给你带来一位客人！我能得到什么报酬呢？"格奥尔格走了进去，关上门，并对这狭窄的小房间感到惊讶。窗户已用木板钉上了，只有微弱的亮光照在床上和一个箱子上，什么东西都看不清楚。他闻到一股令人作呕的剩饭剩菜的馊味儿，情不自禁地伸手把鼻子捏住。彼得在哪儿呢？

这时他听到一阵好像是关在笼子里的动物发出的窸窸窣窣的声音。格奥尔格试着去摸墙，这墙真被他摸到了，这里真狭窄。"请您把窗子打开吧！"他大声说道。"这不行！"一个声音回答说，这是"亚特拉斯"的声音。彼得的眼睛真的有毛病了，他不光是恨老婆，怕见老婆，这房间里一片黑暗就可以说明这一点。他在哪儿呢?"这里!这里!""亚特拉斯"大声叫道,就像一头狮子在洞中吼叫似的,"他蹲在我的窥视孔前面呢!"格奥尔格沿着墙跨了两步,碰上一堆东西。彼得?他弯下腰来摸到一个骨瘦如柴的人。他把这人扶起来。这人颤抖着,是有穿堂风吗?不,这里完全封闭了,不透风。现在有人叹了一口气,没有发出什么声音,很微弱,就像将死的人呼吸一样。那人说:

"谁呀?"

"我是格奥尔格,你弟弟格奥尔格,你听见了吗,彼得?"

"格奥尔格?"那人说。

"是的,是格奥尔格,我想看看你,我是从巴黎专程来看你的。"

"你真是格奥尔格吗?"

"你干吗怀疑呢?"

"我看不见,这里很暗。"

"我已经认出你了,摸着你瘦弱的身体就知道了。"

突然一个严厉而尖刻的声音命令道——格奥尔格吓了一跳——:"请您离开这里,巴甫!"

"什么?"

"对不起,请您让我们两人在一起谈谈。"格奥尔格补充说。

"快走!"彼得命令道。

巴甫走了。新来的先生穿着很讲究,像个总统,准是个大人物,所以巴甫不敢怠慢。跟彼得算账以后还有时间。他随手把门关上,出于对这位"总统"的尊敬,他没有锁上门。

格奥尔格抱着彼得,让他躺在床上。他一放下彼得就去开窗子。"我马上再关上,"他说,"你需要空气。如果你的眼睛不能见光的话,就闭上一会儿。"

"我的眼睛不疼。"

"那么你为什么这样怕见光呢？我以为你看书看得太多了，所以要在黑暗中休息休息眼睛。"

"那窗子上的木板是昨天晚上才钉上的。"

"你把它钉得这么结实呀？我几乎弄不下来。我真没有想到你有这么大的力气。"

"这是看门人钉的，那个雇佣兵钉的。"

"雇佣兵？"

"一个被收买的粗野人。"

"如果我们把他和你周围的其他人相比的话，我还觉得他挺友好的。"

"以前我也是这么感觉的。"

"他对你怎么啦？"

"他非常放肆，敢对我称'你'。"

"我想，他这样做是为了表示对你的友好。你在这里待的时间不长吧？"

"前天中午才来的。"

"你感觉好些吗？我说的是眼睛。但愿你没有带书来看吧？"

"书在上面呢。我的小图书馆被偷了。"

"这样好！否则你在这里又要看书了。幸亏他把你的书拿走了，否则对你的眼睛不利。我想你应该为你眼睛的命运操操心了。以前你的眼睛还不错。你滥用了眼睛。"

"我的眼睛很好。"

"真的？你的眼睛确实没有什么毛病吗？"

"没有。"

窗户上的木板拿下来了。耀眼的光射进小房间。新鲜空气也随着流了进来。格奥尔格深深地、满意地吸了一口气。到目前为止，检查得很顺利。彼得对格奥尔格预先想好的问题的回答是正确的、求实的，也比较清醒，和他以前差不多。问题就出在那个女人身上。针对那个女人的暗示，格奥尔格故意没有听进去。他对于彼得的眼睛不再担心了。彼得不断地向格奥尔格打听她的情况，但格奥尔格没有什么反应，对此彼得很不高兴。格奥尔格转过身来，看到墙上挂着两个空鸟笼子。床单上有红色的斑点。在后屋角落里有一个盥洗池，那里面的脏水都是暗红色的。彼得实际上比格奥尔格刚才用手摸上去所推测的还要瘦。两条非常深的皱纹好像把他的脸从上到下划破了。他的脸比数年前更长、更瘦、更窄、更严肃了。额头上有四条很深的抬头纹，就好像他的眼睛越来越往上裂开似的。他的嘴唇看不到，只有一条细长的裂缝表明了嘴唇的位置。他的悲怆的浅蓝色的眼睛审视着弟弟，装出冷漠的样子，眼角里却闪动着好奇和不信任的神情。彼得把左手藏在自己背后。

"你的手怎么啦？"格奥尔格从背后抓住他的手，手上缠的布已经被血浸透了。

"我的手受伤了。"

"怎么搞的？"

"吃饭时我的刀子突然切到我的小指头上去了。小指头上的两个指关节被切下来了。"

"那你切上去想必使了很大的力气？"

"那两个指关节连在小指头上还不够一半。我想，这两个指关节反正也没有用了，所以我就干脆把它们切下来了。为了一劳永逸地解除疼痛。"

"什么东西使你吃惊得切到小指头上去了呢？"

"你难道还不知道吗？"

"我从哪儿知道呢，彼得？"

"看门人都告诉你了。"

"我也感到纳闷,他什么也没有给我讲。"

"他自己应该负责任。我不知道他养着金丝鸟。他把鸟笼子藏在床底下,鬼知道到底为什么。一整个下午和紧接着的一整天,这个小房间里都非常安静。昨天吃晚饭时,我正在切肉,突然有一阵怪叫的声音,使我吓了一跳,刀子就切到小指头上去了。你应该知道,我是习惯于安静的人。我要对那个可恶的家伙报复一下。他喜欢恶作剧。我想,他是故意把鸟笼子放在床底下的。他本来可以像现在那样把笼子挂在墙上。"

"你怎么报复的呢?"

"我把鸟儿放了,这也算一个小小的报复了。那些鸟儿大概是死了。他气极了,就把窗户用木板钉上了。不过我已经给他付了赔偿费了。他声称,这鸟儿是无价之宝,他已经驯养好多年了。他分明在说谎。你在哪本书上读到过,金丝鸟会按照人的命令,叫它唱歌就唱歌,叫它停止就停止呢?"

"没有。"

"他就这样无端地抬高价格。人们可能会认为,只有女人才算计男人的钱,这实在大错特错了。你看,我也得给他付钱。"

格奥尔格跑到附近的药房买了碘酒、纱布和其他一些药物,回到屋里准备给彼得换药。伤口还不算危险,不过对于一个体弱的人来说,流了这么多的血也够呛。人们昨天就应该给他把伤口包扎好。这个看门人不是个人,他只想到他的金丝鸟。彼得所讲的情况是可信的。到当事人那儿打听一下彼得所讲的情况在细节上是否属实,也还是必要的。最好现在就上楼听一听他们是怎样叙述昨天以及以前发生的事情的。格奥尔格现在不急于马上就知道这些情况。他今天已经第二次认错人了。他自以为——因为他是取得成就的精

497

神病医生，所以他有理由这样认为——是一位识别人的专家。那个红毛家伙不仅是剽悍的"亚特拉斯"，而且是一个诡计多端的危险分子。他把鸟儿藏在床底下对彼得搞的恶作剧，完全暴露了他对彼得——尽管他花言巧语地称自己是彼得最好的朋友——是非常冷漠的。他竟忍心把窗户用木板钉死，使一个病人见不到阳光，呼吸不到新鲜空气。他根本就不关心病人的伤口。格奥尔格刚刚认识他时，他就说，格奥尔格的哥哥把他的四只金丝鸟弄死了，但赔了钱，而且赔偿了不少钱。他所关心的就是钱。他显然跟那个女人是结成一伙的。他就住在她那里。他当初在旁边推了她一下，并把她骂得不堪入耳，她竟没有丝毫怨言，而是顺从了他，这就说明她是他的情人。格奥尔格先前并没有得出这些结论。他认为彼得会从被诬告的凶杀案中无罪释放，这是他感到非常快慰的。现在他又觉得很惭愧，因为他的敏锐的观察力和判断力居然没有随身带来，而是留在家里了。轻信这样的一个女人是多么可笑！这样友好地对待一个被彼得正确地斥之为雇佣兵的家伙是多么愚蠢！他肯定嘲笑了格奥尔格，欺骗了格奥尔格，不过这样的嘲笑隐藏在骗子们的内心深处罢了。这些骗子用阴谋诡计制服了彼得，并从中得到了好处。他们想霸占住宅和图书馆而把彼得关在楼下黑洞洞的屋子里。那个女人正是以这一脸的嘲笑给格奥尔格开门的。

格奥尔格决定去看门人那里之前先给彼得包扎好伤口。眼前包扎伤口比了解情况更重要。人们不会得到很多的新情况。要离开小房间半个小时的借口以后还是好找的。

足智多谋的奥德修斯[①]

"再说，我们还没有互相问候呢，"当他再一次从外面进来后说道，"但是我知道，你是反对家里人一见面又是拥抱、又是接吻那一套表演的。你这里没有自来水吗？我在外面走廊里看到一个水龙头。"

他打来了水想给彼得洗一洗，并叫他忍受一下。

"我自己来吧。"彼得回答道。

"我期待看到你的图书馆，并为此高兴。我小时候不能理解你为什么那么喜欢书。我远不如你聪明，我没有你那种非凡的记忆力。我那时是个多么笨拙、馋嘴、贪玩的孩子啊！我那时日日夜夜都想玩，缠着母亲不放。你一开始就有自己既定的目标。我从来没有遇到过像你这样数十年如一日潜心攻读的人。我知道，你不愿听这些顺耳的话。你希望我沉默，让你安静。请不要生我的气，我今天可不想沉默，不想让你安静！我十二年没有见到你了。八年来我只在杂志上看到你的名字，你没有亲笔给我写过信。很可能再过八

[①] 奥德修斯，希腊神话中的英雄，罗马神话中称尤利西斯。他勇敢机智，在特洛伊战争中献木马计，希腊军因而获胜。回国途中，他历尽艰险，先后制服独眼巨神波吕斐摩斯、女巫喀尔刻等，又向先知忒瑞西阿斯问路，始得重归故乡。当时其妻珀涅罗珀正苦于无法摆脱各地求婚者的纠缠，他于是乔装乞丐，把求婚者全部射死，最后合家团聚。荷马史诗《奥德赛》即以他的战后经历为题材。

年你还是一如既往地不给我写信。你不会到巴黎来的。我知道你对法国人的态度,你不喜欢旅行。我也没有时间来看你,我的工作负担很重。你也许听说过,我在巴黎附近的一家医院里工作。你说说看,如果不是现在,我什么时候来感谢你呢?我要感谢你。你太谦虚了。你还不知道,我要在哪些方面感谢你:我的品德和性格,我对科学事业的热爱,我的生存,我之所以能摆脱女人的纠缠,我之所以能严肃地对待伟大的事业,谨慎地处理小事情,像你那样比雅各布·格林[1]还要认真地对待这一切,所有这些我都要感谢你。归根结底你也是促成我后来转学精神病理学的人。你促使我对语言问题产生了兴趣,并在研究一个精神病患者的语言问题上获得了很大的成就。当然像你那样心目中完全没有自我,全心全意醉心于研究,完全为了工作,为了尽自己的义务,就像康德和孔子所要求的那样,我是永远做不到的。我担心我的意志力太薄弱,做不到这一点。我喜欢赞扬,我也许需要这赞扬。你是值得羡慕的人。你得承认,意志力这样强的人是很少的,简直少得可怜。怎么可能在同一个家族中出现两个意志力都很强的人呢?再说,我非常爱读你写的关于康德、孔子的论文,你写得太引人入胜了,比康德和孔夫子的原著读起来还要有趣。你的论文语言尖锐,富有创见,思想深刻,知识渊博,对各种流派进行了无情的抨击。你可能看到了一位荷兰评论家对你的作品的评论,在这篇评论中他把你称为精通东方文化的雅各布·布克哈特[2]。不过你对自己要求一贯很严。我认为你的知识比雅各布·布克哈特更广博。你之所以不轻率地发表看法,总是

---

[1] 雅各布·格林(1785—1863),和威廉·格林两兄弟都是德国语言学家、童话作家,是历史比较语言学的奠基人之一。
[2] 雅各布·布克哈特(1818—1897),瑞士历史学家、教授。

要求很严，部分的原因可能是由于我们时代的知识越来越丰富，即使自己的知识渊博，发表的见解也难免挂一漏万；但最大的原因恐怕是由于你个人，是由于你孤僻的性格。布克哈特是教授，他要讲课，在表达他的思想时难免要受外界的一些影响，从而使自己的讲课带有妥协的色彩。你对中国诡辩家的论述好极了！你用寥寥数语——比我们所看到的希腊古典文章还要少——就把那些诡辩家的世界观说清楚了，应该说把他们不同的世界观，因为这些世界观彼此是有区别的，就像一个哲学家跟另一个哲学家有区别一样。你最近的有分量的论文使我十分感动。你说，亚里士多德学派在西方世界所起的作用跟孔子的儒家学派在中国所起的作用是一样的。亚里士多德是苏格拉底[①]孙子辈的学生，他吸收了古希腊各种流派的哲学。在他的中古时期的追随者中有不少甚至是基督教徒。为了维持儒教的生命力，以后的儒家学派也同样把墨子学派、道教以及后来的佛教中凡是他们觉得有用的东西都进行了加工，并吸收到儒教里面来了。人们既不能把儒家也不能把亚里士多德学派称为折中主义者。他们所起的作用——如你的非常有说服力的论证所表明的那样——是非常相近的，一个是对欧洲基督教中古时期所起的作用，一个是对中国宋朝时期所起的作用。我当然不懂得这些方面的事情，因为我不会中文，但是你的结论关系到每一个想找到自己思想根源的人。我想知道，你最近在研究什么呢？"

当他给彼得洗手、包扎时，便不停地尽可能不引人注目地观察哥哥的脸，看看哥哥对他的话会有什么反应。他提问后就停了下来。

[①] 苏格拉底（前469—前399），古希腊唯心主义哲学家，柏拉图的老师，而柏拉图是亚里士多德的老师。

"你为什么老这样看着我呢?"彼得问,"你把我和你的病人混淆起来了吧?我的科学见解你只懂了一半,因为你的文化水平太低了。不要讲这么多!你也不要感谢我。我反对阿谀奉承。亚里士多德也罢,孔子也罢,康德也罢,都跟你没有关系。对你来说,女人更好一些。如果我对你有什么影响的话,你就不会当疯人院的院长了。"

"唉,彼得,你对我……"

"我现在同时写十篇论文。所有的论文都是互相紧密联系在一起的,你背地里把它们都说成是语言学论文。你嘲笑概念,而工作和义务对你来说就是概念。你只相信人,当然最相信的是女人。你想在我这里得到什么呢?"

"你这样说就不公平了,彼得。我给你说,我不懂中文。'san'叫作三,'wu'叫作五。这就是我所懂得的全部中文。你自己不开口,我哪里知道你的手疼呢?我不得不亲自看一看你的脸,幸亏你的脸比你的嘴会说话。"

"那就快些吧!瞧你那蛮横的目光!你别管我的科学事业了!你不必虚情假意地对科学发生兴趣,你还是去管你的疯子吧!我也不想过问那些疯子。你的话说得太多了,因为你一贯和人打交道!"

"好,好,我马上就包扎好了。"

格奥尔格的手感觉到,彼得在说话激烈的时候是多么想站起来啊!他的自信是很容易被激发起来的。这样的自信心,十几年前他就常在心理矛盾的情况下表达过。半小时后他就蹲在地上,显得小而虚弱,只剩下一小堆骨头了,从这一小堆骨头里发出来的声音像是一个挨了打的小学生发出来的声音。他现在正想方设法用几句厉害的话进行反抗,并想用他那瘦骨嶙峋的身子作为武器来反抗。

"如果你不反对的话,我想看看你楼上的书。"格奥尔格包扎完了以后说,"你是跟我一起上去呢,还是在下面等着我?你今天要好好休息休息,你流血太多了。你躺下睡上一个小时吧!待会儿我来接你。"

"你想在这一小时内干什么呢?"

"看看你的图书馆。看门人不是在上面吗?"

"要看我的图书馆你得花上一天的时间,一个小时看不到什么东西。"

"我只是大略地看看,以后我们俩再在一起好好看吧。"

"你就待在这里吧。我警告你不要上去!"

"警告我什么?"

"屋里有臭味。"

"什么臭味儿?"

"给你说得明确一些:女人臭。"

"你夸大了。"

"你是好色之徒。"

"好色之徒?不是!"

"就是好色之徒!难道你不是吗?"彼得的声音突然变调了。

"我理解你为什么这样仇恨那个女人,彼得。她理应遭到你的仇视。确实该更加仇视她。"

"你不了解她!"

"我知道,你吃了很大的苦头。"

"你像一个盲人谈论颜色一样!你有幻觉。你把她看成是你的病人了。你的脑袋看起来像个万花筒。你完全按照你自己的爱好变换颜色和形状。颜色,所有的颜色,我们都可以叫出它们的名字!你对没有经历过的事情最好保持沉默!"

"我会沉默的。我只想对你说,我理解你,彼得。我也经历过同

503

样的事情，我跟过去不一样了，所以我那时就变换了专业。跟女人交往是一种不幸，这是人类精神上的一种沉重负担。谁要是认真地对待自己承担的义务，就必须摆脱女人，否则就一事无成。我不需要病人的幻觉，因为我的健康的眼睛能看到更多的东西。在这十二年之中我学到了一些东西。你很幸福，一开始就知道该怎么生活，而我却是在经受了惨痛的经验教训后才知道了这一点。"为了得到彼得的信任，格奥尔格语调平淡，没有特别加以强调。他的嘴角上也呈现出一丝痛苦的表情。彼得的怀疑在增长着，他的好奇心也在增长着，人们可以在他那愈来愈拉紧的眼角上清楚地看出这一点。

"你穿得倒挺讲究！"他说。这是他对格奥尔格失去信心的唯一答复。

"这实在是迫不得已，真叫人讨厌！我的职业迫使我不得不这样做。如果一个医生穿着讲究并给病人精心治疗，就会给没有文化修养的病人一个深刻的印象。某些忧郁伤感的病人看到我穿着笔挺的衣服，就觉得这笔挺的衣服比我说的话高雅多了。我如果不给他们治病，那他们就永远处于一种痛苦的野蛮状态之中。为了给他们——即使为时已晚也罢——开辟学习的道路，我必须给他们治病，使他们健康起来。"

"你什么时候这样重视学习的？"

"自从我认识了一个真正博学多才的人以来，我就这样重视了。他做出了成就，而且每天仍在继续做出成就。他的思想是坚定的，不动摇的。"

"你指的是我。"

"否则还会是谁呢？"

"你的成就是建立在无耻的阿谀奉承上的。现在我可知道人们为什么那么倾心地围着你团团转了。你是一个奸刁的骗子。你学会说的第一句话就是谎言。你是因为喜欢谎言才当上精神病医生的。为什么不当演员呢？在你的病人面前你应该感到羞耻！真话对病人来说是痛苦。当他们不知所措的时候，他们就会抱怨。这样的可怜虫我是能想象出来的，他正在对某种颜色产生幻觉。'我看到的都是绿色。'他抱怨说，也许他还哭呢。他为这可笑的绿色伤透脑筋，可能已经折腾了好几个月了。那么你怎么办呢？我知道你会干什么。你就去奉承他，抓住他这唯一的致命弱点不放，他哪儿能没有弱点呢？人就是由许多弱点组成的。而你称呼他'好朋友'或'亲爱的'。他的态度缓和下来了，他先是尊重你的看法，然后也尊重他自己的看法。他也许就是上帝赐给我们大地的最后一个可怜虫。你对他倾注着尊敬的感情。他刚刚当上——也许有一种不公正的偶然情况，即没有副职，只有正职，这种情况应该排除——精神病院副院长时，你就给他说了真话。'亲爱的朋友，'你对他说，'你看到的颜色根本不是绿色，而是——而是——我们且说是蓝色吧！'"彼得的声音又走调了。"你是不是这样给他治病的？这样治病不行！他的老婆在家里还跟从前一样折磨他，她把他一直折腾到死。'人病得快死的时候，就像疯子一样。'王充[①]说。他是一个很了不起的人，生活在公元一世纪，即公元二十七年至九十八年，中国后汉时期。他对幻梦、精神错乱以及死知道得比你们那个所谓的科学要多得多。你治疗病人要从病人的老婆着手！只要他还有老婆，他就会精神错乱，就会奄奄一息，岌岌可危。如果你有这个本事的话，就把他老婆清除掉！这一点你做不到。你没有这样的女人，如果你碰到这样的女人，就会把她留在身边了，因为你是好色之徒。你把所有的女人都关到你的精神病院里去吧，你跟她们爱怎么搞就怎么

[①] 王充（27—约98），中国东汉唯物主义哲学家。参看《论衡》："人欲死，怪出。"

搞，即使你四十岁就呆痴了，完蛋了，死了，你至少也做了一桩大好事：治愈了有病的男人。你知道，这样你会获得很大的荣誉！"

格奥尔格注意到，彼得的声音是什么时候变调的、走样的。这一走调就足以表明，他的思想已回到楼上那个女人身上去了。他说话时根本没有谈到她，可是在他的声音里就已经流露出他对她的刻骨仇恨。很明显，他希望格奥尔格把她清除掉。这是他感到十分困难、十分危险的任务。如果格奥尔格完成得不好，彼得会骂他的。人们要迫使彼得尽可能多地放弃他的仇恨。如果他把那些他所记得的事情简单地、原原本本地追叙一下该多好啊！格奥尔格懂得在回顾的时候如何抹去回忆中的伤痕。但彼得绝不会讲他自己的情况。他的经历已经深深地扎根在他的知识领域之中了。在这里触动一下他的敏感之处要容易一些。

"我想，"格奥尔格十分同情地说，"你把女人的作用估计得过高了。你对她们太认真，你把她们看成了跟我们一样的人。而我只把女人看成是暂时不可避免的祸害。有些昆虫处理得比我们好。一只或者几只雌虫产下了一整窝昆虫，其他的昆虫都退化了。人难道能比白蚁群居在一起更紧密吗？这样一窝昆虫是由千千万万只雄性和雌性昆虫所组成的——这些昆虫都是有性别的！但只有为数不多的昆虫具有生殖能力，其他绝大部分昆虫都没有。但这绝大部分昆虫却害怕那几只雌虫。一窝昆虫可谓成千上万，它们看起来是毫无意义地生下来，毫无意义地死去，但我在这一窝昆虫中看到了昆虫的性解放。它们为了使绝大部分昆虫免于交配，就只让它们之中一小部分具有生殖能力。如果它们允许所有的昆虫都具有交配能力的话，那么这一窝昆虫就势必全部毁掉。我无法想象，如果一窝白蚁纵情放荡，会有什么样的结果：那些小昆虫就会忘记它们本来的任务，都成了狂热的盲目分子。每一只昆虫都在为自己奋斗，它们成千上万地追求自己的目的。一股狂热的追逐在它们之中蔓延开来，这是一种群众性的狂热。昆虫中的'战士'离开了它们的岗位，整个窝都陷入了爱情的追逐之中，但它们又不能交配，因为它们已经没有性器官。吵吵闹闹，乱成一片，引来了蚂蚁大军的入侵。它们的死敌——蚂蚁大军——通过没有'卫士'守卫的大门，长驱直入。有哪一个'卫士'想到要保卫它们的'窝'呢？它们个个都想'恋爱'。于是这个'窝'——它本来是可以世世代代传下去的，人类也是希望这样的——就只好毁于'爱情'之中，毁于一种冲动之中。人类也受着这样或那样的冲动的煎熬而艰难地生活着。本来十分有意义的事情也会因为某种冲动而突然转向其反面，变成毫无意义的事情。人们无法把这种情况跟任何东西加以比较。这种情况就好像是你在大白天十分理智地眼睁睁看着自己连同自己的书被推到大火之中一样。谁也没有威胁你，你自己有钱，你需要用多少就可以用多少。你的论文一天比一天全面广泛，并富有自己的特色。你手头有稀有的古书，你写出了杰出的手稿，没有一个女人能跨进你的门槛。你工作起来感到很自由，而且感到书也保管得很好——但你却会无缘无故地在这样一个幸运的无限美好的状态中点着你的书，使你和你的书全部焚毁，这就是一种冲动可能造成的结果。这近乎那种昆虫窝可能发生的现象，一种突然出现的毫无意义的现象，只不过没有那么大的规模罢了。我们能否做到像白蚁那样没有性别呢？我一天比一天更相信科学，而愈来愈不相信爱情的不可代替。"

"根本没有爱情！凡没有的东西既不能代替也不能不代替。我要同样坚定地说：没有女人。白蚁跟我们没有关系。谁在那里受女人的苦呢？Hic mulier, hic salta！① 我们现在还是来谈人的问题！雌

---

① 拉丁文：这里有个女人，跳过去！

蜘蛛在玩弄了那些雄性弱者之后就把雄蜘蛛的头咬断，只有雌蚊子吮吸人的血，这一切都不是我们要讨论的问题。在蜜蜂中屠杀雄蜂是残酷的。不需要雄蜂，为什么要饲养它们呢？如果它们有用，为什么要屠杀它们呢？我认为各种动物中最残酷、最恶劣的动物要算雌蜘蛛了，而雌蜘蛛就代表了所有的女性。它的网在太阳的照射下泛着刺目的蓝色的光。"

"你说的尽是动物。"

"因为我对人知道得太多了。我不想从人谈起。对于我自己的情况我不想说，我的情况也是一例。我知道上千种恼人的情况，每一种情况对于当事人来说都是最恼人的。真正伟大的思想家都相信女人是没有价值的。你可以把孔夫子的《论语》翻一翻，那里头就日常生活中的各种问题发表了许许多多意见和看法，但你就找不到一句赞扬女人的话！沉默的大师用沉默回避了女人。即使为女人举行葬礼——这是一种礼仪问题——他也觉得不合适，有失体统。他的妻子——他跟她很早就结了婚，他不是出于一种信念，更不是出于什么爱情，而完全是根据当时的风俗习惯才跟她结婚的——后来死了，他的儿子伏在尸体上号啕大哭。儿子哭得捶胸顿足，因为她碰巧是他的母亲。儿子认为谁也代替不了母亲。孔夫子这个父亲就用严厉的语言叱责了儿子的悲痛行为。Voilà un homme！① 他的经验使他相信自己是正确的。鲁国的国君请他当了几年大臣。这个国家在他的治理下欣欣向荣，人民休养生息。人民对于领导他们的男人们给予了鼓励和信任。鲁国的邻国就非常妒忌。他们担心古老的均势要被打破。他们用什么办法使孔夫子靠边站呢？他们之中最狡猾的国君是齐国的国君，他给他的邻国，即孔夫子在那里做大臣的

---

① 拉丁文：这才是个汉子！

鲁国，送去了八十个精选出来的美女。这些美女把鲁国年轻的国君团团地缠住，她们使他意志消沉，使他对治理国家大事不关心了。孔夫子出的主意他听不进去了，他觉得在这些美女身边最舒服。孔夫子的伟大事业就是毁在这些美女手里的。他只好拿起拐杖，周游列国，目睹民众的疾苦，希望给各国国君施加一些好的影响，但都无济于事，因为这些国家的当权者都被女人捏在手里。最后他十分悲愤地离开了人间，但他的精神是高尚的，从不抱怨。我从他说的几个短句子中感觉到这一点。我也不抱怨。我只想推广他的思想，并从中得出具有说服力的结论。

"孔夫子同时代的人是释迦牟尼。他们二人远隔千山万水，怎么能彼此了解呢？也许他们之中的一个人连另一个人的国家的名字都不知道。'师父，为什么，'释迦牟尼的弟子阿难①问师父道，'为什么女人在公众的集会上没有席位呢？为什么她们不能经商，不能通过谋取一个职业来养活自己呢？'

"'阿难，女人易怒；阿难，女人吃醋；阿难，女人忌妒；阿难，女人笨拙。阿难，这就是原因，这就是女人为什么在公众集会上没有席位，为什么她们不能经商，不能通过谋取一个职业来养活自己的道理。'

"女人请求佛祖让她们进佛门，释迦牟尼的弟子们就为她们说情。很长时间佛祖拒绝做出让步。几十年以后佛祖才宽容她们，同情她们，违反自己的明鉴给她们开办了尼姑庵。他为尼姑立了八条法规。第一条说：

"'一个尼姑，即使是当了一百年的尼姑，也要尊敬每一个和尚，哪怕是刚刚剃度的和尚；在和尚面前要站起来，两手合十，低

---

① 阿难，梵文 Ananda 音译的略称，释迦牟尼的从弟和十大弟子之一。

头鞠躬，毕恭毕敬地向和尚致敬。尼姑必须尊重这一法规，崇敬它，神圣地执行它，终生不得逾越。'

"那第七条也是用同样的语言谆谆教诲她们要神圣地执行之，其中说：'一个尼姑在任何情况下都不得以任何方式诽谤或责骂一个和尚。'

"那第八条法规是：'从今天起，尼姑在男人面前不得张口说话，但和尚可以在尼姑面前张口说话。'

"尽管高明的佛祖为提防女人而提出了这八条法规，还是出了问题，佛祖很沮丧地对阿难说：

"'阿难，假如按照完美无缺的庄严宣布的教义和法规，不同意女人修行出家，云游四海，那么我们的神圣遨游就会持续很长很长时间，我们的教义就会存在一千年。但是，阿难，如果一个女人修行出家，云游四海，那我们的神圣遨游就不会持续很长了，我们的教义只能存在五百年。

"'阿难，这就像生长茂盛的水稻田一样，如果遭到一种叫稻瘟病的袭击，那么这块稻田就不能久存了，这就是说，如果我们的教义和法规容忍女人修行出家，云游四海，我们的神圣遨游就不能持久。

"'阿难，这就像生长茂盛的甘蔗田一样，如果遭到一种叫蓝色病的袭击，那么这块甘蔗田就不能久存，这就是说，如果我们的教义和法规容忍女人修行出家，云游四海，我们的神圣遨游就不能持久。'

"从这种有关信仰的语言中我听到人们绝望的声音，一种沉痛的声音，这是我在其他任何地方或在无数的言谈中都听不到的，这就是我们要从佛祖那里继承下来并流传下去的。

"'像树木一样坚硬,
像河流一样弯曲,
像女人一样凶狠,
这样凶狠,这样愚笨——'

"这是一首古老的印度民谣,听起来跟所有的格言一样亲切,它用可怕的事物进行比较,颇有特色地表达了印度的民间看法!"

"你所讲的对我来说只有个别的东西是新鲜的。我非常赞赏你的记忆力。你从流传下来的浩瀚典籍中引用合适的例证。你使我想起古代的婆罗门教①徒,他们把还没有形成文字记载的吠陀经以比任何一个民族的圣书都大得多的范围口头传授给弟子们。你的头脑里有各国的圣书,不光是有印度的圣书。但是你的科学的记忆有一个危险的缺陷。你看不到你周围正在发生的事情,你对于你自己的经历却不记得。如果我可以请你办一件我不能办到的事情的话,那么就请你给我讲一讲,你是怎样上了那个女人的当,她是怎样欺骗你、怎样折磨你、怎样转化你的。你就按照古老的印度民谣详细讲一讲那个女人的凶狠和愚笨,以便让我做出自己的判断,而不是毫无自己的看法就接受你的判断——你大概做不到这一点。为了使我高兴,你大概会冥思苦想,但毕竟什么也想不起来。你看,你就缺少这样的记忆,而我却有这样的记忆,在这方面我比你强得多。我碰到或接触到的人,凡是他们对我说过的事情,我都不会忘记。不过那些针对像我这样的人说的话和看法可能随着时间的推移而慢慢被忘却。这就是我所说的感性记忆,这种记忆是艺术家所具备的。两样东西合起来,即感性记忆和理性记忆——这后一种是你的记

---

① 婆罗门教,印度古代宗教之一。

忆——才能使一个人变成一个完善的人。我也许对你估计过高了。如果我们二人融合成一个人,那就会形成一个精神上完美的人。"

彼得闪动了一下左边眉毛。"回忆是没有什么意义的。即使女人能看书,她们也靠这种回忆来获取自己的精神营养。我对我所经历的事情记忆犹新。你喜欢猎奇,我可不是这样。你每天都想听点新鲜故事,而今天又想在我这里听到一点新鲜故事来排遣自己的精神空虚。我不像你那样爱听新鲜故事,这就是我们俩之间的差别。你靠你的那些疯子生活,我靠我的书。哪一种更令人满意些?我可以待在这间黑洞洞的屋子里而不感到寂寞,我脑子里就有我的书;而你却需要一所疯人院。你这个可怜的家伙!你使我很遗憾,你本来就是一个像女人一样的人。你好猎奇。你走吧,去猎取奇闻吧!我决计待在这里不走。如果我安心思考一个问题,我可以几个星期不出大门一步。你忙忙碌碌,不断地想获取新的思想,你管这种能力叫直观能力。如果我患有一种精神错乱的幻觉,我就感到骄傲。世界上还有什么东西能比这种幻觉产生出更多的性格和力量呢?请你想一想迫害狂吧!如果你想奋发上进,对这个问题加以研究,我就把我的图书馆送给你。你是一条狡猾的泥鳅,你回避任何强有力的思想。你不会使一种癫狂病平息下来。我也不会,但我有制服癫狂病的才能,这就是我的性格。你听到这话可能以为是吹牛,但是我证明了我的性格能办到这一点。我凭借个人的意志,不依靠任何人,甚至没有一个知情人,把自己从一种压力下、从死神的魔掌中、从该死的花岗岩的棱角下解脱出来。如果我要等待你来帮助我的话,我会在哪里呢?在上面!我只好放弃我的书流落街头。你不知道,我都有些什么书,你先熟悉熟悉吧。我也许是个罪犯。按照严格的道德标准来看,我是个罪犯,我愿意承担这个罪名,我无所顾忌。死亡使夫妻分离了。我连死都不怕还怕什么呢?什么叫死？是机能的停止，是对生的否定，是毁灭。我应该等待这种死亡吗？难道我要仰求一个顽固而又陈腐的变幻无常的人的恩赐吗？如果有人帮助一个人去工作、去生活、去读书的话，谁还能等待呢？我仇恨那种变幻无常的人，而且远胜过仇恨死亡！我有理由仇恨这种人。我将向你证明，所有的女人都活该被仇恨。你以为我只善于研究东方文化，研究东方文化所需要的证据可以从专门领域中获取——你就是这样想的。我将给你举出使你眼花缭乱的例子，但绝不是谎言，而是地地道道的真理，各种各样的真理，既是针对感性又是针对理性的真理，尽管对你来说只是感性起作用，你这个女人。我要说出许许多多真理，一直说到你的眼前发蓝①而不是眼前发黑②。蓝色，蓝色，蓝色，因为蓝色是忠诚之色！算了，不谈这些了，你把我从开头的话题中引开了。幸好我们都维持在文盲的程度上。你贬低我了。我应该沉默。你把我变成了破口大骂的美该利③，我这样说是有道理的！"

彼得喘着气，嘴角的肌肉激烈地抽搐着。能看到嘴里的舌头在拼命地活动着，它使人想到它简直像个快要淹死的人在水中挣扎。额头上的抬头纹也不那么有规则了。他在说话的时候注意到了这一点，并不断地用手去摸。他把三个指头放在皱纹上，由右向左用力地抚摩着。那第四条皱纹就由它去了，格奥尔格这样想。奇怪，那下面的裂缝是嘴巴，嘴巴有嘴唇和舌头，跟我们大家一样。这谁能想到呢？他什么也不愿意给我讲。他为什么不信任我呢？他是多么傲慢。他担心我暗地里嘲笑他，因为他居然结婚了。他小时候就大

---

① 德语习用语，意为：直说得你眼花缭乱。
② 德语习用语，意为：说得你头晕心慌。
③ 希腊神话中的复仇女神。

谈反对爱情，到了成年的时候，他干脆不屑于谈这种爱情之类的事情。"如果我能碰到阿佛洛狄忒①，我一定把她打死。"犬儒派的鼻祖安提西尼②，因为说了这样的话，所以彼得喜欢他。这时来了个老妖精，拽着杀阿佛洛狄忒的人，把他投入了灾难。好一个意志坚定的人！他是多么坚强地屹立在那里啊！格奥尔格有点儿幸灾乐祸。彼得侮辱了他，他对侮辱习惯了，但这种侮辱切中要害。彼得的话是有意义的。格奥尔格没有自己的病人确实无法活下去。他需要病人胜于需要面包和荣誉，他们是他的精神和灵魂的支柱。他用来刺激彼得说话的那条锦囊妙计宣告失败了。

他没有再叙述下去，而是骂格奥尔格，并且承认自己犯了罪。他回避不谈那个女人。为了使自己对这种该诅咒的事实不太感到内疚，他给自己扣上罪犯的帽子。意识到自己犯罪，而其实并没有真正犯罪，这是可以容忍的。他性格和品质的完整性也在不知不觉之中得到了证实。彼得有理由认为自己是一个胆怯的人。他没有把那个女人赶出家门，而是自己出走了。他是一个又高又可笑的人，在外面待了一些日子，迷失方向地走来走去，最后走到了看门人的小房间里，在这里服刑，忏悔自己的罪过。为了在这里不感到无聊，他给他弟弟打了电报。这是在他的完整的计划中针对他弟弟的一个特别决定。他应该把那个女人赶出家门，跟她一刀两断，并使看门人安分守己。他要心安理得地放弃自己的犯罪感，高高兴兴地回到自己被"解放"了的扫得干干净净的图书馆中来。格奥尔格把自己看成是部机器的重要部件。为了维护彼得的遭到威胁的自信心，他已经开动了这部机器。左手小指头关节断了是件区区小事。彼得仍

---

① 希腊神话中的爱神。
② 安提西尼（约前435—前370），古希腊哲学家，犬儒派创始人。

然使格奥尔格感到遗憾。这种假装出来的精神失常，为了维护自己的尊严而毁坏别人的尊严，跟他玩他常和别人玩的把戏等等，这一切都使他感到厌恶。他本来是很愿意让对方理解到，他已经明白对方的意思了。他决定无私地、谨慎地、就像对待公务一样地帮助彼得恢复他安静的学者生活。他保留若干年以后进行一次小小的报复的权利。当他以后再次看望彼得时——现在他就决定以后一定来看望他——他将向他热情地、但却是无情地辩论他们之间在这小房间里真正发生的冲突。

"你有理由？那就把理由摆出来吧！我相信你的叙述会一直追溯到中国或印度。"

格奥尔格准备多费一些唇舌，盘问他哥哥的情况，想图简单是不能奏效的。因为彼得拒绝简单地叙述情况，格奥尔格就不得不从号称为科学的原理中找出他哥哥念念不忘反对妻子的到底是什么问题。如果他没有找到这个肉中刺，他怎么替哥哥把肉中刺拔出来呢？如果他不知道哥哥的不安在何处，这不安到底是什么，他怎么去帮助哥哥呢？

"我就谈欧洲，"彼得许诺道，"在这里关于女人的问题还可以谈得更多。无论是德国还是希腊的具有代表性的伟大民间史诗，都是以女人的动乱为题材的，至于其影响就不必谈了。你大概很欣赏克里姆希尔特[①]胆怯的复仇吧？她自己亲自去参加战斗，冒了一点点风险吗？没有。她只是煽动别人去战斗，自己则制造阴谋诡计，滥用别人的力量，背叛别人。最后当她觉得没有什么危险时，她才亲手砍下了被绑着的巩特尔和哈根的头。她为什么这样做呢？出于忠诚吗？出于对西格弗里德的爱情吗？不是！对西格弗里德之死她倒是要负责任

[①] 克里姆希尔特，德国民间史诗《尼伯龙根之歌》中的女主角。

的。复仇女神鞭挞她吗？她会因复仇而自我毁灭吗？不！不！不！她并没有做出什么英雄业绩。她关心的不过是尼伯龙根宝物！是她自己胡说八道才使宝物丧失的。她是为宝物而复仇的。即使最后的时刻她还希望从哈根那里获知宝物的下落。我原谅诗人或在诗人以前就创作了这部史诗的人民。克里姆希尔特应该被打死才对！"

原来她贪得无厌，总是向他要钱，格奥尔格想。

"希腊人就更不对了。他们对海伦①什么都原谅，因为她是个美人儿。我每次看到她在斯巴达王墨涅拉俄斯身旁假献殷勤、频送秋波就气得发抖。她倒若无其事——十年战争，最强壮、最英武、最优秀的希腊人为她而牺牲了，特洛伊城成了废墟，帕里斯——海伦的情人也死了。她要是沉默倒也罢了！多少年过去了，她还恬不知耻地谈论那个时候的事情。'……为了获得我频送的秋波，希腊的英雄奔赴特洛伊战场。'她叙述奥德修斯是如何化装成乞丐混进被围困的特洛伊城，并杀死了许多人。

> "'特洛伊的女人大声叹息着，
> 而我的心却乐开了花。
> 我诅咒那癫狂，是女神阿佛洛狄忒，
> 管我叫女儿，使我忘乎所以，
> 叫我离开我那风华正茂的丈夫，
> 离开我的床帷轻纱。
> 我早就思念着欢欢喜喜再回老家。'

---

① 海伦，希腊神话中的美人，斯巴达王墨涅拉俄斯的妻子。特洛伊王子帕里斯得到爱神阿佛洛狄忒的帮助，把她拐走，因而引起了持续十年之久的特洛伊战争。

"她就是这样向客人叙述这个故事的。在墨涅拉俄斯的面前她也是这样叙述的。她说,她思念着他,要回到他身边,他应该理解这才是她真正的道德。她就是这样向墨涅拉俄斯献媚取宠,获得墨涅拉俄斯的欢心。那时我觉得帕里斯在心灵和体格上都比你墨涅拉俄斯美,这才是海伦内心想说的话,今天我才知道,你和他同样俊美。可是谁想到,这时帕里斯早就死了呢?对一个女人来说,活着的人比死去的人美。她有什么就喜欢什么。她还从这种性格的弱点中得到了好处,并且还献媚取宠。"

格奥尔格想:她指责他那可怜的形象,并与一个形象稍许好一些的人私通来欺骗他。等到那个形象稍许好一点的人死了以后,她又极尽献媚取宠之能事,再回到前夫的身边。

"噢,荷马比我们更了解女人!盲人应该教育教育我们这些有眼睛的人。你想一想那个阿佛洛狄忒是怎样跟别人私通的吧!赫淮斯托斯[①]做她的丈夫,她觉得还不够味儿,因为他走路一瘸一瘸的。那么跟谁去私通呢?跟阿波罗[②]私通?他跟赫淮斯托斯一样是个诗人、艺术家。赫淮斯托斯本来长得很俊美,但在煤烟纷飞的锻铁炉旁失去了美丽的外表,这是她一直感到惋惜的。跟哈得斯[③]私通?他是阴间里的人,面部漆黑,非常神秘。跟波塞冬[④]私通?他彪悍而急躁,使风暴肆虐海上,他也许是她的真正主人,她正是来自他的大海。跟赫耳墨斯[⑤]私通?他深知许许多多阴谋诡计,包括女人的各种手腕;他机智,办事能力强,连恋爱女神都被迷住了。不,上面所列

[①] 火神,宙斯和赫拉的儿子。
[②] 太阳神,宙斯和勒托之子。
[③] 冥神。
[④] 海神。
[⑤] 宙斯和迈亚的儿子,众神的使者,亡灵的接引神,以神通广大、多才多艺著称。

举的诸神她都不喜欢,她喜欢阿瑞斯①,他脑子里空空如也,用肌肉塞满脑壳;他是个红毛蠢物,希腊雇佣兵之神,脑子不管用,但拳头很厉害;他的粗暴是无限制的,其他一切,一言以蔽之:愚昧无知!"

格奥尔格想,现在说到看门人了,看门人是他第二个感到恼火的人。

"阿瑞斯由于愚昧无知才上了人家的圈套,被人家用网捉住。每当我读到赫淮斯托斯把他们俩捉到一个网里时,我就高兴地合上书,狂热地十次二十次地吻着荷马的名字。但我也关切地了解他们的结局。阿瑞斯满面羞愧地悄悄逃走了,他虽然是一头蠢驴,但仍不失为一个男子,因为他脸上至少还有一丁点儿羞愧之色。而阿佛洛狄忒则若无其事地跑到培福斯②,那里有她的庙宇和祭台,她便在那里休息——众神都笑话她被捉了奸——大大化妆一番,以洗刷她的耻辱!"

当他捉住他们二人时,格奥尔格想,看门人悄悄地溜了,那时他还识相,还觉得害臊,在这样博学多才的学者面前没有动拳头打人。而她则厚颜无耻,若无其事,拎着自己的衣服跑到旁边房间里去穿起来。杰安,你在哪儿呢?

"我猜出你的想法了。你以为,奥德修斯不同意我的看法,是吗?在你的眼睛里我看到了三个名字:卡吕普索③、瑙西卡④和珀涅罗珀⑤。我马上来揭露这三个自古以来公认的美人。在这之前我先要

---

① 战神,宙斯和赫拉之子。
② 塞浦路斯一古城名。
③ 卡吕普索,女神,阿特拉斯的女儿,曾在她的俄古癸亚岛上留奥德修斯住了几年。她想嫁给他,后来宙斯命令她释放了他。
④ 瑙西卡,斯刻里厄岛淮阿喀亚国王阿尔喀诺俄斯的幼女。奥德修斯落难时得到了她的帮助。
⑤ 珀涅罗珀,奥德修斯忠贞的妻子。

518

介绍一个女人,叫喀耳刻①,她把所有男人都变成了猪。卡吕普索非常爱奥德修斯,她把他挽留了七年之久。白天奥德修斯伤心地坐在海边哭泣,他因想家和羞辱而感到苦恼;夜里他必须跟她睡觉,不管他愿意还是不愿意,他每夜都必须跟她睡觉。他不愿意,他要回家。他勤劳,智勇双全,是一个有头脑的人,他是一切时代最伟大的演员,而且是一位英雄。她看见他哭了,她知道他因为什么而痛苦。他无所事事,与世隔绝,在她身边虚度了他最宝贵的年华。她不放他走。她本来永远也不会放他走的。这时赫尔墨斯向她传达了上帝的旨意:释放奥德修斯。她必须服从命令。她滥用了仅余的几个小时,甜言蜜语地哄骗奥德修斯。我是自愿放你的,她表白说,因为我爱你,我可怜你。他看透了她,但他没有说话。一个女神就是这么办事的。对她这个神来说红颜永远也不会衰老,所以她需要男人,需要永恒的爱情。她才不体恤像奥德修斯这样的凡人呢!他的生命有限,已经过去一半了。"

她从不使他安宁,格奥尔格想,不管是夜里,也不管他是否在工作,她都不使他安宁。

"对于瑙西卡人们知道得很少。她太年轻,人们只看到她的品貌。她说,她希望能找到奥德修斯这样的男子做丈夫。她看到他光着身子站在海边上,这对她来说就足够了。他很美,但她不知道他是什么人。她是根据身体状况来选择的。关于珀涅罗珀有许多传说,她等奥德修斯等了二十年。这数字是对的,但她究竟为什么等他呢?因为她无法对求婚者做出决断。奥德修斯的优点胜过所有的求婚者,没有一个求婚者使她满意。她爱奥德修斯吗?真是奇谈!当他打扮成乞丐归来的时候,他的老仆人认出了他,高兴得要死。而

---

① 喀耳刻,赫利俄斯和珀耳塞的女儿,是一个女巫,能将人变为畜生。

她没有认出他,她还是那样高高兴兴地生活着。她每夜只是在睡觉之前哭一下。起初看起来她在思念他这个火热的壮汉子,以后这哭泣对她来说就成习惯了,成了她不可缺少的安眠药。为了哭一哭,她不需要拿洋葱头擦眼睛,只需要想一想她亲爱的奥德修斯,眼泪就可以流出来,她这样哭着哭着便可以睡着了。那位好心的老管家欧律克勒亚是奥德修斯的老乳母,她心肠软,总是忙忙碌碌。当她看到求婚者被打死、那些不忠的女仆被吊起来时,真是欣喜若狂!奥德修斯是复仇者,是被侮辱者,但也不得不指责她这样高兴是不应该的!"

从他谈到珀涅罗珀和欧律克勒亚的问题上可以看出他反对节俭,她原来可能是他的女管家。

"我把阿伽门农[①]——他被妻子所杀——对奥德修斯说的话看成是荷马给后人留下的最宝贵的遗产:

"'对你的夫人不要太信任,
永远不要把全部实情告诉她,
而要讲一半,藏一半……
把航船悄悄地朝祖国的彼岸开去,
不要让女人们知道,
因为她们没有信念和忠诚。'

"残酷也是希腊女神的主要特性。男神就人道多了。赫拉克勒斯[②]被赫拉无情地折磨着,他受的折磨比谁都厉害。当他最后死去、终于

[①] 阿伽门农,希腊神话中的迈锡尼王。墨涅拉俄斯的哥哥。
[②] 赫拉克勒斯,希腊神话中最伟大的英雄,罗马神话中称赫立利。他神勇无敌,完成了十二项英雄事迹。虽不断受到天后赫拉的迫害,但终能战胜强敌,转危为安。

摆脱了那些可怕的女人时——那些女人使他死得很惨——赫拉还要阴谋不让他成神。天上的男神们希望酬劳苦难深重的赫拉克勒斯,他们对赫拉冷酷的仇恨感到惭愧,为了给赫拉克勒斯以适当的补偿而决定授予他神的称号。这时赫拉就鬼鬼祟祟地把一个女人送给他:把自己的女儿赫柏许配他为妻。男神们胸怀坦荡,对女人都既往不咎。他们还以为能娶神为妻是一种幸福。赫拉克勒斯也无能为力。如果赫柏是一头狮子,他就会用棍棒把她打死。但她是女神。他微笑着表示感谢,只好接受了。天神使他摆脱凡胎成了神,并与女神结成了夫妇,使他们成了在蔚蓝色的天空下、面临蓝色海洋的俄林波斯山[①]的不死的夫妇……"

他最担心的是他不能解除这个夫妻关系。格奥尔格对彼得想要离婚感到高兴。彼得沉默不语,眼睛紧盯着前方发呆。

"你说,"他迟疑地说,"我患有眼睛错觉感。我现在试图想象爱琴海的壮观。它看上去更多的是绿色,而不是蓝色。这是不是意味着问题严重?你的意见如何?"

"你想什么呢!你真是个怀疑症患者。海有各种不同的颜色。你大概最喜欢绿色。我有类似的感觉。我也喜欢风暴前那白色无光的海面上所呈现的笼罩着危险的绿色。"

"我觉得蓝色比绿色阴险多了。"

"我觉得,对于颜色的看法是因人而异的。一般来说大家以为蓝色看起来比较舒服。你可以想一想安吉利科[②]所作的画,那上面的颜色就是朴素的可爱的蓝色!"

彼得又沉默了。突然他抓住格奥尔格的衣袖说:"我们刚刚谈

[①] 希腊神话中神居住的地方。
[②] 安吉利科(1387—1455),意大利文艺复兴早期的僧侣画家。

到了绘画,你对米开朗琪罗是怎么看的?"

"你怎么想到米开朗琪罗啦?"

"在他的西斯廷教堂巨型天顶画《创世记》中心的地方画了用亚当的肋骨创造夏娃的故事。上帝开创了从最好的愿望出发办了世界上最坏的事情的先例,创造亚当的画面要比创造夏娃的画面大。双双因犯罪而下凡。这实在是可鄙的:掠夺男子的肋骨造了一个女人,从而使人有了性别。女人本来不过是男人身上的一小部分(一根肋骨)。但这一小小的事件却是创世纪的中心。亚当睡着了。如果他醒着,他会抱紧自己的肋骨不让取走的。唉,谁知道,也许亚当偷偷地希望有一个女伴侣吧!上帝的好意随着亚当的出世而结束了,从此以后,上帝对待亚当就像对待陌生人一样,而不像对待自己的创造物。上帝说的话甚至上帝喜怒无常的情绪,他都得忍受,并迫使自己永远忍受着。在亚当的身上产生了人的性冲动。他睡着了。天父嘲弄般地使用了魔术,从亚当身上产生了夏娃,夏娃的一只脚踏在大地上,另一只脚还在亚当的身侧。她还没有跪下来之前,就双手合十,开始祈祷。她嘴里喃喃自语,说的都是献媚取宠的话。她表达对上帝的感谢,不过是些奉承话,人们把这些奉承话叫作祈祷。不是困顿教她祈祷。她很谨慎。当亚当睡觉的时候,她就匆匆忙忙囤积了一些东西。她本能地感到上帝爱虚荣,这种虚荣简直就跟上帝一样大。上帝在创造不同事物的活动中态度是各不相同的。在创造不同事物的时候,上帝变换着自己的袍子。他穿着一件美丽的长袍,观察着夏娃。他没有看夏娃的美色,因为他心目中只有自己,他只接受了她的效忠。她的举止是卑贱的、不道德的。她从自己出生的最初时刻起就盘算着。她赤身裸体,但是她在穿着长袍的上帝面前不感到羞耻;当她的罪行没有得逞时,她才感到羞耻。亚当像房事过后那样疲惫地躺在那里。他睡得不实,他做了一个恐怖的梦,这是上帝托给他的梦。人的始祖第一个梦就是对女人的恐惧。上帝残酷地使他们二人单独在一起。当亚当醒来时,她跪在他面前双手合十,就像在上帝面前一样,口中念念有词,说着一些献媚取宠的话,眼中露出忠诚的目光,心中则充满着占有别人、统治别人的权欲,引诱亚当去干那件事。亚当比上帝还要宽宏大量。上帝在创造亚当时爱的是自己,而亚当爱的是夏娃,爱的是另一个人,爱的是一个祸根。他宽恕了她。他忘记了,一可以变成二。这未来的苦难可就没完没了了!"

他的结婚应归咎于他一时的心血来潮,他是违反自己的意志和她结婚的。这一点他不原谅自己。他只相信绝对命令而没有相信上帝,这使他很生气。否则他会把责任推给上帝的。他仰视西斯廷教堂的天顶,设想一下上帝的形象。另外一个可信的《圣经》上记载的上帝形象在绘画艺术中是没有的。他需要这样一个上帝,以便加以诅咒,这时格奥尔格大声说出了一句话打断了他的思路:

"为什么说起这未来的苦难就没完没了呢?我们原先谈论的是那些没有生殖能力的白蚁。这既不是绝对的,也不是不可消灭的祸害。"

"是呀,正像白蚁窝的'恋爱'骚动一样,焚烧我的图书馆(当然是不可能的)也是令人吃惊的、无法想象的。这完全是胡闹,是对无价之宝的无与伦比的背叛,纯粹是卑鄙龌龊的行为,这你在我面前连开玩笑说说都不敢,更不用说是去做了。你看,我并没有发疯,并没有精神错乱。激动不能算耻辱,你为什么要嘲笑我呢?我的记忆力是完整无缺的。我知道我想要知道的一切,我能控制自己,我结过婚,但我从没有过过恋爱生活,不像你那样。爱情是一种病,是一种麻风病,是一种杆菌传染病。我跟这种恋爱没有关系,你侮辱了我,你本来是不应该这样说的。只有疯子才这么做,我决不放火烧我的图书馆。如果你坚持这种看法,你就给我滚,滚回你那个疯人院里，在那里你爱怎么说就怎么说，爱怎么答就怎么答。我还没有听到你自己的意见，你这胡说八道的家伙，你以为你什么都知道吗？我已经感觉到你的恶意的看法了。这种看法是肮脏的。他疯了，你这么想，因为他咒骂女人。我不是唯一骂女人的人，我可以给你证明！收起你的这些肮脏的看法吧！你还是跟我学的识字读书呢，你这个捣蛋鬼！你从来就不懂中文。我已考虑离婚，我要恢复我的名誉。那个女人已经就木了，没有必要离开，但她不配进坟墓而应该进地狱！为什么没有地狱呢？人们要造一个地狱，要为女人和好色之徒（像你这样的人）造个地狱。我说的全是实话！我是一个严肃的人。你不久就走了，不会管我的。我是孤独一人，我有我的头脑，我会自己料理自己。那些书我宁愿烧掉，也不打算让你继承。你会死在我前头的。你已经把自己毁了，这是你的肮脏生活造成的。我听你说话有气无力，总爱说些拐弯抹角的长句子。你总是那么彬彬有礼，你这个女人，你真像夏娃，但是我不是上帝，你在我身上做文章是不会得逞的！你还是到女人那里去休息休息吧！你也许有朝一日会浪子回头，成为新人，你这个可怜的散发着臭气的家伙！你使我遗憾。如果我是你的话，你知道我要干什么吗？当然我不可能是你，我是说如果我是你的话，我就放一把火，烧毁疯人院，连同疯子和我本人（如果我是你的话）一起烧掉，但不包括我的书。书比疯子有价值，比人有价值，这一点你是不懂的，因为你是一个喜剧演员，你需要捧场。书会说话，但它沉默，这就是它的伟大之处。我将让你看看我的书，但不是现在，而是以后。你要为你的令人讨厌的形象请求原谅，否则我就把你赶出去！"

格奥尔格没有打断他讲话。他要硬着头皮听下去。彼得说得又快又激动，以致任何友好的表示都不能使他停下来。彼得站起来，一谈到书的问题，就往后退了一下，摆出一副要跟人打架的架势。

格奥尔格后悔不该对哥哥讲有关白蚁的那些想象,因为缺乏阐述白蚁及其无性问题的形象的材料。当然他这样讲不过是为了把哥哥的思想引向这个方向,可惜没有成功。那种认为格奥尔格会放火烧自己的书的看法,彼得听了非常难受,比火烧着他本人还要难受。他非常热爱自己的图书馆。他的图书馆就是他的"人"。本来不应该让他感到这种痛苦的。但是这也不妨事。格奥尔格从中得知有一种对付女人的药,比毒药保险。这是一种极度的爱,可以用于消除那种仇恨的爱。为了保护书不受臆想出来的危险的侵害,是值得继续活下去的。我要把那个女人尽快地、不声不响地赶走,格奥尔格这样想,还要把那个看门人赶走,凡能使他想起那个女人的东西统统都要搬走;要好好地检查一下他的图书馆;要解决他的钱的问题,他的钱肯定不多,甚至没有了;要让他回到他心爱的图书馆里去,跟他的图书馆重叙旧情,继续从事他以往的科学研究。回到自己得心应手的图书馆里虽苦犹甜,他会觉得自由自在是多么美好啊!半年后我再来看看他。他是我哥哥,我瞧不起他那可笑的职业,但我要帮助他解决这些问题。对于他们的夫妻关系,凡我想知道的我都了解了。他认为自己的判断是客观的,这些判断是很清楚的。首先我要安慰他。如果他把他对女人的仇恨藏到神话或历史上的女人身后,他就会感到安心了。隐藏在这记忆的堡垒里,他就不害怕楼上的女人了,她也奈何不了他。从根本上讲,他思想狭隘,心胸狭窄。他的仇恨使他有一些活力,这些活力对他以后的工作也许有用。

"你自己打断了自己的话。你还有严肃的事情要讲。"格奥尔格不紧不慢地用温柔而又满腔热情的声调打断了彼得结结巴巴的话。格奥尔格这样严肃,这样热心,也使彼得的怒气有所消减。彼得重新坐了下来,脑子里想着他刚才说到什么地方了,并在很短的时间里接上了刚才的话茬。

"白蚁窝里的'爱情'骚乱和焚烧我的图书馆都是不可能的,要让米开朗琪罗亲自去破坏西斯廷大教堂的巨型天顶画也是不可能的。米开朗琪罗尽管为这幅天顶画辛辛苦苦干了四年,也许他会按照某个发了疯的教皇的旨意把一个个人物形象抹掉,但他决不会把夏娃这个形象抹掉的,这个夏娃他会保护好的,即使有一百个教皇卫士强迫他,他也会奋力反抗。夏娃是他的遗产。"

"你对大艺术家的遗产很有鉴赏能力。不光是荷马和《圣经》,而且历史也承认你是对的。我们且不必去管夏娃、大利拉① 和克吕泰涅斯特拉② 以及珀涅罗珀,这些人的无耻行径你已经证明了。她们确实是非常突出的事例,但谁知道,她们是否实有其人呢?克娄巴特拉的历史就告诉我们这些历史爱好者很多道理。"

"是的,我没有忘记她,只不过还没有讲到。好吧,且把那些人放下不管吧!你不如我知道得详细。克娄巴特拉让人杀害了她的妹妹——女人和女人斗。她欺骗了安东尼——哪个女人不欺骗男人呢?她利用安东尼的权势把罗马帝国的东方省份变成自己的领地,供她自己享受——哪个女人不是为爱情和享受而生而死的呢?在情况危急之初,她背叛了安东尼。她对他说,她要自焚。安东尼看到情况危急,听到她要自焚,就自杀了。但她却没有自焚。她马上拿起一件合身的丧服穿到身上。她想引诱屋大维③。她娇媚地垂下目光,真有闭月羞花之貌。我敢打赌,屋大维没有看她。这个聪明的小伙子身上穿着甲胄,否则她准会用自己滑腻的皮肤靠在小伙子

---

① 大利拉,《圣经·旧约》中大力士参孙的情人。大力士参孙因留发不剃而具有神力,大利拉背叛了他,把这秘密告诉了非利士人。
② 克吕泰涅斯特拉,阿伽门农的妻子。因与人私通杀害丈夫,后被其子杀死。
③ 屋大维,即奥古斯都(前63—后14),罗马帝国的开国君主,建立元首制,系恺撒之甥孙及养子。

身上来引诱他了。我要补充说一下,此时安东尼刚死不久,尸骨未寒。屋大维真是个硬汉子,了不起,他用自己的盔甲抵制了她的皮肤;他闭上眼睛不看她!他对她美妙的歌声毫无反应。我怀疑他像当初奥德修斯一样把耳朵塞住了。她无法通过鼻子来迷惑他。他对自己的鼻子是放心的,也许他的嗅觉器官不发达。他真是个铁石心肠的硬汉子,我非常钦佩!恺撒被她迷住了,而他没有。经过这些年,她年龄大了,因此变得更危险了,也就是说变得更会迷人了。"

甚至对于那个女人的年龄他也记恨在心,格奥尔格想,这是可以理解的。他听了相当长的时间。对于女人的罪孽,不管这些女人是历史上真有其人还是传说中的人物,他都不放过。彼得所讲的内容是可靠的、感人的,他像小学老师那样把故事讲得很生动。这些故事中有些地方由于年代久远,以讹传讹,搞错了,他就把这些谬误纠正过来。人们处处都可以学习,从一个咬文嚼字的老学究那里也可以学到东西。许多东西对格奥尔格来说都是新的。"女人像是杂草,"托马斯·阿奎那①曾说过,"生长得很快,但并不完整;女人的身体之所以很早就成熟了,是因为它没有多少价值,因为大自然对它不甚关心。"第一个现代共产主义者托马斯·莫尔②是怎样对待他的乌托邦婚姻法的呢!他把婚姻法归纳在奴隶制和犯罪那一章里了!匈奴王阿提拉③是被西罗马帝国皇帝的妹妹何诺丽亚引到她的故乡意大利来的,匈奴人在那里进行了大肆掠夺。几年以后,就是这个皇帝的遗孀欧道克西亚嫁给了皇帝的谋杀者和继承人,引起

---

① 托马斯·阿奎那(1226—1274),中世纪神学家和经院哲学家。
② 托马斯·莫尔(1478—1535),文艺复兴时期英国空想共产主义者。一五一六年他用拉丁文写成《乌托邦》一书。
③ 阿提拉(约406—453),匈奴帝国皇帝。在位时占有黑海至波罗的海和莱茵河间广大地区,东、西罗马帝国均被迫纳贡,为匈奴帝国鼎盛时期。

了汪达尔人①入侵罗马。汪达尔人大肆掠夺罗马应"归功"于这个女人,而匈奴人掠夺罗马则应"归功"于她的小姑子。

彼得的激动情绪慢慢减弱了。他说话时也越来越平静了,有许多可怕的罪恶事实他只是略微一提。他脑子里这方面的资料远远胜过他的恨。他的首要性格特点就是精确性,为了不疏忽重要的资料,他把他的恨分散到各个历史时期、各个国家以及各位思想家的故事中去阐述。在每一个故事中他只阐述一点儿。一个小时以前美塞莱娜②也许还可以听到别的有关自己的情况。他只读了玉外纳③的几行诗就悄悄地把她放过了。甚至许多黑人部落的神话中也渗透了蔑视妇女的章节。彼得在那里头找到了许多同盟者,这些人是文盲,是因为他们穷,他原谅了他们,只要他们在妇女问题上一致就行。

格奥尔格利用彼得寻找例证的一个小小的间隙冒昧地提出去吃饭的建议。彼得同意了。他希望出去吃饭。看门人的这个小房间他已经待腻了。他们来到附近一家饭馆。格奥尔格感到彼得从侧面严厉地看着自己。他刚刚想开口说话,彼得就又大谈起那些坏女人来。可是他很快就住口了。格奥尔格也沉默了。他们休息了几分钟。彼得在饭馆里动作迟缓地坐了下来。他把椅子搬动好几次,直到他背朝着一个女人坐下来为止。接着又来了第二个女人,年长一些,眼睛到处张望着,她甚至望着彼得,希望引起他的注意,并不反感他那副骨头架子。堂倌笑嘻嘻地走到格奥尔格面前,他以为是格奥尔格请那个快饿死的人吃饭的,询问他们准备吃点儿什么。他

---

① 汪达尔人,居住于波罗的海沿岸的日耳曼人,曾于公元四五五年蹂躏罗马。
② 美塞莱娜,罗马皇帝克劳提斯的第三个妻子,曾使克劳提斯不理朝政,把罗马帝国搞得不可收拾。公元四十八年美塞莱娜被处以极刑。
③ 玉外纳(约60—140),古罗马讽刺诗人。

微微地向叫花子点点头,并给他们推荐了两道不同的菜:建议给叫花子订一道营养丰富的菜,给行善者订一道精美一点的菜。这时彼得突然站起来,尖锐地声称:"我们离开这家馆子!"堂倌表示十分抱歉,并承认了自己的过错,表现得非常有礼貌。格奥尔格也感到很扫兴。他们两人二话没说就走了。"你看见那个老妖婆了吗?"彼得在外面问。"看见了。""她朝我看,盯着我看!干吗?我又不是罪犯!她竟敢注视我!我自己做的事自己负责,你管得着吗!"

在第二家饭馆格奥尔格订了雅座。吃饭的时候彼得继续徐缓而单调地作他的"报告",他不时地窥视他弟弟是否在听。他慢慢地只限于讲老掉牙的故事了,讲的速度也慢了。句子之间的停顿越来越长,间隔的时间有时甚至达几分钟。格奥尔格订了香槟酒。他要是说得快,早就说完了。再说,如果他还有什么秘密,酒一下肚,他就会告诉我。彼得拒绝喝酒,他讨厌酒,但后来他还是喝了。如果他不喝,格奥尔格就会认为彼得有什么事情瞒着自己。其实他没有什么可隐瞒的。他说的都是真理,他的不幸就在于他热爱真理。他喝了很多。他的知识渊博,他出人意料地了解历史上的许多情杀案,并以火一般的热情为男子杀死女子辩护。他像法庭上的辩护律师一样讲话。他解释他的当事人为什么要把那恶魔般的女人杀死。这些女人之所以会造成大灾大难,是因为她们喜欢过淫乱的生活,是因为她们总是隐瞒年龄,是因为她们的语汇污秽不堪,是因为她们残忍地虐待丈夫,乃至动手残酷地痛打丈夫。哪一个男子汉能容忍得了这样的女人而不把她杀掉呢?彼得把这些论点阐述得非常具有说服力。他讲完以后,就心满意足地抚摩着自己的下巴。接着,他就为杀死那些没有什么才能的女人的男人而辩护。

格奥尔格从他哥哥那里对案件没有了解到什么新情况。他所阐述的意见——他尽管喝了酒——是清楚的、完整的。学究式的脑袋出了毛病是容易恢复过来的。这些毛病准确地产生,也会准确地被治愈。唯独他哥哥的这种毛病格奥尔格莫名其妙,他喝了酒跟没有喝酒一样,脑子里无动于衷!这个彼得脑子里到底是些什么呢?!一个铅制的头脑,一脑壳浇铸的铅字,冰冷、僵硬而又沉重。这在技术上是一个奇迹,我们这个技术时代里恐怕没有什么其他东西堪称奇迹了。这个语言学家思想上最大胆的想法就是杀他的老婆。他老婆一定是个可怕的怪物,比这个语言学家大足足二十岁。他跟人打交道就像跟大作家的书本打交道一样。如果他真下手杀老婆,如果他对她下毒手而毫不手软,如果他因犯罪而毁灭了自己,那么他所校订的古老文本、手稿、图书馆,他心爱的一切都会毁于一旦,也就是说毁掉了他的荣誉!但是他宁愿不要这荣誉!在未动手之前他打电报给弟弟。他请求帮助他不要杀人。他还可以再活三十年,再工作三十年。他的光辉的名字将像明亮的巨星在科学文献的年鉴上永放光芒,子孙后代在翻阅汉学文献时一定会看到他的名字。格奥尔格的姓和他的姓一样。人们会把格奥尔格和彼得混淆起来。五十年以后中国政府会为他塑像纪念。天真烂漫的孩子在以他的名字命名的大街上嬉戏。他们的眼睛盯着那名字的字母,感到是个谜,而叫这个名字的人他们很清楚,很明白,很了解,如果说对个别孩子还是个谜的话,那也是一个马上就能解开的谜。如果人们不知道他们的大街是按谁的名字命名的就好了!如果人们对此根本就很少知道该多好啊!

格奥尔格下午早早地就把语言学家带到他的旅馆,请他在那里休息,而他自己则到语言学家家里去处理事情。

"你要去收拾屋子吗?"彼得问。

"是的。"

"你对那儿的臭味可不要感到奇怪呀!"

格奥尔格微笑着。胆小的人喜欢拐弯抹角地说话。"我将把鼻子捂住,不会闻到那味儿的。"

"要睁大眼睛看!你可能会看到鬼魂。"

"我不会看到鬼魂的。"

"我告诉你,你可能会看到的!"

"好,好。"开这些玩笑多没意思!

"我有个请求。"

"什么请求?"

"不要跟那个看门人说话!他很危险。他会向你进攻的。你说的话一不对他的口味他就要打你。我不想让你因为我的事情遭他打。他会把你的骨头打断。他每天都把乞丐从楼里赶出去,赶出去之前先揍一顿。你不了解他。你给我保证不跟他说话!他会说谎骗人,不要相信他。"

"我知道了。你已经警告过我了。"

"你要给我保证!"

"好,我保证。"

"即使他不惹你,他以后也会嘲弄我。"

他已经害怕将来一个人独自生活的日子了。"你放心,我一定把那个家伙赶出那幢楼。"

"真的?"彼得笑了,这是格奥尔格第一次看到他笑。

他把手伸进口袋,拿出一沓揉皱了的现钞交给格奥尔格。"他要钱。"

"这大概就是你的全部家当了吧?"

"是的。其他的钱都用在书上了。"

格奥尔格听到这句话心里很难过。先父巨额遗产的一半花在书上,而另一半则花在疯人院里。这两种花法哪一种更合适一些呢?

531

他原以为在彼得那里还会有一些零头。倒不是因为我将来要养活他使我感到难过，格奥尔格对自己说，他如今这样穷困使我很生气，因为这些钱我本来可以用来帮助不少的病人。

格奥尔格留下彼得，自己走了。在街上他用手绢擦擦手，他本来想擦擦额头的，并且手已经举起来了，这时他想起了彼得类似的举动，就很快放下了手。

当他到达彼得家门前时，听到里面正在大声喊叫。他们在里头打起来了。这样他就更容易制服她。他使劲地摇着门铃，那女人出来开了门。她哭得像个泪人儿，穿的还是早上那条古怪裙子。

"噢，大兄弟！"她尖叫着，"他太放肆！他把书拿去当了。难道我有什么责任吗？他现在要去告发我。我说，这可不行！我是一个规规矩矩的女人！"

格奥尔格非常有礼貌地把她带到一个房间里。他向她伸过手去。她很快跟他握了手。在他哥哥的写字台前，他请她坐下。他还帮她把椅子放好。

"请随便坐！"他说，"您在这里感到不错吧！对像您这样的女人人们一定很宠爱。可惜我已经结婚了。您应该做做生意。您生来就很会做生意。这里不会有人来打扰我们吧？"他走到门边摇了摇门把。"锁上了，很好。请把其他的门也关上！"

她照办了。他善于喧宾夺主，把自己变成这个家庭的主人，并把主人变成客人。

"我哥哥配不上您呀。我跟他谈过了。您应该离开这里！他要告发您和别人私通，破坏他的婚姻。他什么都知道了。我劝阻了他。任何一个女人都会欺骗这样的男人，这没有什么奇怪的。我想，他根本算不上一个真正的男子汉。他会在办理离婚手续时把责任推到您身上的。您将会两手空空离开这个家。我知道，他是怎样的一个人，跟这样一个人在一起生活，只会苦恼一辈子，您不得不在穷困和寂寞中煎熬。像您这样一个规规矩矩的女人起码还可以活三十年。您今年多大？最多四十岁。他已经悄悄地呈交了一份起诉书。但是我会照顾您，我喜欢您。您必须马上离开这幢楼。如果他见不到您，也就奈何不了您了。我将在城边上给您开一家牛奶商店。我给您资本，但有一个条件：您永远不要让我哥哥看见您。如果您让我哥哥看见了，我就索还预支给您的钱。咱们立字为凭，您在上面签字。这样您也有个归宿，安心离开这里。他要求把您关起来。法律给了他这个权利。当然啰，这法律实在也不公平。为丢了几本书使您烦恼，我看不下去。如果我没有结婚该多好啊！亲爱的夫人，请您允许我作为您的小叔子吻一吻您的手吧！请您详细告诉我，到底缺少了哪些书。我有义务负责赔偿，否则他就不会撤回起诉书。他是一个残酷的人。我们就让他一个人去生活。让他尝尝一个人生活的滋味。谁也不会去关心他。他活该如此。如果他再干蠢事，那就咎由自取。他现在把什么都推到您身上。我把看门人解雇了。他对您太放肆了。从现在起他可以去管别的房子了。您不久又可以再结婚。您放心，大家都会羡慕您的新商店。会有男人到您这里来跟您结婚的。您现在已有了一个女人应有的东西了，什么都不缺。请您相信我！我是一个精明的人。如今有谁像您这样干干净净、清清白白的呢？您的裙子是很少见的。您的眼睛多么动人！您多么年轻！您的樱桃小口多么迷人！如我刚才说的，要是我没有结婚该多好啊！我简直要引诱您犯罪了。但是我尊重哥哥的妻子。如果我以后再来看望我那个笨蛋哥哥，我将到牛奶商店去探望您。那时您已不是他的妻子了，那时我们彼此就可以倾吐衷肠了。"

他说话时热情洋溢。每一个字他都收到了应有的效果，说得她脸上泛出了红晕。说完这些话以后，他就等待着反应。他还从来没有这样充满激情地说过话。她没有说话。他明白，他的话打中了她，她没法开口了。他说得她心里美滋滋的。她担心可能会听漏一个字，所以聚精会神地听。她眼睛睁得大大地看着，眼珠子恨不得要跳出眼眶了。她先是觉得害怕，往后又觉得那爱情是甜滋滋的。她不是狗，但耳朵却像狗耳朵一样竖起来听。她听得入了神，哈喇子都流出来了。她坐的那把椅子巧妙地发出嘎吱嘎吱的声音，仿佛在奏着一首愉快的小调。她把手拢成一个杯子形状，向他伸去，她自己的嘴唇也靠在这个"杯子"上"喝"起来。当他吻着她的手时，这"杯子"的形状就消失了。她的嘴唇在吁着气，他听到她说，再吻一下吧。他只好克制自己的厌恶感，再一次吻了吻她的手。她激动得浑身发抖，连头发都在颤动。如果他拥抱她的话，她会失去知觉地倒在他怀里。他说完了最后一句，就像一尊石像般傲然挺立在那里，把一只手和大部分胳膊放在胸前。她说，她有一个银行存折，书没有丢，当书的单子她收在身边呢。她引人注目地、笨拙地转过身子，从裙子里掏出一沓当书单子。他是不是也要存折呢？由于她爱他，她愿意把存折也献给他。他感谢她，正是由于他爱她，他才不能接受这个存折。正当他表示谢绝时，她说，谁知道这存折他是不是当之无愧呢？他还没有接受这个礼物，她就又后悔了，他以后是否一定来看她呢？他是男子汉，说话算数。她说了几句，就渐渐地镇定下来了。他刚一开口，她又身不由己地听他摆布了。

半小时以后，她已在协助他对付看门人。"你大概还不知道我是谁吧？"格奥尔格对看门人嚷道，"我是穿着便衣的巴黎警察局长！我只要给这里的警察局长，我的朋友，捎一句话，你就会被逮起来！你会失去退休金。我对你了如指掌。你瞧瞧这些单子！至于其他的事情，我现在暂时不讲。你没有什么好说的。我看透你了！你是一个乔装打扮的坏家伙。我对这种人是严惩不贷的。我将向我的朋友，这里的警察局长建议，整顿他的下属部队。你马上离开这幢房子！明天早上别让我再在这幢房子里见到你了。你是一个坏蛋！卷起你的铺盖滚吧！我暂时先给你一个警告。我要把你清除掉！你这个罪犯！你知道你干了什么事吗？你干的坏事人人都知道！"

贝纳狄克特·巴甫，这个强壮的红毛汉子吓得魂不附体，十指交叉跪在地上请求局长先生饶恕。他说，女儿先是生病，后来病死了。请局长帮个忙，不要解除他的职务。他这个人只有一个窥视孔，其他什么也没有。就开开恩让他管那些叫花子吧。现在几乎没有叫花子来了！这幢房子的人对他已经腻烦了。他太不幸了！早知今日，悔不当初！看不出教授先生还有一个当警察局长的弟弟。如果他巴甫知道的话，早就到车站去隆重迎接了！只有上帝能洞察一切。他一边道谢，一边就站了起来。

他对自己这样崇敬大人物表示满意。他站起来眨巴着眼睛看看格奥尔格。格奥尔格仍然板着面孔，非常严肃，而事实上他准备给他出路。巴甫保证第二天上午亲自把所有当出去的书都赎回来。他一定离开这幢房子。在城边上，在那个女人开的牛奶店旁边，他可以开一家出售小动物的商店。他们双双声明，愿意搬到一起住，那个女人要求以不挨打不挨掐为条件，此外，她可以接受这位兄弟的拜访，他何时来都行。巴甫讨好地表示同意。他对禁止掐人有疑虑，怕做不到。他说，他也是一个人。他们双方除了保证忠于爱情外，还必须互相监督。如果有一方跑到诚实大街附近，另一方就马上报告巴黎，做生意和人身自由就要告吹。巴黎一接到消息便拍电报发出逮捕令。检举者可以得到奖励。巴甫说，如果他住在金丝鸟鸣声婉转的地方，他就他妈的哪儿也不去了。台莱瑟抱怨说：您看，他又"他妈的"了，他不能老说"他妈的"。格奥尔格就劝他，叫他说话要讲究文明，要像个生意人说话的样子。他现在可不是穷退休人员，而是一个经济生活有保障的人了。巴甫宁愿当饭店老板，最好当有自己独特节目和叫唱就唱、叫停就停的金丝鸟马戏团经理。警察局长批准了他的要求，如果他经营得好，既听话又忠诚的话，他可以开一家饭店或办一个马戏团。台莱瑟不同意。她说，马戏团不规矩，开饭店做生意规矩。他们决定，二人分工。她开饭店，他搞马戏团。男主人是他，女主人是她。警察局长保证，会有顾客和客人从巴黎来。

当天晚上台莱瑟就精心地打扫房子。她没有雇人，什么都是她一人干，为了给这位兄弟尽量减少不必要的开支。她给她丈夫的床换上新床单和新被套。请那位兄弟在这里过夜，因为旅馆里的住宿费一天比一天高。格奥尔格请她原谅，因为他要监视彼得，不能在这里过夜。巴甫搬到他的小屋里去，去度过最后一个夜晚，最后一夜是最值得纪念的。台莱瑟擦洗了一整夜。

三天以后屋子的主人迁入了他的屋子。他走进这幢楼房时先看了看那个看门人的小房间。里面是空荡荡的。墙上的窥视孔依然存在，但挡板没有了。洞口塞上了。楼上图书馆完整无缺，各个房间的门都敞开着。彼得在自己的写字台前来回走了数次。"地毯上没有污迹，"他微笑地说，"如果它染上了污迹，我就把它烧掉。我恨污迹！"他从抽屉里拿出手稿，摞在写字台上。他给格奥尔格念手稿的题目。"这是多年的心血，我的朋友！现在我给你看书，"他一边说着，"你看这里，凡是你知道的书我都有。"一边用得意的目光精神振奋地看看格奥尔格（不是人人都能同时掌握几门东方语言的），拿出不久前还在当铺里的书，给感到惊奇的弟弟讲这些书的特点。气氛很快地发生了变化。年代数字和页码数字在眼前飞舞着，字母都有它特定的意义。危险的书籍要安分守己，不得越轨。肤浅的语言学家被揭露是怪物，他们穿着蓝袍子，在显眼的地方受到众人奚落。蓝色是一种最可笑的颜色,是没有批判头脑的人所喜欢的颜色,是轻信和迷信者所喜欢的颜色。一种新发现的语言证明它早已为大家所熟知,被误认为是这种语言的发现者表明自己不过是头蠢驴,反对他的呼声非常响亮。此人居然敢根据他在一个地方生活了三年的经历就炮制一本关于当地语言的著作!在科学领域里也有不择手段的暴发户,他们的无耻与日俱增。科学要有自己的审判异端邪说的法庭,应该把那些异教徒交付这个法庭审判。当然,人们不要马上就想到把他们执行火刑烧死。中世纪僧侣阶层在法律上的独立性是有意义的。要是今天学者们能这样顺利该多好啊!由于某种小小的、也许是一个难免的过错,一个其贡献无可估量的学者竟会遭到外行们的指责。

格奥尔格感到不安起来。彼得所提到的书籍,他知道的不足十分之一。他蔑视这种使他感到压抑的知识。彼得的工作热情很快地高涨起来了。这种工作热情使格奥尔格怀念自己的精神病院,在那里他是绝对的支配者,就像彼得是他的图书馆的绝对支配者一样。他称彼得为新莱布尼茨[①]。他想利用下午的机会出去办几件事情:为彼得雇一个可靠的女工;到附近饭馆包饭,请他们每天按时给彼得送饭来;把钱先存到银行里去,请他们每个月月初自动把钱送到彼得家里来。

晚上很晚的时候,他们两人互相道别。"你为什么不开灯?"格奥尔格问。图书馆里已经黑了。彼得骄傲地笑了。"我在这里即使很暗也很熟悉。"自从他回到家里,他又变成一个既有信心又很愉快的人了。"这样有损于你的眼睛!"格奥尔格说着就开了灯。彼得

[①] 莱布尼茨(1646—1716),德国自然科学家、数学家、唯心主义哲学家。同牛顿并称为微积分的创始人。数理逻辑的先驱者。

感谢他为自己所做的事情。他带着刻薄的学究气数着格奥尔格为他做的好事。最重要的事情——把那个女人赶走——他却避而不谈。"我就不给你写信了！"他最后说。

"这一点我不难想象，你有那么多的工作要做。"

"不是这个原因。我原则上不给任何人写信。写信是一种无所事事的表现。"

"随你的便，如果你需要我，就给我打个电报！六个月以后我再来看你。"

"没有必要！我不需要你！"他生气地说。马上就要告别了，他的粗鲁的话里也包含着惜别之情。

在火车上格奥尔格继续思考着。如果他依恋我的话，岂不是怪事了？我帮助了他，现在他可以随心所欲了。没有任何东西干扰他了。

离开了那令人烦恼的图书馆使他精神愉快。那八百名病人正焦急地等待着他。火车开得太慢了。

纵 火 焚 烧

弟弟一走,彼得就把门关上。他用三把复杂的锁把门锁好,外加一根铁棍子把门闩上。他不放心,又使劲摇了摇,门闩和门锁纹丝不动。门似乎是整块钢板做成的。在这样结实的门里人们感到真正是在家里了。钥匙伸进锁眼里正合适。门上的木头已经变了颜色,有些地方还有点破损。门闩上已经长了锈。他现在无法知道,这门后来是在哪里修好的。看门人破门而入的时候,不是把门都打碎了吗?他一脚就可以把门闩踢成弓形,这个卑鄙的骗子吹牛说,他只凭一对拳头一双脚,任何门都可以打得开。某个月初,巴甫先生没有得到"赏钱"。"那家伙出问题了!"巴甫怒气冲冲,上楼直奔每月给他"赏钱"的人,为什么突然不给他钱呢?上楼时,他把楼梯踩得快散架子了。他的拳头碰到什么就把什么打得粉碎。楼上的人跑回自己的家里,房客们都捏着鼻子说:"臭!""哪儿臭?"他威胁地问。"图书馆来的臭味儿。""我臭不到什么!"他的德语从来就说不好,这里他把"嗅"说成"臭"了。他的鼻子很大,鼻孔眼儿也很大,下面的小胡子翘了起来,一直伸进鼻孔里。这样他只闻到香膏的味儿,闻不到尸体臭。他的小胡子很硬,每天他都要刷一刷。他有许多红色软管香膏。他小房间的床底下收集了好多罐香膏,都是深浅不一的红颜色。这儿是红色,那儿是红色,对面也是红色。他的头也是火红的。

基恩把前厅的灯熄了，只要拧一下电灯开关前厅就黑了。从书房里透来一丝微光，照在他的裤子上。噢，他见过的裤子可多了！那个窥视孔没有了。是那个粗野的人把它拆掉的。如今那堵墙是多么荒凉。明天下面那个小房间里要来一个新巴甫，他会把墙重新砌好。人们早该把它弄好的。那条餐巾染了血变硬了。洗脸池里的水变了色，跟加那利群岛①附近发生海战后的海水一样。为什么他要把那些香膏藏在床底下呢？墙边上有的是地方。那里挂着四只鸟笼子。这些笼子对一切低于它们的东西都显得很傲然。肉罐里空空如也。鹌鹑飞来，以色列②有东西吃了。所有的鸟都宰杀了。它们的喉管很细，在黄色的羽毛里边。谁能相信那清脆的声音是由这细管里发出来的呢？人们逮住它们就紧紧地压它们，那婉转的鸣声顿时消失了，四面八方都喷射着浓浓的热血，因为这些鸟儿的体温都很高。一只鸟烧起来了，裤子烧起来了。

　　基恩擦干了血，使裤子离开透过来的微光。他没有走进那有灯光投射过来的书房，而是通过黑乎乎的走廊，走进厨房。桌子上的盘子里有点心。桌子旁边的椅子斜放着，好像刚刚有人坐过似的。他生气地把它推到一边，拿起那软乎乎黄澄澄的点心就往饭盒里装，这点心像鸟的尸体，饭盒就如同火葬场。他把饭盒放到碗柜里。桌子上只剩下白得耀眼的盘子。那里有一个枕头，枕头上面就是《裤子》那本书。台莱瑟戴着手套，把书打开到第二十页。"我每页读六遍。"她要引诱他干不正经的事。他只要一杯水而已。她取来了水。"我出门旅行六个月。""对不起，那可不行！""非常必

---

① 加那利群岛，北大西洋东部的火山群岛，一九二七年并入西班牙本土。
② 以色列，《圣经》故事中的犹太人的第三代祖先。据《创世记》记载，原名雅各，因与神角力得胜，神改其名为以色列。

要。""我不允许!""我非去旅行不可。""那我就把大门锁上!""我有钥匙。""对不起,在哪儿呢?""这儿!""如果发生火灾怎么办呢?"

基恩走到自来水龙头那里去打开龙头。自来水以巨大的力量喷射到沉重的贝壳里。贝壳里面很快就注满了水,几乎快胀裂开了。大水漫过厨房的地面,清除了一切危险。他把龙头重新关好。地面很滑,他一下子就滑到旁边的房间里。房间里是空的。他对它微笑着。从前这里有张床,对面墙边上有个箱子。床上就睡着那个蓝泼妇。箱子里是她的武器:裙子,裙子,裙子。她每天都在那个角落里的熨衣板前祈祷,在那里熨衣服,上浆。后来她带着家具搬到他那里去了。房间的墙反而变得更白了,房间里也亮堂多了。台莱瑟要把什么东西放在这里呢?面口袋,很大的面口袋!她把这个房间变成贮藏室了,在这里贮粮备荒。天花板上挂着熏火腿。地板上堆放着糖块儿。长圆形的面包挨在黄油桶旁。牛奶壶里灌满了牛奶。墙边的面口袋在遭到敌人攻击时可以供应全城,这里常备无患。她可以拍拍自己的钥匙安心地待在家里。有一天她打开贮藏室。厨房里没有面包了。贮藏室里还有什么呢?面口袋上都是窟窿。熏火腿没有了,只有绳子还挂在那里。牛奶壶里的牛奶流光了,糖块也没有了,只剩下蓝色的纸。地板把面包吞掉了,地板的缝隙里都抹上了黄油。是什么东西在这里作怪呢?老鼠!老鼠突然出现了。在那些本来没有老鼠的房子里出现了老鼠,人们不知道它们是从哪里来的,它们吃光所有的东西,只给饥饿的女人留下了一堆纸,因为纸不好吃,老鼠讨厌纤维素。它们在黑暗里到处挖洞,但是它们不是白蚁。白蚁吃木头和书。白蚁窝里的"恋爱"骚乱。图书馆失火了。

基恩很快伸手去取报纸。他只需要稍稍弯一下腰就行了,因为报纸堆已经堆到他的膝盖了。他使劲把纸堆推向一边。窗口前的地上已经堆满了报纸。几年来的旧报纸就堆在那里。他从窗户里探出身子。下面院子里是黑乎乎的。只有天上星星的微光闪烁。微光的光线不足,他看不见报纸上的字。也许他的眼睛离开报纸太远了。于是他的眼睛就接近报纸。他的鼻子已经接触到报纸,他贪婪地、忐忑不安地嗅着煤油气味。那报纸颤抖着发出沙沙的声音。从他的鼻孔里呼出的空气把纸吹得鼓起来。他的手指抓着报纸,但眼睛在寻找一个可以看得清的大字标题。他只要抓住这样一份报纸,就借着星光读起来。第一个词的字母好像是大写的 M,讲的是"谋杀"①。跟在 M 后面的果然是 O,这个标题的字体又粗又黑,占了一页报纸的六分之一版面。人们就是这样大肆渲染他们的行为的。他性喜安静而好孤僻,今天却成了全城街谈巷议的对象。格奥尔格在还没有越过国境之前也买到了这样一份报纸。现在他也知道这件杀人案了。如果对报纸有严格的检查,那么报纸就要开半页天窗。人们可以在最下边少读到一些蓝色的东西。那副标题的头一个字母是 B,跟在后面的是 R,讲的是焚烧②。谋杀和焚烧,充斥着报纸,在全国泛滥,毒害人们的头脑,除此以外没有其他的东西更使全国报纸感兴趣了。谈了谋杀而不谈焚烧,人们似乎觉得不过瘾。最好让他们自己去放火,他们没有勇气杀人。他们是胆小鬼。如果人们都不读报纸,那么这些报纸就会因为大家的抵制而自己走向绝路,报馆就会关门大吉。

　　基恩把手头的一张报纸扔在报纸堆上。这份报纸他想退订,越快越好。他离开了那间可恶的贮藏室。但此时是夜里,他在走廊里大声说,我现在怎样去退订呢?他把怀表拿出来看看,只看到表面,到底是什么时间,他看不出来。谋杀和焚烧不那么难认。对面

---

① 德语"谋杀"Mord 一词第一个字母是 M。
② 德语"焚烧"Brand 一词第一个字母是 B,第二个字母是 R。

的图书馆里有灯，到那里去看看表就可以确切地知道是什么时候了。他走进他的书房。

现在是十一点。但教堂里没有敲钟。当时是大白天。对面是黄色的教堂。人们在小小的广场上激动地走来走去。那个驼背侏儒是费舍勒，他哭得很伤心。铺在路面上的石头都在跳上跳下。苔莱思安侬当铺被警察包围了。一位少校组织了这次行动，他口袋里有逮捕令。那个三寸丁早就看透他了。整个大楼都埋伏了敌人。猪猡正在上面发号施令。那些手无寸铁的书只好听命于没良心的畜生的摆布！那猪猡正在汇编一本如何烹调书籍的书，提出了一百零三种烹调方法。他的肚子据说是有棱有角的。为什么基恩是个罪犯呢？因为他帮助穷人中最穷苦的人。因为警察还没有听说尸体的事，就已经下达了逮捕令。派出了大批警察来逮捕他，有步兵，有骑兵，他们手中拿着崭新的步枪、卡宾枪和机关枪。四周拉上了铁丝网，还有装甲车——但这一切对他来说都无济于事，他们抓不着他！他和他的忠实的小矮人从人们的胯下溜进了玫瑰花丛。于是他们就跟踪追击，他听到他们追得上气不接下气！那条狼狗要咬断他的喉管。但是还有更痛心的事情。苔莱思安侬七层楼上的那些猪猡正在互道晚安要去睡觉，他们非法地逮捕了成千上万的书。它们是无罪的，它们对猪猡有什么办法呢？大火已经封住了道路，它们紧挨着冒烟的阁楼，在那里挨饿，受煎熬，被判了火刑。

基恩听到呼救的声音。他绝望地打开天窗。他侧耳细听着，呼救声越来越大。他不相信这声音。他跑进另一个房间，也打开天窗，这里听到的呼救声要小一点儿。第三个房间里听到的呼救声很强烈，而在第四个房间里则几乎听不到。他在这些房间里穿来穿去，一边跑，一边听。那呼救的声浪时起时伏。他把手紧紧压住耳朵，很快又松开，就这样一会儿捂着耳朵，一会儿又松开。上面也是这样响。哦，他的耳朵完全使他糊涂了。他把梯子拉过来，放到书房中央，爬到了最高一级梯框上。他用手扶着天窗让上半身探出了屋顶。这时他听到了一阵阵狂呼乱喊，这是书籍在呼救。在苔莱思安侬的方向他看到了红色的光。黑沉沉的天空仿佛有什么东西在蠕动。他闻到煤油味儿。火光，呼声，煤油臭味：苔莱思安侬着火了！

他闭上眼睛，眼前直冒金星。他垂下了炽热的脑袋。水滴打在他的脖子上，下雨了。他仰起头，让雨水打在脸上。这雨水是多么清凉啊！即使天上的云彩也有恻隐之心，它们也许能扑灭火焰。这时有一块冰冷的东西打在他的眼皮上。他感到冷了。有人啪的一声打了个响指。人们把他脱得只留下一件衬衫，并检查他所有的口袋。他在小镜子里看到了自己。他很瘦。在他周围长着硕大的红色果实，其中就有看门人的头。那个死尸想说话，他不听她说话。她老是说"对不起"，他捂住耳朵。她拍着自己的蓝裙子。他背朝着她。一个没有鼻子的穿制服的人坐在他面前。"您叫什么？""彼得·基恩博士。""什么职业？""当代活着的最伟大的汉学家。""不可能。""我可以向您发誓。""您发伪誓！""不是！""您是罪犯！""我很清醒。我承认。我完全意识到是我把她杀害了。我脑子很健康。我的弟弟不知道这种情况。请您原谅他！他是著名的医生。我欺骗了他。""钱在哪里？""钱？""您偷钱了。""我不是小偷！""谋财害命的杀人犯！""杀人犯！""谋财害命的杀人犯！""杀人犯！杀人犯！""您被捕了。您留在这里！""但是我弟弟来了，不能让他知道这件事。请您宽容我一段时间，等他走了以后再逮捕我。我向您保证我决不逃避。"这时看门人站了出来——看门人此时还是他的朋友——保释他几天时间。看门人把他带回家，并且看着他，不让他出那个小房间。这时格奥尔格找到了他，他很可怜，但不是作为罪犯。格奥尔格走了，要是还在这里该多好啊！格奥尔格会在法庭上帮助他的。一个杀人犯需要自己去投案自首吗？不，他不愿意去，他要留在这里看守着了火的苔莱思安侬。

他慢慢地睁开眼睛。雨小了。那红光变得暗淡了，消防队及时赶到了现场。天也好起来了。基恩从梯子上爬了下来。各个房间里此时都听不到呼救声了。为了万一再有呼救声叫起来不至于听不见，他把上面的窗户开着。那架梯子就放在书房中央，在紧急的情况下，它可以帮助他跑出去。跑到哪里去？跑到苔莱思安侬那里去。那个猪猡躺在屋梁下已经烧焦了。那里有许多事情要处理。离开这幢房子！小心！装甲车驶过大街了。人、马、车，样样俱全。他们以为，这下子他们可要逮到他了。他们的上司会愤怒地责罚他们的，而他这个杀人犯却逃了。但事先他要把逃走的痕迹抹掉。

他在写字台前跪了下来，用手摸着地毯。这里曾躺过那具尸体。现在还能看到血迹吗？看不见了。他把小指头伸进鼻孔里，他闻到的只是尘土味儿，没有血的味儿。他要仔细看看，这灯光还不够亮，灯挂得太高了。台灯的电线又太短，无法拿到地面上来。写字台上有盒火柴，他一下子划着了六根火柴，六个月了，他朝地毯俯下身子，很近地看着地毯，看看是否有血迹。地毯上有一条红色的带子，那本来就是地毯上的图案，早就有的。应该把它除掉，警察会以为这就是血迹。应该把它烧掉。他把火柴伸到地毯上去，想把那条红色花纹带烧掉。但火柴灭了，他就把火柴棍儿扔了，重新划起六根火柴，并轻轻地凑到地毯上去，但只冒了一阵黑烟，在地毯上留下了一条褐色的痕迹就灭了。他又划着了火柴……一盒火柴几乎都用光了，地毯还是冷冰冰的。地毯上蒙上了褐色的线条，周围还闪烁着余火。现在人们什么也看不出来了。唉，他为什么当初要承认呢？而且是当着十三个证人的面承认的。尸体当时在场，那红

545

雄猫瞪着眼睛也在场。这个谋杀老婆和孩子的凶犯。有人敲门。警察站在门外,有人敲门。

基恩没有开门。他捂住耳朵,埋头读一本书。这本书就平放在写字台上。书里面的字好像都忽上忽下地跳起舞来,连一个字都认不出来。我请大家安静!他眼前闪着通红的火光。这是因为害怕苔莱思安侬着火而引起的吧。如果苔莱思安侬失火,无数的书被焚烧,谁见了不害怕呢?他站了起来。怎么能读得下去呢?书离得太远了。坐下!他坐下了。坐好。不,这是在家里,写字台,图书馆,这里的一切东西都同他患难与共。这里没有东西着火。他什么时候想读书,就可以读书。但是书根本没有打开,他忘记把书打开了,真糊涂,该打。他打开书,把手压在上面。此时钟声已敲十一点。现在我可逮着你了,读吧!放开!不。混蛋!噢!从第一行里飞出一条棍儿,揍了他耳朵一棍,是根铅棍儿,打得很疼。打吧!打吧!再来一下!一条注脚用脚踢他,他挨打得越来越多了。他现在摇摇晃晃,昏头昏脑。一行一行的字,一页一页的字,整本书的字都向他袭来。它们摇晃着他,打他,把他扔来扔去。血!放开我!你们这些混蛋!救命啊,格奥尔格!救命啊,格奥尔格!

但是格奥尔格已经走了。彼得跳起来,使劲地抓住书,把它关上。这下子他把字母关起来了,全部的字,他再也不把它们放出来了。永远不放!他自由了。他站起来,孤零零一个人。格奥尔格走了,他蒙骗了格奥尔格。格奥尔格不知道谋杀事件,他是精神病医生,笨蛋一个,还远近闻名呢。但是他喜欢偷书。彼得要是死了,这图书馆岂不成了格奥尔格的图书馆吗?不行,等着吧,没门儿!"你到上面去干什么?""了解一下概况。""什么概况,想接管我的图书馆!"是呀,恶习难改,你可得注意哪,六个月以后他还要来。他比你走运。遗嘱?没有必要。他是唯一的继承人。开往巴黎的专车。基恩图书馆。图书馆的创建者是谁？精神病医生格奥尔格·基恩！当然是他啦，否则是谁呢？那么他的哥哥，那位汉学家呢？搞错了，那根本不是他哥哥，他姓基恩，不过是个巧合。那个基恩是杀害自己老婆的凶手。杀人放火，所有的报纸上都登了，被判处无期徒刑——无期徒刑——死亡之舞[①]——金钱崇拜者——百万遗产——冒险就能胜利——哭泣——告别——不——联合——联合起来，至死不变，一直到烧死——情况紧急，十万火急——大火，大火烧起来了——火！火！火！

  基恩抓住桌子上的那本书，用书威胁他弟弟。弟弟要偷他的书。大家都想得到遗嘱，都在等待着自己的亲人快快死去。这个哥哥够死的资格了，强盗世界，人吃书，抢书。大家都想得点好处，谁也不甘落后，都迫不及待。从前财产跟死者一起烧掉，没有什么遗嘱一说，留下来的就是一把骨头。书中的字在折腾了。它们被关住出不来了。它们把他打出了血。他威胁要烧死它们。他就是这样对所有敌人进行报复的！他已经把老婆杀死了，那个猪猡也被烧焦了躺在那里。格奥尔格甭想拿到他的书。警察也逮不到他。书中的字无力地跳动着。而门外警察在使劲敲门。"开门！""决不开门！""我们以法律的名义！""废话。""请您开门！""走开！""快开！""滚！""毙了你！""胡闹。""我们把您熏出来！""讨厌。"他们要打破他的门，没有那么容易。他的门非常结实。哐，哐，哐，他们的打门声越来越响。那强烈的声音使人听了心都要跳出来了。他的门是包着铁皮的。但铁皮被锈坏了怎么办呢？没有一样金属是绝对结实的。哐！哐！哐！猪猡们站在门口，用他们有棱有角的肚子冲击他的门。门上的木头一定裂

[①] 死亡之舞，通过跳舞来表达死亡对人的威力，为死亡之象征。

了。那木头看上去已经朽了。他们像攻占敌人的堡垒一样冲击这扇门。构筑防御工事！哎——哟——嗨哟！哎——哟——嗨哟！响铃了。十一点钟了。苔莱思安侬。驼背。拖着长鼻子跑吧。我说得不对吗？哎——哟——嗨哟！我说得不对吗？哎——哟——嗨哟！

书从书架上往地上倒了。他用长手臂截住了书。他行动很轻，以便不让人家从外面听见。他把书一摞一摞地堆到前厅里去。他在铁门旁边把书堆得高高的。当外面的狂呼乱喊声撕裂着他的脑袋时，他已经用书筑起了一道坚强的防线。前厅里堆满了书。他还把梯子拿到这里来，把书堆得更高。很快他就把书堆得跟天花板一样高了。然后他回到书房。书架子打着哈欠看着他。写字台前面的地毯已经熊熊地燃烧起来了。他走到厨房旁边那个贮藏室里，把所有的旧报纸都拖了出来。他把纸一张张打开，揉成一团一团的，向屋子各个角落扔去。接着他把梯子放在房间中央。他爬到第六级梯框上，看守着火并等待着燃烧起来。当大火烧到他身边时，他大声地笑了，笑声如此洪亮，好像他有生以来从来没有大笑过似的。

・译者后记・

一幕"疯子的人间喜剧"

钱文彩

埃利亚斯·卡内蒂 1905 年 7 月 25 日出生于保加利亚北部鲁斯丘克（今鲁塞）。他的祖先是居住在西班牙的犹太人。1911 年他随父母来到英国，并在英国小学读书。次年丧父，随其母迁至维也纳。他曾先后在瑞士的苏黎世和德国的法兰克福读完小学和中学的全部课程。1924 年秋进入维也纳大学，攻读化学，1929 年获博士学位，同年他开始了用德语创作的文学生涯。1938 年希特勒吞并奥地利后，他流亡英国，定居伦敦，获英国国籍。1935 年他的成名作、第一部长篇小说《迷惘》问世。其他主要著作有剧本《婚礼》(1932)、《虚荣的喜剧》(1950)、《确定死期的人们》(1964)，政论《群众与权力》(1960)，游记《马拉喀什之声》(1967)，散文《耳证人》(1974)，自传三部曲《获救之舌》(1977)、《耳中火炬》(1980)、《眼睛游戏》(1985)等。1981 年获诺贝尔文学奖。卡内蒂获得的其他奖主要有：格奥尔格·毕希纳奖（1972）、奈利·萨克斯奖（1975）和约翰·彼得·赫勒尔奖（1980）。1994 年 8 月 14 日，卡内蒂于瑞士苏黎世逝世。

一

在未获诺贝尔文学奖以前，卡内蒂并非是声名显赫的作家。在很长一段时间里，他几乎默默无闻。他的《迷惘》直到1963年再版后才为世人所了解。

《迷惘》共分三部分：一、没有世界的头脑；二、没有头脑的世界；三、世界在头脑中。全书共三十章，每章都有小标题。

第一部着重描写基恩离群索居的生活。他是一位著名的汉学家，厌恶人们的虚荣心和贪图享受的本性，视富贵如浮云，不屑把自己的研究成果公诸社会，因而摒弃公职，过着穴居般的生活。他爱书成癖，藏书累万，对外部世界一无所知，而且也不想去了解。他认为他是唯一有性格的人。他的世界就是他的图书馆。为了他的图书馆，他雇了一个女管家，这是个奇丑无比、浅薄轻浮、心狠手辣的女人。她用尽心计，骗取了基恩的信任与好感，并与他结成夫妻。这两个人的结合并非出于正常人的感情和需要。基恩对异性从来感到厌恶和恐惧，他是为了他的图书馆免遭火灾才跟台莱瑟结婚的；而台莱瑟嫁给这个书呆子，则是为了控制他，为了取得他的全部财产。她跟基恩结婚后就撕下假面具，到处搜寻基恩的存折，逼他写遗嘱，在精神上和肉体上对基恩进行残酷的折磨，最后甚至把他赶出家门，使他沦为乞丐。

第二部的内容是：基恩被赶出家门后，流落街头，无家可归，又十分惦念他的图书馆，感到万分痛苦，迷惑不解。他信步走进一个所谓"理想天国"的小酒馆。这里是赌窟和妓院，是流氓、阿飞、赌棍、明妓暗娼出没的地方。基恩在这里结识了一个名叫费舍勒的驼背侏儒，此人靠妓女的津贴、赌博与偷窃行骗为生。他伪装成基恩的知心朋友，利用帮助基恩拯救书籍、赎回被典当的书籍之机，把基恩身边的钱几乎骗得一干二净。台莱瑟赶走基恩后不久就和看门人、退休警察巴甫姘居，并把基恩的书一次又一次地拿到当铺去当。基恩和费舍勒在当铺前碰到了台莱瑟和巴甫，酿成了一场大乱。台莱瑟恶人先告状，诬蔑基恩是小偷、强盗、疯子，不明真相的群众也跟着起哄，围观的人越来越多，乱成一团。三个当事人被带到警察所审讯，只有狡猾的费舍勒溜走了。他用骗来的钱置办了新装，买好了车票，准备到美国去实现他多年的梦想——当象棋世界冠军。不料在临行前被他的同伙、假瞎子纽扣汉斯杀死了。

第三部的内容是：假仁假义的巴甫把基恩当作精神病人领回关在小屋里，自己则明目张胆地搬到楼上基恩的家里和台莱瑟同居。基恩被囚于斗室之中，又受尽了残酷的虐待。基恩的弟弟格奥尔格·基恩是位精神病医生，他交游甚广，阅历很深，处世精明，手段圆滑。听到哥哥患精神病，他便专程从巴黎赶到哥哥身边，从精神病理学的角度出发，千方百计地用精神病患者的语言和哥哥交谈，开导哥哥；对台莱瑟和巴甫则采取软硬兼施的手段，把他们赶走。他像足智多谋的奥德修斯一样，夺回了基恩的图书馆，使基恩从楼下的"囚室"回到楼上的书房，从而恢复了基恩失去的世界。原来的世界是恢复了，但基恩被破坏了的精神系统并没有恢复过来，他所经历的混乱世界的现实使他这位已及"不惑"之年的汉学家陷入了不能自拔的恐怖和迷惘。他在绝望中点着了火，使自己和图书馆同归于尽。

二

正像一切有价值的文学作品都是来自生活一样，《迷惘》也是来自生活。

1924年秋，卡内蒂开始在维也纳大学攻读化学。1927年4月，他在维也纳郊区租了一家私人住宅的一间屋子。这套住宅的女房东让他住在楼上，自己和一家人住在楼下。这位女房东就是卡内蒂在《迷惘》中塑造的台莱瑟形象的外形模特儿。"孔夫子做媒"那一章里，台莱瑟对青年问题所发表的一通议论以及"样样东西一天比一天贵，土豆价钱已涨了两倍"的那段议论，正是女房东经常对卡内蒂唠叨的话。在卡内蒂所住房间的对面山坡上是一所疯人院，那里有六千名精神病人，作者对那里的情况也耳闻了不少。这与作家塑造疯子的形象、描写疯人院的情况都不无关系。1927年7月15日在维也纳发生的一起工人示威游行遭到当局镇压的事件深深地触动了卡内蒂。自称是工人阶级政党的社会民主党的头头们为什么竟忍心下令枪杀工人呢？这时的卡内蒂已没有多少兴趣去攻读化学了，而是醉心于他所关心的事情，即所谓大众的问题。他博览了各国的文化史、希腊哲学、中国历史和先秦诸子百家，特别是儒家使他入了迷。他也研究了英国、法国和俄国的革命，甚至宗教史他都研究过。他研究达尔文的进化论，想在达尔文的著作中找到大众问题的答案，他还研究了昆虫世界。所有这些研究在他的《迷惘》中都得到了反映。

　　1928年夏天，年轻的卡内蒂应朋友的邀请来到柏林。在这里他有幸会见了维兰特·赫茨菲尔德和布莱希特等德国进步作家。他们对年轻的卡内蒂的影响无疑是很大的。卡内蒂在柏林的第一次三个月的逗留使他眼界开阔了。柏林的生活跟他在维也纳闭塞的生活相比大有霄壤之别。那里的男男女女似乎都有些癫狂。他们聚集在咖啡店、酒吧间和餐馆里，公开表露自己的爱憎，甚至公开表露自己赤裸裸的情欲。他的所见所闻有的使他很激动，有的使他很惘然，有的使他很恐惧。他试图以一个清醒者的头脑来观察柏林这个大都会的生活。他得出的结论是：这柏林的世界仿佛是疯子们的世界。1929年夏天他第二次到柏林，在柏林又待了三个月。这次他比较冷静，决计接近更多的工人、小市民和小知识分子，花了一些时间，记下了不少东西。作家两次共六个月的柏林生活，为他塑造《迷惘》中栩栩如生的人物形象打下了坚实的基础。1929年秋，卡内蒂回到维也纳郊区的寓所，独自一人瞅着对面山坡上的疯人院，回忆着在柏林的经历，心潮澎湃，思绪万千，他再也不能平静下来了。日夜萦绕在他头脑中的一个念头，就是要创作一组像巴尔扎克的《人间喜剧》那样的长篇小说。他给自己的小说定名为《疯子的人间喜剧》。最初他的构思是写八部小说，每一部中都以一个接近疯狂的人物为中心。他对自己说，要造八个探照灯，用来从世界的外部向内部进行探索。从1930年秋到1931年秋，卡内蒂用了整整一年的时间完成了他的以一个与世隔绝的书呆子为主人公的《迷惘》的创作。

三

和一切具有深刻的社会批判意义的文学作品一样，《迷惘》的诞生是有其深刻的历史背景的，它是作者在现实生活中的惨痛经历，也是作者内心激烈斗争的产物，是一个天才的社会观察家对于由疯狂或半疯狂的人所构成的复杂、庞大、光怪陆离的社会的无情揭露和抨击。二十世纪二十年代的欧洲，危机四伏，各种矛盾空前激化。1929年爆发了极为严重的经济危机，整个资本主义世界陷入一片恐慌和混乱之中。第一次世界大战的战败国如诞生《迷惘》的德国和奥地利，则更是处于狼狈不堪的境地。以德国为例，由于战败而丧失了十分之一的人口和大片工业发达地区的土地，本来就少得可怜的一点儿殖民地也丧失殆尽，还要偿还巨额的战争赔款；国内民怨沸腾，少数大资产阶级为了扶植自己的党羽，东山再起，四处打击进步力量,并散布谬论说,德国的战败是由于中了进步力量的"暗箭",挑拨离间,煽风点火。魏玛共和国风雨飘摇,奄奄一息。人们为生计疲于奔命,不择手段,同时又被战败的耻辱所压抑,为风传的谣言所苦恼,找不到发泄的窗口。1923年11月8日希特勒在慕尼黑搞的"啤酒店暴动"就是这种疯狂状态的集中体现。一般说来,灾难到来前的时刻是最令人迷惘和恐惧的时刻,而一旦灾难真的发生了,人们却往往会变得麻木不仁。因此,《迷惘》在这个时候诞生也就并非偶然了。一些正直的知识分子当时的处境很有点像我国战国时的屈原,身不由己,"濯淖污泥之中",却又无力回天,至多是像屈原那样来一篇《天问》,发发心中的怨气,于是只得洁身自好,追求"举世皆浊而我独清,众人皆醉而我独醒"。我们可以这样说,《迷惘》如同一部因彷徨而产生的二十世纪的《天问》,而基恩正是当时苦闷郁愤的知识分子的一个典型。

第一部《没有世界的头脑》,集中体现了当时知识分子对现实失去信心、悲观厌世的思想状态。他们认为,人们所赖以生存的是良心,是爱美的天性和人类的自尊,而这一切都已被可怕的疯狂践踏得不成样子,只剩下人性的泯灭,欲望的横流,混乱、刺耳的聒噪。在这种境遇下,生活还有什么意义呢?"一切为了钱,有钱就有一切",多么可鄙可笑的信条和准则!面对堕落的道德、疯人院一样的社会,知识分子固有的清高和孤芳自赏便油然而生。而在"清高"和"孤芳自赏"的后面更隐藏着一层深深的恐惧。这疯狂的社会现实和他们推崇备至的中国、古希腊完美和谐和理性的伦理学之间存在着多么大的差异啊!因为这恐惧,他们便竭力想摆脱它,但不幸的是,又不知道如何去摆脱,只好用"躲进小楼成一统"的消极办法去回避,到自己的图书中去寻找精神寄托,因为在当时毫无人情味的社会中,只有它们才是唯一可亲可爱可信赖的忠实伴侣。作者极力描绘和渲染的基恩对书的发狂般的热爱、对自己学业的不倦的近于疯狂的钻研，实际上正是一个畸形社会的畸形现象，是作者匠心独运地对社会做出的别出心裁的控诉。当一个人在世界上感到孤独、凄凉，失去了生活的支柱时，他心中郁积的情感就会愈积愈多而难以发泄，一旦有了机会便会喷涌而出，一发而不可止。这时他就会把自己所有的力量都倾注到一个本来无生命的事物上，去发狂地爱它，把它视作自己唯一的寄托，并不知不觉地把它人格化。在资本主义社会中，人既然可以异化为物，为什么物不能异化为人呢？在外界看来，基恩对书的如痴如狂的热爱不免带上一种荒诞不经的味儿，这是可以理解的。寓荒诞于必然，这正是《迷惘》的成功之一。

然而，不去管冬夏与春秋终究是办不到的。人要生活、要工作，就必然要和外界发生联系，而在那疯狂的时代、疯狂的社会和人群中，尤其不可能让一个学儒去保持一个独立王国。于是台莱瑟闯到基恩的生活中来了。这个寡廉鲜耻、狠毒刻薄的女人，无疑是卡内蒂心目中可憎的社会形象的化身。她为了骗取基恩的信任，脑汁绞尽，机关算尽，一旦得手，便立即撕下假面具，诱惑、逼迫、殴打，极尽流氓恶棍之能事，最后将基恩赶出家门，毫无人性可言。这不正是那个充满着铜臭气味的社会的绝妙的缩影吗？而在这样一个奇丑无比的女人面前，我们可怜的汉学家显得那样的弱小、可怜，甚至有些滑稽可笑：他没有一点儿反抗的力量，听任小丑们摆布，至多像鲁迅笔下的阿Q那样，来一通精神胜利法——分明是自己被台莱瑟赶出家门，偏要说是自己将她关在家里饿死，借以获得心灵上一点儿可悲的安慰和满足。这不只是对知识分子固有的软弱乃至某种程度上的迂腐的绝妙的暴露，而且从反面衬托出恶势力的蛮横无理，知识分子对它们束手无策、恐惧万分。对知识界的这种精神状态，卡内蒂无疑是不满意的，他用漫画般的笔触，将知识分子受制于小人的弱点无遗地暴露出来，实在耐人寻味。

如果说小说第一部是着重描写了当时知识分子的令人不胜苦恼的处境的话，第二部则是作者通过基恩流落街头时的所见所闻和遭遇，用貌似荒诞、实则辛辣无比的笔触，对当时社会的昏聩黑暗、混乱不堪、是非颠倒、人伦丧尽进行了毫不留情的揭露、讽刺和抨击。作品展示给人们的是一批活生生的为金钱和欲望所驱使的混世魔王般的可悲可憎的人物形象。那个丑陋不堪的驼背侏儒，阴险狡诈，无疑是台莱瑟之外的又一个黑暗社会的化身。他是个十足的拜金狂，当他感到无精打采的时候，只要伸出长鼻子，闻一闻夹在腋下的骗来的钱，便会陡然间精神倍增；他爱慕虚荣，自不量力，虽然身无分文，丑陋无比，却对诸如百万富翁的"驸马"、象棋世界冠军之类的显赫地位垂涎三尺。作者通过对驼背侏儒的刻画，把资本主义社会追名逐利、觊觎财富的世风暴露无遗。再来看那个巴甫——那个看门人和退休警察，一度被台莱瑟视为威慑者的，不过是个十足的恶棍。他的头脑里空空如也，唯一的本领就是挥动拳头打人，而且只会恃强凌弱，最终和台莱瑟姘居到一起，使台莱瑟认识到他也只不过是为了钱和情欲。《迷惘》中所塑造的这些小人物是卡内蒂《群众与权力》的论著中所阐述的"群众人"。他们是一群只知满足个人欲念而丧失独立思考和判断能力的人。他们对社会的破坏力很强。歌德曾经预言过："我根本不反对'群众人'，但是'群众人'一旦陷入窘境，为了驱逐魔鬼，他们一定会叫来流氓无赖——专制独裁者。"歌德的预言不幸言中了。这些小人物正是希特勒之流后来得以上台的社会基础，作者通过对这些小人物的描写，把一个个充当资产阶级政党打手和鹰犬的二十世纪的笞棒形象赤裸裸地展现在读者面前。

但是,《迷惘》并没有停留在对社会的暴露和控诉上,而是试图通过第三部暗示,如果不从根本上解决问题,一切其他的改变这种状况的努力都是徒劳无益的。格奥尔格·基恩无疑是一个弥赛亚式的人物(他也许是当时知识分子期冀出现的救世主的化身吧?),但他的到来并没有使可怜的汉学家摆脱充满恐怖、迷惘的世界。他固然可以像奥德修斯赶走求婚者那样赶走台莱瑟、巴甫之流,从物质上恢复汉学家失去的世界,然而他无法从根本上消除汉学家的根深蒂固的对世界的迷惘和恐惧心理。这位年及"不惑"的学者最终只能使自己和书——他的精神寄托和唯一可靠的朋友,在大火中同归于尽,期冀着能在那吞噬一切的大火中和自己的朋友(尽管他的朋友也造了他的反)一道寻找到本来并不存在的永恒的归宿。显然,作者不仅仅是在描写一个学者的遭遇,而是在影射当时社会扼杀科学、毁灭文化、摧残知识分子的不合理状况,是对二十世纪混乱的资本主义社会的无声控诉。作者意在暗示,如果让这种状况继续发展下去,接踵而来的必然是一个又一个的灾难。希特勒上台后的欧洲历史证明,作家是不幸言中了。

四

卡内蒂笔下的人物形象是怪诞的、漫画式的:基恩的眼睛是淡蓝色的;他的双颊干瘪,额头像不协调的破碎的岩壁,嘴巴像个自动切削机切出的口子;两条明显的皱纹像两条划破的伤疤从两边的太阳穴一直延伸到下巴,并在下巴尖上汇合了。台莱瑟的蓝裙子上了浆,一直拖到地面,人们看不到她的脚;她的头歪着,一对招风耳宽而平;因为头向右边歪着,右耳朵擦着肩,并被挡住了一部分,所以左耳朵就显得大些;走路或说话时她总是摇着头,两个肩头也就交替着晃来晃去；她笑起来嘴角一直咧到耳根。费舍勒仿佛就是由一个驼背构成的，驼背有时像大乌龟的龟壳，把他保护在下面；有时又像蜗牛的壳，他的肉体就蜷缩在壳里；或者像个蚌壳，把他团团包住。卡内蒂有时干脆用最能说明人物特征的那一部分来代替整个人，如用拳头代替巴甫，用裙子代替台莱瑟，用驼背代替费舍勒，等等。

卡内蒂在描写人物形象时着眼于刻画人物的自我感受。这种创作方法显然是受弗洛伊德心理分析法的影响。在弗洛伊德看来，凡是在现实中不能得到满足的愿望，往往通过幻想的作用制造出替代品来，给人以想象的满足，让郁积的情绪得到发泄以获得心理健康。比如，台莱瑟怎么也不相信基恩的财产仅仅就那么一点儿，为了满足想获得巨额遗产的欲望，她自欺欺人地在基恩所立遗嘱上的钱数后面加上几个她唯一会写的"O"，似乎这样钱就真的十倍百倍地增长了。台莱瑟以为凭这巨额的百万遗产便可以得到心爱的店员格罗伯的爱情，可以开一个大家具店，当上家具店的老板。而天真的基恩听到这个数目时以为是台莱瑟给他的财产，也想入非非，计划将自己原有的四间图书馆扩展为八间，并打算把另一家私人图书馆买下来。这样的自我满足反映了这两个人的特征：一个是爱财如命，一个是爱书成癖。

又如《小人物》一章中描写费舍勒学英语的情况。费舍勒怪声怪调读的英语是令人发笑的，有一位老者很认真严肃地想给他纠正发音，一再对他说，英语不是这么念的，应该如何如何念。他回答说："您懂什么？我念的是美国语！"他说着就向老者掉过驼背，不予理睬。那位老者被他抢白得哭笑不得，愤愤地走了。作者还采取烘云托月的手法，把围观的人也写成是支持费舍勒的人，这些人甚至讥笑那位老者，说他把英语和美语搞混了，大家乐得跟侏儒学点儿美语，等等。读者此时要问：他们果真要跟他学点儿"美语"吗？否！他们不过是想看看费舍勒这个侏儒小丑的表演而已。这一段描写虽然不长，却把费舍勒爱虚荣、善诡辩的性格刻画得淋漓尽致。

卡内蒂和现在许多西方著名作家一样，在《迷惘》中取消了叙述者——实际上是作者的代言人。换言之，卡内蒂要让他小说的人物按照客观逻辑来行动，在自己的行动中显示出个性和品格，力戒干预人物的命运。这就是一种所谓的客观主义的创作方法。作者让他的人物自由活动，死也好，活也好，他都不置一喙。我们举"孔夫子做媒"这一章来说明这个问题。

故事发生在一个星期天。这天早上七点至八点基恩照例去散步。回来后，台莱瑟给基恩讲了三楼小迈茨格尔要来图书馆看书的事情，接着台莱瑟发了一通议论。基恩从她的表现和议论中合乎逻辑地得出他自己的结论：这个没有受过教育的女人居然如此重视学习。于是基恩就给她讲了一个日本著名学者刻苦学习的故事。她这时的表现是聚精会神地听着。这使基恩又得出更进一步的结论：应该让她学习，让她读书。这时小迈茨格尔来了。台莱瑟气呼呼地拒绝他进馆看书。从这个行动中基恩得出的结论是：她爱护他的书。于是他答应借给她书。夜里基恩恍恍惚惚做了一个梦，梦的中心内容就是基恩奋力抢救着了火的书籍。第二天早晨当台莱瑟提醒基恩她要借书的事情时，基恩只借给她一本最没有价值的旧书。可是台莱瑟却如获至宝，而且用纸把书包好。基恩又得出一个结论：她跟他一样爱护书籍。当基恩试探她，如果他出门旅行，家里的图书馆着了火怎么办？台莱瑟大吃一惊，但坚定地说：救火。这时基恩得出的结论是：她是可靠的人，如果他出门，完全可以把图书馆托付给她。他慎之又慎，仍然有些不放心。一天，他假装要杯水，突然出现在厨房里，看到台莱瑟一本正经地坐在桌前，那本旧书放在天

559

鹅绒绣花枕头上,她戴了白手套在那里读书。她还告诉基恩说,她每页都要读十几遍。她特地从微薄的工资收入中拿出钱来买了副白手套戴在手上,以便在翻书时不至于把书弄脏。她还设法把旧书中的油污斑去掉。这使基恩大为感动,他的结论是:她比他更爱书籍。孔夫子对他说的话使他得到了启发,他认为台莱瑟是跟他同心同德的,虽然她没有什么文化,但她对书的癖好不亚于他。为了他的书,他决定向台莱瑟求婚。台莱瑟就是这样逐步地达到了她的目的。作者自始至终没有插一句话,没有作一个字的评论。

卡内蒂在《迷惘》中运用的另一种创作手法就是意识流手法。在这一点上,他的《迷惘》可以和爱尔兰作家乔伊斯的《尤利西斯》媲美。意识流手法是借助联想的功能把现实与幻想糅合在一起,制造出一种扑朔迷离的不确切的虚幻境界。比如"孔夫子做媒"那一章,当基恩看到台莱瑟戴着白手套翻阅他借给她的书时,就想起自己对台莱瑟的怀疑是毫无根据的,于是他浮想联翩,甚至把孔夫子从墙上请下来,跟孔夫子展开了一场辩论,最后还是孔夫子帮助他解决了思想问题。

作者常常借助于"梦"来表达人物的内心活动,这是意识流的表现手法之一。中国有句老话:日有所思,夜有所梦。就拿"孔夫子做媒"那一章来说,其中就有一大段叙述了基恩所做的那个噩梦。这个噩梦所要说明的中心问题就是基恩奋力抢救着了火的书籍。为什么会有这种噩梦呢?因为基恩唯一的性格就是爱书成癖,他害怕他的书有朝一日也会像亚历山大图书馆一样被大火烧毁。他后来在解释他的梦时说,他曾见到过一幅墨西哥画稿,画上就有两个化装成美洲豹的教士宰杀囚犯祭神的场面;他想到亚历山大图书馆主任埃拉托色尼和该图书馆被焚的情景;他曾见到过一幅中世纪木刻,上面雕刻着几十个犹太人被火焚烧的情景;米开朗琪罗的

《最后的审判》结束了他的梦。这些画是使基恩做的梦之所以有头有尾的现实基础。情节从现在一直跳到遥远的中世纪和文艺复兴时期,从欧洲跳到拉丁美洲。这些画不仅表现了某种具体的事物,并且担负着描绘以后事物的组织者的角色。

内心独白是意识流手段的另一个重要方面。这种手段是通过人物的自言自语来宣泄内心世界的秘密的。这样的内心独白在《迷惘》中几乎到处可见。如"秘密"一章中台莱瑟的一系列内心独白使读者了解到,原来台莱瑟是怀疑基恩与别的女人有勾搭。又如费舍勒梦想当象棋世界冠军的问题,围绕这个问题,费舍勒有许多如醉如痴的内心独白,他甚至还设想和当时的象棋世界冠军对弈,把他打败,获得世界冠军;纽约市为欢迎这位新的世界冠军举行了盛大的群众集会,美国总统和他拥抱;他跟美国百万富翁的小姐结了婚,并且建造了棋宫。这样的内心独白极其深刻地刻画了像费舍勒这样的骗子,他们虽然很穷,但对那些具有显赫地位的百万富翁、世界冠军之类的人物,往往垂着一尺长的涎水,梦想有朝一日也成为这样的人物。《迷惘》中从主要人物到次要人物无一例外,都有大量的内心独白。这些内心独白充分表现了各类人物的心理状态,有些甚至是变态心理。这无疑是弗洛伊德心理分析的影响。弗洛伊德的心理分析理论认为,人的精神活动好像冰山,只有很小部分浮现于意识领域,具有决定意义的绝大部分都淹没在意识水平之下,处于无意识状况,就是所谓的潜意识。人格结构中最底层的本我(id),总是处于无意识领域。由于本我遵循享乐原则,迫使人设法满足它追求快感的种种要求,而这种要求往往违背道德习俗,于是在本我要求和现实环境之间,自我(ego)起着调节作用。它遵循现实原则,努力帮助本我实现其要求,既防止过度压抑造成危害,又避免与社会道德公开冲突。人格结构的最高层次是超我

（superego），它是代表社会利益的心理机制，总是根据道德原则，把为社会习俗所不容的本我冲动压制在无意识（潜意识）领域。简单地说，本我就是本能的欲望，自我是理智和审慎，超我则是道德感、荣誉感和良心。文学家们把这种精神分析法运用到文学领域中来宣泄人物内心的活动，便达到了用内省的视角去揭开外部世界的帷幕的目的。用大量的内心独白的手段来充分地刻画人物的品德和性格，是《迷惘》的一大特点，也是卡内蒂创作《迷惘》的高超的艺术手段。所谓内心独白绝不是人物头脑中所固有的东西，而是客观世界在人们头脑中的反映，这是我们主张的唯物论的反映论。作家通过人物的内心独白所要达到的目的就是揭示外部世界。

卡内蒂还利用人物头脑中因受外界事物的刺激而产生的幻听、幻觉的现象，有意在小说中布设令人迷惘的朦胧境界，这也是意识流手法之一。如"动员"一章就很明显。基恩眼看就要失去他的图书馆这个"天下"了，于是他便动员他的书籍起来和他一起去反对新来的侵犯者。这本来不过是基恩头脑中的幻觉或者是他的心理状态而已，作者在这一章中却写得绘声绘色，十分精彩。其中有基恩和家具的对话，基恩对书籍作的动员报告，基恩作为统帅对他的书籍大军所宣布的军事纪律，以及基恩和各类不同观点的哲学家们的辩论，等等，读来令人耳目一新。

《迷惘》是值得介绍的一本小说。介绍这本小说的意义首先在于它有着深刻的社会批判的意义，它反映了欧洲在法西斯希特勒上台以前知识界的精神状态，小说的寓意说明代表愚昧、野蛮的法西斯主宰欧洲有它精神上的背景和必然性。其次，这本小说的写作手法是应用了精神分析的手法，是一种现代主义的创作方法。现代主义的创作确是二十世纪西方社会和它的文化中存在尖锐矛盾的产物，看看《迷惘》怎样运用精神分析的创作手法，确实能够开阔我们的视野。

本书根据联邦德国法兰克福费舍尔袖珍书籍出版社 1963 年出版的原著译出。因为水平所限，译文难免有不妥之处，诚恳地欢迎读者批评指正。

2014 年 1 月
于上海

・附录・

授 奖 词

瑞典学院院士　约翰内斯・艾德菲尔特[1]

尊敬的国王陛下，尊敬的王后陛下，女士们，先生们：

卡内蒂，这位萍踪不定的世界作家有自己的故乡，这就是德语。他从来没有离开过它，他常常倾吐他对德语古典文化的最高表达形式的热爱。

1936年，卡内蒂在维也纳的一次演讲中把赫尔曼・布洛赫誉为当时为数甚少的具有代表性的诗人之一。按照卡内蒂的意见，该有什么样的必然的要求向这些真正具有代表性的作家和诗人提出来呢？他作为那个时代"最卑微的奴隶"，必定委身于他的时代，同时又反对他的时代。他一定要全面地总结他那个时代的特征，并且具有非凡的能力去理解那个时代的气氛所造成的印象。卡内蒂自己的文学创作也具有这样的标准。他的著作包括若干不同类型的文学作品，从各个不同的角度极其深刻地、独特地、富有生气地、十分明显地塑造了人物的个性。

他最重要的纯文学著作就是长篇巨著《迷惘》。该著作于1935年出版。但是我觉得直到最近二三十年它才充分发挥了巨大的影

---

[1] 约翰内斯・艾德菲尔特(1904—)，同时还是德国科学与文学科学院通讯院士。

响：这部长篇巨著在残酷的纳粹政权的背景下保持并维护了强烈而鲜明的观点和立场。

《迷惘》原是作者所设想和计划要写的《疯子的人间喜剧》多部小说中的一部。这部小说构思奇特而怪诞，富有神秘色彩，使人联想到果戈理、陀思妥耶夫斯基这样的十九世纪俄罗斯作家。如果说《迷惘》被若干评论家理解为唯一极为形象的比喻，即比喻"群众人"在我们之中所造成的威胁，那么这种看法是十分重要的。有人把《迷惘》看成是对一种类型的人的剖析，这种人孤芳自赏，到头来却被世界无情而严酷的现实所折磨，最后走上毁灭的道路。这种看法与前面提到的看法是十分相似的。

继《迷惘》之后，卡内蒂便对群众运动的起源、组成和典型反应作了深刻的研究。经过几十年的研究和探讨，作者写成了《群众与权力》。该书已于1960年出版。这是一部学识渊博的学者的杰作，他十分懂得向读者阐明有关"群众人"在举止行为方面的绝大多数的观点和看法。通过对群众的性质和起源的研究，他在基本的历史性的分析中所揭露的东西归根结底是信仰权力，而权力的核心正是争取继续生存下去。生存的死敌最终就是死亡本身，这是卡内蒂在文学创作中所特有的、具有激情的力量紧紧抓住不放的主题。

卡内蒂除了紧张地从事《群众与权力》的创作外，还写了不少言简意赅的日记，这些日记已分成若干册出版了。这些日记充满了幽默，作者在观察中对人们的举止行为进行了辛辣的讽刺，描写了人们对战争的厌恶，刻画了人们一想到生命的短促就表现出来的颓伤和怨恨的情绪。所有这些构成了他的日记的特色。

卡内蒂的三个剧本或多或少都带有荒诞派的色彩。这些剧本描写了极端的情景，在人们所做的卑劣行径的预示下，这些"声音假面具"——如同作者对他的剧本所称呼的那样——使人非常感兴趣地看到作者所想象的特定的世界。

在他许多形象鲜明的描写人物肖像的作品中要特别强调的是《另一个审判》，在这部作品中作者十分积极地对卡夫卡和菲莉丝·鲍尔之间复杂的关系进行了研究，并塑造了一位在其生活和全部创作活动中以放弃权力为特征的人的形象。

最后，人们应该把卡内蒂的自传体小说看成是他创作的一个高峰。迄今为止，他的自传体小说已出版了两部。在这两部回忆青少年时代的自传体小说中，作者公开承认了使他成长起来的巨大的史诗般的力量。二十世纪的中欧——特别是维也纳——许多政治和文化生活在他的自传体小说中得到了反映。使卡内蒂成长起来的独特的环境，他所经历的许多引人注目而动人心弦的遭遇以及他为求广博知识而独一无二地受教育的过程，在他的自传体小说中别具一格、非常形象地展现在读者面前。我们这个世纪德语自传体文学中像这样的自传体小说为数甚少。

亲爱的卡内蒂先生，您以自己极其尖锐地向我们这个时代不健康倾向进攻的丰富多彩的作品，为人道主义事业服务。智力的热忱和道德的责任在您身上融合在一起了，这种责任感——如同您自己所说的那样——"是由怜悯而产生的"。请允许我向您致以瑞典皇家科学院最热忱的祝贺，并请您从国王陛下的手中接受本年度诺贝尔文学奖奖金。

1981 年 12 月 10 日

受 奖 演 说

埃利亚斯·卡内蒂

尊敬的国王陛下，尊敬的王后陛下，女士们、先生们：

人们对自己所认识的城市要感谢的地方很多，而人们对自己想要认识的城市要感谢的地方就更多，如果他长久地向往这个城市而没有能实现自己的愿望的话。但是，我想每个人在其一生中都有自己特别崇敬的城市，这是由于威胁、无法测度的灾难或别具一格的风姿而在人们头脑中形成的美妙的反映吧。对于我来说，有三个城市属于这种城市之列，这就是维也纳、伦敦和苏黎世。

人们或许会把这三个城市说成是偶然的巧合吧，但是这种巧合应该是欧洲，欧洲要受到如此多的谴责——因为欧洲出了那么多的问题！——今天，我们在它下面生活的呼吸之阴影[①]沉重地压在欧洲大陆上，我们首先要为欧洲担忧，因为这个大陆虽有许多可感谢之处，但它也有很大的罪过，它需要时间来弥补自己的罪过。我们非常热忱地祝愿它获得这个时代，在这个时代里幸福的事业在地球上能一个接一个地广为传播，这是一个如此幸福的时代，以致地球上再也没有人有理由诅咒欧洲了。

在我的一生中有四个人是属于这个姗姗来迟然而是真正的欧洲的人。我跟这四个人是息息相关的。我今天之所以能站在你们面前，要感谢这四个人。我要在你们的面前说出这四个人的名字。第一位是卡尔·克劳斯，他是德语区最伟大的讽刺作家。他教会我如何去倾听各种声音，坚定不移、全力以赴地去倾听维也纳的声音。更为重要的是，他为我打了反对战争的防疫针，这种防疫针当时对许多人是十分必要的。今天，自广岛挨了原子弹以后，大家都知道战争是个什么东西了。对，我们唯一的希望就是要人人都知道战争是个什么东西。第二位就是弗朗茨·卡夫卡，他有着把自己化作无足轻重的小人物的本领，并且使自己摆脱权力的束缚。我要向

---

① 为了弄清卡内蒂所讲的"呼吸之阴影"和"呼吸之记忆力"，兹摘引一段卡内蒂1936年在庆祝布洛赫五十寿辰大会上的演讲中的一段话：

> 布洛赫绝不会感到有空气的饥饿，也绝不会因为经常变换空间而失去自己的嗅觉。他的能力足使他感觉到空气中的各种成分。他在空气中嗅出的味儿是不会忘记的，他以无可比拟的、用自己所获得的形式牢牢地记住了这种味儿。尽管空气中还可能出现新的更为强烈的成分，从而使人们混淆了对空气中各种成分的印象，这样的混淆对于我们这些人来说是不足为怪的，但他是绝对不会混淆的。任何东西都不会使他模糊起来，他对空气中的一切明明白白，清清楚楚，他有着在各种空间生活的丰富的、井井有条的一套经验，他愿意怎样运用这套经验就可以怎样运用这套经验。
>
> 人们一定会认为布洛赫有一种能力，而这种能力就是我所说的呼吸之记忆力。这种呼吸之记忆力到底是什么东西，它是怎样发挥作用的，它在何处发挥作用，这些问题是很容易提出来的。要是向我提出这些问题，我还真不知道如何给予精确的解答……
>
> 空气是人类最后的一份公产。它对大家都一视同仁，它不能预先被瓜分掉。即使最穷苦的人也得到一份。即使一个人因饥饿而生命垂危，他也要呼吸空气，当然一定很少了，但他毕竟呼吸到生命的结束。
>
> 但是这属于我们大家所公有的最后一份公产却会使我们大家中毒。我们都知道这是怎么一回事，可我们现在还感觉不到，因为我们的艺术不是呼吸。
>
> 赫尔曼·布洛赫的著作形成于战争之间，形成于毒气战争之间。如果说他现在在什么地方还感到有上次战争（指第一次世界大战——译者注）的有毒的基本粒子存在的话，这是可能的，诚然这是不足信的。但他比我们大家更会呼吸，如果说那种将夺去我们呼吸的毒气——谁知什么时候才会发生这种情况呢？——他今天已经觉察到了，并且对之感到窒息，那倒是可以肯定的。
>
> ——引自《1931—1976言论集》393页，1980年德意志民主共和国"人民与世界"出版社出版

由上面的引文中可以看出，作者所说的"呼吸之阴影"可能是指战争的阴影，指战争的"毒气"。"呼吸之记忆力"可能是指赫尔曼·布洛赫的政治嗅觉很灵敏，他能从政治"空气"中辨别出倾向性的问题。

他学习一辈子,这是至为必要的。第三位是罗伯特·穆齐尔,第四位是赫尔曼·布洛赫,他们都是我在维也纳时期认识的。穆齐尔的作品直到今天还使我入迷,也许直到最近几年我才全部理解了他的作品。我在维也纳的时候他的作品只有一部分公之于世。我向他学习的东西却是最难的东西:这就是一个人几十年如一日地从事自己的创作,但却不知道这个创作是否能完成,这是一种由耐心组成的冒险行动,它是以一种近乎非人道的顽强精神为前提的。我跟赫尔曼·布洛赫是好朋友。我不认为他的著作对我有什么影响,但是在我与他的交往中,我了解他的那种才能,正是那种才能使他有能力从事自己的创作:那种才能就是他的呼吸之记忆力。自那以后我对呼吸考虑得很多,对这个问题的研究使我受益匪浅。

  今天要我不想到这四个人是做不到的。如果他们还活着的话,也许其中就有一人站在我现在的位子上。如果我所讲的与人们的判断不符的话,请你们不要把它看成是我的傲慢。但是,我衷心地感谢他们,我想,只有我事先公开承认我有负于这四个人,我才可以接受这一奖金。

1981 年 12 月 10 日